Herbert Schida

Die Spur der weißen Pferde

Ein historischer Roman aus dem
Thüringer Königreich

Bedanken möchte ich mich bei meiner Frau Reinhild, meinem Sohn Heiko, Bernd Eschrich, Lothar Schreier, Ursula und Heinrich Jung, die mich in verschiedener Weise bei der Entstehung des vorliegenden Romans unterstützten.

Herbert Schida wurde am 2. Januar 1946 in Neuroda (Thür.) geboren. Er ist verheiratet und lebt mit seiner Familie in Wien. Nach dem Abitur und technischen Hochschulstudium (Dipl.-Ing. für Elektrotechnik) arbeitete der Autor auf dem Gebiet der Supraleitung, Elektromaschinenbau, CAD, Identifikationssysteme und Kraftwerksbau.
Seit 1975 beschäftigt sich Herbert Schida mit der Malerei und Grafik und gestaltet seit 1984 eine Reihe von Einzelausstellungen. Weitere Informationen über den Romanautor finden Sie unter www.schida.net.

Herbert Schida

Die Spur der weißen Pferde

Ein historischer Roman aus dem
Thüringer Königreich

Herausgegeben
vom Geschichts- und Museumsverein
Zella-Mehlis e.V.

Heinrich-Jung-Verlagsgesellschaft mbH
Zella-Mehlis / Meiningen

Heinrich-Jung-Verlagsgesellschaft mbH
Am Einsiedel 7
D – 98544 Zella-Mehlis / Thüringen
Telefon: +49 (0) 36 82 / 4 18 84
Fax +49 (0) 36 82 / 45 36 91
www.heinrich-jung-verlag.de
verlag@heinrich-jung-verlag.de

Der Geschichts- und Museumsverein Zella-Mehlis e.V., der Autor und der Verlag danken dem Griechischen Spezialitätenrestaurant „El Greco" in Zella-Mehlis für die freundliche Unterstützung bei der Herausgabe des vorliegenden Romanes.

© Heinrich-Jung-Verlagsgesellschaft mbH
Zella-Mehlis / Meiningen
1. Auflage, Zella-Mehlis 2012
Alle Rechte vorbehalten
Satz: Lothar Schreier
Umschlagsillustration: Herbert Schida / Wien
Druck: Westermann Druck Zwickau GmbH

ISBN 978-3-943552-03-4

Inhalt

1. Die Heimkehrer 7
2. Das Friedensbündnis 26
3. Der Königsmord 52
4. Die Flucht aus Zülpich 77
5. Der Widerstand 100
6. In Vindobona 124
7. In Carnuntum 148
8. In Ravenna 174
9. Die Rückreise 196
10. Das Rebellenlager 220
11. Die Harzreise 237
12. Die Gefangenenbefreiung 272
13. Der Zweikampf 301
14. Die Rebellenhochzeit 322
15. Die Waisenkinder 350

Anlagen

Königsweg – Via Regia um 534 (Karte) 6
Wiesenland um 534 (Karte) 391
Reich der Langobarden um 535 (Karte) 392
Glaubensrichtungen um 529 (Karte) 393
Personennamen 394
Zeittafel 396
Kleines Wörter-Lexikon 397
Rückblick: Im Tal der weißen Pferde 400
Rückblick: Das Blut der weißen Pferde 400

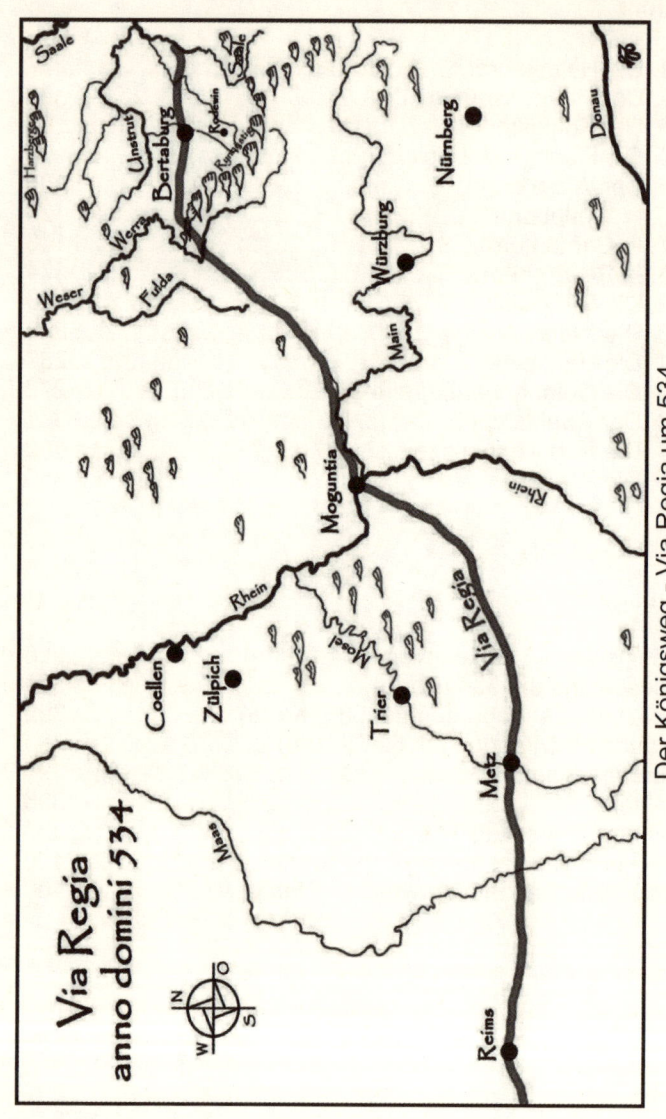

Der Königsweg - Via Regia um 534

1. Die Heimkehrer

Die Morgensonne umkränzte den Wilberg in einem zarten Türkis. Kein Wölkchen zeigte sich am Himmel. Die Kinder waren ausnahmsweise die Ersten, die aufstanden. Sie beeilten sich, zum Priester nach Wipa zu kommen, der ihnen Geschichten über die germanischen Götter erzählen wollte. Gestern Abend hatte er es ihnen bei der Sommersonnenwendfeier versprochen.
Siegbert, der jüngste Bruder des Gaugrafen Harald aus Rodewin, wurde durch ihr Lärmen geweckt und rieb sich missmutig den Schlaf aus den Augen.
„Seid still!", schrie er die Kinder an, doch es half nichts. So kroch Siegbert unter seiner Wolldecke hervor und ging auf den Hof zum Brunnen. Neben einem Stein stand ein Holzeimer mit Wasser. Den goss er sich über den Kopf und wischte mit dem Hemd das Gesicht trocken.
Siegbert hatte nur wenig geschlafen. Mit seinen Freunden saß er bis nach Mitternacht am Feuer und sie feierten die bestandene Jungkriegerprüfung. Es war dabei viel Bier und Met durch die Kehle geflossen und an alles konnte er sich nicht mehr erinnern.
Da war noch Helga, die Tochter der Kräuterfrau. Mit ihr hatte Siegbert sich lange angeregt unterhalten, als die anderen schon verschwanden.
Es war nicht nur beim Gedankenaustausch geblieben, denn sein alkoholdurchtränktes Hirn gab nun immer mehr Einzelheiten preis.
Schmunzelnd dachte er an die zarten Umarmungen und den Duft, der sie umgab. Er griff in seine Hemdtasche und zog ein kleines Tuch hervor. Das trug sie um ihren Hals und hatte es ihm beim Abschied geschenkt. Er hielt es unter die Nase und schien wie betört. Helga hatte ihm gesagt, dass sie ihn liebt und er fühlte genauso.
„Siegbert, komm frühstücken!", riss ihn die herrische Stimme seiner Schwägerin Heidrun aus den Gedanken. Hunger hatte er keinen, doch verärgern wollte er die Hausfrau nicht. Schnell trank Siegbert Wasser mit kleingestoßener Weidenrinde, um die kleinen Bierkrieger, die in seinem Kopf

mit ihren Hämmern um sich schlugen, zu besänftigen. Dann schlenderte er zurück ins Langhaus und setzte sich an den großen Esstisch neben seinen ältesten Bruder Harald. Sie waren allein. Die Kinder wollten nichts essen und die anderen waren noch mit dem Füttern des Viehs beschäftigt.
Harald war nicht nur Sippenältester von Rodewin, sondern auch Gaugraf des Oberwipgaus, zu dem alle umliegenden Siedlungen gehörten. Vor der Niederlage gegen die Franken war er auch königlicher Verwalter vom Wiesenland, der Zusammenfassung eines großen Gebietes, das mehrere kleine Gaue einschloss. Obwohl die Verwaltung des Thüringer Königreiches in den von den Franken besetzten Teilen des Reiches nicht mehr bestand, kamen die Gaugrafen des Wiesenlandes bei strittigen Angelegenheiten immer noch zu ihm. Heute nun sollte im Thing, der Versammlung aller kriegsfähigen Männer, über ein wichtiges Thema gesprochen und abgestimmt werden.
Harald klopfte Siegbert anerkennend auf die Schulter.
„Heute Mittag wirst du das erste Mal im Thing mitstimmen können. Freust du dich darauf?".
Siegbert nickte.
„Es kommen alle Sippenältesten, Krieger und Priester aus dem Wiesenland und ich denke, dass wir am Nachmittag schon eine Entscheidung treffen werden."
Heidrun kam mit einer großen Schüssel aus der Küche und stellte sie auf den Tisch. Es war Haferbrei, mit darüber gestreuten Beeren.
Gemächlich langten die beiden Männer mit ihren Holzlöffeln zu und zeigten durch lautes Schmatzen an, dass es ihnen schmeckte. Heidrun freute sich darüber und lächelte. Sie setzte sich zu ihnen und da die beiden Brüder mit dem Essen beschäftigt waren, nutzte sie die Gelegenheit, um mit ihnen über eine Sache zu sprechen, die ihr schon lange am Herzen lag.
„Letzte Woche habe ich mit Ulrichs Frau aus Alfenheim gesprochen. Sie ist in großer Sorge, was einmal werden wird. Von ihrem Mann und dem Sohn hat sie nichts mehr gehört und sie glaubt, dass beide in der Schlacht an der Unstrut gefallen und mit den Walküren in Walhall eingeritten sind."

„Es ist ein großer Verlust für uns alle", bestätigte Harald, ihr Ehemann, und aß weiter.
„Für die Frau ist die Arbeit im Haushalt und auf dem Feld zu viel."

„Sie hat doch noch ihre Tochter Gislinde, die ihr zur Hand geht", bemerkte Harald.
„Auch für beide ist es nur schwer zu schaffen. Es fehlt ein Mann im Haus. Gislinde ist im heiratsfähigen Alter und die Mutter sieht sich nach einem Mann für sie um. Am liebsten wäre es ihr, wenn Siegbert ihre Tochter zur Frau nehmen würde."
Siegbert blieb der letzte Bissen fast im Halse stecken. Er verschluckte sich und musste husten. Harald klopfte ihm zur Unterstützung auf den Rücken.
„Das kommt gar nicht in Frage, dass ich die heirate!", entgegnete Siegbert barsch.
„Was hast du denn gegen das Mädchen? Sie ist hübsch und gescheit. Jeder Bursche würde sich freuen, ein solches Weib einmal zu bekommen."
„Ich aber nicht!", entgegnete er.
„Du wärest dann Herr von Alfenheim und hättest für dein Leben ausgesorgt."
„Das interessiert mich alles nicht. Weder die Siedlung noch Gislinde will ich je haben. Nach Weibern steht mir kein Sinn. Dafür bin ich noch zu jung."
Verärgert sah Heidrun ihren Schwager an.
„Gestern Abend scheinst du jedoch nichts gegen Frauenzimmer gehabt zu haben und wählerisch warst du auch nicht gerade. Ich habe dich mit der Tochter von der Kräuterfrau gesehen, wie ihr es neben dem Gluthaufen des Sonnenwendfeuers getrieben habt."
Siegbert schnellte von seinem Schemel hoch, dass der nach hinten umkippte.
„Spionierst du mir nach?", schrie er aufgebracht.
Heidrun und Harald sahen ihn verdutzt an. Siegbert lief eilig aus dem Haus, rannte zum Pferdestall und ritt mit seinem weißen Hengst davon.
Er wollte nur schnell weg und seinen Frust abreagieren.

Das Ansinnen seiner Schwägerin fand er ungeheuerlich. Keiner sollte ihm jemals vorschreiben können, mit wem er sich einst verbindet, auch nicht die Frau des Sippenältesten. Aus Erfahrung wusste er, welchen Einfluss sie auf ihren Mann hatte.

Siegbert ritt an Wipa vorbei nach Schmeta. Sein Freund Ulf war gerade erst aufgestanden und wunderte sich, dass Siegbert schon bei ihm auftauchte.
„Was ist los?", wollte er wissen.
„Komm mit, ich erzähle es dir später!"
Ohne weiter zu fragen, folgte er Siegbert. Sie ritten im Galopp nach Rinslar und stiegen zu Fuß bis zu der Wehranlage auf dem Rinsberg hinauf.
„Sag mir endlich, was mit dir los ist!", forderte ihn sein Freund auf. Noch immer wütend und aufgebracht berichtete er ihm, was zu Hause vorgefallen war und dass ihn seine Schwägerin mit Gislinde verkuppeln wollte. Sein Freund versuchte, Siegbert zu beruhigen. Siegbert war außer sich.
„Ich will die dumme Gans nicht heiraten! Sie ist älter, als ich und war schon mal in meinen Bruder Hartwig verknallt."
„Vielleicht mag sie dich."
„Das ist mir egal, ich will Helga heiraten und keine andere."
„Hat dir das Kräutermädchen gestern Abend den Kopf verdreht?"
„Ich liebe sie, kannst du das nicht begreifen?"
„Weiß denn Helga, dass du sie heiraten willst?", wollte Ulf wissen.
„Das nicht, aber sie hat mir gesagt, dass sie mich liebt."
„Dann frag Helga, ob sie dich auch heiraten will!"
„Das muss ich nicht, wenn sie mich liebt, ist das ganz normal, dass sie mein Weib werden will."
„Es kann trotzdem nichts schaden, zu fragen."
„Gut, morgen werde ich es tun. Reitest du mit zu ihr?"
„Natürlich komme ich mit. Ich hole dich zeitig in Rodewin ab", sicherte ihm Ulf zu.
Siegbert schien etwas beruhigt und sie ritten nach Wipa, zu ihrem ersten Thing.

Zur Mittagszeit war die Versammlung festgesetzt. Erstmals waren die Jungkrieger anwesend, durften ihre Meinung äußern und selber mit abstimmen. Tage zuvor waren einige von ihnen zu Harald gekommen und wollten mit ihm über das angekündigte Thema sprechen. Wie sollten sie sich gegenüber dem neuen Christengott verhalten? Bei einigen war die Verunsicherung derart gestiegen, dass sie sich im Innersten zu dem neuen Glauben, den die Kuttenträger im Stillen verbreiteten, hingezogen fühlten. Harald konnte und wollte keinen Ratschlag geben und verwies auf die Aussprache in der Versammlung.

Es waren so viele Männer gekommen, dass der Thingplatz in Wipa kaum ausreichte. Sie standen in einem weiten Kreis um einen großen Stein herum, auf dem Harald stand. So konnten ihn alle gut sehen und hören. Die kunstvoll geschnitzte Holzstelze seines linken Beins hatte er von sich gestreckt und stützte sich auf seinen großen Speer.
Vor vier Jahren wurde ihm im Kampf gegen die Franken der linke Unterschenkel durch einen Schwerthieb abgetrennt, doch das lag lange zurück und niemand beachtete es mehr.
Harald sah zu den Kriegern, ob alle gekommen waren. Zufrieden blickte er auf die Jungkrieger, die zum ersten Mal in diesem Kreis mitreden und entscheiden konnten.

Der Gaugraf gab nochmals das Thema bekannt, über das beim Thing gesprochen werden sollte. Es ging darum, einen gemeinsamen Standpunkt zum neuen Glauben zu finden.
Es meldeten sich viele zu Wort. Am Anfang der Reden gab es mehrere Fürsprecher für die neuen Lehren des Christentums, die von den katholischen Mönchen im ganzen Land verbreitet wurden. Einige lobten die Neuerungen in der Landwirtschaft und im Gartenbau und wollten sie übernehmen.
Rede und Gegenrede wechselten sich ab. Allmählich jedoch bekamen die Gegner des christlichen Glaubens Oberwasser. Sie wurden vom Großteil der Priester unterstützt und sahen in den Fremden böse Dämonen, die sich in die

Herzen der Thüringer einschleichen wollen und die man auf jede erdenkliche Art bekämpfen müsste.
Harald hielt sich aus der Diskussion weitgehend heraus. Er musste versuchen, dass man sich am Ende des Tages auf eine gemeinsame Lösung einigte.
Den Priestern schlossen sich fast alle Jungkrieger an, so dass die Gruppe der Fürsprecher und Gemäßigten sich nicht mehr durchsetzen konnte. Sie liefen sogar Gefahr, von den anderen offen angefeindet zu werden.
Der Gaugraf versuchte gegen Ende des Things die Gemüter wieder zu beruhigen.

Die Forderung nach der Vertreibung der Kuttenmänner war nicht mehr wegzubringen. Ihr Glaube wurde als Gefahr für die Thüringer angesehen und sollte in Zukunft mit allen Mitteln bekämpft werden. Dem Gaugrafen gelang es noch, dies so weit abzuschwächen, dass niemand dabei absichtlich getötet werden durfte, denn die Jungkrieger hatten zuvor die Vernichtung der Mönche gefordert. Sie wollten als starker Arm der germanischen Priesterschaft die Andersgläubigen nicht nur vertreiben, sondern den Göttern im heiligen Hain als Opfergabe bringen. Auch Siegbert hatte sich dieser Gruppe der radikalen Hitzköpfe angeschlossen. Harald, der Gaugraf, redete ihnen immer wieder zu, tolerant zu den Andersgläubigen zu sein, doch keiner von ihnen wollte auf ihn hören.

Am nächsten Morgen erschien zeitig in der Früh Siegberts Freund Ulf in Rodewin. Er blieb im Hof stehen und wartete. Harald ging auf ihn zu und fragte, ob er nicht ins Haus kommen wollte.
„Siegbert und ich haben etwas ganz Wichtiges vor und müssen gleich weg."
„Wollt ihr die Kuttenträger vertreiben?"
„Heute nicht, aber bald schon werden wir sie aus Thüringen verjagen."
„Wenn ihr sie tötet, dann macht ihr aus ihnen Märtyrer."
„Ich habe noch nie von denen gehört. Was ist das?"
„Ein Kuttenträger sagte mir, dass es ein großes Glück für

einen Christenmenschen ist, wenn er für seinen Glauben stirbt. Dann soll er gleich in den Himmel kommen und ist unsterblich. Sie sind wahrscheinlich so etwas wie Einherier, die in Walhall leben."
„Werden die dann auch so stark sein?"
„Vielleicht noch gefährlicher, deshalb achtet darauf und tötet keinen Mönch!"
Siegbert kam aus dem Haus. Er kaute noch an dem letzten Bissen seines Frühstücks. Eilig lief er zur Koppel und pfiff nach seinem Hengst. Siegbert schwang sich darauf und die beiden Jungkrieger galoppierten davon. Unterwegs machten sie am Schwemmteich kurz Halt.
„Was wollte Harald von dir?", fragte Siegbert seinen Freund.

„Er sagte mir, dass wir die Kuttenträger nicht umbringen sollen, denn sonst kommen sie zu ihrem Gott und werden unsterblich, wie die Einherier."
„Das habe ich noch nie gehört. Er wollte dir damit nur Angst machen."
„Das denke ich nicht. Bevor wir die überfallen, sollten wir mit unserem Priester sprechen."
„Das hat noch Zeit, jetzt haben wir etwas Wichtigeres vor. Was machen wir, wenn Helga nicht im Haus ist?"
„Dann suchen wir sie im Wald", antwortete Ulf.
„Gut, so lass uns weiterreiten!"
Siegbert trieb seinen Hengst an, als wäre er auf der Flucht. Ulf hatte Mühe, ihm zu folgen. Kurz vor dem Haus der Kräuterfrau machten sie Halt.
„Ob es heute der richtige Zeitpunkt ist, Helga zu fragen? Oder sollten wir ein anderes Mal herkommen?"
„Jetzt sind wir hier und nun reite endlich zu ihr und berede alles! Ich werde auf dich warten."

Unsicher ritt Siegbert auf das Haus zu. Er ging zur Tür und sah hinein. Die Kräuterfrau und Helga waren da.
„Was ist mein Junge, willst du nicht hereinkommen?", rief sie Siegbert zu. Er trat ein und sah verstohlen zu Helga.
„Du willst bestimmt mit ihr allein sein. Ich gehe etwas Reisig

sammeln, damit wir uns mittags eine gute Suppe kochen können. Gern kannst du mit uns essen."
Die alte Frau nahm ihren geflochtenen Tragkorb und ging nach draußen.
Helga sah zu ihm hin und sagte: „Setz dich!"
Es klang so unpersönlich, dass Siegbert glaubte, gar nicht die Geliebte von der Sonnenwendfeier vor sich zu haben. Sie hantierte an der Feuerstelle und kam mit einer Schale Tee zu ihm.
„Trink einen Schluck, dann geht es dir wieder gut!"
„Wieso willst du wissen, dass es mir schlecht geht?"
„Da brauche ich dich nur ansehen. Deine Augen verraten mir alles."
„Dann weißt du womöglich auch, warum ich hier bin."
„Ja!", sagte sie kurz.
„Was ist dann deine Antwort?"
„Es geht nicht!"
„Ich liebe dich doch und das ist, was zählt. Ich will dich heiraten und wir gehen von hier weg."
Helga setzte sich auf die Bank neben Siegbert und streichelte seine Hand.
„Ich liebe dich auch", sprach sie kaum hörbar.
„Dann werden wir für immer zusammenbleiben und nichts kann uns trennen."
„Wo wollen wir leben? Hast du dir das überlegt?"
„Ich kann hart arbeiten und eine eigene Sippe gründen."
„So leicht ist das nicht. Du bist gerade erst Jungkrieger geworden und lebst noch in der Sippe deines Bruders. Wenn du einmal ein Krieger bist und mich immer noch magst, dann will ich gern deine Frau werden."
Enttäuscht sah Siegbert zu Boden. In ihm stieg Zorn auf.
„Du willst mich nicht haben. Ich bin dir wohl nicht gut genug? Einen Krieger willst du, den sollst du bekommen. Doch, ob ich dich dann noch mag, das kann ich dir nicht versprechen."

Wütend sprang Siegbert auf, kippte den Tisch mit der Teeschale um und rannte aus dem Raum. Im Galopp jagte er in Richtung Schwemmteich. Ulf folgte ihm. Als er ihn einhol-

te, sah er Siegbert mit dem Pferd in der Mitte des Teiches stehen.
„Was ist los mit dir, willst du dich umbringen?", rief er ihm zu.
Siegberts Pferd stand bis zur Brust im Wasser und rührte sich nicht.
„Mein Hengst und ich brauchen etwas Abkühlung."
„Komm heraus und rede mit mir!", rief ihm Ulf zu und wartete am Teichufer. Langsam watete Siegberts Pferd durch den mit Schlamm bedeckten Sandboden.
„Erzähl schon! Was war los?"
„Ich soll wieder kommen, wenn ich ein Krieger bin, sagt sie."
„Nimm es nicht so schwer!", tröstete ihn Ulf. „Du wirst ein Krieger und was für einer, das hatte sie dir doch gestern Abend aus der Hand gelesen."
„Ich kann mich nicht daran erinnern."
„Du warst schon vom Bier so berauscht, dass du es vergessen hast."
„Komm, lass uns zum Priester nach Wipa reiten und überlegen, was wir gegen die Kuttenträger unternehmen wollen!"
Siegbert musste seinen Frust irgendwo loswerden und da kam ihm die Vertreibung der Mönche gerade recht.
Wenige Tage nach dem Thing ließen die Jungkrieger Taten folgen. Gruppen von ihnen stürmten in die neuen Siedlungen der Mönche und verwüsteten deren Felder und Gärten. Die Hütten wurden niedergebrannt und die Kuttenmänner mit Stöcken vertrieben. Sie flohen in die Wachstationen der Franken, da dies der einzige Ort schien, wo sie ihres Lebens noch sicher waren.

Von den Frankenkriegern forderten die Mönche, die Übeltäter zu bestrafen. Sie wollten zurück in ihre Siedlungen und baten um Schutz. Es gab jedoch für die Wachleute die eindeutige Anweisung, sich nur in den Königsgütern aufzuhalten, damit Konflikte mit der Bevölkerung vermieden wurden. So zogen viele der Kuttenträger wieder ins Frankenreich zurück, dorthin, wo sie einst herkamen. Nur wenige blieben als Seelsorger in den Siedlungen der Franken wohnen.

Sie hofften darauf, dass nach einem Friedensbündnis, vom Thüringer König die Religionsfreiheit garantiert werden würde.
Zunächst einmal hatten die Männer vom Wiesenland einen Sieg gegen die Fremden errungen und dieses Vorgehen machte in vielen anderen Landesteilen Schule. Oft blieb es nicht nur bei der Vertreibung der Kuttenträger, sondern es wurde auch so mancher von übereifrigen Jungkriegern erschlagen und ihre Leichen den Göttern als Opfergabe in den heiligen Hainen an die Bäume gehängt.

Der Frankenkönig Theudebert, der hiervon erfuhr, wies die Wachleute an, nicht einzuschreiten, wenn die Vertreibungen außerhalb der Königsgüter erfolgten. Er wollte die Verhandlungen mit Herminafrid nicht erschweren. Die fränkische Kirche war mit dieser Entscheidung nicht einverstanden. Sie forderte die freie Ausübung der Religion in allen besetzten Gebieten.

König Herminafrid, der sich nach der verlorenen Schlacht an der Unstrut in das Gebiet zwischen Saale und Elbe zurückgezogen hatte, äußerte sich nicht zu dem Vorgehen seiner Untertanen. Er nutzte diesen Streit, um seine eigenen Forderungen bei den Verhandlungen mit den Franken besser durchsetzen zu können. Seit seiner Heirat mit Amalaberga, die Christin war, gab es unter seinem Volk Widerstand gegen Andersgläubige. In der jetzigen Situation kam ihm der Aufruhr sehr gelegen.

Harald, der zu den Gemäßigten gehörte, konnte gegen diese Entwicklung in seinem Großgau nichts unternehmen. Er sprach darüber mit dem Priester vom Oberwipgau und zeigte sich besorgt.
„Was haben wir nur für eine Lawine mit dem Thingbeschluss gegen die Kuttenmänner losgetreten. Wir können das Wüten der Jungkriegertrupps nicht mehr eindämmen. Wie wird das noch enden?"
Der Priester sah ihn ratlos an.

„Nichts kannst du dagegen tun. Es geht hier nicht nur um die Vertreibung der Andersgläubigen, sondern es entlädt sich in dem Tun der Zorn des Volkes gegen die fremden Besatzer in unserem Land."
„Bisher haben uns doch die Franken kaum belästigt und die meisten von uns konnten ein normales Leben führen", meinte Harald.
„Die fränkischen Wachstationen stehen jedoch für die Niederlage an der Unstrut und erinnern die Thüringer täglich daran."
„Ich denke, dass die Zeit eines Tages auch diese Wunden heilen wird. Wichtig ist, dass unser König zurückkehrt."
„Möglicherweise hast du recht. Ich habe die Hoffnung, dass er bald kommt. Doch wann wird das sein? Wir werden in der Nacht des vollen Mondes die Götter befragen."
„Ich denke, es dauert nicht mehr lange!", antwortete Harald.
„Wieso glaubst du das? Hast du neue Informationen aus dem Ostreich?"
„Ich habe vor ein paar Tagen mit einem unserer Meldereiter gesprochen, der auf der Durchreise war. Er meinte, dass die Könige noch bis zum Winter das Friedensbündnis abschließen werden."
„Weißt du auch, wie der Vertrag aussehen soll?"
„Darüber hat er nicht viel gesagt. Es wurde jedoch von der Heirat einer der Frankenkönige mit der Tochter von Herminafrid gesprochen."
„Die Heirat war doch vor der verlorenen Schlacht schon einmal im Gespräch und es ist nichts daraus geworden."
„Vielleicht will Chlothar jetzt die Prinzessin zur Frau nehmen."
„Er hat doch schon Radegunde als Gefangene und Braut bei sich", entgegnete der Priester überrascht.
„Wenn er die Königstochter haben kann, wird er Bertachars Tochter wieder frei geben."
Der Priester kratzte sich nachdenklich am Kopf.
„Es ist nicht so einfach, das Ganze zu durchschauen. Ich habe bei den Frankenherrschern so meine Bedenken. Die sind sich untereinander nicht immer einig."

„Wir können nur hoffen, beeinflussen können wir das Ganze nicht!", entgegnete Harald.
„Das stimmt! Es liegt wie alles in den Händen der Nornen, unserer Schicksalsgöttinnen und selbst die Götter haben mir bis jetzt noch kein Zeichen gesandt, wie es einmal werden wird."

Harald ritt zurück nach Rodewin. Am Tor zur Siedlung kamen ihm schon die Kinder aufgeregt entgegen.
„Was ist mit euch?", wollte er wissen.
„Ein großes Wunder ist geschehen. Hartwig, dein Bruder, ist aus der fränkischen Gefangenschaft zurückgekehrt", riefen alle, wie aus einem Mund.
Er riss vor Schreck so stark am Zügel seines Pferdes, dass es hoch stieg und ihn fast abgeworfen hätte.
Überall war große Unruhe. Die Frauen liefen weinend umher. Diesmal waren es jedoch Freudentränen, die sie vergossen und eine steckte die andere damit an.
Harald eilte ins Haupthaus und dort saß am Tisch Hartwig. Die Brüder gingen aufeinander zu und umarmten sich schweigend. Es war still im Raum und man hätte eine Erbse zu Boden fallen hören. Sie lösten ihre Umarmung und sogleich wurde es wieder so quirlig wie zuvor. Keiner wollte etwas verpassen.
Harald sagte zu Hartwig: „Du wirst sicher erst einmal deine Frau und Kinder sehen wollen. Sie sind in Alfenheim."
„Ich habe es schon gehört und Siegbert ist gleich zu ihnen geritten und holt sie."
„Das ist gut. Jetzt lass dich erst einmal richtig anschauen! Es sind zwei Jahre vergangen und wir haben geglaubt, dass du in der Schlacht an der Unstrut gefallen bist und dich die Walküren nach Walhall getragen haben. Jetzt bin ich aber froh, dass du noch unter uns weilst. Erzähl, wie es dir ergangen ist!"
Hartwig sah fragend und unschlüssig in die Runde.
„Wo soll ich anfangen? Viel ist passiert, dass ein Abend nicht dazu ausreichen würde, all das zu berichten, was ich erlebt habe."

„Fang dort an, wo wir uns zum letzten Mal gesehen hatten! Es war auf der Herminaburg, als ich dem König unsere Niederlage meldete."
„Das kommt mir jetzt wie eine Ewigkeit vor und ich hoffe, dass ich nicht zu viel vergessen habe."
Hartwig begann seine Geschichte zu erzählen, wie er mit den anderen Thüringer Kriegern die Burg verteidigte und wie die Franken eingedrungen waren und ihn gefangen nahmen. Dann der Sklavendienst bei Theudebert und die Reisen mit dem Frankenkönig von einem Schlachtfeld zum anderen.
In dem Moment kam Elke, seine Frau, durch die Tür und rannte auf ihren Mann zu. Sie fiel ihm um den Hals und er bekam kaum Luft.
„Wir gehen jetzt alle nach draußen und lassen die beiden allein", sagte Harald und scheuchte die Kinder vor sich her auf den Hof. Dort stand das Pferd von Elke völlig schweißüberströmt.
„Holt etwas Stroh und reibt das Tier ab!", sagte Harald zu den großen Kindern und sie fügten sich gern. Die anderen setzten sich am Rande des Hofes in das Gras unter den Lindenbaum und Harald erzählte ihnen eine der vielen Göttergeschichten, um die Zeit zu überbrücken, bis Hartwig weiter berichten würde. Leise begann er zu sprechen, um die Aufmerksamkeit zu erhöhen.
„Eines Tages kam eine Hexe nach Asgard, der Götterburg der Asen. Sie zettelte dort so manchen Unfrieden an. Die Götter wollten die Hexe auf dem Scheiterhaufen verbrennen, aber es gelang ihnen nicht. So ließ man die Hexe, die eine Trollfrau war, wieder ziehen. Überall, wo sie hinkam, erzählte sie von der schlechten Behandlung durch die Asen und dass sie kein Recht dazu hätten, mit ihr so übel umzugehen.
Die Hexe kam auch zu den Wanen, einem wenig bekannten Göttergeschlecht und fand dort offene Ohren. Die Wanen ärgerten sich schon lange, dass die Asen sie nicht beachteten. Jetzt wollten sie es ihnen einmal zeigen, wer die Stärkeren in der Welt sind. Sie zogen gegen Asgard und trafen dort auf das Heer der Asen. Odin selbst führte es an und

warf seinen Speer. Das war der Beginn des ersten Krieges in der Welt.
Am Anfang des Kampfes schienen die Wanen erfolgreich zu sein. Sie kannten viele Zauberkünste, mit denen sie die Götter überraschten. Doch später bekamen die Asen die Oberhand und drängten die Gegner in ihr Gebiet zurück. Wanheim wurde geplündert und gebrandschatzt und viele Krieger auf beiden Seiten verloren in diesem Kampf ihr Leben. Odins Brüder starben dabei und auch die böse Hexe, die an allem schuld war, kam um. Da der Kampf nicht enden wollte, vereinbarten die Anführer einen Waffenstillstand und tauschten Geiseln aus. Die wurden aber nicht wie Gefangene, sondern wie Gäste behandelt. Von den Wanen kam Njord mit seinem Sohn Frey und seiner Tochter Freya nach Asgard und sie erhielten dort sogar einen Platz im Rat der Götter. Im Gegenzug sandte Odin Huhne und seinen Freund, den klugen Troll Mime, nach Wanheim und die Wanen wählten Huhne zu ihrem Häuptling. So endete noch alles im Guten."
Harald hatte gerade seine Geschichte beendet, da traten Hartwig und Elke aus dem Langhaus und kamen zu ihnen.
„Jetzt musst du aber weiter berichten!", forderte ihn sein Onkel Ingolf auf.
„Lass ihn doch erst einmal verschnaufen! Morgen ist auch noch ein Tag", sagte Waltraut, die Mutter, in barschem Ton.
„So soll es sein, obwohl ich es auch kaum erwarten kann, was er zu berichten hat!", bestätigte Harald. „Wir werden die nächsten drei Tage ein großes Wiedersehensfest feiern und alle Freunde dazu einladen. So kommt mein lieber Bruder doch noch zu seiner verspäteten Hochzeitsfeier."
Hartwig war froh darüber, dass er sich am Ankunftstag nur seiner Familie widmen konnte.
Siegbert kam spät mit dem Ochsenkarren an, auf dem er Ursula, die älteste Tochter von Ulrich aus Alfenheim, und die Kinder der beiden Frauen geladen hatte. Die Ochsen ließen sich durch nichts bewegen, schneller zu laufen. Er hätte sich jetzt das Pferdegespann des fränkischen Handelsmannes gewünscht, mit dem er die Strecke in einem Bruchteil der Zeit geschafft hätte.

Hartwig nahm seine Tochter und die beiden Söhne in die Arme. Es schien ihnen nicht zu gefallen, denn er war ein fremder Mann für sie. So umarmte er zunächst Ursula, die Geliebte von Prinz Baldur, der die Tränen in den Augen standen.
„Baldur lebt und es geht ihm gut", beruhigte Hartwig sie.
„Hast du ihn gesehen?", wollte Ursula wissen.
„Ja, ich hatte öfter mit ihm gesprochen und er sehnt sich sehr nach dir und eurer Tochter."
„Jetzt sind es schon zwei Kinder", antwortete sie schluchzend.
„Das würde ihn sehr freuen, wenn er es erführe."
Elke bat Hartwig, dass er erst einmal alles über Baldur erzählen sollte. Ihr tat Ursula so leid, dass sie ihren Geliebten noch nicht wiedersehen konnte. Hartwig beschrieb ihr sehr ausführlich und mit bewegenten Worten, wie und wo er lebte. Dabei liefen wieder viele Tränen, aber meistens waren es Tränen der Freude, dass er noch am Leben ist.

Nach dem Abendessen bat Hartwig seinen Bruder Harald mit ihm unter vier Augen sprechen zu können. Sie setzten sich in dem großen Wohnraum zusammen und Heidrun hatte den Männern einen Krug mit Met hingestellt.
„Ich werde nicht lange hier bleiben können. Ich muss weiter zu König Herminafrid", begann Hartwig das Gespräch.
„Das wird nicht gehen, denn die Grenze in das Ostreich ist von den Franken bewacht und es soll kein Wolf herüber und hinüber können."
„Das weiß ich, doch ich reise im Auftrag des Frankenkönigs Theudebert und soll seinen Gesandten bei den Verhandlungen unterstützen."
„Wieso ausgerechnet den Franken und nicht unseren König?", rief Harald erstaunt.
„Wenn Herminafrid meinen Rat wünscht, so werde ich auch ihm zur Verfügung stehen. Es soll ein Bündnis für eine lange Zeit werden."
„Die Franken hatten schon einmal eines gebrochen. Warum sollen wir ihnen dieses Mal glauben?"

„Theuderich lebt nicht mehr und sein Sohn Theudebert ist ein ganz anderer Mann, als sein Vater."
„Wie willst du das wissen?"
Harald sah Hartwig zweifelnd an.
„Ich war als Leibsklave die ganzen letzten Jahre bei ihm und habe ihn gut kennengelernt."
„Wieso bist du dann frei gekommen?"
„Ich habe ihm zum zweiten Mal das Leben gerettet, dafür hat er mir die Freiheit geschenkt und einen fränkischen Grafentitel dazu. Somit kann ich jede fränkische Grenze passieren und mich auch im Frankenland frei bewegen", erwiderte Hartwig voller Stolz.
„Da steckt doch bestimmt eine Absicht von Theudebert dahinter. Vielleicht will er dich als Spion verwenden?"
„Du darfst nicht so schlecht von allen Franken denken. Es gibt dort gute und böse, so wie bei uns."
„Das weiß ich, doch sei auf der Hut! Ich würde von dem Grafentitel keinem was erzählen, denn mancher Thüringer würde es dir übelnehmen, dass du den fränkischen Adelstitel angenommen hast. Wer sich mit den Franken einlässt, dem misstraut man."
„Deshalb wollte ich auch zuerst mit dir darüber sprechen, bevor ich morgen allen meine ganze Geschichte und Erlebnisse weiter erzähle."
Die beiden Brüder tranken noch ihre Becher leer und Hartwig ging zu seiner Frau und den Kindern.

Am nächsten Tag wurde groß gefeiert. Es kamen die Verwandten und Freunde, um den Totgeglaubten zu sehen. Viele konnten gar nicht begreifen, dass er wieder da war, den Göttern sei gedankt. Er berichtete ihnen von seinen Erlebnissen, doch den mißlungenen Fluchtversuch von Baldur und seine Standeserhöhung als fränkischer Graf verschwieg er. Dann gab er bekannt, dass er zu Herminafrid auf die andere Saaleseite musste.
Alle konnten das verstehen. Jetzt brauchte ihr König jede erdenkliche Hilfe. Es gab viele wohlgemeinte Ratschläge, wie er die Grenze überwinden könnte. Hartwig hörte zu und dankte für die Hinweise.

Siegbert erfuhr, dass sein Bruder dem König Herminafrid seine Dienste anbieten wollte. Er wünschte sich, mit ihm zu ziehen. Harald versuchte, ihn davon abzubringen, da es einerseits zu gefährlich war, die Grenze zu überschreiten und andererseits seine Arbeitskraft auf dem Hof und Feld benötigt wurde.
Siegbert fing jedoch immer wieder davon an und wollte mit seinen Freunden eine geeignete Stelle an der Saale erkunden, wo sie leicht übersetzen konnten. Harald und Hartwig, seine beiden älteren Brüder, konnten ihn nicht von seinem Vorhaben abbringen.

Am Morgen des nächsten Tages zog Siegbert mit einigen Jungkriegern los. Sie ritten zuerst zum Rynnestig, dem uralten Weg auf dem Kamm des Thüringer Mittelgebirges, immer weiter in Richtung Osten, bis sie vom Höhenweg aus, die Saale sehen konnten. Am Berghang fanden sie eine Quelle. Dort schlug man ein provisorisches Lager auf. Es erinnerte Siegbert sehr an die Übernachtungen im Freien, während der Pferdetriebe auf die Sommerweiden.
Dieses Mal war es jedoch viel gefährlicher. Sie mussten die Lager der Franken erkunden und sich nicht von ihnen erwischen lassen. Harald hatte ihn gewarnt und gesagt, dass die fränkischen Krieger mit aller Härte gegen sie vorgehen würden und niemand ihnen helfen könne.
Von der Höhe des Berges beobachteten sie in der Nacht, wo Feuer im Saaletal zu sehen waren. Diese konnten nur von den Franken stammen, denn in dem Gebiet, nahe dem Grenzfluss, lebte kein Thüringer mehr. Sie merkten sich die am nächsten liegende Stelle und ritten am nächsten Morgen in diese Richtung.
Von weitem sahen sie, dass sich dort ein befestigtes Lager der Franken befand. Die Krieger hatten Holzhütten gebaut und diese durch einen mannshohen Palisadenwall geschützt. Einer der Hauptwege führte am Lager vorbei.
Siegbert und seine Kameraden ließen ihre Pferde im Unterholz des Waldes zurück und zwei der Jungkrieger mussten auf sie aufpassen. Die anderen wateten durch einen Bach, der in die Saale mündete.

Die Weiden und das Gebüsch waren so dicht, dass sie nah an das Frankenlager herankommen konnten. Aus sicherer Entfernung und gut geschützt, beobachteten sie das Geschehen.
Das Leben schien dort sehr entspannt zu sein. Nur wenige Krieger hielten Wache. Die meisten waren damit beschäftigt, für ihr Essen zu sorgen und die Pferde zu pflegen.
Bis zum Abend blieben Siegbert und seine Freunde in ihrem sicheren Versteck, dann schlichen sie wieder vorsichtig zurück zu den Pferden. Sie hatten auch berittene Trupps gesehen, die regelmäßig das Saaleufer kontrollierten. Vom Hinterland her, schienen die Franken keine Gefahr zu vermuten. Ihre Aufmerksamkeit war auf das gegenüberliegende Flussufer und die Furt gerichtet. An dieser Stelle sah Siegbert keine Möglichkeit, unentdeckt hinüberzugelangen. Da flussabwärts die Saale breiter und ihre Ufer sumpfiger wurden, ritten sie zu den Furten, die flussaufwärts lagen.
Das Saaletal wurde enger und war von hohen Bergen gesäumt. An jeder Stelle, wo die Jungkrieger eine Möglichkeit der Flussüberquerung entdecken konnten, standen Wachstationen. Es schien kein Durchkommen zu geben. Sie gelangten immer weiter nach Süden, aus den Bergtälern, heraus. Da wurden auch die Wachstationen größer und hier lagerten mehr Krieger.
So zogen sie wieder nordwärts, um nochmals eines der kleinen Lager in dem engeren Saaletal zu beobachten. Dies schien die einzige Stelle zu sein, wo man einen Übergang durch die Saale wagen konnte und die Wachstationen nicht so eng beisammenlagen.
Von den Berghängen konnten die Thüringer das Gebiet gut beobachten. Mehrere Tage blieben sie hier und spähten alles aus, was von Interesse sein konnte. Dabei wurden sie in ihrer Deckung unvorsichtig und von den Frankenkriegern gesehen. Diese taten so, als hätten sie die Thüringer nicht bemerkt und lauerten der kleinen Jungkriegerschar in einem Schilfgebiet auf.
Aus ihrem Versteck schossen die Franken ihre Pfeile auf die Jungkrieger ab. Diese machten sofort kehrt und galoppierten durch das Schilf in Richtung Berghang. Eines der

Tiere wurde von Pfeilen getroffen und schwer verletzt. Es stürzte zu Boden.
Siegbert machte kehrt und zog den Freund, der zum Glück nicht getroffen wurde, auf sein Pferd. Zusammen galoppierten sie den anderen hinterher. Erst nachdem sie das Unterholz erreichten, sahen sie zurück, ob sie verfolgt wurden.
Die meisten von ihnen bluteten stark an den Beinen und Armen. Es waren nicht die Pfeile, welche die Wunden verursacht hatten, sondern das meterhohe Schilfrohr. Der Schreck über den überraschenden Hinterhalt der Franken steckte allen tief in den Gliedern. Sie wollten schnell wieder nach Hause. So zogen die Jungkrieger auf dem Kammweg, dem Rynnestig, zurück nach Rodewin.

Harald war froh, dass nichts Schlimmeres passiert war. Sie hätten auch gefangen oder sogar getötet werden können. Siegbert berichtete, dass kein Hindurchkommen zum anderen Saaleufer möglich sei und die anderen Jungkrieger bestätigten es. Sie waren die Helden, die großen Mut bewiesen hatten und mussten immer wieder von ihrem Abenteuer erzählen.

2. Das Friedensbündnis

Der fränkische Gesandte reiste von Reims in das verbliebene Thüringer Königreich im Osten. Er war nicht in Eile und nahm den kleinen Umweg über Rodewin. Von seinem König hörte er, dass Hartwig wieder nach Hause gereist war und er ihn möglicherweise zu Herminafrid begleiten würde. Seine Hilfe konnte er bei den schwierigen Verhandlungen gut brauchen. Die früheren Gespräche hatte er direkt mit dem König führen müssen, da sich sein Großkanzler auswärts aufhielt.
Herminafrid war in keiner Weise entgegenkommend. Er beharrte anfangs auf die Räumung des gesamten Reichsgebietes. Hierzu war aber Theudebert nicht bereit. Das Gebiet vom Oberlauf der Werra bis zur Donau sollte fränkisch bleiben und im Norden zwischen Harz und Elbe beanspruchten die Sachsen das Land.

Der Gesandte näherte sich mit zwei bewaffneten Männern dem Oberwipgau. Harald wurde das bereits von seinen jugendlichen Kundschaftern gemeldet.
Die Wachtrupps, die aus den größeren Jungen bestanden, sollten erst nach dem Abzug der Franken wieder aufgehoben werden. Das Warnsystem hatte sich schon oft bewährt. In so unsicheren Zeiten war es immer gut, rechtzeitig zu wissen, wer sich dem Gau nähert.
In den fränkischen Wachstationen war bekannt, dass es gefährlich sei, in die Nähe dieses Gebietes vorzudringen.
Harald erkannte den Fremden an den Zeichen, die auf den Schilden der bewaffneten Begleiter gemalt waren. Das gleiche Zeichen war auf der Medaille, die er bei der ersten Begegnung, noch vor der großen Schlacht, von dem Gesandten erhielt.
Der Franke stieg vom Pferd und folgte Harald ins Haus.
„Hast du eine gute Reise gehabt?", fragte er den Gast.
„Ich bin nun schon des Öfteren auf dem Königsweg in das Ostreich geritten und es kommt mir vor, als würde die Entfernung immer geringer."
„Mir ging es auch so, als ich noch viel unterwegs war. Es

wird die Gewöhnung sein und man muss nicht auf so viele Dinge achten, wie beim ersten Mal."
„Vielleicht ist es meine letzte Reise hierher, denn ich glaube, dass das Bündnis bald zustande kommen wird. In vielen Dingen haben wir uns schon einigen können, aber die großen Brocken sind noch nicht vom Tisch."
„Darfst du darüber sprechen?", wollte Harald wissen.
„Ich hege großes Vertrauen in dich und deine Verschwiegenheit und da es unter uns bleibt, will ich es dir sagen. Es geht um die Abtretung des Gebietes im Süden und Norden und um die Heirat von Herminafrids Tochter mit Chlothar. Der Thüringer König will sie jedoch nur Theudebert geben, aber der ist mit einer Galloromanin verheiratet und mit einer Langobardin verlobt. Da wir Katholiken nur mit einer Frau in ehelicher Gemeinschaft leben dürfen, ist das ein Problem für meinen Herrn. Chlothar hatte sich angeboten, die Prinzessin zu ehelichen, doch Herminafrid lehnte bisher ab."
„Vielleicht überlegt er es sich noch", entgegnete Harald.
„Es war wohl der Altersunterschied, der ihn bewog, das Angebot abzulehnen, doch was spielt schon das Alter bei einem Mann und einem König noch dazu, für eine Rolle."
„Vielleicht mag die Prinzessin Chlothar nicht?"
„Sie kennt ihn doch gar nicht", entgegnete der Gesandte.
„Sie wird deshalb nur auf das Alter schauen."
„Bei uns haben die Königskinder in Ehesachen nicht mitzureden. Ich weiß nicht, wie das bei euch ist?"
„Es ist bei uns ähnlich. Deshalb denke ich, dass sie einwilligen muss."
„Ist denn dein Bruder Hartwig schon eingetroffen?", wollte der Gesandte wissen.
„Ja, vor einiger Zeit kam er nach Hause."
„Das war bestimmt eine große Freude für euch alle. Der Krieg hat tiefe Wunden in vielen Sippen geschlagen, auch bei mir."
„Hast du einen deiner Angehörigen in der Schlacht verloren?", wollte Harald wissen.
„Nein, das nicht. Doch mein Sohn war als Geisel am Thüringer Königshof und ich habe nichts mehr von ihm gehört. Wahrscheinlich ist er tot, denn niemand konnte mir sagen,

was mit ihm passiert ist. Ich habe den König danach gefragt, doch der meinte, dass er damals Wichtigeres zu tun hatte, als auf zwei Frankenjungen aufzupassen."
„Sie waren einmal bei uns in Rodewin und ich kann dir den Platz zeigen, wo sie sich gern aufhielten."
„Das wäre schön."
Harald gab wegen des Abendessens noch ein paar Anweisungen und ritt dann mit seinem Gast und Siegbert durch den Wald über den Sandberg.

Nachdem die drei den Eichelsee vor sich liegen sahen, war der Gesandte von dem schönen Anblick und der Aussicht auf die Thüringer Berge begeistert. Harald zeigte ihm die Hütte, zu der sie noch hinreiten mussten. Der Weg war nicht weit. Auf dem kleinen Hügel, vor dem Haus der Kräuterfrau, stieg Harald vom Pferd.
„Dies ist die Stelle, an denen die beiden Jungen gern auf den See blickten."
Der Franke und Siegbert glitten auch aus ihren Sätteln und sie setzten sich auf den Stamm eines umgefallenen Baumes.
„Es ist ein Platz der Ruhe und ich kann meinen Sohn verstehen, dass es ihm hier gefiel."
„Was wäre aus dem Prinzen geworden, wenn er wieder zurück ins Frankenreich gekommen wäre? Chlothar soll doch am Tod seiner beiden Brüder schuld gewesen sein."
„Ja, das sagt man und es wird auch stimmen. Wer den König kennt, der traut ihm das zu. Wenn der Prinz wieder heimgekommen wäre, so hätte ihn wahrscheinlich das gleiche Schicksal erwartet, wie seinen Brüdern. Doch dann würde er zumindest in seiner Heimat begraben sein."
Die Männer blickten in Gedanken vor sich hin. Da kam die alte Kräuterfrau aus der Hütte und zwei Jungen folgten ihr mit Tragkörben.
„Wer sind die Leute, die da wohnen?", wollte der Gesandte wissen.
„Es ist unsere Kräuterfrau und die Jungen sind sicher ihre Neffen. Sie wollen bestimmt Brennholz im Wald sammeln."
Der Gesandte stand auf und sah den dreien nach.

„Wenn es nicht unmöglich wäre, so würde ich denken, dass der eine Junge, wie mein Sohn läuft, aber das kann nicht sein."
„Ruf doch nach ihm, dann wirst du es wissen!"
Laut schrie der Franke den Namen seines Sohnes. Der eine Junge blieb stehen und sah hinauf zum Hügel. Dann ließ er den Korb fallen und rannte sogleich zu den Männern, die dort standen.
Er hatte seinen Vater erkannt. Beide liefen aufeinander zu und fielen sich in die Arme.
„Hab ich dich wieder mein Sohn. Ich kann es kaum glauben."
„Ich bin froh, dass du da bist! Es ist schon so lange her, dass wir uns das letzte Mal sahen."
„Sag, wie geht es dir mein Junge?"
„Wie du siehst, gut! Ich hatte anfangs große Sehnsucht nach euch, doch jetzt bin ich an das Leben hier gewöhnt."
Inzwischen waren die Kräuterfrau und der Prinz hinzugekommen.
Das Brennholzsuchen wurde verschoben und sie gingen gemeinsam zur Hütte. Dort setzten sie sich auf die Bank, die im Freien stand und unterhielten sich. Der Gesandte konnte sein Glück noch immer nicht fassen, dass er seinen Sohn wieder hatte und er wollte ihn gleich mitnehmen.
Harald riet ihm jedoch davon ab. Er meinte, es wäre besser, wenn er ihn erst auf seiner Rückreise ins Frankenreich mitnehmen würde und bis dahin könnten sie sich auch überlegen, ob es nicht ratsam wäre, den Prinzen hier zu lassen.
Der Gesandte sah die Gefahr, die der Prinz in seiner Heimat ausgesetzt wäre und war mit dem Vorschlag einverstanden. Er entschied, seine Abreise aus Rodewin um drei Tage zu verschieben und diese Zeit mit seinem Sohn am Eichelsee zu verbringen. Harald hatte nie einen glücklicheren Mann gesehen, der sein tot geglaubtes Kind gefunden hatte. Erst als sie wieder in Rodewin eintrafen, konnte sich der Gesandte etwas beruhigen.

Hartwig war inzwischen aus Alfenheim zurück und der Franke fragte ihn, ob er ihn zu Herminafrid begleiten würde.

Hartwig sagte zu, wenn auch seine Frau und die Kinder mitkommen könnten. Siegbert, der ihnen zuhörte, fragte, ob er auch dabei sein darf.
Der Franke sah Harald an und der nickte zustimmend, denn in seinem Gefolge war die Grenzüberschreitung der Thüringer nicht mehr so gefährlich.
Nach dem Abendessen ritt Hartwig nochmals nach Alfenheim, um Elke und die Kinder nach Rodewin zu bringen. Der Gesandte freute sich schon auf den nächsten Tag und das Treffen mit seinem Sohn. Er verbrachte den ganzen Tag bei der Kräuterfrau und sie erzählte ihm, wie sie zu dem Familienzuwachs gekommen war. Abends war auch Hartwig mit Frau und Kindern in Rodewin angekommen. Doch sie waren nicht allein. Ursula und ihre beiden Kinder sowie Elkes starker Sklave Sigu waren dabei.
„Wollen die alle mitkommen?", fragte der Gesandte überrascht.
„Ja, sie gehören alle zu mir."
„Dann wird ein Ochsenwagen gar nicht ausreichen", meinte lachend der Franke.
Hartwig war froh, dass sie so eine gute Möglichkeit fanden, die Grenze sicher zu überschreiten. Sie hatten wenig Zeit, um alles zu packen, denn in zwei Tagen war die Abreise vorgesehen. Am letzten Abend gab es ein kleines Abschiedsfest. Harald hatte auch die Kräuterfrau, deren Töchter und Neffen eingeladen. Der Franke war sehr froh darüber, dass er seinen Sohn noch bis zur Abreise in seiner Nähe haben konnte.

Am Morgen darauf zogen sie mit zwei vollbeladenen Ochsenkarren in Richtung Saale. Da sie im Gefolge des Gesandten reisten, gab es keine Aufenthalte an den Wachstationen und an der Grenze. Dennoch dauerte es mehrere Tage, bis sie den neuen Wohnsitz von König Herminafrid erreichten.
Hartwig war überrascht, wie einfach sich das neue Leben für die Königsfamilie gestaltet hatte. Die Siedlung glich einer kleinen Stadt, in deren Zentrum sich die Langhäuser des Königs und der Beamten sowie ein großer Platz befan-

den. In den Gassen, hatten sich Handwerker angesiedelt und boten ihre Waren feil. Am Rande, der durch Palisadenwände geschützten Stadt, standen die Hütten der Bauern. Nichts erinnerte hier an die Ausstattung im Königshort der Herminaburg.
Der Gesandte wurde schon am Stadttor von einem Beamten empfangen und in sein Quartier gebracht. Die beiden Ochsenwagen mit den Thüringern folgten ihm. Ihnen wurde ein großes Langhaus zugewiesen. Es war in mehrere Räume unterteilt. An einer Seite zur Küche begann der Stall für die Pferde und Kühe. Hier stellten Hartwig und Siegbert die Reittiere und Ochsen ein. Dann suchten sie sich einen guten Platz zum Wohnen und Schlafen.
Der Franke und Hartwig gingen allein zum Haus, in dem die Beamten ihrer Tätigkeit nachgingen. Es herrschte hier ein emsiges Treiben. Sie wurden in einen großen Raum geführt und der Großkanzler begrüßte die beiden.
„Nehmt bitte Platz! Ich muss nur noch eine Kleinigkeit erledigen. Wir gehen dann zu mir nach Hause und können in Ruhe über alles reden."
Sie setzten sich auf eine Bank und warteten geduldig. Nach einer Weile kam der Kanzler zurück und sie gingen zu seinem Langhaus, gleich neben dem des Königs.
Auf dem Weg dorthin traf Hartwig Amalafred. Die beiden Freunde begrüßten sich freudig.
„Ich hatte schon von deiner Ankunft gehört und bin sehr gespannt, was du zu berichten hast", meinte Amalafred.
„Wir können uns morgen Früh treffen und dann erzähle ich dir alles."
„Einverstanden! Ich werde dich abholen. Wir machen nach dem Frühstück einen kleinen Jagdausflug und Siegbert kann auch mitkommen."
Hartwig musste sich beeilen, dem Großkanzler und Gesandten zu folgen. Sie nahmen in einem großen Raum Platz und die Hausfrau kam mit Speisen und Rotwein.
„Darüber bin ich sehr erstaunt, dass ich heute Abend Wein genießen kann", erwiderte der Gesandte.
Der Großkanzler sagte schmunzelnd: „Diesen Wein habe ich extra für euch von einem Händler aus dem Süden er-

worben, denn wir trinken sonst Bier oder Met und natürlich auch Kräutertee."
An diesem Abend unterhielten sich die Männer nur über belanglose Dinge, als wollte man sich kennenlernen. Hartwig sagte, dass er zum Elbkniegau weiterreisen möchte, um sich dort der Pferdezucht zu widmen.
Der Großkanzler bat ihn jedoch bald wiederzukommen, um dem König seine Erfahrungen zur Verfügung zu stellen.
Amalafred war sehr früh am nächsten Tag in Hartwigs Unterkunft erschienen. Sie wollten zur Jagd ausreiten. Es ging ihnen jedoch darum, miteinander zu sprechen. Der Prinz wollte wissen, wie es seinem Freund im Reich der Franken ergangen war. Amalafred staunte nicht schlecht, als er hörte, was Hartwig in den letzten Jahren alles erlebt hatte. Weiterhin berichtete Hartwig von seinem mißglückten Befreiungsversuch von Baldur und dessen Schwester Radegunde. Amalafred glaubte, dass nach der Heirat seiner Schwester Rodalinde mit Chlothar, die beiden Gefangenen nach Thüringen zurückkehren können. Sie mussten sich nur noch ein paar Monate gedulden.

Am nächsten Morgen wollte Hartwig mit den Ochsengespannen zum Elbkniegau weiterreisen. Amalafred bot sich an, ihn dorthin zu begleiten. Das war ihm sehr recht, denn so konnten sie sich auf der Reise weiter unterhalten.
Kurz nach Sonnenaufgang brachen sie auf. Nebel lag über dem flachen Land und es war kühl. Die Siedlungen lagen sehr weit auseinander und der Weg war in schlechtem Zustand. So kamen sie nur langsam voran. Abends hielten sie an einem günstigen Lagerplatz, den Siegbert aussuchte. Er ritt immer gern etwas voraus und erkundete die Gegend. Wichtig war es für ihn, eine saubere Wasserstelle zu finden. Dann suchte er trockenes Reisig und Äste für das Feuer. Wenn die Wagen kamen, konnten die Frauen gleich den mitgeführten Kupferkessel mit Wasser füllen und über der Glut erwärmen.
Elke erzählte von ihrer Heimat und war schon sehr gespannt, was sie im Elbkniegau erwarten würde. Seit zwei Jahren hatte sie nichts mehr von ihrer Sippe gehört und

hoffte, dass ihr Vater, der auch in die Schlacht gezogen war, noch lebte.

Amalafred erzählte ihnen, dass vor hundert Jahren hier die Hunnen alles niedergebrannt und die Menschen getötet oder verschleppt hatten. Daher war das fruchtbare Land nur so schwach besiedelt. Sein Vater hatte damit begonnen, Slawen hier anzusiedeln und ihnen Land für den Ackerbau gegeben. So hoffte er, dass der Osten seines Reiches bald wieder erblüht und die Reichsschatulle füllen würde.

Die Reisenden hatten eine Karte vom Norden des Ostreichs bei sich und konnten darauf die Wege, Bäche und Seen erkennen. So wussten sie, dass sie sich bereits im Elbkniegau befanden. Hier musste irgendwo Hartwigs Weideland beginnen.

Am nächsten Tag zogen sie weiter. Plötzlich wurden die Hengste, auf denen sie ritten, unruhig. Sie flehmten und wieherten. Hartwig gab lachend seinem Pferd die Zügel frei und der Prinz sowie Siegbert folgten ihm. Sie kamen aus dem Wald heraus und sahen auf einer riesigen Weidefläche eine kleine Herde grasen. Der Leithengst bewegte sich nervös um die Gruppe herum und als er die Reiter entdeckte, trieb er seine Stuten schnell fort.

„Vielleicht sind es deine Tiere", meinte Amalafred.

„Schön wäre es, sie sehen prächtig aus!"

Nun konnte es nicht mehr weit bis zur Siedlung seines Schwiegervaters sein.

Am Tag darauf erreichten sie Weibels Land. Elke konnte den Weg jetzt beschreiben, da sie sich an einzelne Gegebenheiten in ihrer Heimat erinnerte.

Die herannahende Gruppe hatte schon von der Ferne Aufmerksamkeit erregt. Neugierige Kinder kamen ihnen entgegengeritten und waren überrascht, dass es Elke war, die nach Hause kam.

Ein Junge berichtete gleich von den Geschehnissen der letzten Jahre. Der Gaugraf, ihr Vater, hatte die Schlacht schwer verletzt überlebt. Ihm hatte ein Frankenkrieger mit dem Schwert die rechte Hand abgeschlagen. Sein Knappe brachte ihn vom Schlachtfeld nach Hause.

Es brauchte einige Zeit, bis er sich als Rechtshänder daran gewöhnen konnte, mit der linken Hand auszukommen. Viele meinten, dass er jetzt dem Gott Thyr sehr ähnlich sehe, dem der Fenriswolf eine Hand abgebissen hatte. Weibel fühlte sich durch diesen Vergleich sehr geschmeichelt.

Siegbert war zur Siedlung vorausgeritten und hatte die Ankunft von Hartwig und seiner Familie gemeldet. Aufgeregt liefen Weibels Töchter und die Mutter hin und her. Nur der Hausherr selbst blieb ruhig und stellte sich in die Mitte seines Hofes, um seine Tochter und die anderen zu empfangen. Er konnte die kleine Gruppe schon deutlich sehen.
Den ersten Wagen lenkte Elke und den zweiten Sigu. Hartwig und Amalafred kamen im Galopp auf den Hof und begrüßten den Hausherrn und seine Familie. Dann warteten sie gemeinsam auf die Ankunft der Wagen. Es blieb kein Auge trocken, als Elke vom Wagenbock heruntersprang und auf ihren Vater zuging. Er drückte sie mit dem linken Arm an seine Brust und sie weinte, wie ein kleines Kind.
„Es gibt doch keinen Grund zum Heulen", sagte er beruhigend zu ihr.
„Ich kann nichts dafür. Ich bin so glücklich, dass du noch lebst."
„Eine kleine Schramme haben sie mir schon verpasst", sagte er belustigend.
Weibel begrüßte auch Ursula, die Kinder und Sigu. Danach lud er die Männer auf einen Becher Met ein. Die Frauen zogen mit den Kindern in die Küche und bereiteten zusammen das Essen vor.
Es sollte ein Festessen geben. Ein paar Enten wurden geschlachtet und im Kessel eine kräftige Suppe gekocht. Elke und Ursula saßen mit ihren Kindern inmitten der Küche und die anderen hockten oder standen um sie herum. Sie musste vom Leben in Rodewin und Alfenheim berichten und wie es ihnen ergangen war. Die Arbeit blieb an diesem Tage liegen.

Weibel hatte am Abend die Männer gefragt, ob sie ihn am nächsten Morgen zur Götterinsel begleiten wollten. Er war sich sicher, dass keiner „Nein" sagen würde. Die Neugier war bei allen groß, ob der Bau weiter vorangeschritten war, doch Weibel verriet nichts.

Auf dem Weg zur Götterinsel ritten die Männer zunächst zu Hartwigs neuer Siedlung. Elkes Tante Ortrun begrüßte sie, als sie dort eintrafen. Sie war die Einzige, die hier war. Die anderen reparierten die Zäune der Koppeln. Hartwig sagte ihr, dass er mit Elke und den Kindern kommen würde. Sie versprach ihm, etwas besonders Gutes zu kochen.
Die Männer stiegen zum Aussichtsturm hinauf. Oben angekommen blickten sie neugierig zu den Inseln und Weibel erzählte, wie der Bau vorangekommen war. Die Mauern standen alle und an einigen großen Figuren wurde noch fleißig gearbeitet.
„Lasst uns gleich hingehen! Die Götterfiguren kann man von der Nähe besser betrachten."
„Was ist denn das große Ding, da am Ufer?", wollte Siegbert wissen.
„Das ist ein steinernes Boot. Es kann aber nicht schwimmen. Von dort gelangt man mit den Holzbooten zur Insel."
Sie ritten einen schmalen Waldpfad entlang und erreichten nach kurzer Zeit das Ufer des Sees. Jetzt konnten sie die Bootsanlegestelle, die als Steinschiff ausgebildet war, gut erkennen. Beidseits lagen kleine Holzboote.
„Steigt ein!", forderte Weibel die anderen auf.
Sie stellten ihre Pferde in eine Umzäunung und ließen sie grasen.
Nicht alle waren mit dem Rudern vertraut. Amalafred und Siegbert hatten Probleme, das Gleichgewicht zu halten. Das Boot schwankte und beide fielen ins Wasser. Hartwig half ihnen zurück ins Boot. Weibel und Hartwig konnten das Lachen nicht unterdrücken.
Vorsichtig ruderten sie zur Insel hinüber. Der Zugang zur Götterburg war inzwischen fertiggestellt worden. Große Stufen führten bis ins Wasser hinab und dienten als Anlegestelle. Der Baumeister hatte die Ankommenden schon gesehen und auf der Treppe gewartet. Er half ihnen die Boote zu vertäuen und auszusteigen.

Ein Knabe, der in der Nähe stand, brachte Amalafred und Siegbert zu der Wohninsel, damit sie ihr nasses Gewand trocknen konnten. Weibel lief mit Hartwig und dem Baumeister in den Innenhof.
„Da staunst du, so etwas hast du bestimmt noch nicht gesehen?", rief er freudig aus.
„Wahrlich, es ist ein herrliches Bauwerk!", sagte Hartwig und betrachtete die Steinfiguren, die am Rande des kreisförmigen Hofes aufgestellt waren. Die meisten Bildnisse konnte er gleich erkennen, denn die Götter hatten ihre Attribute bei sich.
„Wenn ich mich nicht irre, bist du das, lieber Schwiegervater", sagte er.
„Wieso?"
„Es ist Thyr mit nur einer Hand und er sieht dir im Gesicht ähnlich."
Der Gaugraf stellte sich neben den Stein und hob stolz seinen Kopf. Alle Umstehenden pflichteten Hartwigs Meinung bei.
„Dein Pferdeknecht hat diese Figur gemacht. Ich musste ein paar Mal hier herkommen und durfte mich nicht bewegen. Dann hat er fleißig losgemeißelt."
„Das ist eine richtige Meisterleistung!", bestätigte der Baumeister.
„Hast du ihn auch gut dafür belohnt?", wollte Hartwig wissen.
„Natürlich habe ich mich nicht lumpen lassen. Er durfte sich aus meinem Stall ein Pferd aussuchen, das ich ihm geschenkt habe."
Die Männer sahen sich noch die anderen Figuren an.
„Ihr müsst hinauf auf das Dach steigen! Dort sind weitere Götter zu sehen", meinte der Baumeister und kletterte auf einer Leiter nach oben. Die Bildnisse, die am äußeren Mauerrand standen, waren von der Ferne aus gut erkennbar.
Im Hof befand sich die Statue von Odin. Er saß auf seinem Armstuhl, hielt seinen Speer in der Hand und hatte das eine Auge abgedeckt. Die Raben an seiner Seite berichteten ihm, was sie in der Welt gesehen hatten und die beiden Wölfe schliefen zu seinen Füßen.

Vom Dach der Götterburg hatte man eine gute Sicht über den See und auch zur Wohninsel der Bauleute.
Der Baumeister lud sie zu sich auf einen Becher Bier ein und sie liefen über den Steg zu der kleinen Insel hinüber.
„Kommen wir da wirklich trocken an?", fragte Weibel skeptisch.
„Der Steg hat schon andere Gewichte ausgehalten, als euch. Ihr braucht keine Angst zu haben!"
So richtig traute der Gaugraf dem Ganzen nicht. Hartwig musste ihm vorangehen und der Schwiegervater hielt sich an seinen Schultern fest. Die Männer kamen heil hinüber und liefen zur Hütte des Baumeisters. Dort saßen Amalafred und Siegbert auf den Bänken und prosteten sich zu.
„Ihr konntet es wohl nicht erwarten, das Bier zu probieren, deshalb seid ihr vorhin ins Wasser gesprungen?", bemerkte Weibel spöttisch.
„Wer den Schaden hat, braucht für Spott nicht zu sorgen", sagte Amalafred und stieß seinen Becher mit dem des Gaugrafen an.
„Wo habt ihr denn eure Sachen gelassen?", wollte der Baumeister wissen.
„Die trocknen neben dem Herd. Deine Frau hat uns ein paar Hemden von dir gegeben, damit wir nicht nackt hier sitzen müssen."
„Nun habt ihr euch das Bauwerk gar nicht ansehen können. Wenn es euch interessiert, so kann es euch der Baumeister noch zeigen", meinte Weibel.
„Willst du nicht selber mitkommen?"
„Ich muss mir erst Mut antrinken, um ein zweites Mal über den luftigen Steg zu gehen."

Es gab ein lustiges Bild ab, wie Amalafred und Siegbert in ihren zu kurzen Hemden dem Baumeister folgten. Weibel und Hartwig ruhten sich inzwischen aus und ließen sich das Bier schmecken. Nach einer Weile kamen die drei zurück und spendeten viel Lob für das Erreichte.
„So einen schönen Tempel müssten wir neben der Amalaburg errichten", meinte der Prinz bewundernd.

„Dazu müssen aber erst die Frankenkrieger aus unserem Reich verschwunden sein", bemerkte Weibel.
„Es wird nicht mehr lange dauern und wir sind wieder frei."
Hartwig nickte und sagte: „Jetzt laufen die letzten Gespräche darüber und deshalb müssen wir auch bald wieder zum Königssitz zurückreiten. Wir können nur ein paar Tage im Elbkniegau bleiben."
„Und was ist mit Elke und den Kindern?", fragte Weibel überrascht.
„Meine Frau kann selber entscheiden, ob sie mitkommen oder hierbleiben will."
„Die Enkelkinder hätte ich schon gern bei mir. Sie brauchen ihren Großvater."
„Das verstehe ich. Wir werden bestimmt eine gute Lösung finden."
Weibel schien etwas betrübt zu sein. Er hatte seine Tochter und die Enkel so lange entbehren müssen und jetzt würden sie womöglich bald wieder fortziehen. Das fand er nicht gerecht. Hartwig bemerkte seine Betrübnis, sagte aber nichts mehr dazu. Er wollte erst einmal mit Elke darüber sprechen.
Nach einer kleinen Mahlzeit ritten die vier wieder zurück.
Nachdem sich eine Gelegenheit bot, sprach Hartwig mit Elke über die Abreise zum neuen Königssitz und sagte ihr auch, dass ihr Vater darüber traurig war, als er davon erfuhr.
„Das kann ich mir denken. Von meinen Schwestern hat er noch keine Enkel und nach den Kindern sehnt er sich am meisten. Allein möchte ich sie aber auch nicht hier lassen."
„Das musst du auch nicht. Die Gespräche am Königshof werden bestimmt nicht so lange dauern. So kannst du mit Ursula in unserer Siedlung bleiben und ich reite mit Siegbert und Amalafred allein zurück."
„Wenn du das tun willst, so wäre es das Beste. Nicht nur wegen meines Vaters, sondern auch wegen des Winters, der bald kommt. In unserem Heim haben es die Kinder besser und wenn Ursula bei mir ist, wird es mir auch nicht langweilig."
„Dann schlage ich vor, dass wir morgen zu unserer Siedlung reiten."
Sie war einverstanden und informierte ihren Vater.

„Eine größere Freude hättet ihr mir nicht machen können", sagte er begeistert. Sein Gesicht erhellte sich im Nu und er umarmte spontan seinen Schwiegersohn. Die Welt schien für ihn wieder heil zu sein.

Am nächsten Morgen ritten Hartwig und Elke zeitig los. Die Kinder kamen mit Ursula auf einem Ochsenkarren nach und Sigu lenkte die störrischen Vierbeiner. Es war sehr windig, aber nicht kalt. Ortrun, Elkes Tante, hatte den anderen in Hartwigs Siedlung Bescheid gesagt, dass die Herrschaft kommen würde und sie schmückten das Siedlungstor und ihr Langhaus mit Girlanden.
Freudig wurden sie von dem Pferdeknecht mit seiner Familie, und Elkes Tante, mit ihren beiden Söhnen, begrüßt. Ortrun hatte eine kleine Mahlzeit vorbereitet und alle setzten sich um den großen Esstisch in Hartwigs Wohnhaus. Nun wurde fleißig erzählt.
Nach dem Essen ging Hartwig mit dem Pferdeknecht nach draußen und sie sprachen über die Pferdezucht. Es war so, wie Weibel es berichtet hatte. Der Knecht hatte gute Kenntnisse und eine glückliche Hand in der Aufzucht. Einige Stuten mit ihren Fohlen standen im Stall. Bei zwei Jungtieren war der Hengst aus dem Frankenreich, den er von Theudebert geschenkt bekam, der Vater.
„Wir können uns noch die anderen Pferde ansehen. Sie stehen auf der Koppel, wo wir den Zaun repariert haben."
„Ist es sehr weit?"
„Nein, nur einen Steinwurf von hier entfernt."
„Dann frage ich meine Frau, ob sie mitkommen möchte."
Hartwig lief zurück ins Haus und Elke sagte, zum Bedauern der anderen, zu.
Sie ritten zu der Koppel, wo eine große Herde schöner weißer Pferde stand. Die Tiere waren nicht scheu und eine Stute kam gleich auf Hartwig zu. Er streichelte ihren Kopf und Hals und war sehr angetan von dem guten Zustand.
„Ich bin von deinen Zuchterfolgen ganz begeistert", sagte er zum Pferdeknecht, dem dieses Lob sichtlich gut tat. Hartwig zählte die Tiere.
„Sind es alle?", wollte er wissen.

„Es gibt noch eine kleine Herde auf einer anderen Koppel. Wir müssen sehr aufpassen, dass sie nicht ausbrechen. Manchmal kommt einer von Weibels Hengsten, der die Stuten wegholen will."
„Hat er seine Pferde frei herumlaufen?"
„Nur eine Gruppe. Ich sprach schon mit ihm darüber, doch er erklärte mir, dass er mit Absicht diese Tiere nicht an die Menschen gewöhnen wollte. Sie sollten nur den Göttern zur Freude mit dem Wind um die Wette rennen können."
„Ich habe diese kleine Herde gesehen, als wir in das Gebiet des Elbkniegaus kamen."
„Sie haben dich also schon würdig begrüßt!"
Die Männer sprachen über die Möglichkeiten des Verkaufs von einigen Jungtieren. Sie wollten damit jedoch noch bis zum nächsten Frühjahr warten. Hartwig hoffte, nach dem Friedensbündnis mit den Franken für immer hier bleiben zu können.
„Morgen muss ich wieder zum Königshort. Meine Frau und ihre Freundin werden mit den Kindern da bleiben. Dann wird Elkes Tante nicht mehr zur Ruhe kommen."
„Ich denke, es wird ihr gefallen und meine Frau freut sich auch."
Nach dem Mittagessen ritt Hartwig allein zurück zu Weibel, der schon ein Abschiedsessen für seine Gäste vorbereitet hatte. Es gab Spanferkel am Spieß.

Den Tag über hatten sich der Prinz und Siegbert nicht gelangweilt. Die beiden jüngsten Töchter bemühten sich um sie. Sie gingen zusammen zu den Teichen. Amalafred unterhielt sich mit der Älteren und deutete Siegbert, dass er sich mit der anderen abgeben sollte. Anfangs verstand Siegbert den Wink nicht, doch als er sah, dass der Prinz die Taille seiner Begleiterin umfasste, wusste er, was er meinte.
Die jüngste Tochter von Weibel hieß Hedwig. Sie war ein aufgewecktes Mädchen, doch etwas zu mollig für Siegberts Geschmack. Er verglich sie mit Helga und da konnte sie nicht mithalten. Anfangs wusste er nicht, was er mit ihr reden sollte.

„Du warst auch mit, in Rodewin zu Hartwigs Hochzeit. Hat es dir dort gefallen?", begann er.
„Es ist schön bei euch."
„Ihr seid zeitig wieder heimgefahren, so konntest du dir gar nicht viel ansehen."
„Ja", sagte sie kurz.
Siegbert überlegte, was er noch zu ihr sagen konnte. Bei ihrer Wortkargheit war es schwer, dass eine Unterhaltung zustande kam.
Vor ihnen lief Amalafred mit der älteren Schwester und sie schienen sich sehr gut zu amüsieren. Immer wieder hörte Siegbert die beiden laut auflachen.
Er begann schon sich selbst zu bedauern, als Hedwig nach seiner Hand griff. Siegbert tat so, als würde er nichts bemerken und ging stumm neben ihr her. Amalafred hatte sich mit seinem Mädchen unter einen schattigen Baum gesetzt und sie scherzten und lachten in einem fort. Siegbert wollte ihm nicht zu nah kommen und meinte: „Es ist sehr heiß! Wollen wir uns ein wenig setzen?"
„Hier ist ein schöner Platz", sagte Hedwig und zeigte zu einer Weide, die am Teichufer stand. Sie zog ihn an der Hand dorthin und setzte sich ins Gras. Siegbert nahm neben ihr Platz und überlegte, was er noch zu ihr sagen konnte. Sie schwiegen zusammen. Es war nur das Lachen des anderen Paares zu hören. Dann irgendwann verstummte auch dieses.
Es wurde still und nichts störte den Frieden in der Natur. Hedwig hielt noch immer seine Hand fest und er wusste nicht, was er tun konnte.
Sollte er ihr irgendetwas erzählen? Er konnte sie auch küssen oder berühren. Wieweit wollte und durfte er sich mit ihr einlassen? Sie war viel jünger als er und nicht sein Idealbild von einem Weib.
Hedwig nahm ihm die Entscheidung ab und gab ihm einen Kuss auf die Wange. Dann sprang sie auf und rannte fort. Siegbert folgte ihr, doch er konnte sie nicht fangen. Sie kannte sich an dem Teichufer gut aus und fand überall ein Versteck. Bald wäre er über Hedwig gestolpert, als sie im hohen Gras lag.

Siegbert fasste nach ihr, doch sie entglitt ihm abermals.
„Einen Hasen hast du bestimmt noch nicht mit der Hand gefangen", meinte sie triumphierend.
„Dazu habe ich Pfeil und Bogen."
„Das ist keine Kunst. Du bist nur zu langsam."
Das hätte Hedwig nicht sagen dürfen, denn nun jagte Siegbert sie wie ein Stück Wild. Es dauerte nicht lange und er holte sie ein. Hedwig versuchte einen Haken zu schlagen, doch er konnte noch ihren Rock fassen. Beide fielen ins hohe Gras und glitten aus. Ehe er sich versah, saß sie auf seinem Bauch und drückte seine Schultern nach unten.
„Wenn ich ein Hase wär, dann würde ich über den Jäger triumphieren", sagte sie und ließ sich erschöpft auf seine Brust sinken. Siegbert umfasste sie und merkte, dass ihr Rock bis zur Hüfte hochgerutscht war. Seine Hände glitten langsam über ihren Rücken zum Hintern und von dort zu den prallen Schenkeln.
„Siegbert!", hörte er Amalafred rufen. Hedwig stützte sich auf seiner Brust auf.
„Wir müssen zurück!", sagte er.
„Schade!", murrte sie und drehte sich zur Seite.
Amalafred kam auf ihn zu.
„Wo treibt ihr euch nur herum? Wir müssen heim und den Schweinebraten kosten."
Sie liefen zusammen zu dem Baum, wo Hedwigs Schwester sich bemühte, ihre Haare und Kleider zu ordnen.
„Lass die beiden Mädel sich noch in Ruhe putzen, wir eilen schon voraus!", sagte Amalafred.
„Geht nur!", erwiderte Hedwigs Schwester.
„Ihr kennt ja den Weg."
Gutgelaunt schritt Amalafred voran. Er pfiff ein lustiges Lied und Siegbert hatte ihn noch nie so locker erlebt.

Weibel wartete ungeduldig auf die beiden, denn das Schwein am Grill konnte angeschnitten werden und alle hatten Hunger. Hedwig und ihre Schwester kamen bald nach und suchten die Nähe ihrer Spaziergänger, doch die zeigten an ihnen kein Interesse mehr. Sie scherzten auch mit den anderen Schwestern und deren Freundinnen aus

der Nachbarschaft so vertraut, wie mit ihnen. Das verärgerte die beiden und schmollend zogen sie sich zurück.
Am nächsten Morgen ritten Siegbert, Amalafred und Hartwig zeitig los, um recht bald am neuen Königshort zu sein. Sie hatten nur leichtes Gepäck bei sich. Unterwegs blieb genügend Zeit zur Unterhaltung. Hartwig erzählte Amalafred und Siegbert unter dem Siegel der Verschwiegenheit von dem großzügigen Geschenk von Theudebert für seine Lebensrettung. Dass er ein fränkischer Graf war, konnten sie kaum fassen. Hartwig musste einen guten Stand bei dem Frankenkönig haben, um eine so hohe Ehrung zu erfahren. In Thüringen gehörte er zum Adel, hatte jedoch keinen besonderen Titel. Auch wenn sein Vater einst Gaugraf war, so konnte dieser Titel und das damit verbundene Amt nicht automatisch auf alle Söhne übertragen werden. Alle Adligen waren gleichberechtigte Gefolgsleute des Königs und hatten eine Stimme im Reichsthing auf der Tretenburg.
„Warum sprichst du nicht offen über diese Ehrung?", wollte Amalafred wissen.
„Harald hat mir davon abgeraten, da viele Thüringer in mir dann einen Gefolgsmann des Frankenkönigs sehen könnten."
„Und ist das so?", wollte Siegbert wissen.
„Niemals! Das Geschenk von Theudebert konnte ich nicht ablehnen und es kann mir auch dabei helfen, Baldur frei zu bekommen."
„Wie stellst du dir das vor?", fragte Amalafred.
„Bei den Verhandlungen muss die Rückkehr von Baldur und Radegunde nach Thüringen unbedingt mit berücksichtigt werden. Wenn es nicht ausdrücklich in dem Bündnisvertrag vermerkt ist, kann es passieren, dass Chlothar die beiden als Sklaven weiterverkauft."
„Das wäre entsetzlich, so etwas wird er doch nicht tun!"
„Chlothar ist alles zuzutrauen. Er schreckt vor nichts zurück, wenn es ihm Vorteile bringt."
„Hast du ihn schon einmal gesehen?"
„Früher, als Theudebert sich mit ihm noch gut verstand, waren wir öfters auf seiner Burg. Nach dem Tod Theuderichs, hatte sein Onkel einen Mordanschlag auf ihn veranlasst,

den ich vereiteln konnte und seitdem verkehren die beiden sehr vorsichtig miteinander."
„Das würde ich auch, wenn mich jemand umbringen wollte", bemerkte Amalafred.
„Harald sagte mir, dass Chlothar auch seine Neffen hat töten lassen, damit sie nicht das Erbe ihres Vaters bekommen."
„Ja, das ist so", bestätigte Hartwig.
„Wenn ich mir vorstelle, dass meine Schwester dieses Scheusal heiraten soll, dann steigt in mir die Wut auf. Mein Vater hätte eisern darauf bestehen sollen, sie nur Theudebert zu geben. Sein Onkel wird sie womöglich nur wie eine Magd behandeln."
„Es kommt ganz darauf an, was er mit ihr vorhat."
„Wie meinst du das?", fragte Amalafred.
„Wenn eines Tages dein Vater stirbt, wirst du König in Thüringen werden."
„Ich oder Baldur – oder wir beide zusammen?"
„Richtig! Wenn aber Baldur als Sklave irgendwohin verkauft würde und dir etwas passierte, so wäre deine Schwester in der Erbfolge die Nächste. Somit hätte Chlothar hier in Thüringen das Sagen."
„So gemein und berechnend kann doch selbst ein Merowinger nicht denken und handeln."
„Chlothar kann es!", sagte Hartwig in bestimmenden Ton.
„Wir sollten mit meinem Vater über diese Möglichkeiten sprechen, damit er gewarnt ist."
Amalafred dachte noch lange darüber nach, was Hartwig ihm sagte und ihm war klar, dass nach der Heirat seiner Schwester sein Leben durch seinen zukünftigen Schwager gefährdet war.

In bedeutend weniger Zeit, als sie bei der Reise in den Elbkniegau benötigten, erreichten sie den neuen Königssitz. Inzwischen war auch ein Gesandter von Chlothar eingetroffen, der die Einzelheiten für die Heirat seines Herrn mit der Tochter von Herminafrid besprechen wollte.
Die beiden Gesandten saßen nun täglich mit dem Großkanzler zusammen und verhandelten den Bündnisvertrag. Offen waren nur noch wenige Punkte, wie zum Beispiel

die Eigenständigkeit des verbleibenden Thüringer Reichs. Darauf legte Herminafrid großen Wert. Die Franken lenkten ein, wenn es um die jährlichen Tributzahlungen sowie die Anzahl der Krieger, die die Thüringer den Franken für ihre Kriege bereitstellen sollten, ging.
Manchmal nahm Herminafrid auch selbst an den Besprechungen teil. Bei einer dieser Zusammenkünfte drängte Hartwig wiederholt darauf, dass die Rückkehr von Baldur und Radegunde mit in dem Vertrag berücksichtigt werden sollte.
Herminafrid wies ihn mit scharfen Worten zurück.
„Dies gehört nicht hinein. Das mache ich mit Chlothar schon selber aus."
Hartwig blieb jedoch beharrlich.
„Baldur und Radegunde sind wie die anderen gefangenen Thüringer seine Sklaven und er kann mit ihnen tun, was ihm beliebt", bemerkte er.
Der König war von dieser Meinungsäußerung nicht sehr angetan und bemerkte zornig: „Es gibt wichtigere Dinge, die zu verhandeln sind!"
Hartwig schwieg daraufhin. Nach einer Weile versuchte er es noch einmal über die Gefangenen zu sprechen.
„Was wäre denn, wenn Chlothar den Prinzen und die Prinzessin nicht nach Thüringen zurückschickt und sie in ein fremdes Land als Sklaven verkauft?"
Chlothars Gesandter zeigte sich über diese Unterstellung sehr empört.
„Mein Herr würde so etwas nie tun. Er ist nach der Heirat mit Herminafrids Tochter mit dem Thüringer Königshaus verwandt und Baldur und Radegunde ständen somit auch unter seinem Schutz."
„Warum gibt er die beiden nicht gleich frei? Er hält sie wie Gefangene!"

„Es geht ihnen gut, das weißt du doch genau. Du hast selber gesehen, wie sie leben. Nichts fehlt ihnen und sie erhalten außerdem eine sehr gute Ausbildung."
„Das bedeutet gar nichts, gegen die Freiheit", entgegnete Hartwig unwirsch.

„Ihr seid doch auch wieder frei gekommen und habt noch einen hohen Titel dazu erhalten."
„Was für einen Titel?" wollte Herminafrid wissen, der mit Unwillen das Streitgespräch verfolgte.
Chlothars Gesandter sah verwundert den König an.
„Wisst ihr nicht, dass Hartwig ein fränkischer Graf ist?"
„Nein, das wusste ich nicht. Hartwig hat es mir nicht gesagt. Vielleicht weiß es mein Großkanzler?"
Der schüttelte verneinend den Kopf.
„Es muss wohl einen Grund dafür geben, dass er mir dies nicht mitteilte. Ich denke, dass wir seine Hilfe bei diesen Verhandlungen nicht mehr benötigen."
Hartwig stand auf und ging. Es folgte eine Weile betretenes Schweigen. Theudeberts Gesandter versuchte den Sachverhalt zu klären.
„Den Grafentitel hat ihm Theudebert als Dank für seine Lebensrettung geschenkt und ebenso die Freiheit. Hartwig hatte sich aber immer nur als Thüringer gefühlt und ist deshalb auch wieder zu seiner Familie zurückgekehrt. Auf den fränkischen Titel wird er keinen Wert legen und deshalb nicht darüber sprechen."
„Es ist mir gleich, warum er es nicht gesagt hat. An diesem Verhandlungstisch will ich Hartwig nicht mehr sehen!"
Keiner traute sich weiter für ihn zu sprechen. Der König schien verärgert und unversöhnlich zu sein.
Der Gefolgsmann von Chlothar frohlockte insgeheim über seinen Erfolg. Die Information, über die Schenkung des Grafentitels, hatte er von Theudeberts Gesandten erfahren.

Hartwig eilte zu seiner Unterkunft und sprach mit Siegbert über den Vorgang.
„Ich will hier nicht mehr bleiben. Ich reite zum Elbkniegau!", rief er voller Wut.
„Sprich doch erst einmal mit Amalafred darüber! Vielleicht sieht er noch eine andere Möglichkeit", meinte Siegbert.
„Die Aussage des Königs war eindeutig, daran kann niemand etwas ändern. Es schien ihm ohnehin nicht zu passen, dass ich Baldur und Radegunde erwähnte."

„Das mag sein, doch der Rausschmiss kam erst nachdem bekannt wurde, dass du ein fränkischer Graf bist", bemerkte Siegbert

„Was kann ich denn dazu?"

„Du hättest es zumindest dem Kanzler sagen müssen. Jetzt kann auch er dir nicht helfen."

„Ich reise sofort ab. Willst du mitkommen?"

„Ich bleibe hier, Hartwig. Der Hunno von der Leibwache des Königs hatte mit mir gesprochen und mich gefragt, ob ich in seiner Hundertschaft dienen will. Das ist ein gutes Angebot und ich habe zugesagt. Morgen ziehe ich in das Mannschaftshaus, in dem alle seine Jungkrieger untergebracht sind."

„Dann wünsche ich dir viel Glück!", erwiderte Hartwig. Eilig packte er seine Sachen und ritt in den Elbkniegau davon.

Siegbert suchte Amalafred auf und berichtete ihm, was passiert war. Der wollte gleich mit seinem Vater darüber reden und ihm sagen, dass er es wusste, doch Siegbert riet ihm ab. Zwischen dem König und Hartwig gab es einen Vertrauensbruch, den sie im Nachhinein nicht mehr kitten konnten.

Die letzten Einzelheiten für den Friedensvertrag wurden besprochen. Die Schönheit und Anmut der Prinzessin Rodalinde hatten Chlothars Gesandten sehr beeindruckt. Er war sich ganz sicher, dass sie auch seinem Herrn gefiel.

Die Königstochter wollte wissen, wie ihr zukünftiger Gatte aussah. Aus Ton formte er ihr ein Abbild seines Königs und zeigte ihr die Büste. Er hatte dabei wohl ein wenig geschmeichelt und den Bräutigam etwas jünger aussehen lassen, als er war. Der Prinzessin gefiel dieses Gesicht und sie fing an, sich in ihn zu verlieben. Ob sie später enttäuscht sein würde, wenn sie dem König zum ersten Mal begegnete, interessierte den Franken nicht. So ließ er ihr noch etwas Zeit zum Träumen.

Der Vorschlag für den Friedensvertrag wurde mit allen vereinbarten Punkten in dreifacher Ausfertigung auf Pergament geschrieben und die Gesandten wollten das Dokument ihren Königen zur Bestätigung vorlegen. Aus diesem Grunde beeilten sie sich, wieder ins Frankenland zu gelangen. Bis zur Bertaburg ritten sie gemeinsam, doch dann gab Theudeberts Gesandter vor, noch ein Königsgut inspizieren zu müssen. Das interessierte Chlothars Gefolgsmann nicht und sie trennten sich.

Der Weg nach Rodewin war nicht mehr weit. Mit Harald ritt der Gesandte zum Eichelsee, um seinen Sohn dort abzuholen. Der Junge wollte jedoch den Freund nicht alleine zurücklassen. Doch der Prinz, den sie in Rodewin Bygul nannten, riet ihm, mit seinem Vater zu gehen. Er wollte irgendwann, wenn er volljährig wäre, nachkommen. Solange Chlothar lebte, würde er nicht sicher vor ihm sein, das wussten alle. So verabschiedeten sich die beiden Jungen schweren Herzens.
Der Franke hatte Harald von dem Zerwürfnis zwischen dem König und seinem Bruder Hartwig berichtet und ihm auch gesagt, dass es seine Schuld war, dass es dazu kam. Harald meinte, dass es gut war, dass sich Hartwig für Baldur und Radegunde eingesetzt hatte und bat den Gesandten ihre Rückkehr zu unterstützen. Über die leicht schneeverwehten Wege zogen Vater und Sohn, mit zwei Wachleuten in Begleitung, nach Hause.

Theudebert war mit dem Ergebnis der Verhandlungen zufrieden. Es war ein guter Kompromiss, den sie erzielt hatten. Zur Sommersonnenwende wollten sich die drei Könige in Zülpich, einer kleinen Stadt im Frankenreich nahe der Grenze zu Thüringen, treffen und den Bündnisvertrag gemeinsam unterzeichnen. Er sandte einen Meldereiter zu Herminafrid und bestätigte ihm alle Punkte der Vereinbarung. Um die Entschlossenheit zu demonstrieren, ließ er die Kriegerlager an der Grenze zur Saale räumen und begann auch allmählich die Wachleute und Beamten von den Königsgütern abzuziehen und ins Frankenreich zurückzuholen. Die Thüringer freuten sich über die bevorstehende Freiheit, jedoch bedauerten sie den Verlust eines Teils ihrer Heimat, nämlich von Gebieten im Süden und Norden des Thüringer Königreiches.

König Herminafrid kehrte nach dem Rückzug der Frankenkrieger zur Königsburg zurück. Dort fand er ein Bild der Zerstörung vor. Auch die übrigen Burgen wiesen große Schäden auf. Am besten schien ihm noch die Bertaburg erhalten zu sein, in der er sich wohnlich einrichtete.
Zuerst besuchte Herminafrid die Königsgüter, die sich überraschenderweise in sehr gutem Zustand befanden. Mit Sachverstand hatten die Franken hier gewirtschaftet und höhere Erträge erzielt, als je zuvor. Sie brachten das Saatgut aus ihrer Heimat mit und verwendeten besseres Werkzeug und Geräte. Die Franken hatten nichts mitgenommen und alles belassen, wie es war. Auch die Sklaven, die früher auf den Feldern arbeiteten, waren geblieben. Für sie änderte sich auch unter ihren neuen Herren nichts.

Harald besichtigte nach dem Abzug der Franken das Königsgut bei Arnberg, das als Verwaltungssitz des Großgaus Wiesenland vorgesehen war. Auch er war vom guten Zustand verwundert, in dem es sich befand und welche Verbesserungen die Franken vorgenommen hatten. Vieles, was Harald sah, war so, wie Hartwig es ihm erzählte.
Der frühere thüringische Verwalter war nach der Schlacht nicht mehr zurückgekommen. Wahrscheinlich war er tot. So musste sich Harald selber um alles kümmern. Sein Schreiber und der Knappe Roland halfen ihm dabei. Zuhause in Rodewin führte Heidrun in dieser Zeit die Wirtschaft. Jetzt hätte er Siegbert gut brauchen können, aber von ihm hatte er nichts mehr gehört.
Der Aderlass an Männern war überall deutlich spürbar. Die meisten Frauen mussten jetzt zusätzlich noch die Arbeiten verrichten, die zuvor den Männern vorbehalten waren.

Der König reiste nun viel umher. Er hatte nicht geahnt, dass so viel in seinem Reich zerstört wurde und es war ihm bewusst, dass es noch viele Jahre dauern würde, bis die Wunden des Krieges geschlossen wären.
Sorgenvoll überlegte er, wie er den ausgehandelten Tribut an die Franken aufbringen konnte. Zum Glück hatte er noch den Königsschatz, der ihm jetzt in der Not helfen würde.

Besonders in der Nähe der Unstrut waren die Verwüstungen am größten.
Herminafrid erinnerte sich an die letzten Tage vor der Flucht. Er kam zu dem Schlachtfeld bei der Tretenburg. Dort waren noch viele Spuren des grausamen Gemetzels zu erkennen. Die Siedlungen der Bauern existierten hier nicht mehr. Die Überlebenden, besonders die Frauen und Kinder, waren ins Frankenreich verschleppt worden. Wer es von ihnen geschafft hatte zu fliehen, war irgendwo untergekommen und noch nicht, oder nur vereinzelt, in das verwüstete Gebiet zurückgekehrt, in denen die Schlachtenwellen hinweggerollt waren.
Nur die Königsgüter waren nicht zerstört. Er erinnerte sich, dass sein Vater Bisin ihm so die Verwüstungen durch die Hunnen beschrieben hatte.
Herminafrid war nicht ein Mann des Schwertes und bei dem Schaden, den der Krieg anrichtete, bekannte er sich auch dazu. Was hatte es den Hunnen genützt, so viele Länder zu erobern und Völker zu knechten. Nach Attilas Tod mussten sie wieder abziehen und konnten kaum etwas von den großen Reichtümern, die sie einst besaßen, mitnehmen. Viele ihrer Krieger starben in der Fremde.
Nirgendwo anders, als auf einem Schlachtfeld, zeigte sich deutlich der Unsinn eines Krieges.
König Herminafrid war froh, dass das vorbei war und die Thüringer in Zukunft im friedlichen Nebeneinander mit den Franken leben würden. Die Heirat seiner Tochter Rodalinde mit Chlothar sollte die langanhaltende Fehde der beiden Völker beenden.
In ein paar Wochen würde er nach Zülpich reisen und das Bündnis mit den Frankenkönigen besiegeln. Danach soll Anfang Herbst die große Hochzeit sein. Dieser Gedanke beflügelte den König und trieb ihn zu neuen Taten an. Er ließ den Reichsthing auf der Tretenburg einberufen, um den Bündnisvertrag seinen Gefolgsleuten zu erklären.

Es war eine bittere Erkenntnis für König Herminafrid, dass nur sehr wenige seiner Gaugrafen erschienen waren. Die Verwaltung, die er aufgebaut hatte, gab es nicht mehr. Beim

Thing rief Herminafrid alle seine Gefolgsleute zum Neubeginn auf. Das Friedensabkommen mit den Franken wurde einstimmig begrüßt.
Auf der Tretenburg traf Harald seinen Bruder Siegbert wieder. Er war froh, dass es ihm gut ging.
„Ich gehöre jetzt zur Leibwache des Königs und begleite ihn überall hin", berichtete Siegbert stolz.
„Das freut mich, Bruder!"
„In ein paar Wochen werde ich mit nach Zülpich reisen. Nur eine Hundertschaft wird den König begleiten und ich gehöre zu ihnen."
„Wenn du zurückkommst, musst du mir von der Reise berichten. Ich bin schon gespannt."
„Ich auch, so weit war ich noch nie von zu Hause weg."
„Das wird sich ab nun für dich bestimmt ändern, wenn der König öfter seine fränkische Verwandtschaft besucht."
„Zur Hochzeit im Herbst werde ich auch dabei sein", teilte er stolz seinem Bruder mit.
„Vielleicht findest du eine hübsche Fränkin, die du mit nach Rodewin bringst."
„Sie sind doch alle Christen und so eine will ich nicht!"
„Wenn dich Amors Pfeil trifft, dann fragst du nicht mehr nach der Religion."
„Wer ist Amor?", fragte Siegbert verwundert.
„Das ist eine andere Geschichte, die ich von meinem Schreiber gehört habe. Wenn wir uns wiedersehen, werde ich sie dir erzählen."
Die Brüder drückten sich zum Abschied ein letztes Mal, dann ging jeder seine Wege.

3. Der Königsmord

Die Vorbereitung für die Reise nach Zülpich war in vollem Gange. Siegbert gehörte zu Herminafrids Gefolgschaft und hatte, zusammen mit anderen Jungkriegern, vor ein paar Wochen dem Thüringer König den Treueschwur geleistet. Die Hundertschaft, der er zugeteilt wurde, bestand mehrheitlich aus Jungkriegern. Nur ihre Anführer waren kampferprobte Männer, die Herminafrid seit vielen Jahren dienten und auf die sich der König verlassen konnte.
Jeder der Truppführer versuchte mit seiner kleinen Schar von etwa zehn Jungkriegern durch besondere Strenge und ausdauernde Kampfübungen aufzufallen. Das gefiel den Burschen. Der König, der gelegentlich bei den Übungen zusah, war mit ihnen zufrieden und spendete des Öfteren Lob. Er lebte jetzt mit seiner Familie auf der Bertaburg, da sie als einzige Burg noch erhalten geblieben war. Bei den übrigen Burgen war kein Stein auf dem anderen geblieben, da die Franken dort in den letzten Jahren immer wieder nach dem verschwundenen Thüringer Königsschatz gesucht hatten, doch ohne Erfolg.
Siegbert war in den Mannschaftsräumen untergebracht, die sich neben den Pferdeställen befanden. Sie mussten für alles selber sorgen, auch für ihr Essen, obwohl sich eine große Küche dort befand.
Hin und wieder bekamen die Krieger von den Küchenmägden ein paar erlesene Happen von der Königstafel zugesteckt. Das war dann etwas ganz besonderes und sie bedankten sich brav und in der gebührenden Weise bei ihren Verehrerinnen. Einige wenige schafften es sogar, sich bei den Mägden heimlich auf ihren Strohlagern zu revanchieren. Da Siegbert auch zu Hause auf den Sommerweiden oft für das leibliche Wohl zu sorgen hatte, fiel es ihm nicht schwer, für sich und seine Kameraden genügend Essbares zu beschaffen und zuzubereiten.
Die Reise nach Zülpich sollte nur mit leichtem Gepäck erfolgen. Ein Tross mit Wagen war nicht vorgesehen, um schneller voranzukommen. Prinz Amalafred, der Sohn von König Herminafrid, blieb zu Hause. Nur der Großkanzler,

der im Wesentlichen den Vertrag mit den Franken ausgehandelt hatte, würde sie begleiten.

Am Tag der Abreise standen viele Menschen am Wegesrand und jubelten ihrem König zu. Den Frieden mit den Franken sahen sie als ein Geschenk der Götter an, denn es waren große Hoffnungen für eine bessere Zukunft damit verbunden. Vielleicht würde es Herminafrid gelingen, die Gefangenen freizubekommen.
Die Frauen wussten nicht, ob ihre Väter und Söhne, die vor drei Jahren gekämpft und verloren hatten, noch am Leben waren. In der großen Schlacht an der Unstrut fielen viele von ihnen und wer die Schlacht überlebte und danach nicht fliehen konnte, wurde als Sklave in das Frankenreich verschleppt. Niemand konnte sagen, ob sie noch lebten. Nach einem Frieden könnte man nach ihnen suchen und sie möglicherweise freikaufen. Diese Hoffnung war für viele Ehefrauen und Mütter ein Anker in diesen schweren Zeiten.
Der König machte in jedem seiner Güter - entlang der Heeresstraße - Halt. Er wollte ausgeruht in Zülpich ankommen. Der Weg führte entlang der Via Regia, die schon zu Zeiten der Römer eine Handelsstraße zwischen Paris und Erfurt, bis hin zur Saale war.
Nach Moguntia wollten die Thüringer die alte Römerstraße entlang des Rheins in Richtung Coellen weiterziehen. Vor dieser bedeutenden Römerstadt würden sie nach Westen abbiegen müssen, um Zülpich zu erreichen.
Meldereiter waren ständig unterwegs und informierten Herminafrid über die Gegebenheiten vor Ort. So erfuhr er, dass sein zukünftiger Schwiegersohn Chlothar bereits angekommen war. Theudebert, der Sohn des verstorbenen Frankenkönigs Theuderich, würde wahrscheinlich ein paar Tage später eintreffen, da er durch Kämpfe an der fränkischen Nordmeerküste gegen die Dänen und einige Sachsenstämme aufgehalten wurde.
Childebert, der als dritter König im Frankenreich herrschte, hatte nur seinen Kanzler nach Zülpich gesandt. Ihn betraf der Friedensvertrag nicht direkt. Thüringen war Grenzland zu Austrasien, dem östlichen Teil des großen Franken-

reiches und das wurde von Theudebert allein regiert. Anders sah es dagegen bei Chlothar aus. Er war an dem Sieg gegen die Thüringer direkt beteiligt gewesen und versprach sich dadurch Landgewinn. Die Heirat mit der Tochter Herminafrids, Rodalinde, sollte den Gebietszuwachs zwischen Donau und Main legitimieren.
Herminafrid überquerte mit seinen Männern die Werra, den alten Grenzfluss. Jetzt überkam ihm ein ungutes Gefühl. Wie würde man ihm in den fränkischen Siedlungen begegnen? Überraschenderweise wurde er überall freundlich begrüßt. Theudebert hatte veranlasst, dass in Abständen eines Tagesrittes der Thüringer König mit seiner Begleitung eine würdige Unterkunft erhielt. Ab der Grenze ritt eine kleine Eskorte fränkischer Krieger der Thüringer Abordnung voran. Sie sorgten dafür, dass es keine Behinderung auf den Wegen gab.
Siegbert hatte von Anfang an nicht das Gefühl, im Feindesland zu sein. Wenn er sich in den Pausen mit Bauern unterhielt, so spürte er keine Abneigung gegen Thüringer. Außer der Sprache, schien es wenig Unterschiede zwischen den beiden Völkern zu geben. In Rodewin hatte er von dem Schreiber die fränkische Sprache erlernt, so dass er sich gut mit den Leuten verständigen konnte. Seine Kameraden staunten darüber und mancher blickte deswegen neidvoll auf ihn. Bei der Zuteilung der Schlafplätze in den Unterkünften und auch beim Beschaffen von Essen brachte es ihm große Vorteile.
Irgendwann bemerkte es der Großkanzler und ließ ihn zu sich rufen.
„Ich beobachte schon seit der Zeit, als wir die Grenze überschritten haben, dass du dich mit den Menschen auf der Straße verständigen kannst. Wo hast du fränkisch gelernt?"
„Wir haben in Rodewin einen Schreiber, der es mir beibrachte", antwortete Siegbert.
„Damals war dir bestimmt nicht bewusst, dass du die Sprache eines Tages benötigen würdest."
„Das stimmt. Anfangs machte es mir keinen Spaß, doch mein Bruder Harald hatte mich dazu gezwungen."

„Was hältst du davon, mehr in der Nähe des Königs zu dienen? Es ist gut, wenn die Leibwache auch die Sprache des Gastvolkes versteht."
„Wo der König mich braucht, dort werde ich sein. Ihr könnt über mich verfügen."
„Dann spreche ich mit deinem Hunno. Ab dann empfängst du nur noch Befehle vom König, dem Hunno oder mir. Du kannst jetzt wieder zu deinen Leuten gehen."
Siegbert war hocherfreut, dass er ganz in der Nähe des Königs sein durfte, so wie es früher auch seine Brüder waren. Zu seinen Kameraden sagte er nichts. Am nächsten Morgen kam der Hunno zu ihm und teilte ihm mit, dass er ab sofort zur Leibwache des Königs abgestellt sei. Betont gelassen reagierte Siegbert darauf und seine Kameraden wunderten sich über dessen plötzliche Beförderung.
Nun ritt er direkt vor oder hinter dem König und begleitete ihn überall hin. Es waren nur vier ausgewählte Jungkrieger, die mit dieser Aufgabe betraut wurden und sie waren anders gekleidet. Mit einem von ihnen verstand er sich sehr gut und es entwickelte sich bald eine Freundschaft daraus. Er hieß Otfrid und stammte aus einer kleinen Siedlung, am nördlichen Rand des Dunkelwaldes gelegen.
Vor zwei Jahren kam der König in diese Gegend, um zu jagen. Otfrid half zusammen mit anderen Männern, das Wild in eine Schlucht zu treiben. Dem König fiel der junge Mann auf, der sich unerschrocken einem Keiler entgegenstellte, als dieser versuchte die Linie der Treiber zu durchbrechen. Nur mit einem Stock in der Hand gelang es ihm, das Tier zurück zu seiner Rotte zu treiben. Der König fragte ihn damals, ob er bei ihm bleiben wollte und Otfrid sagte zu. Er wurde einer der neuen Hundertschaften zugeteilt und zählte bald zu den besten Jungkriegern. Wegen seiner Umsichtigkeit und seines Könnens wurde er im letzten Jahr zur Leibwache Herminafrids berufen. Seitdem begleitete er den König und diente ihm, wie ein Schutzschild.

Für ihn, aber auch für Siegbert, waren die vielen neuen Eindrücke im Frankenreich gewaltig. Von Händlern hatten sie schon gehört, was es dort alles geben sollte, doch so richtig

vorstellen konnten sie es sich nicht. Jetzt sahen sie mit eigenen Augen erstmals gepflasterte Straßen und mehrstöckige Fachwerkhäuser in den großen Siedlungen, die man Städte nannte. Siegbert wäre hier am liebsten auf Erkundungstour gegangen, doch er musste immer in der Nähe des Königs bleiben. Doch auch in seiner Nähe konnte er vieles sehen und erleben.
Wenn sie durch die Siedlungen ritten, winkten ihnen meist junge Mädchen mit Blumensträußen zu. Ob das nun dem König oder den jungen Männern der Leibgarde galt, war nicht auszumachen.
Kamen sie in eine Stadt, so war von den Franken immer ein größeres Festessen für den König in der jeweiligen Herberge, in der sie auch übernachteten, vorbereitet worden. Die Einladung erfolgte von dem jeweiligen Gemeindevorsteher und es kamen alle wichtigen Persönlichkeiten des Ortes mit ihren Frauen. Von den Thüringern saßen nur der König, sein Großkanzler und der Hunno mit an der Festtafel. Siegbert war vom Großkanzler als Vorkoster bestimmt worden. So hatte er die Möglichkeit, unmittelbar das Geschehen während des Festessens zu beobachten. Die fränkischen Diener, die die Speisen auftrugen, glaubten, dass er sie nicht verstehen würde und unterhielten sich freimütig in ihrer Sprache. So hörte er heraus, dass die Freundlichkeit zu den Thüringer Gästen von Theudebert befohlen wurde. Viele der Diener sprachen untereinander eher abfällig über seine Landsleute. Manche meinten sogar, dass es noch Wilde seien, die zu Hause in Erdhöhlen hausten und das Fleisch roh essen würden.
In einer der kleinen Städte verlief es eines Abends ähnlich. Nachdem der König mit seinen Gastgebern gespeist hatte, durfte Siegbert in der Küche essen. Er nahm Otfrid mit und sie setzten sich an einen kleinen Tisch, der neben der Feuerstelle stand. Die Köchin, eine kleingewachsene, dicke Frau, brachte ihnen helles Brot und Fleisch. Zwei junge Küchenmägde folgten ihr und stellten Holzteller und einen Tonkrug mit zwei Bechern auf den Tisch. Die Köchin verschwand und die Mägde unterhielten sich auffallend laut. In ihrem Übermut warfen sie Siegbert und Otfrid eine Frech-

heit nach der anderen an den Kopf und lächelten dabei. Die Mägde waren sich sicher, dass die beiden Thüringer sie nicht verstehen würden. Otfrid, der nicht wusste, was sie sagten, lächelte zurück. Siegbert ließ sich nicht beim Essen stören und schmunzelte über das Gerede. Die Mägde kamen richtig in Fahrt und amüsierten sich riesig dabei.
„Schau dir nur diesen Tölpel an, der schmatzt beim Essen, wie ein Schwein!", sagte Begga, die ältere der beiden.
„Vielleicht stammt er von einer Wildsau ab, denn von denen soll es in den dunklen Wäldern in Thüringen sehr viele geben", meinte Fara lachend und zeigte auf Otfrid.
Der fühlte sich angesprochen und vermutete, dass sie irgendetwas Nettes zu ihm sagte. Er bedankte sich in seinem Dialekt und nickte mit dem Kopf.
„Schau nur, Fara, das Schweinchen kann sogar sprechen und nicht nur grunzen! Wir wollen doch einmal sehen, wie ihm unser Wein bekommt!"
Begga goss die beiden Becher voll und reichte den einen Otfrid. Der nahm einen großen Schluck. Es war das erste Mal, dass er Wein trank und verschluckte sich gleich dabei. Siegbert schlug ihm mit der flachen Hand auf den Rücken, damit der Hustenreiz nachließ.

„Sieh nur, trinken kann er auch nicht aus einem Becher! Wir sollten ihm aus dem Schweinestall einen Trog holen."
„Lieber nicht, Begga, sonst suhlt er sich noch darin und spritzt uns nass!"
„Der andere neben ihm scheint sich durch uns nicht beim Essen stören zu lassen. Er sieht auch nicht wie ein Wildschwein aus, sondern eher, wie ein Ziegenbock."
Beide Mägde lachten laut auf und konnten sich nicht mehr beruhigen.
„Nein, ein Ziegenbock kann er nicht sein, denn er hat keinen Kinnbart."
„Vielleicht hat man ihm den herausgerissen, weil man die Haare für einen Pinsel brauchte."
„Wenn er ein Ziegenbock wäre, dann müsste er aber stinken", meinte Fara.
„Du kannst ihn ja mal beschnuppern", entgegnete Begga

und schob sie zu Siegbert hin. Der lächelte dazu und als Fara sich zu ihm hinabbeugte, fasste er ihren Kopf und küsste sie auf den Mund. Sie versuchte sich aus seinen Armen zu befreien, doch er hielt sie wie in einem Schraubstock fest. Begga kam hinzu und wollte ihrer Freundin helfen. Otfrid, der von alledem nichts verstand, meinte, dass er jetzt aus Freundlichkeit auch Begga küssen müsste. Er zog sie herab auf seinen Schoß und gab ihr einen Kuss auf die Wange. Beide Frauen wehrten sich und rissen sich los. Ihnen war das Lachen vergangen.

„Das sind richtige Draufgänger, die Thüringer. Da können sich unsere Knechte eine Scheibe abschneiden."

„Komm, wir gehen jetzt lieber, sonst versuchen sie das Gleiche noch einmal!", forderte Fara ihre Freundin auf.

„War es denn so schlimm, was der Ziegenbock mit dir getan hat?", wollte Begga wissen.

„Das nicht, aber man weiß nie, wie weit sie gehen."

„Wir können ihnen doch mit etwas mehr Abstand beim Essen zusehen. Wenn sie uns nicht greifen können, dann kann uns auch nichts passieren."

„So viel Dreistigkeit hätte ich den Barbaren gar nicht zugetraut."

„Wenn ich genug Geld hätte, dann würde ich mir einen Thüringer als Sklaven halten", meinte Begga.

„Das ist aber nicht gesagt, dass der dann so stürmisch ist, wie diese Burschen hier."

„Ich denke, alle Wilden sind gleich. Sie sind unverbraucht und was sie denken, das setzen sie gleich in die Tat um."

„Nur schade, dass man sich nicht mit ihnen unterhalten kann."

„Das ist auch gut so, denn, wenn sie uns verstehen könnten, dann säßen sie nicht mehr so ruhig auf ihrer Bank."

„Das würde mich nicht stören, wenn mein Ziegenbock noch mal so stürmisch wäre, wie vorhin. Ich glaube, ich mag ihn."

„Du hast wohl Appetit bekommen? Daraus wird aber nichts. Erstens ist er ein Thüringer, zweitens versteht er dich nicht und drittens müssen wir gleich zurück zur Köchin und noch die Hühner rupfen, die sie uns hingelegt hat."

„Schade, ich hätte doch noch gern meinem Ziegenbock beim Essen zugesehen", meinte Fara seufzend.
„Wir haben keine Zeit, komm jetzt!", sagte Begga und zog ihre Freundin am Arm fort.
Otfrid wollte nun unbedingt von Siegbert wissen, was die Mägde so gesprochen hatten. Siegbert verriet jedoch nicht den wahren Wortlaut, sondern erzählte ihm, dass sie sehr von seinem Aussehen angetan waren und ihn bewunderten. Otfrid schwoll dabei die Brust und er strahlte über beide Ohren.

Nach dem Essen gingen Siegbert und Otfrid zu dem Schlafraum, wo der König untergebracht war. Ein langer Gang führte dorthin. Er war so schmal, daß man hintereinander gehen musste. An den Wänden hingen an dünnen Eisenketten tönerne Öllampen, die ein nur spärliches Licht abgaben.
Nach einer Weile gewöhnten sich die Augen an den fahlen Schein. Siegbert und Otfrid lösten die beiden Wachen vor der Tür ab und erkundigten sich, ob es irgendwelche besondere Vorkommnisse gab. Es war alles ruhig und friedlich.
Sie setzten sich auf die Holzschemel beiderseits der Tür und ihre Gedanken waren bei den Mägden, deren Lager sie in der Nacht gern geteilt hätten.
Zeitig am Morgen wurde gefrühstückt und zum Aufbruch geblasen. Die Kolonne setzte sich langsam durch die Stadt in Marsch. Nur wenige Menschen standen am Straßenrand und betrachteten die vorbeiziehenden Thüringer. Unter den Zuschauern waren auch die beiden Mägde vom vergangenen Abend. Sie riefen Siegbert und Otfrid diesmal ein paar wirklich nette Worte zum Abschied zu. Siegbert blickte zu Fara und meckerte wie ein Ziegenbock. Erschrocken sah sie ihn an. Jetzt wusste Fara, dass er alles verstanden hatte, was sie zu ihm gestern gesagt hatte.
Es waren nur noch wenige Tage, bis sie den Rhein erreichten. Je näher sie zum Fluss kamen, umso mehr Spuren der Römer waren zu sehen. Die hatten lange Zeit vorher das Gebiet beiderseits des breiten Stroms stark kulturell beeinflusst. Siegbert fiel dies an den Häusern, den Straßen und

Brücken aber auch an der Kleidung der Leute und ihren alltäglichen Gerätschaften auf.
Bei Moguntia überquerten die Thüringer den Fluss. Die Straße, auf der sie entlangzogen, endete an einem befestigten Ufer, wo mehrere Fährboote angekettet waren. In kleinen Gruppen setzten sie über. Das war kein so leichtes Unterfangen, denn einige der weißen Pferde standen noch nie auf einem schwankenden Boot. Auch Siegberts Hengst gebärdete sich sehr unruhig. Er strich ihm immer wieder mit der Hand über die Nüstern und beruhigte ihn mit Worten. Alle waren froh, als sie wieder festen Boden unter den Füßen hatten. Dann ging die Reise am Rheinufer entlang in Richtung Coellen und Ahha. Die Herbergen waren auf der westlichen Rheinseite sehr komfortabel.

Nach wenigen Tagen erreichten die Thüringer gegen Mittag die Stadt Zülpich. Von weitem konnten sie die hohen Stadtmauern mit den Türmen sehen. Aus einem der Tore kam ihnen ein Trupp Reiter entgegen. Herminafrids Kolonne hielt an und wartete auf die herannahenden Männer. Es war Chlothar mit seinen Gefolgsleuten. Die Könige glitten vom Pferd und umarmten sich wie alte Freunde. Siegbert war sehr verwundert darüber, da er wusste, dass sich beide noch nie vorher begegneten und in der Vergangenheit feindlich gegenüberstanden. Chlothar sprach Herminafrid freundschaftlich schon als Schwiegervater an und der König ihn als lieben Schwiegersohn. Der Franke erkundigte sich nach seinem Befinden und wie die Reise war. Herminafrid bedankte sich für die Eskorte und gute Organisation in den Herbergen. Obwohl dies nicht Chlothars Verdienst war, nahm er dennoch den Dank an.

Beide Könige bestiegen ihre Pferde und ritten nebeneinander in die Stadt. Hier standen die Menschen und jubelten ihnen zu. Im Hof der Burg von Theudebert machten die Könige Halt und verabschiedeten sich bis zum Abend.
Der Hofmeister begleitete Herminafrid zu seinen Gemächern, die in einem eigenen Trakt der Burg lagen. Der Großkanzler und der Hunno erhielten die angrenzenden Räume,

neben dem ihres Königs. Die Hundertschaft war in einem großen Raum neben den Pferdeställen untergebracht.

Siegbert und Otfrid waren für die Nachtwache eingeteilt und hatten bis zum Abend frei. So inspizierten sie gemeinsam die Burganlage von der Küche bis zum Turm. Wenn sie irgendwo unerwartet auftauchten, gab es bei den fränkischen Knechten und Mägden überraschte Gesichter, doch keiner zeigte sich ihnen gegenüber unfreundlich.

In der Küche wurden sie vom Koch sogar zum Sitzen aufgefordert. Da er nicht wusste, dass Siegbert ihn verstehen konnte, klopfte er mit der Handfläche auf die Sitzfläche einer Bank. Dann brachte er ihnen eine Reihe von Süßspeisen und ließ sie kosten. Wenn Siegbert zustimmend nickte, war er zufrieden und servierte eine weitere Kostprobe. Einem Hilfskoch gegenüber meinte er, dass er bei den beiden herausfinden wollte, was ihnen so schmeckte und dass er dies dann dem Thüringer König vorsetzen könne.

Die Rolle des Verkosters gefiel Siegbert und Otfrid. Es waren nur kalte Speisen, die sie probierten, aber sie fanden diese so köstlich, dass sie sich nichts anderes vorgesetzt wünschten. Nachdem sie satt waren, deuteten sie dem Koch durch Gesten an, dass sie nichts mehr essen konnten. Er verstand, was sie meinten, denn es waren ohnehin ungeheure Mengen, die sie, seiner Meinung nach, verschlungen hatten. Jetzt wusste der Koch, was er für die Gäste zubereiten musste und wie viel er benötigte, um alle satt zu bekommen.

Siegbert und Otfrid gingen gesättigt und zufrieden weiter auf Entdeckungstour. Noch nie sahen sie eine so große Küche mit den verschiedenen Zubereitungsplätzen für unterschiedliche Speisen. Kurze Gänge führten zu den gut gefüllten und kühlen Lagerräumen für Zutaten und Weine. Das Wasser schöpfte man aus einem eigenen Brunnen, der im Keller stand und zu dem nur spärlich Licht aus einem Seitenschacht drang.

In der Küche wimmelte es wie in einem Ameisenhaufen. Eine riesige Anzahl von Knechten und Mägden waren mit der Essenzubereitung für den Abend beschäftigt und sprangen eilig hin und her. Der Koch dirigierte sie alle, wie ein Heerführer die Krieger in der Schlacht. Er schien als Einziger zu wissen, was zu tun war und alle folgten gewissenhaft und stumm seinen Anweisungen. Hin und wieder kam er zu einer Feuerstelle, probierte Suppen und Soßen und machte eine kurze Bemerkung dazu.

Von der Steintreppe, die hinab in den Gewölberaum der Großküche führte, sahen Siegbert und Otfrid noch eine ganze Weile dem emsigen Treiben zu.
Dann besuchten sie ihre Kameraden in dem Mannschaftsraum neben den Pferdeställen. Die Unterkunft war einfach, doch komfortabler, als sie es von zu Hause gewöhnt waren. Essen, Wasser und Wein hatten sie gleich nach ihrer Ankunft erhalten und sie brauchten sich auf der Burg auch nicht selber um die Nahrungszubereitung kümmern.
Im Nebenraum waren die Gefolgsleute von Chlothar untergebracht. Es waren nur etwa halb so viele, wie Thüringer. Unter ihnen gab es einige, die in der Schlacht an der Unstrut teilgenommen hatten und danach mit Theuderich durchs gesamte Thüringer Königreich gezogen waren. Sie konnten noch ein paar Brocken thüringisch verstehen und versuchten sich mit den neuen Verbündeten zu verständigen.
Die Jungkrieger interessierte besonders das Leben im Heer, denn schon bald würden sie an gemeinsamen Kriegszügen teilnehmen. Die Franken sprachen von bevorstehenden Kämpfen in den ostgotischen Provinzen im Norden. Dort hofften sie gute Beute machen zu können, da die Bevölkerung in diesen Gebieten als reich galt. Die Thüringer konnten mit den Namen Provence, Rätien, Noricum und Pannonien nicht viel anfangen, doch der Beschreibung der Franken nach, musste dort Milch und Honig in Bächen fließen.
Siegbert ging mit seinem Freund weiter auf Erkundungstour und sie stiegen hinauf zum Turm. Von oben hatten sie einen wunderbaren Blick über das gesamte Land.
Die Häuser der Stadt wirkten so winzig und die Menschen bewegten sich wie kleine Käfer in den Gassen und Straßen. Siegbert fragte den Wachposten nach den Orten, die

sie von hier aus sehen konnten. Der Franke war ein junger Krieger, der zur Burgwache gehörte. Er gab bereitwillig Auskunft und zeigte mit dem Finger zu einem Dorf, in dem er geboren wurde und aufwuchs.
„Von dort komme ich her. Da leben mehrere Sippen in einer Gemeinschaft zusammen, ähnlich den Städten, doch viel kleiner", erklärte er.
„Hat deine Familie einen Bauernhof?", wollte Siegbert wissen.
„Einen ganz großen haben sie. Eines Tages werde ich nach Hause zurückkehren und den Hof übernehmen."
Gerold, so hieß der Wachmann, war etwa so alt wie Siegbert und beide verstanden sich gut.
„Wenn ihr wollt, könnt ihr mich in mein Dorf begleiten. Am Wochenende habe ich keinen Wachdienst und werde meine Eltern und Freundin besuchen."
„Gern kommen wir mit, doch müssen wir erst unseren Hunno fragen. Wir geben dir so bald, wie möglich Bescheid", erwiderte Siegbert.
„Meine Freundin hat noch zwei Schwestern, die würden bestimmt gern einmal ein paar Thüringer kennenlernen."
„Mein Freund kann aber nicht fränkisch sprechen", bemerkte Siegbert.
„Das macht nichts, irgendwie wird er sich schon verständlich machen können und dann bist du dabei, der ihm alles erklären kann."
Siegbert und Otfrid zogen weiter durch verschiedene Gänge und kamen an dem bewachten Teil der Burg vorbei, den Chlothar bewohnte. Dorthin durften sie nicht gehen und Chlothars Wachen deuteten ihnen unmissverständlich und schroff an, schnell zu verschwinden. So liefen sie durch das obere Burgtor in die Unterburg, wo weitere Pferdeställe waren und auch Handwerker ihre Werkstätten hatten. Es waren Schmiede, Schreiner und verschiedene andere Gewerke, die Reparaturen in der Burg durchführten.
Bei dem Schmied besahen sie sich dessen Werkzeuge und die Waffen, die er reparierte und auch neu fertigte. Es war ein kleiner stämmiger Mann, der keinen Hals zu haben schien. Er arbeitete mit freiem Oberkörper. Seine Muskeln

spielten im Rhythmus der Schläge, mit denen er ein Stück glühendes Eisen bearbeitete. Stumm standen Siegbert und Otfrid neben dem Amboß und sahen ihm zu.
„So muss es in der Schmiede der Zwerge aussehen und der Mann schaut aus, wie einer von ihnen", meinte Otfrid.
„Hast du denn schon einmal einen erblickt?", wollte Siegbert wissen.
„Das nicht, aber mein Vater hat mir viel über Zwerge erzählt."
„Ich habe schon zweimal einen gesehen, doch die waren viel kleiner, als der Schmied hier."
Ungläubig sah ihn Otfrid an.
„Ich denke, du willst mir jetzt einen Bären aufbinden. Zwerge gibt es doch nur in den Göttererzählungen, aber nicht in der Wirklichkeit."
„Du kannst es mir glauben. Ich mache keinen Spaß. Wenn wir wieder in Thüringen sind, dann nehme ich dich mit in meine Berge und zeige dir einen. Du kannst sie jedoch nur nachts, außerhalb ihrer Höhlen, sehen. Wenn die Sonnenstrahlen sie treffen, werden sie sofort zu Stein."
„Das hat mir mein Vater auch gesagt, aber ich habe es ihm nicht geglaubt."
Der Schmied machte eine kurze Verschnaufpause und sah zu den Jünglingen hin. Mit der Hand deutete er ihnen, dass sie näherkommen sollten. Vorsichtig trat Siegbert auf ihn zu. Der untersetzte Mann hob den linken Arm und winkelte ihn an. Seine Bizepse wölbten sich zu unglaublicher Größe. Siegbert berührte sie und sie waren fest, wie Eisen. Jetzt hob der Schmied noch den anderen Arm und ließ die Muskeln seines ganzen Oberkörpers spielen. Staunend sahen Siegbert und Otfrid ihm zu, wie er sich vor ihnen in Pose setzte und die Muskeln seines Körpers vorführte. Danach nahm er eine Eisenstange und hielt sie Siegbert hin. Der wusste anfangs nicht, was er damit machen sollte.

Der Schmied deutete an, sie zu biegen. Siegbert versuchte es, doch sie gab nicht nach. Dann griff der Schmied nach ihr und hielt sie mit gestreckten Armen an beiden Enden fest. Langsam drehte er die Hände und die Stange gab nach, als

wäre sie eine weiche Weidenroute. Erst als die Enden zusammenstießen, hörte er auf. Die verbogene Eisenstange behielt ihre neue Form bei.
Er reichte sie Otfrid, aber der konnte sie nicht strecken. Jetzt lächelte der Schmied überlegen. Dann ging er seiner vorigen Arbeit wieder nach. Inzwischen hatte das bearbeitete Eisenstück im Feuer wieder die goldgelbe Farbe angenommen und formte sich unter seinen Hammerschlägen zu einem eisernen Blatt. Nachdem es fertig war, hielt er es an eine Eisentür, die er damit verzieren wollte.
Siegbert überlegte, ob er doch vielleicht ein Zwerg war, denn in diese Schmiede, die nördlich der Burgmauer lag, drang kein direkter Sonnenstrahl.
Beide gingen weiter und wollten den Hunno fragen, ob sie am Wochenende den Wachposten vom Turm, nach Hause begleiten durften. Dieser war dabei, Landkarten zu studieren. Siegbert unterbreitete ihm ihre Bitte. Der Hunno lehnte ab, da er Siegbert als Vorkoster und Mundschenk benötigte.

Am Abend hatte Chlothar zu Ehren von Herminafrid ein Festessen vorbereiten lassen. Der Frankenkönig und seine Gefolgsleute zeigten sich den Thüringern in betont freundlicher Weise. Er schlug Herminafrid vor, bis zur Ankunft von Theudebert, sich mit ihm bei der Jagd zu vergnügen. Der Großkanzler hielt nicht viel von diesem Zeitvertreib und erbat sich, in der Stadt bleiben zu können. Herminafrid gewährte ihm diese Bitte.
Bevor das Essen aufgetragen wurde, führten einige Gaukler ihre Kunststücke vor. Insbesondere eine junge Frau mit einem Körper, der so beweglich wie der einer Schlange war, erntete großen Beifall. Sie konnte ihren Kopf durch ihre Beine stecken, als hätte sie kein Rückgrat. Frauen waren zu diesem Festessen nicht geladen. Es war eine Männerrunde, in der man nur über das sprach, was das starke Geschlecht interessierte. Für die beiden Könige war es ein besseres Kennenlernen und sie fanden heraus, dass sie viele Gemeinsamkeiten hatten und sich im neuen Familienverband gut verstehen würden. Heikle Themen, die das gute Verhältnis trüben könnten, wurden bei der Unterhal-

tung vermieden. So endete der Abend für die Könige und ihre Gefolgschaften in Harmonie.

Siegbert hatte seinen Platz hinter Herminafrid und schenkte ihm den Wein ein. Wenn ein neuer Krug kam, so trank er einen kleinen Schluck, bevor er ihn seinem König anbot. Auch bei den gereichten Speisen hatte er diese vorher probiert. Besonders jene, die man leicht mit Gift hätte versehen können und die nur vom König genossen wurden. Es war nichts Ungewöhnliches, dass die Herrscher ihre Speisen und Getränke vorkosten ließen. Chlothar tat es ebenso und er war schließlich der Gastgeber.

Bei den königlichen Essen erfuhr Siegbert sehr viel über die politischen Zusammenhänge im Abendland. Er hörte von der wachsenden Macht des Oströmischen Reiches unter dem Kaiser Justinian, das nach der Absetzung des letzten weströmischen Kaisers Romolus Augustulus zum Zentrum der römischen Welt wurde. Der Kaiser in Konstantinopel verkörperte ab dieser Zeit die Tradition des Imperium Romanum. Chlothar sprach auch davon, dass die Frau des Kaisers einmal eine Tänzerin war, vielleicht eine solch gute, wie sie soeben sehen konnten. Er machte dann noch ein paar zotige Bemerkungen über die Kaiserin, worüber aber niemand lachte.

Siegbert und Otfrid hatten Nachtwache. Sie kontrollierten die Türen, die zu den königlichen Gemächern führten. Der Hunno hatte die Hauptwache, bestehend aus zwei Jungkriegern, vor dem Gang zu den Räumen der Thüringer aufstellen lassen. Diese Männer wechselten in gewissen Zeitabständen in der Nacht. Sie mussten stehend ihren Dienst verrichten, wogegen die Leibwache sitzend neben der Tür des königlichen Gemachs die Nacht dösend verbringen konnte. Für sie gab es jedoch keine Ablösung, denn sie mussten nur reagieren, wenn der König sie rief.

Die erste Nacht verlief ruhig und Siegbert war gegen Mitternacht auf seinem Schemel, das Schwert auf dem Schoß, für ein paar Stunden eingeschlafen. Otfrid war von den vielen neuen Eindrücken zu aufgeregt und wurde erst müde, als die Sonne aufging.

Die beiden Könige wollten am Morgen gemeinsam zur Jagd und da hieß es, zeitig frühstücken und sich fertigmachen. Da Chlothar ein Langschläfer war, verzögerte sich der Ausritt.
Siegbert und die anderen Jungkrieger der Leibwache begleiteten Herminafrid und den Hunno. Der Frankenkönig hatte auch ein paar seiner Gefolgsleute bei sich. Sie ritten aus der Stadt zu einer in der Ferne liegenden baumlosen Anhöhe. Chlothar hatte zwei seiner Falken mitgenommen und wollte Herminafrid vorführen, wie er damit jagen konnte. Es gelang ihm in kurzer Zeit, zwei Wildkaninchen und drei Rebhühner mit den Greifvögeln zu fangen.
Zwei seiner Gefolgsleute bereiteten sie über einem Feuer zum Essen zu. An Wein hatten sie auch gedacht, so dass sie ein unerwartetes zünftiges Mittagsmahl hatten.
Dabei sprach der Frankenkönig über seine Erfahrungen mit Greifvögeln und ihre Eignung für die Beizjagd. Siegbert interessierte sich sehr für diese Ausführungen und nahm sich vor, zu Hause auch damit zu beginnen.
Am frühen Nachmittag ritt man wieder zur Burg und der Abend verlief ähnlich, wie am Vortag. Es traten auch die gleichen Gaukler auf, doch zeigten sie andere Darbietungen. Herminafrid fragte seinen Gastgeber, ob auch das Schlangenweib wieder zu sehen wäre. Chlothar wusste es nicht, doch gab er sogleich die Anweisung, dass sie auftreten sollte. Fasziniert von ihren Verrenkungen sparte Herminafrid nicht mit Lob und Applaus.
Der Frankenkönig merkte, wie sein Gast sich für die junge Frau interessierte. Bei passender Gelegenheit fragte er ihn, ob er die Tänzerin auf sein Zimmer schicken dürfe. Herminafrid lehnte das Angebot jedoch höflich ab.

An den nächsten Abenden trat die Tänzerin immer wieder auf und sie schien mit ihren Blicken Herminafrid zu verschlingen. Siegbert hatte den Eindruck, dass Chlothar ihr das aufgetragen hatte. Der König blieb jedoch standhaft. Zur späten Nachtstunde begleitete Siegbert den angetrunkenen Herrn in seinen Schlafraum.

„Sie hat nur für mich getanzt, hast du das gesehen?", schwärmte er immer wieder von der Tänzerin.
„Ja, mein König. Sie hat den ganzen Abend keinen anderen angesehen."
„Chlothar hat sie mir angeboten, aber ich weiß nicht, ob das gut ist. Es reicht mir schon, sie nur tanzen zu sehen."
„Ich könnte sie fragen, ob sie für mich tanzt und ihr seht dabei heimlich zu. Chlothar würde dann nichts merken", schlug Siegbert vor.
Herminafrid erwiderte nichts. Er hatte zu viel Wein getrunken und größere Probleme beim Ausziehen. Siegbert war ihm behilflich und half ihm ins Bett.
„Das ist eine gute Idee mit der Tänzerin. Sie soll für dich tanzen und ich schaue unbemerkt zu. Gleich morgen Abend soll sie kommen."
Bei dem angenehmen Gedanken fiel er sogleich in einen tiefen Schlaf.

Am nächsten Morgen suchte Siegbert die Gauklergruppe auf. Er fand sie auf einer Wiese vor der Stadtmauer. Sie konnten sich an ihn erinnern und luden ihn auf einen Becher Wein ein.
„Du bist doch der Vorkoster des Thüringer Königs. Das ist eine sehr vertrauenswürdige Stellung", meinte der Anführer der Truppe.
„Auch manchmal ein bisschen gefährlich", entgegnete lachend Siegbert.
„Wer wird schon einen König vergiften, der so freundlich ist. Er hat uns das letzte Mal sogar seinen Silberbecher für unsere Darbietung geschenkt."
„Ihr seid wahrlich sehr gut. Besonders gefallen hat mir die Tänzerin mit ihren Verrenkungen. Ich könnte ihr immer von Neuem zusehen."
„Soll ich sie dir kommen lassen?"
„Jetzt nicht, denn ich habe wenig Zeit. Wäre es möglich, dass sie abends nach eurer Vorstellung nur für mich allein tanzt?"
„Wie meinst du das?", wollte der Anführer wissen.
„Ich würde ihr gern nur allein zusehen und sie müsste alle

die Kunststücke zeigen, die sie auch vor den Königen darbietet."

Schmunzelnd sah der Anführer der Gaukler Siegbert an und meinte: „Für dich würde sie bestimmt noch mehr tun, als nur tanzen".

„Nein, das genügt mir", entgegnete Siegbert schüchtern.

„Ich wollte es dir nur sagen, dass du für ein paar kleine Silbermünzen das Paradies auf Erden haben könntest."

„Ist schon gut, ich verstehe dich", entgegnete Siegbert unsicher und blickte um sich.

„Wenn du es dir doch noch anders überlegst, so sprich mit ihr. Heute Abend schicke ich sie zu dir."

„Wie kann sie meinen Raum finden?"

Der Anführer löste das grüne Tuch, das er um seinen Hals trug und reichte es Siegbert. Er sah es verwundert an.

„Das klemmst du in die Tür von deinem Raum, dann weiß sie, dass sie richtig ist.

Siegbert bedankte sich und verabschiedete sich eilig. Irgendwie war ihm die Situation unangenehm.

An diesem Abend trank Herminafrid nicht so viel Wein und blieb auch nicht so lange an der königlichen Tafel. Chlothar hatte Verständnis für die Müdigkeit seines Gastes, denn der Thüringer König war um ein paar Jahre älter als er. Der Großkanzler und der Hunno blieben an der Tafel und leisteten ihm noch Gesellschaft.

Siegbert begleitete den König in sein Schlafgemach. Dort setzte sich Herminafrid hinter einen Paravent und konnte bequem durch eine schmale Öffnung in den Raum sehen.

Es dauerte nicht lange und die Tänzerin öffnete vorsichtig die Tür. Als sie Siegbert erblickte, ging sie freudig auf ihn zu. Sie hatte sich sehr schön angezogen und geschminkt. Mit ihren zarten Fingern schlug sie leicht auf eine Handtrommel, an deren Rand sich Schellen befanden. Im Rhythmus kreiste sie ihren Bauch und wippte mit den Hüften. Nach einer Weile reichte sie Siegbert eine zweite Trommel und bat ihn, im gleichen Takt darauf zu schlagen. Die Tänzerin begann mit kreisenden Tanzbewegungen und fing dann mit den akrobatischen Darbietungen an, die sie an den vergangenen Abenden vor den Königen gezeigt hatte.

Am Ende applaudierte Siegbert begeistert. Sie bedankte sich und begann erneut zu tanzen. Dabei warf sie ein Kleidungsstück nach dem anderen von sich. Zuletzt hatte sie nur noch einen dünnen Schal in den Händen, der sich beim Drehen sanft um ihren Körper wand.
Nach der Tanzdarbietung wiederholte sie ihre Schlangenposen und jetzt konnte Siegbert erst richtig sehen, wie gelenkig sie war.
„Komm und tanz mit mir!", forderte sie Siegbert auf.
„Ich bin nicht so gelenkig, wie du", erwiderte er unsicher.
„Du brauchst im Takt nur auf und ab zu gehen, das ist alles!"
Siegbert bewegte sich wie ein Tanzbär tolpatschig hin und her. Sie schlug dabei auf ihre Handtrommel und wippte im Takt.
Nach kurzer Zeit sank Siegbert erschöpft auf seinen Schemel vor dem Paravent.
„Bist du schon müde?", bemerkte sie lachend.
„Ich werde mich bald wieder erholen", entgegnete Siegbert kurzatmig.
„Dann tanze ich dir noch etwas vor."
Siegbert nickte und sie begann mit einem Bauchtanz. Dann vollführte sie wieder ihre Verrenkungen und verbeugte sich am Ende der Vorführung mit einem Spagat vor ihm.
Er half ihr aufzustehen und sie ließ sich in seine Arme gleiten.
„Möchtest du mich jetzt lieben?", fragte sie ihn.
„Heute nicht, aber ein anderes mal, das verspreche ich dir."
Sie zog bedauernd die Schultern hoch und kleidete sich langsam an. Ihre Bewegungen waren sehr graziös, dass Siegbert nicht ablassen konnte, sie dabei anzusehen.
„Ich bringe dich noch zu deinen Leuten, wenn du möchtest."
„Das brauchst du nicht. Es ist besser, wenn ich allein gehe. Die Wachen kennen mich und lassen mich noch durchs Tor hinaus."
„Dann sehen wir uns bestimmt bald wieder, ich freue mich schon darauf. Hier ist dein Lohn", sagte er und reichte ihr drei Silbermünzen.

„Es ist zuviel. Das bekommt die gesamte Truppe für die Darbietung an einem Abend", bemerkte sie bescheiden.
„Nimm die Münzen, du hast sie dir verdient!"
Die Tänzerin rollte das Geld geschickt in ein Tuch und steckte es an ihren Gürtel.
„Wenn ich das nächste Mal komme, dann zeige ich dir etwas, was bisher noch keiner gesehen hat."
„Ich gebe dir Bescheid, wenn es wieder sein wird."
Sie gab ihm noch einen flüchtigen Kuss auf die Lippen und verschwand durch die Seitentür, durch die sie zuvor gekommen war.
Herminafrid war begeistert von der Darbietung und meinte, dass sie dies zur gegebenen Zeit wiederholen sollten. Siegbert trat durch die Haupttür in den Gang hinaus. Dort saß bereits Otfrid, der die Nachtwache begonnen hatte.
„Was war denn das für eine Musik da drinnen?", wollte er von Siegbert wissen.
„Der König übt mit der Handtrommel. Er scheint dies sehr zu mögen."
„Ich wusste gar nicht, dass du damit umgehen kannst."
Siegbert schmunzelte vor sich hin.
„Nicht nur das, ich kann auch auf der Hirtenflöte blasen. Wenn du möchtest, dann zeige ich es dir später, wie es geht."
„Ich habe aber keine Flöte und weiß gar nicht, wie ein solches Ding aussieht."
„Wir bauen uns selber welche. Dazu brauchen wir Äste vom Holunderstrauch."
„Vor dem Burgtor habe ich welche gesehen."
„Dann lass uns morgen hingehen und welche holen."
„Das geht nicht. Wir müssen den König wieder auf die Jagd begleiten."

Am späten Vormittag ritt die kleine Jagdgesellschaft hinaus in die Flur. Knechte von Chlothar hatten auf einer Wiese in der Nähe eines Teiches ein Zelt aufgestellt und erwarteten dort die Jagdgesellschaft. Es war ein sehr heißer Tag und der Frankenkönig kehrte diesmal ohne Jagdglück zum Sammelplatz zurück.

Die feinen kalten Speisen und der Wein trösteten ihn und seine Gäste über den Misserfolg. Die Wärme wurde nach Mittag immer unerträglicher und jeder suchte sich unter den Laubbäumen einen schattigen Platz, um auszuruhen. Herminafrid kam das sehr gelegen, denn er hatte noch Schlaf nachzuholen. Er legte sich daher etwas abseits von den anderen ins tiefe Gras und schlief gleich ein. Siegbert und die übrigen Leibwächter waren nicht weit von ihm entfernt.
Chlothar unterhielt sich unterdessen angeregt mit dem Hunno. Er sprach mit ihm über die zukünftigen Heerzüge gegen die nördlichen Provinzen der Ostgoten und von der großen Beute, die sie dort machen könnten.
Der Hunno war etwa im gleichen Alter wie der Frankenkönig und ein sehr guter Kriegsmann, der nicht nur tapfer zu kämpfen verstand, sondern auch strategisch denken und handeln konnte. Er ließ sich von den Erzählungen Chlothars beeindrucken.

„Wie lange stehst du im Dienst deines Herrn?", wollte der Franke von ihm wissen.
„Es sind schon mehr als zehn Jahre."
„Hast du auch Erfahrung in großen Schlachten erworben?"
„Ich habe zweimal gegen die Sachsen gekämpft und an der Schlacht auf dem Königsweg unter Bertachar teilgenommen."
„So warst du gar nicht an der Unstrut dabei, wo unser Heer euch besiegt hat."
„Nein, ich musste den König beschützen. Er hatte sich in das Gebiet östlich der Saale begeben."
„Wärst du denn lieber bei der Schlacht dabei gewesen?"
„Ja, auch wenn es mein Leben gekostet hätte. Ich bin gern Krieger, doch mein König hält nicht viel vom Kämpfen."
„Da wärst du wohl besser bei mir aufgehoben, als bei meinem zukünftigen Schwiegervater. Er ist mir sehr liebenswert, doch ich finde, dass er zu verweichlicht ist. Mit ihm kann man kein großes Königreich aufbauen. Dabei haben uns die Oströmer gezeigt, wie das geht. Wichtig ist ein starkes Heer und kluge Anführer zu haben."
„Ich finde auch, dass die Zeit im Abendland gekommen ist,

um es unter einem Herrscher zu vereinen", bemerkte der Hunno.
„Wen könntest du dir vorstellen, der dazu in der Lage wäre."
„Ich denke ihr, als der größte der Frankenkönige."
Chlothar tat die Schmeichelei sehr gut und ihm gefielen die Krieger, die von seinen Fähigkeiten als Feldherr überzeugt waren.
„Das höre ich gern und es ist auch so. In ein paar Jahren werde ich ein Reich regieren, das größer sein wird, als Rom es jemals war. Doch um das zu erreichen, muss noch viel getan werden und manchmal gehören dazu auch unangenehme Dinge."
„Was meint ihr damit?", wollte der Hunno wissen.
„So, wie mein Vater Chlodwig, muss ich zuvor Ordnung in meinem eigenen Hause schaffen. Jeder der nicht eins ist mit meinen Zielen, soll auch keine Möglichkeit haben, etwas dagegen zu tun. Ich werde sie vernichten, so wie man das Unkraut in den Gärten beseitigt. Wenn du mir dabei helfen willst, so bist du mein Mann und sollst reichlich dafür belohnt werden."
Der Hunno war sich nicht sicher, was er dazu sagen sollte. Chlothar erschien ihm um vieles stärker, als sein Herr, der nichts vom Krieg und Beutemachen hielt. Der Frankenkönig merkte, wie der Hunno zu überlegen begann und wankelmütig wurde. So legte er noch ein Scherflein zu.
„Ich könnte dich sehr gut als Führer einer meiner Tausendschaften gebrauchen. Du hättest dann Anspruch auf einen hohen Anteil an der Kriegsbeute und könntest in meinem Heer noch weiter aufsteigen. Doch vorher müsste ich wissen, ob du mir absolut ergeben bist."
„Wie stellt ihr euch das vor?"
„Herminafrid muss getötet werden."
„Das kann ich nicht tun!"
„Du musst es nicht selber machen, aber mir dabei helfen."
Erschrocken über dieses Ansinnen fragte der Hunno weiter:
„Wie soll das angehen?"
„Ihr müsst dafür sorgen, dass ich morgen Früh mit Herminafrid allein auf die Stadtmauer steige und du musst deine

Wachen unten lassen. Das Weitere wird sich von selbst ergeben. Es wartet auf dich außerdem dieser Beutel mit Goldmünzen."
Chlothar löste einen kleinen Lederbeutel von seinem Gürtel und ließ die Münzen langsam in seine offene Hand gleiten. So viel Gold hatte der Hunno noch nie besessen und er wäre damit ein reicher Mann. Die Verführung war groß und er sagte zu.
Nach diesem bedeutsamen Gespräch ritt der Frankenkönig zufrieden zurück zur Burg. Während des Abendessens wurde es dem Hunno schlecht und er bat um Erlaubnis, sich zurückziehen zu können. Chlothar unterhielt sich mit Herminafrid in freundschaftlicher Weise, wie an den Tagen zuvor. Nachdem sich die Zunge von dem Wein bei beiden Königen gelockert hatte, fragte der Frankenkönig, wie es um den sagenhaften Thüringer Königsschatz bestellt sei und ob es ihn überhaupt geben würde.

Herminafrid protestierte lallend wegen Chlothars Zweifel und erzählte ihm davon. Chlothar fragte ihn, ob seine Tochter einen Teil davon als Mitgift bekommen würde. Mit einer abwehrenden Geste verneinte es Herminafrid. Er erklärte ihm, dass der Schatz nur Amalafred, als zukünftigen König zustehen würde und keinem anderen. Chlothar war bewusst, dass er nicht nur Herminafrid, sondern auch seinen Sohn umbringen musste. Vielleicht wäre der Hunno dazu bereit, dies zu tun. Der nächste Tag würde es zeigen.

Früher als sonst erschien Chlothar wohlgemut beim Frühstück und umarmte seinen zukünftigen Schwiegervater mit übertriebener Herzlichkeit. Er gab bekannt, dass er vor dem Jagdausflug noch mit Herminafrid die neue Stadtmauer besichtigen wollte. Dem Thüringer König gefiel dieser Vorschlag, denn die täglichen Jagdausritte hatten ihn schon sehr ermüdet. Sie ritten zum neu errichteten Teil der Stadtmauer und Chlothar stieg die Steinstufen voran. Er sagte seinen Gefolgsleuten, dass sie unten auf ihn warten sollten und er allein mit Herminafrid die Aussicht genießen wolle. Siegbert versuchte den Königen zu folgen. Da rief ihn der

Hunno zurück. Er sollte mit den anderen vor den Stufen warten.
Keuchend kamen die beiden Könige oben an. Chlothar wies mit seiner Hand über die Landschaft und erzählte Herminafrid, was ihm einst eine Wahrsagerin aus der Handfläche gelesen hatte.
„Eines Tages soll mir das gesamte Frankenreich zufallen. Dann wäre ich auch König über Thüringen."
„Das werde ich bestimmt nicht mehr erleben, mein lieber Schwiegersohn, aber ich gönne es dir, wenn du meinen Sohn nur sein Vasallenreich lässt."
„Das kommt darauf an, ob er mir den Königsschatz gibt."
„Bedeutet er dir wirklich so viel, dass du immer wieder davon sprichst?"
„Ein großer Schatz bedeutet Macht und die braucht ein König, der Erfolg haben will."
„Du bist noch jung und ehrgeizig, aber das gesamte Frankenreich wirst du bestimmt nie allein beherrschen können. Es sei denn, du würdest alle deine ganzen Verwandten beseitigen."
Chlothar stieg auf die Rechteckzinnen und hielt eine Hand über die Augen.
„Von hier kannst du alles viel besser sehen. Sieh nur, wie deine Leute dir zuwinken!"
Mit der linken Hand hielt sich Chlothar an den Quadersteinen fest und mit der anderen winkte er den Männern vor der Burgmauer zu. Herminafrid wollte nicht nachstehen und sich auch den Gefolgsleuten zeigen. Er stellte sich rechts neben Chlothar und grüßte hinunter.
In diesem Moment stieß Chlothar ihn mit der rechten Hand leicht in den Rücken und Herminafrid verlor den Halt. Kopfüber stürzte er die Mauer hinab und schlug unten hart auf.

Siegbert und die anderen rannten schnell hinzu. Der König war schwer verletzt, aber er atmete noch schwach. Er wollte etwas sagen und Siegbert hielt sein Ohr an seinen Mund.
Mit letzter Kraft flüsterte Herminafrid: „Gib meinen Ring Amalafred! Er ist jetzt euer König."

Nach diesen Worten verstarb er und Siegbert schloss ihm die Augen. Er zog den Siegelring vom Finger des Königs und rief Otfrid zu sich.

„Wir müssen sofort zu Amalafred reiten! Chlothar hat den König von den Zinnen gestoßen und sie werden uns alle töten."

„Reite du allein zu Amalafred! Ich bleibe beim König und komme später nach."

Siegbert schwang sich auf seinen weißen Hengst und ritt im Galopp davon.

4. Die Flucht aus Zülpich

Siegbert ritt von Zülpich auf dem gleichen Weg zurück, den er mit dem König und seinem Gefolge vor einer Woche entlang kam. Etwas Entsetzliches hatte sich ereignet, das für ihn immer noch unbegreiflich war. Warum hatte Chlothar seinen zukünftigen Schwiegervater von der Mauer gestürzt? Alle hatten es deutlich gesehen. Brachte es ihm Vorteile? Diese und andere Gedanken beschäftigten ihn bei seinem scharfen Ritt zurück ins Thüringer Land. Den Siegelring von Herminafrid hatte er sich mit einem Lederriemen um den Hals gehängt. Er musste ihn unbedingt Amalafred übergeben, ganz gleich, was noch passieren würde.
Siegbert war davon überzeugt, dass diese Tat von Chlodwig geplant war und er wahrscheinlich auch Maßnahmen getroffen hatte, die Thüringer Gefolgschaft gefangen zu nehmen oder zu töten. Auch ihn würde der Frankenkönig als Zeugen beseitigen und er war davon überzeugt, dass ihn die fränkischen Reiter verfolgten. Daher überlegte er sich, wie er sie täuschen oder aufhalten könnte.

Sein Ziel war, so schnell wie möglich den Grenzfluss zum Thüringer Königreich zu erreichen, aber dazu musste er vorerst einmal auf die andere Seite des Rheins kommen.
Mit seinem weißen Hengst fiel er bestimmt überall auf. Die Entscheidung, sich von seinem Hengst zu trennen, fiel ihm schwer. In der nächsten Meldereiterstation, die zu einem Königsgut gehörte, machte er Halt. Die Nachricht von der Ermordung des Thüringer Königs war noch nicht bekannt und Siegbert gab sich als Durchreisender aus, der nach Burgund wollte.
In der Station war ein fränkischer Meldereiter, der aus Rätien kam und nach Zülpich weiter wollte. Siegbert begleitete ihn zum Pferdestall. Hier waren sie allein und der Bote gab ihm ein paar Ratschläge, welche Speisen und Wein in Burgund gut schmecken würden. Bei einer passenden Gelegenheit schlug Siegbert mit einem Stock zu.
Der Meldereiter fiel bewusstlos zu Boden. Siegbert nahm seinen Umhang und die Kappe, die ihn als Boten schon

von weitem erkennbar machten, wie auch die Kette mit dem Zeichen für die Meldereiter auf einer Bronzeplatte.
So ausgestattet, musste ihn jeder, der ihm begegnete, beim Fortkommen unterstützen. Dann fesselte und knebelte er den Mann und legte ihn unter einen großen Strohhaufen. Es war gerade kurz nach Mittag und die meisten auf dem Königshof hielten Mittagsschlaf. So fiel es keinem auf, als ein Reiter vom Hof ritt. Es war Siegbert auf dem Pferd des Franken.
Er galoppierte zuerst nach Norden und schwenkte dann im Wald in die Richtung nach Südosten ein. Pausen gönnte er sich nur sehr wenige. In den weiteren Meldereiterstationen am Weg konnte er sein erschöpftes Pferd wechseln. Niemand wunderte sich, da es öfter vorkam, dass ein Bote es sehr eilig hatte und sein Tier nicht schonte.
Total erschöpft und übermüdet gelangte er zur ersten Anlegestelle über den Rhein. Es schien ein nicht so bedeutender Übergang zu sein, denn es war nur ein Boot zu sehen. Der Fährmann legte ab und steuerte zur anderen Uferseite. Nachdem sie dort ankamen, überwältigte Siegbert den Mann und fesselte ihn. Dann stieß er das Boot vom Ufer weg. Es trieb langsam zur Flussmitte. Chlothars Krieger würden ihn jetzt nicht mehr so leicht verfolgen können.
Die Wege, die er in Richtung Osten nahm, schienen nur sehr selten genutzt zu werden. Es gab keine Meldereiterstationen und die Bauern, bei denen er Halt machte, um zu essen, waren überrascht, wenn er auftauchte.
Jetzt musste Siegbert sein Pferd schonen. So kam er nur langsam voran. Nach mehreren Tagen erreichte er die Weser. Es war einer der Grenzflüsse zum Thüringer Königreich, der wegen der neuen Freundschaft zwischen den Franken und Thüringern, nicht mehr bewacht wurde.
An der Bootsanlegestelle gab es daher keine Probleme über den Grenzfluss zu gelangen. Wenn Chlothars Krieger ihn suchten, dann wahrscheinlich nur auf dem Königsweg. Völlig ermattet erreichte er nach einem langen Ritt die Bertaburg, auf der die königliche Familie lebte. Er wurde gleich zu Amalafred vorgelassen und übergab ihm den Ring seines Vaters.

„Was ist los, Siegbert? Wieso hast du den Ring?", fragte der Prinz erschrocken.
„Dein Vater wurde von Chlothar getötet und er sagte mir, bevor er starb, dass du jetzt unser neuer König bist."
Alle im Raum verstummten. Die Königin ging auf Siegbert zu. „Was ist mit den anderen von seinem Gefolge."
„Ich weiß es nicht, da ich gleich davon geritten bin."
Die Königin verdeckte mit einem Tuch ihr Gesicht und lief aus dem Saal. Siegbert erzählte nun Amalafred und den übrigen Anwesenden Einzelheiten über die Ermordung von König Herminafrid. Nachdem er alles berichtet hatte, fragte ihn Amalafred noch zu einzelnen Dingen, die er sich nicht erklären konnte. Er beschloss, am nächsten Morgen mit Siegbert zu Harald zu reiten und seinen Rat einzuholen.
Noch am gleichen Abend schickte Amalafred Kundschafter an die Grenze zum Frankenreich, die ihm das Herannahen fränkischer Krieger sofort berichten sollten. Ebenso entsandte er die verfügbaren Meldereiter zu den Gaugrafen, um sie zum Reichsthing auf die Tretenburg aufzufordern.

Siegbert musste Amalafred in dessen Kemenate begleiten und eine Magd brachte Essen und Trinken. Während er sich stärkte, erzählte er Amalafred nochmals den gesamten Vorgang, vom Beginn der Reise bis zum Tod des Königs.
„Es sieht fast so aus, als hätten die Franken meinem Vater nur deshalb den Frieden versprochen, um ihn aus Thüringen wegzulocken und zu ermorden."
„Chlothar war die gesamte Zeit sehr freundlich zu ihm und ein solches Ende hätte niemand voraussehen können. Ich war immer in der Nähe deines Vaters und es gab keine Verstimmung zwischen den beiden Herrschern. Für mich ist das Ganze unerklärlich."
„Ich verstehe es auch nicht. Vielleicht kann uns morgen dein Bruder Harald weiterhelfen. Jetzt ruhe dich erst einmal aus! Du kannst bei mir in der Kemenate schlafen und morgen Früh reiten wir noch vor Sonnenaufgang nach Rodewin."

Ein Knecht brachte einen Strohsack und Decken für Siegbert. Der legte sich darauf und schlief sofort ein.

Amalafred ging noch zu seiner Mutter und Schwester. Beide Frauen weinten. Er berichtete ihnen, was Siegbert ihm gesagt hatte und versuchte sie zu beruhigen. Sie zogen sich zum Gebet in die kleine Burgkapelle zurück. Dort stand ein Kreuz auf dem Altar und sie klagten Gott ihr Leid und erbaten von ihm Trost und Hoffnung.
Am nächsten Morgen gelang es Amalafred kaum, Siegbert zu wecken. So tief schlief er. Noch vor Sonnenaufgang ritten sie durch das Burgtor in Richtung Rodewin. Sie kamen gegen Mittag dort an. Harald war sehr überrascht, dass sein Bruder schon so früh aus Zülpich zurück war. Er zog sich mit Amalafred und Siegbert sofort in seinen Arbeitsraum zurück. Heidrun, seine Frau, brachte den Männern Brot und Speck und ein dünnes Bier zum Stillen des Durstes.

Siegbert berichtete, was vorgefallen war. Harald stand auf und humpelte mit seinem Holzbein zur Tür. Er sah auf den Hof und überlegte. Dann kam er zurück und fragte Amalafred: „Was willst du jetzt tun?"
„Ich weiß es nicht. Vielleicht kannst du mir weiterhelfen?"
„Es ist nicht leicht, die richtigen Entscheidungen zu treffen. Das Wichtigste ist deine Bestätigung als neuen König der Thüringer auf dem Reichsthing."
„Ich habe schon Boten ausgeschickt, die alle Gaugrafen zur Versammlung auf die Tretenburg auffordern."
„Das ist gut. Wir müssen als nächstes erfahren, was die Franken vorhaben. Wenn der Mord an dem König geplant war, so werden sie uns schon bald mit ihrem Heer überrennen. Wir sind zu schwach, um ihnen Widerstand leisten zu können."
„Ich habe Kundschafter an die Grenzflüsse entsandt, die mir das Herannahen des fränkischen Heeres melden."
„Das hast du richtig entschieden. Jetzt kann man nur abwarten."
„Warum haben die Franken das getan?", wollte Amalafred von Harald wissen.
„Das kann ich dir noch nicht sagen. Wenn sie den Friedenswillen nur vorgetäuscht haben, um den König von hier wegzulocken und zu ermorden, so werden sie versuchen, als

nächstes dich, Amalafred, umzubringen. Sie werden verhindern, dass ein König im Thing gewählt wird."
„Was passiert mit meiner Mutter?"
„Für sie besteht in Zukunft nur dann keine Gefahr, wenn sie bereit ist, einen der Frankenkönige zu heiraten. Dann würden sie das Thüringer Königreich als Mitgift serviert bekommen und es gäbe kein Blutvergießen."
Siegbert konnte seine Wut nicht mehr zurückhalten.
„Die Merowinger sind eine falsche Brut. Man sollte sie vernichten, bevor sie uns alle töten", schrie er in den Raum.
„Bisher hatten sie großen Erfolg mit diesem Vorgehen und ihr Reich wuchs in den letzten Jahren ständig an", bemerkte Harald.
„Das berechtigt sie noch lange nicht, alle Nachbarvölker zu unterdrücken", entgegnete Amalafred.
„Der Starke besiegt den Schwachen. So ist das schon immer gewesen und die Franken sind stärker als wir. Wenn du König bist, so kannst du auch nicht viel gegen sie ausrichten. Ohne mächtige Verbündete sind wir verloren."
„Wir haben doch die Ostgoten und die Langobarden", erwiderte er.
„Die können uns nicht helfen. Sie haben ihre eigenen Probleme und Interessen."
Siegbert war wütend, so hilflos zu sein. Es leuchtete ihm ein, was Harald sagte, doch er wollte sich nicht damit zufrieden geben.
„Wir können doch nicht tatenlos zusehen, wie uns die Franken erneut besetzen", schrie er seinen Bruder an.
„Im Moment können wir nicht mehr machen, als ohnehin schon getan ist", beruhigte ihn Harald.
„Damit bin ich nicht einverstanden. Ich werde ins Frankenland zurückkehren und herausfinden, was mit unseren Kriegern in Zülpich passiert ist."
„Das ist zu gefährlich! Sie werden dich überall suchen", warnte ihn Harald.
„Ich passe schon auf und werde sie noch besser täuschen, als sie es mit uns getan haben."
Sein älterer Bruder wusste, dass es keinen Sinn hatte, Siegbert von seinem Vorhaben abzubringen.

„Ich kann dich nicht daran hindern, doch ist es verrückt, was du vorhast."

Zu dritt ritten sie noch zum Priester, um ihn um Rat zu fragen. Im Wesentlichen war er Haralds Meinung und riet Siegbert von einer Reise ins Frankenreich ab. Doch auch er schien bei ihm auf taube Ohren zu stoßen. Da nichts half, gab er ihm den Ratschlag, als verkleideter Handelsmann dorthin zu ziehen.
„Heidruns Vetter ist mit seinem Planwagen in Rodewin für ein paar Tage zu Besuch. Er will nach Coellen weiter reisen", bemerkte Harald.
„Das wäre eine gute Möglichkeit, dorthin zu kommen. Ich werde ihn fragen, ob er mich mitnimmt", rief Siegbert begeistert.
„Verrate ihm aber nicht, was passiert ist und was du wirklich dort willst, sonst bleibt er hier und rührt sich nicht mehr von der Stelle!", sagte ihm Harald.
„Von mir erfährt er nichts. Er wird es schon noch früh genug mitbekommen. Doch wie kann ich ihn bewegen, gleich morgen Früh abzureisen?"
„Ich werde ihm sagen, dass er mir etwas besorgen soll, was man nur im Frankenreich bekommen kann und das ich dringend benötige. Wenn sein Gewinn groß genug ist, wird er bestimmt gleich losfahren."
Sie ritten zurück nach Rodewin und Harald unterhielt sich mit dem Vetter. Der war einverstanden, Siegbert mitzunehmen und als Handelsmann anzulernen. Dafür sollte er ein paar Silbermünzen als Lehrgeld von Harald erhalten. Sie einigten sich über den Preis und besiegelten es mit Handschlag.
„Du musst aber bald wieder mit ihm zurückkommen, denn Siegbert muss mir hier bei der Ernte helfen. Die eine Hälfte des Geldes erhältst du jetzt und die andere gebe ich dir, wenn ihr wieder da seid."

Anfänglich wollte der Vetter das gesamte Lehrgeld im Voraus haben, doch er vertraute Harald, dass der ihm den Rest nach der Rückkehr geben würde. Sogleich bereitete er sich für die Reise vor und Siegbert musste ihm beim Packen der Waren helfen.

Zeitig in der Früh zogen die beiden Handelsleute auf dem sandigen Weg aus Rodewin in Richtung Königsweg fort. Sie kamen gut voran und erreichten nach mehreren Tagen den Rhein. Siegbert kannte die Strecke, da er mit dem König hier entlang gekommen war. Dem Vetter erzählte er davon nichts. Der glaubte, dass Siegbert das erste Mal das Frankenreich bereiste und gab ihm auf der Fahrt viele Ratschläge, wie er sich dort verhalten sollte. Geduldig hörte er es sich an und nickte hin und wieder zustimmend.
Der Vetter war nach der Schlacht an der Unstrut und der darauffolgenden Besetzung des Thüringer Königreiches durch die Franken öfter nach dem Westen unterwegs. Er versorgte die Krieger und Beamten der Franken in den Königsgütern mit Wein und anderen Dingen, die sie in der Fremde vermissten. Die Handelsleute hatten kaum Behinderungen bei der Ausübung ihres Gewerbes, so dass es genügend Gewinn für den Einzelnen abwarf.
Siegbert fiel unterwegs auf, dass es ruhig war. Nichts deutete auf das Geschehen vor einigen Tagen hin. Entweder wusste keiner etwas von der Ermordung des Thüringer Königs oder es interessierte niemand. Das Ziel des Vetters war Coellen. Hier wollte er seine mitgeführten Waren loswerden und neue einkaufen.

Nach mehreren Tagen erreichten sie Coellen. Sie waren in einer Herberge am Stadtrand untergebracht. Am frühen Morgen fuhr der Vetter mit dem Wagen zum Marktplatz und bot dort seine Waren an. Felle, Baumharz, Salz, Messer, Schwerter, Pfeilspitzen und vieles andere hatte er bei sich. Oft war er hier und mit den Gepflogenheiten auf dem Markt vertraut. Einige der Zwischenhändler, die ihn kannten, kauften auch gleich größere Mengen seiner Waren auf.
Bei den Gesprächen erfuhr er, dass der Thüringer König in Zülpich tödlich verunglückt sei. Er soll auf der Burgmauer gestolpert und hinabgefallen sein. Der Vetter war in seiner weibischen Art ganz aufgeregt und überlegte, ob er am bes-

ten gleich wieder nach Thüringen reisen sollte. Siegbert riet ihm jedoch, erst einmal in das nahe gelegene Zülpich zu fahren, um dort mehr herauszufinden.

Nach vielem Hin und Her gab der Vetter nach. Sie fuhren nach Zülpich. Die Leute auf dem Markt konnten ihm nicht viel mehr sagen, als er schon in Coellen hörte. Siegbert wollte selbst auf Erkundungstour gehen, denn, wenn sie wieder nach Hause kämen, würden alle nach Einzelheiten fragen. Das sah der Vetter letztendlich ein. Er blieb mit seinem Handelswagen allein auf dem Marktplatz.

Siegbert zog los. Er kannte sich gut aus und ging zur Burg. In seiner Verkleidung als Handelsmann wurde er nicht erkannt. In die Unterburg gelangte er leicht. Bei den Pferdeställen stand ein Knecht. Siegbert ging zu ihm.
„Die Sonne brennt heute ganz schön auf uns herab. Am liebsten würde man da in einer Taverne sitzen und einen Becher Wein trinken."
„So heiß ist es schon die ganze Woche. Es ist kaum zum Aushalten."
Siegbert hatte zuvor auf dem Markt einen Weinschlauch mit Rotwein erstanden und bot dem Knecht an, einen kleinen Schluck daraus zu nehmen. Der ließ sich das nicht zweimal sagen und goss den Wein, ohne zu schlucken, durch die Kehle.
„Das reicht, mein Freund, sonst bleibt für mich nichts mehr übrig."
Der Knecht gab den Schlauch Siegbert zurück.
„Das hat mir bei dieser Hitze gut getan. Wenn du nicht gekommen wärst, wäre ich verdurstet."
Siegbert nahm auch einen kleinen Schluck und setzte sich auf einen der Strohballen, die neben dem Tor zu den Pferdeställen lagen. Der Knecht hockte sich zu ihm und Siegbert fing an, ihn auszufragen.
Nach jedem Schluck, den der Pferdeknecht erhielt, wurde er gesprächiger. So erfuhr Siegbert, dass die Krieger der Thüringer Hundertschaft noch immer hier festgehalten wurden. Nach dem Tod ihres Königs hatte Chlothar sie gefan-

gen nehmen lassen. Er wollte sie in sein Hoheitsgebiet bringen, doch der Hauptmann der Stadtwache, der Theudebert unterstand, hinderte ihn daran und verlangte von ihm, bis zur Ankunft seines Herrn zu warten.
„Warum hat er sie denn gefangen nehmen lassen?", wollte Siegbert wissen.
„Man munkelte, dass es kein Unfall an der Stadtmauer war, sondern dass der Thüringer König hinabgestoßen wurde."
„Das wäre doch Königsmord. So etwas kann ich mir gar nicht vorstellen!"
„Du kennst König Chlothar nicht. Der wäre zu so etwas bereit, wenn er einen Vorteil dadurch hätte."
„Chlothar sollte doch die Thüringer Prinzessin heiraten. Was wird denn jetzt aus der Hochzeit?"
„Die wird wahrscheinlich nicht mehr stattfinden, aber das stört ihn nicht. Er hat noch eine zweite thüringische Königstochter, diese Radegunde. Die wird ihm vielleicht lieber sein."
„Was sagt denn dein König Theudebert dazu?"
„Der war sehr verstimmt, als er davon erfuhr. Er glaubt, dass es Absicht von Chlothar war, um ihm damit zu schaden. Deshalb verweigerte er seinem Onkel, die Gefangenen als Sklaven wegzuführen und seitdem sind sie immer noch hier in der Burg eingesperrt."
„Was soll denn mit ihnen passieren? Will Theudebert sie selber verkaufen?"
Der Pferdeknecht zuckte mit der Schulter. „Das weiß ich nicht. Vielleicht bringt er sie in den Süden des Reichs auf seine Güter, denn wenn sie gesehen haben, wie ihr König umgebracht wurde, so wird er sie nicht mehr frei lassen."
„Was meinst du, wird es wieder Krieg geben?"
„Ich denke schon. Wie ich hörte, haben die Sachsen schon vom Tod Herminafrids gehört und sind mit ihren Leuten in Nordthüringen eingefallen. Theudebert wird da nicht tatenlos zusehen und sich ihnen entgegenstellen. Ich glaube, dass er in den nächsten Tagen eine Entscheidung treffen wird und sein Heer von der Küste des Nordmeeres in den Osten schickt."
„Musst du dann auch mitziehen?"

„Nein, ich bin nur ein Knecht auf dieser Burg. Das Kriege führen ist Sache der Freien und geht mich nichts an. Die sollen sich nur selber die Schädel einhauen lassen, dann sind es nicht mehr so viele von ihnen, die uns schikanieren können."
Siegbert kratzte sich nachdenklich am Kopf.
„Ich bin Handelsmann. Was meinst du, ob ich für die Küche einige Waren verkaufen könnte?"
„Du kannst es versuchen. Ich kenne eine der Köchinnen ganz gut. Wenn du willst, frage ich sie."
„Das wäre nett! Ich habe kupferne Kessel, Töpfe und Teller und verschiedene Messer und verkaufe sie zu guten Preisen."
„Warte einen Moment hier! Ich suche die Köchin und frage sie."
Siegbert nickte mit dem Kopf und der Pferdeknecht entfernte sich in Richtung Küche. Nach einer Weile kam der Knecht zurück und sagte ihm, dass er am nächsten Morgen ganz zeitig mit seinen Sachen vorbeikommen soll. Man würde einiges brauchen. Siegbert bedankte sich bei dem Knecht und reichte ihm den halbleeren Weinschlauch.

Siegbert ging zurück auf den Marktplatz. Der Vetter war schon neugierig, was er herausgefunden hatte.
„Wir sollen morgen Früh ganz zeitig zur Burgküche kommen. Dort will sich eine Köchin unsere Kupferkessel und andere Dinge ansehen. Wenn sie ihr gefallen, will sie welche nehmen."
„Das ist sehr gut! Hast du auch etwas wegen unserem König in Erfahrung bringen können?"
„Der soll tödlich verunglückt sein, doch Genaues weiß man nicht."
Bedauernd zog der Vetter die Schultern hoch und sah zu Boden.
„Vielleicht können wir morgen mehr herausfinden?", meinte er und verstaute seine Sachen wieder auf dem Handelswagen. Danach ging der Vetter zu einigen Kupferschmieden, um noch ein paar auserlesene Küchengefäße günstig zu erstehen.

Auf seinem Wagen hatte er keine so große Auswahl und er brauchte sie für die Burgküche und auch für daheim.

Siegbert und der Vetter suchten sich eine nicht so teure Herberge am Rande der Stadt und setzten sich in die Schankstube. Der Wirt servierte eine Gemüsesuppe und legte einen halben Laib Brot dazu. Geschwind löffelten die beiden ihre Schüssel leer. Sie waren sehr hungrig und hatten am Morgen nur wenig gefrühstückt. Der Wirt sah, dass den Handelsleuten die Suppe schmeckte und fragte sie, ob sie noch eine Schöpfkelle davon haben wollten. Sie nickten und er füllte ihre Schüsseln erneut.
„Ihr seid wohl heute erst in Zülpich angekommen? Bleibt ihr lange?", fragte er neugierig.
Der Vetter, der auch gut fränkisch sprach, antwortete ihm: „Wir sind Händler aus Thüringen und wenn wir unsere Sachen verkauft haben, dann reisen wir wieder zurück."
„Ach so, aus Thüringen kommt ihr. Euer König ist vor ein paar Wochen hier verunglückt. Das ist schon sehr schlimm. Habt ihr schon einen neuen?"
„Wir hatten noch vor ein paar Tagen nichts davon gewusst. Könnt ihr uns mehr darüber sagen?"
„Euer König soll von der Stadtmauer gefallen sein und hat sich wahrscheinlich dabei das Genick gebrochen. Jetzt sagen manche unserer Krieger, dass sie bald weg müssten, um gegen die Sachsen zu kämpfen, die im Norden Thüringens eingefallen wären."
„Das sind wahrhaft unruhige und schlechte Zeiten für uns Handelsleute."
„Ihr könnt nur hoffen, dass unser König Theudebert die Sachsen wieder aus eurem Land vertreibt, denn sie sind ganz arge Burschen."
„Woher weißt du, dass sie so schlimm sind?"
„Ich hatte vor ein paar Jahren gegen die Dänen und Sachsen an der Küste mitgekämpft. Dort habe ich sie kennengelernt. Es sind echte Barbaren, gar nicht vergleichbar mit euch Thüringern. Die haben sogar den Fisch roh gegessen, igitt!"

Der Wirt war so richtig ins Erzählen gekommen. Zu selten gab es so interessierte Zuhörer in seiner Gaststube. Spät am Abend gingen die Thüringer mit der nötigen Weinschwere auf seinen Boden. Dort lagen mehrere Strohsäcke, auf denen schon einige Gäste schliefen. Sie suchten sich in der Ecke einen Platz.
Zeitig am Morgen wurde Siegbert von seinem Vetter geweckt. Sie standen auf und packten die Küchengerätschaften zusammen. Der Vetter wollte nicht mit dem Wagen zur Burg fahren, sondern alles tragen. Hierfür hatte er zwei Kiepen, auf denen er die Waren festband. Nachdem er damit fertig war, half er Siegbert eine auf den Rücken zu nehmen. Danach bepackte er sich mit seiner und sie zogen zusammen in Richtung Burg.

Die Gassen waren zu dieser Zeit fast leer. Hin und wieder war ein herumstreunender Hund zu sehen, aber sonst rührte sich nichts. Sie gingen durch das Tor der Unterburg. Der Wachmann sah sie ganz verwundert an. Siegbert sagte ihm, dass der Koch auf sie wartete und so durften sie gleich weitergehen. Sie schritten durch das zweite Tor, das nicht bewacht war. Vom Burghof konnte Siegbert die große Tür zur Küche sehen. Licht drang aus dem Gewölberaum auf den Burghof. Sie gingen in diese Richtung und sahen in den Küchenraum hinab.
Eine Frau entdeckte die beiden und rief gleich nach dem Koch. Der kam die Stufen herauf zur Tür.
„Ihr seid bestimmt die Handelsmänner, die uns etwas verkaufen wollen. Zeigt her, was ihr habt!"
Der Vetter stellte die Tragstiege auf den Boden und half Siegbert sich seiner zu entledigen. Dann band er die Sachen los und zeigte sie dem Koch. Die Frau schien seine Gehilfin zu sein, mit der der Pferdeknecht am Vortag gesprochen hatte. Sie war freundlich zu den Thüringern. Der Koch jedoch war ein richtiges Raubein. An allem hatte er etwas auszusetzen. Das eine Mal war der Kupferglanz nicht hell genug, dann waren die Nieten bei einer Pfanne nicht gut ausgeformt. Es gab nur wenige Sachen, bei denen er nichts zu beanstanden hatte. Die Messer schienen ihm zu

gefallen und er wiegte sie in den Händen und prüfte ihre Schärfe. Er kaufte sie alle und auch ein paar Pfannen und Schüsseln aus Kupfer. Über den Preis, den der Vetter genannt hatte, feilschte er nicht lange. Die Köchin zahlte die genannte Summe und trug die erstandenen Sachen in die Küche. Der Vetter packte die restlichen Dinge auf die Kiepen und band sie fest.
Siegbert schlenderte derweil über den Burghof zu den Räumen, in denen die Thüringer Hundertschaft nach ihrer Ankunft untergebracht war. Durch ein Fenster konnte er hineinsehen und entdeckte einige seiner früheren Kameraden. Die Jungkrieger standen an den Wänden oder lagen am Boden in dem großen Raum. Die beiden Wachmänner vor der Eingangstür saßen auf großen Steinen und dösten dahin.

Siegbert ging zu einem der kleinen Fenster und ließ einen Stein hineinfallen. Einer der Jungkrieger wurde aufmerksam und sah zu dem Fenster hinauf. Da erkannte er seinen früheren Kameraden.
Unter den Gefangenen war auch Otfrid. Mit ihm flüsterte Siegbert ein paar Worte. Der Vetter hatte inzwischen die verbliebenen Küchengeräte auf den Stiegen festgebunden und schien zufrieden mit dem Geschäft. Er sah sich um.
„Wo bist du denn, wir wollen gehen!", rief er Siegbert zu.
„Ich komme gleich", antwortete er und half dem Vetter sein Holzgestell aufzunehmen. Sie gingen durch das Tor zur unteren Burg, wo die großen Pferdeställe lagen. Da blieb Siegbert plötzlich stehen und sagte, dass er sich noch bei dem Pferdeknecht bedanken müsse und nachkommen würde. Der Vetter war damit einverstanden und zog zufrieden über das gute Geschäft allein weiter.

Siegbert ging zu dem Pferdestall. Es war kein Knecht da. Dann öffnete er die Gatter und Tore der Boxen, so dass der Weg auf den Hof frei war. Danach ging er zu einem Strohhaufen, der an einer Wand aufgeschichtet war und entzündete ihn. Es dauerte nicht lange und die Pferde rannten aus den Ställen ins Freie. Siegbert scheuchte sie durch das

Tor zum oberen Burghof. Die ersten Tiere nahmen diesen Fluchtweg und die anderen folgten. Die beiden Wachleute sprangen von ihren Steinen auf und versuchten sie zu beruhigen.
Siegbert war hinzugekommen und konnte in dem Getümmel unbemerkt die Tür zu den Gefangenen öffnen. Diese liefen hinaus und schwangen sich auf die Rücken der Pferde. In wilder Hatz galoppierten sie durch die beiden Burgtore davon. Durch den großen Lärm waren mehrere Leute auf den Hof gekommen und hatten versucht die übrigen Tiere einzufangen. Der Strohhaufen war inzwischen abgebrannt, doch die Pferde nahmen noch den Rauch wahr und wollten nicht zurück in die Ställe.
Siegbert hatte seine Stiege wieder aufgehoben und war unbemerkt aus der Burg gekommen. Noch von weitem hörte er das Wiehern der verängstigten Tiere.

Der Vetter wartete in der Herberge schon ungeduldig auf ihn. „Wir müssen noch auf den Markt und einige Sachen kaufen, die wir in Thüringen gut eintauschen können. Drum spute dich und trödle nicht so lange herum!"
Siegbert stellte seine Stiege auf den Tisch und meinte: „Vielleicht sollten wir gleich von hier wegfahren. Auf der Burg hat es großen Tumult gegeben und einige Thüringer sollen aus ihrem Gefängnis ausgebrochen und geflohen sein. Man wird nach ihnen suchen und dann erwischen sie uns, weil sie glauben, wir hätten ihnen geholfen."
„Das ist ja entsetzlich. Das verkrafte ich nicht. So viel Unruhe und Gefahr überall, das mag ich gar nicht."
Ohne eine Antwort zu geben fing der Vetter sogleich hektisch an zu packen. Es dauerte nicht lange und sie waren mit ihrem Wagen unterwegs in Richtung Heimat.

Bald hatten beide Zülpich schon weit hinter sich gelassen, da wurden sie von berittenen Kriegern auf dem Königsweg überholt. Sie schienen es sehr eilig zu haben und keiner beachtete die beiden Männer auf dem Handelswagen. Nach langer Fahrt gelangten sie nach Rodewin. Der Vetter war froh, endlich wieder in der Heimat zu sein und berichtete mit vielen Übertreibungen von den Erlebnissen im Frankenland. Siegbert schwieg zu allem.

Am nächsten Tag ritten Harald und sein Bruder zu den Koppeln am Schwemmteich. Sie unterhielten sich darüber, was wirklich passiert war.
„Ich habe mir gleich gedacht, dass der Vetter vieles nicht richtig erzählt hatte. Ich nehme an, dass du ihm nicht verraten hast, dass du mit bei der Hundertschaft warst, die unseren König begleitet hatte."
„Er weiß von nichts und ich werde es ihm auch nicht sagen. Es ist alles gut gegangen und die Jungkrieger konnten aus Zülpich fliehen."
„Wie war das möglich?"
Siegbert berichtete über den genauen Hergang. Harald gefiel, wie sein Bruder mutig handelte.
„Wo sind unsere Leute hin?", wollte er wissen.
„Das kann ich nicht sagen. Ich denke aber, dass es ihnen gelungen ist, bis nach Thüringen zu kommen. Wahrscheinlich sind sie zu Amalafred auf die Bertaburg."
„Der Prinz ist nicht mehr dort."
„Wieso das?", fragte Siegbert erstaunt.
„Es hat sich in den letzten Tagen hier auch einiges getan. Die Gaugrafen kamen auf der Tretenburg zusammen, um Amalafred zum neuen König der Thüringer zu bestätigen. Es kamen nicht alle und die, die da waren, meinten mehrheitlich, dass Amalafred als König noch zu jung wäre."
„Amalafred ist doch der einzige Sohn Herminafrids und somit sein Nachfolger."
„Amalafred hat zu wenig Gefolgsleute, die ihn unterstützen. Die Mehrheit der Gaugrafen will einen starken König, so wie es Bertachar war, der sie im Kampf gegen die Feinde selbst angeführt hat. Amalafred traut man das nicht zu."
„Er kann noch ein guter Feldherr werden, so wie sein Onkel."
„Das müsste Amalafred jedoch erst beweisen können und dazu wird es kaum Gelegenheiten geben. Im Norden werden Grenzverletzungen durch die Sachsen gemeldet. Sie wollen das Land von der Elbe bis zum Rynnestig haben

und die Franken werden das bestimmt nicht zulassen. Wir denken, dass sie schon bald mit einem Heer anrücken und die Sachsen in ihr Gebiet zurückdrängen."
„Wenn wir sie zurückschlagen, dann brauchten die Franken nicht zu kommen", meinte Siegbert.
„Wer sollte denn von uns gegen sie kämpfen? Die Sachsen sind nicht zu unterschätzen. Es ist ein ähnlich kriegerisches Volk wie die Franken. Wir haben kein Heer mehr, dass den Kampf gegen sie aufnehmen könnte und auch keinen Heerführer, der uns zum Sieg führt."
„Sollen wir einfach abwarten, was die anderen mit uns tun?"
Harald sah seinen Bruder traurig an.
„Wir können nichts mehr machen. Es gibt keine Hilfe für uns."
„Damit bin ich nicht einverstanden", entgegnete Siegbert entrüstet. „Wenn wir ihnen nicht mit einem Heer begegnen können, dann müssen wir sie aus dem Hinterhalt bekämpfen. So lange, bis ihnen die Lust vergeht, hier zu bleiben."
„Die große Schlacht an der Unstrut hat unser Volk ausgeblutet und wir werden uns lange Zeit nicht davon erholen. Auch die Ostgoten und Langobarden werden uns nicht helfen. Sie haben ihre eigenen Probleme. Es bleiben uns nur die Jungkrieger, die noch keine Erfahrung im Kampf haben. Das ist zu wenig, um einen wirksamen Widerstand aufzubauen."
„Du willst also aufgeben, so wie du sprichst!"
„Ich denke, dass es besser ist zu überleben, als zu sterben."
„Wie denkt Hartwig darüber? Hast du mit ihm auf der Tretenburg sprechen können."
„Ja, er war dort und wir haben uns darüber unterhalten. Nachdem die Mehrheit der Gaugrafen Amalafred als neuen König nicht bestätigt hatte, ist der Prinz mit seiner Mutter, die noch immer unsere Königin ist, zum Königsgut jenseits der Saale gezogen. Er forderte Hartwig öffentlich auf, ihn als Gefolgsmann zu begleiten. Hartwig hatte zugesagt. Das haben alle gehört und er ist an sein gegebenes Wort gebunden."
„Wer soll denn nun der neue König werden?"

„Darüber streiten die Gaugrafen noch immer. Aus ihren Reihen haben sich drei angeboten, Heerführer und König zu werden. Sie haben jedoch keine Mehrheit finden können. Nun werden sie sich so lange darum streiten, bis die Franken oder Sachsen hier sind."
„Warum hast du sie nicht zur Besinnung gebracht? Auf dich haben sie doch immer gehört."
„Das ist nicht mehr so wie früher. Was einmal war, das ist schnell vergessen. Ich hatte Amalafred als neuen König vorgeschlagen und geraten, ihm gute und ehrbare Männer zur Seite zu stellen, doch die meisten lehnten den Vorschlag ab. Sie hatten mich sogar bezichtigt, daraus einen persönlichen Vorteil ziehen zu wollen."
„Schweinerei, aber das ist doch kein Grund aufzugeben!"
„Ich gebe nicht wirklich auf, doch versuche ich zu retten, was noch zu retten ist. Ich werde auch wieder unseren Oberwipgau schützen, so wie es vor drei Jahren war. Wenn die Zeit kommt und unsere Kinder zu den Waffen greifen können, dann werden sie selbst bestimmen, ob sie in einem freien Thüringen leben wollen."
„Vielleicht hast du recht, doch ich für meinen Teil ziehe es vor, gegen alle Eindringlinge zu kämpfen."
„Es ist deine Entscheidung, Siegbert. Wenn ich gesund wäre und nicht die Verantwortung für die Leute des Wiesenlandes hätte, würde ich auch so wie du handeln. Ich wünsche dir gutes Gelingen und pass auf dich auf!"
Die Brüder umarmten sich und ritten zurück nach Rodewin.

Siegbert machte sich reisefertig. Er ritt vor Sonnenaufgang von zu Hause fort. Nur seine Mutter und Harald waren so zeitig aufgestanden, um ihn zu verabschieden.
Er hatte es nicht eilig und machte öfters eine Rast, um mit den Bauern, bei denen er einkehrte, zu sprechen. Fast alle waren mit der bestehenden Situation im Königreich unzufrieden. Sie wollten Amalafred als König und verstanden die Gaugrafen nicht, die sich gegen ihn stellten. Er war der Sohn von Herminafrid und es war besser, einen jungen und noch unerfahrenen König zu haben, als gar keinen. Es gab überall große Unsicherheit und Angst vor der Zukunft.

Nachdem Siegbert auf die andere Seite der Saale kam, änderte sich die Meinung der Menschen nicht. Herminafrid hatte östlich des Flusses viele Slawen angesiedelt, die er in seinem Reich voll integrieren wollte. Einige hatten Land zugewiesen bekommen und sie errichteten eigene Siedlungen. Trotz der anderen Stammeszugehörigkeit fühlten sie sich als Thüringer und wären auch bereit, mit der Waffe in der Hand für die neue Heimat zu kämpfen.

Siegbert erreichte das Königsgut, das mehrere Jahre während der fränkischen Besetzung, als Königshort galt. Hier traf er Otfrid wieder. Die beiden Freunde hatten sich sehr viel zu erzählen. Siegbert interessierte besonders, wie ihnen die Flucht gelungen war.
„Wir haben uns in kleine Gruppen aufgeteilt und sind zu verschiedenen Übergängen am Rhein geritten. Die Fährleute haben nicht schlecht gestaunt, als sie Thüringer übersetzen sollten. Da wir aber unbewaffnet waren, hatten sie keine Angst und taten ihre Arbeit. Nur ein Trupp erreichte die Heimat nicht. Wir wissen nicht, was mit ihnen passiert ist. Alle anderen sind hier."
„Das freut mich, dass euch die Flucht gut gelungen ist. Was sagt denn Amalafred dazu?"
„Der war begeistert, als er uns wiedersah."
„Hast du etwas vom Großkanzler und dem Hunno gehört?"
„Den Großkanzler soll Theudebert mitgenommen haben und der Hunno war gleich nach dem Mord an unserem König verschwunden. Niemand von uns hat ihn danach gesehen. Vielleicht ließ Chlothar ihn umbringen."
„Es ist wirklich schade, um einen so tapferen Anführer", meinte Siegbert.
Er hätte mit Otfrid noch vieles zu besprechen, doch wollte er noch seinen Bruder aufsuchen. Otfrid wusste, wo er ihn finden konnte und begleitete ihn dorthin.

Hartwig war im Arbeitsraum des Großkanzlers.
„Bist du jetzt der neue Großkanzler?", rief Siegbert ihm von der Tür aus zu. Überrascht drehte sich Hartwig um und sein Gesicht erhellte sich.

„Das ist schön, dich gesund zu sehen. Harald sagte mir schon, dass du als Handelsmann im Frankenland warst."
„Ich bin mit dem Vetter dorthin gefahren. Wusstest du, dass er sich nicht für Frauen interessiert?"
„Nein, davon habe ich noch nichts gehört. Er ist eigentlich der Vetter von Heidrun, doch wir alle kennen ihn nur als ‚Vetter'. Hat er dir etwas angetan?"
„Haha, das nicht, aber versucht hatte er es am Anfang schon. Nachdem ich ihn gleich beim ersten Mal energisch abgewiesen habe, probierte er es nicht wieder."
„Von deinem mutigen Handeln in Zülpich reden alle. Die meisten von der Hundertschaft sind zu uns gekommen und viele von ihnen wollen bleiben."
„Ich habe Otfrid getroffen. Er hat mich zu dir gebracht."
„Er ist ein braver Bursche, auf den man sich verlassen kann und manchmal hilft er mir bei der Arbeit."
„Was machst du denn hier am Königshort? Du wolltest doch daheim im Elbkniegau bleiben."
„Wäre Herminafrid hier, dann wäre ich auch bestimmt nicht da. Amalafred hat mich gebeten, ihm als Gefolgsmann zur Seite zu stehen. Er versprach mir, dass er alles daran setzt, um Baldur frei zu bekommen. Leider ist er von den Gaugrafen nicht als König bestätigt worden. Es ist aber noch nichts verloren. Noch immer ist seine Mutter die Königin und sie regiert gut und besonnen. Amalafred und ich helfen ihr, so gut es geht. Ich sehe mir gerade auf einer Karte an, wo die Sachsen über die Grenze nach Thüringen gekommen sind und wo wir gegen sie kämpfen müssen."
„Harald sagte mir, dass wir zu schwach dazu wären."
„Er hat recht. Es sind zu wenige Krieger und die, die hier sind, wissen nicht, wie es in einer Schlacht zugeht."
„Wir haben jedoch den Vorteil, dass wir hier zu Hause sind und uns gut auskennen. Wenn wir versuchen, die Sachsen ständig anzugreifen, dann ziehen sie vielleicht nicht mehr weiter. Wie viele Krieger habt ihr hier?"
Hartwig machte ein sorgenvolles Gesicht.
„Es sind nur die Jungkrieger. Etwa drei Hundertschaften und die Slawen, die mit uns kämpfen wollen."
„Das ist doch gar nicht so wenig", meinte Siegbert.

„Leider auch nicht genug, um wirklich wirksam vorgehen zu können."
„Mit mir ist es schon einer mehr. Ich will nicht tatenlos zusehen, wie unser Reich untergeht."
„Das freut mich, dass du mitmachen willst. Wenn du es dir zutraust, so könnte ich dich zum Anführer einer der Hundertschaften machen. Täglich kommen Jungkrieger zu uns, aber wir haben keine erfahrenen Anführer."
„Ich werde es versuchen. Wo sind die Männer zu finden, deren Hunno ich werden soll?"
„Nachdem ich dir auf der Karte gezeigt habe, wo überall schon Sachsen gesichtet wurden, bringe ich dich danach zu den Männern."
Hartwig zeigte Siegbert die Gebiete, in denen die Sachsenkrieger eingefallen waren. Sie reichten bis weit in das Thüringer Becken hinein. Kundschafter und Meldereiter brachten täglich Informationen zu den Geschehnissen im Königreich.

Nachdem sie die Lage diskutiert hatten, ging Hartwig mit Siegbert zu den Unterkünften der Jungkrieger. Es war wie ein großes Heerlager. Ein paar erfahrene Krieger hatten die Ausbildung der Neuankömmlinge übernommen. Hartwig stellte dem Hauptmann des Kriegerlagers seinen Bruder vor und sagte ihm, dass er ihm eine Hundertschaft zu Pferd zuteilen soll, die bereits einsatzfähig sei. Er würde in den nächsten Tagen gegen die Sachsen ziehen. Der Hauptmann war froh, dass sich die Königin nun entschlossen hatte, etwas gegen die Eindringlinge zu tun.
„Mit nur einer Hundertschaft ist wenig auszurichten", meinte er besorgt.
„Das weiß ich", entgegnete Hartwig. „Es ist auch nur ein erster Versuch. Wir wollen sehen, wie die Sachsen auf unsere Attacken aus dem Hinterhalt reagieren."
Der Hauptmann führte die beiden Brüder zu einem Langhaus am Rande des Lagers.
„Hier sind die am besten Ausgebildeten untergebracht. Soll ich es ihnen gleich mitteilen?", wollte der Hauptmann wissen.

„Ja, danach werde ich selber zu ihnen sprechen", entgegnete Siegbert.
Sie gingen in das Langhaus hinein, in dem auf der einen Seite die Jungkrieger und auf der anderen Seite ihre Pferde untergebracht waren. Neugierig blickten die jungen Männer zu dem Hauptmann.
„Hört her!", begann er. „Ihr seid mit eurer Ausbildung fertig und werdet schon bald gegen die Sachsen in den Krieg ziehen."
Alle jubelten auf.
„Seid ruhig! Euer neuer Anführer will euch noch etwas sagen."
Siegbert ging einen Schritt vor, so dass er von allen gut gesehen werden konnte.
„Ich bin Siegbert aus Rodewin, euer Hunno. Morgen Früh, bei Sonnenaufgang, reiten wir gegen die Sachsen. Wir treten ihnen nicht in geschlossener Formation entgegen, da wären Sie uns an Zahl weit überlegen. Wir werden Sie nur aus dem Hinterhalt angreifen und bekämpfen. Unser Ziel ist es, die Sachsen am Weiterziehen zu hindern und womöglich zurückzudrängen. Macht euch abmarschbereit! Die Truppführer kommen zu mir!" Aus der Schar lösten sich einige Jungkrieger und stellten sich um Siegbert herum.
„Wir besprechen gleich noch einige Einzelheiten für morgen."
Er zog die von Hartwig zur Verfügung gestellte Karte aus seinem Gürtel und breitete sie über dem großen Esstisch aus. Dann zeigte er auf das Gebiet, das sie erreichen wollten.
„Drei Tagesritte brauchen wir, um dorthin zu kommen. Habt ihr noch Fragen?"
Es meldete sich keiner zu Wort. Vielleicht konnten sie auch die Zeichen auf dem Pergament nicht lesen. Doch man konnte jedem die Freude ansehen, endlich gegen die Sachsen in den Kampf zu ziehen.

Auf dem Weg in die Kanzlei meinte Hartwig zu Siegbert: „Du hast nur drei Tage bis zu euren Einsatzgebieten vorgesehen. Ist das nicht zu wenig?"

„Ich weiß es und es geschieht mit Absicht, denn ich will sehen, wie ausdauernd die Männer sind. Bei diesem Gewaltritt werde ich sie kennenlernen, bevor ich auf die Sachsen losgehe."
„Du wirst es schon richtig machen", beschwichtigte Hartwig.
„Hast du noch einen Wunsch bezüglich deiner Hundertschaft?"
„Wenn du Otfrid entbehren könntest, so würde ich ihn gern an meiner Seite haben."
„Von mir aus gern. Wir werden ihn gleich fragen, ob er mit dir ziehen will."
Einem Sklaven trug Hartwig auf, Otfrid zu ihm zu bringen. Es dauerte nicht lange, bis er kam und Siegbert erläuterte ihm sein Vorhaben. Otfrid war froh, dass er mitkommen durfte. Auch er wollte endlich kämpfen und nicht hier im Lager versauern. Hartwig lud beide in seine Unterkunft zum gemeinsamen Abendessen ein. Er sagte ihnen, dass auch Amalafred dazu kommen würde.

Hartwig war bei der Frau des Großkanzlers untergebracht. Sie freute sich, dass er sich bei ihr einquartiert hatte, wo doch ihr Mann schon so viele Wochen vermisst war und sie nun ganz allein leben musste.
Hartwig ließ sich von ihr bestens bekochen. Durch die vielen Gäste aus weit entfernten Ländern, die sie schon beköstigt hatte, waren ihr viele außergewöhnliche Rezepte bekannt. Auch verwendete sie Gewürze, die sie einst als Geschenk erhielt. Sie kannte die Namen und wozu man sie verwenden konnte, doch mehr wusste sie nicht darüber.
Da Amalafred sich rechtzeitig angesagt hatte, gab es eine Nachspeise, die er ganz besonders gern mochte. Es war ein, mit Honig und Früchten gesüßter Brei. Es störte sie nicht, dass Hartwig noch zwei Personen mehr mitbrachte. Ihr Vorratsraum war so gut gefüllt, dass sie in kurzer Zeit eine größere Anzahl hungriger Gäste beköstigen könnte.
Amalafred kam und war sehr überrascht, Siegbert anzutreffen. Die Freude war groß und er musste von seinen beiden Reisen ins Frankenland berichten. Der Prinz wollte noch-

mals hören, wie sein Vater umgekommen war. Ihn interessierte, wo die Leibwächter zu dieser Zeit waren.
„Wir mussten unten vor der Mauer auf die beiden Könige warten. Sie wollten allein hinaufgehen."
„Wer hatte euch gesagt, dass ihr nicht folgen dürft."
„Der Hunno hatte es uns befohlen."
„Der Hunno sollte am besten wissen, dass der König in der Öffentlichkeit immer von seinen Leibwächtern umgeben ist. Das war ein großer Fehler von ihm. Oder Absicht?"
„Wie meinst du das?", wollte Hartwig wissen.
„Vielleicht hatte ihn Chlothar dazu überredet oder bestochen. Niemand hat den Hunno danach gesehen. Er kann tot sein oder er steht in den Diensten seines neuen Herrn."
„Ich denke nicht, dass er ein Verräter war", entgegnete Siegbert. „Bestimmt hatte ihm der König gesagt, dass er mit Chlothar allein sein will."
„Das denke ich nicht, dazu war mein Vater ein zu vorsichtiger Mann. Kannst du dich erinnern, ob er vorher mit dem Frankenkönig schon einmal allein war?"
„Nein, wir waren immer in seiner Nähe."
„Also seht ihr, dass da etwas nicht stimmt. Ich denke, dass es irgendwann herauskommen wird und dann hoffe ich, dass der Hunno seiner gerechten Strafe nicht entgeht. Jetzt aber sprich weiter! Erzähl mir noch einmal von deiner waghalsigen Flucht!"
Siegbert berichtete mit allen Einzelheiten davon. Hartwig und Otfrid kannten die Geschichte noch nicht. Danach erzählte er von seiner Reise als Handelsmann und die fast wundersame Befreiung der Jungkrieger in Zülpich.
Sie sprachen danach über den bevorstehenden Kampf gegen die plündernden Sachsen in ihrer Heimat und Amalafred sagte Siegbert jede Unterstützung zu, die er brauchen würde. Es war sehr spät, als sie sich trennten. Siegbert schlief bei Hartwig und so konnten die beiden Brüder sich noch über persönliche Dinge und das Leben in Rodewin unterhalten.

5. Der Widerstand

Die Thüringer Hundertschaft verließ - mit Siegbert an der Spitze - kurz nach Sonnenaufgang, das Lager. Sie wurden von ihren zurückbleibenden Kameraden verabschiedet. Ein jeder wäre gern mit ihnen geritten, doch ihre Ausbildung war noch nicht abgeschlossen. Auch die Königin und Amalafred waren gekommen.
Nachdem die Reiter das Lagertor erreichten, ließ Siegbert seine Männer im Trab weiterreiten. Pausen wurden nur selten eingelegt. Sie dauerten gerade so lange, dass sich die Pferde erholen konnten. Am Abend schliefen sie in der Deckung eines Waldrandes.
Die meisten der Jungkrieger waren vollkommen entkräftet und hatten kaum Lust, sich etwas Essen zu machen. Ihr Anführer sagte nichts dazu. Ähnlich verlief es am nächsten Tag. Um die Pferde zu schonen, ließ Siegbert streckenweise absitzen und die Krieger mussten neben ihren Tieren herlaufen.
Der dritte Tag brachte die Entscheidung. Einige der Männer waren vollkommen kraftlos und konnten nicht mehr weiterlaufen. Siegbert ließ eine Pause machen und stellte denen, die sich zu schwach fühlten frei, zurückzureiten oder der Hundertschaft später nachzufolgen. Er wollte sie dann wieder eingliedern. Es waren nur sehr wenige, die zurückblieben.
In etwas langsamerer Gangart ritten die Thüringer bis in das Gebiet östlich der Harzberge. Immer wieder trafen sie auf flüchtende Bauern, die ihre Höfe an der Grenze zu den Sachsen verlassen mussten und mit ihrer fahrbaren Habe nach Süden zogen. Die Flüchtlinge berichteten von grausamen Übergriffen der Sachsenkrieger. Wer nicht wegziehen wollte, der wurde getötet oder als Sklave mitgenommen.
Siegbert ließ Kundschafter vor und neben der Hundertschaft reiten. Sie mussten bald auf die ersten Sachsentrupps stoßen. Die dichten Wälder boten gute Deckung.

Nach einer Woche wurden die ersten Sachsen von der Vorhut gesichtet. Jetzt erst ließ Siegbert seine Krieger ausruhen. Er selbst ritt mit Otfrid und zwei Männern zu der Stelle, wo sie den Feind gut sehen konnten.

Die Sachsenkrieger waren in eine Siedlung eingedrungen und hatten die Bauern auf dem Hof zusammengetrieben. Dann wurden alle Hütten und das Langhaus gründlich durchsucht. Es waren etwa ein Dutzend Sachsenkrieger, groß von Statur, mit kurzen Schwertern und Spießen bewaffnet. Siegbert konnte sehen, dass sich ihr Anführer mit den Gefangenen abgab. Was er sagte, war nicht zu verstehen. Dann kam ein anderer und fesselte die Männer und Frauen. Sie wurden zusammengebunden und abgeführt. Die Alten und kleinen Kinder töteten die anderen Krieger und folgten dann ihrem Anführer. Sie zogen nordostwärts zur Elbe hin.

Es war schon Abend geworden und Siegbert ritt mit seinen Leuten zurück in den Wald, wo die Hundertschaft lagerte. Er ließ die Truppführer zu sich kommen und erzählte, was er gesehen hatte. Sie beratschlagten, was sie unternehmen könnten, um die Gefangenen zu befreien. Es waren nicht sehr viele Sachsen, dennoch würde es nicht leicht sein, die erfahrenen Krieger zu besiegen. Sie mussten also sehr vorsichtig vorgehen. Sie beschlossen, die Nacht abzuwarten und im Schutze der Dunkelheit einen Überraschungsangriff zu unternehmen.

Der Trupp der Sachsen hatte das Nachtlager an einem Waldrand ausgewählt, an dem ein kleiner Bach vorbei führte. Siegbert fragte nach Freiwilligen, die mit ihm zum Lager schleichen und die Wachen ausschalten würden. Es meldeten sich viele. Auch Otfrid wollte dabei sein, doch Siegbert entschied, dass er zurückbleiben und die Hundertschaft anführen soll, wenn ihm etwas passieren würde.

Mit nur fünf Jungkriegern zog er am Bachlauf entlang zu dem feindlichen Lager. Unterwegs besprachen sie ihr Vorgehen. Damit man sie nicht so leicht im fahlen Mondschein erkennen konnte, hatten sie sich und auch die weißen Pferde mit einer schwarzen Paste aus Ruß und Fett eingerieben.

Das Flackern des Lagerfeuers der Sachsen war von weitem zu sehen. Die Thüringer ließen ihre Pferde im Unterholz zu-

rück und schlichen sich vorsichtig zum feindlichen Lager. Die Sachsen saßen am Holzfeuer und unterhielten sich miteinander. Sie tranken von dem Bier, das sie bei dem Bauern gefunden hatten.
Plötzlich knackte es im Gebüsch. Einer der Jungkrieger hatte absichtlich einen trockenen Ast zerbrochen, als wäre er aus Versehen darauf getreten. Das Geräusch fiel dem Anführer auf und er nahm ein großes brennendes Holzscheit aus dem Feuer und leuchtete in die Richtung aus der das Geräusch kam. Er sah undeutlich eine menschliche Gestalt und gab Alarm. Flugs sprangen seine anderen Krieger auf und rannten in die Richtung, wo sie den Eindringling vermuteten.
Zwei der Jungkrieger sprangen aus ihrer Deckung und flohen zum Waldrand. Sie ritten eilig davon. Der Anführer der Sachsen und die meisten seiner Männer schwangen sich auf ihre Pferde und verfolgten die beiden in wilder Jagd. Siegbert und die anderen drei hatten keine Mühe, die beiden zurückgebliebenen Sachsenkrieger zu überwältigen. Sie fesselten und knebelten sie. Danach befreiten sie die Gefangenen von ihren Stricken und sagten, dass sie ihnen folgen sollten.
Die gebundenen Sachsenkrieger warfen sie wie Mehlsäcke quer über die Rücken ihrer Pferde und verließen mit ihnen das Sachsenlager.

An einer verabredeten Stelle im Wald warteten sie auf ihre Kameraden. Am Morgen, kurz vor Sonnenaufgang kamen sie zurück und in ihrem Gefolge der Rest der Hundertschaft.
Otfrid berichtete, was passiert war. Die Verfolger galoppierten, wie erwartet, den beiden fliehenden Jungkriegern hinterher. Seine Leute hatten sich im Dickicht am Wegesrand verborgen. Kaum, dass die Sachsen nah genug herangekommen waren, schossen die Thüringer ihre Pfeile ab und konnten die meisten töten. Auch der Anführer stürzte mit einem Pfeil im Hals zu Boden. Die Überlebenden stellten sich sogleich im Zweikampf, den aus dem Gebüsch hervorspringenden Thüringern, entgegen. Es gab ein schweres

Gemetzel, bei dem auch drei der Jungkrieger getötet und fünf verletzt wurden. Einer der Sachsenkrieger floh. Fünf Jungkrieger verfolgten ihn und schossen ihn im Galopp vom Pferd. Er war noch nicht tot, so dass sie ihn gefesselt mit sich nahmen. Siegbert hatte somit drei Sachsenkrieger, die er befragen konnte.
Die befreiten Thüringer ließ er nach Süden weiterziehen. Sie hatten gesehen, wie die Alten und Kinder umgebracht wurden und ihre Angst war riesengroß. Siegbert begann mit dem Verhör der drei feindlichen Krieger. Er nahm sie sich einzeln vor, um danach die Aussagen miteinander vergleichen zu können.

Die Sachsen waren nur in kleinen Gruppen ins Thüringer Königreich eingedrungen. Es gab dort keinen Widerstand mehr. Die Sachsen waren, wie die meisten germanischen Stämme, auch Bauernkrieger. Ihr Ziel war es, genügend Land für sich und ihre Sippe zu erobern. In der Regel erbte nur der älteste Sohn den bäuerlichen Besitz und die Nachgeborenen mussten sehen, wie sie zu Haus und Hof kamen.
Im Südwesten versuchten einige Sachsenstämme gemeinsam mit den Dänen, den Franken Land wegzunehmen und in dem geschwächten Thüringen wollte man bis zur Unstrut vordringen. Ihre Anführer hatten ihnen dieses Land versprochen. Es war angeblich für die Hilfe, die sie Theuderich einst im Krieg gegen die Thüringer gewährten. Der wahre Sachverhalt war jedoch ein anderer, aber daran wollte sich keiner mehr erinnern. Die große Schlacht gegen die Thüringer lag schon mehrere Jahre zurück. Es schien nun der richtige Zeitpunkt zu sein, um ihre Ansprüche einzufordern. Sie wollten sich somit nur das nehmen, was ihnen zustand. Jetzt, wo es keinen Thüringer König mehr gab, fühlten sie sich im Recht.
Siegbert erfuhr auch, was mit den gefangenen Thüringern passieren sollte. Die Trupps brachten die Leute an die Elbe, wo sie von Sklavenhändlern aufgekauft und mit Booten ins Sachsenland gebracht wurden. Dort verkaufte man sie meistbietend weiter.

Die eroberten Gebiete gehörten dem Anführer, der die frei gemachten Höfe an seine Gefolgsleute weiter vergab. Daher wurde bei den Kriegszügen nicht gebrandschatzt und auch die Sklaven und Tiere am eroberten Hof belassen. Am Ende der Raubzüge sollten die Gefolgsleute diese Siedlungen in Besitz nehmen können.
Es gab kein gemeinsames Vorgehen der Sachsenstämme, da jeder große oder kleine Stammesfürst darauf bedacht war, so viel wie möglich Land einzunehmen.
Siegbert ließ die drei Gefangenen zu Hartwig bringen, der sie noch zu anderen Dingen befragen konnte. Sie wurden auf ihre Pferde gebunden und zwei Jungkrieger führten sie zum Königsgut.
Siegberts Hundertschaft konnte noch weitere Thüringer befreien, doch allmählich sah er, dass es zu viele waren und er nicht überall einschreiten konnte. Er forderte von Amalafred weitere Jungkrieger an, doch die kamen nicht.

Die Sachsen versuchten auch in den Elbkniegau einzudringen. Dorthin hatte Hartwig die verfügbaren Hundertschaften entsandt. Er bekam Unterstützung von den Slawen, die sich zwischen Elbe und Saale angesiedelt hatten. Sie konnten die Sachsen zurückdrängen und zerstörten jedes Boot, das flussaufwärts kam.
Die Sachsen verspürten bald, dass sich im Nordosten der Harzberge Widerstand gegen sie formierte. Ihnen stand Siegbert mit seiner Hundertschaft gegenüber, die sich inzwischen erheblich vergrößert hatte, da viele Jungkrieger sich ihm anschlossen. So versuchten auch die Sachsen sich zu größeren Verbänden zusammenzuschließen. Es kam zu schweren Kämpfen, bei denen beide Seiten hohe Verluste hinnehmen mussten. Siegbert wurde dadurch gezwungen, sich immer weiter in die Harzberge zurückzuziehen. Ein Sieg auf lange Zeit schien ihm aussichtslos.

Da gab es eine unerwartete Wende. Theudebert hatte sein Heer nach Thüringen vorrücken lassen und stellte sich den Sachsen entgegen. Gegen ein so kampferprobtes und disziplinertes Heer konnten die Wilden aus dem Norden nichts

ausrichten. Nach mehreren verlorenen Gefechten zogen sie sich zurück.
Siegbert hielt sich während dieser Kampfhandlungen zurück. Für ihn war es nur ein Wechsel zwischen der einen und der anderen Besatzungsmacht. Er wollte jedoch in einem freien Thüringer Königreich leben und war bereit, gegen jeden Eindringling zu kämpfen.
Nachdem Theudebert die Sachsen in ihr angestammtes Gebiet zurückdrängt hatte, zogen die Franken am rechten Elbufer flussaufwärts. So kamen sie in das Gebiet des Elbkniegaus und überschritten erstmals die Saale, an der Einmündung zur Elbe.
Amalafred lagerte hier mit seinem Jungkriegerheer und stellte sich den Franken entgegen. Die stoppten ihren Vormarsch und es war nicht erkennbar, ob sie noch weiter in das Gebiet zwischen Saale und Elbe vordringen würden. Zunächst errichteten sie ein großes Feldlager und es schien so, als wollten sie sich für längere Zeit dort aufhalten.
Der Prinz beratschlagte mit Hartwig und dem Anführer der Slawen, wie sie vorgehen könnten. In einer offenen Schlacht wären sie den kampferprobten Franken nicht gewachsen. Zum anderen wollten sie das letzte freie Thüringer Gebiet nicht kampflos dem Feind überlassen.
Plötzlich kamen aus dem Heerlager der Franken zwei Reiter angesprengt. Alle sahen in deren Richtung und Amalafred vermutete, dass es Unterhändler des Frankenkönigs waren. Sie überbrachten eine Botschaft von Theudebert, der mit den Thüringern verhandeln wollte.
Nach kurzer Beratung willigte Amalafred ein. Vereinbart wurde, dass sich die Heerführer mit zwei Begleitern in der Mitte der beiden Heerlager treffen sollten. Da das Gebiet gut zu übersehen war, konnte kein Überraschungsangriff von einer der beiden Seiten erfolgen.
Am nächsten Morgen, nach Sonnenaufgang, ritten aus den beiden Heerlagern je drei Personen. In der Mitte trafen sie zusammen und saßen ab. Theudebert und Amalafred gingen die letzten Schritte langsam aufeinander zu.
„Du bist Amalafred, der Sohn Herminafrids?", begann der Frankenkönig das Gespräch.

„Ja - und du bist Theudebert, der Sohn Theuderichs?"
„So ist es. Ich möchte mit dir sprechen!"
„Wir Thüringer haben schlechte Erfahrungen mit fränkischen Unterhändlern gemacht", entgegnete Amalafred.
„Ich verstehe dich und es tut mir leid, was mit deinem Vater in Zülpich passiert ist. Ich darf dir versichern, dass es von mir nicht gewollt war."
„Wieso ist es dann geschehen?"
„Mein Onkel Chlothar erhebt auch Anspruch auf das Thüringer Königreich und er versucht, meine Absichten immer wieder zu hintergehen."
„Wieso bist du dann aber mit deinem Heer hier?", wollte Amalafred wissen.
„Ganz Thüringen gehört zu meinem Hoheitsgebiet und ich konnte nicht zulassen, dass die Sachsen vom Norden her eindringen."
„Dann hättest du aber jenseits der Saale bleiben können", entgegnete aufgeregt Amalafred.
„Ich habe erfahren, dass dich die Thüringer nicht als König haben wollen und deine Mutter noch Königin ist. Sie ist zu schwach, um den Slawen vom Osten her widerstehen zu können."
„Die Slawen sind unsere Freunde und Verbündete. Wir fürchten sie nicht, sondern geben ihnen Land, das sie bebauen können."
„Die Slawen, die in Thüringen leben, mögen wohl eure Freunde sein, doch die weiter im Osten leben, könnten schnell nach dem Westen vordringen und das werde ich verhindern."
„Wie willst du das tun?"
„Die Elbe wird der neue Grenzfluss zum Frankenreich sein und diese Grenze werden wir kontrollieren."
„Dann musst du uns aber erst besiegen."
„Das wird uns nicht schwer fallen. Mein Heer ist viel stärker als deines und Verbündete hast du keine. Entscheide mit deinen Leuten, ob du den Kampf willst oder dich mir unterstellst! Ich könnte dich auch ohne die Zustimmung der Gaugrafen zum Thüringer Vasallenkönig machen."
Amalafred ging zu seinen Leuten zurück und erzählte ih-

nen, was Theudebert ihm gesagt hatte. Sie wussten, dass sie gegen das Frankenheer nicht siegen konnten, denn die waren in der Überzahl und kampferfahren. Amalafred entschied sich somit für den Rückzug. Nur der Anführer der Sorben wollte den Kampf. Hartwig fragte Amalafred, ob er allein mit dem Frankenkönig sprechen könne. Amalafred hatte nichts dagegen. Hartwig ging auf Theudebert zu. Der erkannte ihn nicht gleich. Nachdem Hartwig ihn ansprach, erhellte sich sein Gesichtsausdruck.

„Das ist aber eine Überraschung, dass ich dich hier sehe. Man meldete mir, dass du beim Thüringer König in Ungnade gefallen bist. Wieso stehst du dann auf ihrer Seite?"
„Herminafrid wollte meine Dienste nicht mehr, da ich bei den Friedensverhandlungen zu sehr auf die Rückkehr meines Freundes Baldur gedrängt hatte. So zog ich mich zurück. Doch nach dem Tod des Königs hat Amalafred mich um Gefolgschaft angesprochen und er will sich um die Freiheit von Baldur bemühen."
„Wen mein Onkel Chlothar erst einmal in seiner Gewalt hat, den lässt er so schnell nicht mehr frei. Du hast das doch selber erlebt."
„Das weiß ich, aber ich werde es immer wieder versuchen."
„Diese Einstellung ehrt dich, mein Freund. Mir wäre es auch lieber, wenn er die beiden Kinder von Bertachar frei ließe. Er versucht mit diesem Faustpfand meine rechtmäßigen Ansprüche in Thüringen zu unterwandern. Deshalb hat er auch Herminafrid getötet und wird als nächstes seinen Sohn und die Mutter umbringen lassen."
„Das wird ihm niemals gelingen."
„Du bist doch nicht so naiv, das anzuzweifeln. Wenn er schon versucht hat, mich zu töten, so wird ihm das bei jedem anderen ein Leichtes sein."
„Da kann ich nicht widersprechen, doch wie will er das anstellen?"
„Er hat überall Helfer, die so etwas für Geld oder irgendwelche Vorteile tun, wie zum Beispiel der Hunno, der mit eurem König in Zülpich war."
„Was ist mit diesem Mann?"

„Er befiehlt jetzt eine Tausendschaft in seinem Heer. Ohne Chlothar einen Gefallen getan zu haben, kommt kein Fremder in so eine Position."
Hartwig überlegte.
„Wie soll es denn nun weitergehen?"
„Für dich ist an meiner Seite immer ein Platz, das weißt du. Auch für die Thüringer, die sich mir anschließen, sorge ich gut."
„Es werden aber nicht viele sein, die sich den Franken unterwerfen."
„Ich denke, es ist besser, wenn wir hier herrschen, als dass es die wilden Sachsen tun. Keiner von euch würde dann lange überleben."
„Ich werde mit Amalafred darüber reden und ihm raten, sich zurückzuziehen."
„Tue das und sage ihm, dass er sich mit seiner Mutter beraten soll. Ich werde am Elbufer entlang bis zu den steilen Sandsteinbergen mit meinem Heer ziehen und Wachstationen errichten. Danach reite ich zum Königshort. Wenn sich die Königin mir unterwirft, so wird es für alle die beste Lösung sein."
Hartwig verabschiedete sich von Theudebert und ging zu Amalafred, um ihm die Entscheidung des Frankenkönigs mitzuteilen.
„Wir sollten uns jetzt kampflos zurückziehen. Theudebert will an der Elbe flussaufwärts ziehen. Deine Mutter, die Königin, muss entscheiden, wie es weitergeht."
„Wir werden doch nicht so einfach aufgeben und unsere Leute verraten", meinte der Slawenführer.
„Wir geben nicht auf, aber wir können unsere Jungkrieger und deine Männer nicht einfach jetzt auf dem Schlachtfeld opfern. Es ist besser, sich zurückzuziehen und die Entscheidung der Königin abzuwarten", schlug Hartwig vor. Damit war Amalafred und der Anführer der Sorben einverstanden. Hartwig informierte Theudebert und ritt in sein Feldlager zurück.
Amalafred gab den Hundertschaftsführern seine Entscheidung bekannt und es wurde zum Rückmarsch geblasen. Nur wenige waren froh darüber. Die meisten sehnten sich nach dem Schlachtgetümmel und manche hofften, schon

im jugendlichen Alter den Heldentod zu sterben und von den Walküren nach Walhall getragen zu werden.
Das Heer setzte sich in südöstlicher Richtung in Marsch. Nach ein paar Tagen erreichten die Krieger den Königshort und die Königin ließ ihre engsten Berater zu sich kommen. Ihr Sohn berichtete von den Kämpfen gegen die Sachsen und der Begegnung mit dem Frankenkönig Theudebert.
Die Meinungen bei den Beratern waren geteilt. Manche rieten zum Kampf und andere meinten, dass man sich den Franken fügen sollte. Die Diskussionen darüber dauerten mehrere Tage. Die Königin war sehr verunsichert. Nachdem Hartwig ihr auch noch von möglichen Mordplänen Chlothars berichtete, entschied sie sich, das Land zu verlassen und zu ihrer Familie nach Italien zurückzukehren.

Das fränkische Heer zog inzwischen an der Ostgrenze Thüringens entlang. Sie kamen zu den Sandsteinbergen, von dessen Schönheit Theudebert sehr angetan war. Er verweilte mehrere Wochen dort und und ließ entlang des Flußufers Wachstationen errichten. So wollte er sich vor dem möglichen Ansturm wilder Reitervölker aus dem Osten schützen.
Inzwischen erreichten Theudebert Nachrichten von einem Einfall der Sachsenstämme im Norden des Harzgebirges. Mit seinem Heer zog er nun flußabwärts, um die Sachsen zurückzudrängen. Im Gegensatz zu ihnen, verhielten sich seine Krieger sehr diszipliniert und plünderten nicht. Für die Lebensmittel, die sein Heer benötigte, zahlten sie mit fränkischen Münzen. Dieses Verhalten war für die Bauern ungewöhnlich und sie kamen aus ihren Verstecken und gingen wieder zurück zu ihren Höfen.

Die Königin verkündete ihre Entscheidung. Sie wollte mit ihrer Familie und den Getreuen, die sie begleiten, nach Italien ziehen. Es sollte jedem frei gestellt sein, sich für ein Hierbleiben oder Fortgehen zu entscheiden. Ihr Ziel war es, dass eines Tages Amalafred mit Hilfe der Ostgoten nach Thüringen zurückkehrt und nach der Vertreibung der Franken, König der Thüringer wird.

Viele der Jungkrieger beschlossen, in der Heimat zu bleiben und sich Siegbert und seinen Leuten im Kampf gegen die Franken anzuschließen. Unermüdlich wollten sie gegen alle Besatzer im Lande kämpfen. Die anderen Jungkrieger und ein Großteil der Beamtenschaft entschieden sich, der Königin ins Ausland zu folgen. Sie wussten, dass ihnen bei diesem Marsch nach Italien große Gefahren drohen würden. Manch einer würde die Heimat nicht mehr wiedersehen. Doch wurden recht bald die Karren und Reisewagen gepackt.
Amalaberga hatte Boten zu ihrer Cousine nach Ravenna und zum König der Langobarden entsandt. Deren Antwort musste sie noch abwarten, bevor sie losziehen konnte. Auch den Frankenkönig Theudebert unterrichtete sie von ihrer beabsichtigten Reise ins Exil.

Die Mehrzahl der Slawen schlossen sich Siegbert an. Er befand sich noch in den Harzbergen und hatte in den unzugänglichen Tälern sein Lager errichtet. Zu ihm wollten sie gelangen und dort gegen die Franken und Sachsen kämpfen. Auf dem Weg in dieses Gebiet stellten sich Franken den Jungkriegern in den Weg. Sie hatten wieder die Königsgüter und Wachstationen, die sich entlang der Saale befanden, besetzt.
Bei den Kämpfen mit den zahlenmäßig unterlegenen Franken, konnten die Jungkrieger oft einen Sieg erringen, doch meist stellten sich die Franken den größeren Trupps der Thüringer nicht und verschanzten sich hinter ihren Schutzwällen.
So gelangten die Jungkrieger zur Verstärkung von Siegberts Hundertschaft ungehindert bis zu den Harzbergen. Es war nicht leicht den Hunno und seine Männer aufzuspüren, da diese ständig unterwegs waren und gegen die kleinen Trupps von Sachsen oder Franken kämpften.
Nachdem die Neuankömmlinge Siegbert fanden, war dieser sehr verwundert über die Nachrichten, die sie mitbrachten. Die beabsichtigte Abreise der Königin mit ihrer Familie und den Gefolgsleuten nach Italien empfand er als Verrat an ihrem Volk. Siegbert hatte dafür kein Verständnis und

wusste nicht, wie es weitergehen sollte. Daher rief Siegbert alle Thüringer Krieger, die bereit waren, für die Freiheit zu kämpfen, zu einem Thing auf den höchsten der Harzberge, dem Brocken, zusammen.
Die Wege dorthin waren sehr beschwerlich. Es gab nur sehr wenige Siedlungen und die Menschen, die da lebten, mussten sich von einer sehr dürftigen Landwirtschaft ernähren. Sie hatten so wenig zum Essen, dass sie nichts abgeben konnten. Die Krieger, die zu dem alles überragenden Thingberg zogen, mussten ihre Lebensmittel selbst mitnehmen. Hier waren die kleinen weißen Pferde auch gut als Transporttiere geeignet. Vorsichtig umgingen sie jedes Hindernis auf den schmalen Pfaden talaufwärts zu den dichtbewaldeten Bergen.
Nach mehreren Tagen erreichten sie den Fuß des Brockens und es gab bald gar keinen Weg mehr. Zu selten kamen Menschen hierher und wer sich nicht auskannte, verirrte sich leicht in den dunklen Wäldern mit den sehr alten Bäumen. Selbst die Köhler mieden diese Gegend, da der Weg zu den Käufern der Holzkohle zu weit und beschwerlich war.
Je näher der ausgedehnte Zug der Jungkrieger mit ihren Pferden zur Höhe des Brockens kam, umso geisterhafter und unwirklicher erschien die Umgebung. Riesengroße Steine lagen verstreut herum. Es war nicht leicht voranzukommen. Das Bergplateau war fast baumfrei, da die Stürme mehrmals im Jahr höllisch wüteten. Überall standen zerborstene oder entwurzelte Bäume und warnte die Vorbeiziehenden vor den Urgewalten der Natur.

Knapp unterhalb des Gipfels, wo es eine Quelle gab, hatte Siegbert ein großes Lager errichten lassen. Sie bauten kleine Hütten. Die Frauen, die mit den Jungkriegern gekommen waren, kümmerten sich um das leibliche Wohl. Hin und wieder konnten Krieger Wild erlegen, das dann unter der Gemeinschaft gerecht aufgeteilt wurde und Abwechslung in den „Brei-Alltag" brachte.
Wer nicht jagen ging, der übte sich in der Waffenkunst und es fand sich auch unter den Neuankömmlingen ein Bären-

krieger, der ihnen so manches beibrachte. Ihm versuchten die Jungen nachzueifern.
Wenn der Bärenkrieger in den Pausen von dem siegreichen Kampf der Thüringer gegen die Franken unter der Führung von König Bertachar sprach, wurde es still um ihn herum. Selbst die Tiere waren nicht mehr zu hören, so als würden auch sie seinen Erzählungen lauschen. Es war der letzte große Sieg, den die Thüringer einst im Jahre 529 errungen hatten. Jeder von den Zuhörern im Lager wünschte sich diese Zeit zurück.

Der Tag nach dem Vollmond war als Thingtag angesetzt. Der Zustrom von Kriegern nahm ein paar Tage vorher schon ab. Am Abend vor der Versammlung wahrsagte eine weise Frau aus den Runen die Zukunft des Thüringer Reiches. Ihre Worte waren mehrdeutig und nicht sehr verständlich. Ein junger Priester versuchte sie positiv auszulegen, doch auch er schien große Schwierigkeiten damit zu haben. Am nächsten Morgen, kurz nach Sonnenaufgang, versammelten sich alle Krieger auf dem Thingplatz.

Aus dem Gebiet südlich der Unstrut waren nur wenige Krieger gekommen. Die es geschafft hatten, berichteten von großen Schwierigkeiten, längere Strecken ungehindert zurückzulegen. Entlang des Königsweges, der vom Frankenreich bis zur Saale führte, waren alle Königsgüter wieder von fränkischen Kriegern besetzt. Diese kontrollierten auch verschiedene Seitenwege. Wenn die Franken einen Thüringer mit Waffen antrafen, dann nahmen sie ihn gleich gefangen und verkauften ihn an die Sklavenhändler. Bauern ließen sie in Ruhe. Daher waren die, die zum Thing kamen, ohne Waffen und auch meist ohne Pferd unterwegs gewesen.

Siegbert, der zu der Versammlung geladen hatte, sprach als Erster zu den Männern.
„Krieger, ich habe euch kommen lassen, damit wir über die Zukunft unseres Königreiches sprechen können. Amalafred und die Königin haben mich mit einer Hundertschaft gegen

die Sachsen geschickt. Ich habe somit noch den königlichen Auftrag, wo es mir möglich ist, gegen die Eindringlinge in unserem Reich zu kämpfen. Dies gilt auch für alle, die sich mir angeschlossen haben. Die Königin, die ins Exil nach Italien gehen will, hat diesen Befehl an mich nicht aufgehoben.
Wir sind somit die rechtmäßigen Verteidiger unseres Reiches und haben ein legitimes Recht dazu, gegen die Feinde vorzugehen. Nachdem ich zum Hunno ernannt wurde, hatte ich diese Entwicklung nicht absehen können und bin mir nicht sicher, ob ich dieser Aufgabe gewachsen bin.
Lasst uns daher die nächsten drei Tage beraten und einen neuen Anführer wählen, der uns in den kommenden Jahren führt und zum Sieg verhelfen wird! Jetzt habt ihr das Wort".
Siegbert ging ein paar Schritte zurück.
Otfrid trat in den Kreis und sprach: „Ich war von Anfang an dabei, als wir vom Königshort weggeritten sind, um die Sachsen aus unserem Reich zu vertreiben. Seitdem ist viel passiert und wir haben Siege, aber auch Niederlagen, gemeinsam durchgestanden. Ich denke, Siegbert ist ein guter Anführer und ich vertraue seinen Entscheidungen!"
Mit dieser und ähnlichen Meinungen meldeten sich weitere Krieger zu Wort, die mit Siegbert mitgezogen waren. Auch der Bärenkrieger sprach zu der Versammlung.
„Wir alle haben als Krieger dem Thüringer König und seinem legitimen Nachfolger die Gefolgschaft geschworen. Das taten wir in der Vergangenheit und so werden wir es auch in der Zukunft halten. Der Nachfolger unseres Königs Herminafrid ist sein Sohn Amalafred. Auch, wenn er noch nicht auf den Schild gehoben wurde, so ist und bleibt er unser neuer König und wir seine getreuen Gefolgsleute, ganz gleich, wo er sich aufhält. Siegbert wurde von ihm ausgesandt, um gegen die Feinde in unserem Reich zu kämpfen und somit ist er der rechtmäßige Anführer. Ich schlage daher vor, ihn auf den Schild zu heben." Es gab noch verschiedene andere Wortmeldungen, die ähnlich lauteten. So wurde Siegbert einstimmig zum Heerführer bestimmt. Er zierte sich anfangs noch ein wenig, doch nahm er nach weiterem Drängen die Wahl an.

Einige Jungkrieger knieten vor ihm nieder und hielten ihre Schilde über den Kopf. Siegbert stieg darauf. Dann erhoben sie sich vorsichtig mit ihm und die versammelte Mannschaft konnte ihn gut sehen. Sie jubelten ihm zu.
Nach der Wahl des Heerführers diskutierten die Krieger über die Ziele und die Vorgehensweise im künftigen Kampf gegen die Eindringlinge. Man war sich einig, dass alle Eindringlinge in gleicher Weise bekriegt werden sollten, seien es die Sachsen oder die Franken oder auch andere, die ihre Hände nach dem Thüringer Königreich ausstreckten.
Während der Diskussion zog ein mächtiges Gewitter auf und die Erde schien unterzugehen. Manche deuteten es als schlechtes Omen, doch andere meinten, dass die Götter, insbesondere Thor, mit ihnen wäre und sich auf diese Weise zeige. Die Versammlung dauerte mehrere Tage.

Es wurde beschlossen, drei Zentren des Widerstandes im Thüringer Reich einzurichten. Das Gebiet zwischen Elbe und Unstrut mit den wenig zugänglichen Harzbergen war eines davon. Dort befand sich das nördliche Heerlager der Thüringer Jungkrieger.
Im Osten, im Dunkelwald zwischen Saale und Elbe, war das zweite Hauptgebiet des Widerstandes vorgesehen. Das dritte sollte im südlichen Reichsgebiet zwischen Unstrut und Donau, in den schwer zugänglichen Thüringer Bergen beidseits des Rynnestigs liegen. Diese Gebiete waren gut geeignet, um von dort aus, die Angriffe abzuwehren und die Eindringlinge zu bekämpfen.
Siegbert schlug vor, dass die Heere bei seiner Abwesenheit im Norden von Otfrid, im Osten vom Anführer der Slawen und im Süden von dem Bärenkrieger angeführt werden sollen. Er selbst wollte sich in jedem der drei Gebiete abwechselnd aufhalten. Die Versammlung stimmte diesem Vorschlag zu und die Jungkrieger zogen in kleinen Gruppen in ihr zugewiesenes Einsatzgebiet. Siegbert blieb vorerst in den Harzbergen.
Sachsenkrieger drangen erneut über die Grenze nach Süden vor. Theudebert war weit im Osten mit seinem Heer und konnte ihnen folglich nicht gefährlich werden. So nutzten sie

die Gelegenheit für Eroberungszüge nach Thüringen. Der Landstrich zwischen Elbe und Harz war durch die ständig anhaltenden Raubzüge der Sachsen kaum noch bewohnt. Die meisten Thüringer waren in die südlichen Gebiete geflohen. Dort waren die Franken auf den Königsgütern, doch die ließen die übrige Bevölkerung in Ruhe. Wer sich ihnen nicht feindlich zeigte, hatte nichts zu befürchten.

Theudebert, der von den wiederholten Einfällen der Sachsen erfuhr, zog mit seinem Heer auf direktem Wege wieder an die Nordgrenze, den Sachsen entgegen. Er erkannte, dass er mit seinem Heer gegen die kleinen Trupps der Sachsenkrieger nicht viel ausrichten konnte. So versuchte er mit ihren Anführern zu verhandeln. Die beriefen sich auf die ehemalige Zusage von Theuderich, seinem Vater, dass sie bis zur Unstrut siedeln dürften. Da das Gebiet zwischen Harz und Elbe fast menschenleer war, entschloss sich der Frankenkönig, die Ansiedlung in begrenztem Umfang zu erlauben.

Die Sachsen mussten jedoch seine Oberhoheit anerkennen und alljährlich einen Tribut von 100 Kühen an die Franken abgeben. Das schien den Sachsen annehmbar, denn sie brauchten unbedingt Land, das sie bebauen konnten. Theudebert hoffte dagegen, nun Ruhe in diesen Teil des Reichs zu bekommen.

Inzwischen wurde ihm gemeldet, dass die Thüringer Königin mit ihrer Familie und großem Gefolge, das Reich in Richtung Italien verlassen wollte. Diese Entscheidung kam Theudebert sehr gelegen. So konnte er ungehindert die Eingliederung des östlichen Thüringer Gebietes in das Frankenreich vorbereiten. Es waren bereits seine Beamten auf die meisten der Königsgüter zurückgekehrt. Nun wurden auch zu denen, die zwischen Saale und Elbe lagen, neue Verwalter entsandt und Bewaffnete sorgten für ihre Sicherheit.

Nachdem Theudebert alles geordnet hatte, zog er mit seinem Heer auf dem Königsweg in Richtung Burgund. Seine beiden Onkel Chlothar und Childebert kämpften dort mit ihren Heeren gegen die Aufständischen und hatten ihn um Hilfe ersucht. Für Chlothar hätte er sich nicht bemüht, ihm

zu Hilfe zu eilen. Seit dem Mordversuch traute er ihm nicht mehr über den Weg. Seine letzte Aktion mit der Ermordung von Herminafrid war ein weiterer Beweis dafür. Doch da war noch der Onkel Childebert, der keinen Sohn hatte und ihn als Erben seines Reichsanteils einsetzen wollte. Auch Childebert war mit Chlothar zerstritten.
 Wenige Frankenkrieger blieben in Thüringen als Wachleute in den Königsgütern. Viele fränkische Beamte kamen zurück. In ihrem Gefolge befanden sich auch die Mönche.

Harald hatte sich im Oberwipgau verschanzt. Sie wussten nicht, ob die Frankenkrieger plündernd durchs Land ziehen würden, wie vor drei Jahren. Nachdem Theudebert mit seinem Heer abgezogen war, trauten sich die Menschen, die außerhalb seines Gaus im Wiesenland lebten, wieder zurück in ihre Siedlungen.
Der Herbst kündigte sich an und die Felder mussten abgeerntet werden. So gab es für jeden sehr viel zu tun. Harald hatte das Königsgut in Arnberg dem fränkischen Verwalter überlassen müssen. Alles schien wie vor einem halben Jahr zu sein.
Eines Tages ritt am späten Nachmittag ein einsamer Reiter vom Norden kommend, auf den Oberwipgau zu. Die Kinder, hatten ihn frühzeitig vom Wilberg aus erkannt und es dem Gaugraf gemeldet. Zu dieser späten Tageszeit kam sonst niemand zu Besuch. Der Reiter musste sich gut auskennen, denn er nutzte eine Abkürzung, die nach Rodewin führte. Der Wachtrupp erkannte nun den Mann. Es war Siegbert.
Die Jungen begleiteten ihn bis nach Rodewin und konnten es gar nicht erwarten, Neuigkeiten zu hören. Siegbert ritt auf den Hof und sprang vom Pferd. Es war Zeit zum Abendessen. Harald bat ihn, sich auf seinen angestammten Platz an dem großen Tisch im Elternhaus zu setzen. Auch er war sehr gespannt, was sein Bruder zu berichten hatte.
Nach dem Essen musste er gleich mit dem Erzählen beginnen. „Ich weiß gar nicht, wo ich anfangen soll, denn es ist in den letzten Wochen so viel geschehen."
„Fang einfach dort an, als du Rodewin verlassen hast!", meinte Harald.

So begann Siegbert seine Schilderung mit dem Tag seiner Abreise. Er hatte vor ein paar Tagen einen Besuch im Elbkniegau bei Elke gemacht. Von ihr hatte er auch Neuigkeiten über die Königsfamilie erfahren.
„Elke erzählte mir, dass Hartwig zu ihr geritten kam und ihr sagte, dass er Amalafred nach Italien, zu seinen ostgotischen Verwandten, begleiten soll. Er wollte Elke mitnehmen, doch sie fürchtete sich vor einer so langen Reise ins Ungewisse. Hartwig wird nun allein mit der Königsfamilie ziehen und keiner weiß, ob er jemals wieder zurückkommen wird."

Die Mutter sah sehr besorgt und traurig drein. Immer, wenn einer ihrer Söhne von zu Hause wegging, war es für sie wie ein Abschied für immer. Zu viele Gefahren lauerten in der Fremde und es ängstigte sie sehr, was ihm alles passieren könnte. Heute war sie jedoch glücklich, dass sie ihren Jüngsten wieder um sich hatte und hoffte, dass er ein paar Tage bleiben und sie ihn verwöhnen konnte.
Anschließend erzählte Siegbert von den Kämpfen gegen die Sachsen und Franken und wie sie die Feinde besiegt und manchmal auch gegen diese verloren hatten. Über die Organisation des Widerstandes verlor er an diesem Abend kein Wort.

Erst am nächsten Tag sprach er mit Harald darüber.
„Gern wäre ich auch dabei, wenn ich doch nur mit meinem Bein besser könnte", sagte sein Bruder bedauernd.
„Einer deiner früheren Bärenkrieger ist auch mit dabei. Er soll den Widerstand in den Bergen entlang des Rynnestigs anführen", verriet ihm Siegbert.
„Wer ist es?", wollte Harald wissen.
„Der dich schwer verwundet nach Hause gebracht hat."
„Den möchte ich wiedersehen. Er ist ein treuer Freund."
„Morgen will ich zu ihm reiten. Wenn du willst, so kannst du mitkommen."
„Das lasse ich mir nicht entgehen", sagte er begeistert und rief nach seiner Frau Heidrun, um es ihr zu sagen.

Am nächsten Morgen ritten die beiden Brüder sehr zeitig los. Mit zwei Pferden am Zügel, die mit Lebensmittelsäcken bepackt waren, zogen sie von Rodewin in Richtung Rynnestig. Siegbert wusste nicht, wo sich der Bärenkrieger mit seinen Männern aufhielt oder sein Lager war. Sie fragten Kräuterfrauen und Köhler, ob sie die Jungkrieger gesehen hätten, doch die verneinten.

So ritten beide zunächst nach Westen. Der Rynnestig war teilweise ein schmaler Pfad und es war schwer dort voranzukommen. Nach einem Tag erfuhren sie von einem Köhler, dass er Krieger in einem Seitental gesehen hatte. Siegbert und Harald schwenkten in dieses Tal ein, doch sie konnten keine Menschenseele entdecken. Sie machten Rast an einem Bach. Da kam ihnen eine alte Frau in gebückter Haltung, auf einem Stock gestützt, entgegen. Siegbert fragte sie: „Alte Frau, hast du hier in der Nähe Krieger gesehen?"
„Was soll ich gesehen haben?", krächzte die Alte.
„Männer mit Pferden und Waffen."
„In die dunklen Wälder traut sich kein Franke!"
Siegbert meinte, dass er schreien müsse, damit ihn die Alte verstand.
„Ich meine doch nicht die Frankenkrieger, sondern Thüringer."
„Die sind doch alle tot, hat man mir gesagt."
„Doch nicht alle. Es gibt noch welche und die kämpfen tapfer gegen die Fremden."
„Bist du denn auch einer von denen? Du siehst aber gar nicht wie ein Krieger aus."
„Ach so!", entgegnete Siegbert verwundert. „Wie sehe ich denn aus?"
„Wie ein Handelsmann, würde ich sagen, der aus Rodewin kommt."
Harald stand daneben und amüsierte sich über die Unterhaltung der beiden. Siegbert war sehr verwundert, dass die Alte Rodewin kannte.
„Bist du eine Seherin, dass du weißt, woher wir kommen?"
„Das nicht, aber ich kann es in deinen Augen lesen."
Verwundert sah Siegbert zu Harald, der noch immer grins-

te. „Die Alte ist mir nicht geheuer. Vielleicht ist es eine Zauberin oder Hexe!"
Harald musste nun laut lachen und meinte: „Schau sie dir doch einmal genau an!"
Siegbert ging zu dem Weib und sah ihr ins Gesicht. Irgendetwas stimmte an ihr nicht, doch er konnte nicht sagen, was es war. Jetzt grinste ihn die Alte auch noch an und in ihm stieg schon die Wut auf. Da warf sie ihren Hut und Umhang fort und wischte sich mit dem Ärmel die Farbe aus dem Gesicht. Der Bärenkrieger stand vor ihm. Harald, der ihn trotz seiner Maskerade erkannt hatte, ging auf ihn zu und umarmte ihn. Dann begrüßte ihn auch Siegbert und murmelte: „So was machst du nicht noch einmal mit mir."
„Du nimmst es mir doch nicht übel?", fragte schmunzelnd der Bärenkrieger.
„Wenn du es niemand weitererzählst, dass ich dir auf den Leim gegangen bin, so will ich dir vergeben."
„Abgemacht!", sagte der andere und sie reichten sich versöhnlich die Hände.
Harald wollte wissen, was der Bärenkrieger hier triebe.
„Wir haben euch schon eine ganze Weile beobachtet und sind euch gefolgt. Ich wollte dann sehen, ob ihr mich in meiner Verkleidung erkennt."
„Deine Verstellung ist dir sehr gut gelungen. Da würden bestimmt auch die Franken hereinfallen."
„Genau, das will ich damit erreichen. Es ist fast so gut, wie eine Tarnkappe. Einige meiner Leute können das noch viel besser, als ich."
„Wo sind sie denn?", wollte Harald wissen.
Der Bärenkrieger steckte zwei Finger in den Mund und gab einen grellen Pfiff von sich. Im Nu traten einzelne Krieger aus der Deckung der starken Bäume hervor.
„Ich bin überrascht", meinte Siegbert anerkennend. Er ging auf die Männer zu und begrüßte sie.
„Wir werden euch ins Lager begleiten. Ohne unsere Hilfe würdet ihr es niemals finden", sagte der Bärenkrieger und schwenkte seinen Arm, als Aufforderung für den Abmarsch.
Einige der Krieger führten die vier Pferde. Sie mussten ei-

nen sehr schmalen Steg an einer Felswand entlanglaufen bis sie zum Lager der Jungkrieger kamen. Es lag in einem langgezogenen Tal an einem Abhang, wo eine Quelle entsprang. Es gab nur zwei schmale Pfade, auf denen man dorthin gelangen konnte. Teilweise waren höhlenartige Auswaschungen im Gestein für die Unterkünfte verwendet worden. Der Bärenkrieger hatte die am höchsten gelegene und geräumigste Hütte, von der man weit ins Tal sehen konnte. Er bot Harald und Siegbert an, bei ihm zu bleiben. Sie nahmen an und übergaben als Erstes die mitgebrachten Lebensmittel und die Trinkschläuche mit Met. Danach bot der Bärenkrieger ihnen an, einen kleinen Rundgang durch das Lager zu unternehmen.
Es war nicht der einzige Platz, den sie zum Wohnen nutzten. Entlang des Rynnestigs gab es mehrere kleine Lager, die sie abwechselnd aufsuchten.

In dem großen waren nicht nur Krieger, sondern auch viele junge Frauen, die sich um das leibliche Wohl kümmerten. Sie besorgten auch die Lebensmittel, die sie von den weit entfernten Siedlungen erhielten.
Die Adligen und Freien schickten ihre Knaben zu dem Bärenkrieger zur kriegerischen Ausbildung, damit sie dort die Prüfungen als Jungkrieger ablegen konnten. Wer von den Jungen bleiben wollte, der konnte bei ihnen in den Bergen bis zum Winter wohnen und dann ging er zurück auf den bäuerlichen Hof. Somit war gewährleistet, dass die jungen Männer wehrfähig gemacht wurden und auch die Möglichkeit hatten, später als Jungkrieger und Rebell ihren Mut im Kampf gegen die Frankenkrieger zu beweisen.
Wer dabei sein Leben lassen musste, dem wurde von den Priestern ein Platz in Walhall versprochen.
Die Kampfeinsätze gegen die fränkischen Wachstationen entlang des Königsweges und in einigen Königsgütern wurden in einem Thing besprochen und gemeinsam durchgeführt.
Der Bärenkrieger machte Halt bei einigen Hütten. Die Jungkrieger begrüßten die Gäste und wussten, welch hoher Besuch in ihrem Lager weilte. Harald war bereits eine Le-

gende, denn an den Abenden hatte der Bärenkrieger viele Geschichten über ihn erzählt.
Nach dem Rundgang gingen sie zu einem abseits gelegenen Kampfplatz, auf dem einige Jungkrieger und Anwärter miteinander übten.
„Erinnert es dich an etwas?", wollte der Bärenkrieger von Harald wissen.
„Ich denke schon. Ähnlich hatten wir unsere Übungsplätze gehabt und da waren auch viele Knaben aus den umliegenden Siedlungen gekommen und wollten die Kampftechniken lernen."
„Genauso halte ich es jetzt. Viele sind schon hier und jeden Tag kommen neue Mitkämpfer. Die Ausbildung ist eines unserer wichtigsten Ziele. Wenn wir wieder genügend kampferprobte Krieger haben, dann können wir die Feinde aus dem Land treiben. Bis es soweit ist, müssen wir sehr vorsichtig sein und die Franken nicht zu sehr reizen."
„Das ist ein sehr gutes Vorgehen!", meinte Harald und Siegbert bestätigte es.

Am Abend wurde auf einem freien Platz im Tal ein großes Feuer entzündet. Dies war ihr Thingplatz. Ins Lager durften nur die, welche zu ihrer Gemeinschaft gehörten. Das war eine simple Sicherheitsvorkehrung. Hier am Lagerfeuer hatten die Frauen in Kesseln Suppe vorbereitet und jeder der hinzukam, der erhielt eine gefüllte Holzschüssel und ein Stück Brot. Siegbert erinnerte sich an die Zeit, als er mit den Pferden in den Thüringer Bergen war. Gern dachte er daran zurück.
Nun saß Siegbert auf einem der Baumstämme, die um das Feuer lagen und schlürfte seine heiße Suppe. Dabei sah er in die Flamme des hoch lodernden Feuers und hing seinen Gedanken nach. Da setzte sich eine junge Frau neben ihn und sprach ihn an.
„Du bist also Siegbert. Ich habe dich mir ganz anders vorgestellt."
„Und wie hätte ich sein sollen?", wollte er wissen.
„So genau kann ich das nicht sagen, doch ich dachte, dass du viel älter bist."

„Warum sollte ich denn älter sein?"
„Einen Heerführer habe ich mir immer mit einem langen grauen Bart vorgestellt."
„Jetzt bist du wohl enttäuscht?"
„Eigentlich nicht, aber schon ein bisschen verwundert."
„Sag mir erst einmal, wer du bist!", sagte Siegbert zu ihr.
Die junge Frau nannte ihren Namen. Sie hieß Brunhilde und war mit ihrem Bruder aus dem Südthüringer Raum hierhergekommen.
Ihr Vater war ein freier Bauer und wurde von den Franken von seinem Hof vertrieben. Er bekam ein Stück Land irgendwo im Frankenreich. Der Bruder und sie zogen nicht mit und verbargen sich in den Thüringer Bergen, bei dem Bärenkrieger und seinen Leuten. Beide unterhielten sich noch lange und Siegbert fühlte sich stark zu ihr hingezogen. Nicht nur im Aussehen entsprach sie seinen Vorstellungen, sondern auch in ihrem Wesen. Je länger Siegbert mit Brunhilde sprach, umso vertrauter und liebenswerter wurde sie ihm. Auch Brunhilde hatte diese Empfindung und ein sonderbares Gefühl durchdrang sie. So merkten die beiden gar nicht, dass sich spät in der Nacht schon alle in ihre Hütten zurückgezogen hatten.
Harald wollte seinen Bruder bei der Unterhaltung mit dem hübschen Mädchen nicht stören und so ging er allein mit dem Bärenkrieger zu seiner Hütte.
Das Feuer brannte noch kräftig und hin und wieder legte Siegbert einen trockenen Ast hinein. Er erzählte Brunhilde auch von daheim, als er als Knabe mit seinen Brüdern die Pferde auf die Höhen der Thüringer Berge getrieben hatte und wie er sich immer in der Nacht fürchtete. Das genügte, um auch bei ihr gewisse Furchterlebnisse zu wecken und sie rückte auf dem Baumstamm ganz nah an ihn heran.
Jetzt verflog ihre Angst und Brunhilde spürte, dass eine angenehme Wärme von ihm ausging. Nach einer Weile legte Siegbert seinen Arm um ihre Hüfte, so als wollte er sie vor der Nachtkühle schützen. Sie empfand diese Geste sehr angenehm und lehnte sich an seine Schulter. Beide sahen in die hellen Flammen, die sich in ihren Augen spiegelten.
Zeitgleich wendeten beide ihre Gesichter zueinander und

ihre Lippen berührten sich. Zärtlich umfasste er ihren Oberkörper und zog sie fest zu sich heran. Die Küsse wurden stürmischer und der Atem schwerer. Siegbert wurde zu ungestüm und sie drückte ihn mit den Händen langsam von sich.
Ernüchternd ließ er sie los.
„Ich weiß nicht, was mit mir passiert ist. Es kam einfach so über mich", erwiderte er entschuldigend.
„Mir ging es auch so", sagte sie und legte ihren Arm um seinen Hals. Dann küsste sie ihn auf die Wangen und fand seinen Mund. Siegbert zwang sich, ruhig und abwartend zu bleiben. Es fiel ihm schwer. Seine Zurückhaltung schien sie sehr zu reizen. Brunhilde löste die Schleifen von ihrem Kleid und es fiel ihr bis zur Taille hinab. Sie drückte ihn nach hinten und beide glitten rücklings ins hohe Gras. Der dicke Baumstamm deckte beide mit seinem Schatten zu. Es war der Beginn einer großen Liebe.

6. In Vindobona

Über die Tiefebene von Pannonien streifte ein leichter Wind. Der Horizont löste sich in der Hitze der Mittagssonne auf und es verwischten die Konturen. Zu dieser Zeit ruhte die Arbeit auf den Feldern und in den Siedlungen. Mensch und Tier suchten einen schattigen Platz, um der drückenden Hitze zu entgehen und ruhten sich aus.

Der Langobardenkönig Wacho lag auf der Terrasse seiner Villa und sah gedankenversunken ins Land. Ein Knabe reichte ihm einen Becher mit kühlem Wasser und ein anderer fächelte ihm frische Luft zu.
In der Ferne sah Wacho eine kleine Staubwolke. Sie musste von einem seiner Boten stammen, die ihn zu jeder Tageszeit über alle Dinge in seinem großen Reich informierten. Nun waren zwei Reiter gut erkennbar. Sie trieben mit der Gerte ihre Pferde im Galopp zu der Anhöhe der Villa hinauf, als wollten sie sich ein Wettrennen liefern.
Auf seine Botenreiter war Wacho sehr stolz. Sie waren wie Odins Raben und nichts entging ihnen. Es dauerte nicht lange und sein Sekretär erschien mit zwei Lederfutteralen. Wacho deutete ihm mit der Hand, beide zu öffnen. Es befand sich in jedem ein Pergament.
„Lies vor!", befahl Wacho ihm. Das erste Pergament war ein Schreiben seiner Schwägerin, der Thüringer Königin Amalaberga. Sie bat den König der Langobarden um freien Durchzug, für sich und ihr Gefolge, durch sein Land nach Italien.
Wacho ließ sich den Brief ein zweites Mal vorlesen.
„Was meinst du, Sekretär, sollen wir es ihr gewähren?"
„Ihr könnt es ihr schlecht verwehren, sie ist doch eure Schwägerin."
„Meine erste Frau Raicunda ist schon lange tot. Sie war mir sehr lieb und ich noch sehr jung. Es ist schon so lange her, dass ich mich kaum noch daran erinnern kann."
Lange sah der König in die Ferne und sein Sekretär schwieg. Er kannte seinen Herrn seit vielen Jahren und wusste, dass man ihn nicht aus seinen Gedanken herausreißen durfte.

Nach einer Weile sah Wacho zu ihm hin und sagte: „Du kannst fortfahren."
„Ihr wolltet mir sagen, was wir der Thüringer Königin schreiben sollen."
„Teile der Königin mit, dass sie durch mein Reich nach Italien ziehen darf! Ich werde ihr meinen getreuen Gefolgsmann Audoin schicken, der sie sicher bis zur ostgotischen Grenze geleiten wird."
Der Sekretär fertigte das Schreiben für Amalaberga und der König drückte sein Siegel darauf.
„Was steckt in der anderen Rolle?", wollte Wacho wissen.
„Es ist ein Schreiben von König Chlothar an euch."
„Lies vor! Mal sehen, was er mir mitzuteilen hat."
Der Brief enthielt die Information, dass die Thüringer Königin mit ihrem Gefolge und all ihrer Habe nach Ravenna reisen würde. Vielleicht befindet sich auch der Königsschatz darunter. Chlothar ersuchte Wacho um die Erlaubnis, auf seinem Gebiet mit einem fränkischen Trupp diesen Schatz rauben zu dürfen, denn er sah den Schatz als sein rechtmäßiges Eigentum an.
„Was glaubt König Chlothar von mir? Denkt er, ich wäre ein Wegelagerer?"
Entrüstet stand Wacho von seiner Liege auf und lief aufgeregt hin und her.
„Was steht noch in seinem Schreiben?"
„Chlothar bietet euch die Hälfte des Königsschatzes an. Ihr müsstet nur dafür sorgen, dass sie den direkten Weg nach Norikum nehmen."
„Ein schändliches Tun wäre es, den Frankenkönig darin zu unterstützen."
„Ihr habt recht, mein König, aber die Hälfte des Thüringer Königsschatzes ist auch nicht zu verachten. Ihr seid dabei doch nicht direkt daran beteiligt und Chlothar kann uns unterstützen, dass Theudebert alsbald eure Tochter Wisigard heiratet. Diese Verbindung würde unsere Westgrenze stabilisieren."
„So schreibe Chlothar, dass wir seinen Wunsch gewähren, auf unserem Gebiet eine einmalige Hochwildjagd durchzuführen! Er darf aber mit seinem Gefolge die Moldau und

Elbe nicht überschreiten und wir nehmen gern die halbe Jagdbeute als Geschenk an. Ich denke, das wird er verstehen."

„Wollt ihr jetzt auch noch Audoin der Thüringer Königin entgegensenden? Es könnte für ihn gefährlich werden."

„Audoin soll gehen! Wenn ich ihn entsende, so wird mir niemand eine Abmachung mit Chlothar unterstellen können. Jeder weiß, wie nah er mir steht und dass er mein getreuester Gefolgsmann ist."

Vom Thüringer Königsschatz hatte Wacho viel gehört. Es war ihm auch bekannt, dass Theuderich nach der gewonnenen Schlacht an der Unstrut nichts davon gefunden hatte. Wenn es Chlothar gelingen würde, ihn zu rauben, würde es Amalaberga nicht weiter schaden. Ihre Verwandten in Ravenna könnten die leeren Truhen rasch wieder auffüllen.

Die Thüringer Königin wartete voller Ungeduld auf die Nachrichten aus Ravenna und von König Wacho. Als Erstes erhielt Amalaberga einen Brief ihrer Cousine Amalasuntha, der Regentin der Ostgoten. Amalasuntha schrieb, dass sie sich auf ihr Kommen freut und alle Vorbereitungen für ihre Ankunft in die Wege leitet.

Königin Amalaberga hatte in der Nähe des Königssitzes ein großes Lager errichten lassen. Hier sollten sich alle Thüringer sammeln, die mit ihr in das Ostgotenreich nach Italien auswandern wollten. Es kamen mehr, als die Königin erwartet hatte. Ganze Sippen fanden sich ein, da sie die Knechtschaft durch die Franken fürchteten. Sie hatten ihre Habe sowie Tiere und Sklaven bei sich und hofften im Ostgotenland auf ein besseres Auskommen.

Die Königin musste noch die Antwort des Langobardenkönigs Wacho abwarten, um durch sein Reich ziehen zu dürfen. Was wäre, wenn er es nicht erlauben würde? Dieser Gedanke erfüllte sie mit Angst, denn eine andere Möglichkeit gab es nicht, nach Italien zu kommen. Nur in ihrer Heimat würde sie Ruhe finden und frei sein können.

Das Warten zerrte an den Nerven aller und die Stimmung verschlechterte sich im Lager. Die Königin sprach mit ihrem Sohn darüber und ersuchte ihn, alle getreuen Gefolgsleute aufzufordern, sie sicher nach Italien zu begleiten. Danach sollte jeder, selber entscheiden können, ob er wieder zurück in die Heimat, oder bei ihr im Exil bleiben wollte.

Amalafred stellte eine Liste mit Namen zusammen und schickte Boten mit der Aufforderung der Königin aus. Unter diesen Namen war auch der von Siegbert. Die meisten dieser Gefolgsleute zählten zu den Rebellen. Ihnen kam die Aufforderung der Königin nicht gelegen, doch sie mussten sich fügen.
Im Sammellager traf Siegbert seinen Bruder Hartwig wieder, der sich bei ihm beklagte, dass er mitziehen musste.
„Du kannst nach der Ankunft in Ravenna gleich wieder nach Thüringen zurück, das hat die Königin jedem Krieger zugesagt, der sie zu ihrem Schutz begleitet. Sie ist sehr vorsichtig und um das Wohl der vielen Menschen, die mitziehen wollen, besorgt. Wenn alles gut geht, bist du im Frühjahr des nächsten Jahres wieder hier."
„Wann soll es denn losgehen?", wollte Siegbert wissen.
„Das hängt nur noch von dem Langobardenkönig Wacho ab. Wir warten auf seine Erlaubnis, durch sein Königreich ziehen zu dürfen."
„Was ist, wenn er ablehnt?"
„Dann weiß ich auch nicht weiter."
„Das sind keine guten Aussichten, lieber Bruder, aber geteiltes Leid ist nur halbes Leid. So wollen wir es geduldig ertragen!"

Nach zwei weiteren Wochen bangen Wartens erhielt die Königin von einem Boten Wachos die Nachricht, dass sie durch das Langobardengebiet entlang der Elbe und Moldau und von dort durch das ehemalige römische Norikum bis zur ostgotischen Grenze im Alpenvorland ziehen dürfe. Audoin, sein Gefolgsmann und Stammesfürst aus dem Geschlecht der Gausen, würde Königin Amalaberga auf diesem Weg begleiten und beschützen.
Wenige Tage nach dem Boten erreichte der Langobardenfürst das Lager. Er war sehr überrascht, dass es so viele Menschen waren. Es erschien ihm, wie der Exodus der Is-

raeliten aus Ägypten. Er war Arianer und kannte die Erzählung von der Auswanderung der Juden in ihr gelobtes Land. Die Königin begrüßte Audoin freundlich und bedankte sich für sein Kommen.
„Ich bin froh, dass mich mein Herr, der König Wacho, gesandt hat, um euch und euer Volk durch sein Reich bis zur ostgotischen Grenze zu begleiten."
„Auch ich bin darüber glücklich, dass er dich damit beauftragte, da du als mein Verwandter die Nöte meines Volkes gut verstehen wirst."
Die Königin stellte ihm ihre Familie und die hohen Beamten vor.
Audoin hatte noch nie thüringischen Boden betreten. An seine Mutter Menia, die nach dem Tod ihres ersten Ehemanns, des Thüringer Königs Bisin, ins Langobardenreich zurückkehrte und dort ein zweites Mal heiratete, konnte er sich nicht mehr erinnern. Sie starb wenige Jahre nach seiner Geburt. Ihre getreue Dienerin, die aus Thüringen stammte, hatte ihn dann aufgezogen und vieles von dem schönen Land im Nordwesten des Langobardenreiches erzählt. Herminafrid, Bertachar und Baderich waren somit seine Halbbrüder und Raicunda die Halbschwester. Sie wurde mit König Wacho verheiratet, blieb aber kinderlos. Schon wenige Jahre nach der Hochzeit verstarb sie. Audoin hatte keinen seiner Halbgeschwister je kennengelernt. Das bedauerte er sehr.

Audoin ordnete am nächsten Tag den Flüchtlingszug und schickte eine Hundertschaft der Thüringer Jungkrieger als Vorhut voraus. Sie sollten das nächste Lager vorbereiten und Proviant besorgen.
Es war die letzte Nacht für die Thüringer auf heimatlichen Boden. Wehmut und Hoffnung beherrschten die Sinne aller und viele konnten nicht schlafen. Hartwig kam es so vor, wie in der letzten Nacht vor der großen Schlacht an der Unstrut, die er mit seinen Freunden verbrachte.
Damals waren Hartwig und die anderen ebenso aufgeregt und besorgt, was die Zukunft bringen würde. Für ihn war es besonders schwer, denn er ließ seine Familie zurück.

Wann und ob Hartwig sie wiedersehen würde, dies war unbestimmt. Er hatte keine andere Wahl. Sein großes Ziel war Baldur frei zu bekommen und er hoffte, dass ihm das mit Hilfe von Amalafred und dessen ostgotischen Verwandten gelingen könnte. Froh war er, dass Siegbert bei ihm war. Es vermittelte ihm Sicherheit.
Siegbert dachte an Brunhilde und die schönen Tage, die sie miteinander im Lager der Rebellen verbrachten. Sie gestanden sich ihre Liebe und versprachen sich die Treue. Beide hofften, bald wieder zusammen zu sein.

Audoin hatte mit seinen vier Begleitern die Reihenfolge für den Abmarsch am nächsten Tag festgelegt. Wie ein großer Feldherr gab er seine Befehle und jeder folgte seinen Anordnungen. Siegbert gefiel dieses sichere Auftreten des Langobarden, der um einige Jahre älter war, als er.
Am nächsten Tag - gleich nach Sonnenaufgang - setzte sich der Zug in Bewegung. Jeder wusste, wer vor und hinter ihm war. Folglich gab es kein Gedränge oder Chaos. Siegbert und Amalafred ritten mit Audoin an der Spitze des Zuges und so hatten die drei, viel Gelegenheit zum Erzählen. Hartwig blieb in der Nähe der Königin.
Audoin entschied sich für einen alten Handelsweg über das Gebirge. Am späten Nachmittag erreichten sie das erste Lager. Die Vorhut hatte unter der Führung eines Begleiters des Langobardenfürsten einen geeigneten Platz für das Nachtlager finden können und die Bauern boten ihre Waren zum Kauf oder Tausch an.
Der Langobardenfürst kannte den Weg. Audoin war mit einer Hundertschaft hier gewesen und zwar im Jahre 531, als die Franken gegen die Thüringer siegten und die Langobarden ihren Verbündeten nicht zu Hilfe kamen. Das war vor drei Jahren und noch immer hatte Audoin ein ungutes Gefühl, wenn er daran dachte.
König Wacho befahl damals, nicht in die Kämpfe einzugreifen und auf eigenem Gebiet zu verweilen. Wie ein Verräter hatte Audoin sich gefühlt, der seine Sippe im Stich ließ. Mit dieser Aufgabe, die ihm sein König jetzt auftrug, konnte er einen Teil seiner Schuld begleichen.

Die Überquerung der Berge erwies sich für alle sehr schwer, besonders für die zahlreichen Bauern mit ihren Ochsenkarren. Die sumpfigen Niederungen der Täler wurden umgangen.
Der Zug kam an den folgenden Tagen gut voran. Bald stießen die Thüringer auf ein großes natürliches Hindernis und zwar die Eger, ein Nebenfluss der Elbe. Im Mündungsgebiet gab es keine Furt, so dass sie Boote und Flöße benötigten.
Die Vorhut ritt an beiden Flussufern entlang und verpflichtete Fährleute mit ihren Booten. Das Übersetzen begann.
Amalaberga ging mit ihrer Tochter und ihren Dienerinnen auf eines der großen Boote und Siegbert, Hartwig und zwei Krieger von der königlichen Leibwache waren bei ihr. Da die Strömung sehr groß war, mussten die Boote mit Hilfe von Seilen zum anderen Ufer gezogen werden.
In der Flussmitte löste sich plötzlich das Seil und das Boot der Königin trieb flussabwärts. Entsetzte Schreie waren zu hören.
Hartwig sah, wie sich die beiden Fährleute mit Kurzschwertern in der Hand der Königin näherten. Er warf sein Messer nach dem einen und traf ihn am Hals. Siegbert konnte den zweiten durch einen Schwertstreich töten. Dann sprang er zum Ruder und versuchte das Boot zum Ufer zu steuern. Mit großen Mühen gelang es ihm.
Das Boot war von der Strömung weit abgetrieben. Zum Glück befanden sich die Königin und die anderen Bootsinsassen noch nicht im Mündungsgebiet zur Elbe. Am Ufer waren ihnen einige Krieger auf ihren Pferden gefolgt, die ihnen halfen, das Boot an Land zu ziehen. Die Reiter berichteten, dass bei zwei weiteren Booten ebenfalls die Seile gerissen waren und diese zur Elbmündung hin abtrieben.
Auf diesen Booten befanden sich ein Teil des königlichen Hausrats und die Truhen mit den Gewändern der Königin.
Audoin sah zu den beiden Booten und erkannte, dass dort nur noch die Fährleute am Ruder standen. Sie mussten die Thüringer Jungkrieger umgebracht haben. Alles sah wie ein gut organisierter Überfall aus.
Die gestohlenen Boote trieben dahin und waren kaum noch

zu sehen. Bedingt durch die Tatsache, dass die Ufer zur Mündung der Elbe hin immer unzugänglicher wurden, sah Audoin keine Möglichkeit, diese Boote noch zu erreichen. Er ritt sofort zur Anlegestelle und ließ alle Fährleute gefangen nehmen. Er vermutete, dass diese alle zu einer Räuberbande gehören könnten.
Die Vernehmungen ergaben, dass sie sich untereinander gut kannten, jedoch die Männer der drei großen Boote, von denen sich die Zugseile lösten, Fremde waren. Wenige Stunden danach fand man die Leichen der Fährleute, denen diese Boote gehörten.
Unter verstärkter Bewachung wurde die Überfahrt fortgesetzt. Die beiden getöteten Räuber hatte sich Hartwig gut angesehen. Er fand am Unterarm beider ein Zeichen tätowiert, dass er schon einmal gesehen hatte. Lange grübelte Hartwig darüber nach, wo das war, doch er konnte sich nicht erinnern.

Audoin schickte einen Boten zu Wacho und berichtete von dem Vorfall bei der Überquerung des Flusses Eger.
Der Zug der Thüringer ging weiter nach Süden und sie kamen an die Moldau, einem weiteren Nebenfluss der Elbe. Vor dem Reisewagen der Königin ritten Hartwig und Amalafred. Nach dem Vorfall bei der Flussüberquerung waren die Frauen noch immer verschreckt. Der Langobardenfürst ritt den Zug mehrmals am Tag ab, um zu sehen, ob jeder mithalten konnte. Sie durften nicht zu langsam werden, denn die Königin wollte noch vor dem Winter in Ravenna eintreffen.
Wenn es seine Zeit zuließ, unterhielt sich Amalafred mit Hartwig. Ihn interessierten seine Erlebnisse im Frankenland. Als er von Baldur und dessen Gefangenschaft sprach, erinnerte er sich, wo er die tätowierten Zeichen schon einmal gesehen hatte.
„Ich habe es auf der Standarte von Chlothars Leibwache gesehen, aber wieso haben es sich die Räuber auf den Unterarm tätowiert."
„Vielleicht ist das Zeichen auch anderen bekannt", meinte Amalafred.

„Aber kaum Wegelagerern."
„Wenn es Männer von Chlothar waren, dann wollten sie meine Mutter ermorden."
„Wieso haben sie dann aber ihre Kleider geraubt?"
Alles schien verwirrend und keiner konnte es sich erklären.
„Was ist, wenn sie es nicht auf die Kleider, sondern auf die Holzkisten und Truhen abgesehen hatten?", gab Audoin zu bedenken.
„Die sind nichts wert und auch die Kleider bringen für die Räuber keinen großen Gewinn."
„Was in einer Kiste verborgen ist, kann man nicht sehen. Vielleicht dachten die Schurken, dass sich darin das Gold und die Juwelen des Königsschatzes befinden. Ich habe gehört, dass die Franken danach eifrig gesucht haben, ihn aber nicht fanden und nun nehmen sie an, dass ihr ihn bei euch habt."
„Das wäre schon möglich. König Chlothar hat einen sehr langen Arm."
„Dann sollten wir sehr wachsam sein und einen anderen Weg wählen. Es wäre deshalb besser, wenn wir die Moldau überqueren und in Richtung Pannonien nach Südosten weiterziehen. Dieser Weg ist wohl weiter, als direkt über die Alpen, doch nicht so beschwerlich für die Menschen und Tiere. Ich werde gleich mit der Königin darüber sprechen", meinte Audoin.
Königin Amalaberga war mit dem Vorschlag einverstanden. Niemand von den Thüringern kannte den Weg nach Ravenna und sie mussten sich auf Audoin verlassen.
Nach mehreren Tagen erreichten sie eine günstige Stelle, um über die Moldau zu setzen. Sie gingen mit größter Vorsicht vor, um nicht ein zweites Mal das Leben der Königin zu gefährden. Amalafred fand die Entscheidung von Audoin auch als richtig.
Wenn Chlothar seine Männer heimlich ins Langobardenreich geschickt hatte, um an den Königsschatz zu kommen, so würden es diese sicher weiterhin versuchen und vielleicht auch die Königin und ihn ermorden. Östlich der Moldau würde es für die Franken schwerer werden, unerkannt zu bleiben und sie müssten ihr Vorhaben aufgeben.

Nach mehreren Wochen kamen die Thüringer an die Donau bei Vindobona. Audoin ließ ein Lager aufbauen, damit sich die Leute von der ersten Etappe ihrer Reise ein paar Tage erholen konnten. Chlothars Arm würde nicht bis Vindobona reichen, um das Leben der Königin zu gefährden.

In dem nahe gelegenen Carnuntum befand sich ein langobardisches Heerlager. Audoin war dort der Befehlshaber. Siegbert und sein Bruder begleiteten ihn in die ehemalige Legionsstadt. Die Größe der Anlage beeindruckte beide. Nach dem Abzug der Römer vor vielen Jahren hatte sich hier nicht viel verändert. Ein Teil der Dienerschaft blieb damals zurück und übernahm die Häuser und Gärten ihrer früheren Herren.

Es gab Stadtteile, die dem Verfall preisgegeben waren, aber ein Großteil konnte genutzt werden. Hartwig hatte ähnliche Anlagen im südlichen Frankenreich schon gesehen.

Im zentralen Gebäude des Heerlagers wartete ein Bote auf Audoin. Er kam von König Wacho und überreichte ihm ein Schreiben. Der König teilte ihm mit, dass es in Ravenna Unruhen gäbe.

Nach dem Tod Theoderichs vor acht Jahren, bestieg sein zehnjähriger Enkel Athalarich den Thron. Da er zum Regieren noch zu jung war, wurde seine Mutter Amalasuntha als Regentin eingesetzt. Das aber widersprach der ostgotischen Tradition, die besagte, dass nur ein Mann als Regent eingesetzt werden dürfe. Athalarichs Vater Eutharich war jedoch schon vorher gestorben, so dass Theoderich seine Tochter mit den Regierungsgeschäften beauftragte.

Viele der Ostgoten waren unzufrieden mit dieser Lösung. Vor ein paar Tagen war nun Athalarich, ihr Sohn, gestorben und es gab Unruhen unter den adligen Ostgoten.

Wahrscheinlich würde Amalabergas Bruder, als neuer Regent an der Seite seiner Cousine Amalasuntha regieren, sicher war das nicht. In dieser unruhigen Zeit wäre die Ankunft der Thüringer in Ravenna unpassend. Wacho wies Audoin an, alles zu unternehmen, um die Thüringer zu bewegen, sich dort niederzulassen, wo sie sich gerade befanden.

Das Angebot war nicht ganz uneigennützig. Die Thüringer

Königin war im Gefolge von mehreren Hundertschaften junger Krieger, die König Wacho gern als Gefolgsleute hätte. Das Brudervolk würde im Kampf treu hinter ihm stehen und bei seinen Eroberungszügen gute Dienste leisten können. Das Land südlich der Donau, von der Enns bis nach Carnuntum war nur wenig besiedelt und wäre gut geeignet, die Thüringer aufzunehmen. Doch müsste die Königin damit einverstanden sein. Die Unruhen in Italien kamen ihm somit sehr gelegen. Audoin sagte nichts darüber zu Siegbert und Hartwig. Er wusste nicht, wie beide diesen Vorschlag aufnehmen würden. Es blieb auch noch Zeit, später darüber zu reden.
Die Männer ritten schon bald wieder zurück zu dem Lager der Thüringer. Der Übergang über die Donau bei Vindobona wurde von seinen Kriegern vorbereitet. Gleichzeitig ließ er in dem ehemaligen römischen Heerlager einige der zerfallenen Gebäude wieder provisorisch herrichten.
Nur die Badeeinrichtungen blieben nach dem Weggang der Römer über die vielen Jahre erhalten, da sie von der Bevölkerung der umliegenden Siedlungen weiter genutzt wurden. Von den meisten Bauten standen jedoch nur noch die Grundmauern.
Audoins Krieger, die in Carnuntum stationiert waren, begannen mit den Handwerkern aus den Vororten, einige der Gebäude wieder herzurichten. Hier sollten die Thüringer zunächst einmal bleiben können.
Andere Krieger hatten Boote herangebracht und halfen bei der Flussüberquerung. Die Donau war in mehrere Flussarme aufgespalten. Das hatte den Vorteil, dass die Strömung nicht so stark war. Das Gelände war allerdings sehr sumpfig und immer wieder blieben Bauern mit ihren Ochsenkarren im Morast stecken.
Es dauerte lange, bis der gesamte Flüchtlingszug übersetzen konnte. Wer das andere Ufer erreichte, der zog gleich weiter in das Quartier in Vindobona.
Die Freude war groß, nach so langer Zeit wieder unter einem festen Dach ausruhen zu können. Alle halfen bei der Errichtung der Unterkünfte mit.
Die Königin wurde in einem Haus, das in der Nähe der Ba-

deanlage lag, untergebracht. Es wurde einst von dem römischen Kommandanten des Kastells in Vindobona genutzt und lag im Zentrum. Audoin begleitete Amalaberga selbst in ihr Quartier. Sie war sehr dankbar für seine Bemühungen.
„Du hast alles so schön herrichten lassen, man könnte denken, dass du uns hier behalten möchtest", sagte sie scherzhaft zu ihm.
„Die Hälfte des Wegs bis nach Ravenna habt ihr jetzt geschafft und bis auf eure geraubten Kleider und die Kisten mit dem Hausrat ist nichts Schlimmes passiert. Jetzt solltet ihr erst ein paar Tage ausruhen. Euer Gefolge und auch die Tiere haben eine Rast dringend nötig."
„Ich werde deinen Rat in allem befolgen. Du hast uns sicher bis hierher gebracht und dafür danke ich dir."
„Das braucht ihr nicht. Ich bin froh, dass ich euch helfen kann."
„Was glaubst du, wie lange wir bleiben werden?"
„Ich denke eine Woche wird genügen."
„Das ist gut. Meine Cousine Amalasuntha wird bestimmt schon auf unsere Ankunft warten und die Vorbereitungen dazu treffen."
Audoin schwieg dazu. Er fand die Gelegenheit noch nicht passend, von den Unruhen in Ravenna zu berichten.
Am nächsten Tag wollte Audoin nach Carnuntum reiten und bot der Königin an, ihn zu begleiten. Sie wehrte dankend ab. Rodalinde, ihre Tochter, fragte, ob sie mitkommen dürfe.
„Das ziemt sich nicht, meine Tochter", entgegnete ihr wirsch die Königin.
„Wenn mich mein Bruder und Siegbert begleiten, würde es doch gehen."
Amalaberga warf ihrer Tochter einen bösen Blick zu, doch nach weiteren Fürsprachen von Amalafred, stimmte sie doch zu.

Am nächsten Tag ritten Audoin, Rodalinde, Amalafred und Siegbert auf dem alten Römerweg von Vindobona in Richtung Carnuntum. Es war ein sonniger Tag.
Audoin machte unterwegs öfter Halt und zeigte seinen Begleitern die Vogelkolonien am Ufer der Donau. Rodalinde

war davon sehr beeindruckt. Die Störche schienen ihr besonders gut zu gefallen. Sie schritten mit ihren stelzenartigen Beinen durch das sumpfige Grasland auf der Suche nach Fröschen.

Erst gegen Mittag kamen die vier in der ehemaligen Legionsstadt an. Auf dem gepflasterten Hauptweg ritten sie zur Villa von Audoin. Es war ein großer Gutshof mit einem innenliegenden Blumengarten. Dort erfrischten sie sich von dem langen Ritt und trafen sich im Triclinium, dem Esszimmer, mit Blick auf den Garten. Im Raum standen drei steinerne Liegen, auf die sie sich setzen konnten. Sklaven brachten kalte Speisen und verschiedene Getränke.

Nachdem man sich gestärkt hatte, erfolgte die Besichtigung der Stadt. Beidseits der Straßen gab es Stände verschiedener Handwerker. Ihnen konnte man bei der Arbeit zusehen. Wenn sich jemand für ihre Waren interessierte, dann unterbrachen sie ihre Arbeit und priesen die Dinge an, die sie selbst gefertigt hatten.

Rodalinde kam nicht mehr aus dem Staunen heraus. Immer wieder blieb sie stehen und wollte alles genau ansehen. Audoin freute sich über ihr Interesse und beantwortete gern ihre Fragen.

Ein Diener aus der Villa kam eilig angelaufen und informierte seinen Herr, dass er dringend ins Heerlager kommen müsse, da ein Bote von König Wacho eingetroffen war. Das hatte Vorrang.

Dem Diener trug er auf, die Thüringer in seine Villa zu führen und ihnen das Gutshaus zu zeigen.

Nach einem Rundgang ging Rodalinde in den Garten. Sie hatte von weitem die farbigen Blumenbeete gesehen und wollte sich an dem Duft der Blüten erfreuen.

Amalafred und Siegbert interessierten sich mehr für das römische Bad. Auf der Herminaburg in Thüringen gab es auch eines, doch dieses hier war viel heller und aus weißem Marmor.

Audoin hatte durch einen Diener ausrichten lassen, dass es länger dauern würde und sie ohne ihn mit dem Essen beginnen sollten. In dem Triclinium wurden von Sklaven kalte und warme Speisen aufgetragen. Drei Liegen standen um

einen runden Tisch, auf die sich Rodalinde, ihr Bruder und Siegbert legten. Es war für die Thüringer etwas ungewöhnlich, im Liegen die Speisen einzunehmen und sie scherzten über die Gewohnheiten der Römer.
Amalafred schwärmte von dem herrlichen Bad und dem heißen Wasserbecken, das von einer Thermalquelle gespeist wurde. Sie erzählten so viel davon, dass Rodalinde Lust verspürte, es selber kennenzulernen. Nach dem Abendessen wollte sie es mit einer Sklavin aufsuchen. Die Männer genossen nach dem reichhaltigen Essen den Wein, der auf den umliegenden Feldern wuchs und im eigenen Gut gekeltert wurde.

Es war schon spät, als Audoin aus dem Militärlager zurückkam. Er wollte erst ein Bad nehmen, bevor er seinen Gästen Gesellschaft leistet. Noch im Gang, der zu dem Bad führte, entledigte er sich seiner Kleider und sprang ins große Wasserbecken. Er tauchte auf und hörte einen Schrei. Verwundert sah er Rodalinde, die ihm erschrocken gegenüber stand. Im Augenblick wusste Audoin nicht, wie er sich verhalten sollte. Beide standen sich nackt im Wasser gegenüber und sahen sich nur an.
„Es tut mir leid, dass ich dich erschreckt habe! Ich verschwinde gleich wieder."
„Bleib nur, ich kann auch gehen!", entgegnete sie schüchtern.
Die Sklavin kam mit einem großen Badetuch zurück und sah irritiert zu ihrem Herrn und dann zu Rodalinde.
„Kümmere dich um meinen Gast!", rief er ihr zu.
Sie hielt das Badetuch auf und Rodalinde stieg aus dem Wasser.
Audoin konnte seinen Blick nicht von Rodalinde lassen. Ihre Schönheit hatte ihn verzaubert. Erst als die beiden Frauen gegangen waren, kam er wieder zu sich. Das Bild von Rodalindes wunderbarem Körper ging ihm nicht mehr aus dem Sinn. Amors Pfeil hatte ihn tief getroffen.
Nach dem Bad ging Audoin ins Esszimmer. Dort lagen Amalafred und Siegbert auf einer Liege und prosteten sich angeheitert zu.

„Wo ist Rodalinde?", wollte Audoin wissen.
„Rodalinde sagte, dass sie sehr müde wäre und wollte gleich schlafen gehen. Komm setz dich zu uns, mein lieber Onkel und trink!", lallte Amalafred.
„Ihr scheint ja schon tief in die Becher geschaut zu haben. Wenn ihr noch etwas im Krug habt, so halte ich gerne mit."
Es wurde ein wahres Saufgelage und Diener mussten die drei zu Bett bringen.

Am nächsten Morgen hatten die drei Schädelweh. Rodalinde amüsierte sich darüber und neckte sie. Von einem Ausflug in die nahe Umgebung schien keiner von ihnen begeistert zu sein.
Audoin ließ sich allerdings nicht lange von der Prinzessin bitten und sie ritten in Begleitung eines Dieners zu den nahegelegenen Hügeln.
Die frische Luft ließ die Kopfschmerzen bald verschwinden. Von einer Lichtung aus hatten sie einen wunderbaren Blick auf die Donauniederung. Der Fluss schlängelte sich durch das ebene Land und in der Ferne waren hohe Berge zu erkennen. Der Diener brachte eine große Decke und breitete sie vor ihnen aus. Dann legte er einen Weinschlauch und ein paar Speisen darauf und suchte einen Platz, etwas abseits unter den Bäumen.
„Es ist die beste Stelle für eine Rast", meinte Audoin.
„Kommst du oft hier her?", wollte Rodalinde wissen.
„Leider nicht, ich bin viel unterwegs und da bleibt keine Zeit zum Verweilen."
„Deshalb musst du die Ruhe jetzt ganz besonders genießen."
„Das tue ich auch, doch besonders genieße ich, dass ich mit dir allein hier sein kann."
Rodalinde schoss das Blut in den Kopf. Sie wusste nicht, wie ihr geschah.
„Ich glaube, wir sollten weiterreiten", meinte sie unsicher.
„Ist es dir unangenehm, mit mir allein zu sein?"
„Nein, aber mir ist es auf einmal so heiß."
„Da musst etwas trinken!", sagte Audoin und reichte ihr den Trinkschlauch. Sie trank zu hastig und verschluckte sich dabei.
„Ich wusste nicht, dass Wein darin ist."

„Das macht doch nichts. Die Hauptsache ist, dass der Durst gelöscht wird."
Er nahm auch einen Schluck und setzte sich auf die Decke. Rodalinde stand vor ihm und sah in die Ferne.
„Setz dich zu mir und ruh dich ein wenig aus!"
Die Prinzessin kniete sich hin und sah weiterhin verunsichert zu den Bergen am Horizont. Verstohlen blickte sie zu dem Weinschlauch. Audoin bemerkte es und reichte ihr ihn nochmals hin. Die Hitze wich nicht aus ihrem Kopf. Rodalinde hatte das Gefühl, dass er glühen würde. Doch jetzt schien der Wein die Ursache zu sein und Leichtigkeit beflügelte ihre Sinne.
„Ich glaube, ich bin schon betrunken. Hast du das mit Absicht gemacht?"
Audoin lächelte.
„Nein, ganz bestimmt nicht. Du brauchst keine Angst zu haben!"
„Ich fürchte mich nicht vor dir, im Gegenteil."
„Gestern im Bad hattest du aber geschrien, als ich dir gegenüber stand."
„Das war nur der Schreck, als du wie ein Meeresgott aus dem Wasser aufgetaucht bist."
„Du hast auch wie eine Göttin ausgesehen. Ich weiß nur noch nicht, an welche du mich erinnert hast."
Rodalinde lachte verhalten und blickte ihn von der Seite an.
„Hast du schon einmal eine gesehen?"
„Nur im Traum, aber du bist noch viel schöner als jede Frau, die man sich vorstellen kann."
Die Schmeicheleien verfehlten nicht ihre Wirkung. Er berührte mit seinen Fingern vorsichtig ihre Hand und sie zog sie nicht weg. Ermutigt legte Audoin seinen Arm um ihre Schultern und drehte sich zu ihr hin. Rodalinde schloss die Augen und ihre Lippen begegneten sich. Seine Finger vergruben sich in ihren seidenen, langen Haaren. Rodalinde legte sich zurück auf die Decke und Audoin beugte sich über sie. Wie ein Hauch benetzten seine Küsse ihr Gesicht. Es kam ihr vor, wie im Traum, aus dem sie nicht mehr erwachen wollte. Die Zeit verging wie im Fluge und der Diener hustete verhalten von seinem Ruheplatz aus.

„Wir müssen wieder zurückreiten. Es ist schon spät!", sagte Audoin leise zu ihr.
„Ich möchte nicht fort von hier. Ich will mit dir zusammen sein."
„Mir geht es ebenso, ich möchte dich nicht mehr loslassen und bei dir bleiben."
Audoin beugte sich über sie und seine Lippen berührten zart ihren geschlossenen Mund.
„Bist du schon einem anderen versprochen?", wollte er wissen.
„Nein, ich bin wieder frei. Vor ein paar Monden sollte ich noch den Frankenkönig Chlothar heiraten, doch der hat meinen Vater getötet."
„Wenn du keinem anderen versprochen bist, so können wir doch heiraten. Möchtest du mich als deinen Mann haben?"
Rodalinde war etwas überrascht, doch sehr froh über seinen Heiratsantrag.
„Gern würde ich deine Frau sein, aber das hängt nicht von mir ab. Meine Mutter und mein Bruder Amalafred entscheiden, wen ich als Mann bekomme."
„So werde ich sie fragen."
Audoin beugte sich zu ihr und küsste sie.
„Das ist mein Verlobungskuss", sagte er. „Und einen Ring habe ich auch für dich."
Um seinen Hals trug er eine dünne Lederschnur, auf der verschiedene Amulette und ein kleiner Ring aufgefädelt waren. Er nahm ihn und steckte ihn Rodalinde an den Finger.
„Das ist das Einzige, was ich noch von meiner Mutter besitze. Er soll jetzt dir gehören."
Versonnen betrachtete die Prinzessin das Geschenk.
Der Diener packte die Decke und den Reiseproviant zusammen und sie ritten zurück zur Villa.
Dort warteten schon Siegbert und Amalafred, um mit Audoin in sein Heerlager zu reiten. Ihre Kopfschmerzen hatten sich inzwischen verflüchtigt und ausgeruht waren sie auch.
Bei ihrem ersten Besuch vor ein paar Tagen konnten beide nicht viel sehen. Diesmal hatten sie mehr Zeit.
Gemeinsam mit Audoin besichtigten die beiden Thüringer die Unterkünfte der Krieger und die anderen Einrichtungen

des Lagers. Alles war auf dem Gelände des ehemaligen römischen Kastells untergebracht.
Der militärische Bautrupp und die Handwerker, die Waffen und andere wichtige Gerätschaften herstellten, lebten außerhalb des Schutzwalls. Dort befanden sich auch die Pferdeställe. Siegbert bat Audoin, ihm diese zu zeigen. Die Tiere waren in schilfbedeckten Langhäusern untergebracht. Die meisten von ihnen standen in kleinen Boxen, die von einem mittleren Gang zugängig waren.
„Züchtet ihr eure Pferde selber?", wollte Amalafred wissen.
„Wir kaufen die Tiere von den Händlern aus der Pannonischen Steppe. Sie stammen von den hunnischen Pferderassen ab, daher sind sie etwas klein. Doch ihre Widerstandskraft und Schnelligkeit ist gegenüber anderen Rassen besser."
„Du kennst unsere Thüringer Pferde noch nicht. Sie nehmen es allemal mit diesen auf", entgegnete Siegbert großspurig.
„Wir können ein Wettrennen veranstalten und dann werden wir sehen, welche Tiere besser sind."
Von dieser Idee waren alle begeistert und es sollte der Wettstreit an einem der nächsten Tage in der Nähe von Vindobona stattfinden. Audoin beauftragte sogleich einen seiner Anführer mit den Vorbereitungen.
Schließlich ging es wieder ins Heerlager zurück. Am Rande des großen zentralen Sammelplatzes befand sich das Regierungsgebäude, das auch als Wohnhaus dem Befehlshaber der Langobarden des nördlichen Reichsteils diente. Beamte erledigten die Verwaltungstätigkeit, so dass sich Audoin nicht um alle Dinge selber kümmern musste.

Audoin ging mit seinen Gästen in sein Schreibzimmer. Auf dem Tisch lagen verschiedene Dokumente, die er kurz überflog. Mit einer Papyrosrolle hielt er sich länger auf.
„Was hast du mein Freund, dass du so sorgenvoll schaust? Kannst du darüber reden?"
„Es betrifft euch und ist eine Nachricht von einem unserer Vertrauten in Ravenna."
„Ist etwas passiert?"

„Sehr viel hat sich ereignet! Leider sind es schlechte Nachrichten. Theoderichs Enkel wurde ermordet und seine Mutter muss sich nun als Regentin behaupten. Sie bat ihren Cousin, als Mitregent ihr zur Seite zu stehen, doch ein großer Teil des ostgotischen Adels ist dagegen. Jetzt besteht die Gefahr eines Bürgerkrieges und keiner kann sagen, wer sich durchsetzen kann und wird."
„Dann werden wir Thüringer nicht sehr willkommen sein, denke ich", bemerkte Siegbert.
„Ja, das glaube ich auch. Es wird wohl besser sein, wenn die Königin mit der Weiterreise wartet, bis es eine Klärung der Verhältnisse gibt."
„Dann müssen wir gleich zu ihr reiten und ihr dies mitteilen."
„Ich lasse Rodalinde holen und wenn sie da ist, brechen wir sofort nach Vindobona auf."
Audoin besprach noch einige wichtige Dinge mit seinen Beamten bis die Prinzessin kam. Dann ritten sie auf dem Römerweg in Richtung Vindobona. Noch vor dem Dunkelwerden kamen sie dort an und suchten sogleich die Königin auf.

Königin Amalaberga war tief entsetzt über die Nachrichten aus Ravenna. Ihre große Hoffnung auf ein neues Zuhause der Thüringer, die ihr in die Fremde gefolgt waren, schien sich zu zerschlagen. Daran hatte sie nicht gedacht, dass so etwas passieren könnte.
Was sollte sie jetzt tun?
Wo konnten sie bleiben?
Audoin bot ihr an, sich in Vindobona und dem freien Umland anzusiedeln.
Besorgt zog sich die Königin zurück. Zwei Tage war sie für niemand mehr zu sprechen. Ein Schreiben ihrer Cousine Amalasuntha erreichte die Königin inzwischen. Amalasuntha erklärte ihr die Situation und bat sie, solange mit der Weiterreise zu warten, bis sich die Machtverhältnisse in Ravenna wieder stabilisiert hätten.
Der Königin blieb nichts anderes übrig, als das Angebot des Langobardenfürsten anzunehmen und sie war froh, dass ihre Thüringer hier bleiben durften. Sie brauchten einen

Platz, wo sie unbeschadet den Winter überstehen konnten. Nachdem Amalaberga sich selbst darüber im Klaren war, besprach sie das Ganze mit ihrer Familie und den Beratern. Sie waren der gleichen Meinung und Amalaberga teilte ihre Entscheidung Audoin mit. Es wurde ein Thing einberufen und der Beschluss allen Thüringern bekanntgegeben.

Der Langobardenfürst Audoin machte in dieser Situation den Vorschlag, dass sich die Sippen im freien Umland von Vindobona niederlassen können, da für viele das Leben in der Enge einer Stadt zu belastend wäre. Wer dies wollte, der sollte sich an seine Beamten wenden, die ihnen Siedlungsland zuweisen würden.
Diese Möglichkeit nutzten die meisten der Sippen. So wurde vielen Wüstungen neues Leben eingehaucht. Auf den brachliegenden Bauernhöfen standen oftmals nur noch die Grundmauern der Wirtschaftsgebäude.
In Kriegen wurden die Gebäude zerstört oder die Menschen siedelten fort. Manchmal lag es auch daran, dass die Erträge der Böden durch die unzureichende Düngung immer geringer wurden und bald nicht mehr ausreichten, um alle zu ernähren. Nach den Gründen fragten die Thüringer nicht. Sie hatten nicht die Absicht, den Boden zu bebauen, da sie im nächsten Frühjahr mit ihrer Königin weiterziehen wollten. Mit vollem Elan gingen die Thüringer daran, sich wohnlich einzurichten. In bewährter Weise bauten sie Langhäuser für sich und ihr Vieh.
Die Jungkrieger unterstützten sie bei dieser Tätigkeit. Sie halfen beim Fällen der Bäume in den dichten Laubwäldern. Weiden für das Lehmflechtwerk der Hauswände fanden sie an den Ufern der Donau und an kleinen Bächen. Schilf für die Dächer wurde an den Teichufern geschnitten.
Die Nachbarn der Thüringer beäugten diese am Anfang etwas argwöhnisch, doch das legte sich bald. Zwischen den Alteingesessenen und ihnen entwickelte sich bald ein reges Tauschgeschäft. Die Neuankömmlinge benötigten nämlich Lebensmittel für den Winter und tauschten diese gegen die begehrten Thüringer Eisenwaren oder fränkischen Münzen ein.

In Vindobona herrschte ebenfalls rege Bautätigkeit. Mit Unterstützung eines Bautrupps aus dem Heerlager von Carnuntum wurden die Unterkünfte für die Krieger und die der Königin mit ihren Beamten verbessert. Man legte die verschütteten Brunnen frei und reparierte die Wasserleitungen. Die funktionierten nur noch für die Badeeinrichtung in dem ehemaligen römischen Heerlager, die von den wenigen Einwohnern der Stadt und den Menschen aus den umliegenden Siedlungen weiter genutzt wurden. Im Vergleich zu Carnuntum bot diese nicht so viel Komfort, doch den meisten schien sie zu genügen.

Bei den Thüringern gab es noch keine Badekultur. Diesen Luxus hatten sie in der Heimat nicht. Wenn die Männer des Bautrupps sich nach den Anstrengungen des Tages in den warmen Wasserbecken entspannten, dann folgte ihnen neugierig so mancher Thüringer Jungkrieger.
Schon nach wenigen Wochen war die Stadt wieder ansehnlich und sauber. Der Schutt wurde beseitigt und die gepflasterten Straßen gefegt.

Der Langobardenkönig hatte sein Kommen angekündigt. Wacho wollte seine Schwägerin Amalaberga besuchen. Es herrschte nun große Aufregung, auch bei den Langobarden. Es kam nicht oft vor, dass sich ihr König in die nördlichen Regionen des großen Reiches begab. Sein Hauptsitz lag weit im Süden, nahe dem Reich der Gepiden.
Nach dem Tod seiner ersten Frau, der Schwester von Herminafrid, hatte König Wacho die Gepidin Austrigusa geheiratet, die ihm zwei Töchter gebar. Beide Töchter versuchte Wacho mit Frankenkönigen zu verheiraten, doch bisher hatte er wenig Erfolg damit. Wisigard war wohl schon seit langem mit Theudebert verlobt, doch der war bereits mit Deuteria verheiratet und wollte sich von ihr nicht trennen.
König Wacho fehlte ein Sohn als Nachfolger. Dazu brauchte er eine junge Frau, die ihm noch Kinder gebären konnte. Das wusste auch sein Eheweib Austrigusa. Ihr Mann hatte sich schon seit Jahren von ihr abgewandt und eine neue Verbindung mit der Tochter des Herulerkönigs Rodulf in

Erwägung gezogen. So war Wacho jetzt auch allein nach Vindobona gekommen.
Es war das erste Mal, dass Wacho seine Schwägerin Amalaberga sah. Sie war eine Amalerin aus einem der edelsten Geschlechter und er wusste nicht, wie sie ihm begegnen würde. An einem sonnigen Tag reiste der König zu ihr nach Vindobona. Audoin war in seiner Begleitung und hatte das Treffen und das gemeinsame Essen arrangiert. Die erste Begegnung der beiden gekrönten Häupter verlief entspannt. Sie tauschten Geschenke aus. Wacho hatte Amalaberga mehrere Truhen übergeben, in denen sich schöne Gewänder befanden.
„Das soll deinen Verlust durch die Wegelagerer in meinem Reich ein wenig mindern. Audoin hat mir alles berichtet. Es hätte tragisch ausgehen können und ich hoffe, dass du den Schreck überwunden hast."
„Ich muss immer noch daran denken und bin deinem Feldherrn dankbar, dass er uns so gut bis hierher geführt hat."
„Bist du auch mit dem Quartier in Vindobona zufrieden? Du kannst auch gern in meine Villa in Carnuntum einziehen. Sie steht dir jederzeit offen."
„Das ist sehr freundlich von dir, aber ich bin lieber hier, in der Nähe meiner Landsleute. Sie fühlen sich wohl in Vindobona und den Orten am Rande der Stadt. Ich denke, dass wir den Winter gut überstehen werden."
„Wenn du etwas benötigst, so gib mir gleich Bescheid. Es soll dir und deinen Leuten an nichts fehlen."
„Ich danke dir für deine Unterstützung und hoffe, dass wir im nächsten Frühjahr bald weiterziehen können."
„Das eilt nicht. Ich wäre auch damit einverstanden, wenn du dich entschließen würdest, mit deinem Volk für immer hier zu bleiben. Es gibt genügend fruchtbares Land und ich könnte mir nichts Besseres wünschen, als dich in meiner Nähe zu haben."
„Du bist sehr großzügig, mein lieber Schwager, aber ich werde schon von meiner Familie in Italien erwartet."
„Ich habe gehört, dass es dort große Unruhen gibt und wir werden abwarten müssen, wie sich die Lage in Ravenna entwickelt. Im Frühjahr wissen wir mehr und du kannst dich

dann immer noch entscheiden, ob du weiterziehen oder bleiben willst. Mein Angebot bleibt bestehen, doch möchte ich dich nicht in deiner Entscheidung bedrängen."
Die Königin lud ihre Gäste zu einem Mittagsmahl ein. Es gab überwiegend Gerichte aus der verlassenen Thüringer Heimat.
„Ihr habt eine gute Küche und besonders guten Met", meinte Wacho und langte kräftig zu.
„Es ist schon so lange her, dass mein Volk die Elbe aufwärts zur Donau zog. Unsere alte Heimat ist nur noch in unseren Erzählungen lebendig. Jetzt leben wir in dem Land des unteren Donauflusses und es wird immer größer und größer. Ich könnte gut das gesamte Thüringer Volk in meinem Reich unterbringen, so viel Platz ist hier vorhanden."
„Von diesem Volk sind nicht mehr viele am Leben. Die Franken haben unser ganzes Land verwüstet und viele Menschen versklavt."
„Ich habe davon gehört und bedaure es sehr. Gern wäre ich euch zu Hilfe gekommen, wenn ich nicht zu dieser Zeit gegen die Gepiden in Pannonien kämpfen musste. Sie sind das für mich, was die Franken für euch sind. Es gibt keine Ruhe mit ihnen."
Amalaberga wusste, dass das nicht stimmte und nur eine freundliche Entschuldigung sein sollte. Wacho hatte sich damals neutral verhalten und damit sein Brudervolk, die Thüringer, verraten. Doch das war vor drei Jahren und zählte jetzt nicht mehr. Die Königin war froh, dass er ihr bei der Aussiedlung half und sie durch sein Reich ziehen ließ.
Nach dem Essen verabschiedete sich Wacho und lud die Königin mit ihrem Gefolge zu einer großen Heeresschau in den nächsten drei Tagen nach Carnuntum ein. Er bot ihr an, dass sich auch ihre Krieger an der Waffenschau und den Kampfspielen beteiligen können.
Begeistert nahmen es die Thüringer an der Tafel auf und Amalaberga blieb nichts anderes übrig, als die Einladung anzunehmen.
Von dem gutausgerüsteten langobardischen Heer hatten die Thüringer schon viel gehört und die Jungkrieger konnten es kaum erwarten, sich mit ihnen zu messen. Audoin

wollte die Gäste in zwei Tagen nach Carnuntum begleiten und er bot der Königin seine Villa als Unterkunft an. Für die anderen sollte am Rande der Stadt ein Lager errichtet werden.

Mit großer Begeisterung wurden die Waffen auf Hochglanz gebracht und die Pferde herausgeputzt. Nur die Königin schien die Freude ihrer Leute nicht teilen zu können. Sorgenvoll sah Amalaberga in die Zukunft und war über die Entwicklung im Ostgotenland betrübt.
Was wäre, wenn ihre Cousine Amalasuntha die Unruhen nicht in den Griff bekäme und entmachtet würde? Sie hatte ihr zugesagt, dass die Thüringer in Italien ein neues Zuhause bekommen könnten. Bei einem Machtwechsel und einem neuen König der Ostgoten wäre die Zusage jedoch hinfällig. Diese Möglichkeit musste die Königin jetzt in Betracht ziehen. Es waren Sorgen, die sie seit Tagen begleiteten und keine Freude aufkommen ließ. Ihre Tochter Rodalinde bemerkte es und sie versuchte immer wieder ihre Mutter aufzumuntern, doch es gelang ihr nicht. Verstärkt suchte die Königin Trost in ihrem arianischen Glauben. Doch auch damit stand sie allein. Die meisten Thüringer verehrten die germanischen Götter und wollten nichts von ihrem Christengott wissen. So fühlte sie sich oftmals sehr einsam und unverstanden.
Es kam ihr auch der Gedanke, dass ihr Volk lieber hier bleiben und nicht nach Italien weiterreisen möchte. Wie sollte sie sich dann verhalten? Sollte sie bleiben oder allein weiterziehen? Hier bei den Langobarden wäre ihre Stellung geringer, als bei ihrer Familie im Ostgotenreich, doch war das nach dem Tod ihres Ehemanns und Verlust des Thüringer Königreichs noch von Bedeutung?
Amalaberga fand keine Antworten auf all die Fragen, selbst ihr Christengott sendete ihr kein Zeichen. Aber sie konnte und wollte darüber mit niemanden sprechen. Das Wichtigste für sie waren ihre Kinder und deren Wohl.

7. In Carnuntum

Es sah so aus, als würden die Thüringer weiterziehen wollen. Alle waren auf den Beinen. Es fehlten jedoch die schwer beladenen Ochsenkarren. Audoin führte den Zug von Vindobona nach Carnuntum, wo der Langobardenkönig Wacho eine dreitägige Heeresschau mit verschiedenen Wettkämpfen veranstalten wollte. Die Thüringer Jungkrieger waren eingeladen, an den Kampfspielen teilzunehmen. An der Spitze des Zuges fuhr die Königin mit ihrer Tochter Rodalinde und den Dienerinnen in einem großen römischen Reisewagen, den Audoin ihr zur Verfügung stellte. Ihr folgten die drei Hundertschaften der Jungkrieger und der Tross mit den Beamten und Bauern, die sich in den Randsiedlungen von Vindobona niedergelassen hatten.
Rodalinde hatte sich zu dem Kutscher gesetzt. Vom Kutschbock aus konnte sie besser Audoin sehen, in den sie seit ihrem Ausflug auf die Anhöhe bei Carnuntum, verliebt war. Auch er suchte ihre Nähe, doch ließen sie sich ihre Zuneigung nicht anmerken.
Auf der alten römischen Heerstraße holperte, der von vier Pferden gezogene Wagen, dahin. Er war zum Glück gefedert. Dies war ein Luxus, den man in Thüringen nicht kannte. Entlang des Wegs wechselten Sumpfwälder mit Schilfflächen und Grasebenen ab.
Kurz vor Carnuntum veränderte sich die Landschaft und es wurde ein wenig hügelig. Von einer Anhöhe aus konnten sie das ehemalige römische Kastell sowie die zivile Stadt erkennen. Abseits davon lag das Colosseum, in dem die Römer ihre Gladiatorenkämpfe veranstaltet hatten. Dort sollte die Heeresschau stattfinden.
In der Nähe des Veranstaltungsortes war das provisorische Lager für die Thüringer Gäste aufgebaut. Dorthin zogen sie zuerst. Audoin wies ihnen die Zelte zu und dann begleitete er die Königin zu seiner Villa. Sie war von der Größe und Ausstattung beeindruckt. Rodalinde durfte ihrer Mutter das Haus und den Garten zeigen, denn Audoin musste die letzten Vorbereitungen für die morgige Heerschau treffen.

Der Blumengarten gefiel der Königin besonders gut und er erinnerte sie an den von ihr angelegten Garten auf der Herminaburg. Sie setzte sich auf eine Steinbank und ihre Gedanken flogen dorthin. Das letzte Mal war sie im Frühjahr mit Herminafrid da gewesen und hatte nur noch eine Wüstung vorgefunden. Alles war zerstört, doch verschiedene Blumen und Sträucher behaupteten sich in der Wildnis.
Ihre Tochter rief sie, um ihr eine besonders schöne Rose zu zeigen, die einen ganz betörenden Duft hatte. Amalaberga ging zu ihr und brach eine der Blüten ab.
„Sieh, Rodalinde! Wenn du die Blütenblätter in der Hand reibst und dann mit den Fingern über das Gesicht und das Kleid streichst, so riechst du auch so gut, wie die Rose."
„Glaubst du, dass ich damit einen jungen Mann betören könnte?"
„Denkst du da an einen Bestimmten?", wollte die Königin wissen.
Verlegen winkte ihre Tochter ab.
„Das nicht, aber es könnte einer kommen, dem ich gefalle."
„Du brauchst dich nicht zu sorgen, dass du keinen Mann bekommst. Du bist eine Schönheit und bald im heiratsfähigen Alter. Wenn wir in Italien sind, finden wir für dich bestimmt einen Gatten aus edlem Geblüt. Meine Cousine Amalasuntha wird mir dabei helfen."
Rodalinde schienen diese Worte nicht zu gefallen. Von ihrer Liebe zu Audoin sagte sie jedoch noch nichts. Wahrscheinlich würde dann ihre Mutter den Kontakt zu ihm verbieten.
Ein Bote von Wacho kam in die Villa und lud die Königin zum Abendessen ein. Dank des großzügigen Kleidergeschenks des Langobardenkönigs hatten sie keine Probleme, standesgemäß zu erscheinen.
Alle ihre Dienerinnen würden sie begleiten und für jede fand sich ein passendes Gewand in den Kisten. Im Bad ging es zu, wie in einem Taubenschlag. Das Anprobieren und die Auswahl der Kleider schien kein Ende zu finden.
Audoin wollte die Frauen mit dem Reisewagen abholen, doch diese waren immer noch nicht fertig. Das erlaubte ihm, sich noch ein wenig ungestört mit seiner geliebten

Rodalinde zu unterhalten. Sie sah wunderschön aus. Das sagte er ihr auch.
Wieder stieg ihr die Röte ins Gesicht und sie sah verlegen auf den Boden.
„Du brauchst dich für deine Gefühle nicht zu schämen. Es gefällt mir, wenn sich bei meinen Worten deine Wangen röten. Wenn wir erst verheiratet sind, dann wird sich das bestimmt geben."
„Willst du mich wirklich heiraten?"
„Das will ich. Wir sind doch schon verlobt. Sobald sich die Gelegenheit ergibt, werde ich meinen Herrn um Erlaubnis fragen. Er wird danach mit deiner Mutter sprechen und die kann ihm diese Bitte nicht abschlagen."
„Ich kann es kaum erwarten, dass wir für immer zusammen sein dürfen."
„Mir geht es auch so meine Liebe, doch jetzt müssen wir zu den anderen. Wie ich sehe, sind sie bald fertig mit dem Ankleiden."

Im Reisewagen fuhren die Frauen zum Statthalterpalast und Siegbert ritt voran. Wacho begrüßte die Königin und führte sie in ein Festzelt, in dem eine große Tafel gedeckt war. Dort saßen seine Gefolgsleute und erwarteten ungeduldig ihren Herrn und die Gäste. Sie hatten Hunger und vor allem Durst.
Nachdem der Langobardenkönig Platz genommen hatte, konnte das Festmahl beginnen.
Hartwig erinnerte es an seine Zeit im Frankenreich, als er die Speisen Theudeberts verkosten musste. Doch hier ging es nicht so kultiviert zu. Die Langobarden waren laut und wild, leicht reizbar und ihre Ess- und Trinkgewohnheiten eher barbarisch. Nur wenige von ihnen hatten etwas von der längst vergangenen Kultur der Römer angenommen.
Siegbert sah verwundert, dass einige der vollbärtigen Krieger Trinkgefäße aus Menschenschädeln verwendeten. Sie gehörten einst tapferen Gegnern und wurden von den Siegern kunstvoll eingefasst. Wer aus diesen Gefäßen trank, sollte die Kraft und den Mut der ehemaligen Feinde aufnehmen.

Auch die Königin schien sich nicht sehr wohl zu fühlen. Sie erinnerte sich, dass in Thüringen derartige Festgelage ähnlich abliefen. Doch schon bald nach ihrer Ankunft und Heirat mit Herminafrid hatte man bestimmte ostgotisch-romanische Gepflogenheiten angenommen. Besonders die Frauen der Thüringer Gefolgsleute waren darüber froh. Ihnen gefielen die Grobheiten der Männer nicht und sie verließen meist nach dem Essen die Tafel. Dann begannen die Krieger so lange zu zechen, bis sie von ihren Bänken fielen. Derartige Gewohnheiten schienen bei den Langobarden noch zu bestehen.
So beschloss die Königin, sich gleich nach dem Essen mit ihren Damen wieder zu verabschieden. Wacho schien es recht zu sein. Er akzeptierte schweigend ihren Wunsch. Nur Rodalinde bedauerte es sehr. Sie hatte neben Audoin den Platz zugewiesen bekommen und sich gut mit ihm unterhalten.
Er hatte öfters heimlich unter dem Tisch Ihre Hand gehalten und sie mehrfach, wie aus versehen mit seiner Hand am Arm und der Hüfte gestreift, was Ihr sehr gefiel.
Die Krieger waren jetzt unter sich und ein Toast folgte dem anderen. Das Trinkgelage dauerte so lange an, bis keiner mehr seinen Becher heben konnte und gleich am Tisch einschlief.
Trotz des gewaltigen Zechens waren die Krieger am nächsten Morgen zeitig auf den Beinen. Die Heerschau musste vorbereitet werden und der König ahndete Nachlässigkeiten und Verspätungen unbarmherzig.

Am späten Vormittag ging es los. Wacho und seine Gäste hatten im Amphitheater Platz genommen und die Krieger der großen Sippenverbände sowie der befreundeten Stämme der nördlichen Reichsgebiete zogen an der Ehrentribüne vorbei. In ihren farbenprächtigen Gewändern und den auf Hochglanz polierten Helmen, Schilden und Blankwaffen gaben sie ein imponierendes Bild ab. Begeistert applaudierten die Zuschauer, wenn ein neuer Verband mit Posaunen und Trommeln angekündigt wurde.

Siegbert stand in der Nähe des Ausrufers, der die Namen der Sippenverbände bekanntgab. Viele kannte er nur flüchtig. Von den meisten hatte er noch nie etwas gehört. Alle waren sie in den Stamm der Langobarden eingegliedert worden und standen treu hinter ihrem König. Das wusste Wacho und er sorgte auf seine Art dafür, dass sie zufrieden sein konnten.

Die besiegten Stämme, wie die Rugier oder Heruler, wurden von ihm nicht vernichtet oder vertrieben, sondern sie konnten, wie vorher in ihren angestammten Gebieten, die Felder bebauen. Seine Langobarden bildeten jedoch die Oberschicht und hatten das Sagen. Die Steuern, die Wacho erhob, waren angemessen und konnten durch Kriegsdienste reduziert werden. Es gab immer irgendwo Gelegenheit zu kämpfen und Beute zu machen.

Der Hauptfeind waren die Gepiden, die im Südwesten, dem Karpatenland, an sein Reich grenzten. Bei ihnen lebte Wachos Widersacher, der Enkel des vorigen Langobardenkönigs Tato, der Ansprüche auf den Thron stellte. Noch einträglicher, als die Kriegszüge gegen die Gepiden waren die Plünderungen in Dalmatien und Illyrien auf der westlichen Balkanhalbinsel. Dort machten sie bei jedem Heerzug viele Gefangene, die sie als Sklaven weiterverkauften oder selber behielten.

An den übrigen Grenzen war es ruhig und Wacho bemühte sich, diesen Zustand zu erhalten.

Während des Aufmarschs seiner Krieger zu der Waffenschau in Carnuntum, reichten Diener den Gästen erlesene Speisen und Getränke. Die Zuschauer erhielten Brot, getrocknete Früchte und mit Wasser verdünnten Wein.

Wem dies nicht genügte, der konnte noch an den vielen kleinen Verkaufsständen Leckereien, Früchte und andere Dinge kaufen.

Der König saß mit seinem Gefolge auf der Tribüne und hatte von dort eine gute Sicht auf das Geschehen in der Arena. Verschiedene Reitergruppen zeigten ihr Können auf ihren wendigen Pferden. Es reichte von Akrobatik bis hin zu Kampfspielen.

Unter ihnen waren auch Hunnen, die mit ihren Tieren verwachsen schienen. Im gestreckten Galopp jagten sie durch die Arena und schossen ihre Pfeile auf Holztafeln, die von Sklaven bewegt wurden. Siegbert wunderte sich, dass keiner der Tafelträger dabei verletzt wurde. Er wusste nicht, dass diese Art des Bogenschießens für jeden Hunnenknaben, zu seinen täglich Übungen gehörte.

Die letzte Darbietung war ein Spiel, um das goldene Vlies. Hierbei versuchten die Teilnehmer sich gegenseitig vom Pferd zu stoßen oder zu zerren. Wer mit seinen Füßen den Boden berührte, musste ausscheiden und den Platz verlassen. Am Ende blieben nur noch wenige Reiter übrig, die sich erbittert um ein ausgestopftes Widderfell stritten. Wer es hatte, versuchte damit zu fliehen. Es dauerte aber nicht lange, bis er von den anderen eingeholt und ihm das Fell wieder entrissen wurde. Bei diesem Gerangel kam der eine oder andere zu Fall und schied aus. Zuletzt blieben nur noch zwei Männer im Sattel und lieferten sich einen erbitterten Kampf, als ginge es um ihr Leben.
Endlich gelang es dem einen, sich zu behaupten und er konnte seinen Gegner vom Rücken des Pferdes stoßen. Der Stürzende verlor dabei nicht nur den Halt, sondern auch das Schaffell. Der Sieger fasste schnell zu und hielt die Trophäe hoch. Es gab tosenden Applaus der Zuschauer und viele Frauen warfen Blumen in die Arena, dem Sieger des Wettstreites zu.

Abends gab es wieder ein Festmahl beim König und ein darauffolgendes Trinkgelage. Amalafred und seine Begleiter konnten sich diesmal nicht heraushalten. Sie wurden von Wacho aufgefordert zu bleiben.
„Eurer Königin wird nichts passieren, sie steht unter meinem Schutz. Drum trinkt mit uns, wie es unter Verwandten und Freunden üblich ist!"
Amalafred hob seinen Becher in die Höhe und rief: „Die Thüringer danken dem König der Langobarden für die Gastfreundschaft und wünschen ihm und seinen Nachkommen alles Gute."

Ein Toast ergab den anderen und der Wein tat seine Wirkung. Die Worte wurden unverständlicher und wiederholten sich öfter. Ein Teil der Krieger hatte den Wein zu hastig getrunken und sie schliefen schon. Ihr Kopf lag auf den Holzbrettern der Tafel zwischen umgekippten Bechern und den Fleischresten des üppigen Mahls.

Wacho fasste nach der Hand Amalafreds und zog ihn zu sich heran, damit er ihn gut verstehen konnte.
„Mein lieber Neffe, ich muss mit dir reden. Sieh mich an und sag mir, wen du vor dir siehst!"
„Ich sehe dich, meinen Onkel, in den besten Jahren und einen großen König."
„Das stimmt. Ich bin der Herrscher eines mächtigen Reichs und auch in den besten Jahren. Doch eines fehlt mir. Was meinst du, was es ist?"
„Ich kann nichts erkennen, was dir noch fehlen könnte", erklärte stirnrunzelnd der Prinz.
„Ich will es dir sagen, was es ist. Ich habe keinen Sohn als Nachfolger. Meine beiden Töchter werden andere Könige heiraten und mein Reich wird nach mir verwaist sein. Ich brauche einen Stammhalter, den mir meine Frau nicht mehr schenken kann, denn sie ist zu alt dazu. So einen Burschen, wie dich, wünschte ich mir."
„Du kannst dir doch eine andere Frau nehmen und noch viele Kinder mit ihr zeugen."
„Das habe ich mir auch schon gedacht. Wie wäre es mit deiner Schwester?"
Erschreckt blickte Amalafred auf.
„Meine Schwester Rodalinde ist doch noch zu jung zum Heiraten", erwiderte er stotternd dem König.
Auch Audoin war sofort hellhörig geworden.
Wacho kratzte sich am Kopf und meinte: „Das richtige Alter hätte sie schon und hübsch ist sie auch. Ich muss mir das noch einmal in Ruhe überlegen. Was hältst du davon, mein treuer Audoin?"
„Es gibt viele schöne Frauen, die euch heiß begehren und aus gutem Hause stammen, so wie die Tochter des Herulerkönigs. Sie ist in dem richtigen Alter, um euch noch viele

Söhne zu schenken und die Krieger der Heruler leisten uns gute Dienste."
„Das wohl, aber meine Nichte ist auch nicht zu verachten."
„Wenn ihr Prinzessin Rodalinde zur Frau nehmt, was würden dann die Frankenkönige dazu sagen?"
Wacho lehnte sich in seinem Sessel zurück und trank seinen Weinbecher in einem Zuge leer. Danach rülpste er und wischte mit dem Handrücken den weinbespritzten langen Bart ab.
„Die Franken könnten es mir verübeln und meine Töchter dann nicht mehr heiraten. Deshalb werde ich es mir noch einmal durch den Kopf gehen lassen. Es eilt ja nicht."
Audoin war trotz des reichlichen Weingenusses auf der Stelle nüchtern. Damit hatte er nicht gerechnet, dass sich sein Herr für Rodalinde interessierte.
Die Königin würde Wacho diese Bitte nicht abschlagen können, dazu stand sie zu tief in seiner Schuld und die Heirat würde ihr auch Vorteile bringen. Es würde ihre Stellung im Ostgotenreich erhöhen. Dass Rodalinde diesen alten Mann niemals lieben könnte, stand für Audoin fest. Jetzt musste er sich etwas einfallen lassen, um den König von dieser Absicht abzubringen.
Es war wieder spät geworden und Wacho legte sich schlafen. Die anderen durften sich dann auch in ihre Quartiere zurückziehen.

Am kommenden Tag wurden im ehemaligen römischen Amphitheater Schaukämpfe und weitere Reiterspiele geboten. Am Nachmittag sollte das angekündigte Pferderennen zwischen den weißen Pferden der Thüringer und den langobardischen Steppenpferden, die schon die Hunnen ritten, stattfinden. Den Preis für den Sieger spendete die Königin. Es war eines der prächtigen Schwerter ihres Gemahls. Es hatte eine Damaszenerklinge und am Knauf und den Enden der Parierstange waren große Edelsteine eingefasst.

Je neun Pferde durften starten. Anfang und Ziel war das Amphitheater. Die Strecke mit dem Wendepunkt wurde den Teilnehmern erklärt und sie preschten nach einem Zeichen

des Königs geschlossen davon. Unter ihnen befanden sich auch Audoin, Amalafred und Siegbert.
Auf einer hohen Stange saß ein Junge, der über den Stand des Rennens informierte. Wer an der Spitze ritt, war nicht zu erkennen, doch, wo sich die Reiter in etwa befanden, das konnte er schon an Hand der Staubfahne sehen, die die vielen Reiter aufwirbelten. So wusste man, wann die Gruppe wieder hier auftauchen könnte.
Die Unterbrechung wurde dazu genutzt, um sich mit Speisen und Getränken zu stärken. Danach zeigten Tierfänger zur Belustigung der Zuschauer kleine Bären und Wildschweine, die von einer Meute Hunden gehetzt wurden. Wenn die Tiere erschöpft waren, zogen sie ihre Hunde weg und ein Krieger tötete das wilde und verletzte Tier. Diese Spiele waren bei den Menschen sehr beliebt.
Amalaberga und ihre Tochter konnten ihnen jedoch nichts abgewinnen. Sie waren daher froh, als der Junge auf dem Ausguck die baldige Ankunft der ersten Reiter ankündigte und das Mittelfeld des Amphitheaters geräumt werden musste.

Wer an der Spitze ritt, war noch nicht zu erkennen und alle lauschten aufmerksam den Meldungen des Ausguckers. Die Spannung stieg sichtbar an.
Alle blickten zum Eingangstor, durch das die Reiter kommen mussten. Da erschienen die Ersten. An der Spitze galoppierte Audoin und Siegbert.
Der Langobardenfürst hatte nur einen Vorsprung von einer Pferdelänge und konnte den Abstand zu seinem Verfolger bis zur Ziellinie halten. Er war der Sieger des Rennens.
Nachdem die übrigen Reiter einlangten, ritten alle zusammen noch eine Ehrenrunde. Die Königin und ihre Tochter gingen auf das Mittelfeld und übergaben dem Sieger des Rennens den Ehrenpreis.
Die Reiter saßen ab und Pferdeknechte übernahmen die schaumbedeckten Tiere, Sie führten die Pferde aus der Arena, rieben sie ab und tränkten sie. Wacho war sehr froh über den Sieg. Er war kein Mann, der verlieren konnte. Auch wenn der Abstand zu den Thüringern gering war, es

hatte doch eines seiner Pferde gewonnen und das war sehr wichtig für ihn.

Die Königin fuhr mit ihrem Gefolge zurück in die Villa, um sich für das Festmahl vorzubereiten. Sie wollte noch etwas ausruhen. Der Tag hatte sie sehr ermüdet und am liebsten würde sie der abendlichen Einladung fernbleiben. Doch sie war der Ehrengast und musste durchhalten. Siegbert begleitete sie zu ihrem Quartier. Er wartete im Garten auf die Königin mit ihren Damen, um sie nach dem Wechsel ihrer Garderobe zur Villa des Königs zu bringen. Da kam Rodalinde zu ihm und sagte: „Ich danke dir Siegbert, dass du Audoin hast gewinnen lassen."
„Wieso? Ich habe meinen Hengst doch nicht zurückgehalten."
„Audoin hat es mir verraten, dass du ihn kurz vor dem Ziel vorbei reiten ließest."
„Sein Pferd war leider schneller!"
Rodalinde lächelte und drückte seine Hand. Danach lief sie schnell zu den anderen Frauen.
König Wacho hatte im Hof seiner Villa Tische und Bänke aufstellen lassen, wo das Festmahl stattfinden sollte. Ungeduldig wartete er auf seine Gäste. Zur Belustigung traten Zwergenmenschen auf. Diese zeigten eine Vielzahl von Spielen, die alle zum Lachen brachten.

Inzwischen traf die Königin mit ihrer Begleitung ein. Wacho ging ihr mit schnellen Schritten entgegen.
„Hast du dich gut erholt, liebe Schwägerin?", sprach er sie an. Der König führte sie zu ihrem Platz an seiner Tafel.
„Ja, die Ruhe hat mir gut getan!", erwiderte sie und sah zu den übrigen Gästen hin. Sie konnte keine Frauen der Langobarden erkennen. Somit wusste sie, dass auch dieser Abend zu einer großen Sauferei ausarten würde. Damit nicht gleich damit begonnen wurde, verwickelte sie Wacho in ein Gespräch über die Sitten und Gebräuche der Langobarden in der neuen Heimat an der Donau. Er berichtete gern darüber und ließ die Königin kaum zu Wort kommen. So gab es für Wachos Gefolgsleute keine Gelegenheit, dem

König zuzutoasten. Sie mussten mit dem Trinken warten.
Audoin saß wieder neben Rodalinde und sie unterhielten sich.
„Hat dir der Preis von meiner Mutter gefallen?", wollte die Prinzessin von ihm wissen.
„Er ist sehr schön, doch ich hätte mir noch etwas Besseres gewünscht."
„Was könnte besser sein, als dieses schöne Schwert?"
„Für einen Kuss von dir hätte ich mich noch mehr gefreut."
„Du bist frech und nimmst mich nicht ernst", entgegnete sie schnippisch.
„Ich nehme dich ernst und meine, was ich gesagt habe."
„Kannst du mir das beweisen?"
„Was soll ich tun, dass du es mir glaubst?"
„Ich lass mir etwas einfallen", sagte sie und lächelte dabei.
Die Vorführung der kleinen Menschen war inzwischen beendet und die warmen Speisen wurden aufgetragen.
Als alle gesättigt waren, verabschiedete sich die Königin, um sich wieder in ihr Quartier zu begeben. Der König hatte dafür Verständnis und Audoin sollte sie zur Villa begleiten.
Jetzt waren die Krieger wieder unter sich. Das bestimmende Thema für den König waren an diesem Abend die Pferde. In Siegbert und Hartwig hatte er hierbei interessierte und kundige Zuhörer gefunden.
Wacho züchtete seine edlen Tiere in den Weiten der Pannonischen Steppe und hatte die Hunnenpferde mit verschiedenen anderen Rassen eingekreuzt. Die Farben waren für ihn nicht entscheidend. Wenn Wacho Pferde für die germanischen Opferrituale benötigte, so bekam er diese Tiere von oströmischen Pferdehändlern. Diese besorgten sich die Schimmel aus den südlichen Teilen ihres großen Reiches. Wacho versprach den Thüringern, ihnen in den nächsten Wochen einmal seine Zucht und auch die silbernen Schimmel zu zeigen.

Am dritten und letzten Tag der Heerschau sollte es etwas ganz Besonderes geben. Nach den Reiterspielen und Zweikämpfen mit Schwertern wurde als Attraktion ein Kampf zwischen einer Bestie und Kriegern angekündigt. Die Zu-

schauer sahen gebannt zum Eingang der Arena, wo in Seitennischen die Käfige mit den wilden Tieren standen.
In einem von ihnen war ein großer Braunbär zu sehen, der unruhig von einer Ecke in die andere lief. Viel Platz hatte er nicht und so stellte er sich hin und wieder am Gitter auf und zeigte seine imponierende Größe. Die Jagdgehilfen beruhigten auf der gegenüberliegenden Seite der Arena ihre Hunde in den Boxen. Sie bellten wie wild und fletschten die Zähne.
Knechte verschlossen den Eingangsbereich mit einem hohen Eisengitter und öffneten auf ein Zeichen des Königs, die Tür zu dem Bärenkäfig.
Die Bestie machte jedoch keine Anstalten herauszukommen. Misstrauisch blickte das Tier zu der offenen Tür, als ob es die Gefahr, in der Arena, ahnte. Von den leeren Seitenkäfigen aus stachen die Knechte mit Speeren auf den Bär ein. Da endlich sprang er durch die Türöffnung und rannte bis zur Mitte des Kampfplatzes. Hier sah er sich nach allen Seiten um und trottete dann langsam im Kreis. Hin und wieder sah er zu den Menschen am oberen Rand der Arena hinauf. Sie waren für ihn unerreichbar und stellten keine Gefahr dar. Da er keinen Ausgang finden konnte, ging er wieder zur Mitte und setzte sich nieder.

Da sprangen auf einmal drei scharfe Hunde auf ihn zu. Der Bär blieb unbeeindruckt und floh nicht. Einer der Hunde kam zu nah an ihn heran und wollte ihn ins Fell beißen. Mit seiner Pranke gab er ihm einen Hieb. Das Tier flog durch die Luft und rührte sich danach nicht mehr. Die beiden anderen Jagdrüden ließen jedoch nicht von ihm ab und versuchten ihn immer wieder an den Pfoten oder am Fell zu packen. Erst als der zweite Hund durch einen Prankenhieb außer Gefecht gesetzt wurde, schien der dritte unsicher zu sein, ob er noch weiter angreifen sollte.
Da kam ihm der Rest der Meute zu Hilfe. Die Jagdknechte hatten noch sechs Hunde in die Arena gelassen, die sofort den Bären mit voller Wucht attackierten. Jetzt schien es dem Bedrängten nicht mehr geheuer zu sein und er rannte vor der Meute davon.

Die Hatz ging so eine ganze Weile und der Bär drehte sich im Davonlaufen öfter um seine eigene Achse und schlug mit seinen Pranken nach den lästigen Verfolgern.
Nachdem der Bär merkte, dass es keinen Fluchtweg für ihn gab, ging er zum Angriff über und tötete einen nach den anderen von den Peinigern. Der König sah besorgt auf seine Jagdmeute. Er wollte nicht alle Tiere verlieren und ordnete an, den Bär zu töten. Vier Krieger sprangen - mit Speeren und Kurzschwertern bewaffnet - in die Arena und näherten sich langsam dem gereizten Tier.
Der Bär erkannte die Gefahr und stellte sich auf seine Hinterbeine. Jetzt konnten die Zuschauer seine gewaltige Größe erkennen. Sein Brüllen drang durch Mark und Bein und die Hunde ließen einen Moment von ihm ab. Bevor die Krieger ihre Speere schleudern konnten, rannte er auf einen von ihnen zu und versetzte ihm mit seinen Krallen eine schwere Fleischwunde. Die anderen drei warfen ihre Speere nach dem tobenden Tier.
Der Bär wurde immer wütender. Er sprang auf den zweiten zu und streckte auch diesen nieder. Die Krieger hatten nur noch ihre Kurzschwerter, mit denen sie sich, gegen die um sich schlagende Bestie, wehren konnten. Auch gezielte Schüsse mit Pfeilen konnte den verletzten Bären nichts anhaben. Alle vier Krieger lagen verletzt oder tot am Boden.
In dieser ausweglosen Situation sprang Audoin, nur mit einem Speer bewaffnet, von der Tribüne in die Arena. Die Zuschauer verstummten vor Schreck.
Der Bär stellte sich abermals auf seine Hinterpfoten und fixierte den neuen Angreifer. Das Blut floss ihm über das Fell. Audoin wusste, dass er ihn nicht verfehlen durfte, denn das wäre sein sicheres Ende.

Siegbert erkannte die schwierige Lage und ohne zu überlegen, kam er dem Langobarden zu Hilfe. Sie mussten das Tier unbedingt töten, denn es war durch die Verletzungen wütend und unberechenbar.
Audoin schleuderte seinen Speer und traf die Bestie in der Schulter. Es war keine tödliche Verletzung. In großen Sätzen sprang der Bär auf die beiden Männer zu. Nur mit dem

Kurzschwert bewaffnet, erwartete der Langobardenfürst das Tier.
Audoin wusste, dass er damit gegen diesen Riesen nicht viel ausrichten konnte. Siegbert warf sich vor Audoin auf den Boden und stellte seinen Speer mit dem Ende schräg in die lehmige Erde. Der Bär war nur auf Audoin fixiert und sprang in einem gewaltigen Satz auf ihn zu. Dabei rammte er sich Siegberts Speer ins Herz und war sofort tot.
Der Körper des Tieres begrub die beiden Männer. Sie schoben den leblosen Kadaver zur Seite und die Menschen in dem Amphitheater atmeten erleichtert auf. Rodalinde war ganz blass im Gesicht und betete, dass ihrem Geliebten nichts passiert war.
Der König selbst stieg über eine Leiter in die Arena hinunter und umarmte die beiden Helden. Dieser Kampf war so recht nach seinem Geschmack. Das Volk jubelte ihnen zu und bewunderte den Mut der beiden Krieger.
Nach diesem Schauspiel folgten noch einige Kampfspiele und andere Vorführungen. Wacho hielt abschließend eine kurze Ansprache, in der er die Tapferkeit seiner Krieger besonders betonte. Er rief zum nächsten Kriegszug nach Illyrien auf und versprach reichlich Beute. Die gute Stimmung sollte den ganzen Tag und Abend anhalten.
Beim Festmahl lud der König die Thüringer Krieger ein, ihn auf dem nächsten Beutezug zu begleiten.
„Ihr habt heute bewiesen, dass es euch an Mut und Tapferkeit nicht mangelt und eure Schwerter sollen nicht Rost ansetzen.
Ihr könnt mit uns zusammen gute Beute machen und in den Süden ziehen, wenn es eure Königin erlaubt."
Großer Jubel brach aus. Amalaberga hatte keine andere Wahl, als zuzustimmen. Sie war nur besorgt, dass ihrem Sohn Amalafred dabei etwas zustoßen könnte, doch wusste sie auch, dass sie nicht alle Gefahren von ihm fernhalten konnte.

Nachdem die Thüringer Königin mit ihrem Gefolge wieder in Vindobona eintraf, erwartete sie ein Bote von ihrer Cousine Amalasuntha aus Ravenna. Sie teilte ihr mit, dass sich die

Lage im Ostgotenreich nach dem Tod ihres Sohnes etwas stabilisiert hätte und sie Theodahat als Mitregent ernannt hatte. Er war Amalabergas Bruder. Von einem Zuzug der Thüringer riet sie jedoch noch ab und vertröstete Amalaberga auf das nächste Jahr.
Es war also entschieden, dass sie im Langobardenreich noch geraume Zeit bleiben mussten. Bis auf die Königin, schienen die anderen sehr froh darüber zu sein. Ihnen gefiel das neue Zuhause. Das Klima war milder als in Thüringen und die Nachbarn schienen ihnen freundlich gesonnen.
Amalafred bereitete sich mit seinen Kriegern auf den gemeinsamen Heereszug mit Wacho in den Süden vor. Es war das erste Mal, dass er so viele Männer selbst befehligte. Gemeinsam mit Audoins Heer, das sich aus verschiedenen Stammesverbänden des nördlichen Langobardenreiches zusammensetzte, zogen sie auf der alten römischen Heerstraße nach Süden.

Wacho hatte ein Feldlager vor der illyrischen Grenze errichten lassen, in dem er alle Kriegerverbände sammelte. Es sollte nur ein Beutefeldzug sein.
Die Illyrer lehnten sich oft gegen Ostrom auf und deshalb billigte der Kaiser Justinian dieses Vorgehen seines Verbündeten. Reich waren die Menschen in diesem Gebiet nicht, deshalb ging es mehr um Gefangene, die man zu guten Preisen als Sklaven verkaufen konnte.
Audoin erklärte Amalafred die Vorgehensweise bei der Verteilung der Beute.
„Es ist ganz einfach. Von den zusammengetriebenen Leuten erhalten ein Drittel unser König und ein weiteres Drittel der jeweilige Befehlshaber. Das übrige Drittel wird unter den Kriegern aufgeteilt. Das ist nicht so einfach, da ein Gefangener zerstückelt nichts mehr wert ist. Daher kauft der König dieses Drittel der Gefangenen auf und die Krieger teilen sich die Münzen."
„Was macht der König mit so vielen Sklaven?"
„Er verkauft sie an Händler oder sie müssen auf seinen großen Landgütern arbeiten. Du kannst mit deinen Gefangenen auch so verfahren."

Nachdem Audoin und die Thüringer mit ihrem Heer im Lager eintrafen, wurden ihnen die Unterkünfte zugewiesen. Danach gingen sie zum Zelt des Königs. Der war mit anderen Heerführern über einer großen Landkarte gebeugt und erklärte ihnen, auf welchen Wegen sie vorstoßen wollten. Mit großem Widerstand rechnete er nicht.

Wacho blickte von seiner Karte auf und stellte fest, dass nun alle eingetroffen waren.
„Kaiser Justinian berichtete mir, dass in seiner Provinz Illyricum wieder Unruhen ausgebrochen sind. Er hat mich als seinen treuen Bündnispartner ersucht, diese im Keim zu ersticken."
„Wird er uns Krieger senden, die uns helfen?", wollte einer der Heerführer wissen.
„Nein, er verlässt sich auf mich. Seine Männer kämpfen in Persien und von dort kann er sie nicht abziehen. Es dürfte auch nicht notwendig sein, denn wir haben ein starkes Heer, das jeden Widerstand der Illyrier brechen wird."
„Wissen wir, wie viele es sind?"
„Meine Kundschafter haben mir gemeldet, dass es nur kleine verstreute Gruppen sind. Es dürfte nicht zu einer offenen Feldschlacht kommen. Der Feldzug wird nicht lange dauern und vor der Wintersonnenwende werdet ihr wieder bei euren Familien sein."
„Können wir gute Beute machen?"
„Ganz bestimmt. Die Menschen in Illyrien sind arm. Ihr werdet kein Silber und Gold bei ihnen finden. Was es aber dort gibt, das sind junge und kräftige Männer und Frauen, die wir zu Sklaven machen."
„Haben wir beim Plündern freie Hand?"
„Wir werden die Siedlungen nicht zerstören, aber mit den Leuten könnt ihr tun, was ihr wollt. Wenn ihr keine weiteren Fragen mehr habt, so sage ich euch, wie wir vorrücken werden."
Die Befehlshaber nickten mit dem Kopf.
„Mit zwei Heeren stoßen wir vor. Das eine führe ich und das andere Audoin. Mit ihm ziehen auch die Krieger aus dem Rugiland und Noricum sowie die verbündeten Slawen und

Thüringer und mit mir kommen die anderen. Morgen Früh rücken wir aus. Ihr könnt jetzt gehen!"
Nur Audoin blieb bei ihm. Sie besprachen noch Einzelheiten für den Heerzug.

Nachdem Audoin ins Lager zurückkam, informierte er seine Anführer. Viel musste nicht gesagt werden, da die meisten unter ihm schon öfters gekämpft hatten. Nur für die Thüringer war alles neu. Daher besprach er mit Amalafred noch so manche Details.
Audoin informierte Siegbert, dass er im Gefolge von Wacho reiten soll. Ihm war das gar nicht recht, doch sie konnten nichts gegen diese Entscheidung tun. Schon vor Sonnenaufgang wurde es unruhig im Lager. Ein jeder Krieger bereitete sich auf den Abmarsch vor.

Siegbert ritt nach einem ausgiebigen Frühstück zusammen mit Audoin zum Königszelt. Wacho wurde gerade der Brustpanzer angelegt. Er sah zu Siegbert und sagte ihm: „Du wirst mein Speerträger sein, denn nach dem Kampf mit dem Bären könnte ich mir keinen besseren vorstellen."
„Wie du befiehlst", antwortete Siegbert verhalten.
„Du bist wohl nicht sehr erfreut, an meiner Seite zu sein?"
„So ist es nicht, aber ich habe meinem Prinzen die Gefolgschaft geschworen."
„Die sollst du auch nicht brechen, doch denke ich, dass er dich in diesem Feldzug entbehren kann. Ich werde ihm einen meiner erfahrenen Männer zur Seite geben. Warum ich dich bei mir haben will ist nicht nur wegen deiner Tapferkeit, die du bewiesen hast, sondern ich möchte die Thüringer etwas besser kennenlernen. Du weißt, dass ich mit einer Thüringer Königstochter verheiratet war. Leider ist sie zu früh verstorben und danach ist die Verbindung zu deinem Volk nur noch sehr lose gewesen."
Der Diener hatte die Riemen der Lederrüstung festgezogen und das Schwert gereicht. Wacho trat aus dem Zelt und blinzelte in die aufgehende Sonne.
„Es wird heute ein schöner Tag. So wollen wir gleich aufbrechen. Such dir einen Speer aus dem Ständer in meinem

Zelt aus! Mit ihm sollst du mich auf dem Heerzug beschützen. Komm lass uns gehen!"
Wacho sprang auf sein bereitgestelltes Pferd und ritt mit seinem persönlichen Gefolge zu den Zelten der Krieger. Die meisten waren schon abmarschbereit und warteten ungeduldig auf den Befehl zum Sammeln. Nach dieser kurzen Inspektion ritt er zurück zu seinem Zelt und erteilte noch verschiedene Befehle. Inmitten seiner Leibwache ritt er aus dem Lager und es folgten ihm seine Krieger.
Kurz vor der Grenze teilte sich das Heer. Wacho zog südwärts weiter und Audoin nach Westen. Siegbert ritt direkt hinter dem König. Sie zogen durch ein bergiges Gebiet, auf einer alten Römerstraße und am Abend erreichten sie die letzte Siedlung innerhalb des Langobardenreichs. Für den König und seine Leibgarde wurden am Rande des Ortes die Zelte aufgestellt. Bauern boten Gemüse und Fleisch zum Verkauf an und die Kinder beäugten neugierig die Krieger und unterhielten sich mit ihnen. Sie zeigten keine Scheu.
Siegbert schlenderte allein durch das Lager und bemerkte eine Kinderschar, die einem alten Krieger aufmerksam zuhörte. Der erzählte ihnen eine Geschichte, die sich vor sehr langer Zeit in dieser Gegend abgespielt hatte.
Siegbert setzte sich zu ihnen und lauschte. Nachdem der Krieger seine Erzählung beendet hatte, sagte er: „Seht euch mal um! Es hat sich ein Thüringer zu uns gesetzt, der vor ein paar Tagen einen Bären mit dem Speer getötet hat. Ich selbst habe es mit meinen eigenen Augen gesehen. Vielleicht kann er uns auch eine Geschichte erzählen!"
Augenblicklich sah sich Siegbert von den Zuhörern umringt. Sie bestaunten den Mann, der gegen einen Bären gekämpft hatte.
„Ich kenne keine Geschichte aus dieser Gegend. Meine Heimat liegt weit im Norden und da erzählt man sich Göttergeschichten", meinte Siegbert.
„Die hören wir uns auch gern an", rief einer der Jungen keck.
„Na gut, wenn ihr eine hören wollt, so erzähle ich euch die von Kvasir. Begeistert schrien alle auf, obwohl sie von dem noch nie etwas gehört hatten.

„Nach dem ersten Krieg der Asen gegen die Wanen, wurden Geiseln ausgetauscht und es folgte eine lange Zeit des Friedens zwischen den beiden Göttergeschlechtern. Eines Tages jedoch wurde ein noch blutender Kopf nach Asgard über die Mauer geworfen.
Odin hob ihn auf und erkannte seinen klugen Freund Mimir, den er als Geisel zu den Wanen gesandt hatte. Dank seiner Zauberkraft gelang es ihm, den Kopf wieder zum Leben zu erwecken und Mimir erzählte den Asen, was passiert war.
Die Wanen glaubten, dass sie bei dem Geiseltausch benachteiligt wurden und begehrten auf.
So begann der zweite Krieg auf der Welt. Diesmal waren die Asen jedoch besser gerüstet, als das erste Mal. Sie hatten bessere Waffen und kannten sich inzwischen in der Zauberkunst gut aus. Schon bald mussten sich die Wanen ergeben. Odin verlangte von allen, dass sie seine alleinige Herrschaft anerkennen. Um das zu besiegeln, ließ er ein großes Gefäß aufstellen, in das jeder Ase und Wane hineinspucken musste, der damit einverstanden war."
„Das ist aber eklig", rief eines der Mädchen. Die anderen Kinder zischten sie an, still zu sein.
„Wer sich weigerte, musste sterben. Aus dem Speichel der Götter erschuf Odin einen Mann, den er Kvasir nannte. Ihm befahl er, zu den Menschen zu gehen und von dem Sieg der Asen zu berichten und ihnen Weisheit zu lehren. Kvasir zog also los und beantwortete als Wanderer in Midgard alle Fragen, die ihm die Männer und Frauen stellten.
Eines Tages kamen Odins beide Raben zurück und berichteten, dass Kvasir der Weise gestorben wäre. Böse Zungen sagten, er wäre an seiner eigenen Weisheit erstickt. In Wirklichkeit wurde er jedoch von zwei bösartigen Zwergen ermordet. Sie fingen sein Blut in drei Gefäßen auf und vermischten es mit Honig. Danach brauten sie einen Trank, der jeden, der davon trinkt, zum Dichter macht.
Die bösen Zwerge konnten das Morden jedoch nicht lassen und töteten auch die Eltern des Riesen Suttung. Der fing die Bösewichter ein und sie verrieten ihm das Geheimnis des Skaldenmets. Der Riese versteckte den Met tief im Inneren eines Berges und wollte ihn nur für sich haben.

Odin fand jedoch heraus, wo sich das Getränk befand und durch List gelang es ihm, an den Trank heranzukommen.
In Gestalt eines Adlers brachte er den Met nach Asgard. Fortan dürfen nur die Götter und die Menschen davon trinken, die sich auf die Dichtkunst verstehen."
„Ich habe für meine Freundin ein paar Verse gemacht, bekomme ich dann auch einen Schluck von dem Met?", wollte ein schwarzlockiger Knabe wissen.
„Sprich mit Odin darüber! Vielleicht gibt er dir etwas davon ab", entgegnete Siegbert lachend.
Die Kinder drängten, noch mehr darüber zu erfahren, vor allem wie Odin den Riesen überlistet hatte, doch es war schon spät und er musste ins Lager zurück gehen.

Am nächsten Tag schritt das Heer über die Grenze nach Illyrien. Das Gebiet gehörte zum Oströmischen Reich und der Kaiser von Ostrom stammte aus dieser Provinz. Doch viele junge Männer hielt es nicht davon ab, um ihre Unabhängigkeit zu kämpfen.
So flackerten von Zeit zu Zeit in einigen Landesteilen Aufstände auf. Dabei wurden die oströmischen Beamten vertrieben, die den Kaiser in Konstantinopel dann um Hilfe ansuchten. Um diese Unruhen einzudämmen, war dem Herrscher von Ostrom die Hilfe der Langobarden sehr willkommen.
Wacho zog auf direktem Weg in die Landstriche, wo ihm Aufstände gemeldet wurden. Es kam entlang des Weges zu kleineren Gefechten, die aber von seinen kampferprobten Kriegern schnell entschieden werden konnten. Ein geschlossenes Auftreten der Aufständischen konnte er nicht erkennen.
Die Gegner zogen sich nach den Niederlagen in die weiten Täler zurück. Die Bevölkerung half den Aufständischen und errichtete Wegesperren, um das Vordringen der Langobarden zumindest zu erschweren. Wo die Bevölkerung die Aufständischen unterstützte, dort wüteten Wachos Krieger erbarmungslos.
Der Langobardenkönig hatte in der Nähe eines großen Dorfes das Lager errichten lassen. In der folgenden Nacht

wurde das Lager von Rebellen überfallen, doch seine Krieger konnten die Angreifer zurückschlagen. Von einigen Gefangenen erfuhren die Krieger, dass viele Jugendliche aus dem Dorf unter den Rebellen waren.

Am Morgen des nächsten Tages trieben Wachos Krieger die gesamte Einwohnerschaft auf dem Dorfplatz zusammen und suchten die Bauern aus, die sie als Sklaven mitnehmen wollten. Diese Einwohner wurden gleich in Ketten gelegt und weggebracht. Anschließend gingen die Krieger daran, nach den wenigen Habseligkeiten in den Häusern zu suchen. Da sie nichts fanden, quälten sie die Alten und Kinder, damit sie ihnen die Verstecke verraten würden. Wer von ihnen dabei einen schnellen Tod fand, hatte Glück. Danach durchkämmten die Krieger das gesamte Gebiet der Aufständischen. Zurück blieben nur die kleinen Kinder und Alten, die nicht wussten, wie sie den kommenden Winter überstehen sollten.

Siegbert hatte aus den Erzählungen seiner Brüder von schlimmen Dingen bei Kriegszügen gehört, doch das, was er hier erlebte, überstieg seine Vorstellungen. Er fragte einen Tausendschaftsführer, warum die Krieger so mit den hilflosen Menschen umgingen. Der Mann sah ihn verwundert an und meinte, dass es zur Abschreckung der übrigen Aufrührer im Lande dienen sollte. Das war wohl eine Erklärung, doch billigen konnte er das nicht.

Wacho interessierte das Leid, das er verursachte, nicht. Er zog weiter bis er zu einer Stadt kam, die in einer Ebene an einem Fluss lag. Die Oberhäupter kamen ihm entgegen und hießen ihn willkommen. Sie hatten allen Grund dazu, denn ihre Familien beklagten viele Tote durch die Rebellen.

Den reichen Familien gehörte fast das gesamte Umland. Die Pacht, die sie forderten, war für die meisten Bauern zu hoch. Es blieb ihnen nach der Ernte kaum noch genug zum Leben übrig. So verbrauchte mancher Bauer sein Getreide, das er für die Aussaat vorgesehen hatte, um im Winter nicht zu verhungern.

Wenn im Frühjahr die Felder bestellt werden mussten, war der Bauer gezwungen, Saatkorn zu kaufen. So verschuldete er sich bei dem Grundherrn immer mehr und die Abhängigkeit und Ausweglosigkeit wurde größer. Viele verkauften ihre Kinder in die Sklaverei, um überleben zu können. Den Grund für die Misere gab man dem oströmischen Kaiser, der von dem wenigen, was ihnen blieb, auch noch einen Anteil als Steuer abverlangte.

Siegbert erkannte, dass das eine ausweglose Situation war. Ihm tat die Bevölkerung leid. Wacho schien das alles nicht zu interessieren. Er ließ sich feiern und genoss das Essen und den guten Wein mit den Stadtoberhäuptern.
Seine Krieger zogen inzwischen in Hundertschaften durch das Umland und dort, wo sie Rebellen fanden, machten sie viele Gefangene.
In wenigen Wochen war so im Nordosten Illyriens wieder Ruhe eingekehrt. Der Langobardenkönig zog mit seinem Heer zurück in sein Reich. Hunderte von Gefangenen führte er mit sich, um sie zu Sklaven zu machen. Das war eine gute Beute für ihn und seine Krieger.
In dem Ausgangslager trafen sich die beiden Heeresteile. Die Beutestücke wurden inmitten eines großen Platzes zusammengestellt und von den Heerführern begutachtet.
Der König selbst teilte die wertvollen Gegenstände, wie Schwerter, Silberschalen und Pokale, Schmuck und Münzen seinen Anführern zu und die gaben einen Anteil davon an ihre Gefolgsleute weiter.
Ein jeder schien mit seinem Anteil zufrieden zu sein, denn es gab keinen Streit oder Murren. Ebenso wurde mit den Sklaven verfahren. Wacho und die Heerführer nahmen sich zuerst ihren Anteil. Den Rest kauften Sklavenhändler auf und das Geld wurde anteilsmäßig auf die Krieger verteilt.
Auch die Thüringer waren zufrieden mit dem, was sie bekamen. Die meisten von ihnen hatten noch keinen Kriegszug miterlebt. Es war ein leicht erworbener Reichtum und an den langen Wintertagen würden sie viel zu erzählen haben.
Von Amalafred erfuhr Siegbert, dass die Tausendschaften von Audoin nicht so grausam mit der Bevölkerung umgegangen waren. Sie machten ebenso viele Gefangenen, doch hatten sie die Kinder und Alten verschont.
Es kam bei ihnen zu einer offenen Feldschlacht, bei der

Audoins Heer über die Rebellen siegte. Seine Krieger verfolgten die Aufständischen und nur wenige konnten in die Berge oder in die von den Ostgoten beherrschten Gebiete entkommen.

In Vindobona hatte die Königin einen großen Empfang für ihre siegreichen Krieger gegeben. Drei Tage lang wurde gefeiert. Einige der Jungkrieger hatten sich in die Töchter der thüringischen Umsiedler oder die Mädchen aus den einheimischen Siedlungen verliebt und ihnen schöne Geschenke mitgebracht. Das Beutegeld hatte sie reich gemacht.
Nur wenige Krieger verloren ihr Leben bei den Kämpfen und da sie ohne ihre Sippe mit der Königin gezogen waren, gab es keinen, der um sie weinte.
Audoin veranstaltete eine große Opferzeremonie für alle gefallenen Krieger in Carnuntum und lud hierzu die Königin mit ihrem Gefolge ein. Amalaberga war Arianerin und hielt nichts von solchen Gebräuchen. Sie entschuldigte sich und ließ sich von Amalafred vertreten. Ihre Tochter bat auch mitzukommen. Die Königin sah es nicht gern, denn sie wollte Rodalinde den Anblick des Abschlachtens der Opfertiere ersparen, doch sie konnte sie nicht zurückhalten.
So zogen Amalafred, Rodalinde, Hartwig, Siegbert und die Hundertschaftsführer nach Carnuntum. Sie wurden von Audoin in seiner Villa empfangen und dort einquartiert. Die Feierlichkeiten sollten am späten Nachmittag im Amphitheater beginnen.
Nachdem sie dort ankamen, nahmen Krieger um einen großen Holzhaufen Aufstellung. Sie standen mit Speer und Schild in Reih und Glied. Priester in weißen Gewändern sprachen zu den Göttern und erflehten von Odin, dass er die heldenhaft Gefallenen zu sich nach Walhall aufnehmen möge.
Zum Dank für diese Huld wurde ein junger Stier geopfert. Der Oberpriester hatte das Tier mit einem gezielten Stich, seines geweihten Schwertes, getötet und das Blut auf den Holzhaufen verspritzt. Danach reichte er Audoin und Amalafred eine brennende Fackel, mit der sie den Scheiterhaufen an den Ecken entzündeten.

Alle gedachten der gefallenen Krieger. Die Flammen erhellten die Dunkelheit und so manchem standen vor Ergriffenheit die Tränen in den Augen. Es war aber keine Trauer dabei, denn jeder war davon überzeugt, dass es den Toten in Walhall gut gehen würde. Dort vertrieben sie sich die Zeit mit Kampfesübungen und dem Erzählen von Geschichten. Nach diesem zweiten Leben sehnte sich jeder Krieger, auch die Jungen.

Nach der Opferzeremonie kehrten sie zur Villa zurück. Rodalinde fuhr mit Audoin zusammen im Reisewagen. Die Zeremonie hatte die Prinzessin so gerührt, dass sie ihre Tränen nicht zurückhalten konnte. Audoin bemerkte es und fragte nach dem Grund. Sie sagte ihm, dass ihr der Gedanke kam, dass auch er einmal nicht von dem Feldzug lebend zurückkäme. Sie gestand ihm, dass sie das nicht ertragen könnte und ihm freiwillig in den Tod folgen würde.
„So etwas darfst du nicht denken. Wir werden nur in dieser Welt zusammen sein können. Wenn ich sterbe, dann bestimmt als Krieger. Mein Platz ist dann in Walhall und du meine große Liebe bist fern ab von mir, bei Hel."
„Ich bin doch Christin, eine Arianerin, wie meine Mutter. Wenn wir tot sind, kommen wir in den Himmel."
„Vom Christentum halte ich nicht viel, doch stört es mich nicht, wenn du daran glaubst. Soviel mir bekannt ist, kommen die Menschen aber zuerst in die Hölle. Das dürfte dort ähnlich aussehen, wie im Reich der Göttin Hel. Sehr heiß soll es da sein!"
Rodalinde lächelte.
„Was kümmert es uns, wo wir einmal sein werden. Wichtig ist für mich, dass wir in diesem Leben für immer und überall zusammen leben können."
Audoin sah traurig zu seiner Geliebten. Sie bemerkte es und fragte nach dem Grund.
„Ich weiß nicht, wie wir zusammenkommen können. Mein Herr würde unserer Heirat nicht zustimmen, da er es mit den Franken nicht verderben möchte und deine Mutter hat bestimmt vor, dich mit einem angesehenen Ostgoten zu vermählen."

„Ich könnte niemals einen anderen zum Mann nehmen, eher schneide ich mir die Pulsader auf."
„Du denkst schon wieder ans Sterben. Das ist keine Lösung. Vielleicht könnten wir in ein fernes Land fliehen?"
„Würdest du für mich alles aufgeben, was du hier besitzt?"
„Mein Leben würde ich für dich geben, wenn es sein muss."
„Dann könnten wir doch heimlich heiraten. Niemand würde etwas davon erfahren und unsere Liebe bliebe in unseren Herzen verschlossen."
„Ich wäre zu allem bereit", entgegnete Audoin begeistert.

In der Villa angekommen, gingen beide in das Esszimmer und setzten sich zu den anderen auf die Liegen. Audoin rief nach dem Diener und ließ Speisen und Getränke bringen. Sie unterhielten sich über den Feldzug, doch erwähnten sie in Rodalindes Gegenwart nichts von den Gräueltaten, die sich da abgespielt hatten. Amalafred war müde und wollte sich niederlegen. Seine Schwester schloss sich ihm an.
So zechten Audoin, Hartwig und Siegbert allein weiter. Nach mehreren Bechern Wein gestand der Langobarde unter dem Siegel der Verschwiegenheit seine Liebe zu Rodalinde und die Aussichtslosigkeit einer Verbindung. Er erklärte ihnen die Zusammenhänge. Es tat ihm gut, mit jemand darüber reden zu können. Niemand durfte etwas davon erfahren, denn der König würde diese Verbindung nicht zulassen. Wie die Thüringer Königin reagieren würde, konnte er nicht sagen. Doch wäre auch ihr das bestimmt nicht recht. Siegbert sah im Moment ebenso keinen Weg für eine Lösung und bot an, mit Amalafred darüber zu sprechen.
„Wenn er damit einverstanden ist, wird später auch die Königin der Verbindung zustimmen. Aber was ist mit Wacho?"
„Er scheint sich nicht mehr für Rodalinde zu interessieren, denn er sagte mir, dass er die Tochter des Herulerkönigs heiraten wird. Sie soll ihm den langersehnten Nachfolger schenken", meinte Audoin.
„Es ist trotzdem ein gewagtes Unterfangen, ohne die vorherige Einwilligung deines Herrn, Rodalinde zu ehelichen", gab Siegbert zu bedenken.

„Außer euch wird niemand etwas darüber erfahren. Es soll geheim bleiben."
Siegbert streckte Audoin seine Hand hin.
„Auf mich kannst du zählen und sollte ich dabei in Ungnade fallen."
Auch Hartwig sagte seinen Beistand zu und Audoin war beglückt, zwei solche Fürsprecher zu haben.

8. In Ravenna

Die zwölf Sperrnächte, die jede für einen Monat des alten Jahres stehen, gingen vorüber. In dieser Zeit wurde das Fest der Wintersonnenwende vorbereitet, das die einzelnen Stämme für sich feierten.
Die Thüringer hatten, auf einem nahegelegenen Berg bei Vindobona, trockenes Holz für das Feuer aufgeschichtet. Sie strömten von überall zusammen und manche brachten auch ihre neuen Nachbarn und Freunde mit.
Ein Priester begann mit der Opferung eines Schafes, dessen Fleisch danach gebraten und verzehrt wurde. Das Feuer war weithin sichtbar.

Die Frauen hatten in Tragkörben Brot, Speck und Met mitgebracht und verteilten es unter den Kriegern und Fremden. Sie alle hofften auf einen milden Winter und dankten den Göttern, dass sie bis hierher unbeschadet gekommen waren. Viele sprachen davon, dass sie gern für immer da bleiben würden, aber das hing von ihrer Königin ab.
Vom Berg aus konnte man viele Feuer sehen. Ein sehr großes brannte auf einem, bei Carnuntum. Rodalinde wäre gern dort, um Audoin näher zu sein. Sie war sich sicher, dass er in diesem Moment ebenfalls dort stehen würde und zu ihr hinsah. An den letzten Tagen hatte sie schlecht geschlafen. Sie musste ständig an ihn denken. Wie konnten sie jemals zusammenkommen? Er hatte ihr seine Liebe gestanden und war sogar bereit, mit ihr zu fliehen. Doch das schien ihr keine gute Lösung zu sein. Wo sie hinkämen, würden sie immer Fremde unter Fremden sein.

Siegbert hatte sich zusammen mit Amalafred auf einen Eichenstamm gesetzt, der in der Nähe des Feuers lag und sie starrten in die Flammen.
„Woran denkst du?", fragte ihn Amalafred.
„An meine Freundin Brunhilde."
„Du sehnst dich sehr nach ihr. Habe ich sie schon einmal gesehen?"
„Ich habe Brunhilde erst kurz vor unserer Abreise bei den

Aufständischen kennengelernt und mich gleich in sie verliebt."
„Sei nicht traurig! Bald reisen wir nach Ravenna weiter und danach kannst du zu ihr zurückkehren und sie heiraten."
„Manchmal sieht alles so hoffnungslos aus. Gestern hatte ich mit Audoin gesprochen und er hat mir ein Geheimnis anvertraut, das genauso hoffnungslos scheint."
„Was denn?"
„Ich darf mit niemanden darüber reden."
„Mir kannst du es doch sagen! Ich bin dein Freund!"
„Dann musst du mir schwören, dass du zu keinem Menschen ein Sterbenswörtchen sagst."
„Ich verspreche es dir!"
„So hör mir gut zu! Audoin ist in deine Schwester Rodalinde verliebt und sie in ihn."
Amalafred wäre vor Schreck fast vom Baumstamm gerutscht.
„Ich habe nichts davon bemerkt. Seit wann ist was zwischen den beiden?"
„Ich weiß es nicht."
„Vielleicht ist es nur eine Schwärmerei von meiner Schwester. Sie ist doch viel zu jung, um zu wissen, was Liebe ist. Ihr geht es so wie meiner Cousine Radegunde, die mich auch ständig angehimmelt hat. Das geht bestimmt bald vorüber."
„Es sieht so aus, als wenn es den beiden ernst ist. Sprich nur nicht mit jemand darüber, auch nicht mit deiner Mutter! Audoin hat mir gesagt, dass sich der Langobardenkönig für Rodalinde interessiert und sie als Ehefrau in Betracht zog, doch er würde mit dieser Heirat die Franken verärgern und deshalb sieht er sich nach einer anderen um."
„Wacho ist doch mit einer Gepidin verheiratet."
„Das stimmt, doch seine Frau konnte ihm keinen Sohn gebären und er braucht einen Nachfolger."
„Deshalb hat er sich zu dem Festessen in Carnuntum so freundlich zu meiner Schwester verhalten. Mir war das gleich unangenehm aufgefallen", bemerkte Amalafred.
„Der König hatte mit Audoin über seine Absicht gesprochen und meinte zu ihm, dass der zukünftige Gatte der Prinzes-

sin ein Anrecht auf das ehemalige Thüringer Königreich hätte. Ihm lag aber selber nichts daran."
„Und was hat das mit Audoin zu tun?"
„Der König würde einer Verbindung von einem seiner Gefolgsleute mit deiner Schwester nie zustimmen, da es auf das Gleiche hinausginge. Somit hat Audoin keine Chance, seine Einwilligung zu bekommen."
„Ich fände es auch nicht gut, er ist doch unser Onkel."
„Dafür kann er doch nichts. Uns Thüringern hat er bisher sehr geholfen und wir haben ihm viel zu verdanken."
„Das sollte meine Mutter wissen. Sie hat bestimmt schon feste Heiratspläne für Rodalinde."
„Wenn du mit deiner Mutter darüber sprichst, werde ich dir nie wieder ein Geheimnis anvertrauen. Ich habe Audoin mein Wort gegeben, dass nur du es erfährst."
Beide schwiegen und starrten in die Flammen. Amalafred musste die Neuigkeit erst einmal verarbeiten. Er war das männliche Oberhaupt seiner Sippe und er fühlte sich für seine Schwester verantwortlich und wachte eifersüchtig über sie. Er musste es seiner Mutter sagen, doch dann würde er die Freundschaft zu Siegbert verlieren und das wollte er auch nicht. So sprachen sie nicht mehr darüber und Siegbert versuchte, auch nicht mehr daran zu denken.

Der Wintersonnenwende folgten die zwölf Rauhnächte, von der jede Nacht einem der Monate des kommenden Jahres entsprach. An diesen Tagen wurden die Runen geworfen und die Zukunft vorausgesagt und Träume gedeutet.
Die Schamanen und germanischen Priester hatten in dieser Zeit viel zu tun. Am Ende der Rauhnächte begann das neue Jahr.
Der Winter hatte Einzug gehalten. Vom Osten wehte ein kalter Wind über die Pannonische Steppe bis in das weite Donautal. Die Teiche und Seen waren zugefroren und die Siedler schnitten Schilf für die Dächer. Die Frauen sorgten für den Haushalt und an den langen Abenden saßen sie in den warmen Küchen zusammen und strickten. Sie unterhielten sich oder hörten den Männern zu, wenn sie von ihren Kriegserlebnissen erzählten.

Siegbert lebte mit seinem Bruder, der Königsfamilie und den hohen Beamten sowie den Jungkriegern in dem Areal des ehemaligen römischen Legionslagers Vindobona. Nachdem die Thüringer hierherkamen, zogen auch verschiedene Handwerker in die Stadt und versorgten die Neuankömmlinge mit allem, was sie benötigten.
Auf den Grundmauern der verfallenen Gebäude wurden einfache Holzhäuser errichtet. Die Badeanlage stammte noch aus der Römerzeit. Sie war etwas reparaturbedürftig, doch nutzbar. Das gefiel den Kriegern, die sich nach ihren Kampfesübungen und den Bauarbeiten im warmen Wasser entspannen konnten. Das kannten sie in Thüringen nicht.
Audoin hatte die Königin in seine Villa eingeladen, da es dort mehr Komfort gab. Ihr schien das aber nicht so recht zu sein und die Fahrt im Reisewagen war bei der Kälte kein Vergnügen. So blieb sie lieber in ihrem Quartier in Vindobona und bat ihre Kinder, ohne sie nach Carnuntum zu reisen.
Rodalinde war das auch lieber so. Die Mutter hätte dann bestimmt bald bemerkt, dass sie mit Audoin eine Liebesbeziehung hatte. Amalafred fand sich inzwischen damit ab.

Eines Abends saßen die vier Männer beim Wein zusammen, da sprach der Prinz das Thema an und fragte Audoin, wie er sich die Beziehung mit seiner Schwester in der Zukunft vorstellen würde. An der Antwort erkannte er, dass es dem Langobarden sehr ernst damit war. Er hatte bereits die Flucht geplant und wollte mit Rodalinde nach der Schneeschmelze in das Gebiet der Slawen reisen. Es sollte so weit entfernt sein, dass die Verfolger von Wacho sie nicht mehr erreichen könnten. Nichts schien ihn mehr von diesem Vorhaben abbringen zu können.
„Hast du dir das wirklich reiflich überlegt Audoin?", gab Siegbert zu bedenken.
„Es gibt keinen anderen Ausweg."
„Vielleicht hat die Königin und Wacho doch noch Einsehen und stimmen eurer Ehe zu?"
„Die Königin schon eher, aber Wacho niemals."
„Dein Herr ist doch schon ziemlich alt und so lange wird er

auch nicht mehr leben. Dann kannst du Rodalinde immer noch zur Frau nehmen."
„Aber inzwischen wird Rodalinde im Ostgotenreich einem anderen gehören."
„Dann heiratet doch jetzt heimlich! Ihre Mutter kann sie dann keinem anderen Mann mehr geben, denn sie ist Arianerin, eine Christin", schlug Siegbert vor.
„Wie soll so was gehen? Das ist absolut nicht möglich", entgegnete Amalafred.
Siegbert hatte eine Idee.
„Rodalinde ist doch auch Christin und da könnte der Beichtvater der Königin sie heimlich trauen."
„Er würde das niemals tun", rief Amalafred entrüstet.
„Ich denke doch. Wir müssen ihm erklären, dass es besser ist, wenn er die beiden Liebenden traut, als dass sie sich das Leben nehmen und er Schuld an ihrem Tod hat."
„Wenn der Beichtvater davon erfährt, wird er es sofort meiner Mutter berichten."
„Ein Beichtvater darf mit niemand darüber reden und deswegen ist es gut, wenn du ihm das sagst."
Amalafred fühlte sich in einer schwierigen Lage. Auf der einen Seite wollte er seine Schwester nicht verlieren, aber bei dieser Machenschaft mittun und sich gegen seine Mutter wenden, wollte er auch nicht. Siegbert und Hartwig redeten lange auf ihn ein, bis er sich dazu bereitfand.

Am nächsten Morgen sprach Audoin mit Rodalinde und sie war begeistert von diesem Vorschlag. Freudig umarmte sie ihn und ihren Bruder und schien die glücklichste Frau der Welt zu sein. Dass sie trotz der Ehe nicht zusammenleben durften, zählte für sie nicht.
Es freute Rodalinde besonders, dass Audoin bereit war, eine christliche Ehe mit ihr einzugehen. Das zählte mehr, als eine nach germanischer Sitte, denn die Christen durften keine weiteren Ehen eingehen, wenn sie schon verheiratet waren. So würde auch Wacho oder seine Sippe ihn nicht zu einer Ehe mit einer anderen zwingen können. Jetzt war Rodalinde es, die ihren Bruder drängte, mit dem Beichtvater zu reden.

Für ihn war es nicht leicht, dies zu tun, da er noch immer nicht von der Richtigkeit dieser Entscheidung überzeugt war. Nach langem Zögern sandte er einen Boten nach Vindobona, den Beichtvater zu holen.
Der Grund sollte die Einweihung einer kleinen Kapelle sein. Audoin hatte den römischen Tempel auf dem Berg bei Carnuntum als Bethaus für die kleine Christengemeinde umbauen lassen. Der Beichtvater war sehr erfreut darüber und eilte so schnell wie möglich zu dem besonderen Ereignis in die alte Römerstadt.
Zur Einweihungsfeier der Kapelle waren nur wenige Menschen gekommen. Das betrübte den Kuttenmann wenig. Ihm war wichtig, dass es eine neue Keimzelle für sein Christentum gab. Er wohnte als Gast in der Villa von Audoin und gleich am ersten Abend beichtete ihm Amalafred die Absicht der Verheiratung seiner Schwester.
Entsetzt lehnte der Beichtvater die Bitte ab. Er fürchtete den Unwillen der Königin. Siegbert sprach von der möglichen Absicht des Freitods der beiden Liebenden und so willigte er schließlich doch ein.
Noch in der gleichen Nacht zog eine kleine Gruppe zum Kapellenberg hinauf. Keiner beachtete sie. Das Gotteshaus war noch für die Einweihungsfeier geschmückt und Siegbert entzündete die Kerzen. Der Beichtvater zog sein festliches Priestergewand an und forderte Audoin und Rodalinde auf, vor den steinernen Altar zu treten. Siegbert und Hartwig waren die Trauzeugen.
Nach der Zeremonie gingen alle wieder als kleine Gruppe zurück zur Villa. Eine Hochzeitsfeier durfte nicht stattfinden, da die Heirat geheim bleiben sollte. Der Beichtvater war sehr müde und legte sich gleich schlafen. Die anderen feierten heimlich noch bis zum Sonnenaufgang. Rodalinde und Audoin waren überglücklich. Am nächsten Morgen reisten sie zusammen nach Vindobona und niemand ahnte, was passiert war.
Die Sonne schien wieder merklich länger und das Tauwetter setzte ein. Das Wasser der Donau trat über die Ufer und überschwemmte weite Landstriche. Von den Bergen sah es wie ein langgestreckter See aus.

Mit der Tag- und Nachtgleiche zog der Frühling ins Land. Drei Tage dauerten die Feier zur Ehre der Liebes- und Fruchtbarkeitsgöttin Freya, bei der man sich gegenseitig beschenkte.
Audoin nahm das Fest zum Anlass, der Königin und ihrer Tochter je eine Schatulle mit kostbarem Geschmeide, Armreifen und Ringen zukommen zu lassen. So fiel es nicht weiter auf, dass Rodalinde ihr Brautgeschenk erhielt. Jetzt konnte sie den steinbesetzten Ring, den ihr Audoin vor dem Altar an den Finger gesteckt hatte, tragen.

Während der Feierlichkeiten langte ein Bote von der Regentin des Ostgotenreiches ein. Amalasuntha schrieb ihrer Cousine, dass sie die Aufruhr im Ostgotenreich unterdrücken konnte, es aber immer noch im Verborgenen Unruhen gäbe. Für sie und ihre Familie hatte sie eine Villa am Rande von Ravenna herrichten lassen, aber wo sich ihr Volk ansiedeln konnte, war noch unbestimmt.
Nachdem die Königin das Schreiben vorlesen ließ, waren viele Stimmen zu hören, die gern im Umland von Vindobona bleiben würden, zumal ihnen der Langobardenkönig dieses Land angeboten hatte. Auch Rodalinde wollte gern für immer hier bleiben. Das sagte sie ihrer Mutter.
Die Königin drängte es jedoch, mit ihren Kindern nach Italien zu reisen. Ihre Sehnsucht nach der alten Heimat wuchs von Tag zu Tag. Zum anderen durfte sie jedoch die Menschen, die sich ihr anvertraut hatten, nicht allein lassen. So beschloss sie, dass ihr Volk selbst darüber entscheiden sollte. Die Versammlung wurde am nächsten Tag auf dem kahlen Berg einberufen.
Viele Menschen waren gekommen. Die stimmberechtigten Sippenältesten und Krieger standen im inneren Kreis um ein Holzpodest, das man am Vortag aufgebaut hatte. Darauf war ein erhöhter Stuhl, auf dem die Königin saß. Ein Schreiber las den Brief der Ostgotenkönigin vor.
Amalaberga erklärte die Zusammenhänge und die momentane unsichere Situation in Italien. Sie sprach sich jedoch auch dafür aus, so bald als möglich abzureisen.
Der Oberpriester ergriff als Erster das Wort.

„Ihr seht, dass sich die Situation im Ostgotenreich erheblich verändert hat. Nachdem wir im vorigen Jahr aus unserer Heimat weggezogen sind, erhofften wir uns in Italien ein Stück Land, auf dem wir in Frieden leben und das wir bebauen können. Inzwischen versuchen dort einige frankenfreundliche Fürsten mehr Macht zu erlangen. Wegen der Franken mussten wir jedoch aus unserem Reich fliehen.
Auch wenn sich Amalasuntha, die Regentin der Ostgoten, dieses Mal gegen sie noch durchsetzen konnte, so kann sich die Situation schnell wieder ändern und erneut Unruhen ausbrechen. Dann hat auch die Regentin kein Ohr mehr für uns.
Wir leben nun schon einige Monde hier und haben den ersten Winter gut überstanden. König Wacho hat uns Land zum Bebauen gegeben und angeboten, für immer hier zu bleiben. Auch steht uns das Volk der Langobarden näher, als das der Ostgoten, da viele die gleiche Religion haben. Das solltet ihr bedenken, wenn ihr darüber entscheidet, weiterzuziehen oder hier zu bleiben."
Eine Wortmeldung folgte der anderen. Nach mehreren Stunden gab es jedoch eine Einigung. Die Mehrheit entschied sich zu bleiben.

Die Königin wollte mit ihrer Familie schon bald nach Italien abreisen und die Krieger sowie die Sippen sollten später nachkommen, wenn sich die politische Situation in Italien gebessert hätte und sie dort Land zugewiesen bekämen. Der Tag der Abreise wurde in einer Woche festgelegt.

Die Königin bestimmte, dass ihre Kinder, die Dienerschaft und zwanzig Krieger ihrer Leibwache sie begleiteten. Auch Siegbert und Hartwig sollten mitkommen und sie während der Reise beschützen. Danach sollten beide nach Vindobona zurückkehren. Hartwig wurde als königlicher Vertreter für die im Langobardenreich befindlichen Thüringer bestimmt und Siegbert, der wieder nach Thüringen zurückkehren wollte, sollte die königlichen Interessen im Kampf gegen die Franken wahrnehmen. Somit unterstanden den beiden Brüdern aus Rodewin ab nun die Thüringer Hun-

dertschaften und sie hatten alle öffentlichen Aufgaben im Sinne der Königin Amalaberga wahrzunehmen.
Amalafred und Rodalinde wären lieber hier geblieben, doch die Königin ließ es nicht zu. Sie versprach, baldmöglichst Siedlungsland im Ostgotenreich für ihr Volk zu finden. Die meisten waren zufrieden, dass sie erst einmal bleiben konnten. Es gefiel ihnen gut in der Tiefebene und es gab schon viele Kontakte mit der ansässigen Bevölkerung.
Audoin lud die Königin nach Carnuntum ein, damit sie die letzten Tage vor der Abreise noch ein wenig entspannen konnte. Dankend lehnte Amalaberga ab, da sie wegen der Reisevorbereitungen jetzt zu sehr abgelenkt war. Sie erlaubte jedoch ihren Kindern mit ihm die Tage bis zur Abreise in Carnuntum zu verbringen.
So war ihm das auch lieber, aber er durfte die Königin nicht übergehen. Ihm war bewusst, dass er nur noch wenige Tage mit Rodalinde zusammen sein konnte und die musste er nutzen.
Siegbert, Amalafred und Hartwig waren in den Wochen zuvor schon öfter auf Falkenjagd und es bereitete ihnen großes Vergnügen. So störte es sie nicht, dass Audoin diesmal nicht mitkam und sie nur von seinem Falkner begleitet wurden.
Die Jungvermählten blieben zu Hause und genossen jede Stunde, die sie bis zur Abreise zusammen sein konnten. Sie wussten nicht, wie lange die Trennung dauern würde, doch mussten sie mit mehreren Jahren rechnen.
„Genießen wir jeden Augenblick! Wir haben nur noch wenige Tage", sagte Audoin und drückte seine Frau fest an seine Brust.
„Ich hatte noch keine Gelegenheit, mich bei dir zu bedanken."
„Wofür?", fragte er überrascht.
„Für den schönen Schmuck, dein Ostergeschenk."
„Das war doch dein Brautschmuck!"
„In der Schatulle war noch viel mehr, als dieser."
„Viel zu wenig, als ich dir schenken möchte. Alles, was ich besitze, gehört dir, auch mein Leben."
„Bisher hast du mich immer nur beschenkt."

„Das stimmt doch nicht! Deine Liebe ist ein viel größeres Geschenk für mich."
„Die Liebe hebt sich gegenseitig auf. So muss ich mir noch etwas für dich einfallen lassen. Was hättest du denn gern?"
„Gib mir eine von deinen Locken, damit ich dich immer bei mir tragen kann!"
Rodalinde griff nach seinem Messer und schnitt sich damit eine Haarsträhne ab.
„Das ist das eine, aber ich habe noch etwas anderes für dich."
„Was ist es?", wollte Audoin neugierig wissen.
„Ein Kind."
„Was für ein Kind?"
„Ich bin schwanger und trage dein Kind unter meinem Herzen."
Audoin musste sich setzen. Er umfasste ihren Körper und legte sein Ohr an ihren Bauch.
„Du kannst es noch nicht hören. Sag, freust du dich?"
„Du hättest mir nichts Schöneres sagen können. Ich bin glücklich und traurig zugleich."
„Wieso traurig?" fragte Rodalinde erstaunt.
„Wenn unser Kind zur Welt kommt, werde ich es nicht sehen können."
Rodalinde strich mit ihrer Hand über seinen Kopf.
„Du kannst uns doch in Ravenna besuchen kommen. Die Ostgoten und Langobarden stehen freundschaftlich zueinander und Wacho hat bestimmt nichts dagegen, wenn du deine Verwandten in Ravenna wiedersehen möchtest. Er muss doch nichts von uns wissen."
„Du bist eine kluge Frau und wärst bestimmt auch eine gute Königin, doch das kann ich dir leider an meiner Seite nicht bieten."
„Vielleicht wirst du noch einmal König. Eine Wahrsagerin hatte mir einmal einen König als Ehemann vorausgesagt und da wir beide nun miteinander verheiratet sind, so wirst du bestimmt eines Tages ein Herrscher sein."
„Wie soll das gehen? Das ist unmöglich!"
„Wir müssen nur daran glauben!"

Sie hielt seinen Kopf in beiden Händen.
„Du wirst sehen, es wird alles gut werden!"
Er wollte darauf antworten, doch sie verschloss seinen Mund mit einem Kuss. Wie lange sie zusammenlagen, wussten sie nicht. Sie hörten nur die Stimmen, der von der Jagd zurückgekehrten Männer auf dem Hof. Eilig zogen sie sich an und gingen ins Esszimmer. Es war Zeit zum Abendessen.
Diener stellten Speisen und Getränke auf den Tisch. Die Männer kamen gut gelaunt herein.
„Wir hatten großes Jagdglück, vier Hasen konnten wir mit den Greifvögeln erlegen", berichtete Amalafred.
„Das ist heute ein erfolgreicher Tag", bestätigte Audoin und dachte bestimmt nicht an die Hasen.
Die kommenden Tage verliefen ähnlich.
Siegbert, Amalafred und Hartwig frönten der Jagd und Audoin und Rodalinde genossen ihre Zweisamkeit. Es hätte noch länger so gehen können, doch sie mussten nach Vindobona zurück. Audoin wollte die Königin mit einer Eskorte durch das Langobardenreich bis an die ostgotische Grenze begleiten.

Am Tag der Abreise standen alle Thüringer am Weg, um sich von ihrer Königin zu verabschieden. Amalaberga fuhr mit ihrer Tochter in dem römischen Reisewagen, den ihr Audoin zur Verfügung gestellt hatte. Dahinter mehrere Wagen, voll bepackt mit den persönlichen Reisesachen, der Verpflegung und den Hausgeräten und begleitet von der Dienerschaft. Vorn und hinten ritt die Leibwache der Königin und die langobardische Eskorte. Sie zogen auf der alten Bernsteinstraße entlang, die schon zur Römerzeit befestigt war, in südlicher Richtung bis zur Drau. Dann ging es westwärts weiter, südlich am Karawankengebirge zum Fluss Save. Dort begann das Ostgotische Reich. Auf der anderen Seite des Flusses erwartete sie schon eine Abordnung der Leibwache der ostgotischen Regentin Amalasuntha.
Die Wagen wurden auf Fähren geladen und ans andere Ufer gebracht. Audoin musste nun von Rodalinde Abschied nehmen. Es fiel den Liebenden sehr schwer und die Prin-

zessin konnte ihre Tränen nicht verbergen. Die Königin war zum Glück zu sehr abgelenkt, so dass sie diese Gefühlsregungen ihrer Tochter nicht bemerkte. Nachdem die Fähren das andere Ufer erreichten, winkten sich die Verliebten noch einmal zu. War es ein Abschied auf lange Zeit? Niemand konnte eine Antwort auf diese Frage geben.
Die Thüringer kamen durch ein Gebirge zu der Stadt Aquileia. Amalaberga erzählte ihrer Tochter unterwegs von der Geschichte und den Besonderheiten der Stadt. Die Begeisterung ihrer Mutter konnte sie nicht teilen. In einer Herberge ruhten sie sich für einen Tag aus. Dann ging die Reise an der Küste entlang in westlicher Richtung weiter. Im Norden sahen sie die schneebedeckten Gipfel der Dolomiten und Amalaberga erzählte Rodalinde, wie sie als junge Frau über die Alpenstraße nach Thüringen kam. Sie hatte keine gute Erinnerung daran.
Die Reise war damals sehr beschwerlich und alle Menschen kamen ihr in dem neuen Land fremd und sonderbar vor. Ihre Freundin, die sie begleitete, half ihr über den schweren Verlust der geliebten Heimat hinweg.
Jetzt wurde Amalaberga wieder bewusst, wie traurig und unglücklich sie damals war. Je näher sie nach Ravenna kam, umso aufgeregter wurde sie und konnte nicht verstehen, dass ihre Tochter keine Begeisterung zeigte.
Nachdem die Reisenden die Piave erreichten, kam ihnen ein Bote entgegen und gab der Königin ein Schreiben ihres Bruders Theodahat. Er teilte seiner Schwester mit, dass Aufständische die Mitregentin Amalasuntha getötet hatten und er nun allein regieren würde. Entsetzt sagte sie es ihren Kindern.
„Wir hätten in Vindobona bleiben sollen", meinte ihre Tochter verärgert.
„Können wir noch umkehren?", fragte Amalafred seine Mutter.
Verstört und gedankenversunken antwortete sie: „Nein, das geht nicht. Mein Bruder schreibt mir, dass wir die Reise fortsetzen sollen und keine Gefahr für uns besteht."
Die Wagen zogen weiter. Verebbt war die Freude der Königin und sorgenvoll sah sie aus dem Fenster. Damit hatte

sie nicht gerechnet und konnte es immer noch nicht fassen, was passiert war.
Siegbert ritt neben dem Führer der Eskorte und versuchte sich mit ihm zu unterhalten. So erfuhr er manche Einzelheiten über den seit Jahren anhaltenden Konflikt im Reich.
„Nach dem Tod des ruhmreichen Theoderich wurde sein Enkel König der Langobarden. Da er jedoch noch unmündig war, regierte seine Mutter Amalasuntha als Regentin für ihn. Einige der ostgotischen Fürsten bedrängten sie seit Jahren, sich vom oströmischen Kaiser abzuwenden und sich mit dem Frankenreich zu verbünden. Die Regentin blieb jedoch standhaft und so haben sie ihren Sohn im letzten Jahr ermordet. Das führte zu großen Unruhen und die Fürsten glaubten, dass Amalasuntha aufgeben würde, doch sie tat es nicht. Sie setzte ihren Cousin Theodahat als Mitregent ein und suchte nach den Mördern ihres Sohnes. Jetzt ist sie auch getötet worden."
„War sie eine gute Herrscherin?", wollte Siegbert wissen.
„Sie war eine sehr kluge Frau und gerecht zu ihren Untertanen, wie ihr Vater. Das hat ihre Mörder jedoch nicht davon abgehalten, so an ihr zu handeln."
„Es kam schon oft vor, dass Güte mit Verrat gedankt wird."
„Mit ihrem Tod ist unser Reich dem Untergang geweiht."
„Wie meinst du das?"
„Der oströmische Kaiser ist sehr stark und wird nicht erlauben, dass wir uns mit den Franken zusammentun."
„Ist denn Theodahat auch dafür, sich mit den Franken zu verbünden?", wollte Siegbert wissen.
„Er ist sehr wechselhaft. Keiner weiß, welchen Weg er gehen wird. Wir müssen abwarten!"
„Du kennst dich sehr gut aus, besser als ein normaler Krieger."
„Ich stamme aus einer alten ostgotischen Fürstenfamilie und mein Großvater war ein enger Vertrauter von Theoderich."
Amalafred hatte dem Gespräch der beiden zugehört und fragte den Ostgoten: „Zu welcher Seite gehörst du?"
„Ich stehe zu Ostrom", sagte der ostgotische Führer.
Die Antwort gefiel Amalafred.

„Ich bin auch für den Kaiser! Die Franken haben meinen Vater ermordet und das Reich der Thüringer zerstört. Sie würden nicht zurückschrecken, das auch mit dem Ostgotenreich zu tun."
Sie ritten eine Weile stumm auf dem alten Handelsweg entlang.
„Wie ist dein Name?", wollte Siegbert von dem Ostgoten wissen.
„Ich heiße Emeric, doch die Römer nennen mich Emericus."
„Und ich bin Siegbert."
„Ich weiß, meine Herrin hatte mir eure Namen gesagt."

Am Abend kamen sie zu einem großen Gasthof, in dem sie übernachteten. Die Nachricht von der Ermordung von Amalasuntha war in Windeseile im ganzen Land bekannt geworden. Da es jedoch noch einen männlichen Regenten gab, erwartete niemand größere Unruhen.
Die Spekulationen, wer dies getan haben könnte, waren vielfach. Die meisten Menschen meinten, dass die frankenfreundlichen Fürsten die Urheber für diesen Mord seien.
In dem Gasthof war dieses Vorkommnis bei den Einheimischen und den Reisenden der einzige Gesprächsstoff. Es wurde laut diskutiert und Siegbert konnte einiges von dem verstehen, was die Leute sagten.
Die römische Bevölkerung war in Italien in der Mehrheit, doch die Ostgoten hatten die Macht. Durch die Nähe an Ostrom oder Byzanz, wie manche es nannten, konnten sie ihren Einfluss erhöhen. Das wollten jedoch einige Fürsten der Ostgoten nicht zulassen und versuchten sich dem expandierenden Frankenreich anzuschließen.
Die Franken zählten, wie die Goten, auch zu den Germanenstämmen, die vor vielen Generationen aus dem Norden wegzogen und sich zuerst im Osten, außerhalb des Römischen Reiches niederließen. Das Verhältnis zu den Römern war immer angespannt und hatte sich auch nach der Besetzung Italiens nicht merklich gebessert. Zu unterschiedlich waren die Kulturen der beiden Völker.
Die Weiterfahrt am nächsten Morgen erfolgte pünktlich und es gab keine Zwischenfälle unterwegs.

In Ravenna kamen die Thüringer zur Mittagszeit an. Die Villa, die ihnen Amalasuntha als zukünftigen Wohnsitz ausgewählt hatte, lag am nördlichen Rand der Stadt. Es war ein sehr großes Anwesen mit einem Herrenhaus, vielen Stallungen und großem Garten. Die Thüringer Königin fühlte sich gleich heimisch. Es war alles viel schöner, als sie es sich vorgestellt hatte.
Nur Rodalinde zeigte keine Freude. Sie hoffte noch immer, dass sie nicht lange hier bleiben müsste und sie gemeinsam wieder nach Vindobona zurückkehren konnten.
Nach der Besichtigung der Villa gingen Siegbert, Hartwig und Amalafred in den Garten. Er war sehr kunstvoll angelegt. Siegbert war überwältigt von der Schönheit.
„Mit deinem neuen Zuhause kannst du sehr zufrieden sein", sagte er zu Amalafred.
„Das bin ich! Das Klima ist angenehm und das Gut sehr groß. Ich werde mich nicht mehr als Krieger betätigen und Bauer werden."
„Sei nicht so zynisch! Es muss nicht für alle Zeit so sein. Wenn die Franken aus Thüringen wieder weggehen, dann kehrst du zurück und es wird so, wie es einmal war."
„Du bist ein unverbesserlicher Optimist. Ich denke, dass die Franken weiter vordringen werden und eines Tages das gesamte Abendland beherrschen."
„Du siehst viel zu schwarz, Amalafred. Der oströmische Kaiser würde das niemals zulassen", meinte Siegbert.
„Das ist auch gut so. Sag mir aber jetzt bitte, wann ihr wieder nach Vindobona zurückreiten wollt!"
„Vielleicht schon morgen. Es hängt von deiner Mutter ab", gab Siegbert zur Antwort.
„Ihr habt es gut und ich muss allein hier bleiben!"
„Es ist doch alles da, was du brauchst, guter Wein, feine Speisen und hübsche Mädchen im Überfluss. Was willst du mehr?"
„Mir fehlt eure Gesellschaft! Wenn einer von euch hierbleiben würde, wäre das Leben in Ravenna leichter zu ertragen. Ich glaube, ich komme vor Langeweile um."
„Daran ist noch keiner gestorben, eher verblödet, aber da ist noch Emeric. Er ist sehr gebildet und ich habe mich un-

terwegs gut mit ihm unterhalten. Ihr könnt hier zusammen die Gegend unsicher machen. Ich werde gleich einmal nachsehen, ob er noch da ist."
Sie gingen zurück zu der Villa. Die Diener waren noch immer mit dem Abladen des Gepäcks beschäftigt und die Königin wollte sich ein wenig in ihrem Zimmer ausruhen. Siegbert fand Emeric in der Unterkunft der Leibwache der Königin.
„Emeric", rief er ihm von weitem zu.
„Was gibt es? Ich bin in Eile. Ich muss zu Theodahat, meinem neuen Herrn. Willst du mitkommen?"
„Ja! Kann ich auch Amalafred und Hartwig mitnehmen?"
„Von mir aus, doch ihr dürft nicht mit zum König und müsst im Hof auf mich warten."
„Das stört uns nicht!"
„Dann lasst uns reiten!"

Sie gingen zu den Pferdeställen und die Knechte brachten ihre Tiere. Nach kurzer Zeit erreichten sie den Königspalast. Es war eine sehr große Anlage mit mehreren Höfen und Gärten. Sie schritten durch lange Gänge und kamen zu einem Gebäude, das mit hohen Marmorsäulen eingefasst war.
„Hier müsst ihr auf mich warten", sagte Emeric und ließ die drei stehen.
Sie hatten nun Zeit sich den Hof und die Gebäude etwas genauer anzusehen. Alles war vom Feinsten. In der Mitte des Platzes stand ein Brunnen mit einer Wasserfontäne. Die Einfassung war aus hellem Marmor. Sie besahen sich das Wasserspiel genau.
„Kennt ihr die Bedeutung der Brunnenfiguren?",
fragte Amalafred seine Freunde.
„Das kann ich dir leider nicht sagen", meinte Siegbert.
Interessiert sahen sie sich die Steinfiguren an.
Dies fiel einem Mann auf. Er ging auf sie zu und fragte, ob sie fremd wären.
„Wir sind aus Thüringen und heute erst angekommen", entgegnete Siegbert.
„Wenn ihr es möchtet, dann erkläre ich euch die Bedeutung der Figuren."

Erfreut hörten sie seinen Ausführungen zu.
„Die Figuren symbolisierten eine Sage aus der griechischen Mythologie mit dem Meeresgott Poseidon", meinte er.
„Einen Gott, der das Meer beherrscht, den haben wir auch. Er nennt sich Ägis und hat neun wunderschöne Töchter", entgegnete Siegbert.
„Ich kenne ihn nicht. Kannst du mir etwas von ihm erzählen?", fragte der Fremde zurück. Siegbert überlegte kurz.
„Viel weiß ich leider nicht von ihm. Der Gott des Meeres stammt von dem Geschlecht der Riesen ab. Er ist aber ein Freund der Götter, die man Asen nennt, und lädt sie gern zu sich zum Gastmahl ein. Dann helfen ihm seine Töchter, die Meereswellen, das Bier zu brauen.

Seine Frau heißt Ran und sie sammelt mit einem Netz, die im Meer ertrunkenen Seeleute und bringt sie in ihr Totenreich. Deshalb wird sie von den Menschen gefürchtet.
Der Meeresgott ist ein sehr fröhlicher Geselle und die Asen sind gern bei ihm zu Gast. Von diesen Festgelagen gibt es einiges zu berichten, auch von dem letzten großen Fest, als Loki die Götter beleidigt hatte."
„Das ist sehr interessant, doch ich muss jetzt leider gehen, aber wenn wir uns wieder sehen, dann können wir uns weiter über eure germanischen Götter unterhalten. Lebt wohl!"
Eiligen Schrittes verschwand der Mann in einem der großen Gebäude.

Nach einer Weile kam Emeric zurück und sagte ihnen, dass sie ihm folgen sollten.
„Wo gehen wir so eilig hin?", wollte Siegbert wissen.
„Zum König", meinte Emeric ernst.
„Warum?"
„Der König hat euch vom Fenster aus an dem Brunnen gesehen und wollte von mir wissen, wer ihr seid und dass er mit euch sprechen will."
Die Gänge, die sie durchschritten, schienen endlos zu sein. Endlich erreichten sie einen großen Raum, in dem viele Personen herumstanden und offensichtlich warteten. Emeric steuerte eine große, bewachte Tür an. Sie gingen hin-

durch und sahen von weitem einen hohen goldenen Sessel auf einem Podest.
Theodahat, der König der Ostgoten, stand am Fenster und drehte sich nach ihnen um.
„Ich hörte, dass ihr heute angekommen seid und freue mich, dass ihr mir gleich einen Besuch abstattet. Wer von euch dreien ist mein Neffe?"
Amalafred trat einen Schritt auf den König zu.
„Lass dich umarmen, mein Sohn! Ich bin sehr froh, dass ich dich einmal kennenlernen kann und wer sind die beiden jungen Männer an deiner Seite?"
„Es sind meine Freunde Siegbert und Hartwig aus Rodewin."
„Das ist gut, dass du Freunde mitgebracht hast. Junge Krieger können wir gut brauchen. Der oströmische Kaiser rüstet zum Angriff auf Italien und es kann sein, dass es schon bald zum Kampf kommen wird. Wie geht es deiner Mutter, Amalafred? Hat sie die weite Reise gut überstanden?"
„Sie ist nur ein wenig erschöpft, aber es geht ihr gut!"
„Das freut mich. In ein paar Tagen werde ich sie empfangen. Es sind viele Jahre vergangen, dass meine Schwester nach Thüringen gezogen ist. Vielleicht erkennen wir uns gar nicht mehr. Wie ihr gehört habt, müssen wir uns zurzeit wegen der Unruhen besser schützen. Ich gebe euch einige meiner Krieger als Wache mit. Mit eurer Leibwache zusammen, dürfte keine Gefahr bestehen."
„Ich danke dir, Onkel Theodahad!", sagte Amalafred.
„In ein paar Tagen werden wir uns wiedersehen, wenn ich deine Mutter empfange. Lebt wohl!"
Nach der Aufforderung zu gehen, verließen die drei den Saal.

Draußen wollte Siegbert von Emeric wissen, wie es zu diesem kurzen Empfang kam.
„Ich berichtete dem König von unserer Reise, als er aus dem Fenster auf den Hof sah. Da fragte er mich, wer die Fremden Männer bei dem Brunnen wären und ich sagte es ihm."

„Das war sehr freundlich, dass er uns empfangen hat", meinte Amalafred.
„Wenn die Königin erfährt, dass sie erst in ein paar Tagen zu ihm vorgelassen wird, ist sie bestimmt verärgert", meinte Siegbert.
„Wieso?"
„Wenn sie warten muss, zeigt das eine gewisse Missachtung ihr gegenüber."
„Daran wird sie sich gewöhnen müssen. Audoin erzählte mir, dass die Oströmer und Ostgoten die Langobarden und auch uns Thüringer als Halbwilde ansehen. Sie glauben, wir haben keine Kultur und kleiden uns noch mit Bärenfellen."
„So viele Bären kann es gar nicht geben", erwiderte lachend Siegbert.
„Das ist aber kein Spaß! Du kannst Emeric fragen!"
Emeric ritt neben ihnen und hörte interessiert zu.
„Amalafred hat recht. Nicht alle denken so, doch die meisten. Wir Ostgoten werden von vielen Römern immer noch abwertend beurteilt. Doch inzwischen haben viele unserer Krieger Römerinnen geheiratet und sind mit ihren Sippen verschmolzen. Auch die anderen haben im Laufe der Zeit immer mehr von deren Kultur angenommen. Ich denke, jetzt sind wir schon ein Volk."
„Wenn unsere Landsleute aus dem Langobardenreich hier ankommen, werden sie es bestimmt nicht leicht haben, sich einzuleben", meinte Siegbert.
Emeric nickte zustimmend.
„Es ist aber immer noch leichter, sich an einen höheren Lebensstandard anzupassen, als umgekehrt."
Die Villa lag schon in Sichtweite und sie galoppierten die letzte Strecke auf dem sandigen Weg. Amalaberga hatte sie schon erwartet, denn sie wollte gemeinsam mit den Kindern zu Abend essen. Dabei erzählte Amalafred die Begegnung mit Theodahat. Seine Mutter war etwas verstimmt, das er mit zum Palast geritten war, denn sie wollte als Erste ihren Bruder sehen.

Nach dem Essen ritt Amalafred noch zu einer römischen Taverne und lud seine Freunde auf einen Becher Wein ein.

Er hatte eine Taverne an dem Weg zur Villa gesehen. Siegbert, Hartwig und Emeric sollten ihn begleiten.
Das Weinlokal war einfach eingerichtet. Es waren schon viele Plätze von den einheimischen Landarbeitern belegt, die sich lautstark unterhielten. Die Neuankömmlinge nahm - außer dem Wirt - niemand wahr.
Der Wirt räumte einen Tisch in einer Fensternische. Von diesem Platz aus, konnten die neuen Gäste, den gesamten Raum gut übersehen.
Zwei mollige Serviererinnen bedienten die ungeduldigen Gäste und der Wirt ging von Tisch zu Tisch und sprach mit ihnen. Trotz der hohen Lautstärke lag eine gewisse Ruhe und Ausgeglichenheit über dem Ganzen. Es war ein Platz zum wohlfühlen.
„Wenn der Wein so gut ist, wie die Stimmung, dann werden wir bestimmt öfter hier einkehren!", meinte Amalafred.
„Du kannst Emeric mitnehmen, wenn wir nicht da sind. Er und seine Männer stehen euch als Wache zur Verfügung. Er wird dich dann in deinem Heimweh trösten", sagte Siegbert.
„Das werde ich tun, doch müsste er ebenso trinkfest sein, wie ich", prahlte Amalafred.
„Das können wir auf einen Versuch ankommen lassen. Bisher hat mich noch keiner geschlagen", meinte Emeric siegesgewiss.
Verwundert sahen ihn die Thüringer an. Das Zechen begann und ein Krug nach dem anderen wurde geleert. Zu essen gab es Datteln, Oliven und Schafskäse auf frischem Fladenbrot. Emeric ließ sich von einer der Serviererinnen drei kleine Schälchen bringen, in die sie nach jedem getrunkenen Becher einen Olivenkern hineinlegten. So ließ sich der Trinkstärkste am Ende leicht herausfinden.
Sie saßen noch immer, als schon alle Landarbeiter gegangen waren. Die mussten zeitig in der Früh aufstehen und aufs Feld gehen.
Siegbert merkte bald, dass der Ostgote trinkfest war. Er konnte nicht mithalten und stieg aus. Amalafred und Hartwig wollten die Ehre der Thüringer retten und gaben noch nicht auf. Ihre Stimme wurde schwächer und das sprechen

war nur noch ein lallen. Da fielen sie fast gleichzeitig von ihrer Bank auf den Boden.
Der Sieger stand fest. Der Wirt und die beiden Mägde hoben Amalafred und Hartwig auf und brachten sie zu ihren Pferden. Dort packten sie die Betrunkenen auf die Rücken der Tiere. Siegbert hielt beide von der Seite fest, damit sie nicht herunterrutschen konnten und Emeric führte die Tiere. In der Villa angekommen, blieben sie gleich im Stall und schliefen dort ihren Rausch aus.
Am nächsten Morgen fühlte sich Amalafred und Hartwig mehr tot, als lebendig. Ihre Köpfe schienen zu zerspringen und sie wollten nicht von ihrem Strohlager im Stall aufstehen. Siegbert erging es nicht ganz so schlecht und Emeric erschien frisch und munter. Sie mussten Amalafred und Hartwig den ganzen Tag bis zum Abendessen verstecken, damit die Hausherrin nicht den Grund für ihre Unpässlichkeit erfuhr.

Abends an der Essentafel berichtete die Königin, dass ihr heute ein Bote von Wacho ein Schreiben überbrachte. In ihm lud der König der Langobarden Amalaberga und ihre Kinder zu seiner Hochzeit ein.
Rodalinde schrie vor Begeisterung auf. Sie hoffte dort ihren geliebten Mann wieder zu sehen.
„Da wir erst gestern hier angekommen sind, so können wir uns nicht gleich wieder auf eine so beschwerliche Reise begeben. Ich habe daher beschlossen, dass nur Amalafred zu ihm reist und unsere königlichen Grüße und Wünsche überbringt."
Rodalinde fiel vor Schreck das Messer aus der Hand.
„Warum kann ich nicht mit, Mutter?"
„Auf den Straßen ist es zu unsicher für eine Frau und mit dem Reisewagen würde es zu lange dauern, um Wachos Königssitz zu erreichen."
„Ich brauche keinen Wagen, ich kann sehr gut reiten und damit niemand mich als Frau erkennt, ziehe ich Männerkleidung an."
Amalaberga sah hilfesuchend zu Amalafred.

„Es wäre bestimmt möglich, Mutter", meinte er und zog sich einen strafenden Blick von ihr zu.
„Wollt ihr mich denn beide allein hier lassen?", sagte sie weinerlich, stand auf und ging aus dem Raum.
Am Tisch war betretenes Schweigen.
„Ich reise allein", sagte Amalafred in bestimmenden Ton und ging hinaus, um seine Mutter zu beruhigen.
Rodalinde brach nun auch in Tränen aus und rannte aus dem Raum. Jetzt saßen nur noch Siegbert, Hartwig und Emeric am Tisch. Allein wollte es ihnen nicht schmecken. Sie standen auf und ritten zu der Taverne am Weg. Hier trösteten sie sich mit dem köstlichen Rebensaft.

Am nächsten Morgen schien die königliche Familie wieder vereint zu sein. Rodalinde hatte es eingesehen bei ihrer Mutter zu bleiben und Amalafred sollte allein reisen. Der Grund für den Meinungswechsel von Prinzessin Rodalinde war ihre Schwangerschaft. Sie wollte durch die anstrengende Reise nicht ihr Kind gefährden, doch das wusste keiner.

Siegbert ritt mit Hartwig, dem Prinzen und zwei Kriegern der königlichen Leibwache auf dem gleichen Weg, den sie vor ein paar Tagen gekommen waren, zurück ins Langobardenland.

9. Die Rückreise

Im Mittelpunkt der Unterhaltung der Männer stand natürlich die bevorstehende Hochzeit des Langobardenkönigs.
„Hast du die neue Königin im Gefolge von König Wacho schon gesehen?", wollte Siegbert von Amalafred wissen.
„In Carnuntum soll sie dabei gewesen sein, doch es waren so viele hübsche Frauen in seiner Nähe und Audoin sagte mir, dass sich der König noch nicht für eine Bestimmte entschieden hat."
„Wenn die neue Königin um so viele Jahre jünger ist, als der alte Wacho, dann wird er Mühe haben, sie zu bändigen."
„Darin ist er geübt, sie ist nun schon die dritte", meinte Hartwig.
„Was hat König Wacho denn mit seiner zweiten Frau Austrigusa gemacht? Hat er sie umbringen lassen?", wollte Siegbert wissen.
„Da sie ihm nur zwei Töchter geschenkt hat, so konnte er sich von ihr trennen, ohne das die Gepiden ihm gleich den Krieg erklärt hätten. Wacho hat ihr eine schöne Stadt geschenkt, wo sie gut leben kann."
„Die neue Frau Silinga soll doch eine Tochter des Herulerkönigs sein. Man sagt, dass sie sehr jung und hübsch ist. Ich denke, sie wird dem König bestimmt den schon lange ersehnten Stammhalter gebären."
„Das denke ich auch. Für Wacho wird es Zeit, dass er einen Nachfolger hat, sonst wird noch sein Rivale das Rennen machen."
„Was weißt du über den?", fragte Siegbert neugierig.
„Meine Mutter hatte mir die Geschichte einmal erzählt. Nachdem Wacho Tato, den letzten König der Langobarden, ermordet hatte, floh dessen Sohn zu den Gepiden. Er wurde dort umgebracht und nun versucht sein Enkel mit Hilfe der Gepiden zur Macht im Langobardenreich zu kommen. Wenn Wacho keinen männlichen Thronerben hat, so wird Hildichis der nächste König der Langobarden und das will er unbedingt verhindern."
Für Siegbert waren diese Zusammenhänge irgendwie sehr verwirrend.
„Warum hat er aber ausgerechnet eine Herulerin zur Frau

genommen. Er hätte doch auch eine fränkische oder oströmisches Prinzessin haben können?"
„Vielleicht hat man dem alten Knaben keine ihrer Töchter geben wollen. Den Franken bietet er schon seit langer Zeit seine älteste Tochter an und man spricht schon von der ewigen Verlobung. Was die Oströmer betrifft, so betrachten sie Wacho als einen ihrer Befehlshaber, der sie mit seinen barbarischen Hilfstruppen im Westen des Reiches unterstützt. Ein Bündnis durch eine Heirat sehen sie nicht als erforderlich an. Wenn der Kaiser Justinian nach ihm ruft, so muss er springen. Das haben wir bei dem Kriegszug gegen die Illyrer gesehen."
„Vielleicht ruft der Kaiser bald wieder nach ihm und er muss seine Krieger mobilisieren. Das käme dir bestimmt ganz recht, denn dann brauchtest du nicht zurück zu deiner Mutter nach Ravenna und dich dort zu Tode langweilen", meinte Siegbert schmunzelnd.
„Das stimmt! Viel lieber ziehe ich mit Audoin wieder in die oströmischen Provinzen gegen die Rebellen."
„Vielleicht musst du dann auch gegen die Ostgoten kämpfen. Der oströmische Feldherr Belisar gewinnt im Süden Italiens immer mehr Boden. Er hatte schon im vergangenen Jahr das Vandalenreich im Norden von Afrika erobert und die Ostgoten wird er genauso bezwingen. Kein Heer ist besser, als seines. Wacho weiß das."

Als die Reiter den Abzweig von der Bernsteinstraße zu dem großen See im Osten erreichten, trennten sich ihre Wege.
Siegbert wollte direkt nach Vindobona und von dort nach Thüringen weiterreisen. Sein Bruder Hartwig begleitete den Prinzen zur Hochzeitsfeier in einer der Residenzen des Langobardenkönigs, die an dem Ostufer des großen Sees liegen soll. Die Reiter glitten aus ihren Sätteln und machten eine kurze Pause.
„Willst du nicht doch mit uns reiten? Die Hochzeit wird bestimmt interessant sein", versuchte Amalafred seinen Freund Siegbert zu überreden.
„Ihr werdet gut ohne mich auskommen. Ich will möglichst rasch nach Thüringen zurück. So schnell wie möglich."

„Das Liebchen ist es, was dich zur Eile treibt, so gib es doch zu! Meinen Segen hast du und ich hoffe, dass ich dich irgendwann wiedersehen werde. Leb wohl, Siegbert! Wir bleiben durch Boten in Verbindung."
Amalafred drückte seinen Freund an die Brust.
Auch seinem Bruder Hartwig schien der Abschied nicht leicht zu fallen. Auf ihn warteten in Thüringen seine Frau und die Kinder und er wusste nicht, wann er sie je wiedersehen würde. In der Ferne sah Siegbert die Berge von Vindobona und freute sich darauf, seine Landsleute wiederzusehen.
Ein paar Tage wollte Siegbert noch in der Stadt bleiben und seine Heimreise vorbereiten. Gespannt war er darauf, wer von den Jungkriegern mit ihm zurückreiten würde. Die Königin hatte es allen frei gestellt, dort zu leben, wo es ihnen gefiel. Siegbert interessierte sich nur für die Befreiung seiner Heimat und es lag ihm daran, dass viele kampferprobte Krieger mit ihm nach Thüringen gingen und dort gegen die Franken kämpften.
Müde von dem weiten Ritt, schritt sein Pferd gemächlich auf der alten Römerstraße entlang. Siegberts Gedanken waren bei Brunhilde und die Vorfreude auf das Wiedersehen stieg mit jedem Schritt, mit dem er ihr näher kam.
Ein Geschenk wollte er für sie noch in Vindobona besorgen. Er dachte an einen silbernen Armreif. Davon hatte sie einmal geschwärmt. In der Stadt gab es einen Kupferschmied, der auch Schmuck herstellte. Besonders schön waren seine Silberreifen, in die er feine Goldfäden einhämmerte. Zu diesem Schmied wollte er gehen.
Von weitem sah Siegbert das verfallene Tor des ehemaligen Legionslagers von Vindobona. Jetzt trieb er sein Pferd an, denn es gab noch vieles bis zur Abreise nach Thüringen zu tun.

Vor seinem Quartier hielt Siegbert an. Der Pferdeknecht kümmerte sich gleich um seinen Hengst und drei Beamte begrüßten ihn freudig und informierten ihn über die Neuigkeiten in der Stadt. Eigentlich wollte er sich nicht damit befassen, doch da er von Amalaberga vor ihrer Abreise mit besonderen Machtbefugnissen ausgestattet wurde, so sahen

ihn die Beamten als hohen Vertreter der Thüringer Königin an. Sie berichteten ihm von allen wichtigen Vorgängen und erwarteten von ihm Entscheidungen in einigen Fragen.
Um einer Antwort aus dem Weg zu gehen, bat er den Oberbeamten, ihn in die Stadt zu begleiten.
In Vindobona herrschte rege Bautätigkeit und es waren auch viele Jungkrieger, die mit Hand anlegten. Unter Anleitung erfahrener Krieger und Handwerker, die ihnen Audoin überlassen hatte, gingen die Arbeiten schnell voran.
Neue Brunnen wurden gebaut und die Wasserzuleitung repariert. Das Quellwasser kam von einem nahegelegenen Berg und floss in einem abgedeckten Kanal bis in die Innenstadt. An vielen Stellen war die Anlage beschädigt und die Abdeckplatten des Wasserkanals eingebrochen. Es war verwunderlich, dass bisher noch ausreichend Wasser für die Badeeinrichtung ankam.
Neben den Baracken, der Unterkünfte für die Jungkrieger, hatten sich verschiedene Handwerker wohnlich eingerichtet. Händler boten ihre Waren an und die Handwerker ihre Leistungen. Es gab viele kleine Gaststätten, in denen die Jungkrieger versorgt wurden.

Nach der kurzen Besichtigung ging Siegbert mit seinem Begleiter zurück zum Praetorium, das einst als Wohnhaus für den römischen Kommandanten diente und in dem jetzt die wenigen Beamten ihre Arbeit verrichteten und wo sich auch die Räume der königlichen Familie befanden.
Von der Principia, dem Stabsgebäude, das sich am Kreuzungspunkt der beiden Hauptstraßen befand und in dem einst die Schreibstuben und die Diensträume des Kommandeurs des ehemaligen Legionslagers lagen, war nicht mehr viel zu sehen. Kniehohe Fundamente ragten aus dem Boden und Ziegen grasten zwischen den Mauerresten.
Im Wohnhaus suchte Siegbert die Küche auf. Er hatte Hunger bekommen. Der Thüringer Koch bereitete dort das tägliche Essen für die Beamten und die Anführer der Hundertschaften. Er wurde von mehreren Mägden bei der Arbeit unterstützt. Es waren dies Töchter von Handwerkern aus der Stadt.

Der Koch sah Siegbert und bot ihm an, das Essen in das Esszimmer zu bringen.

„Mach dir keine Umstände, Koch! Wir bleiben gleich hier sitzen. Hast du noch etwas im Kessel?"

„Ein wenig Steppenfleisch, mein Herr."

„Was soll das sein?"

„Es sind geröstete Fleischstücke mit Zwiebeln als Suppe gekocht, die die Hirten in der Tiefebene von Pannonien oft essen."

„Das klingt gut! Gib sie uns!"

Der Koch füllte aus einem großen Kupferkessel zwei Schalen mit dem Fleischgericht und stellte sie auf den Tisch. Mägde brachten frisches Brot und einen Krug mit Wein und Wasser.

„Lasst es euch schmecken!", wünschte der Wirt und ging wieder seiner Arbeit nach.

„So etwas Gutes habe ich schon lange nicht mehr zu essen bekommen", meinte Siegbert anerkennend. Der Beamte, der keinen Hunger hatte, nickte stumm dazu.

Dem Wirt und den Mägden tat dieses Lob sichtlich gut.

Siegbert erklärte dem Beamten, dass er so schnell wie möglich nach Thüringen weiterreisen wollte.

Enttäuscht sah der Beamte ihn an.

„Wer trifft dann die Entscheidungen in der Stadt?"

„Mein Bruder Hartwig wird schon in ein paar Tagen hier sein und alles erledigen. Es ist besser, wenn ich nichts veranlasse, was nicht in seinem Sinn ist."

„Es gibt aber Dinge, die keinen Aufschub erlauben."

„Nichts ist so dringend und wichtig, als dass es nicht noch ein paar Tage ruhen könnte."

Mit dieser Aussage musste sich der Oberbeamte notgedrungen zufriedengeben.

„In einer Sache kannst du mir jedoch behilflich sein. Rufe alle Krieger zum Thing für morgen zusammen! Ich will sie fragen, wer von ihnen mit mir nach Thüringen zurückgeht, um dort gegen die Franken zu kämpfen."

„Das geht nicht, die Zeit ist zu knapp. Manche siedeln eine Tagesreise donauaufwärts und können nicht rechtzeitig kommen."

„Nun gut, dann soll die Versammlung in einer Woche sein. Es ist wichtig, dass jeder erscheint."
Dienstbeflissen entfernte sich der Oberbeamte um Boten zu den entlegenen Siedlungen der Thüringer zu entsenden.
Siegbert nutzte die Zeit bis zum Thing auf seine Art. Er besuchte die Unterkünfte der Jungkrieger und sprach mit ihnen. Dabei erfuhr er, dass kaum einer Verlangen hatte, je wieder in die Heimat zurückzukehren. Sie hatten hier ihr neues Zuhause im Langobardenland gefunden und waren mit der Entscheidung, aus dem besetzten Thüringen wegzuziehen, zufrieden. An eine Vertreibung der Franken glaubte niemand mehr. Enttäuscht nahm es Siegbert zur Kenntnis.
Während der Versammlung, dem großen Thing, versuchte Siegbert nochmals die Krieger zu begeistern, mit ihm in die Heimat zu ziehen, um dort gegen die Franken zu kämpfen. Nicht mehr als eine halbe Hundertschaft war bereit, ihm zu folgen. Für die, die mit ihm ritten, bestimmte er den Abreisetag in drei Tagen, damit jeder noch Gelegenheit hatte, seine Sachen zu packen und Abschied zu nehmen.

Nach der Versammlung ritt Siegbert zurück in die Stadt. Dort erwartete ihn Emeric aus Ravenna.
„Was machst du hier? Wieso bist du nicht bei der Königin?"
„Sie hat mich hierher entsandt mit dringenden Nachrichten für Amalafred."
„Der Prinz ist noch auf der Hochzeit des Langobardenkönigs und wird von dort gleich wieder nach Ravenna zurückreiten. Du wirst ihn hier nicht antreffen!"
„Er wird nach Vindobona kommen. Ein Bote der Königin ist zu ihm unterwegs."
„Was ist passiert, so sag schon!"
„Ich darf mit niemand anderen sprechen, als mit Amalafred. Auch dir kann ich vorher nichts sagen."
Siegbert war sehr beunruhigt. Was sollte das bedeuten? Was war passiert? Emeric schien ihm nichts verraten zu wollen, so musste ein sehr bedeutender Grund vorliegen, dass er nach Vindobona geeilt war.

Mit Sorge dachte Siegbert an seine bevorstehende Abreise nach Thüringen. Was wäre, wenn Amalafred ihn hier benötigt? Die Ungewissheit setzte ihm sehr zu. Die Freude über die bevorstehende Heimreise und das Wiedersehen mit Brunhilde war gedämpft.
Mehrfach versuchte er, irgendeine Information Emeric zu entlocken, doch der blieb verschlossen, wie ein Stein. Das Warten auf Amalafred konnte mehrere Tage dauern. Vielleicht fand der Bote der Königin die Residenz von Wacho nicht oder Amalafred war schon auf der Rückreise nach Ravenna und sie verfehlten sich.
Siegbert ritt allein zu dem Thingberg, der im Nordwesten von Vindobona lag. Von hier aus konnte er in das Donautal mit den vielen Verzweigungen des Flußes blicken.
Auch die neuen Langhäuser der Thüringer konnte er sehen. Sie lagen im Areal des viereckig geformten, ehemaligen römischen Heerlagers. Vom Glanz dieser Zeit war nur noch wenig übrig geblieben, doch es gab Hoffnung für diese Stadt. Vielleicht könnten seine Thüringer Landsleute der Siedlung wieder neues Leben einhauchen.
Ein Anfang war gemacht.
Der kühle Wind, der vom Osten her wehte, tat ihm gut und beruhigte seine Sinne. Es blieb ihm ohnehin nichts anderes übrig, als abzuwarten und sich den weisen Entscheidungen der Nornen zu fügen. Beruhigt ritt er in die Stadt zurück.
Dort suchte er Emeric und fand ihn am Ufer der Donau. Traurig und verschlossen blickte er auf das fließende Gewässer. Siegbert setzte sich neben ihn und sie schwiegen eine ganze Weile vor sich hin.
„Da du mir nicht sagen willst oder kannst, warum du hier bist, so berichte mir von deiner Familie und wo du aufgewachsen bist", begann Siegbert ein Gespräch.
Emeric erzählte von seiner Sippe und der schönen Kindheit, die er zu Hause verbrachte. Wäre Siegbert nicht vor wenigen Tagen in Ravenna gewesen, so hätte er sich niemals die großen steinernen Paläste und Häuser vorstellen können, von denen Emeric sprach.
Es war eine ganz andere Welt, in der die Ostgoten und Römer lebten. Welchen Eindruck hätten sie, wenn sie nach

Thüringen kommen würden, wo es diese Bauten nicht gab und die Menschen in Lehmhäusern und Schilfhütten lebten.
Die beiden merkten nicht, dass es schon dunkel wurde, so tief waren sie in ihre Unterhaltung vertieft. Der aufkommende Wind ließ sie die Abendkühle spüren und sie machten sich auf den Weg in die Stadt.
Auf der Hauptstraße war noch reges Leben. In Eisenkübeln brannten Feuer und sorgten für Wärme und Licht. Händler priesen ihre Waren an und die Handwerker saßen vor ihren Werkstätten und fertigten neue Dinge. In den Gasthäusern saßen Jungkrieger und tranken Wein.
Siegbert wählte eine Weinstube aus, in der es nicht so laut zuging. Er wollte sich mit Emeric noch weiter über sein Leben unterhalten. Der Wirt wies ihnen einen Platz zu, wo sie ungestört reden konnten. Er war kein Thüringer, das erkannte Siegbert an seinem Aussehen und der Sprache.
Die meisten Gasthäuser wurden von Bauern aus der Umgebung von Vindobona betrieben, die selber Wein anbauten und ihn in den Schenken verkauften. Den meisten Thüringern schien er besser zu schmecken, als der Met, den sie von zu Hause kannten.
„Die Leute hier haben einen guten Geschäftssinn. Sie nehmen unseren Jungkriegern das Geld ab, das sie auf dem Beutezug vom Langobardenkönig Wacho erhalten haben. Somit freuen sie sich schon auf den nächsten Kriegszug mit ihm, um für Nachschub zu sorgen. In Thüringen haben wir noch kein Geld. Da werden Waren gegen Waren getauscht", erklärte Siegbert Emeric.
„An Geld haben sich die Leute im ehemaligen römisch besetzten Gebiet schnell gewöhnt. Wie wolltest du hier in der Weinstube sonst deine Zeche bezahlen? Willst du dem Wirt ein Huhn für den Wein geben. Was ist, wenn er selber genügend Hühner hat und deines nicht braucht. Dann müsstest du mit viel Glück eine andere Weinstube suchen. Bis du eine findest, bist du verdurstet."
Siegbert musste lachen. Er stellte sich vor, wie er mit einem Huhn am Gürtel seine Zeche bezahlen wollte. Auch Emeric konnte sich ein Grinsen nicht verkneifen.

„Ich sehe es ein, dass Münzen besser sind. Und wenn ich mir überlege, was ich alles gegen die Geldstücke in meinem Lederbeutel eintauschen kann, so reichte kein Ochsenkarren aus, es wegzubringen."
„Wir können noch einen Krug Wein bestellen, dann wird dir der Geldsack ein wenig leichter", meinte Emeric lachend.
„Bei dir muss ich vorsichtig sein, denn du trinkst mich schnell unter den Tisch. Davon kann Amalafred und mein Bruder ein Lied singen."
„Du denkst an den Abend in der Taverne in Ravenna. Das war noch gar nichts im Vergleich mit den Trinkgelagen bei meinen Freunden."
„Die werde ich bestimmt nicht besuchen. Das wäre mir zu gefährlich", gab Siegbert scherzhaft zu. Dem einen, folgten noch mehrere Krüge des köstlichen Weins aus dem Donautal. Siegbert hoffte, dass Emeric in seiner Trunkenheit etwas von dem Geheimnis preisgeben würde, doch er sprach nicht darüber und Siegbert wollte ihn nicht nochmals fragen. Spät am Abend zogen sie schwankend in ihre Unterkunft.

Am nächsten Morgen stellte Siegbert fest, dass er gar kein Schädelweh hatte, obwohl er noch nie so viel Wein, wie gestern getrunken hatte. Emeric war schon aufgestanden und saß im gemeinschaftlichen Essenraum. Siegbert setzte sich zu ihm und erkundigte sich nach seinem Wohlbefinden.
„Mir geht es gut und dir?"
„Das Schädelweh vermisse ich. Mir ist, als hätte ich gestern keinen Wein getrunken."
„Es war ein guter Tropfen, den uns der Wirt kredenzte. Auch ich habe keine Beschwerden."
„Dann können wir heute Abend wieder dort einkehren."
„Von mir aus gern. Was hast du heute vor?", wollte Siegbert von ihm wissen.
„Ich muss auf Amalafred hier warten."
„Kannst du nicht mit mir in die nahen Berge reiten?"
„Ich muss da sein, wenn der Prinz eintrifft."
„Nun gut, dann sehen wir uns heute Abend wieder."
Siegbert wollte gerade gehen, da rief ein Knecht in den Es-

senraum, dass soeben Amalafred mit zwei Leibwächtern der Königin eingetroffen war. Alle stürmten nach draußen. Auf dem Vorplatz standen die schaumbedeckten Pferde und Amalafred war von seinen Beamten umringt. Er sah Emeric und lief eilig auf ihn zu.
„Was ist los?" fragte er Emeric.
„Deine Mutter hat mich zu dir entsandt, dir zwei Briefe persönlich zu übergeben und wenn du sie gelesen hast, soll ich dir noch etwas dazu sagen."
„Wo hast du die Schreiben?"
„In meiner Unterkunft."
„Dann bring sie in meine Schreibstube!"
Jetzt erst sah er Siegbert und ging auf ihn zu.
„Es ist gut, dass du noch da bist. Es muss etwas Ungewöhnliches in Ravenna passiert sein. Vielleicht brauche ich dich hier. Komm mit mir!"

Amalafred lief eilig zur Schreibstube. Siegbert folgte ihm. Dort warteten beide ungeduldig auf Emeric. Ein Diener stellte einen Eimer mit Wasser auf einen Schemel und legte ein neues Hemd für den Prinzen daneben. Amalafred war die Nacht hindurch geritten und sehr verschwitzt und beschmutzt. Siegbert half ihm, den Rücken zu waschen und abzutrocknen, als Emeric eintrat.
Der Gote reichte ihm zwei Schriftrollen.
Das eine Schreiben war an ihn persönlich gerichtet und das andere für den Ältestenrat der Thüringer bestimmt. Amalafred las den Brief, der an ihn gerichtet war. Sein Gesicht verdüsterte sich dabei. Dann reichte er ihn Siegbert und sagte: „Lies ihn laut vor!"
Siegbert sah von Amalafred zu Emeric.
„Ich kenne den Inhalt", meinte dieser.
Er las laut vor.

„Lieber Sohn,
es ist etwas Entsetzliches geschehen. Ich habe erfahren, dass mein Bruder den Tod der Königin veranlasst hat, um allein regieren zu können. Er hat es mir selber gesagt und entschieden, dass ich mit meiner Familie und den Bediens-

teten aus Gründen der Sicherheit mein zugewiesenes Gut nicht mehr verlassen darf. Meiner Leibwache ist es verboten, Waffen zu tragen und vor unserer Villa stehen seine Männer, angeblich zu unserem Schutz.
Emeric, der Überbringer der beiden Schreiben, war seiner Königin Amalasuntha treu ergeben und hat auch mein vollstes Vertrauen. Er war bereit zu desertieren, um zu dir zu reiten und meine Schreiben zu überbringen. Du darfst nicht nach Italien zurückkehren! Mein Bruder wird uns nichts tun, solange wir uns seinen Anweisungen fügen.
Sei daher unbesorgt und voller Hoffnung!
Ich grüße dich herzlich,
deine dich liebende Mutter."

Schweigend machte sich jeder seine eigenen Gedanken.
„Lies noch den zweiten Brief an die Ältesten!"
Siegbert öffnete das Schreiben und las laut vor.

„An die Versammlung der Thüringer!
Eure Königin grüßt euch aus dem fernen Italien. Das Ostgotenreich steht im Krieg mit dem oströmischen Reich und ihr müsst mit der Abreise nach Italien warten, bis sich die Lage verbessert. Amalafred, mein Sohn, ist bei euch und er soll mich in allen Reichsdingen vertreten."

Siegbert legte das Schreiben auf den Tisch.
„Was ist passiert, nach unserem Wegritt aus Ravenna?", wollte Amalafred von Emeric wissen.
„Sehr viel. Der oströmische Feldherr Belisar hat nach dem Sieg über die Vandalen in Nordafrika, nun Sizilien erobert und scheint sein Heer weiter in das Ostgotenreich führen zu wollen. Der Kaiser in Konstantinopel ist in Sorge, dass die Ostgoten sich mit den Franken verbünden und sein Heer ist jetzt mächtig genug, um das gesamte ehemalige Römische Reich wieder zu vereinen. Theodahat, dem neuen König der Ostgoten, scheint er nicht so sehr zu trauen, deshalb lässt er die Waffen sprechen. Wie das ausgehen wird, kann niemand voraussagen."
„Jetzt verstehe ich, wie wichtig für Wacho der Feldzug nach

Dalmatien ist. Die Oströmer verschaffen sich mit einem Sieg den Zugang nach Italien und er kann dabei große Beute machen."
„Was passiert, wenn wir Thüringer uns an den Kämpfen gegen die Ostgoten beteiligen? Gefährden wir dabei das Leben unserer Königin in Ravenna?" wollte Siegbert wissen.
Emeric bezweifelte es.
„Ihr habt nicht so viele Krieger, die im Heer der Langobarden mitziehen. Die Ostgoten werden sie gar nicht bemerken", meinte er.
Amalafred fragte sehr besorgt: „Wird meiner Mutter auch wirklich nichts geschehen?"
Emeric war zuversichtlich, dass die Kämpfe in Italien nicht sehr lange dauern können und der Kaiser in Konstantinopel das gesamte Römische Reich wieder vereinen würde.
„Es wird jedoch davon abhängen, wie sich die Franken verhalten. Wenn sie die Ostgoten im Kampf unterstützen, dann ist nicht sicher, wer den Sieg davonträgt. Ich werde für morgen das Thing einberufen und die Neuigkeiten bekanntgeben", bestimmte der Prinz.
Amalafred machte sich Sorgen um seine Mutter und Schwester, die ohne seinen Schutz ausharren mussten. Wenn sein Onkel Theodahat seine Cousine Amalasuntha beseitigen ließ, so würde er vor weiteren Morden bestimmt nicht zurückschrecken. Daher mussten sie behutsam vorgehen.
Als die Aufregung abgeklungen war, fragte Siegbert den Prinzen, wo Hartwig blieb.
„Hartwig wird in den nächsten Tagen in Vindobona eintreffen, um dann mit einer langobardischen Gesandtschaft ins Frankenreich weiterzureisen. König Wacho hat es sich von mir gewünscht, da dein Bruder gut fränkisch kann und sich dort gut auskennt. Wenn alles erledigt ist, so wird er gleich zu seiner Familie nach Thüringen weiterreisen."
„Was ist mit mir? Kann ich jetzt auch fort?"
„Das werde ich nach dem Thing morgen Nachmittag entscheiden. Ich muss mir jetzt alles erst einmal durch den Kopf gehen lassen."
Siegbert stellte sich darauf ein, bei Amalafred bleiben zu

müssen. Er glaubte nicht, dass der Prinz ihn in dieser Situation ziehen lassen würde. Wäre Hartwig noch bei ihm, so sähe das anders aus.

Am nächsten Tag kamen die Krieger und Sippenältesten zum Thing auf dem Hohen Berg bei Vibdobona zusammen. Es waren alle gekommen, um von Amalafred Neuigkeiten zu erfahren.
Der Prinz erklärte die Lage, in der sie sich befanden. Die Thüringer waren bestürzt. Dann verlas Amalafred den Brief der Königin an den Ältestenrat.
Die Männer waren froh, dass Amalafred bei ihnen bleiben wollte. Vor Begeisterung hoben sie ihn auf einen Schild.
Amalafred freute sich über die Ehrung und versprach seinen Gefolgsleuten, sie nicht zu enttäuschen. Er gab auch bekannt, dass Hartwig im Auftrag von König Wacho eine langobardische Gesandtschaft in das Frankenreich begleiten sollte und dann zu seiner Familie in Thüringen zurückkehren wird.
Die Schilderhebung wurde in Vindobona gefeiert. Es floss reichlich Wein und keiner von den Kriegern beklagte sich, dass er nicht weiter ins Ostgotenreich reisen konnte. Im Reich der Langobarden fühlten sie sich wohl und König Wacho hatte ihnen weitere Beutezüge versprochen.
Siegbert saß am Tisch von Amalafred und wollte wissen, wie er sich entschieden hatte.
„Du bist mein Freund und ein Vertrauter ist mir jetzt sehr wichtig. Doch weiß ich auch, wie es dich zu den Männern in den Thüringer Bergen und zu deiner Freundin zieht und deshalb lasse ich dich gehen."
Siegbert war froh, dass er in die Heimat reisen durfte und der Wein schmeckte ihm nun gleich viel besser.

Am nächsten Tag rüstete Siegbert zum Abmarsch. Er wollte bald weg, damit Amalafred es sich nicht noch anders überlegte. Von der halben Hundertschaft, die mit ihm kommen wollten, war die Hälfte von ihnen abgefallen und wollten bei Amalafred in Vindobona bleiben.
So ritt Siegbert mit den verbliebenen Kriegern unter Jubel-

rufen aus der Stadt. Jeder von ihnen hatte sein eigenes Packpferd, voll beladen mit Dingen, die es in Thüringen nicht gab. Die meisten von ihnen wollten ihre Familien und Freunde besuchen und hatten Geschenke für sie dabei.
Die Krieger überquerten zunächst die Donau und zogen auf dem gleichen Weg, den sie vor einem Jahr mit Audoin gekommen waren, in Richtung Heimat. Einen wegekundigen Führer hatten sie diesmal nicht dabei, nur eine Wegekarte. Auf ihr waren die großen Flüsse eingezeichnet, die sie überwinden mussten.
Siegbert orientierte sich an der Sonne und den Sternen, um in nordwestlicher Richtung weiterzukommen. Sein Ziel war der Übergang über die Moldau, kurz vor dem Zusammenfluss mit der Elbe. Es gab vereinzelt Wege, die in diese Richtung führten, doch markante Handelsstraßen, wie es die Bernsteinstraße oder Via Regia waren, fand Siegbert nicht. Manchmal erreichten sie eine Siedlung, wo sie über Nacht bleiben konnten und zu Essen bekamen. Die Menschen hatten kaum Kontakt zur Außenwelt.
Selten kam dort ein Handelsmann vorbei, der ihnen Waren verkaufte und Neues aus der fernen Welt erzählte. Die Leute vermissten nichts und es ging ihnen gut. Die Steuern, die sie an den König entrichten mussten, waren gering. Auch sonst ließ man sie in Ruhe.
Die meisten der jungen Männer nahmen an den Kriegszügen ihres Königs teil. Diese Sippen erlangten einen sichtbaren Wohlstand.
Nach Siegberts Einschätzung müssten die Thüringer bald die Moldau erreichen. Vielleicht waren es nur noch ein oder zwei Tagesritte. Kurz nach Mittag sah er abseits vom Weg eine größere Siedlung.

Es war zu früh, um einzukehren, doch ob sie am späten Nachmittag noch einmal ein Quartier finden würden, war ungewiss. Er sprach mit seinen Männern darüber und die waren mit einer längeren Rast einverstanden. Die Hitze der letzten Tage, hatte sie ermüdet und auch die Pferde brauchten eine Ruhepause.
Siegbert ritt mit zwei seiner Krieger zu der Siedlung. Dort

standen mehrere Langhäuser sowie Speicher und separate Stallungen für Schweine und Geflügel. Der Hof war großflächig angelegt mit Brunnen und einem durch Bäume abgeschatteten Platz zum Ausruhen. Als sie auf den Hof kamen, trat ihnen ein groß gewachsener Mann mit einem Speer in der Hand entgegen. Siegbert fragte ihn, ob er mit seinen Männern bei ihm übernachten könne.
Der Bauer war der Sippenälteste der Siedlung und sein Gesicht erhellte sich, als er Siegbert sah. Seine Freundlichkeit verwunderte die Thüringer.
„Es ist mir eine große Freude und Ehre, dass ihr bei mir einkehrt. Kommt und seid meine Gäste", rief er begeistert aus.
Misstrauisch sah sich Siegbert um. So einen angenehmen Empfang hatte er nicht erwartet. Meist beäugen die Siedler eine Kriegergruppe ängstlich, auch wenn von ihnen keine Gefahr ausging. In dieser Siedlung schien jedoch alles anders zu sein.
„Du sollst dir aber keine Umstände machen. Für Unterkunft und Verpflegung zahlen wir gut", entgegnete Siegbert.
„Das kommt gar nicht in Frage! Ihr seid meine Gäste. Zu selten habe ich einen so berühmten Krieger in meinem Haus."
Die umstehenden Leute starrten verwundert auf Siegbert.
„Wieso denkst du, dass ich ein berühmter Krieger bin?"
„Ich habe dich in Carnuntum bei den Spielen gesehen, wie du einen Bären getötet hast und dann auch im Heer unseres Königs, wie du seinen Speer tragen durftest."
Das Staunen der Umstehenden war groß. Unzählige Male hatte ihr Sippenoberhaupt die Geschichte mit dem Bärenkampf an dem langen Winterabend erzählt und nun stand der Held direkt vor ihnen. Das grenzte für viele an ein Wunder.
Mit der Sicherheit und der Routine eines Anführers befahl der Bauer seinen Leuten ein Festmahl vorzubereiten. Zwei Schweine wurden aus dem Stall gezerrt und geschlachtet. Die Frauen beeilten sich Brot zu backen und holten Gemüse und Kräuter aus dem Garten. Es ging zu, wie in einem Ameisenhaufen. Ein jeder wusste, was er zu tun hatte und der Sippenälteste gab die Befehle.

Siegbert erfuhr von ihm, dass er einer von Wachos Hundertschaftsführern war und so konnte er sich die derbe Art, wie er mit seinen Leuten umging, erklären.
Die Krieger, die auf dem Weg gewartet hatten, kamen auf den Hof, setzten ab und banden ihre Pferde am Zaun fest.
„Ihr könnt die Tiere absatteln und auf die Koppel geben. Eure Sachen packt ihr in die große Scheune. Sie ist fast leer. Stroh und Heu sind aufgebraucht, doch für ein weiches Nachtlager reicht es noch."
Er kam wieder zu Siegbert und stellte ihm nun seine Familie vor. Seine Frau war eine stämmige, kleine Person mit freundlichen Gesichtszügen. Sie wischte sich den Schweiß mit ihrer Schürze von der Stirn und verbeugte sich etwas unbeholfen vor dem Gast. Dann traten der Reihe nach die vier Töchter und drei Söhne vor und verbeugten sich tief.
„Mein großer Sohn ist als Jungkrieger in Audoins Heer. Die beiden Jüngeren legen nächstes Jahr die Kriegerprüfung ab. Sie können schon ganz gut mit den Waffen umgehen und werden einmal tapfere Krieger werden, so wie ihr Vater."
Stolz klopfte er den Knaben auf die Schultern. Zwei der Töchter waren im heiratsfähigen Alter und von großer Statur, die anderen beiden schienen mehr der Mutter nachzukommen.

Der Sippenälteste zeigte Siegbert seine Siedlung und ging auch mit ihm in die Ställe. Er hatte viele Kühe und eine noch größere Anzahl von Schweinen.
„Hast du auch Pferde?", wollte Siegbert wissen.
„Nur Reitpferde für mich und meine Jungen."
„Du hast ein großes Anwesen. Wenn deine Söhne im Heer dienen, wer macht dann die Arbeit auf dem Hof."
„Dafür habe ich genügend Sklaven. Sie sind fleißig und verlässlich."
Die älteste Tochter kam gerannt und sagte ihrem Vater, dass schon einige der Nachbarn eingetroffen waren.
„Ich habe einige Nachbarn eingeladen! Es stört dich doch nicht? Musikanten habe ich auch schon bestellt und die werden heute aufspielen."

„Du machst dir zu viele Umstände!"
„Ganz und gar nicht! Ich freue mich, dass du mich mit deinem Besuch ehrst und deswegen wollen wir gemeinsam feiern und tanzen."

Eilig lief der Sippenälteste in Richtung Hof voran, um die Angekommenen zu begrüßen. Es waren die unmittelbaren Nachbarn mit ihren Kindern. Der Hausherr begann sie im einzelnen Siegbert vorzustellen und verwies darauf, dass die älteren Söhne seiner Nachbarn alle im Heeresdienst standen. Jetzt konnte sich Siegbert die viel größere Anzahl der Töchter erklären, die um ihn herumstanden.
Inzwischen hatten sich die jüngeren Söhne des Sippenältesten für einen Schwertkampf vorbereitet. So im Mittelpunkt zu stehen, das gefiel ihnen.
Gelassen gingen sie den Schaukampf an. Es schien nicht das erste Mal zu sein, dass sie vor Zuschauern miteinander kämpften, denn die Posen und das Gehabe beherrschten sie wie routinierte Gladiatoren.

In der Mitte des Hofes bildete sich ein Kreis und die beiden Jungen gingen auf ein Zeichen ihres Vaters aufeinander los. Ihre Kurzschwerter sprühten Funken und die Mädchen wichen ängstlich und bewundernd zurück.
Die Schwerthiebe der beiden saßen präzise und man merkte, dass der Ablauf des Schaukampfes vorher oft geprobt war. So vermieden sie Verletzungen. Als die Kraft nach einer Weile jedoch nachließ passierte es, dass die Klinke des einen Kämpfers abrutschte und den Oberarm des Bruders verletzte. Blut spritzte aus der Wunde und viele schrien vor Entsetzen auf. Der Vater stürzte in den Kreis und besah sich die Verletzung seines Sohnes.
„Es ist nicht so schlimm, wie es aussieht", meinte er beruhigend. „Geh und lass dir die Wunde von deiner Mutter verbinden!"
Entschuldigend sagte der Vater zu Siegbert: „Das Blut wird noch oft fließen, bis er einmal nach Walhall kommen wird. Sieh dir nur meine Narben an!"
Er zog sein Hemd aus und zeigte allen Umstehenden seine

vielen Verletzungen durch Hieb- und Stichwaffen. Bewundernd blickten die Nachbarn auf ihn.
An einer Seite des Hofes waren mehrere Tische und Bänke aufgestellt worden. Die Hausfrau und ihre Töchter trugen das frisch gebackene Brot auf und stellten Bier dazu. Alle suchten sich einen Platz.
An dem Tisch des Gastgebers nahmen die Sippenältesten und Siegbert Platz, zu dessen Ehren das Fest veranstaltet wurde. Der Hausherr hielt eine Ansprache und vergaß nicht, nochmals die Geschichte mit dem Bären zu erzählen. Jedem der Zuhörer war diese schon bekannt, doch das der Bärentöter neben ihnen mit am Tisch saß, das war für sie alle etwas Einmaliges. Bescheiden ließ Siegbert viele Schmeicheleien über sich ergehen und war dann froh, als Sklaven das gare Fleisch von den Spießen schnitten und auftrugen. Jetzt stand den meisten nur der Sinn nach dem köstlichen Schweinebraten.

Die Thüringer Krieger saßen gut verteilt zwischen den hübschen Töchtern der Nachbarn und die Kinder hatten sich zusammen an einen tieferen Tisch, der etwas abseits von den anderen stand, gesetzt und stritten um die besten Fleischstücke. Die Kinder mussten sich auch – statt mit dem köstlichen Bier – mit Brunnenwasser begnügen.
Kaum, dass die letzten gesättigt waren, spielten drei Musikanten auf und die Mädchen fingen an zu tanzen. Die Thüringer sahen ihnen zu und machten so manch spaßige Bemerkungen. Es dauerte nicht lange und so wurden die Krieger von ihnen zum Tanz aufgefordert.
Anfangs unwillig, folgten sie dem Drängen. Die Krieger taten sich schwer, die richtigen Schritte zu setzen. Diese Art des Bauerntanzes war ihnen nicht bekannt. Manche der jungen Krieger genossen ihre Hilflosigkeit und ließen sich von den Mädchen gern belehren. So hatten sie viel Spaß miteinander.
Die Alten sahen belustigt dem Treiben der Jugend zu und unterhielten sich über längst vergangene Tage. Sie dachten an die Zeit, als sie so jung waren und erfreuten sich an der Ausgelassenheit ihrer Sprösslinge.

„Wenn du gern tanzen möchtest, so rufe ich nach meiner ältesten Tochter?", fragte der Sippenälteste Siegbert.
„Ich sitze lieber bei euch und unterhalte mich. Dein Bier schmeckt mir besonders gut, hast du es selber gebraut?", wollte Siegbert wissen.
„Bei uns macht jeder sein eigenes Bier, das ist schon seit vielen Generationen so. Wer das beste Bier braut, der erhält den Bierhut. Ihn darf er ein Jahr tragen, bis das nächste Mal das Bier von allen verkostet wird. In diesem Jahr habe ich den Bierhut. Ich werde ihn dir gleich zeigen."
Eilig lief er in das Langhaus und kam gleich darauf mit einem spitzen Filzhut auf dem Kopf wieder heraus. Die Nachbarn jubelten ihm zu. Stolz drehte und wendete er sich mit seinem hübschen Kopfputz, dass auch alle ihn gut sehen konnten. Siegbert musste lächeln, wie er den eitlen Hahn so herumstolzieren sah. Mit dem Hut auf dem Kopf setzte sich der Hausherr wieder zurück auf seinen Platz.
„Gefällt er dir?", wollte er von Siegbert wissen.
„Er ist schön und passt gut zu dir", war die wenig aufrichtige Antwort. Beim Thema des Bierbrauens konnten alle am Tisch mitreden und die Unterhaltung wurde immer lauter, da einer den anderen zu überschreien suchte.

Siegbert bekam Kopfschmerzen und fragte, ob er sich ein wenig ausruhen kann. Der Hausherr sah, dass er auf einmal ganz blass im Gesicht wurde und war sehr besorgt um die Gesundheit seines Ehrengastes. Er riet ihm, sich im Haus ein wenig niederzulegen. Seine Tochter beauftragte er, sich um Siegbert zu kümmern. Sie ging ihm ins Haus voran und bot ihm an, sich auf einer der Liegen, die an der langen Hauswand aufgestellt waren, auszustrecken. Sie holte ein Tuch und einen Eimer Wasser und legte ihm das feuchte Tuch auf die Stirn. Das tat Siegbert gut. Er schloss die Augen und atmete tief durch.
Derartige Schwächeanfälle hatte Siegbert schon ein paar Mal gehabt. Die Anfälle kamen so schnell, wie sie wieder verflogen. Meist gingen sie einher mit Sehschwäche und starken Kopfschmerzen. Ihm war das schon als Kind öfters passiert. Was der Grund dafür war, konnte ihm bisher nie-

mand sagen. Auch die Kräuterfrau in Rodewin kannte kein Mittel dagegen. So blieb er ruhig liegen und wartete ab. Nach einer Weile merkte er, dass seine Sehschärfe wiederkehrte und die Kopfschmerzen langsam verflogen.
„Wie heißt du?", fragte er die Tochter, die neben der Liege sitzen blieb und auf ihn sah.
„Libusa heiße ich."
„Das ist ein schöner Name. Ich danke dir für die Hilfe. Mir geht es schon besser und ich werde wieder zu den anderen gehen."
„Bleib lieber noch ein Weilchen liegen, bis es dir richtig gut geht! Ich habe auch manchmal solche Schwindelanfälle. Danach wird mir ganz übel und ich muss mich erbrechen. Ich kann dann den ganzen Tag nicht arbeiten. Am nächsten Morgen ist wieder alles vorbei, als wäre nichts gewesen."
„Dann geht es dir noch viel schlechter als mir", erwiderte Siegbert verständnisvoll.
„Ich habe das schon immer gehabt und niemand kann mir helfen."
„Mir geht es ebenso, doch es tritt jetzt seltener auf. Es mag sein, dass mir die Hitze in den letzten Tagen so zugesetzt hat."
Libusa wechselte das feuchte Tuch auf seiner Stirn und strich dann zart über seine Wangen. Siegbert hielt die Augen geschlossen. Sie fasste nach seiner Hand und strich immer wieder leicht darüber. Siegbert tat so, als würde er schlafen und ließ sie gewähren. Warum sie das machte, konnte er sich nicht erklären, aber es war wunderschön. Das Streicheln machte ihn müde und er schlief ein.
Ein Geräusch hatte ihn geweckt. Es war die Stimme des Hausherrn, der sich nach dem Befinden seines Ehrengastes erkundigte. Als er sah, dass Siegbert ruhig schlief, wollte er ihn nicht wecken und verschwand gleich wieder.
„Habe ich lange geschlafen?", fragte er erschrocken Libusa.
„Nur einen kurzen Moment. Es ist dir bestimmt länger vorgekommen, als es wirklich war."
„So muss ich gleich hinaus zu den anderen."
„Ruh dich lieber noch etwas aus, damit du keinen neuen Schwindelanfall bekommst!"

Sie hielt noch immer seine Hand fest und er ließ es zu. Ihre Mutter kam ins Haus, um neues Bier zu holen.
„Wie geht es ihm?", fragte sie ihre Tochter.
„Besser, denke ich! Er wird gleich wieder hinauskommen."
Libusa wechselte noch einmal das feuchte Tuch auf seiner Stirn und stellte den Wassereimer zurück an die Feuerstelle.
Siegbert erhob sich von der Liege und fühlte sich besser.
„Du hast mir sehr geholfen, Libusa, ich danke dir!"
„Du brauchst dich nicht zu bedanken, ich habe es gern getan."
Er ging wieder zu den anderen und setzte sich auf seinen Platz.
„Ist alles in Ordnung?", wollte der Hausherr wissen.
„Es geht mir gut!", antwortete Siegbert lächelnd.
„Bestimmt rührt das Unwohlsein von einer deiner Verletzungen. Ich hatte auch einmal eine, bei der es mir zu jedem Vollmond schlecht ging. Keiner konnte es sich erklären, auch nicht unsere Kräuterfrau. Doch meine große Tochter hat dann das richtige Heilkraut gefunden. Sie ist ein kluges Mädchen und kennt sich mit Pflanzen besser aus, als so manches Kräuterweib. Wenn unsere Nachbarn ein Wehwehchen haben, dann kommen sie schon manchmal zu ihr."

Musik und Tanzen waren in vollem Gange und die Krieger, die kein Mädchen abbekamen, ließen sich das Bier schmecken.
Es wurde langsam dunkel und der Hausherr ließ Feuerkörbe aufstellen und einen Holzhaufen entzünden. Hin und wieder verschwand eines der Tanzpärchen im nahen Wald. Siegbert und der Hausherr bemerkten es.
„Ich werde meinen Männern sagen, dass sie eure Töchter nicht anrühren. Es könnte sonst Ärger mit den Vätern geben."
„Lass sie nur machen! Wenn sich die jungen Leute finden, so soll es auch sein. Sieh dir die Kinder dort am Tisch an! Was fällt dir an ihnen auf?"
„Ich kann nichts Besonderes bemerken. Es sind Kinder, wie nun mal Kinder sind."

„Sieh genau hin, dann wirst du die Unterschiede erkennen!"
Siegbert gab sich große Mühe, doch er konnte nichts feststellen.
Der Hausherr winkte ab und sprach entrüstet: „Jeder Fünfte von ihnen ist ein Trottel. Seit vielen Generationen wird nur in der Nachbarschaft geheiratet. So ist jeder mit jedem verwandt. Was fehlt, das ist frisches Blut, damit diese Inzucht aufhört. Einen Trottel kann ich im Heer nicht verwenden und deshalb finde ich es gut, wenn sich die Mädchen mit Fremden einlassen. Deine Krieger sind stramme Burschen und gute Kämpfer. Ihre Söhne werden es auch sein und das ist es, was wir hier brauchen."
Verwundert blickte ihn Siegbert an.
„Was werden die Söhne sagen, wenn sie nach Hause kommen und ihre Bräute sind von anderen schwanger?"
„Schimpfen werden sie mit ihnen, doch schon bald wird der Ausrutscher vergessen sein und alles läuft wie immer weiter. Vielleicht habe ich Glück und meine beiden Großen bekommen heute auch einen von deinen Kriegern ab. Ich würde dir gern eine von ihnen für die Nacht geben, wenn ich dich nicht damit beleidige."
Jetzt musste Siegbert lachen. Einen solchen Gastgeber hatte er noch niemals kennengelernt, der seine Töchter verschenkt.
„Ich bin schon so gut wie verheiratet und meine Braut wartet in Thüringen auf mich und wir werden vielleicht schon in diesem Jahr heiraten."
„Was stört es dich, wenn du deswegen die Töchter anderer Mütter nicht verschmähst? Ich liebe meine Frau auch über alles und trotzdem verschmähe ich auf den Feldzügen kein Weibsbild. Ich und meine Männer tun gewissermaßen etwas Gutes, denn wir vermischen dort ein bisschen das Blut."
„Bei dem letzten Feldzug in Illyrien habe ich gesehen, wie die Frauen vergewaltigt wurden. War das gut?"
„Am Ende ist es unwichtig, wie etwas geschieht, nur das Ergebnis zählt."

Siegbert wollte nicht mit seinem Gastgeber darüber streiten. Er hatte diesbezüglich eine andere Auffassung. So ließ er sich von ihm berichten, wie er es geschafft hatte, ein Hunno im Heer des Langobardenkönigs zu werden. Der Hausherr schien auf diese Frage gewartet zu haben, denn nun konnte er nach Herzenslust von allen seinen Heldentaten berichten und hatte diesmal einen Zuhörer, der sie noch nicht kannte.
Das Fest endete spät um Mitternacht. Die Nachbarn hatten sich in den Speichern einen Schlafplatz gesucht und die Thüringer ruhten bei ihren Pferden in der Scheune.
So manches Mädchen hatte sich verirrt und verbrachte die Nacht eng umschlungen mit ihrem Tänzer.
Siegbert musste im Haupthaus mit übernachten. Ihm wurde die Liege zugewiesen, auf der er sich schon am Nachmittag kurz ausgeruht hatte. Die anderen schliefen in Schlafkästen eng beieinander.
Libusa hatte Siegbert noch einen Schlummertee gemacht, der fruchtig und süß schmeckte. Danach fiel er bald in einen tiefen Schlaf und träumte intensiv. Er dachte an Brunhilde, seine Braut, und fühlte, wie sie in seinen Armen lag und wie er mit ihr verschmolz. Siegbert nahm ihren Geruch wahr und spürte die Wärme ihrer Haut. Ermattet fiel er in eine Leere. Seine Gedanken hatten sich, wie in einem Nebel verirrt. Sie suchten nach einem Halt, einer Orientierung. Mit den Händen wollte er das Netz zerreißen, das ihn umgab. Endlich fanden seine Finger einen Halt, ein Kopf, lange Haare, schlanker Hals und weiche Brüste. Eine Hand griff nach der seinen und streichelte sie. Der Schlaf bezwang den Traum.

Als Siegbert am Morgen aufwachte, versuchte er sich an den schönen Traum zu erinnern. Libusa war schon wach und kam zu ihm an die Liege. Ohne ein Wort zu sagen fasste sie nach seiner Hand und strich mit den Fingern leicht über den Handrücken. Siegbert sah sie an und war verunsichert.
„Dein Tee hat mir einen schönen Traum beschert."
„Ich weiß es!"

„Habe ich im Schlaf gesprochen?"
„Nein, du warst leise und niemand hat etwas bemerkt!"
„Habe ich etwas getan?"
Libusa drückte seine Hand und flüsterte: „Du warst sehr unruhig, doch ich konnte dich besänftigen."
Jetzt lächelte sie ihn zum ersten Mal an. Siegbert verstand sie nicht. Sie erschien ihm zu geheimnisvoll.
Der Hahn krähte im Hühnerstall, als würde ihn der Fuchs die Kehle zudrücken. Das Krächzen war so entsetzlich, dass alle munter wurden, laut gähnten und sich streckten.
Libusa war zur Herdstelle geeilt, um den Frühstücksbrei zu kochen. Emsig rührte sie mit einem großen Holzlöffel in dem Kessel herum und Siegbert sah ihr von seiner Liege aus zu. Die Mutter und die Schwestern kamen ihr zu Hilfe, denn sie brauchten große Mengen an Brei für die Thüringer Krieger und Nachbarn.
Siegbert sah nach seinen Männern. Nach der langen Tanznacht wäre mancher noch gern im Heu liegengeblieben. Die Mädchen lösten sich verschreckt aus den Umarmungen ihrer Burschen und liefen schnell durch das Tor der Scheune zum Brunnen. Dort schienen sie aufzutauen, richteten ihre Kleider und kämmten sich die Haare. Es war ein Schnattern, wie im Gänsestall.

Die Krieger wurden zuerst von der Hausfrau mit dem Frühstück versorgt. Sie hatten noch einen weiten Weg vor sich und wollten zeitig losreiten. Der Hausherr bot sich an, sie bis zur Moldau zu begleiten und auch bei der Überfahrt behilflich zu sein. Siegbert dankte für dieses Angebot und nahm es gern an.

Als die Krieger vom Hof ritten, da konnte so manche Nachbarstochter ihre Abschiedstränen nicht zurückhalten.

10. Das Rebellenlager

Siegbert hatte mit seinen Kriegern wohlbehalten das andere Ufer der Moldau erreicht. Sie winkten noch einmal Ihren Gastgebern zu und bahnten sich einen Weg durch die sumpfige Schilfzone des Flußes. Als sie den Waldrand erreichten, blickten sie noch einmal zurück und konnten sehen, dass nun ihre Gastgeber die Pferde wendeten und zu ihren Familien zurückkehrten.
Schweigend zogen die Thüringer auf dem gleichen Handelsweg nordwärts, den sie vor einem Jahr mit der Königin in entgegengesetzter Richtung entlang kamen. Es sah alles ganz anders aus. Siegbert machte öfter Halt und blickte zurück.
An Einzelheiten, wie Berge und Flußläufe, konnte er sich noch gut erinnern. Die Nebenflüsse zur Elbe mussten die Krieger überwinden. Das war nicht immer leicht. Da sie keine Karren bei sich hatten, konnten sie an seichten Stellen mit ihren Pferden zum anderen Ufer gelangen. Dort, wo die Strömung zu stark war, suchten sie nach einer Fähre. Meist waren es Bauern, die Händler und andere Reisende mit ihren großen Booten über den Fluß brachten, um sich so noch ein kleines Zubrot zu ihrer oft kläglichen Arbeit zu verdienen.
Die Reiter erreichten den Pfad, der über das Gebirge nach Thüringen führte. Auf dem Höhenkamm bogen sie noch auf langobardischem Gebiet nach Westen ab. Ihr Ziel war der Rynnestig. Sie mussten jetzt sehr vorsichtig sein, da sie nicht wussten, wie weit die Franken in die Berge vorgedrungen waren.
Nach einem Jahr konnte viel passiert sein. Obwohl sie keine frischen Hufspuren finden konnten, ritten sie nur in der Deckung der Wälder und auf abgelegenen Pfaden. Siegbert war verwundert, dass sie nicht auf Rebellen oder Siedler stießen. Sie kamen in die Nähe der Saale und überquerten den Fluss. Von da erreichten sie den Höhenzug des Rynnestigs, eines sehr alten Höhenweges der Nord und Südthüringen voneinander trennte. Hier hatte Siegbert im letzten Jahr seine Jungkrieger für den Kampf ausgebildet.

Sie ritten auf dem Höhenweg, jede Deckung nutzend, im Trab. Niemand war zu sehen und sie entdeckten auch keine frische Hufspur.

Eines Abends schlugen die Krieger am Rande einer Lichtung ihr Nachtlager auf. Feuer machten sie keines, denn es konnten fränkische Krieger in der Nähe sein. Sie legten sich zeitig zur Ruhe, um sehr früh weiterreiten zu können.

Gegen Mitternacht bemerkte Siegbert, dass die angebundenen Pferde unruhig wurden. Er stand auf und ging zu den Tieren. Der Krieger, der gerade Wache hielt, kam langsam auf ihn zu. „Kannst du nicht schlafen?", fragte er Siegbert.

„Ich muss durch ein Geräusch wach geworden sein und habe bemerkt, dass die Pferde unruhig sind."

„Es wird ein Wolf gewesen sein, der um unser Lager schleicht. Leg dich wieder nieder, ich passe schon auf!"

Siegbert ging zurück zu seinem Schlafplatz und streckte sich aus. Seine Männer lagen eng beieinander und hatten ihre Waffen neben sich liegen. Er wollte sich gerade die Wolldecke über den Kopf ziehen, als er in dem faden Licht des Mondes einen Schatten auf das Lager zukommen sah. Es musste ein Mensch sein, der die Baumstämme als Tarnung nutzte. Siegbert rüttelte vorsichtig seinen Nebenmann wach.

„Wir bekommen Besuch!", flüsterte er. Sie griffen nach ihren Schwertern und taten so, als müssten sie etwas Abseits einem natürlichen Bedürfnis nachgehen. Dann trennten sie sich und versuchten den Ankömmling weitläufig zu umgehen.

Sie sahen, wie der Fremde sich vorsichtig an ihr Lager schlich und jede Tarnung durch Bäume und Sträucher nutzte. Waffen konnten sie bei ihm keine erkennen, doch das war auf die Entfernung nicht genau auszumachen.

Siegbert sondierte, ob der Mann allein war oder ihm noch andere folgten. Er konnte niemend weiter sehen. Kurz vor dem Schlaflager seiner Krieger verweilte der Fremde in seiner Deckung und schien die Schlummernden zu beobachten. Siegbert schlich sich von hinten an ihn heran. Als er nach ihm greifen wollte, sprang der Mann auf und wollte zur Seite weglaufen.

Es war die falsche Richtung, die er gewählt hatte, denn hinter einem dicken Baum stand der Krieger Siegberts und hieb ihn mit einem Stock auf den Kopf. Er packte den Bewusstlosen und zerrte ihn zum Lager. An einer vom Mond beschienenen Stelle besahen sie sich den Fremden. Es war ein Knabe, den sie gefangen hatten. Siegbert befahl einigen seiner Krieger sich umzusehen, ob noch mehrere von diesen Burschen hier in der Nähe waren. Inzwischen war der Junge aufgewacht und sah die Männer ängstlich an.
„Wer bist du Junge?", wollte Siegbert von ihm wissen.
„Ich bin Thüringer und wer seid ihr?"
„Wir sind auch Thüringer. So brauchst du keine Angst haben. Sag uns, warum du dich angeschlichen hast? Wolltest du uns bestehlen?"
„Ich bin euch schon den ganzen Tag in großem Abstand gefolgt und dachte, dass ihr fränkische Krieger seid, die sich in die Berge gewagt haben."
„Sehen wir wie Franken aus?", entrüstete sich Siegbert.
„Ihr tragt Waffen, die sind den Thüringern verboten. So könnt ihr nur Franken sein."
„Wir kommen aus dem Langobardenreich und suchen die Rebellen. Weißt du, wo wir sie finden können?"
„Ihr braucht nur den Rynnestig weiterreiten und sie werden sich von selbst zeigen."
„Wenn du sie kennst, so gehe voraus und melde uns an! Ich bin Siegbert."
Erschrocken wich der Knabe zurück.
„Siegbert ist mit der Königin nach Italien gezogen. Du bist bestimmt ein Franke."
„Hab keine Angst, Junge! Ich gebe dir hier ein Messer. Das zeigst du einem der Anführer. Er wird es erkennen und du führst sie zu uns."
Noch immer schien der Knabe Siegbert nicht zu trauen. Er nahm das Messer und betrachtete den Horngriff mit den eingeritzten Runenzeichen.
„Jetzt geh, Junge! Wir ziehen morgen Früh langsam weiter."
Der Knabe verschwand in der Dunkelheit.
„Den werden wir bestimmt nicht wiedersehen. Mit dem Messer ist er bald über alle Berge. Wahrscheinlich war er uns

nur gefolgt, um etwas zu stehlen", meinte einer der Krieger.
„Das denke ich nicht. Er schien mir sehr misstrauisch zu sein und dafür hat er bestimmt seine Gründe. Von den Franken sind wir wahrscheinlich nicht zu unterscheiden. Wir tragen Kettenhemden und haben lange Schwerter. So etwas hat er bestimmt nur bei den Feinden gesehen."

Im Osten färbte sich der Horizont türkis. Es dauerte bis zum Sonnenaufgang nicht mehr lange und so machten sie sich reisefertig. Sie liefen neben ihren Pferden durch das feuchte Gras auf dem Höhenweg. Obwohl Siegbert den Rynnestig gut kannte und ihn in seiner gesamten Länge vor vielen Jahren schon öfter entlang geritten war, konnte er sich an die markanten Stellen auf diesem Wegabschnitt kaum erinnern. Er hatte es jetzt nicht mehr eilig. Die Rebellen würden ihn mit seinen Kriegern schon bald finden und hoffentlich auch wiedererkennen. Nach einem Jahr Abwesenheit konnte viel passiert sein.
Alles war ungewiss.
Seinen Männern schärfte er ein, dass sie umsichtig und kampfbereit ihm folgen sollten. Sie kamen zu einer Anhöhe, auf der durch einen Windbruch eine große Lichtung entstanden war. Die umgestürzten Bäume lagen ungeordnet kreuz und quer übereinander. Dazwischen suchten junge Bäume den Weg zum Licht. Von dieser Anhöhe hatten die Krieger einen freien Blick bis in das nördliche Thüringer Becken und Siegbert machte Rast, um sich die Schönheit des Sonnenaufgangs zu verinnerlichen. Viele seiner Krieger taten es ihm nach.
„Jetzt sind wir zu Hause!", meinte Siegbert und sah über das weite Land.
„Schon bald wird das alles wieder uns gehören und wir werden freie Männer sein, in einem freien Reich."
„Wie wird es unseren Sippen ergangen sein? Werden meine Eltern noch leben?", fragte einer seiner Männer, der neben ihm auf dem gleichen Baumstamm saß.
„Wenn wir das Rebellenlager erreicht haben, dann könnt ihr alle erst einmal nach Hause und eure Familien besuchen. Zu dem nächsten Vollmond kommt ihr dann wieder

ins Rebellenlager zurück und wir werden beraten, wie wir den Kampf gegen die Franken fortführen."
Obwohl ihm alle zustimmten, war sich Siegbert bewusst, dass ein Teil seiner Krieger zu Hause bleiben und nicht zu ihm zurückkehren würden. Wenn sie es auch nicht zugaben, so war bei manchem Heimweh der Grund, mit ihm zurück nach Thüringen zu ziehen.
Siegbert verübelte es ihnen nicht. Kritisch hatte er sich selber die Frage gestellt, warum er heim wollte. Er hatte keine Frau und Kinder hier, so wie sein Bruder Hartwig, doch eine Freundin.
Vor seiner unfreiwilligen Abreise mit der Königin hatten sie sich gegenseitig die Ehe versprochen und er war davon überzeugt, dass sie auf ihn wartete. Er wollte sie heiraten und mit ihr in dem Berglager, bei den Aufständischen, zusammenleben. Sie war eine starke und mutige Frau, wie er sich immer eine Partnerin an seiner Seite gewünscht hatte. Ein geordnetes und ruhiges Leben, wie es seine beiden Schwägerinnen Heidrun und Elke führten, konnte er sich für seine zukünftige Lebensgefährtin nicht vorstellen.
Seine Frau sollte ihn im Kampf um die Freiheit Thüringens unterstützen und mit ihm durch dick und dünn gehen. In Brunhilde hatte er diese Frau gefunden und sie hatten sich gleich am ersten Abend ihrer Begegnung ineinander verliebt. Ihm war bewusst, dass dabei Freya ihre Hand im Spiel hatte und ihrer beiden Schicksale lenkte.

Die Krieger ritten im Schritt auf dem Kammweg weiter. Gegen Mittag sahen sie weit vor sich auf dem Weg eine kleine Gruppe Reiter. Sie waren mit Speeren bewaffnet und somit konnten es auch Franken sein. Siegbert blieb mit seinem Hengst stehen. Er wies einige seiner Krieger an, nach beiden Seiten auszuscheren, um nicht in einen Hinterhalt zu geraten. Langsam ritt er mit dem Rest seiner Männer auf die wartende Gruppe zu. Als sie nur noch wenige Pferdelängen voneinander entfernt waren, sprach er sie an.
Ein Reiter aus der Gruppe löste sich und ritt im Schritt auf Siegbert zu. Als er nah genug herangekommen war, blieb er stehen.

Er hob einen Speer, als wollte er ihn werfen. Augenblicklich hatten seine Krieger ihre Bögen gespannt und auf den Mann gezielt.
„Wollt ihr mich töten?", rief ihnen der Reiter zu.
„Wenn du nicht deinen Speer senkst, schießen wir dich vom Pferd, wie einen Vogel vom Ast!"
„Das traue ich euch zu!", sagte er und senkte den Speer.
„Wer bist du?", fragte ihn Siegbert.
„Ich bin Thüringer!"
„Du scheinst mir sehr streitbar zu sein, dass du jeden entgegenkommenden Reiter gleich niederstrecken willst."
„Manchmal verirren sich Franken in den Wald und die lassen wir nicht mehr heimkehren."
„So bist du ein Rebell. Zu denen wollen wir. Kannst du uns zu deinem Hauptmann führen?"
„Sag mir erst, wer ihr seid!"
„Ich bin Siegbert aus Rodewin."
„Bist du der Bruder von Harald?"
„Ja, der bin ich."
„Dann folgt mir!"
Siegbert und seine Krieger ritten dem Mann hinterher. Er musste ein Jungkrieger sein, denn wäre er erfahren, hätte er sich nicht so nah an seine Männer herangewagt. Sie stießen auf die Wartenden seiner Gruppe. Es gab einen kurzen Wortwechsel und die Burschen schienen zu überlegen, in welches Lager sie die Fremden begleiten sollten. Da tauchten vor ihnen auf dem Weg Siegberts Krieger auf, die die Gruppe umgangen hatten. Überrascht und erstaunt sahen sich die Jungkrieger eingekreist.
„Das soll euch eine Lehre sein. Wären wir Franken, so würde keiner von euch jetzt überleben."
Siegbert wies die Jungkriegerschar an, ihnen voraus zum nächsten Hauptlager zu reiten.
Bevor sie das Lager erreichten, kam ihnen eine Gruppe wilder Reiter entgegen. Sie sprengten im Galopp heran und schwenkten begeistert bunte Tücher. Siegbert erkannte ihren Anführer. Es war der Bärenkrieger, der die Aufständischen im Gebiet des Rynnestigs anführte. Alle sprangen von ihren Pferden und umarmten sich.

„Ich hätte nicht geglaubt, dass ich dich wiedersehe!", rief der Bärenkrieger vor Begeisterung.
„Ich habe es euch versprochen, dass ich zurückkommen werde."
„Hat es dir bei den Ostgoten nicht gefallen?", fragte der Bärenkrieger scherzhaft.
„Ich dachte, ihr braucht meine Hilfe. Wenn ihr aber ohne mich auskommt, dann kann ich gleich wieder umkehren."
„Wir brauchen jeden Mann und dich am meisten. Es hat sich viel ereignet, seitdem du fort bist. Im Osten ist der Widerstand zum Erliegen gekommen. Die slawischen Brüder haben sich mit den Franken geeinigt und ihre Waffen abgegeben. Auch zwischen dem Main und der Donau ist es ruhig geworden. Nur um das Harzgebirge und südlich und nördlich des Rynnestigs kämpfen wir weiter um unsere Freiheit."
„So ist doch noch nicht alles verloren!"
„Wo denkst du hin! In manchen Gebieten trauen sich die Franken nicht mehr aus den Königsgütern. Sie haben zu wenig Krieger, um das ganze Land zu kontrollieren", berichtete begeistert der Bärenkrieger.
„Die benötigen die Franken an der ostgotischen Grenze. Dort erhoffen sich ihre Könige neuen Landgewinn."
„Das ist gut, wenn sie dortbleiben, dann können wir sie leichter aus unserem Reich vertreiben."
„So einfach wird es trotzdem nicht werden. Was die einmal in ihren Klauen haben, das geben sie so leicht nicht mehr her."
„Jetzt lasst uns zurück ins Lager ziehen. Sie wissen, dass ihr kommt und bereiten ein Willkommensfest vor."
„Woher wusstet ihr von uns?"
„Du hast doch den Knaben mit deinem Messer geschickt. Er meinte, dass ihr Franken wäret."
„Nun gut, schnell ins Lager! Wir haben Hunger, wie die Wölfe!"

Auf halber Strecke zum Lager kam ihnen eine junge Frau im scharfen Galopp entgegengeritten. Siegbert löste sich aus dem Verband und preschte auf sie zu. Es war Brunhil-

de, seine Braut. Die anderen hielten an und sahen zu, wie sich die beiden Liebenden in die Arme fielen.
„Ich konnte es im Lager nicht länger aushalten und musste gleich zu dir kommen", keuchte sie noch immer atemlos.
„Ich freue mich, dass du hier bist."
Gerührt blickten die Krieger zu den beiden und ließen sie noch eine Weile gewähren. Der Bärenkrieger rief zur Rast und ein jeder suchte sich ein geeignetes Plätzchen, um sich auszuruhen.

Nach einer kurzen Pause zogen sie weiter. Bald erreichten sie das Lager. Es lag inmitten einer Felsengruppe und konnte nur auf schmalen Pfaden erreicht werden. Kinder kamen ihnen entgegen und riefen Siegberts Namen mit Begeisterung. Er saß ab und überließ seinen weißen Hengst einem der großen Jungen, der neben ihm herging. Auch die anderen saßen ab und führten ihre Pferde am Zügel zu einem Platz, der für Kampfübungen genutzt wurde und wie eine Arena aussah.
In einem Halbkreis um diesen Platz lagen die Hütten der Rebellen an dem Hang, der bis zu den Felsen reichte. Siegbert konnte sich noch an die Einzelheiten erinnern.
„Steht meine Hütte noch?", fragte er Brunhilde.
„Ich habe nichts verändert, seitdem du sie verlassen hast. Komm lass uns hinaufgehen!"
„Ich muss erst ein paar Worte zu den Leuten sprechen, sie erwarten es von mir."
Siegbert drehte sich zu ihnen um und sah, dass sie auf seine Rede warteten. Es wurde ruhig und er begann zu sprechen.

„Liebe Freunde, ein Jahr ist vergangen, das ich von euch wegziehen musste, um unsere Königin nach Ravenna zu begleiten. Sie lässt euch vielmals grüßen und ausrichten, dass sie in Sicherheit ist.
Unsere Königin Amalaberga dankt euch für euren Mut im Kampf gegen die fränkischen Eindringlinge und ist voller Hoffnung, dass eines Tages ihr Sohn Amalafred zurückkehren wird und wir gemeinsam die Franken vertreiben

werden. Dies kann jedoch noch viele Jahre dauern und wir dürfen nicht verzagen.
Wenn eine neue Generation von Kriegern herangewachsen ist, so werden wir uns offen den Feinden entgegenstellen können. Jetzt sind wir noch zu schwach dazu, deshalb ist die Ausbildung der Jungkrieger das wichtigste Anliegen für uns. Sie sind unsere Zukunft und werden Thüringen eines Tages befreien."

Starker Beifall folgte der kurzen Rede von Siegbert. Die Begeisterung wollte kein Ende nehmen und Siegbert musste bis in den späten Abend von seinen Erlebnissen der Reise mit der Königin berichten.
Die Frauen hatten die Krieger mit Essen und Getränken versorgt. Es gab sogar Met, den sie aus dem Honig der wilden Bienen hergestellt hatten. Siegbert fühlte sich unter seinen Leuten wieder ganz zu Hause. Alles war ihm vertraut und lieb. Am späten Abend zog er sich mit Brunhilde in seine Hütte zurück, die neben einem Felsvorsprung stand und die anderen überragte. Es war alles noch so schön wohnlich eingerichtet, wie er es kannte.

Eine Frau hatte ihm einen Holzbottich mit heißem Wasser gefüllt. Als Siegbert in die Hütte trat, war sie gleich verschwunden.
„Wer ist die Frau?", wollte Siegbert wissen.
„Sie lebt mit ihren zwei Söhnen bei dem Bärenkrieger."
„Ist er mit ihr verheiratet?"
„Nein, er hatte die drei vor ein paar Monden mit hierher gebracht. Es war eine tragische Geschichte, die sie erlebt hatten."
„Erzähl sie mir!"

„Du kannst schon ins Wasser steigen und dann werde ich sie dir berichten."
„Ich dachte, du kommst mit zu mir in den Zuber."
„Der ist für uns beide viel zu klein, da passt nur einer hinein. Ich bade nach dir."
Brunhilde holte aus einer Truhe ein großes Handtuch und

legte es neben sich auf den Holzschemel. Siegbert fing an sich auszuziehen.
„Was hast du für Unterkleider an?", fragte sie interessiert.
„So etwas tragen die Langobarden."
Brunhilde griff nach dem Hemd und befühlte es.
„Der Stoff ist sehr zart und weich. Er ist besser, als unserer."
„Ich habe dir auch welchen mitgebracht und noch andere schöne Sachen. Die werde ich dir aber erst morgen geben."
„Meinst du, dass ich so lange warten kann?", gab sie keck zurück.
„Es bleibt dir nichts anderes übrig, denn du weißt nicht, wo ich deine Geschenke versteckt habe."
Siegbert stieg in das Wasser und jammerte, dass es zu heiß war. Er blieb im Bottich stehen. Brunhilde betrachtete ihn inzwischen.
„Du bist etwas voller geworden, hast Speck angesetzt. Ich glaube, du hast eine gute Köchin gehabt."
„Die Köchin war ein Koch und der hat wirklich hervorragend gekocht."
„Du kannst mir doch nicht sagen, dass immer ein Koch bei euch war?"
„Das war in Vindobona. Wenn ich unterwegs war, dann haben wir hauptsächlich in den Herbergen gegessen. Die südländische Kost ist auch nicht zu verachten."
„Bestimmt auch nicht die Südländerinnen?"
„Was du nur denkst! Außer an dich, habe ich an kein anderes Weibsbild gedacht."
„Das musst du mir erst beweisen! Jetzt setz dich schon ins Wasser! Es ist nicht mehr so warm."
Vorsichtig setzte er sich nieder. Brunhilde fing an, ihn mit einem Bimsstein abzureiben. Mit einem Schöpflöffel goss sie dann immer Wasser über die abgeschrubbten Stellen.
„Du wolltest mir von der Frau erzählen", bemerkte Siegbert.
„Die Frau hat viel Schlimmes mitgemacht. Im Frühjahr kamen drei fränkische Krieger auf ihren Bauernhof. Sie lebte dort mit ihren alten Eltern und den beiden Söhnen. Die Kin-

der hatten die Schwerter ihres Vaters im Kornspeicher gefunden und damit auf dem Hof geübt. Als die Franken die Waffen sahen sprangen sie auf die Jungen zu und banden ihnen die Handgelenke zusammen. Sie wollten sie mitnehmen."
„Wieso denn, es sind doch noch Kinder?"
„Das ist den Franken egal. Sie haben sie mit Schwertern fechten sehen. Der Großvater kam hinzu und schwang seinen Dreschflegel gegen einen von ihnen. Daraufhin durchbohrte ihn der andere mit dem Speer.
Als die Großmutter dazukam und mit Steinen nach den Franken warf, da schleuderte der Anführer seine Franziska nach ihr und traf sie in die Brust.
Die Mutter der Jungen hatte den Lärm auf dem Hof gehört und sah die Bescherung. Sie nahm sich einen Stock und fing an, auf die Krieger einzuhauen. Einer von ihnen schlug sie nieder und zündete den Heuspeicher an. Das Feuer hatte der Bärenkrieger gesehen, der mit seinen Kriegern nicht weit davon unterwegs war. Sie ritten gleich zu dem Hof und die Frau erzählte ihnen von ihrem Unglück. Da sind sie den Franken gleich nachgeritten und haben zwei von ihnen getötet. Der dritte konnte entfliehen. Die Jungen haben sie dann zurückgebracht."
„Und wieso ist sie jetzt hier?"
„Der entkommene Franke hat bestimmt Hilfe geholt und deshalb musste die Frau mit ihren Söhnen vom Hof fortziehen.
Da sie keine andere Sippe hatte, wo sie hätte bleiben können, hat sie der Bärenkrieger mit hierher genommen. Sie ist eine gute Frau und hilft mir manchmal bei der Arbeit."
„Das ist wirklich ein hartes Los, das sie getroffen hat."
„Es hätte noch schlimmer ausgehen können, wenn unsere Leute nicht gerade in der Nähe gewesen wären."
„Diese verdammten Franken! Thor möge sie alle vernichten!"
Auf der Feuerstelle stand ein Kessel mit Wasser und Brunhilde brühte ihm einen Früchtetee. Der Duft verbreitete sich sogleich im ganzen Raum und beruhigte sein Gemüt. Er stieg aus dem Wasser und trocknete sich ab. Danach schlürfte er seinen Tee und sah zu, wie Brunhilde sich

wusch. Sie war eine schöne Frau und auf seiner Reise hatte er keine schönere gesehen, als sie.
„Warst du mir auch immer treu?", wollte er wissen.
„Wie meinst du das?"
„Na so, wie ich es sage! Im Lager sind viele alleinstehende Männer, die bestimmt gern so eine hübsche Frau, wie dich hätten. Ich könnte mir vorstellen, dass so mancher um dich buhlte."
„Gezeigt hat es mir keiner. Sie wissen, dass ich zu dir gehöre und da haben sie es nicht gewagt, mir irgendeine Nettigkeit zu sagen. Der Bärenkrieger und mein Bruder hätten das auch nicht geduldet. Sie waren immer sehr wachsam."
„Dann muss ich ja viel bei dir nachholen. So fangen wir gleich an!"
Siegbert ging zum Zuber und hob Brunhilde heraus. Er trug sie zum Bett und legte sie auf das frische Leinen.
„Ich muss mich noch abtrocknen", meinte sie und versuchte seinen starken Armen zu entkommen.
„Das eilt nicht", flüsterte er und legte sich zu ihr.

Der Gesang der Vögel weckte die Liebenden. Es war schon Morgen geworden. Brunhilde stand auf, um zu der gefassten Quelle neben der Hütte zu gehen und Wasser zu holen. Sie nahm zwei leere Eimer und ging nach draußen. Welche angenehme Überraschung! Vor der Tür standen zwei volle Holzeimer. Wahrscheinlich haben die Jungen sie gebracht. Es war schon spät, denn es schienen schon alle aufgestanden zu sein. Doch keiner machte Lärm.
„Sieh nur, wie nett unsere Nachbarn sind! Sie bringen uns schon das frische Quellwasser vor die Tür."
„Wahrscheinlich glauben sie, dass du die Nacht mit mir zusammen schlecht überstanden hast", meinte Siegbert schmunzelnd.
„Wenn die wüssten, aber davon sagen wir ihnen nichts. Steh jetzt endlich auf! Du hast dem Bärenkrieger gestern versprochen, dass du heute Morgen mit ihm sprichst. Er sitzt schon vor seiner Hütte und wartet auf dich."
„Ich denke, es gibt jetzt für mich Wichtigeres zu tun. Komm zu mir! Ich will es dir erklären."

„Nicht jetzt, du Unersättlicher. Ich sehe schon, dass du deine ganze Kraft für mich aufgespart hast."
„So ist es!", rief er und versuchte sie am Kleid zu fassen. Es gelang ihr jedoch, ihm auszuweichen und den Haferbrei für das Frühstück vorzubereiten.
Siegbert konnte sich noch immer nicht entschließen von seinem Bett aufzustehen und er sah seiner Braut bei der Arbeit zu. Geschickt rührte sie den Brei in dem Kessel. Sie musste aufpassen, dass er nicht an einer Stelle des Kupferkessels anbrannte.
Inzwischen gab Brunhilde es auf, ihn weiter zum Aufstehen zu nötigen. Der Duft des dampfenden Breis hatte mehr Erfolg. Siegbert kroch unter der Wolldecke vor und wusch sich in dem einen Eimer mit frischem Wasser das Gesicht. Dann setzte er sich an den Tisch und wartete. Brunhilde leerte den Kesselinhalt in eine breite Holzschale und streute getrocknete Früchte darüber. Gemeinsam frühstückten sie und sahen sich, gegenübersitzend, dabei in die Augen. Beide empfanden in diesem Moment ein großes Glücksgefühl und ohne etwas zu sagen, standen sie gleichzeitig vom Tisch auf und eilten zum Bett. Das Frühstück musste noch warten, denn sie hatten viel nachzuholen.

Geduldig wartete der Bärenkrieger vor seiner Hütte auf Siegbert. Die anderen Krieger hatten sich auf dem großen Versammlungsplatz eingefunden und zeigten ihr Können im Nahkampf. Da sie unterwegs ihre Waffen verstecken mussten oder manchmal gar keine bei sich tragen konnten, hatten sie sich Kampftechniken angeeignet, bei denen sie ohne Schwert oder Speer auskamen und sich trotzdem gegen die gut bewaffneten Franken wehren konnten. Oft genügte ihnen eine Holzgabel, wie sie die Bauern zum Beladen von Heu oder Stroh verwendeten. Oder sie nahmen nur einen Wanderstock, um gegen ihre Feinde vorzugehen.
Bei den Kampfübungen sahen die Jungen und Mädchen, die mit im Lager lebten, interessiert zu. In den Pausen übten sie untereinander und es machte keinen Unterschied, ob ein Junge mit einem Mädchen kämpfte.
Die Mädchen wuchsen im Lager in einer anderen Umge-

bung auf, als es im Sippenverband auf dem Bauernhof üblich war. Hier wurde jeder zum Krieger ausgebildet, der es mochte und da nahmen sich die Mädchen nicht aus. Den Mangel an körperlicher Kraft, konnten sie durch besondere Geschicklichkeit und Wendigkeit ausgleichen. Besonders beim Bogenschießen und Geschicklichkeitsreiten hatten die meisten Mädchen die Nase vorn.
Viele der Kinder waren ohne ihre Eltern hier. Einige hatten ihre Angehörige verloren oder wurden von ihren Sippen zur Ausbildung als Jungkrieger ins Rebellenlager geschickt. Wenn sie die Jungkriegerprüfung abgelegt hatten, konnten sie sich entscheiden, wieder nach Hause zurückzukehren oder bei den Aufständischen zu bleiben. Niemand wurde zum Hiersein gezwungen.

Es war schon fast Mittag geworden, als Siegbert endlich aus der Tür seiner Hütte trat. Er ging zum Bärenkrieger und setzte sich neben ihn auf den Holzstamm.
„Ich dachte schon, du lebst nicht mehr!", meinte der grinsend.
„Ein Jahr ist nicht so schnell nachzuholen", entgegnete Siegbert ruhig.
„Willst du mir sagen, dass du im Süden ganz enthaltsam gewesen bist?"
„Wenn du es mir auch nicht glaubst, aber es war so!"
„Gibt es bei den Langobarden keine schönen Mädchen?"
„Das kann ich nicht sagen, doch an Brunhilde kommt keine heran. Sie war mir immer im Sinn und die Sehnsucht nach ihr hat mich fast verzehrt. Das wirst du aber nicht verstehen, wie so etwas ist."
„Seit ein paar Monden lebe ich auch mit einer Frau zusammen, die zwei Kinder bei sich hat. Ich möchte die drei nicht mehr missen."
„Hat sie noch einen Mann?"
„Ihr Mann ist nach der Schlacht an der Unstrut nicht mehr heimgekommen. Wahrscheinlich ist er tot."
„Es ist bestimmt gut für dich, dass jemand mit in deiner Hütte lebt und dich am Tag mit Essen versorgt und nachts unter der Decke wärmt."

Die beiden Krieger grinsten sich verständnisvoll an, dann saßen sie stumm nebeneinander und gingen ihren Gedanken nach.

„Was hast du vor, Siegbert? Wir müssen darüber sprechen", unterbrach der Bärenkrieger die Stille.
„Ich habe mir noch keine Gedanken gemacht. Zuerst muss ich mir einen Überblick verschaffen, wie der Kampf gegen die Franken organisiert ist. Dazu werde ich schon morgen nach den Harzbergen ziehen und dort mit unseren Kriegern sprechen. Wenn ich zurückkomme, dann sehen wir weiter."
„Ich möchte nur wissen, was meine Aufgabe ist."
„Du bleibst Anführer des Mittelthüringer Verbandes. Ich werde alles so belassen, wie es jetzt ist. Vielleicht gelingt es mir auch, den Widerstand gegen die Franken im Ostreich neu zu organisieren. Dass die Slawen sich den Franken gefügt haben, ist nicht in meinem Sinn. Ich werde versuchen, sie umzustimmen."
„Was ist mit den Kriegern, die mit dir gekommen sind?"
„Sie reiten zu ihren Sippen weiter und wenn sie wollen, kommen sie zu uns zurück. Du kannst sie gut als Anführer von Trupps einsetzen, denn sie verfügen über ausreichend Kampferfahrungen."
„Mit ihren Kettenhemden und Waffen werden deine Krieger aber nicht weit kommen."
„Sie wissen, dass die Franken den Thüringern verboten haben, Waffen zu tragen. Deshalb werden sie die Sachen bei dir lassen. Vielleicht hast du noch ein paar alte Kleidungsstücke, die sie anziehen können, damit sie nicht auffallen, wenn sie in eine fränkische Kontrolle geraten."
„Alte Kleider haben wir eine ganze Menge. Manchmal denke ich, dass wir ein großes Warenlager haben."
„Das ist nicht schlecht. Irgendwann kann man es brauchen", meinte lachend Siegbert.
„Bei unseren Streifzügen zu den Königsgütern haben wir auch viele Münzen und andere Dinge erbeutet. Was soll ich damit tun?"
„Verwahre die Beute gut!"

„Ich habe alles in einer Truhe bei mir in der Hütte gelagert. Komm, ich zeige dir unsere Schätze!"
Sie gingen hinein in die Hütte. Die Frau war mit dem Zubereiten des Essens beschäftigt. Siegbert bedankte sich bei ihr für das warme Badewasser und bescheiden winkte sie ab. Der Bärenkrieger ging zu einer großen Eichenholzkiste und öffnete den Deckel. Drinnen lagen zusammengeschüttet Teller und Becher aus Silber neben Münzen und Gewandspangen und allerlei anderem Schmuck.
„Was ich finde, das gebe ich so, wie es ist, hier hinein."
Siegbert war zufrieden mit dem angesammelten Schatz, den sie für Notfälle bestimmt einmal brauchen konnten.
„Soll ich die Kiste in deine Hütte schaffen?"
„Lass sie hier, bei dir ist sie genau so sicher!"
„Dann gehen wir zu den Kriegern und du kannst mit ihnen reden, was du vorhast", meinte der Bärenkrieger.
Sie gingen zu dem Kampfplatz und die Männer unterbrachen ihre Übungen. Siegbert sprach zu ihnen und teilte mit, dass er zu den anderen Aufständischen reisen müsste und wahrscheinlich erst im Herbst wieder zurückkäme. Der Bärenkrieger sollte während seiner Abwesenheit, wie in der Vergangenheit, alle Entscheidungen für die Kämpfer in Mittelthüringen treffen.
Siegbert ging wieder zu seiner Hütte. Dort erwartete ihn schon ungeduldig Brunhilde, die eine seiner Lieblingsspeisen gekocht hatte. Es war ein schöner sonniger Tag und sie setzten sich an den Tisch vor der Hütte. Von hier aus konnten sie das ganze Lager gut übersehen. Es lag im Halbrund vor ihnen und war von Felsen und hohen Bäumen bekränzt.

Brunhilde trug das geschmorte Allerlei, wie sie es nannte, in einer Bratpfanne auf. Der Duft der gerösteten Zwiebeln zog bis zur Hütte des Bärenkriegers, der ihn genüsslich einsog.
„Das ist ein gutes Abschiedsessen, wie das riecht!", rief er zu ihnen herüber.
„Was meint der Bärenkrieger mit Abschiedsessen? Willst du schon wieder gehen?", fragte Brunhilde verärgert.

„Ich muss morgen ins Harzgebirge und dann auch noch ins Ostreich zu den Aufständischen reisen. Es muss sein, mein Lieb."
„Da komme ich doch mit!"
„Die Reise wäre viel zu gefährlich und beschwerlich für dich, da ist es besser, wenn ich allein unterwegs bin."
„Das kommt gar nicht in Frage. Wenn wir zusammen reisen, fällt es viel weniger auf. Ein einzelner Mann ist für die Franken viel verdächtiger."
„Was würde dein Bruder dazu sagen, dass du dich in Gefahr begibst?"
„Der hätte nichts dagegen, wenn du dabei bist. Ich war mit ihm schon öfter unterwegs und kenne mich gut aus."
„Wo ist er denn, ich habe ihn noch nicht gesehen?"
„Er ist in einem der nördlichen Vorposten und passt auf, dass uns die fränkischen Krieger nicht überraschen."
„Dann werde ich ihn morgen treffen, wenn ich den Kammweg entlang nach Norden reite."
„Als Reiter kommst du nicht durch die fränkischen Kontrollen. Wir werden als Kräuterhändler zu Fuß unterwegs sein und packen in unsere Tragkörbe verschiedene getrocknete Heilpflanzen. So sind wir am unauffälligsten und erreichen sicher die Harzberge", sagte Brunhilde in bestimmenden Ton.
Siegbert überlegte eine Weile. Was Brunhild sagte, leuchtete ihm ein.
Er aß ruhig weiter. Als sie fertig waren, sagte er zu ihr: „Ich habe es mir überlegt. Ich denke, dein Vorschlag ist gut. Wir reisen morgen Früh gemeinsam ab und du beschaffst uns zwei Tragkörbe mit den richtigen Kräutern."
Begeistert sprang Brunhild auf und umarmte ihren Geliebten. Die Gelegenheit nutzte er und trug sie geschwind in die Hütte. Dort bedankte sie sich auf ihre Art dafür, dass sie mitgehen durfte.

11. Die Harzreise

Zeitig am Morgen zogen Siegbert und Brunhilde, als Kräuterhändler verkleidet, aus dem Hauptlager. Sie nahmen einen Weg, den Siegbert schon von früher kannte. Hier war er oft mit den Pferden von zu Hause auf die Sommerweiden des Rynnestigs entlang geritten. Der Bärenkrieger und seine beiden Jungen hatten sie noch ein Stück des Weges begleitet und sich dann von ihnen verabschiedet.
Jetzt waren sie ganz allein auf sich gestellt und es lag ein weiter Weg vor ihnen. Siegbert war froh, dass Brunhilde mitkam, denn so machte ihm das Reisen mehr Freude.
Im nächsten Vorposten des Rebellenlagers kamen sie erst am späten Nachmittag an. Keiner von den Kriegern erkannte die Händler, auch nicht der Bruder von Brunhilde. Sie hatten sich die Gesichter dunkel gefärbt und trugen verschlissene Kleider. Als sich Brunhilde ihrem Bruder zu erkennen gab, war die Freude groß. Er zeigte den beiden ihren Beobachtungsstand auf dem Warteberg.
Auf einer großen Eiche hatten sie ein Baumhaus gebaut, von dem sie weit in das Thüringer Becken sehen konnten. Siegbert erkannte auch das Gebiet des Eichelsees und seinen Geburtsort Rodewin. Alles schien so nah zu sein. Er zeigte Brunhilde den Weg, den sie gehen wollten.
„Wir werden morgen nach Rodewin kommen und dort übernachten. Dann geht es weiter entlang der Wip bis zu ihrer Einmündung in die Ge und an ihrem Ufer ziehen wir bis zu dem Fluss Unstrut. Wenn wir dort angekommen sind, haben wir etwa die Hälfte des Wegs hinter uns."
„Da werden wir noch viele Tage unterwegs sein."
„So ist es und so bequem wie heute Nacht werden wir es bestimmt nicht überall haben. Du kannst es dir noch einmal überlegen, ob du lieber bei deinem Bruder bleiben willst."
„Mir machen die Mühen nichts aus, wenn ich nur mit dir zusammen sein kann", entgegnete sie bestimmt.
Brunhildes Bruder und seine Krieger wollten jetzt natürlich auch wissen, wie es Siegbert auf der Reise mit der Königin ins Ostgotenreich ergangen war. Er musste den ganzen Abend darüber berichten. Der ungewohnte lange Fuß-

marsch hatte ihn jedoch etwas ermüdet und so legten sie sich bald schlafen.
Noch bevor die anderen aufstanden, zogen sie von dem Vorposten weiter. Brunhildes Bruder begleitete sie noch bis ins Tal und verabschiedete sich von ihnen in der alten verlassenen Bergwerksiedlung. Von dort aus kamen sie durch Haslar, Heyloh, Schmeta und Wipa nach Rodewin. Am späten Mittag erreichten sie die Siedlung. Auch hier erkannte sie niemand.

Siegbert gab sich nicht gleich zu erkennen und bat um ein Stück Brot und Wasser. Heidrun sah die beiden und bot ihnen an, auf der Bank neben dem Brunnen Platz zu nehmen. Dann brachte sie ihnen zwei Schalen mit einer kräftigen Fleischbrühe und ein Stück Brot dazu.
„Ihr kommt wohl von weit her?", wollte sie wissen.
„Ja, gute Frau, wir kommen vom Rynnestig. Dort sammeln wir Heilkräuter und verkaufen sie im Land. Es ist schon eine mühsame Arbeit, die kaum etwas einbringt. Wir können nur mit Kräutern für deine gute Suppe zahlen."
„Ihr braucht für das Essen nichts zu geben. Wo wollt ihr denn hin?"
„Bis zu den fränkischen Königsgütern wollen wir. Vielleicht kaufen die uns unsere Waren ab."
„Da habt ihr ja noch einen weiten Weg vor euch. Wenn ihr wollt, könnt ihr im Heuschober übernachten."
„Das ist sehr freundlich von dir. Wenn wir nicht stören, bleiben wir gern bis morgen Früh. Lebst du allein hier auf dem Hof?"
„Die anderen sind schon alle auf den Feldern. Nur die Schwiegermutter ist noch im Haus."
„Vor vielen Monden war ich einmal hier. Vielleicht erkennt sie mich noch?"
Heidrun rief nach ihrer Schwiegermutter Waltraut.
Eine etwas gebückte Frau erschien in der Tür und kam langsam auf die Fremden zu.
Auf einmal schrie sie auf und streckte die Arme nach vorn. „Siegbert, mein Junge!"
Sie stürzte auf ihn zu und warf sich an seine Brust. Heidrun sah verwirrt auf die beiden, bis sie begriff, dass es wirklich Siegbert war.

Alle vergossen sie Tränen der Rührung. Auch Brunhilde konnte sie nicht mehr zurückhalten. Doch dann lachten sie erst einmal herzlich über die gelungene Verkleidung der beiden Reisenden. Die Mutter musste sich setzen. Siegbert hielt ihre Hand und sah sie an.
„Ich freue mich Mutter, dass es dir gut geht!"
„Mein lieber Junge, du siehst schlecht aus. Auch der Frau scheint es nicht gut zu gehen. Gehört sie zu dir?"
„Es ist meine Braut Brunhilde. Es geht uns besser, als wir aussehen. Das ist unsere Verkleidung, um so besser an den Franken vorbeizukommen."
„Dann bin ich beruhigt, dass ihr nicht hungern müsst", sagte Siegberts Mutter und strich ihrem Jüngsten über die Haare.
„Wir werden uns erst einmal die Farbe aus dem Gesicht waschen, damit uns wieder jeder erkennt."
Siegbert zog einen Eimer Wasser aus dem Brunnen und stellte ihn auf die Bank. Heidrun lief ins Haus und holte ein Tuch zum Abtrocknen. Nachdem sich Brunhilde und Siegbert das Gesicht gereinigt hatten, erzählten sie, wo sie herkamen und wohin sie gehen wollten.
„Ihr könnt doch ein paar Tage bei uns bleiben", bat die Mutter.
„Das geht leider nicht. Wir müssen so schnell, wie möglich, zu den Rebellen in den Harzbergen gelangen. Vielleicht kommen wir auf dem Rückweg wieder bei euch vorbei und können ein paar Tage länger hier sein."
„Das müsst ihr unbedingt tun. Wir werden dann ein großes Fest feiern und alle Nachbarn einladen."
Auf dem Feldweg sahen sie einen Ochsenkarren, auf dem mehrere Leute saßen.
„Heidrun, wir müssen uns sputen, das Essen herzurichten." Die Mutter stand von der Bank auf und lief eilig ins Haus.
„Kommt mit herein und setzt euch an den großen Tisch! Wir wollen sehen, was für Gesichter alle machen, wenn sie euch erblicken", meinte Heidrun.
Siegbert setzte sich auf seinen angestammten Platz und ihm zur Seite saß Brunhilde. Der Ochsenkarren fuhr auf den Hof und auch Harald kam mit seinem Pferd angeritten. Er hatte nach den Stuten gesehen, die mit ihren Fohlen auf

der Koppel am Schwemmteich standen. Als Erstes wurden die Tiere versorgt. Dann wuschen sie sich die Hände und das Gesicht und setzten sich in den Schatten des Lindenbaums, der neben dem Brunnen stand. Auch die Kinder schienen noch keinen Hunger zu haben und tobten auf dem Hof herum.
Heidrun rief nach draußen, dass das Essen fertig war. Harald kam als Erster herein und staunte nicht schlecht.
„Das ist aber eine Überraschung! Seit wann bist du hier?"
„Schon eine ganze Weile."
„Warum habt ihr nichts gesagt, dann wäre ich doch schon früher hereingekommen."
„Wir wollten dein Gesicht sehen", erwiderte die Mutter und setzte sich zu ihren Söhnen. Nun kamen auch die Onkel und Tanten und die Sklaven herein und dazwischen drängten sich die Kinder.
Jeder wollte Siegbert anfassen und mit ihm reden. Als sich die erste Aufregung etwas gelegt hatte, stellte er zuerst seine Braut vor. Das Essen war jetzt Nebensache. Heidrun und Rosa trugen die Schüsseln mit dem Brei auf die Tische, doch kaum einer beachtete sie. Alle wollten nur hören, was Siegbert zu sagen hatte.
Harald rief nun zur Ruhe auf und bestimmte, dass Siegbert erst nach dem Essen auf dem Platz unter der Linde weitererzählen würde. Sogleich wurde es still und man hörte nur noch das klappern der Löffel und Schmatzen.
Nach dem Essen erzählte Siegbert von seiner Reise nach Ravenna. Er vergaß auch nicht von dem Kriegszug nach Illyrien zu berichten. Als die Fragen langsam weniger wurden, wollte seine Mutter wissen, wie es Hartwig ging.
„Ich habe ihn nicht noch einmal in Vindobona gesehen. Amalafred sagte mir, dass er eine langobardische Gesandtschaft ins Frankenreich begleiten soll. Von dort wollte er nach Hause zu seiner Familie in den Elbkniegau reisen."
„Dann wird Hartwig bestimmt bei uns vorbeikommen. Wann müsste er denn heimkommen?"
„Das hängt davon ab, wann König Theudebert die Langobarden empfängt. Sie sollen die Hochzeit von Wachos Tochter besprechen."

Harald ging mit Siegbert zu den Pferdeställen, auch um allein miteinander reden zu können.
„Deine Braut gefällt mir. Wie lange seid ihr schon verlobt?"
„Seit einem Jahr, bevor ich mit der Königin wegmusste, haben wir uns versprochen."
„Wann dachtest du zu heiraten? Ihr könnt hier bei uns leben! Wir haben genügend Platz."
„Danke für das Angebot, aber unser neues Zuhause ist bei den Rebellen im Wald."
„Du musst es selber wissen. Vielleicht können wir trotzdem in Rodewin eure Hochzeit ausrichten."
„Ich werde mit Brunhilde darüber reden. Ich habe sie noch nicht gefragt, wann sie mich heiraten will."
„Brunhilde würde sich in unserer Sippe bestimmt sehr wohl fühlen", bemerkte Harald.
„Wenn es soweit ist, werde ich es dir sagen, doch jetzt habe ich andere Sorgen."
„Was bedrückt dich?"
„Die Sorben im Ostreich haben den Widerstand aufgegeben. Angeblich haben ihnen die Franken mehr versprochen, als einst unser König."
„Da kannst du nichts machen! Es ist ihre Entscheidung."
„Wir brauchen sie aber, um die Franken vertreiben zu können. Allein schaffen wir es nie."
„Wichtig ist, dass ihr die Thüringer Jungkrieger ausbildet, so wie bisher, damit sie nicht das Kämpfen verlernen und unseren Glauben verraten. Es wird möglicherweise mehr als eine Generation dauern, bis genügend Krieger herangewachsen sind, die gegen die Besatzer eine Chance haben."
„Unsere Jungkrieger brauchen aber die Herausforderungen im Kampf gegen die Franken."
„Wenn sie unbedingt einen Feind töten müssen, so sucht ihn euch dort, wo ihr keine Unterstützung von den Sippen erfahrt."
„Wie meinst du das?"
„Ein Adler jagt nicht in der Nähe seines Horstes. So müsst ihr es auch halten. Tut ihr das nicht, so werden die Franken die Bauern so stark peinigen, dass sie euch keine Nahrung mehr abgeben können und euch ihre Söhne verweigern."
„Wie hältst du es mit den Feinden?"

„Ich lasse die Franken in Ruhe und sie mich. So kann ich euch mit Lebensmitteln versorgen und die Verwundeten finden Unterschlupf in meinem Gau. Das will ich beibehalten, solange es mir möglich ist. Mehr kann ich leider nicht tun."
„Es wäre gut, wenn uns alle so unterstützen würden, wie du. Ich hörte, dass im Süden des Rynnestigs immer mehr Bauern mit den Franken gut tun."
„Sie haben es auch ungleich schwerer, als wir im Wiesenland. Handelsleute erzählten mir, dass so mancher freie Bauer mit seiner Familie ins Frankenreich gebracht wurde und seine Stelle in Südthüringen ein Franke übernahm. Wenn sie die Oberschicht ausgetauscht haben, folgen ihnen die anderen."
„Das ist eine riesengroße Schweinerei", entrüstete sich Siegbert.
„So ist es nun mal, der Sieger bestimmt die Regeln. Jetzt lass uns wieder zurückgehen! Deine Braut wird schon ungeduldig auf dich warten und die anderen auch."
„Du kannst aber schon ganz gut laufen", bemerkte Siegbert und sah Harald nach, wie er davonhumpelte.
„Mein Sklave Janos hat mir ein neues Bein geschnitzt mit dem ich unterwegs bin, wie ein junger Hirsch. Es hat den Vorteil, dass ich damit durch glühende Asche gehen kann, ohne mir die Zehen zu verbrennen."
„Aber danach loderst du wie der Feuergott Loki."
„Mit dem habe ich nicht viel im Sinn. Ich halte mich lieber an Thor, der uns am besten beschützt."
Sie kamen zurück zu den anderen und Siegbert musste weiter Fragen beantworten. Inzwischen unterhielt sich Heidrun mit Brunhilde und versuchte, alles über ihre Familie und ihr bisheriges Leben herauszubekommen. Für Schlaf blieb nur wenig Zeit.
Noch vor Sonnenaufgang verkleideten Brunhilde und Siegbert sich als Kräuterhändler und zogen zu Fuß weiter, entlang der Wip. Unterwegs erzählte Brunhilde von der Unterhaltung mit Heidrun und dass sie diese ganz nett fand.
„Sie fragt nur manchmal etwas zu viel", bemerkte Siegbert.
„Wenn ich an ihrer Stelle wäre, so würde mich das auch interessieren."

„Mich regt ihre Neugierde auf, aber das liegt wohl daran, dass sie manchmal versucht, die Herrin auf dem Hof zu spielen."
„Aber sie ist es doch auch."
„Doch deshalb muss sie es nicht so herauskehren."
„Ich glaube, du hattest einmal Ärger mit Heidrun gehabt und bist nachtragend."
„Ärger gab es schon, als ich noch jünger war, aber nachtragend bin ich deshalb nicht."
„Was war denn vorgefallen, oder willst du es mir nicht erzählen?"
„Ich habe es schon vergessen. Komm lass uns eine Rast machen! Meine Mutter hat mir ein großes Frühstückspaket mitgegeben."
„Mir hat Heidrun auch eines in den Korb gelegt. Davon können wir viele Tage leben."
Sie suchten sich ein schattiges Plätzchen am Ufer der Wip und packten den Proviant aus.
„An einen Weinschlauch hat die Mutter auch gedacht. In dem Bier ist", rief Siegbert erfreut und nahm einen großen Schluck.
„Wenn du noch mehr trinkst, wirst du gleich müde sein!"
„Das ist mir egal", meinte er und ließ das Bier durch seine Kehle fließen.
Es kam, wie Brunhilde es befürchtete. Bald darauf schlief er nach dem guten Frühstück sofort ein. Wecken wollte sie ihn nicht, denn die Nacht war zu kurz. Die Männer hatten sich noch bis Mitternacht unterhalten und sie tranken reichlich Met dazu.
Versonnen blickte Brunhilde auf das sanft dahinziehende Wasser im Bach. Nicht weit von ihnen entfernt, stand ein Fischreiher bewegungslos am Rand einer Bachschleife und beobachtete einen Fisch.
Brunhilde zog sich ihre Sachen aus und stieg in das kalte Wasser. Sie ging zu einer Stelle, wo durch einen Biberdamm der Bach angestaut wurde.
Neben den Baumstämmen sah sie eine Gruppe von Fischen. Langsam näherte sie sich ihnen und glitt vorsichtig mit ihren Händen in das Wasser. Die Fische blieben

ruhig an der gleichen Stelle stehen. Sie griff nach einem und schleuderte ihn geschickt auf die Uferböschung. Dort zappelte er noch eine Weile und blieb dann ruhig liegen. Sie versuchte es noch ein weiteres Mal und hatte ebenfalls großes Fangglück. Siegbert war inzwischen aufgewacht und hatte Brunhilde beobachtet, wie sie, einer Göttin gleich, durch das Wasser watete. Sie kam mit den beiden Fischen zum Rastplatz zurück.
„Ist das Wasser nicht zu kalt?", wollte er wissen.
„Mir nicht! Du kannst auch ein Bad nehmen, danach bist du wieder munter."
„Wenn du noch einmal mit hineingehst, dann überlege ich es mir."
Sogleich lief sie voran, zu der tiefen Stelle im Bach. Siegbert zog sich eilig aus und folgte ihr. Das Wasser war kälter, als er vermutete, doch das wollte er nicht zugeben. Er bewegte sich wie wild und sie lachten herzhaft darüber.
Lange hielt Siegbert es nicht aus und rannte schnell zum Ufer zurück. Mit seinem Hemd trocknete er sich ab und legte sich in das warme Gras. Brunhilde kam zu ihm und wärmte sich an seinem Körper. Jetzt war auch ihr kalt geworden.
„Du musst mich aufwärmen. Ich friere", sagte sie mit zitternden Lippen.
„Bald wird dir wieder warm werden, mein Liebling", flüsterte er ihr ins Ohr und sie wusste, was er damit meinte. Sie blieben noch den ganzen Tag an dieser Stelle.
In der Nähe fanden sie eine Quelle mit frischem Wasser und essbare Beeren an Sträuchern. Für die Nacht bauten sie sich ein Schrägdach aus Zweigen, für den Fall, dass es regnen könnte. Es blieb aber trocken und warm.

Am nächsten Tag kamen die beiden gegen Mittag an die Mündungsstelle, wo die Wip in die Ge fließt. Bald würden sie die Bertaburg erreichen. Sie gehörte zum Königsgut, das von den Franken besetzt war. Siegbert überlegte, ob sie sich der Siedlung unterhalb der ehemaligen Königsburg nähern oder an dieser in einem großen Bogen vorbeiziehen sollten. Er besprach sich mit Brunhilde und die riet, in den

Ort zu gehen. Ihre Verkleidung hatte sich bisher bewährt. Vielleicht würden sie wichtige Dinge erfahren, die für die Rebellen von Nutzen sein könnten. Beide kamen an der Wache vorbei und gingen in Richtung Marktplatz.
Siegbert war das letzte Mal hier, bevor der Thüringer König nach Zülpich abgereist war. Es hatte sich kaum etwas verändert. Auf dem Marktplatz war reges Leben. Viele Bauern boten ihre Waren feil und hofften, dass die Franken etwas abkauften. Sie hatten sich schnell an das Geld der Fremden gewöhnt. Mit ihm konnten sie überall, wo die Franken lebten, Waren kaufen und verkaufen. Auch die fahrenden Händler nahmen die Münzen an. Siegbert hatte sich an den Ständen informiert, was die Bauern für die Heilkräuter, die sie zum Verkauf anboten, verlangten. Er stellte sich mit Brunhilde an einen freien Platz und bot die getrockneten Heilkräuter den Leuten, die vorbeikamen, zum Verkauf an.
Überraschenderweise gab es Frauen, die sich für seine Kräuter interessierten. Sie rochen daran, prüften sorgsam die Qualität und fragten nach dem Preis. Siegbert hätte alles viel zu billig hergegeben, doch seine Braut feilschte, wie eine geübte Marktfrau.
Das Geld hätte Siegbert nicht benötigt, denn er hatte von seiner Reise noch genügend Münzen und dazu einen Münzbeutel vom Bärenkrieger erhalten, doch es machte Spaß. Da kam eine Gruppe Frankenkrieger auf sie zu. Siegbert bekam einen Schreck.
„Ihr dürft euch nicht auf den Weg zur Burg stellen!", rief ihm eine Frau noch zu. Es war zu spät. Die beiden vorderen Krieger stießen ihn und Brunhilde grob zur Seite.
„Aus dem Weg, dreckiges Gesindel!", rief der eine und drohte mit der Faust. Siegbert hätte sich am liebsten gewehrt, doch er durfte kein Aufsehen erregen.
So verdrückten sie sich in eine Nebengasse und suchten nach einer einfachen Herberge, wo sie übernachten konnten. Am Ortsrand fanden sie eine. Sie war klein, aber sauber. Der Wirt hatte keine weiteren Gäste und war froh, dass jemand bei ihm übernachten wollte. Er nannte den Preis für Essen und Unterkunft. Siegbert willigte ein und zahlte im Voraus.

Die Wirtin zeigte ihnen ihr Zimmer und erzählte in einem fort, was für hohe Gäste sie schon beherbergt hatten. Sie brachte noch einen Eimer Wasser zum Waschen und erinnerte, dass das Essen gleich fertig sein würde. Als sie gegangen war, miemte Brunhilde die Wirtin nach und sie mussten beide herzlich darüber lachen.
„Wenn du einmal so wirst wie die, dann nehme ich mir gleich eine andere."
„Was hast du an ihr auszusetzen?"
„Ihr Mundwerk scheint keinen Augenblick stillzustehen. Immer muss sie reden, reden und reden."
„Was du nur hast, ihre Stimme klingt doch wie der Gesang einer Nachtigall."
„Du willst mich wohl veralbern? Ich werde dir gleich zeigen, wie eine Nachtigall trällert."
Er fasste sie unter die Taille und trug sie zum Bett.
„Jetzt nicht, mein Liebling, wir müssen erst in die Gaststube zum Essen. Wenn wir nicht pünktlich sind, holt uns die Wirtin gleich ab."
„Dann gehen wir lieber freiwillig", sagte Siegbert lachend und polterte die Holztreppe hinunter in die Schankstube.

Dort standen nur vier Tische und kein weiterer Gast war da. Sie setzten sich an den Tisch, gegenüber der Tür. Der Wirt stellte einen Krug Bier und zwei Becher auf den Tisch.
„Wo kommt ihr denn her?", fragte er neugierig.
„Wir leben in den Bergen im Wald, sammeln Heilkräuter, trocknen und verkaufen sie."
„Ist es ein gutes Geschäft?"
„Man kann davon leben, wenn man sich auskennt und weiß, wo die besten Heilpflanzen wachsen. Es finden sich immer Käufer."
„Aus den Bergen kommen nur selten Menschen zur Bertaburg. Ich dachte, da leben nur der Wolf und der Bär."
„Die gibt es auch, aber hin und wieder trifft man auch einen Waldmenschen."
„Ist es nicht zu gefährlich, dort zu hausen?"
„Leicht ist es nicht, aber wenn man es nicht anders kennt, übersteht man es ganz gut."

„In den Bergen sollen doch auch die Rebellen leben. Seid ihr schon einmal welchen begegnet?"
„Ich habe noch keinen gesehen. Das ist bestimmt nur eine Mär."
„Das glaube ich nicht. Unlängst waren ein paar Frankenkrieger in meinem Wirtshaus und haben erzählt, dass sie Rebellen verfolgt hatten. Die sollen dann in die Berge geflohen sein. Da es dort aber nicht mit rechten Dingen zugeht, sind die Franken wieder umgekehrt."
„Es gibt schon Waldgeister, Zwerge und manch unbekannte Wesen, bei deren Anblick einem das Blut in den Adern gerinnt. Mich und meine Frau haben sie bisher in Ruhe gelassen. Man sagt, dass sie den guten Menschen nichts antun."
„Ich bin auch ein guter Mensch, aber trotzdem würde mich keiner überreden können, dorthin zu gehen."
Siegbert sah ihn mit einer grinsenden Miene an.
„Auch nicht deine Frau?"
Jetzt musste, der so ernst aussehende Wirt, sogar lachen und er meinte: „Die natürlich schon."
Die Wirtin kam mit einer Schüssel gekochtem Fleisch und Gemüse aus der Küche und hatte unter ihren Ellenbogen einen runden Brotlaib geklemmt. Sie stellte die Schüssel auf den Tisch und schnitt das Brot in vier Teile.
„Lasst es euch schmecken! Mein Essen hat schon dem König gemundet."
„Welchem König?", fragte Siegbert interessiert.
„Na unserem! Ihr seid doch auch Thüringer? Oder nicht?"
„Wir sind Thüringer. Oder sehen wir wie Franken aus?"
„Gewiss nicht. Die Franken kann ich schon riechen, wenn sie durch die Tür hereinkommen. Sie blasen sich auf, als wären wir ihre Sklaven. Dabei war ich einst bei Herminafrid eine Küchenmagd und durfte ihm manchmal sogar das Essen auftragen."
„Da hast du ja eine hohe Stellung am Königshof gehabt."
„Das kann man wohl sagen. Unser Herr war immer gut zu uns, doch jetzt ist er in Walhall, der Gute."
„Dort wird er deine Kochkünste bestimmt vermissen."
„Das kann schon sein. Wenn man bedenkt, dass die Krie-

ger dort jeden Tag nur Schweinefleich zu Essen bekommen. Das muss doch ziemlich eintönig sein. Oder?"
„Ganz gewiss, deshalb kehren wir lieber bei dir zum Essen ein."
„Was ist das da in der Schüssel"? fragte Siegbert.
Darauf die Wirtin: „Schweinefleisch, aber besonders zart!"
Jetzt mussten alle drei herzhaft lachen.
Die Wirtin eilte in ihre Küche.
„Du hast aber ganz schön stark aufgetragen", meinte schmunzelnd Brunhilde.
„Sie hat den leichten Spott in meinen Worten nicht bemerkt. Hast du gesehen, wie glücklich sie weggegangen ist?"
„Ich denke, dass ich mehr darauf achten muss, wie und was du sagst. Vielleicht nimmst du mich auch nicht immer ernst."
„Ich würde mir niemals wagen, dich so zu verspotten", erwiderte er lächelnd. Sie trat ihn mit dem Fuß gegen den Knöchel, dass er kurz aufschrie.
Der Wirt kam sogleich angelaufen und fragte: „Ist was? Soll ich noch einen Krug Bier bringen?"
„Bring ihn!", entgegnete Siegbert und versuchte sein Lachen zu unterdrücken.

Inzwischen war es Abend geworden. Drei Franken kamen in die Wirtsstube und wollten ihren Durst stillen. Sie unterhielten sich laut in ihrer Sprache, da sie nicht annahmen, dass jemand sie verstehen würde. Siegbert spitzte die Ohren und hörte interessiert zu.
Die Krieger sprachen von der Verstärkung, die sie aus dem Frankenreich erwarteten. Die neuen Krieger sollten in den Norden weiterziehen und dort die Sachsen zurückdrängen. Sie sprachen auch über die fortwährenden Angriffe der Rebellen auf die Königsgüter und wie sie sich in Zukunft dagegen schützen wollten.
Diese Informationen waren für Siegbert wichtig und aufschlussreich. Brunhilde, die nichts von dem verstand, forderte ihn unentwegt auf, etwas von dem Gehörten ihr zu sagen, doch Siegbert musste sich auf das Gespräch der Franken konzentrieren. Als sie dann gingen, berichtete er ihr kurz darüber.

„Du musst mir unbedingt die fränkische Sprache lehren. Ich saß da, wie eine dumme Pute, die von der ganzen Welt nichts versteht."
„Auf unserer Reise haben wir genügend Zeit, dass du sie lernen kannst. Wenn du willst, so bringe ich dir auch Latein bei."
„Woher weißt du das alles?"
„Wir haben in Rodewin einen Schreiber, der mir das gelehrt hat. Bei unserem Besuch war er gerade verreist, aber du wirst ihn bestimmt kennenlernen. Jetzt lass uns schlafen gehen, denn morgen ziehen wir in Richtung Unstrut! Wenn wir die Mündung erreicht haben, dann zeige ich dir die alte Tretenburg. Das ist der wichtigste Platz für uns Thüringer. Dort wurde früher das Reichsthing abgehalten."
„Ich habe davon gehört, aber ich war noch nie dort."
„Das ist normalerweise kein Platz für Frauen, aber du bist meine Braut und da kann ich bestimmt eine Ausnahme machen."
„Jetzt möchtest du wohl, dass ich mich dafür gleich bei dir bedanke."
„Schlecht wäre es nicht."
Siegbert stand auf und Brunhilde folgte ihm in ihr Zimmer.

Beide benötigten mehrere Tage bis zur Mündungsstelle der Ge in die Unstrut. Nicht weit davon - in westlicher Richtung - lag im weiten Unstruttal ein Berg, auf dem sich einst die Tretenburg befand. Der Palisadenwall war - wie auch die Holzhütten und das große königliche Wohngebäude – zerstört. Das Innere der Versammmlungs- und Empfangshalle war vollkommen abgebrannt. Es waren nur noch verkohlte Balkenreste zu sehen, die aus den grasüberwucherten Trümmern der Gebäude ragten. Auf ihren Spitzen hatten sich einige Raben niedergelassen.
Nichts erinnerte mehr an die Schönheit, des einst so bedeutungsvollen Platzes für die Thüringer.
„Hier werden wir übernachten!", bestimmte Siegbert.
„Warum gerade an dieser Stelle? Alles ringsum ist verwüstet und in der Nacht kommen bestimmt die Geister der verstorbenen Krieger hierher."

„Deshalb möchte ich bleiben."
„Wenn du es unbedingt willst, so werde ich dich beschützen", entgegnete Brunhilde.
„So gefällst du mir schon besser", meinte Siegbert lachend und suchte auf dem Hügel nach einer geschützten Stelle für die Nacht. Er fand einen Eingang zu einem kleinen Kellerraum.
„Hier können wir die Nacht verbringen und uns auch ein Feuer machen. In der Mitte des Gewölbes ist ein Loch, durch das der Rauch abziehen kann. Ich sehe mich noch etwas um und du kannst schon Holz sammeln."
Siegbert lief am Wall der ehemaligen Burganlage entlang. Nichts war mehr vorhanden und der Versammlungsplatz kaum noch zu erkennen.

Da hörte Siegbert einen Schrei. Es musste Brunhilde sein. Eilig rannte er in ihre Richtung und fand sie nicht weit von dem Kellereingang. Als sie ihn kommen sah, zeigte sie in die Richtung einer Strauchgruppe. Siegbert konnte dort eine Wölfin erkennen, die Welpen bei sich hatte. Sie fühlte sich durch die Anwesenheit der Menschen gestört und versuchte ihre vier Jungen in Sicherheit zu bringen.
„Die Wölfin hat bestimmt in der Nähe ihren Bau und sucht sich nun ein anderes Versteck", flüsterte Siegbert.
„Ich habe mich so erschrocken, als ich bei den Büschen nach trockenem Holz suchte. Da stand auf einmal das Tier vor mir und fletschte die Zähne."
„Du warst ihr zu nahe gekommen. Hab keine Angst, sie ist keine Gefahr für uns! Ich werde dir beim Holzsuchen helfen und dann gehen wir gemeinsam am Wall entlang."
Brunhilde war mit diesem Vorschlag sehr einverstanden.
Am liebsten wäre sie an das Ufer der Unstrut und hätte dort übernachtet, aber Siegbert schien viel daran gelegen zu sein, an dem ungewöhnlichen und für sie unheimlichen Ort zu bleiben.

Nach dem Rundgang entzündete Siegbert im Kellerraum das trockene Holz und schon bald loderte eine Flamme zur Gewölbeöffnung empor. Sie hatten einen alten Kessel ge-

funden, in dem sie Wasser für Suppe und Tee erwärmen konnten. Nach der Stärkung war Brunhilde schon wohler. Der Schreck mit der Wölfin verflüchtigte sich und die Wärme des Feuers empfand sie sehr angenehm. Sie rückte eng an ihren Geliebten und strich ihm zart mit ihren Fingern über das Gesicht.
„Es ist schön, wenn man einen starken Beschützer hat. Ob die Wölfin eine neue Bleibe findet?"
„Gewiss! Solange die Jungen noch so klein sind, wechselt sie öfter das Versteck. So ist sie vor Feinden sicher."
„Es wird langsam dunkel. Wollen wir uns den Sternenhimmel ansehen?"
„Wenn du das möchtest, so kann ich dir zeigen, wie ich mich an den Sternen orientiere. Auf meinem Weg von Vindobona zum Rynnestig waren die Sterne oftmals mein einziger Wegweiser."

Sie gingen nach draußen und setzten sich auf einen der großen behauenen Steine, der einst ein Teil zu einem Hausfundament zu sein schien. Eng umschlungen hörte sie ihm zu, wie er den Sternen Bilder zuordnete und die Himmelsrichtung bestimmte. Ihr gefiel, wie er alles erklärte, obwohl sie das meiste von dem nicht verstand oder gleich wieder vergaß. So kompliziert hatte Brunhilde sich das Himmelsgewölbe nicht vorgestellt.
In der Ferne war ein Wolf zu hören.
„Der scheint aber weit weg zu sein", sagte Brunhilde beruhigt.
„Er wird zu einem anderen Rudel gehören. Wir werden sehen, ob ihm von der Tretenburg einer antwortet."
Kaum hatte Siegbert es gesagt, als sie nicht weit von ihnen entfernt Wolfsgeheul vernahmen. Es drang Brunhilde durch Mark und Bein. Die Angst war wieder da.
„Sie tun uns nichts, fürchte dich nicht!", beruhigte sie Siegbert.
„Lass uns lieber zurück in den Keller gehen! An das Feuer trauen sie sich nicht heran und ich habe noch genügend Holz, um es nicht ausgehen zu lassen."

Siegbert gab nach, obwohl er noch gern im Freien bleiben und in die dunkle Nacht blicken würde. Sie legten sich nieder, doch Brunhilde konnte nicht einschlafen. Immer wieder stand sie auf und legte ein paar trockene Äste nach. Solange die Flammen züngelten, fühlte sie sich sicher. Durch das ständige Aufstehen wurde Siegbert wach. Er ging nach draußen und setzte sich vor dem Eingang auf einen Stein.
Es war warm und eine leichte Brise zog vom Westen her. Seine Gedanken weilten bei König Herminafrid, den er vor mehr als einem Jahr nach Zülpich begleitet hatte. Sein Tod zerstörte die Hoffnung der Thüringer auf Frieden und Freiheit.
Ob sein Sohn Amalafred einst die Königswürde zurück erlangen wird? Viele Gaugrafen hatten ihm bei der Wahl hier an diesem Ort ihre Stimme verweigert. Das wird er ihnen bestimmt nicht vergessen.
Brunhilde kam zu ihm und setzte sich schweigend neben ihn. Sie genossen zusammen die Stille der Nacht und den schönen Sonnenaufgang.

Am nächsten Tag zogen beide zeitig weiter. Der Weg führte von der Unstrut in nördliche Richtung zu den Harzbergen. Unterwegs übernachteten sie meist bei Bauern. Sie erfuhren viel von den Nöten und Sorgen in den Familien.
Die Frauen hatten meist das Sagen, denn ihre Männer und großen Söhne waren vom Schlachtfeld gegen die Franken nicht mehr zurückgekehrt.
Die Schweinesteuer, die von den Verwaltern der Königsgüter eingetrieben wurde, war zu hoch für die meisten und in den Wintermonaten mussten sie hungern. Siegbert sprach mit ihnen, dass sie ihre Söhne zur Ausbildung zu den Rebellen geben sollten, doch die mussten schon im Knabenalter die Arbeitskraft eines Mannes ersetzen.
Besser waren die größeren Sippen gestellt, die Sklaven hatten. Manche der kleinen Bauerfamilien schlossen sich zu einem größeren Sippenverband zusammen und wählten einen Vorstand aus ihrer Mitte. So konnten sie in der Gemeinschaft die Not in der Winterzeit besser überstehen.
Als Brunhilde und Siegbert die Täler zu den Harzbergen er-

reichten, lagen die Siedlungen weiter voneinander entfernt. Manche waren nur schwer zugänglich. Das hatte den Vorteil, dass die fränkischen Steuereintreiber nicht bis zu ihnen vordrangen. Trotzdem lebten die Bauern nicht im Überfluss, da die Erträge auf den kleinen Äckern geringer waren, als in der Ebene beidseits der Unstrut.
Die Siedler waren dort den Rebellen stärker verbunden und unterstützten sie, wo sie nur konnten. Von den wenigen Lebensmitteln gaben sie den Aufständischen noch etwas ab.

In ihrer Verkleidung zogen sie weiter. Siegbert war den Weg, der an einem Bach entlang führte, vor einem Jahr schon ein paar Mal entlang geritten. Er konnte sich noch genau an bestimmte Einzelheiten, wie einer großen alten Eiche oder einem Felsvorsprung, erinnern. Zu Fuß war es für ihn viel mühsamer und langwieriger voranzukommen.
Der Pfad ging steil bergan. Hinter einer Biegung kamen ihnen drei Männer entgegen, die wie Holzfäller aussahen. Einer trug einen Sapie über der Schulter und die beiden anderen hatten Beile in der Hand. Als sie nah herangekommen waren, fragte der eine: „Wohin des Wegs?"
„In die Berge, um Kräuter zu suchen", antwortete Brunhilde. „Dort gibt es genug und ihr werdet bald eure Körbe voll haben."
„Wir suchen nicht irgendwelche, sondern ganz bestimmte."
„Ich kenne mich da nicht so aus, aber ich weiß eine Kräuterfrau, wie es keine Bessere gibt. Wenn ihr den Weg bis zum Sattel folgt, dort steht ihre Hütte."
„Ihr seid wohl Holzfäller?", wollte Siegbert neugierig wissen. Sie blickten sich gegenseitig an und schmunzelten.
„Sehen wir so aus?", fragte der mit der Sapie auf der Schulter.
„An eurem Werkzeug habe ich das erkannt, denn den Wendehaken braucht man zum Baumstämmerücken", bemerkte Siegbert.
„Du scheinst dich gut auszukennen, alter Mann, aber so weit oben findest du keine Holzfäller mehr. Wir gehören zu den Rebellen und das sind unsere Waffen."
„Dann ist wohl euer Lager nicht weit von hier?"
„Bist du ein fränkischer Spion, dass du danach fragst?"

„Ich bin nur ein einfacher Kräutersammler und ziehe mit meinem alten Weib durch das Land."
Der Mann mit der Sapie strich Siegbert über die Wange und sah sich danach seinen Finger an.
„Ich habe mir doch gleich gedacht, dass du ein Franke bist und unser Lager auskundschaften willst. Dein Weib hat sich bestimmt auch das Gesicht gefärbt."
Die beiden mit der Axt hatten sofort ihre Messer gezogen und sie Siegbert an den Hals gelegt.
„Tut ihm nichts!", schrie Brunhilde.
„Wir sind auch Rebellen und wollen zu euch."
„Das muss sich erst noch herausstellen, wer ihr wirklich seid. Wir binden euch die Hände."
„Wenn es unbedingt sein muss", entgegnete Siegbert und streckte ihnen seine Hände hin. Es stellte sich heraus, dass sie keinen Strick bei sich hatten.
Die Rebellen waren verunsichert, ob sie die Kräutersammler wirklich in ihr Lager führen sollten. Eine Weile berieten sie sich und packten Siegbert und Brunhilde grob an der Schulter.
„Dass ihr keine falsche Bewegung macht, sonst habt ihr das Messer im Rücken."

Sie schoben sie vor sich auf dem schmalen Pfad entlang. Siegbert und Brunhilde folgten ihnen bereitwillig. Der Weg teilte sich mehrere Male und sie gelangten zu einem felsigen Hang. Hinter den ersten Steinbrocken konnten sie ein kleines Feldlager erkennen.
Wachen hatten die Ankunft von Fremden bereits gemeldet und sie schritten durch ein Spalier von wild aussehenden Menschen auf einen freien Platz zu. Dort saß auf einem Baumstamm ein Krieger, der gelassen den Ankommenden entgegensah.
„Wen bringt ihr uns da?", fragte er den mit dem Wendehaken.
„Fränkische Spione haben wir nicht weit vom Lager aufgegriffen. Sollen wir sie die Felsen hinabstürzen?"
„Nicht so eilig, Männer! Ihr wisst doch gar nicht, wer sie sind!"

„Sie haben sich ihr Gesicht gefärbt, um nicht erkannt zu werden. Sieh es dir an!"
Wieder griff der Mann Siegbert an die Wange und zeigte den dunklen Finger den Umstehenden.
„Bringt einen Eimer Wasser", rief der Anführer der Rebellen. Es dauerte nicht lange und zwei Jungen trugen einen Eimer Quellwasser herbei.

Siegbert und Brunhilde wuschen sich das Gesicht und drehten sich zu den gaffenden Leuten um. Erstaunt starrten die auf die beiden. Einer der Umstehenden meinte: „Der sieht so aus, wie Siegbert. Vielleicht ist es sein Bruder!"
„Das ist nicht sein Bruder, es ist wirklich Siegbert. Ich erkenne ihn an der Narbe über dem Augenlid", sprach der Anführer und umarmte seinen alten Kampfgefährten. Die Freude über den überraschenden Besuch war groß und Siegbert musste gleich von seiner Reise berichten.
Die Frauen bereiteten ein Festessen vor und Brunhilde half ihnen dabei. Sie musste von dem Rebellenleben am Rynnestig berichten und auch, ob sie mit Siegbert ein Verhältnis hat. Stolz bekannte sie sich dazu und erzählte, dass sie sich schon vor einem Jahr einander versprochen hatten.
Es wurde Brot gebacken und eine Suppe mit viel Fleisch gekocht. So etwas Gutes gab es nur zu besonderen Anlässen. Die Kinder waren erfreut, dass sie nicht den üblichen Hafer- oder Hirsebrei vorgesetzt bekamen.
Das Rebellenlager war eine Außenstelle des Hauptlagers, das sich auf dem Blocksberg befand. Dort sollte sich auch Siegberts Freund Otfrid befinden. Er war der Anführer der Aufständischen in den Harzbergen. Zu ihm musste Siegbert bald gelangen.

Am nächsten Morgen ritt er mit Brunhilde in Begleitung der drei Rebellen, die sie am Tag zuvor ins Lager gebracht hatten, in Richtung Blocksberg.
An einigen Stellen des Pfades konnten sie den gewaltigen Berg gut sehen. Es schien alles so nah, doch der Weg zog sich lang dahin. An einer großen Felsengruppe mit einer wunderbaren Sicht, machten sie Rast und aßen ein Stück

von dem frischen Brot, das sie als Proviant mitbekommen hatten.

„Sind das die Felsen, von denen ihr uns hinabstürzen wolltet?", fragte Siegbert die Begleiter.

„Du darfst uns das nicht übelnehmen. Wir dachten ja, dass ihr Franken seid und wer von denen so nah an unser Lager herankommt, der muss sterben."

„Hat es schon einmal einer geschafft?"

„Vor etwa einem Mond verfolgte eine Gruppe von ihnen unsere Krieger. Wir haben sie in der Nacht dann so erschreckt, dass sie Hals über Kopf geflohen sind und dabei die Felsen hinabstürzten. Keiner hat es überlebt."

„So ängstlich sind doch die Franken nicht, dass sie in der Nacht gleich davonrennen?"

„Wir haben uns als Waldgeister verkleidet und sahen so gefährlich aus, dass wir uns vor uns selbst schon gefürchtet haben."

Nach der kurzen Rast ging es ständig steil bergan. Der Pfad wurde immer enger und die Hindernisse durch umgefallene Bäume nahmen zu. Sie mussten ihre Pferde am Zügel führen und kamen nur langsam voran. So erreichten sie ein Gebiet, in dem riesige Steinbrocken zwischen den Baumstämmen lagen und das Vorankommen fast unmöglich machte. Hinter dieser Barriere war eine freie felsige Fläche, an deren Rand sich das Hauptlager der Rebellen befand. Anders als am Rynnestig war der Thing- und Übungsplatz für die Krieger oberhalb des Lagers auf einer unbewaldeten Fläche. Neben dem Platz stand ein Holzturm zur Beobachtung des gesamten Umlandes.

Es erregte wenig Aufsehen, als die fünf Reiter im Lager erschienen, denn die drei Begleiter kannte man. Die Krieger waren noch unterwegs und die Frauen sputeten sich, das Abendessen vorzubereiten. So beachtete niemand Siegbert und Brunhilde. Es störte ihn nicht und er ging mit seiner Braut zu dem Aussichtsturm.

„Kletterst du mit hinauf oder wird dir schwindlig dabei?", fragte er sie.

„Ich habe keine Angst. Mal sehen, wer zuerst oben ist."
Leitern führten zu den drei Plattformen. Brunhilde stieg beherzt voran. Siegbert ließ ihr den Vortritt und sah ihr von unten nach.
„Warum kommst du nicht? Hast du etwa Angst hinaufzusteigen?"
„Mir gefällt die Aussicht von unten viel besser."
„Du kannst doch gar nicht über die Bäume sehen!"
„Das nicht, doch unter deinen Rock."
„Du bist ganz schön frech. Wehe, wenn du oben bist!"
Eilig erklomm sie die Sprossen und kam ganz außer Atem oben an. Schweißgebadet hob sie ihren Rock, um sich Kühlung zu verschaffen und blickte über die Brüstung zu den fernen Bergen.
Siegbert erreichte die oberste Plattform früher als sie erwartete und umfasste sie von hinten. Erschreckt schrie sie auf.
„Dich hört hier oben keiner", flüsterte er ihr ins Ohr.
„Lass mich los!", rief sie und versuchte sich aus seiner Umarmung zu lösen.
„Du kannst mir jetzt nicht entkommen. Zuerst reizt du mich mit deiner Aussicht und dann hebst du auch noch deinen Rock."
„Ich schwitze so sehr", keuchte sie.
„Mir ist auch heiß, drum wollen wir uns gleich abkühlen."
Sie war noch immer außer Atem und dachte daran, dass ihr Geliebter ihre Kurzatmigkeit als Leidenschaft verstehen konnte. So gab sie ihm nach und beugte sich noch weiter über die Brüstung. Eng umschlungen standen sie vereint und die Abendsonne allein war Zeuge ihres Tuns.

Vom Lager her war Waffengeklirr zu hören.
„Die Krieger werden zurückgekehrt sein und nach uns suchen", meinte Brunhilde und schmiegte sich an Siegbert.
„Wir klettern am besten gleich wieder hinunter, sonst starren dich die Männer noch von unten an und es geht ihnen so, wie mir."
„Wenn sie danach zu ihren Frauen gehen, habe ich nichts dagegen", erwiderte Brunhilde.
Er lachte und ging voran.

Unten angekommen, sahen sie eine Gruppe Männer eilig in ihre Richtung laufen. An ihrer Spitze schritt ein stattlicher Krieger mit einem Helm und Kettenhemd. Der Mann streckte die Arme in die Höhe, als er Siegbert sah und rannte auf ihn zu. Beide Männer umarmten sich und es schien, dass sie nicht mehr voneinander lassen wollten.
„Ich freue mich so sehr, dass du wieder da bist, mein alter Freund."
„Du hast mir auch sehr gefehlt, Otfrid. Gern hätte ich dich auf meiner Reise nach Ravenna bei mir gehabt."
„Es sollte nicht sein, Siegbert. Wer hätte sonst auf die Rebellen aufgepasst?", erwiderte Otfrid.
„Ich habe schon viel von deinen großen Erfolgen vernommen."
„Das war bestimmt übertrieben. Wichtiger ist, dass du von deiner Reise erzählst."
„Wenn du mir vorher in deinem Lager etwas zu Essen gibst, so werde ich euch davon berichten."
„Ich bin ein schlechter Gastgeber. Habe dich noch nicht einmal nach deinem Befinden gefragt und ob du hungrig bist."
„Eine Weile halte ich es noch aus. Zuvor will ich dir meine Braut vorstellen. Sie hat mich vom Rynnestig bis hierher zu Fuß begleitet."
Otfrid nahm auch sie in seine Arme und drückte sie an die Brust. Sie war von dem spontanen Verhalten des Mannes so überrascht, dass sie nichts sagen konnte. Zusammen gingen sie zum Lager und Otfrids Männer folgten ihnen.
Inzwischen hatte sich bei allen herumgesprochen, welch hoher Gast angekommen war.
Auf offenen Feuerstellen hingen über einem Gestell Kessel. In ihnen brodelte die Suppe mit Gemüse.
„Kommt, setzt euch her an meine Seite! Hätte ich gewusst, dass ihr uns besucht, so gäbe es ein Festessen. Doch nun müsst ihr mit unserer kargen Kost vorlieb nehmen."
„Wir sind nicht verwöhnt. Unterwegs kehrten wir bei manchem Bauer ein, der schon seit vielen Monden kein Fleisch im Suppenkessel gesehen hat. Sie erzählten uns auch von Hungersnöten im Winter."
„Es ist bei manchen ganz schlimm. Viel können wir nicht

dagegen tun. Oft helfen wir den Armen und geben ihnen von dem, was wir den Franken wegnehmen. Es wird aber immer schwieriger.
Die Sachsen dringen vom Norden über die Grenze und die Franken schicken mehr Krieger, um sie zurückzudrängen. Für uns wird es dadurch schwerer, die Königsgüter anzugreifen und Beute zu machen."
„Wie steht es mit der Ausbildung der Jungkrieger?", wollte Siegbert wissen.
„Mit denen geht es gut voran. Die Knaben bleiben vom Frühjahr bis zum Herbst bei uns und einige haben schon ihre Jungkriegerprüfung abgelegt. Es sind jedoch zu wenige, die kommen. Viele müssen zu Hause mitarbeiten und können nicht fort."
„Uns fehlen Sklaven auf den Bauernhöfen", meinte Siegbert.
„Die Franken sehen uns Thüringer als ihre Sklaven an. Bei geringfügigen Vergehen, Waffenbesitz oder wenn man etwas Schlechtes über sie sagt, wird man gleich gefangengenommen und im Frankenreich auf dem Markt verkauft. Wir haben schon einige dieser Transporte überfallen und die Leute befreit. Viele von ihnen leben jetzt in unseren Lagern."
„Es ist eine große Schande, dass wir das ertragen müssen. Alles haben sie uns genommen, unser Land, unseren König und die Freiheit. Doch die Hoffnung können sie uns nicht nehmen. Solange wir leben, wollen wir Thüringen treu bleiben und für unsere Freiheit kämpfen."
„Du bist ein guter Redner und sprichst die Dinge so aus, wie wir sie in unseren Herzen verstehen. Morgen Früh solltest du zu den Leuten sprechen und ihnen das sagen, was du soeben mir gesagt hast. Das gibt ihnen Mut und Zuversicht."
„Wie sieht es denn mit unseren slawischen Brüdern aus? Ich hörte, dass sie die Waffen niedergelegt haben."
„Es ist so, wie du sagst! Die Franken haben ihnen Land angeboten und in den ersten Jahren der Bewirtschaftung sind sie von den Steuern befreit. Somit geht es ihnen besser, als den Thüringer Bauern. Deshalb haben sich viele unter den

Schutz der Franken gestellt und die Waffen abgegeben. Ein kleiner Teil von ihnen ist jedoch zu mir gekommen und sie kämpfen an unserer Seite. Du kennst ihren Anführer. Er steht mit seinen Kriegern in einem Lager im Norden.
Dort gibt es großen Ärger mit den Sachsen, die sich auch in unserem Reich festsetzen wollen. Angeblich haben sie zu wenig Land und der verstorbene König Theuderich soll ihnen Ackerland von den Harzbergen bis zur Unstrut versprochen haben."
„Was einem nicht gehört, kann man leicht verschenken", bemerkte Siegbert.
„Wie lange wirst du bei uns bleiben?", fragte Otfrid.
„Ich wollte noch zu den Slawen ins Ostreich reisen und sie zum Widerstand aufrufen. Doch wie die Sache steht, werde ich wohl dort keinen Erfolg haben."
„Das sehe ich auch so", bestätigte Otfrid und winkte mit der Hand ab.
„Somit müssen wir das Ostreich von der Elbe bis zur Saale wahrscheinlich abschreiben."
„Wir können da nichts tun. Auf die freien Höfe rücken Slawen nach und die huldigen dem Frankenkönig. Die Thüringer werden immer mehr zur Minderheit. Unser Glaube wird durch das Christentum verdrängt und die Slawen vergessen ihre eigenen Götter. Wenn wir bei uns nicht aufpassen, dann erleben wir das gleiche."
„Was können wir nur dagegen tun?", wollte Siegbert wissen.
„Wir haben in allen unseren Lagern Priester und die bilden neue aus. Solange wir an Thor und Odin glauben, werden wir stark genug sein, uns zu wehren."
„Das ist gut so! Wichtig ist auch das Erzählen von Geschichten über unsere Götter."
„Du kannst gleich damit beginnen. Ich erinnere mich, dass keiner von uns sie so gut erzählen konnte, wie du."
„Ich lasse mich nicht lange drängen und werde euch eine kurze Geschichte von Thor berichten."
Siegbert setzte sich auf einen Baumstumpf, damit ihn auch alle gut sehen konnten und begann.

„Auf der Jagd hatten die Götter viel Wild erlegt und wollten ein großes Gelage veranstalten. Thor sollte zu dem Meeresgott Ägir gehen und ihn bitten, Bier zu brauen. Da er aber zu einem ungünstigen Zeitpunkt bei ihm erschien und in einer fordernden Art, den Wunsch der Götter vortrug, so verlangte Ägir, dass Thor ihm einen so großen Kessel beschaffen soll, der ausreichen würde, um das Bier für alle zu brauen.

Die Götter berieten und fanden heraus, dass weit im Osten der Riese Hymir einen solchen Kessel besaß. Er war der grimmigste Frostriese und herrschte über das gesamte Eismeer. Der Kriegsgott Tyr kannte den Weg zu ihm, denn es war sein Stiefvater. Seine Mutter soll einst als Mädchen von Odin verführt worden sein und hatte Tyr geboren.

Mit Thors Ziegenbockgespann reisten sie los. Als sie die Halle von Hymir erreichten, trafen sie Tyrs Mutter, die den beiden helfen wollte.

Der Frostriese war irgendwo draußen in den Eiswelten. Als er spät nach Hause kam, sagte ihm seine Frau, dass ihr Sohn und Thor zu Besuch da sind. Hymir sah in die Richtung, die sie deutete.

Unter seinem grimmigen Blick zersprang die Säule, die sich in dieser Richtung befand und einen Querbalken stützte, an den acht Kessel hingen. Als diese zu Boden stürzten, zersprangen sie - bis auf einen.

Hymir beobachtete Thor, denn er wusste, dass der schon viele Riesen getötet hatte. In seiner Halle wahrte Hymir jedoch das Gastrecht und ließ drei Ochsen für ein Festessen zu Ehren seines Stiefsohns schlachten.

Davon aß Thor zwei. Das fand Hymir ungehörig und er meinte, dass der Vielfraß am nächsten Tag mit ihm Fischen müsste, um das Essen zu beschaffen. Thor war damit einverstanden und fragte nach dem Köder.

,Draußen steht meine Herde Ochsen, beschaff dir deinen Köder selber!', sagte der Riese.

Thor ging nach draußen und drehte dem stärksten Stier den Kopf ab. Als er damit zurückkam, sah ihn Hymir grimmig an. Sie fuhren zu zweit in Hymirs Boot hinaus auf das Meer. Der Riese kannte die Fischgründe, wo es viele Flundern gab.

Er wollte die Angelschnur auslegen, doch Thor wollte noch weiter aufs Meer hinaus. Mürrisch gab der Riese nach. Sie ruderten weiter, doch dann hielt Hymir inne.
‚Wir dürfen nicht weiter, denn hier lauert die Midgardschlange.'
Thor verhöhnte ihn und ruderte allein weiter. Hymir sah ängstlich auf die Wasseroberfäche. Als sie eine bestimmte Stelle erreicht hatten, warf Thor den Stierschädel als Köder aus dem Boot und beobachtete die Schnur.
Die Schnur zuckte.
Die Midgardschlange hatte nach dem blutigen Köder geschnappt. Der Angelhaken steckte in ihrem Gaumen. Wild zerrte sie an der Schnur, doch Thor zog sie zum Boot. Er hatte seinen Hammer schon geschwungen, um ihren Schädel zu zertrümmern. Da kappte Hymir in seiner Angst, um das Boot und sein Leben, die Angelschnur mit seinem Messer.
Thor war wütend.
In der Halle angekommen, spottete Hymir über Thor wegen seiner Kräfte. Er reichte ihm seinen Kelch und meinte, dass nichts in der Welt diesen zerbrechen könne. Thor warf ihn gegen eine steinerne Säule und zerschmetterte diese. Triumphierend sah Hymir zu seinem Stiefsohn.
‚Hier kannst du sehen, dass Thor nichts mit seiner Kraft anrichten kann', sagte er zu ihm.
Tyrs Mutter flüsterte Thor zu, dass nichts so hart, wie Hymirs Schädel wär. Mit ganzer Kraft schleuderte Thor den Kelch an Hymirs Stirn und das Glasgefäß zersprang in kleine Stücke. Der Riese sah traurig die Scherben an und ließ Thor mit dem großen Kessel ziehen.
So musste Ägir doch noch das Bier für die Götter brauen."
„Was ist mit Hymir passiert? Hat er den Verlust seines Kelches überwunden?", wollte ein Jungkrieger wissen.
„Als Thor und Tyr schon ein Stück unterwegs waren, da bemerkten sie, dass Hymir sie mit seiner Kriegerschar verfolgte. Thor nahm seinen Hammer Mjöllnir und vernichtete alle Riesen."

Nach der Geschichte gingen die Ersten in ihre Hütten, um sich zur Ruhe zu begeben. Die Krieger waren den ganzen

Tag auf den Beinen. Auch Siegbert brauchte Schlaf und Otfrid lud ihn und Brunhilde in seine Hütte ein. Er lebte dort mit einer Slawin, die er im Ostreich vor einem Jahr kennengelernt hatte. Sie war etwa so alt wie Brunhilde und die beiden Frauen verstanden sich von Anfang an sehr gut. Sie war für die häuslichen Dinge zuständig und manchmal begleitete sie auch Otfrid zu einem Lager der Außenposten.

Siegbert wollte am nächsten Tag in das Slawenlager reisen. Otfrid bot sich an, ihn dahin zu begleiten. Als es die Frauen hörten, wollten sie ebenfalls mitkommen.
„So machen wir einen gemütlichen Familienausflug", meinte Otfrid lachend.
„Ich habe nichts dagegen, wenn die Weiber mitkommen. Doch still müssen sie sein und unterwegs nicht das Wild verscheuchen."
Brunhilde stieß mit ihrem Fuß gegen sein Schienbein.
„Das ist für die freche Bemerkung. Ich bin schon als Kind auf die Jagd gegangen und habe manchen Hasen mit den Händen gefangen."
„Einen Hasen habe ich lange nicht mehr im Wald gesehen. Wahrscheinlich sind sie ausgestorben", meinte Otfrid.
„Ihr werdet sie alle in den Suppenkessel gesteckt haben", entgegnete Siegbert scherzend.
„Fleisch ist bei uns eine Seltenheit. Es gibt Fleisch nur zu besonderen Anlässen."
„Dann will ich nicht weiter spotten", entschuldigte sich Siegbert.

„Lasst uns jetzt schlafen, denn morgen haben wir einen anstrengenden Ritt vor uns", meinte Otfrid.
„Es ist schon gut, wenn wir nicht laufen müssen", entgegnete Brunhilde und legte sich auf eine der Pritschen an der Wand der Hütte. Siegbert prüfte die Stabilität des Holzgestells und legte sich zu ihr.
Auch Otfrid hatte sich mit seiner Freundin ausgestreckt und fing gleich an zu schnarchen. Es war so laut, dass Siegbert nicht einschlafen konnte. Er nahm sich ein dickes Lammfell und legte sich vor die Hütte ins Gras.

Über ihm strahlten die Sterne und er dachte an das letzte Jahr zurück, das er im Langobardenreich verbracht hatte. Dort war es bedeutend wärmer als hier und es würde Brunhilde bestimmt da gefallen.

Sie liebte die Sonne und betete sie an. Er hatte sie schon öfter dabei ertappt, wie sie bei Sonnenaufgang ihre Arme nach der goldroten Kugel am Horizont ausstreckte und dann sonderbare Sprüche sagte. Brunhilde hatte sie von einer alten Schamanin gelernt und glaubte, dass sie ihr halfen.
Nach einer Weile kam auch Brunhilde aus der Hütte geschlichen und legte sich zu Siegbert ins Gras.
„Du konntest wohl auch nicht einschlafen?", flüsterte er ihr zu.

„Er schnarcht lauter, als ein Bär im Winterschlaf."
„Hier draußen ist es bequemer, als auf der Pritsche. Wenn es nicht regnet, schlafe ich lieber im Freien und betrachte das Himmelsgewölbe. Es war schon eine große Leistung von Odin, dies alles zu erschaffen."
„Hoffentlich bleibt es uns noch lange erhalten!"
„Wieso sollte es vergehen?"
„Du hast mir doch einmal die Geschichte erzählt, dass eines Tages die Götter in die letzte Schlacht ziehen werden und gegen das Böse in der Welt kämpfen."
„Das ist richtig, doch das ist noch so fern. Wir werden den Untergang nicht erleben."
„Das ist gut so. Ich liebe das Leben und dich noch viel mehr", sprach Brunhilde und küsste ihren Geliebten.
„Mir geht es ebenso. Ich möchte dich etwas fragen."
„Warum zauderst du? Sprich!"
„Wir haben uns vor einem Jahr versprochen und ich möchte dich gern heiraten. Willst du meine Frau werden?"
Sie lächelte und schwieg.
„Hast du es dir anders überlegt?", fragte er erschrocken.
„Nein, ich will dein Weib werden. Wann soll die Hochzeit sein?"
„Ich denke, dass das Sonnenwendfest dazu am besten geeignet ist. Harald, mein Bruder, möchte die Hochzeit ausrichten und für uns beide ein Haus in Rodewin bauen."

„Willst du denn in Rodewin bleiben und nicht bei den Rebellen im Wald?"
„Ich bleibe im Wald, doch für dich und unsere Kinder ist das Leben in der Siedlung leichter."
„Das kommt gar nicht in Frage, dass ich woanders lebe. Mein Platz ist an deiner Seite und da will ich immer sein."
„Es geht hauptsächlich um unsere Kinder. In der Winterzeit ist das Leben im Wald für sie zu beschwerlich. Ich werde in dem Vorposten bei deinem Bruder auf dem Warteberg bleiben. Da habe ich nur einen halben Tagesritt zu euch und Franken gibt es auch keine entlang des Wegs."
„Dann könnte mich auch mein Bruder öfter besuchen?"
„Natürlich! Wir werden ihm in unserem Haus einen eigenen Raum einrichten, in dem er sich zu Hause fühlen kann."
„Das gefällt mir", sagte Brunhilde und küsste ihren Siegbert auf die Wangen. Er erwiderte den Kuss und wurde immer lebhafter.
„Willst du schon wieder?", fragte sie erstaunt.
„Ich kann nicht genug von dir bekommen!", erwiderte er und zog das Schaffell über sie beide.

Gegen Morgen war ein Hahnschrei zu hören. Siegbert hatte einen leichten Schlaf und war sofort hellwach. Hühner im Lager, das war ihm neu. Er sah zum Horizont und konnte den ersten Lichtschein der aufgehenden Sonne erkennen. Otfrid saß vor seiner Hütte und betrachtete die beiden im Gras.
„Was hat euch denn aus meiner Hütte vertrieben?", wollte er wissen.
„Du hast dort einen Bär versteckt und der hat so laut geschnarcht."
„Damit meinst du mich. Es ist schon ein Ärgernis, mein lautes Schnarchen. Wenn wir unterwegs sind, muss ich immer die Nachtwache übernehmen, da sonst die Feinde schnell unser Lager entdecken würden."
„Hier draußen lässt es sich auch gut schlafen."
„Das muss nicht sein. Du bist unser großer Anführer und da gebührt dir eine entsprechende Unterkunft. Ich werde meine Männer gleich anweisen, dir eine schöne Hütte zu

bauen. Wenn wir aus dem Slawenlager zurückkehren, ist sie fertig."

In allen Hütten regte sich Leben. Die Frauen standen als Erste auf und schürten das Feuer. Dann bereiteten sie das Frühstück vor und weckten ihre Männer. Die Kinder schliefen meist länger, besonders dann, wenn sie am Vorabend lange aufgeblieben waren.

Nach dem Frühstück ritten Siegbert und Brunhilde in Begleitung Otfrids, seiner Freundin und zwei Kriegern aus dem Lager in Richtung Norden. Der slawische Vorposten lag etwa einen Tagesritt vom Hauptlager entfernt.
Unterwegs trafen sie niemand. Es war aber auch kein Wild zu sehen. Alles schien wie ausgestorben zu sein.
„Die Stille ist schon sonderbar", meinte Siegbert.
„Wir reiten hier durch den Dunkelwald. Da leben die Waldgeister und treiben so manchen Schabernack mit den Durchreisenden. Normalerweise meide ich dieses Tal, doch es ist die kürzeste Entfernung bis zum Vorposten."
„Wir brauchen uns nicht zu fürchten, denn wir haben unsere tapferen Frauen dabei", meinte Siegbert scherzend.
Amüsiert blickte Siegbert zu Brunhilde, die sich in dem Dunkelwald auch nicht wohl fühlte. Zu allem Ungemach erzählte Otfrid noch ein paar Episoden, die sich hier zugetragen haben sollen. Sie hatten alle ein schlechtes Ende für die Durchreisenden. Die einen wurden in Steine verzaubert und andere verschwanden für viele Jahre im Berg und mussten für die Waldgeister Sklavenarbeit verrichten.

Als sie zu einer Lichtung kamen und die Sonne wieder sahen, waren sie alle froh. Auch Siegbert, der sich nicht vor Geistern fürchtete, beschlich in dem Wald ein sonderbares Gefühl. Er glaubte, dass ihn von allen Seiten Augen verfolgten.

Am Ende des Tales ging es wieder bergauf und am Nachmittag erreichten sie das Slawenlager. Die Überraschung war groß, dass Siegbert hier auftauchte. Die Anführer setzten sich sogleich zusammen, da eine Auseinandersetzung mit Sachsen und Franken bevorstand. Der Slawenführer berichtete, dass etwa eine Hundertschaft der Sachsen über die Grenze gekommen war und quer durchs Land zog. Ihnen standen etwa dreißig Franken gegenüber.

„Die fränkischen Krieger haben sich eine Wallburg gebaut und dahinter verschanzt. Für die Sachsen wäre es nicht leicht die Palisadenwand zu bezwingen. Beide Seiten verharren in einer gewissen Starre", berichtete der Slawenführer.

„Die Sachsen könnten doch die Wallburg umgehen?", bemerkte Otfrid.

„Dann hätten sie die Franken im Rücken. Dieses Risiko wäre ihnen zu hoch."

„Warum greifen die Franken nicht an? Sie sind doch bestimmt besser bewaffnet", wollte Siegbert wissen.

„Sie werden nicht wissen, wie viele Sachsen es sind", meinte der Slawenführer.

„Wir könnten doch da ein wenig mitmischen und beide nacheinander angreifen", schlug Otfrid vor.

„Besser ist es abzuwarten, bis sie sich gegenseitig geschwächt haben und dann werden wir eingreifen", meinte Siegbert.

„Wie stellst du dir das vor, wenn sie sich nicht von der Stelle rühren?"

„Wir werden den Franken verraten, wo die Sachsen ihr Lager haben und dass es etwa dreißig Krieger sind. Dann trauen sie sich aus der Wallburg und greifen an."

„Wer soll zu ihnen gehen und es ihnen sagen?", fragte Otfrid und sah skeptisch in die Runde. Es folgte betretenes Schweigen.

„Ich kann zu den Franken gehen und mit ihnen reden", meinte Brunhilde.

„Das kommt gar nicht in Frage! Das ist viel zu gefährlich", entgegnete Siegbert.

„Sie werden einem schwachen Beerenweib bestimmt nichts tun", sagte sie bestimmt.

„Ich werde sie begleiten", sagte Otfrids Freundin und stellte sich neben Brunhilde.

Der Slawenführer sah auf die Frauen, als würde er Krieger für einen Einsatz begutachten.
"Es könnte gehen", meinte er. Otfrid und Siegbert protestierten, doch die Frauen setzten sich durch.
Der Slawenführer ließ alle gesammelten Beeren im Lager zusammentragen und die Körbe für die Frauen bereitstellen.

Am nächsten Morgen brachte er die beiden Frauen zu dem Weg, der vom Sachsenlager zu dem Frankenwall führte. Siegbert war sehr besorgt, dass den beiden Frauen etwas passieren könnte und er sprach mit Brunhilde darüber. Sie beruhigte ihn so gut sie konnte. Otfrid schien es nicht anders zu gehen, denn sein Schnarchen war die ganze Nacht nicht zu hören.
Am frühen Morgen zogen die Frauen in Begleitung der Rebellenführer zu dem Weg. Die Frauen trugen in jeder Hand einen gefüllten Beerenkorb und liefen auf den Frankenwall zu. Als sie vor dem Tor ankamen, riefen sie der Wache zu, ob sie ihnen ein paar Beeren abkaufen würden.
Ein Krieger öffnete das Tor und ließ die beiden Frauen herein. Die Wachleute begutachteten die Beeren, doch sie konnten sich mit den Frauen nicht verständigen. Nach einer Weile kam ein älterer Krieger, der thüringisch sprach. Er fragte, was sie für die Körbe haben wollten.
Brunhilde zeigte ihm eine kleine fränkische Münze und der Mann war damit einverstanden. Sie gab ihnen die Körbe und steckte die erhaltene Münze in einen kleinen Lederbeutel, den sie an einer Schnur um die Taille trug.
"Zeig her!", befahl ihr der Mann und sah argwöhnisch in den Beutel. Neben ein paar kleinen Münzen waren nur bunte Kieselsteine drinnen.
"Seht nur, die Beeren hätten sie auch gegen Kieselsteine getauscht."
Die umstehenden Krieger lachten laut auf.
"Habt ihr sonst noch etwas anzubieten", fragte der ältere Krieger und fasste Brunhilde an die Brust. Sie gab ihm eine Ohrfeige und alle lachten.
"Ihr seid ja ein paar ganz bissige Waldweiber. An euch hät-

ten wir wohl keine Freude. Woher kommt ihr denn?"
Brunhilde zeigte in die Richtung, wo die Sachsen ihr Lager hatten.
„Habt ihr dort Krieger gesehen?"
„Ja!", sagte Brunhilde und nickte heftig mit dem Kopf.
„Wie viele sind es denn?"
Wie eine Einfältige begann Brunhilde die Finger einzeln auszustrecken. Am Ende wussten die Franken nicht, was sie meinte. Die Slawin sammelte dreißig kleine Steine auf und gab sie dem Krieger, der mit ihnen sprechen konnte. Er zählte laut nach und freute sich, dass sie nun wussten, wie stark der Gegner war. Für diese Auskunft gab er der Slawin noch eine solche Münze, wie sie für die ganzen Beerenkörbe erhielten.
„Lasst die Weiber gehen!", sagte er zu den anderen und ging zu dem Langhaus, aus dem er zuvor gekommen war.
Zwei Männer packten die Frauen am Arm und zogen sie zum Tor.
Bevor die Franken die Frauen hinausschoben, wollten sie ihnen noch unter die Röcke fassen und handelten sich dabei ein paar gewaltige Ohrfeigen ein. Brunhilde und die Slawin liefen den Weg weiter, auf dem sie gekommen waren. Ihre Männer erwarteten sie hinter einer Wegbiegung im Wald. Sie waren neugierig, wie die Franken reagiert hatten. Brunhilde berichtete - nicht ohne Stolz - was sie erlebt hatten.
Die Männer waren sehr zufrieden und beobachteten von einem erhöhten Aussichtspunkt die Bewegungen im Frankenlager. Dort herrschte nun helle Aufregung und es dauerte nicht lange, da zogen die Frankenkrieger in Waffen den Sachsen entgegen.

„Wir begeben uns jetzt zu einem anderen Aussichtspunkt, von dem wir das Sachsenlager beobachten können", sagte der Slawenführer und ritt voraus. Sie kamen zu einem Berg, dessen höchster Punkt von mehreren hohen Felsgruppen gesäumt war. Einen dieser Felsen mussten sie erklimmen. Von oben hatten sie eine gute Sicht in das breite Tal und das Lager der Sachsenkrieger. Vergeblich hielten sie Ausschau nach den Franken.

„Vielleicht sind sie wieder umgekehrt", meinte Otfrid.
„Das glaube ich nicht", entgegnete der Slawenführer. „Sie waren zu Fuß unterwegs und werden sich in der Nähe des Lagers versteckt halten und einen geeigneten Zeitpunkt für den Angriff abwarten."
Es wurde dunkel und nichts tat sich. Die Sachsen saßen an ihren Lagerfeuern und schienen die Abendmahlzeit einzunehmen. Danach begaben sie sich zur Ruhe und nur vereinzelte Krieger konnte man sehen, die Wache hielten.

Die Thüringer harrten noch immer auf dem Felsen aus und teilten sich das wenige Essen, das der Slawenführer bei sich trug. Otfrid übernahm freiwillig die Wache, damit er nicht durch sein Schnarchen ihr Versteck verriet.
Gegen Mitternacht wurden alle durch Lärm aus dem Tal geweckt. Brandpfeile flogen aus dem naheliegenden Wald in das Lager der Sachsen. Hütten fingen an zu brennen. Die Sachsenkrieger rannten ungeordnet in alle Richtungen und vergrößerten somit das Durcheinander.
In diesen Wirrwarr waren die Frankenkrieger vorgestoßen und schlachteten jeden ab, der ihnen entgegenkam. Die Sachsen glaubten sich einer gewaltigen Übermacht gegenüber zu stehen und wer fliehen konnte, galoppierte Hals über Kopf davon.

Am Morgen war das Ausmaß des nächtlichen Gemetzels erkennbar. Viele Tote lagen verstreut über dem Lagerplatz und die Pfosten der Hütten glimmten noch vor sich hin. Auch die Franken hatten Verluste. Gefangene wurden nicht gemacht und die Sieger zogen mit ihren Verwundeten und Toten zu ihrer Wallburg zurück.
Als sie fort waren, schlichen sich die Thüringer in das verlassene Lager, um das Ausmaß des Kampfes besser erkennen zu können. Mehr als die halbe Hundertschaft der Sachsen war gefallen und der Rest auf dem Weg zurück ins eigene Reich.
Die Thüringer ritten auf einem Umweg in Richtung des Frankenwalls. In der Deckung des Waldes beobachteten sie die Heimkehr der siegreichen Franken. Als diese jedoch

nahe an ihre Burg kamen, sprengte eine Schar der Slawenkrieger aus der Deckung des Waldes hervor und griff die ermüdeten Frankenkrieger an.

Der Kampf dauerte nicht lange und die müden Franken starben in dem ungleichen Gefecht. Von dem Wachturm aus mussten die beiden zurückgebliebenen Wachmänner tatenlos mit ansehen, wie ihre Kameraden den Tod fanden. Der Anführer der Slawenkrieger ritt vor das Tor und forderte die Wachen auf, sich zu ergeben. Die antworteten jedoch mit gezielten Pfeilen, von denen einer den Slawenführer am Arm verletzte. Daraufhin wurde der Wachturm mit Brandpfeilen beschossen. Er stürzte zusammen und die beiden Franken fanden den Tod.
Die Slawen brachen das Holztor auf und durchsuchten die Hütten nach Beutestücken. Alles, was sie brauchen konnten, nahmen sie mit und ritten zurück in ihr Lager.
Dort wurde der Sieg gefeiert. Auf Seiten der Thüringer waren keine Toten zu beklagen. Nur ein paar Verwundete gab es, die mit ihren Verletzungen prahlen konnten.

Siegbert und Otfrid blieben noch ein paar Tage bei den Slawen, bevor sie zu den anderen Vorposten weiter reisten.
Der große Sieg, der mehr durch Klugheit und List erreicht wurde, als durch das Schwert, sprach sich schnell in allen Rebellenlagern herum. Überall wo Siegbert hinkam, wurde er bewundert und gefeiert.
Es war ihm manchmal schon zuviel und so war er froh, dass er mit Brunhilde wieder zurück zum Rynnestig laufen konnte. Sie taten das in der Weise, wie sie in die Harzberge gereist waren, als Kräuterhändler.

12. Die Gefangenenbefreiung

Siegbert und Brunhilde kamen über Amberg, Dannar, Branda, Rinslar und Kettar nach Rodewin. Es war Erntezeit und jede Arbeitskraft wurde dringend gebraucht. Brunhilde war die Feldarbeit gewohnt. Ihre Eltern hatten als Bauern - vor ihrer zwangsweisen Aussiedlung ins Frankenreich - einen großen Hof im Süden des Thüringer Königreichs. Sie half mit beim Binden und Aufstellen von Garben.
Gleich am zweiten Abend fragte Harald seinen Bruder, ob er mit Brunhilde wegen der Heirat gesprochen hatte.
„Brunhilde ist einverstanden", sagte Siegbert erfreut.
„Dann werde ich euch das Fest in Rodewin ausrichten. Wann soll es denn sein?"
„Wir dachten, am Tag der Wintersonnenwende, eine Rebellenhochzeit zu feiern. Es gibt noch verschiedene andere Paare, die an diesem Tag mit uns gemeinsam den Bund fürs Leben eingehen wollen."
„Das verstehe ich, doch feiern müsst ihr hier in Rodewin!"
„Wie soll das gehen?", erwiderte Siegbert zweifelnd.
„Das ist ganz einfach. Einen Tag zuvor feiern wir eure Hochzeit in Rodewin und am nächsten Morgen reitet ihr ins Rebellenlager und feiert dort weiter."
„Du hast für alles eine Lösung", meinte Siegbert lächelnd.
„Ich bin auch noch immer Gaugraf und da muss man sich schnell den neuen Gegebenheiten anpassen können. Ich werde mit dem Bau eines Langhauses für euch schon jetzt beginnen und ihr könnt es in der Winterzeit nutzen."
„Ich weiß nicht, ob Brunhilde allein hier bleiben will? Ich bin im Winter bei meinen Männern am Rynnestig."
„Sie kann es sich ja noch überlegen. Wenn euer Haus erst steht, dann fällt ihr die Entscheidung leichter."
„Mach es so, wie du es für richtig hältst! Mir wäre es auch recht, wenn sie im Winter hierher ziehen würde."

Am Abend vor dem gemeinsamen Essen gab Harald als Sippenvorstand die Heirat von Siegbert und Brunhilde bekannt. Es freuten sich alle und ganz besonders die Mutter.

Brunhilde hatte nun auch den Schreiber kennengelernt. Er half ihr beim Erlernen der fränkischen und lateinischen Sprache. Viele Wörter hatte ihr Siegbert auf der Reise in die Harzberge beigebracht, doch sie konnte sie noch nicht lesen und schreiben. Sie war nicht die einzige Schülerin. Mit ihr zusammen saßen auch die großen Kinder von Harald und Heidrun nach dem Abendessen in dem kleinen Wohnraum des Schreibers und lernten gemeinsam.
Gleich am nächsten Tag, nach Bekanntmachung der Hochzeit, gab Harald die ersten Anweisungen für den Bau des Langhauses. Er fragte die Brautleute, welche besonderen Wünsche sie hätten. Siegbert war es gleich und Brunhilde hatte sich noch keine Gedanken darüber gemacht. So verschoben beide die Klärung auf die nächsten Tage.
Brunhilde war von dem abendlichen Unterricht so begeistert, dass sie den ganzen Tag über bei der Feldarbeit Fremdwörter aufsagte und wenn Siegbert in ihrer Nähe war, so versuchte sie mit ihm, sich in der fränkischen oder lateinischen Sprache zu unterhalten.

Eines Abends hatte Brunhilde eine großartige Idee und wollte diese gleich mit ihrem Geliebten besprechen. Siegbert war von der Feldarbeit zu müde und hatte keine Lust, sich mit ihr zu unterhalten. Da sie nicht aufgab und immer wieder damit anfing, ließ er sie gewähren.
„Du musst mir unbedingt zuhören! Es ist sehr wichtig."
„Erzähl schon!", brummte er vor sich hin.
Sie überhörte den unwilligen Tonfall.
„Bei dem Unterricht mit dem Schreiber heute Abend ist mir der Gedanke gekommen, dass die Kinder aus den Rebellenlagern, die keine Eltern mehr haben, in den Wintermonaten in unserem neuen Haus leben könnten und der Schreiber lehrt ihnen die fränkische Sprache. Ich bin dann bestimmt auch so weit, dass ich ihn dabei unterstützen kann, denn wir haben eine große Schar von Waisen."
Siegbert wollte anfangs nicht hinhören, doch die Idee gefiel ihm. Dadurch brauchten sie die Kinder nicht in anderen Sippen getrennt unterbringen und zum anderen würde Brunhilde die harte Winterzeit hier in Rodewin bleiben.

„Ich denke, die Idee ist wirklich gut. Wir werden morgen gleich mit Harald darüber reden. Er muss dazu sein Einverständnis geben", brummte Siegbert schlaftrunken vor sich hin.
Brunhilde war so beflügelt von diesem Gedanken, dass sie keine Ruhe fand. Am liebsten hätte sie sich mit Siegbert weiter darüber unterhalten, doch der war bereits im Reich der Träume.
Unruhig wälzte sie sich auf der Liege in dem kleinen Raum, den ihnen Heidrun zugewiesen hatte. Es war die Gästeunterkunft, doch schon bald würde sie in einem eigenen Haus mit Siegbert leben können. Sie dachte darüber nach, wie sie die Kinder am besten unterbringen würde.
Unbedingt musste sie jetzt gleich mit Siegbert darüber reden. Vorsichtig puffte sie ihn in die Seite. Nach dem dritten Mal drehte er sich zu ihr um, doch er hatte die Augen noch geschlossen.
„Liebster, ich muss dir etwas sagen."
„Worum geht es?", erwiderte Siegbert verschlafen.
„Um die Kinder, wie wir sie in unserem Haus unterbringen können."
„Wir haben doch noch keine."
„Ich meine doch, die in unseren Lagern."
„Ach die, wir werden schon einen Platz für sie finden."
„Es sind sehr viele und wir müssen das beim Hausbau bedenken."
„Wir sollten daran denken, eigene zu bekommen!"
Er hatte noch immer die Augen geschlossen und umfasste mit dem einen Arm die Taille seiner Braut. Sie versuchte sich loszumachen, doch er drückte sie fest an sich.
„Ich habe jetzt keine Gedanken dafür. Ich will mit dir reden!", sagte Brunhilde energisch.
„Das können wir morgen tun, jetzt denken wir erst einmal an uns."
„Du hast immer nur das eine im Kopf", protestierte sie heftig und schob ihn von sich.

Die Arbeiten an dem neuen Langhaus für die Brautleute hatten bereits begonnen. Es wurden die Stützsteine für die

Tragbalken gesetzt und der Rasen für die Baufläche abgestochen. Den Umfang des Hauses konnte man jetzt schon erkennen.
Gleich am nächsten Morgen teilte Brunhilde Harald ihren Vorschlag mit der Unterbringung der Waisen aus den Rebellenlagern mit. Er war davon sehr angetan und sie besprachen zusammen, wie sie die Inneneinrichtungen den Erfordernissen anpassen müssten. In Harald, ihrem zukünftigen Schwager, hatte sie diesbezüglich einen interessierten Mitstreiter gefunden. Siegbert hörte sich ihre Vorschläge wohl an, doch er machte sich keine weiteren Gedanken darüber. Das störte sie an ihm.
Aus den Nachbarsiedlungen kamen an den Nachmittagen Siegberts Freunde, die alle beim Bau mithalfen. Sie schafften das Bauholz herbei, stellten die Stützpfeiler auf und verbanden sie mit Querbalken.
Die Frauen schnitten Schilf für das Dach und Weidenstöcke für die Wandfelder, die mit einem Gemisch von gehäckseltem Stroh und Lehm verdichtet wurden.
Harald organisierte die Arbeiten und sagte jedem, was er zu tun hatte. Er fühlte sich dabei in seinem Element. Etwas Neues zu schaffen, das machte ihm große Freude und es war für einen guten Zweck im doppelten Sinn. Es soll ein schönes und großes Haus werden.

Siegbert besuchte seinen Freund Ulf in Schmeta. Er war noch nicht verheiratet, doch hatte er ein Mädchen in Haslar kennengelernt, die er gern zur Frau nehmen wollte. Sie war jedoch Volker aus Plautar schon versprochen, den sie aber nicht mochte.
Ulf klagte Siegbert sein Leid.
„Es ist für uns aussichtslos zu heiraten. Die Väter, die beide in der Schlacht an der Unstrut gefallen sind, hatten die Heirat einst vereinbart und jetzt verlangt die Sippe in Plautar, dass dieses Versprechen eingehalten wird."
„Liebst du sie?"
„Ich will keine andere haben", entgegnete Ulf.
„Und wie steht es mit ihr?", wollte Siegbert wissen.
„Ratlind sagt, dass sie auch nur mich heiraten will."

„Dann ist doch alles klar!"
„Nichts ist so, wie wir es gerne hätten. Auch meine Sippe meint, ich sollte die Finger von ihr lassen."
„Dann gibt es nur einen Weg. Ihr müsst von zu Hause weg und zu den Rebellen kommen! Dort könnt ihr heiraten und für immer zusammen sein."
„Ob Ratlind das tut, das ist ungewiss", meinte Ulf zweifelnd.
„Frage sie doch einfach! Sie wird es dir dann schon sagen."
„Was ist, wenn sie nicht mitkommen will?"
„Darüber können wir reden, wenn es so weit ist."
„Vielleicht kannst du Ratlind erzählen, wie das Leben im Rebellenlager ist."
„Es wäre bestimmt besser, wenn sie darüber mit meiner Braut Brunhilde spräche", schlug Siegbert vor.

Ulf war damit einverstanden und brachte an einem der nächsten Tage seine Freundin Ratlind mit nach Rodewin. Es war nicht so leicht, dass sie von zu Hause wegkam. Sie gab als Grund den Besuch ihrer Tante in Rinslar an.
Brunhilde und Ratlind unterhielten sich lange Zeit über das Leben im Rebellenlager und Ratlind war nicht abgeneigt, ihrem Freund in die Berge zu folgen und ihre Sippe zu verlassen. Siegbert war natürlich sehr froh, dass sich sein Freund nun endlich für die Teilnahme am bewaffneten Kampf um die Freiheit ihrer Heimat entschied, denn er war ein guter Krieger.
„Wenn sich eure Familien gegen euch stellen, so findet ihr bei uns im Lager ein neues Zuhause. Ihr könnt zu jeder Zeit zu uns kommen!"
„Ich möchte noch ein paar Tage heimlich von allem Abschied nehmen, dann werde ich meinem Geliebten folgen", meinte Ratlind unsicher.
„Den Weg zu dem Bärenkrieger kennt Ulf. Ich werde euch dort erwarten!"

Ulf und Ratlind waren sehr aufgeregt. Beide nahmen den Weg über Kettar nach Rinslar, um die Tante von Ratlind

zu besuchen. Die war sehr überrascht, dass ihre Nichte so plötzlich auftauchte.
Da Ratlind in Begleitung eines jungen Mannes war, vermutete die Tante, dass es ihr Freund sein könnte. Ohne Umschweife fragte sie danach und mit hochrotem Gesicht, bekannte sich Ratlind zu Ulf.
„Warst du nicht einem anderen versprochen?", wollte die Tante wissen.
„Den will ich aber nicht."
„Was sagt deine Sippe dazu?"
„Die will, dass ich ihn trotzdem heirate."
Die Tante machte ein sorgenvolles Gesicht.
„Du möchtest jetzt, dass ich dir helfe?"
Verlegen stotterte Ratlind: „Würdest du das tun?"
„Soll ich denn zusehen, wie meine Nichte unglücklich wird. Mir wird schon etwas einfallen."
Ratlind fiel ihr um den Hals und drückte sie.
„Lass mich am Leben, sonst kann ich dir nicht mehr beistehen!"
Die Tante brühte Tee auf und beobachtete die Verliebten. Sie sah, dass sie gut zueinander passten und überlegte, wie sie den beiden helfen konnte.
„Trinkt den Kräutertee, danach lässt es sich besser denken!"
Die Tante stellte drei Trinkschalen auf den Tisch und goss sie bis zum Rand voll.

„Die Sippe von Volker aus Plautar kenne ich gut. Sie ist sehr reich und genießt ein hohes Ansehen im ganzen Obergegau. Sie sieden das Salz aus einer Salzquelle bei ihrem Ort und treiben damit Handel. Es ist die einzige Salzquelle im ganzen Obergegau und Umgebung.

Sein Vater hatte sich auch einmal für mich interessiert. Wir waren damals ineinander verliebt. Für seine Eltern war ich jedoch nicht die passende Braut und mein Geliebter hat eine andere zur Frau genommen. Ich wurde nach Kettar verheiratet, obwohl ich nicht wollte. Mein Mann hat mich oft geschlagen. Er trank viel und war auch zu unseren Sklaven

sehr garstig. Der Krieg hat uns von ihm erlöst, dafür danke ich Frigga."
„Meine Mutter sagte mir, dass du keine Kinder bekommen konntest, weil er dich so sehr auf den Leib geprügelt hat."
„Das kann der Grund gewesen sein. Er war ein garstiger Mensch und einen solchen Mann wünsche ich keiner Frau."
„Volker soll auch so jähzornig, wie sein Großvater sein, das sagten mir die Leute", warf Ratlind ein.
„Wenn das so ist, dann gehe Volker lieber aus dem Weg! Wo wollt ihr beide denn hin, wenn euch die Sippen verstoßen?"
„Wir gehen zu den Rebellen in die Berge. Dort können wir heiraten und zusammen leben."
„Meinst du nicht, dass das Leben im Wald zu hart für dich ist? Eine Frau hat es gern etwas geordnet."
„Tante, wir lieben uns doch und da ist es gleich, wo man ist."
„Wenn es euch dort nicht mehr gefällt, dann könnt ihr beide gern zu mir kommen und bei mir leben. Ich würde euch als meine Kinder annehmen und ihr bekommt eines Tages meinen Hof."
„Das ist sehr lieb von dir, doch zunächst wollen wir es bei den Rebellen versuchen."
„Wann wollt ihr von zu Hause weg?"
„Schon bald", meinte Ulf.
„Dann braucht ihr gar keine Hilfe von mir. Ihr habt doch schon alles selber geregelt."
„Du kannst mit meiner Mutter sprechen, wenn ich weg bin und ihr alles erklären. Ich würde es ihr gern selber sagen, doch sie meinte erst neulich, dass ich bald Volker heiraten müsste."
„Meine Schwester hätte kein Verständnis dafür. Ihr erging es viel besser, als mir. Lasst euch nicht abbringen von eurem Weg und werdet glücklich!"
Ulf brachte Ratlind noch bis zum Torberg, der am südlichen Ende der Rinsberge lag und verabschiedete sich von ihr.
„Jeden Tag, wenn die Morgensonne sich zeigt, werde ich an dieser Stelle auf dich warten", sagte er zu ihr.

Sie gab ihm einen Kuss und rannte den Berg talabwärts.
Siegbert wollte wieder zurück ins Rebellenlager gehen und er sprach mit Brunhilde darüber. Sie war einverstanden, obwohl sie gern noch beim Hausbau mit geholfen hätte. Ulf war von Tag zu Tag verdrießlicher und Siegbert ahnte, was der Grund dafür war. Am Tag seiner Abreise sprach er mit ihm.
„Hat es sich Ratlind anders überlegt?", wollte er wissen.
„Ich reite jeden Morgen zu der Stelle, wo wir uns verabredet haben, doch Ratlind kommt nicht."
„Vielleicht ist sie krank geworden oder kann aus einem anderen Grund nicht von zu Hause weg."
„Diese Ungewissheit macht mich noch verrückt. Was soll ich nur tun?"
„Kannst du nicht zu Ratlind reiten und sie einfach fragen?", schlug Siegbert vor.
Skeptisch sah Ulf seinen Freund an. Dann schien er zu überlegen.
„Das werde ich tun", rief Ulf entschlossen und sein Gesicht hellte sich wieder auf.
„Nun, dann werden wir euch hoffentlich bald im Lager sehen. Leb wohl mein Freund, bis bald!"

Brunhilde und Siegbert brachen am nächsten Tag auf und ritten zunächst in Richtung Eichelsee los. Bei der Kräuterfrau legten die beiden eine Pause ein. Sie hatten Glück, dass noch alle im Haus waren. Besonders freute sich Siegbert, seinen Freund Bygul wiederzusehen. Er war der Sohn des verstorbenen fränkischen Königs Chlodomer und einst als Geisel an den Thüringer Königshof gekommen.
Nachdem sein Onkel Chlothar seine beiden Brüder umbringen ließ, hielt er sich bei der Kräuterfrau versteckt. Ihm ging es gut und doch sehnte er sich manchmal nach seiner Heimat.
Harald hatte öfter den Schreiber zu ihm gesandt, der seine Lateinkenntnisse verbesserte und ihn auch mit Büchern versorgte. Diese stammten aus den früheren Siedlungen der Kuttenträger. Es waren religiöse Handschriften, doch genügten sie für die Leseübungen.

Siegbert fragte Bygul, ob er ihn zu der großen Linde am Seeufer begleiten würde. Er wollte mit ihm allein sprechen. Brunhilde blieb bei den Frauen und sie tauschten ihre Heilkräuterkenntnisse aus.
Auf dem Weg zur Linde fragte Siegbert seinen Begleiter, ob es ihm gut ging.
„Ich vermisse nichts", entgegnete Bygul.
„Sehnst du dich nicht nach deiner Heimat und einem schönen Leben als Prinz?"
„Ich habe alles, was ich brauche. Mein Zuhause ist da, wo ich bin und meine Heimat ist hier am Eichelsee. Wäre ich im Frankenreich, dann wäre ich wahrscheinlich schon tot. Hier bin ich in Sicherheit und es geht mir gut."
„Du bist jetzt ein junger Mann und da hat man auch einmal andere Bedürfnisse."
„Meinst du die Weiber?"
„Ja, die meine ich!"
„Was die angeht, so bin ich bei der Kräuterfrau in guten Händen, das weißt du doch selbst", meinte er grinsend.
„Wie, bei der Kräuterfrau?"
„Natürlich meine ich nicht sie, sondern ihre hübsche Tochter Helga. Sie hat mir erzählt, dass du auch mal ihr Schwarm warst, doch das hatte wohl deine Schwägerin nicht gern gesehen."
„Was die Weiber für Blödsinn erzählen", rief Siegbert wütend bei dem Gedanken, was damals war.
„Reg dich nicht auf! Es ist so lange her und schon vergessen."
„So schnell vergisst man nicht! Ich könnte heute noch aus der Haut fahren, wenn ich daran denke", meinte Siegbert.
Bygul sah seinen Freund von der Seite her an.
„Sieh es einmal anders! Wenn du damals Helga zur Frau genommen hättest, dann wäre dir die schöne Brunhilde nicht begegnet. Ein Vergleich der beiden, sagt alles."
„Bygul, du bist sehr klug und der einzige Franke, den ich mag. Dich hätte ich gern an meiner Seite."
„Das wäre nichts für mich. Ich liebe die Zurückgezogenheit und denke gern über viele Dinge nach."
„Vielleicht wirst du noch ein germanischer Priester?"

„Was die Schicksalsgöttinnen für mich vorgesehen haben, das kann niemand ergründen. Ich nehme es so, wie es kommt."
„Die Kräuterfrau kann auch zaubern. Hast du das schon gelernt?"
„Sie hat mir viel beigebracht. Ich kenne mich bei den Heilkräutern so gut aus, wie sie. Jetzt will sie mir beibringen, ein Schamane zu werden."
„Dann wirst du doch noch ein großer Zauberer."
„Ich denke schon."
„Wie lange wirst du noch bei den Frauen bleiben? Gehst du ins Frankenreich zurück, wenn du volljährig bist?"
„Das kann ich dir nicht sagen. Erst wenn Chlothar gestorben ist, bin ich dort sicher."
Siegbert zog aus seiner Tasche ein Stück geräuchertes Fleisch. Mit seinem Messer schnitt er einen Streifen ab und reichte ihn Bygul.
„Du denkst noch immer daran", meinte er lächelnd. „Heute brauche ich das nicht mehr, aber damals, als ich mit meinem Freund hierher kam, da habe ich danach gelechzt. Jetzt ernähre ich mich nur noch von Pflanzen und habe kein Verlangen nach Fleisch."
„Du bist nicht mehr wiederzuerkennen, mein Freund. Ich freue mich, dass es dir gut geht und wenn ich wieder einmal hier entlangreite, dann besuche ich dich", versprach Siegbert.
„Das wäre schön. Du bist für mich, wie ein großer Bruder und von allen Menschen stehst du mir am nächsten."
Gerührt drückte ihn Siegbert an seine Brust. Nun gingen sie wieder zurück zur Hütte.

Die Frauen waren noch in ihre Kräuterkunde vertieft und Siegbert hatte den Eindruck, dass er stören würde. So setzte er sich auf die Bank vor dem Haus und hing seinen Gedanken nach.
Helga setzte sich neben ihn und berührte seine Hand.
„Bist du wegen damals noch traurig?", fragte sie zögernd.
„Es hatte mich sehr geschmerzt, dass ich dich nicht heiraten durfte."

„Mir ging es ebenso. Ich habe dich geliebt, wie keinen anderen. Doch, wenn ich deine junge Braut sehe, so weiß ich, dass alles richtig gekommen ist. Sie ist jünger und schöner, als ich und passt besser zu dir."
„Was erzählst du für Unsinn", wies Siegbert sie zurecht.
„Lass es gut sein, mein schöner Jüngling!", sprach sie sanft und strich ihm über das Haar.
Brunhilde und die anderen Frauen kamen aus dem Haus.
„Wir müssen jetzt weiter", drängte Siegbert zum Aufbruch.
Sie verabschiedeten sich und ritten los.

An der Freyainsel machte Siegbert Halt. Er lief auf dem schmalen Steg hinüber zur Insel. Brunhilde folgte ihm. Sie setzte sich neben ihn ins Gras und beide sahen zu den Fröschen, die mit ihrer Zunge nach den Insekten schnappten.
„Du hast es aber auf einmal sehr eilig gehabt. Wollte dich die kleine Tochter verführen? Ich habe gesehen, wie sie dir durch die Haare gestrichen hat und das darf doch nur ich und keine andere."
„Das war nicht so. Du bildest dir das nur ein. Sie hat mich nicht berührt."
Sanft strich Brunhilde mit ihren Fingern durch sein langes gewelltes Haar.
„Ich werde dort weitermachen, wo die Tochter der Kräuterfrau aufgehört hat."
Brunhilde schloss ihre Augen und betastete ihn, wie eine Blinde. Er ließ sie gewähren und es bereitete ihm große Lust. Wahrscheinlich lag es daran, dass sie hier auf der Insel der Liebesgöttin waren und vielleicht hatte sich Freya der Gestalt von Brunhilde bemächtigt. Eng umschlungen lagen sie lange beieinander und merkten nicht, dass es schon langsam dunkel wurde. Wie aus einem Traum erwacht, schreckte Siegbert hoch.
„Wir müssen weiter, es ist gleich Nacht!"
„Bis zum Lager werden wir es heute nicht mehr schaffen", entgegnete Brunhilde.
„Wir können in Alfenheim einkehren. Die freuen sich auch, wenn sie uns sehen."

Eilig ritten beide das Wiptal in Richtung Quelle. Es war schon dunkel, als sie auf dem Hof ankamen. Die Überraschung war groß. Es lebten nur noch Gislinde und ihre Mutter in dem großen Haus. Der Sippenälteste Ulrich und sein Sohn Udo waren nach der großen Schlacht nicht zurückgekehrt. Obwohl schon mehrere Jahre vergangen waren, tat die Mutter so, als würden sie noch leben und nur für ein paar Tage aus dem Haus sein und bald wiederkehren.
Gislinde war im heiratsfähigen Alter, doch an Männern fehlte es in der Nachbarschaft. So fand sie sich damit ab, dass sie unverheiratet zu Hause bleiben würde.
Die Sklaven und der Knecht mit seiner Familie lebten im Nebenhaus und verrichteten die ganze Arbeit auf dem Feld und in dem Wald. Deshalb ging es ihnen besser, als anderen Sippen.

Siegbert lud die beiden Frauen zur Hochzeit nach Rodewin ein. Er musste von seiner großen Reise nach Ravenna erzählen und besonders davon, wie die Frauen im Süden lebten. Gislinde wollte mehr über Hartwig hören. Sie glaubte noch immer, dass er lieber sie, als Elke geheiratet hätte. Nun hoffte sie, dass er bald aus dem Frankenreich zurückkommen und sie ihn in Rodewin wiedersehen würde.

Von Alfenheim war es nicht mehr weit bis zu dem Warteberg. Dort trafen sie den Bruder von Brunhilde. Er erzählte Siegbert, dass es im Lager des Bärenkriegers Ärger gab. Die Krieger, die mit Siegbert aus Vindobona zurückgekommen waren, wollten keinem anderen Anführer folgen. Ein Teil verließ das Lager und ging wieder zurück zu ihren Sippen und der Rest wartete auf Siegberts Ankunft.
„Ich habe nicht geahnt, dass die Krieger Probleme machen würden. Hätte ich das gewusst, so wäre ich schon früher zurückgekommen."
„Der Bärenkrieger ist nun verärgert, aber sie ließen sich nicht umstimmen."
„Es ist noch früh am Tage. Ich werde gleich weiterreiten."
Brunhilde folgte ihm und sie kamen am Nachmittag im Hauptlager an. Von Spannungen zwischen dem Bärenkrie-

ger und den Vindobonensern, wie man die Begleiter Siegberts nannte, war nichts zu spüren. Alle gaben sich Mühe, die missliche Situation zu vertuschen.

Siegbert rief zum Thing. Die Krieger und Jungkrieger erschienen auf dem Kampfplatz. Zunächst berichtete er von seiner Reise in die Harzberge und der neuen Situation im Ostreich. Siegbert hob hervor, dass sich ein Teil der Slawen dem Widerstand in den Harzbergen angeschlossen hatte. Diese Slawen unterstellten sich dem Anführer der Harzrebellen. Dies, ohne seine persönliche Einwirkung.

Anschließend berichtete er vom erfolgreichen Kampf gegen die Sachsen und Franken. Aus Bescheidenheit verriet Siegbert nicht, dass die Idee zu dieser Vorgehensweise von ihm stammte. Nach dem Thing zog er sich mit dem Bärenkrieger in dessen Hütte zurück. Sie waren allein und Siegbert sprach sogleich das Ärgernis an.
„Was ist hier passiert, als ich weg war?"
„Nichts Besonderes. Es war die ganze Zeit ruhig."
„Gab es irgendwelchen Ärger?"
„Ärger nicht gerade, aber ein paar Unstimmigkeiten schon."
„Erzähl, was war los!"
„Deine Leute, die wir Vindobonenser nennen, wollen sich mir nicht unterstellen. Sie meinten, dass sie auf Geheiß der Königin nur deine Gefolgsleute wären und von keinem anderen Befehle annehmen müssten."
Siegbert schwieg eine Weile.
„Dass sie es so eng sehen, hätte ich nicht gedacht. Es stimmt, dass ich für das Thüringer Gebiet die königliche Vollmacht besitze und die Königin sagte, dass alle Krieger mir folgen sollen. Damit ist jedoch keiner von ihnen mein Gefolgsmann."
„Sie haben mir das jedoch anders erklärt."
„Was haben sie gesagt?"
„Du bist der Vertreter des Königs und der hat eine Gefolgschaft."
„Was kann ich nur tun, um sie nicht zu vergrämen? Sie

sind gute Krieger und wir brauchen sie, wenn wir gegen die Franken erfolgreich vorgehen wollen."
„Vielleicht kannst du sie als besondere Gruppe nur deinem Befehl unterstellen und sie in einem anderen Lager unterbringen."
„Der Vorschlag ist gut. Ich werde ihn mir bis morgen überlegen."

Siegbert ging zu den einzelnen Hütten und fragte nach dem Befinden. So kam er auch zu den Unterkünften der Vindobonenser.
„Ich habe gehört, dass man euch schon einen neuen Namen gegeben hat."
„Er klingt ganz gut und wir sind damit zufrieden."
„Wo sind eure Kameraden? Sind sie noch zu Hause?"
„Einige waren schon da, doch sie wollen erst zurückkommen, wenn du wieder hier bist."
„Na gut, Männer, dann gebt ihnen Nachricht, dass es etwas zu tun gibt."
„Was hast du vor?"
„Wir bauen an der Nordgrenze eine Wallburg, von der aus wir den Franken auf den Tisch sehen können."
„Das hört sich gut an. Werden wir auch bald gegen die Franken kämpfen?"
„Es wird nicht lange dauern. Von den Königsgütern werden die Steuereinnahmen nach der Ernte ins Frankenreich gekarrt. Wir überfallen sie und nehmen ihnen das wieder weg, was sie uns gestohlen haben. Unsere Bauern sind so arm, dass viele von ihnen im Winter hungern müssen. Das lassen wir nicht zu und geben das Getreide und Vieh diesen Leuten."
Mit diesen Vorstellungen für die nächste Zeit konnten die Krieger leben und waren damit natürlich auch einverstanden. Ihnen hätte die Ausbildung der Knaben nicht gefallen. Sie suchten den Kampf und unter ihrem Anführer Siegbert würden sie ihn finden. Mit lauten Hochrufen verabschiedeten sie ihn. Trotz der Hochrufe ging Siegbert sorgenvoll in seine Hütte.

Unterwegs traf er den Bärenkrieger, der wissen wollte, warum die Vindobonenser so begeistert geschrien hatten. Siegbert erzählte ihm von der Unterhaltung und dass er mit seinem Vorschlag einverstanden war. So konnte der Lagerfrieden wieder hergestellt werden.

Am nächsten Tag ritt Siegbert allein zu dem Lager auf dem Warteberg. Er traf dort den Bruder von Brunhilde.
„Es war gut, dass du mich gewarnt hast. Der Ärger im Hauptlager hätte ungut ausgehen können. Ich werde mit den Kriegern, die mit mir aus dem Langobardenreich hierher gekommen sind, eine Wallburg bauen und sie werden nur meinem Befehl unterstehen."
„Was sagt der Bärenkrieger dazu?"
„Es war sein Vorschlag."
„Wo willst du die Wallburg errichten?"
„Ich dachte auf dem Warteberg, hier oben bei dir."
„Das finde ich nicht gut. Die Vindobonenser sind eigenwillige Burschen und es gäbe dann bestimmt Probleme mit meinen Leuten."
„Hast du einen anderen Vorschlag?"
„Unterhalb des Warteberges ist ein großer roter Fels. Auf dem hatte ich selber einmal vor, einen Vorposten zu errichten. Er ist bestens für eine Wallburg geeignet und du könntest von dort sehr schnell dem Fluss Ge entlang bis zur Königsstraße gelangen. Wenn deine Krieger die Franken bekämpfen wollen, dann wäre es das geeignete Nest für sie."
„Zeig mir diesen Felsen!"
Die beiden Männer ritten auf einem Pfad durch den Wald bergab und erreichten eine Stelle, von der sie weit ins Land blicken konnten.
„Sieh, dort ist der Felsen!", rief Brunhildes Bruder.
Siegbert erblickte einen großen Felsenhügel, der von starken Eichen und Buchen bewachsen war. Sie ritten darauf zu und standen vor dem roten Gestein.
„Es ist ein geschützter Platz und man hat eine gute Sicht ins Tal", meinte Siegbert.
„Von hier aus kannst du in jede Richtung schnell gelangen und genügend Quellen gibt es auch."

„Dein Vorschlag ist gut. Gleich morgen werde ich die Männer herbringen und wir beginnen mit dem Roden der Bäume für die Wallburg."
Zufrieden ritt Siegbert zurück ins Hauptlager und informierte die Krieger über das Vorhaben. Die Erleichterung auf allen Seiten war deutlich zu spüren.

Siegbert erkannte eine andere Schwierigkeit, die ihm große Sorgen bereitete. Er rief nach dem Bärenkrieger. Sie setzten sich auf die Bank vor der Hütte und Brunhilde brachte den beiden Männern ein bierähnliches Getränk.
„Zufrieden siehst du nicht aus", meinte der Bärenkrieger.
„Es gibt ein Problem", entgegnete Siegbert.
„So schlimm kann es nicht sein, dass keine Lösung dafür zu finden wäre."
„Du sagst es so leicht, doch ich weiß nicht, wie man eine Wallburg baut. Ich habe schon viele gesehen, doch noch keine selber errichtet. Kennst du jemanden, der uns dabei helfen kann?"
Der Bärenkrieger überlegte eine Weile und sein Gesicht hellte sich auf.
„Ich glaube, es gibt einen, der sich mit solchen Dingen auskennt und selber schon welche gebaut hat."
„Sag schon!", drängte ihn Siegbert.
„Es ist dein Bruder!"
„Mein Bruder? Meinst du Harald?"
„Ja, den meine ich. Harald hat seinen ganzen Gau mit einem Schutzwall umschlossen und auf dem Wilberg und den Rinsbergen steht eine Wallburg."
„Daran habe ich noch gar nicht gedacht."
„Das Naheliegende ist oft schwer zu erkennen. Wenn du ihn fragst, wird er seine Hilfe bestimmt nicht abschlagen."
Siegbert war froh über den Vorschlag und sicher, dass Harald ihm helfen würde. Er ritt auch gleich am nächsten Tag zu ihm und besprach das Vorhaben. Sein Bruder war damit einverstanden, den Bau zu beaufsichtigen.

Zusammen mit dem Schreiber brachen sie auf, um den Bauplatz zu besichtigen.

„Wer soll die Arbeit machen?", wollte Harald von Siegbert wissen.
„Meine Krieger, die bei den Langobarden waren. Sie haben Erfahrungen beim Bau der Langhäuser in Vindobona und wissen, wo und wie sie anpacken müssen."
„Das ist gut, denn es wird nicht so leicht werden."
„Du hast doch schon die Schutzburgen auf dem Wilberg und den Rinsbergen errichten lassen."
„Das war ein Kinderspiel im Vergleich zu dieser Anlage. Hier muss eine halbe Hundertschaft mit ihren Pferden Platz finden und dazu kommt die gleiche Anzahl von Leuten für die Versorgung. Das ist nicht wenig."
„Du wirst das schon packen, großer Bruder. Du liebst doch die Herausforderung."
Harald winkte ab und besprach mit dem Schreiber Einzelheiten. Als Erstes musste eine große Hütte für sie beide gebaut werden und dann auch welche für die Vindobonenser. Wenn die Krieger damit fertig wären, sollten sie ihm Bescheid geben.

Nachdem der Schreiber den Felsen umschritt und auch einen Weg für die Zufahrt gefunden hatte, zog er mit Harald wieder nach Rodewin. Dort überlegten sie, wie die Wallburg mit allen notwendigen Bauten aussehen könnte. Es waren viele Entwürfe notwendig, bis sie sich für zwei entschieden hatten. Siegbert sollte von beiden einen auswählen.
Mit Ungeduld erwarteten sie die Nachricht von der Fertigstellung der Wohnhütten, in der Nähe des Felsens. Nach einer Woche war es soweit. Der Schreiber bepackte den Ochsenkarren mit allerlei notwendigen Schriftrollen, Pergamenten und Utensilien und der Knappe Roland sorgte für die leiblichen Dinge. Harald ritt neben dem Karren und er fühlte sich in die Zeit zurückversetzt, in der er für den König unterwegs war.

Inzwischen war Siegberts Freund Ulf mit seiner Braut Ratlind im Lager auf dem Warteberg angekommen. Der Bruder von Brunhilde war darüber informiert und ließ sie bis zum Hauptlager begleiten. Dort trafen sie Siegbert und Brunhil-

de und erzählten aufgeregt, wie der Abschied in Hasla abgelaufen war.
Es war eher amüsant, als tragisch. Ulf wollte bei Ratlinds Mutter um die Hand ihrer Tochter anhalten. Es kam jedoch ganz anders. Er ritt in Hasla auf den Hof seiner Schwiegereltern, lief in das Langhaus, ergriff Ratlind und trug sie über der Schulter zu seinem Pferd. Vor den Augen der wild kreischenden Frauen ritt er mit seiner Braut davon.
„Das ist ja eine perfekte Entführung und haben sie euch verfolgt?", wollte Siegbert wissen.
„Die meisten waren auf dem Feld und nur die Mutter und ein paar andere Frauen waren zu Hause. Mein Pferd war so schnell, dass sie nicht hinterherrennen konnten."
Siegbert musste laut lachen.
Diese Entführung war so recht nach seinem Geschmack und er hätte es Ulf nicht zugetraut. Die beiden Neuankömmlinge durften in Siegberts Unterkunft mit wohnen und Brunhilde zeigte ihnen erst einmal das ganze Lager. Abends trafen sie sich in der Hütte wieder und Siegbert erklärte Ulf, was er mit dem roten Felsen vorhatte.
„Ich möchte, dass du mit Ratlind auf der neuen Burg für Ordnung sorgst und du sie verwaltest, wenn ich nicht da bin. Die meisten Krieger haben keine eigenen Frauen bei sich und müssen versorgt werden. Das ist nicht leicht zu bewerkstelligen und dafür brauche ich jemand, auf den ich mich ganz verlassen kann."
Ulf fühlte sich geschmeichelt und sagte sogleich zu. Auch Ratlind fand den Vorschlag gut. Besonders gefiel ihr der Gedanke, dass sie von dort zu der heimatlichen Siedlung blicken konnte.

Als sich die Frauen schon niedergelegt hatten, prosteten sich Siegbert und Ulf noch fleißig zu.
„Das mit der Entführung ist ein tolles Stück. Ich glaube darauf wäre ich selber nicht gekommen", meinte Siegbert zu ihm.
„Ich hatte es so nicht vor. Als ich von daheim wegritt, wollte ich mit der Mutter von Ratlind sprechen, doch je näher ich der Siedlung kam, wurde ich nervöser. Auf dem Hof merkte

ich, dass mir die Stimme versagte. Was konnte ich noch tun? Also handelte ich - ohne zu sprechen. Auch Ratlind war überrascht und wehrte sich nicht."
„Ist Radlind dir gern gefolgt?"
„Als wir davon geritten waren, kam auch meine Stimme wieder und ich fragte sie, warum sie nicht zu unserem Treffpunkt kam? Sie sagte mir, dass sie nicht mit ihrer Mutter darüber sprechen konnte, weil sie sich nicht traute."
„Das habe ich mir gleich gedacht", erwiderte Siegbert.
„Jetzt ist sie jedoch froh, dass alles so gekommen ist."
„In ein paar Tagen werden die Wohnhütten am Roten Stein fertig sein und dann könnt ihr dorthin umziehen. Bis dahin habt ihr Zeit, euch an das Leben hier zu gewöhnen. Ich muss morgen allein für ein paar Tage in ein anderes Lager, doch Brunhilde ist hier und hilft euch, wenn ihr etwas braucht."
Nach dem letzten Schluck Bier in der Kanne gingen die Männer in die Hütte und legten sich zu ihren Frauen auf die Liegen.

Es war das erste Mal, dass Ulf bei seiner Ratlind schlief. Vorsichtig legte er sich zu ihr, um sie nicht im Schlaf zu stören. Ratlind wurde trotzdem wach, tat aber so, als würde sie noch schlafen. Dieses enge Beieinander war für beide ungewohnt und störend. Keiner wusste, wie er sich verhalten sollte.
An der Hauswand gegenüber lagen Brunhilde und Siegbert. Sie verhielten sich so, als wären sie allein. Nachdem Siegbert seine schlafende Braut zärtlich wachgeküsst hatte, wollte er noch mehr und bekam es.
Schüchtern sahen Ulf und Ratlind den Freunden zu. Es half ihnen, dass sie näher zueinander fanden. Wie gelehrige Schüler taten sie das, was sie soeben beobachtet hatten und waren glücklich dabei. Ihre Schüchternheit verflog in den nächsten Tagen immer mehr und sie konnten sich ihre Liebe nicht nur durch Worte zeigen.

Als Siegbert nach einer Woche wieder zurückkam, fand er ein ganz verändertes Freundespaar wieder. Brunhilde verriet ihm, wie sie die beiden jede Nacht heimlich beobachtet hatte und dass sie im Umgang miteinander immer lockerer wurden.

Siegbert hatte auch eine gute Nachricht.
„Die Bauhütten am Roten Stein sind fertig, wurde mir berichtet. Wir können schon morgen dorthin reisen."
Ulf und Ratlind waren nicht begeistert von dieser Nachricht. Sie wären am liebsten noch im Hauptlager geblieben.
„Seid nicht traurig, ihr beiden Turteltäubchen. Wenn es euch dort nicht gefällt, dann könnt ihr wieder hierher zurück kommen."
Siegbert war sich sicher, dass die beiden mit ihrem neuen Zuhause zufrieden sein würden und ließ verschiedene Hausratgegenstände in Säcke packen.

Mit Tragtieren brachten sie alles am nächsten Morgen zu dem großen Bauplatz am Roten Stein. Siegbert war überrascht, wie weit seine Männer schon waren. Harald stand mit dem Schreiber an einer erhöhten Stelle und gab Anweisungen, was zu tun war.
„Bist du zufrieden mit meinen Kriegern?", fragte er ihn.
„Ich habe noch keine besseren Bauleute gesehen, als diese."
„Das denke ich mir, sie haben Übung darin. Ich habe dir einen weiteren Helfer mitgebracht, den du gut kennst."
„Wer ist es?", wollte Harald wissen.
„Es ist mein alter Freund Ulf aus Schmeda. Er hat seine Braut bei sich."
„Ich wusste gar nicht, dass er ein Mädchen hat."
„Das war bis vor wenigen Tagen noch geheim."
„Was soll er hier tun?"
„Ich möchte, dass er nach der Fertigstellung der Wallburg, diese für mich verwaltet."
„Dann werde ich ihm den Schreiber zur Seite stellen. So weiß er, wo alles einmal sein wird und kennt sich dann aus."
„Das ist gut! Du brauchst mich doch nicht beim Bau. Ich will erkunden, wann die Steuereintreiber zu unseren Bauern

kommen. Die Abgaben, die die Franken fordern, sind für viele unserer Leute zu hoch."
„Du kannst nichts dagegen tun."
„Ich werde ihnen das geraubte Gut wieder abnehmen und den Bauern zurückgeben. So überstehen sie den Winter."
„Tue das aber nicht im Wiesenland! Wir haben mit dem fränkischen Verwalter ein gutes Auskommen. Er ist nachsichtig und dort, wo wenig zu holen ist und drückt ein Auge zu, bei der Schweinesteuer."
„Sei unbesorgt, ich werde ihm nichts antun! Wir halten uns an die ehemaligen Königsgüter nahe der Via Regia."

Siegbert ritt zurück ins Hauptlager. Er suchte gleich den Bärenkrieger auf und besprach mit ihm die anstehenden Aufgaben. Die Versorgung der Männer, die an der Wallburg bauten, musste gesichert werden. Das war eine schwierige Aufgabe, denn die Vindobonenser wollten gut essen.
„Sie können nicht mehr bekommen, als meine Leute", beschwerte sich der Bärenkrieger.
„Gib ihnen die doppelte Menge! Sie müssen schwer arbeiten und wenn sie mit dem Bau fertig sind, dann ziehen sie mit mir zu den fränkischen Königsgütern und wir werden deine Speicher für den Winter füllen."
Der Bärenkrieger zeigte wenig Verständnis.
„Bei uns wird jeder gleich behandelt. Wenn wir im Überfluss leben, so geht es allen gut und wenn wir hungern, dann tut es jeder."
„Du wirst eine Ausnahme machen müssen, denn deine Krieger sind nicht so erfahren, wie die Vindobonenser. Sie werden den Franken das Fürchten lehren, denn sie standen bereits im Heer von König Wacho und haben sich dort mehrfach bewährt. Es wird dein Schaden nicht sein."
„Ich sehe es trotzdem nicht ein, doch da du es von mir forderst, so werde ich gleich einen Versorgungstrupp zu ihnen schicken."
„Vergiss auch nicht, einen geräucherten Bärenschinken mitzunehmen! Ich weiß, dass du einen in deiner Hütte hängen hast."
„Das geht zu weit. Der ist nur für besondere Gäste gedacht und nicht für die unverschämten Vindobonenser."

„Bei ihnen ist auch Harald. Er leitet den Bau."
„Warum sagst du das nicht gleich, dass dein Bruder dabei ist. Er bekommt gewiss ein Stück von meinem Schinken, doch die anderen kriegen nichts ab."

Der Bärenkrieger war nun wie ausgewechselt. Er hatte es eilig und wollte den Versorgungstrupp selber zum Roten Stein begleiten. Er freute sich auf das Wiedersehen mit seinem früheren Anführer. Nach dem siegreichen Kampf der Thüringer unter König Bertachar gegen die Franken am Rynnestig vor sechs Jahren, hatte er ihn schwer verwundet nach Rodewin gebracht und ihm dadurch das Leben gerettet.

Siegbert ließ ihn gewähren und suchte Brunhilde auf. Sie war besorgt, dass er allein die Königsstraße auskundschaften wollte und hätte ihn am liebsten begleitet. Doch er bestand darauf, ohne sie zu gehen.
„Dann werde ich zu Ratlind reiten und ihr helfen. Es wird für sie nicht leicht sein, so viele Krieger zu versorgen."
„Mit dem Bärenkrieger habe ich gerade besprochen, dass er einen Versorgungstrupp zusammenstellt. Er will noch heute ein paar von seinen Leuten und Lebensmittel zur Wallburg bringen. Wenn du dich beeilst, kannst du sie noch erreichen."
„Ich bleibe so lange hier, bis du gehst. Wirst du lange fortbleiben?"
„Ich kann es dir nicht sagen, mein Lieb. Ich werde als Händler verkleidet die Königsgüter besuchen, wo wir später Beute machen wollen."
„Warum gehst du allein?"
„So falle ich am wenigsten auf!"
„Gern wäre ich bei dir, wie bei der Reise zu den Harzbergen."
„Das war etwas anderes. Diesmal bin ich nicht so lange fort."
„Ich würde es nicht mehr so lange ohne dich aushalten."
„Mir geht es ebenso. Darum wollen wir jetzt nur an uns denken und die Zeit bis zum Abschied genießen."

„Lass uns zu einem Platz gehen, den ich dir gern zeigen möchte!", forderte sie ihn auf.
„Wenn du willst, so lauf voran!"
Brunhilde kannte einen Pfad, der zu einem der großen Felsen führte, die oberhalb ihres Lagers empor ragten. Geschickt erklomm sie den Stein und nutzte jeden kleinen Vorsprung, um nach oben zu gelangen.
„Kannst du mir folgen?"
„Ich wusste gar nicht, dass du so gut klettern kannst. Es macht Mühe, dich einzuholen."
Lachend stieg sie von einem Felsenvorsprung zum anderen. Siegbert kam kaum nach. Als sie die Plattform erreichten, bot sich ihnen ein wunderbarer Blick, bis weit in das Thüringer Becken. Die Felsenhaube war nur von spärlichem Gras bewachsen. Beide setzten sich nieder und verschnauften.
„Ich bin besser im Klettern, als du", meinte sie triumphierend.
„Ich habe dir nur den Vortritt gelassen, damit ich dich von unten betrachten konnte."
„Du bist gemein", rief sie und schlug ihm mit der Faust leicht auf den Oberarm.
„Was ist schon dabei, in den nächsten Tagen muss ich deinen schönen Anblick entbehren."
„Deshalb verzeihe ich dir und gewähre dir noch mehr!"
Sie legte sich ins Gras und zog Siegbert zu sich hinab.

In wenigen Wochen war die Wallburg fertiggestellt. Siegbert kam mit einem Tragegestell auf dem Rücken vor das Tor und bat um Einlass. Ulf sah nach dem Mann, der draußen stand und erkannte zuerst seinen Freund nicht.
Siegbert beschimpfte ihn und machte Ulf wütend, so dass er Steine nach ihm warf. Der Lärm am Burgtor verwunderte Brunhilde und sie sah nach, was da vor sich ging. Als sie über den Palisadenwall sah, erkannte sie ihren Geliebten in seiner Verkleidung. Sie schrie Ulf an, dass er mit dem Steinewerfen aufhören sollte und öffnete das Tor.
Jetzt erst erkannte Ulf seinen Freund.
„Du hättest mich fast gesteinigt und das vor meiner eigenen Burg", sagte er lachend zu dem betreten dreinblickenden Ulf.

„Du solltest mir sagen, wer du bist?"
„Dann hätte ich nicht erfahren, wie tapfer du das Tor bewachst."
Brunhilde nahm Siegbert an der Hand und zeigte ihm die Wallburg mit allen seinen Gebäuden.
„Ihr habt sehr gute Arbeit geleistet! Ich hätte mir die Burg nicht so groß vorgestellt."
„Du willst doch noch mehr Krieger hier unterbringen können und da ist sie gerade recht", entgegnete Ulf.
„Wo ist denn unsere Hütte?", wollte er von Brunhilde wissen.
„Die will ich dir als Letztes zeigen."
„Ich sehe nur noch zwei hölzerne Aussichtstürme."
„In einem ist unser neues Zuhause. Du kannst jetzt jederzeit weit ins Land schauen", erklärte ihm Brunhilde.
„Was ist mit dem zweiten Turm?"
„Dort sind die Wachen, die den ganzen Tag und in der Nacht nach den Franken Ausschau halten", meinte Ulf.
„Mich hatten sie aber nicht entdeckt."
„Du bist zum Glück kein Franke."
„Ich hätte aber einer sein können, der sich verkleidet hat. Ihr sollt jeden gut beobachten, der sich der Wallburg nähert, ob er ein Freund oder ein Feind ist."
Ulf verstand diese Zurechtweisung und zog sich in die Wachräume zurück.
„Jetzt hast du ihn bestimmt verärgert", meinte Brunhilde.
„Ulf weiß, dass ich Recht habe und wird es verstehen."

Siegberts Krieger wollten wissen, wann sie endlich gegen die Franken kämpfen könnten.
„Morgen ziehen wir los, Männer! Schärft eure Kurzschwerter und die Äxte. Wir können nicht offen in die Schlacht ziehen, sondern müssen unerkannt bis zum Feind gelangen. Ich habe ein Königsgut erkundet, in dem es viel zu holen gibt. Sie haben viele Pferde, die wir mit der Beute beladen können. So kommen wir schnell in die Berge am Rynnestig und von dort unerkannt hierher. Ist alles klar?"
Es gab keine Fragen mehr. Alle Krieger waren froh, dass sie endlich zum Einsatz kamen.

In der Nacht war es kühl geworden. Kurz vor Sonnenaufgang kehrte Leben in die Wallburg auf dem Roten Berg ein. Fackeln huschten von einer in die andere Ecke. Laute Stimmen und Pferdegetrappel störten die morgenliche Ruhe. Es hielt nicht lange an. Das große Palisadentor wurde geöffnet und eine Reiterschar bewegte sich auf dem einzigen Zugangsweg talabwärts. Als sie die Talsohle erreichten, ritten sie weiter flussabwärts der Ge.

Nach der Talenge, wo die große Ebene begann, verbargen sie sich tagsüber im Wald. Erst als es dunkel wurde, zogen sie im Schutze der Nacht weiter. So gelangten sie nach wenigen Tagen unerkannt zu dem, von Siegbert erkundeten Königsgut. Die Siedlung lag direkt neben der Königsstraße und wurde von den fränkischen Meldereitern als Raststation genutzt. Aus diesem Grunde standen viele Pferde im Stall und auf der Koppel. Der Gutshof war von einem Palisadenwall umgeben und neben dem Tor befand sich ein Wachturm.
Siegbert hatte herausgefunden, dass nur eine kleine Wachmannschaft auf dem Gut stationiert war. In dem naheliegenden Wald verbargen sich seine Leute. Nur Siegbert und einer seiner Unterführer hatten sich als Holzhändler verkleidet und trugen Reisigbündel zum Gut. Am Tor wurden sie argwöhnisch von einem der Wachen betrachtet. Sie hatten sich vorher mit Kuhmist eingerieben und stanken schon von weitem. Der fränkische Wachmann rümpfte die Nase und schickte die beiden weiter zur Küche. Dort bekamen sie für das Reisig ihren Lohn und durften sich in eine entlegene Ecke setzen und eine Suppe essen.

Auf dem Weg zur Küche hatten beiden Thüringer mehrere Karren gesehen. Siegbert vermutete zunächst, dass es die Wagen der Steuereintreiber waren. Es überraschte ihn, dass es ein Gefangenentransport war, der aus dem Osten kam. Die halbverhungerten Gestalten auf den Wagen bettelten nach einem Schluck Wasser.
Eine der Mägde wollte den Gefangenen etwas geben, doch der Wachmann wies sie barsch zurück und meinte, dass

die Gefangenen genug gegessen und getrunken hätten. Ein Krieger vom Gut gesellte sich zu dem Wachmann und sie unterhielten sich. Siegbert erfuhr aus dem Gespräch der beiden, dass der Transport am nächsten Morgen weitergehen sollte und sie noch die Toten auf den Wagen beerdigen müssten.
„Diese verhungerten Gestalten kauft bestimmt keiner auf dem Sklavenmarkt."
„Es wäre für sie besser, wenn sie unterwegs schon alle krepieren würden, dann könnte ich gleich wieder zurück und müsste nicht bis nach Reims."
„Ich würde gern mit dir tauschen. Mir fehlt hier der Wein. Das Gesöff von Bier kann doch keiner lange ertragen und Weiber gibt es auf dem Gut auch keine."
„Wenn du willst, so gebe ich dir heute eine von dem Karren. Die kostet dich nicht viel."
„Die stinken mir zu sehr."
„Ich schmeiß sie vorher in den Gänseteich."
„Was willst du dafür haben?"
„Wir werden uns schon einig, wenn du sie mir morgen Früh zurückgibst."
„Ich will sie aber selbst aussuchen."
„Komm mit!", sagte der Wachmann vom Gefangenentransport und sie gingen zu den Karren.

Siegbert und sein Begleiter verließen das Königsgut und sie liefen zum Wald. Dort trafen sie in dem Versteck ihre Leute. Wütend berichtete Siegbert von dem Gefangenentransport ins Frankenreich und wie die Thüringer auf den Wagen darben mussten.
„Wir werden die Gefangenen befreien", rief zornig einer seiner Männer.
„Einverstanden, Männer! In der Nacht greifen wir an und töten alle Wachleute. Dann befreien wir die Gefangenen und machen Beute", bestimmte Siegbert.

Ungeduldig warteten die Krieger auf die Dunkelheit. Siegbert kannte eine Stelle, wo sie unbemerkt in das Gut gelangen konnten. Sie schlichen sich an die Wachleute heran und

schnitten ihnen die Kehlen durch. Als die Wachen am Tor ausgeschaltet waren, drangen sie in das Hauptgebäude ein. Das machte Lärm.
Der Verwalter kam mit einem Schwert in der Hand angestürmt und schlug heftig auf einen von Siegberts Kriegern ein. Geschickt wich der Vindobonenser den Hieben aus und stieß sein Kurzschwert dem Franken in den Bauch. Schwer verletzt sank der Verwalter zu Boden. Die herbeieilenden Wachleute wurden im Kampf getötet. Unter ihnen waren auch die beiden Männer, die Siegbert im Gespräch belauscht hatte.
Die Rebellen durchsuchten die Räume. Sie fanden die Frau des Verwalters in einem Versteck. Sie war verängstigt und streckte flehend ihre Hände hoch. Alle Personen, die sie fanden, mussten auf den Hof.
Dort entzündeten Siegberts Krieger ein großes Feuer und befreiten die Gefangenen von ihren Ketten. Die Bediensteten auf dem Gut mussten sie versorgen. Die befreiten Thüringer bekamen Suppe und Wasser zu trinken. Außerdem erhielten sie neue Kleidung und konnten sich endlich einmal gründlich waschen.

Siegbert durchsuchte mit seinen Kriegern die Gebäude und ließ alles zusammentragen, was im Rebellenlager benötigt werden könnte. Die Knechte brachten die Pferde heran und beluden sie mit Säcken voller Lebensmittel und anderen Sachen. Einige Krieger ritten mit den beutebepackten Tieren auf dem kürzesten Weg in Richtung Rynnestig.
Was sollte nun mit den befreiten Frauen und Männern passieren? Diese Menschen waren zu schwach, um selber zu laufen oder zu reiten. So spannte man die Ochsen vor die Karren und bemühte sich, diese Leute in Sicherheit zu bringen. Alle Sklaven, Knechte und Mägde des Gutes mussten den Kriegern folgen.
Man wählte Wege, die durch den Wald gingen und nur wenig befahren wurden. Siegbert sicherte mit seinen Kriegern nach allen Seiten den Zug. Niemand folgte ihnen, wahrscheinlich auch deshalb, weil keiner mehr auf dem Gut verblieben war und Auskunft hätte geben können.

Das Gelände wurde bergiger und die Sicherheit stieg, dass sie nicht mehr von Franken verfolgt wurden. Siegbert hatte unterwegs mit den Gefangenen gesprochen. Es waren Thüringer, aber auch Slawen aus dem Thüringer Ostreich, dem Gebiet zwischen Saale und Elbe. Die Männer wurden wegen Waffenbesitzes festgenommen und die wenigen Frauen des Diebstahls von Lebensmitteln bezichtigt. Dies alles waren damals Gründe, um als Sklave ins Frankenreich verkauft zu werden.
In der Nähe eines Nebenlagers der Rebellen entließ Siegbert alle Bediensteten des Königsgutes. Diese waren froh, dass sie mit ihrem Leben davon gekommen waren und eilten zu Fuß in nördliche Richtung.
Die ehemaligen Gefangenen hatten sich in den letzten Tagen zunehmend erholt und konnten jetzt schon neben den Karren herlaufen. Bald mussten diese zurücklassen werden, da die Wege immer schmaler wurden. So zog man nur mit den Ochsen auf den schmalen Bergpfaden talaufwärts. Bald erreichte der Zug das Lager der Rebellen. Die Krieger ließen die Frauen und Männer hier zurück und ritten weiter zum Rynnestig und von dort ins Hauptlager des Bärenkriegers.
Der Bärenkrieger war hocherfreut über die große Beute und besonders die Lebensmittel, die die Vindobonenser bei ihm abgegeben hatten. Siegbert berichtete im Thing von dem Beutezug und der Gefangenenbefreiung.

Mit seinen Männern ritt Siegbert weiter zu seiner neuen Wallburg am Roten Stein. Dort wartete Brunhilde ungeduldig auf ihn. Sie hatte sich große Sorgen gemacht.
„Hab keine Angst! Die Franken sind keine besseren Krieger, als wir", beruhigte er sie.
Bis auf den Gefangenenzug in die Berge, war schon alles bekannt und er brauchte nicht darüber berichten. Nach den Anspannungen der letzten Tage war er müde geworden und wollte gleich schlafen. Alle verstanden es und ließen ihn in Ruhe.
Erst am nächsten Mittag wurde Siegbert wieder wach. Er ging zu seinen Kriegern und fragte sie, ob sie bereit für ei-

nen neuen Beutezug wären. Das gefiel den Kriegern und sie zogen am Tag drauf erneut zu den fränkischen Königsgütern.

Der Herbst mit seinen häufigen Nebeltagen kam den Unternehmungen sehr entgegen. Die Rebellen tauchten plötzlich aus dem Nichts auf und drangen in die Güter ein.
Die meisten Güter verfügten noch nicht über genügend Krieger, um sich erfolgreich verteidigen zu können. Aus diesem Grunde war es oft ein Leichtes, dort Beute machen zu können. Die Lebensmittel wurden in den Rebellenlagern verteilt und es war genug, um gut über den Winter zu kommen. Die armen und hungernden Bauern wurden nicht vergessen und erhielten gleichfalls Nahrungsgüter, um mit ihren Familien den Winter zu überstehen.

13. Der Zweikampf

Eines Tages kam ein Thüringer ins Lager und wollte den Bärenkrieger sprechen. Da dieser nicht anwesend war, führte man den Mann zu Siegbert.
„Was willst du vom Bärenkrieger?", fragte er ihn.
„Ich bringe euch Getreide, wie im letzten Jahr", antwortete der Fremde.
Woher kommst du und wie ist dein Name?", wollte Siegbert wissen.
„Mein Name ist Volker und ich komme aus Plautar."
„Das ist gut, dass du die Rebellen im Winter mit Getreide versorgst, doch warum bist du nicht selbst einer von ihnen und kämpfst an ihrer Seite gegen die Franken."
„Vom Frühjahr bis zum Sommer muss ich das Feld bestellen. Mein Vater ist in der Schlacht bei der Tretenburg gefallen und jetzt bin ich der einzige Mann auf dem Hof."
„So wie dir, ergeht es leider sehr vielen. Doch was tust du im Winter, wenn der Boden gefroren ist und die Feldarbeit ruht?"
„Dann kümmere ich mich um das Werkzeug und die Geräte für die Feldarbeit."
„Du bist doch bestimmt ein Thüringer Krieger mit einem eigenen Schwert. Besitzt du es noch oder hast du es den Franken abgeliefert?"
„Das Schwert würde ich niemals hergeben. Es ist sicher im Kornspeicher versteckt."
„Dort liegt es gut und rostet dahin. Genauso ist es mit deiner Fähigkeit, für unsere Freiheit zu kämpfen."
„Ich bin ein guter Krieger, das musst du mir glauben!"
„Dann beweise es und zeige mir, wie gut du mit dem Schwert umgehen kannst!"
Siegbert reichte Volker ein Schwert und ging mit ihm zum Übungsplatz.
„Jetzt kannst du mir zeigen, was für ein Kämpfer du bist!"
„Ich könnte dich mit dem Schwert aber verletzen", entgegnete Volker unsicher.
„Mach dir darum keine Sorge! Schlag wacker auf mich ein! Ich will sehen, ob noch ein Krieger in dir steckt!"

Langsam gingen beide aufeinander zu und hieben mit ihren Schwertern, dass die Funken stiebten.
„Das ist gar nicht so schlecht", meinte Siegbert und es begann ein Kampf, der ihm alle Fechtkunst abforderte. Immer mehr Zuschauer sammelten sich um die beiden und sahen dem Kampf zu. Am Ende gelang es Siegbert, seinem Gegenüber das Schwert aus der Hand zu schlagen und ihm die Klinge an den Hals zu setzen. Damit war der Kampf entschieden.
„Du bist ein guter Schwertkämpfer und solltest nicht aus der Übung kommen", meinte Siegbert und ließ Volker frei.
„Zuhause habe ich niemand mit dem ich üben kann, sonst wäre ich bestimmt besser."
„Komm doch im Winter zu uns und verbessere deine Kampftechniken!"
„Daran habe ich auch schon gedacht, doch wer macht die Arbeit auf meinem Hof."
„Dein Werkzeug kannst du mitbringen und es im Lager reparieren. Wenn die Feldarbeit beginnt, ziehst du dann wieder heim."
„Der Vorschlag ist gut und ich werde ihn mir überlegen. Auch wenn ich gegen dich jetzt verloren habe, so hat mir der Kampf Freude gemacht."
„Wenn du zu uns kommst, kannst du dich jeden Tag mit einem von uns messen. Irgendwann kommt der Tag, wo wir alle zu den Waffen greifen werden und die Franken dorthin zurückschicken, woher sie gekommen sind. Darauf müssen wir uns vorbereiten!"

Die Begegnung mit dem Mann brachte Siegbert auf die Idee, dass auch von anderen Sippen im besetzten Reich, die wehrfähigen Männer in den Wintermonaten ihre Kampftechniken in den Rebellenlagern verbessern könnten. Dafür musste und wollte Siegbert werben. Er besprach es am Abend mit dem Bärenkrieger, der den Vorschlag gut fand. So beschloss Siegbert die Rebellenkrieger aus allen Lagern in die Siedlungen zu schicken und die wehrfähigen Männer dort zu überzeugen, an den Übungen im Winter teilzunehmen.

Volker war einer von ihnen, der die Wintermonate im Rebellenlager verbringen wollte. Schon am dritten Tag nach dem Schwertkampf mit Siegbert, meldete er sich beim Bärenkrieger, um bis zum Frühling bei den Rebellen zu bleiben.
Eines Tages ergab es sich, dass Volker Ratlind im Hauptlager sah. Sie wollte mit Brunhilde Proviant zur Wallburg am Roten Stein bringen. Als beide ihre Packpferde mit Getreidesäcken beluden, sprach Volker sie an.
Erschrocken wich Ratlind zurück, als hätte sie ein Waldgeist erschreckt.
„Hast dich also bei den Rebellen versteckt. Ich habe es mir gleich gedacht. Wenn ich auf meinen Hof zurückreite, dann nehme ich dich mit."
„Ich will aber nicht zu dir", entgegnete Ratlind heftig.
„Was du willst, ist mir egal. Unsere Väter haben unsere Heirat vereinbart und das gilt."
„Ich liebe dich nicht und habe schon einen anderen zum Mann gewählt."
„Er hat kein Recht auf dich und muss dich mit mir ziehen lassen."
Brunhilde versuchte Ratlind beizustehen, doch Volker wies sie barsch zurück.

Der Streit hatte Aufsehen erregt und es kamen immer mehr Menschen zusammen, um dabei zuzusehen. Eine Frau lief zum Bärenkrieger, der schlichten sollte. Er kam aus seiner Hütte und lief eilig zu dem Platz, wo sich eine Menschentraube gebildet hatte.
Von Volker und Ratlind ließ der Bärenkrieger sich den Grund der Auseinandersetzung erklären. Für ihn schien es eindeutig zu sein. Nach seiner Meinung war Volker im Recht. Er wollte jedoch keine voreilige Entscheidung treffen.
„Wir werden im nächsten Thing in drei Tagen darüber sprechen. Bis dahin herrscht Friede zwischen euch beiden."
Aufgeregt und heftig diskutierend gingen alle auseinander. Brunhilde und Ratlind beeilten sich ihre Packpferde zu beladen und ritten in Richtung Wallburg.

Die Frauen erzählten Siegbert und Ulf von dem Zwischenfall.
„Das sieht nicht gut aus", meinte Siegbert. „Jetzt müssen wir die Entscheidung des Things abwarten."
„Ich gebe Ratlind niemals her", erwiderte Ulf aufgebracht.
„Das musst du auch nicht", beruhigte ihn Siegbert. „In ein paar Tagen sehen wir weiter."
Zum Thing im Hauptlager der Rebellen waren viele Krieger erschienen. Siegbert gab verschiedene organisatorische Dinge bekannt. Die Beutezüge zu den Königsgütern sollten über die Wintermonate ruhen.
Die Kinder würden gleich nach der Wintersonnenwende zu ihren Sippen gebracht werden und die Waisenkinder mit Brunhilde nach Rodewin. Desweiteren berichtete er von seiner bevorstehenden Vermählung mit Brunhilde, am Tag vor der Wintersonnenwende in Rodewin. Eine gesonderte Feier sollte am Tag danach in der Wallburg für alle Rebellen stattfinden. Großer Beifall folgte auf diese Ankündigung.
Nun sprach der Bärenkrieger. Er berichtete auch, dass die Getreidespeicher für den Winter gut gefüllt sind und sie an die armen Bauern Korn abgeben werden. Danach fragte er, ob noch jemand etwas vorzutragen hätte.

Es meldete sich Volker. Er verlangte, dass ihm Ratlind als Eheweib nach Plautar folgen soll. Nach ihm sprach Ulf und erklärte der Versammlung die Angelegenheit aus seiner Sicht.
Eine heftige Diskussion entstand.
Die einen meinten, dass eine Ehevereinbarung durch die Väter schon immer ein altes Recht wäre und eingehalten werden müsste. Dem stand die freie Entscheidung für die Ehepartner entgegen.
In den Lagern gab es mehrere ähnliche Fälle, wo Paare zusammenlebten und auch heirateten, um den Zwängen in ihren Sippen zu entgehen. Der Bärenkrieger hielt sich lange Zeit mit seiner Meinung zurück und ließ die Krieger ausreden.
Als kein Ende in Sicht war, sprach er zu den Leuten: „Wir sind Rebellen, doch gelten für uns die gleichen Gesetze, wie wir sie von unseren Sippengemeinschaften in der Vor-

zeit her kennen. Daher müssen wir sie einhalten, ob es uns passt oder nicht. Volker und Ulf begehren die gleiche Frau. Sie wurde jedoch schon vor Jahren dem einen zugesprochen. Also gehört sie nach unserem Gesetz zu Volker."
Lautstark schrien alle durcheinander. Siegbert hob die Hand, um zu sprechen. Allmählich verstummte das Gerede.
„Hört mich an! Seit der Schlacht an der Unstrut leben Männer und Frauen in den tiefen Wäldern und kämpfen gemeinsam gegen die Franken. Wir sind Rebellen und unser höchstes Gut ist unsere Freiheit, die wir gegen jedermann verteidigen werden. Das gilt nicht nur für die Männer, sondern auch für die Frauen. Da nun Ratlind sich für Ulf entschieden hat, so müssen wir ihre Meinung ebenso akzeptieren."
Einer der Krieger rief laut in die Runde: „Die Götter sollen entscheiden, wer die Frau bekommt!"
Die Mehrheit einigte sich bald auf diesen Vorschlag. Volker und Ulf sollten im Schwertkampf gegeneinander antreten. Der Sieger würde Ratlind bekommen.
Siegbert versuchte noch den Kampf abzuwenden, da er wusste, wie gut Volker mit dem Schwert umgehen konnte, doch es half nichts.
Die Versammlung wurde beendet und ein Kreis auf dem Thingplatz gebildet. Der Bärenkrieger ließ zwei gleiche Schwerter bringen und übergab sie den beiden Rivalen. Die Frauen und Kinder, die während des Things abseits von den Männern standen, kamen hinzu und stellten sich mit an den Rand des Kreises. Alle wollten sehen, wie der Kampf ausging und wie die Götter entscheiden würden.
Unter Anfeuerungsrufen rannte Volker auf den abwartenden Ulf los und hieb auf ihn ein, als befände er sich inmitten eines Schlachtgetümmels. Ulf wehrte die Schwerthiebe ab, so gut er konnte. Er wich zurück und das ermutigte Volker, noch ungestümer auf seinen Gegner einzuschlagen.
Alle sahen schon das nahende Ende des Zweikampfes und den Sieg von Volker, als dieser über eine Wurzel stolperte und vor Ulf niederfiel. Dabei entglitt ihm das Schwert aus der Hand. Ulf sprang auf seinen Gegner zu und setzte ihm die Klinge an den Hals. Volker verharrte regungslos. Das Eisen hatte die Haut geritzt und das Blut rann langsam an

seinem Hals hinunter. Volker blieb nichts übrig, als sich zu ergeben.

Der Zweikampf hatte die Entscheidung gebracht und der Bärenkrieger sprach Ratlind dem Sieger zu. Beide fielen sich um den Hals und zogen sich in Siegberts Hütte zurück. Volker stand missmutig auf, wischte das Blut von der kleinen Schnittwunde am Hals und verließ den Kreis der Krieger unter Drohgebärden zu seinem Gegner hin. Niemand konnte ihn beruhigen. Er ging zu der Koppel und pfiff nach seinem Pferd. Wütend und fortwährend fluchend, ritt er aus dem Lager.

Siegbert und Brunhilde blieben noch ein paar Tage im Hauptlager und besprachen mit dem Bärenkrieger, wie sie die Kinder zu ihren Sippen bringen konnten. Das war eine geeignete Aufgabe für die Krieger, die nach wehrfähigen Männern in den Thüringer Siedlungen suchten, um diese für die Kampfübungen in den Wintermonaten zu begeistern.
Ebenso mussten alle Waisenkinder aus den Nebenlagern ins Hauptlager gebracht werden. Brunhilde wollte mit ihnen noch vor dem neuen Jahr nach Rodewin ziehen und bis zum Frühjahr dort bleiben.
Auch über die Vorbereitung der Rebellenhochzeit sprachen sie. Der Bärenkrieger ließ es sich nicht nehmen, die Feier am Tag der Wintersonnenwende bei sich im Hauptlager durchzuführen. Siegbert und Brunhilde sollten sich um nichts kümmern und überraschen lassen. Das Hauptlager wäre besser geeignet, als die Wallburg am Roten Stein, meinte der Bärenkrieger. Siegbert fügte sich und sagte zu.
Es gab noch andere Paare, die dem Bärenkrieger ihren Heiratswunsch mitgeteilt hatten und er dachte daran, dass die Hochzeit für alle, am gleichen Tag stattfinden sollte.

Es war Herbst geworden und die Bäume verfärbten sich. Die Sonne vertrieb zeitig die Morgennebel und Siegbert und Brunhilde genossen die letzten warmen Tage des alten Jahres. Sie suchten nach Heilkräutern und Brunhilde erklärte ihrem Geliebten ihre Zubereitung und Wirkung. Sie

fanden auch viele Pilze, die sie am Abend gemeinsam mit dem Bärenkrieger und seiner Familie verspeisten oder für den Wintervorrat trockneten.
In einem Mond würde schon die Hochzeitsfeier sein und beide dachten manchmal daran, wie sie die Zeit der Trennung überstehen würden. Es war für sie beruhigend, dass die Entfernung von der Wallburg bis nach Rodewin nicht allzu groß war. Siegbert würde bestimmt oft zu Besuch kommen und dieser Gedanke beruhigte Brunhilde.

Als sie eines Tages von ihrer Kräutertour zurückkamen, erschien kurz darauf ein Krieger von Brunhildes Bruder, der den Wachposten auf dem Warteberg beaufsichtigte. Er meldete die Belagerung der Wallburg durch fränkische Krieger. Es waren sehr viele und sie schienen fest entschlossen, die Burg einzunehmen.

Die Vindobonenser waren nicht da, um sie zu verteidigen und die Männer auf dem Warteberg würden nicht ausreichen, um die Franken zurückzudrängen.
Siegbert ließ sofort die Krieger im Hauptlager sammeln und ritt mit ihnen zum Warteberg. Brunhildes Bruder berichtete ihm, was er und seine Leute erkundet hatten.
Die Franken wurden von Volker aus Plautar zur Burg geführt und sie versuchten das Tor aufzubrechen. Es waren nur sehr wenige Männer darin, die sich so gut es ging verschanzten. Volker forderte von Ulf, Ratlind herauszugeben oder die Wallanlage würde in der Nacht niederbrannt werden. Der Fackelschein sollte allen Rebellen zeigen, dass er mit ihnen abrechnete.

Siegbert näherte sich vorsichtig von der Bergseite aus der Wallburg und beobachtete das Geschehen. Es war eine halbe Hundertschaft der Franken, die vor der Burg lagerten und die Vorbereitungen für die Überwindung des Palisadenwalls trafen.
Die Feinde hatten viel trockenes Reisig herbeigeschafft und in der Nähe des Tores aufgeschichtet. Aus seinem Versteck konnte Siegbert den Verräter sehen. Volker hatte sich mit

den Feinden verbündet und ihnen wahrscheinlich alle Verstecke der Rebellen genannt.
Die Frankenkrieger waren gut ausgerüstet und mit den wenigen Männern, die Siegbert bei sich hatte, nicht zu überwinden. Er hoffte auf Verstärkung aus den anderen Lagern und es blieb ihm nur übrig, abzuwarten.
Auf einem Seitenpfad, entlang eines Baches, umging er mit drei seiner Krieger die Wallburg und gelangte zu einem Teich, der am Fuße des Bergsporns des Roten Steins lag. Von dort aus erkannten sie zwei Franken, die am gegenüberliegenden Ufer Wache hielten. Es wurde schon langsam dunkel und die Nebel zogen über das Wasser.

„Wir müssen die beiden in dem Vorposten überwältigen. Wer von euch schwimmt mit mir hinüber?", fragte Siegbert. Verblüfft sahen sich die drei Begleiter an. Das Wasser schien ihnen zu kalt. Einer von ihnen sagte schließlich zu und zog sich bis auf die Hose aus. Er folgte Siegbert. Sie schwammen entlang des Teichufers bis zu der Stelle, an der sie den Vorposten gesehen hatten.
Das Schilf und die Nebelschwaden gaben ihnen gute Deckung und die beiden Franken bemerkten nicht das Herannahen der Rebellen.
Blitzschnell sprangen Siegbert und sein Begleiter aus dem Wasser und stachen die Krieger nieder, noch ehe die etwas sagen konnten.
„Zieh ihnen die Sachen aus!", sagte Siegbert leise.
Die Krieger zogen die Kleidung der Franken an und begaben sich zu dem Weg, der von Haslar zur Wallburg hin führte. Dort konnte Siegbert einen weiteren Vorposten ausmachen.
„Die Franken haben wahrscheinlich das gesamte Gebiet um die Wallburg herum weitläufig abgesichert. Das ist sehr klug von ihnen. Damit ist es für uns kaum möglich, einen Überraschungsangriff vorzunehmen."
„Was hast du vor? Warum haben wir uns als Franken verkleidet?"
„Das wirst du noch früh genug erfahren. Folge mir! Wir rennen jetzt zu dem Vorposten und ich rede mit ihnen."

„Wenn das nur gut geht und sie uns nicht gleich erkennen", jammerte der Begleiter.
„Hab keine Angst und sage kein Wort!", befahl ihm Siegbert.

Die verkleideten Thüringer rannten in Richtung Wallburg auf den Vorposten zu, der unterhalb des roten Felsensporns postiert war. Die Franken blickten zu ihren vermeintlichen Kameraden und riefen ihnen schon von weitem zu, was sie hier wollten.
„Verrat, Verrat!", schrie Siegbert in gekonntem fränkisch.
„Was ist los Männer, seid ihr von der Nachhut. Erzählt schon!"
Siegbert nickte heftig und hechelte nach Luft, als wäre er den halben Tag schon gerannt.
„Bei Plautar sind wir von Rebellen überfallen und niedergemacht worden. Sie sind nach Arnberg zum Königsgut weitergezogen, um es zu plündern. Wir beide sind gerade noch entkommen, um euch zu warnen. Der Thüringer, der euch führt, ist selber ein Rebell und hat uns in eine Falle gelockt."
„Ruht euch aus, Männer! Das habt ihr gut gemacht. Ich melde es gleich dem Anführer."
Der Frankenkrieger rannte los. Der andere Wachposten, der zurückblieb, fragte Siegbert, wieviel Rebellen es waren.
„Mindestens eine Hundertschaft", antwortete Siegbert.
„Es ist schon sonderbar, dass ihr entkommen konntet. Sie waren bestimmt beritten und ihr seid nur zu Fuß unterwegs."
„Sie hatten es eilig nach Arnberg zu ziehen und wahrscheinlich werden sie uns im Tal auflauern, wenn wir zurückkommen."
„Wie seht ihr überhaupt aus, die Kleidung passt euch doch gar nicht. Sie ist viel zu eng."
Der Franke befummelte prüfend Siegberts Gewand.
„Ihr seid doch gar nicht von uns", sagte er leise und griff nach seinem Schwert. Siegbert war schneller und stach ihn nieder. Sie legten den Toten in ein Gebüsch am Wegrand.
Es dauerte nicht lange und der Franke, der die Meldung weitergab, kam zurück.

„Wo ist mein Kamerad?", wollte er wissen.
„Der ist zu den anderen Vorposten gelaufen, um sie zu warnen", sagte Siegbert.
„Das ist gut, so brauche ich es nicht selber tun. Wir reiten gleich zurück, um dem Gutsverwalter beizustehn. Hoffentlich ist er noch am Leben."
„Wenn wir uns beeilen, können wir ihn vielleicht noch retten!", meinte Siegbert und hieb den Frankenkrieger mit einem Stock besinnungslos.
„Binde und kneble ihn! Wir werden ihn als Gefangenen mit in unser Lager nehmen", befahl er seinem Begleiter. Es war schon dunkel geworden und sie sahen schemenhaft die fränkischen Krieger eilig auf dem Weg zurück nach Arnberg reiten.
Als keiner der Frankenkrieger mehr zu sehen war, begab sich Siegbert mit seinem Begleiter und dem Gefangenen auf den Weg zur Wallburg. Den gefesselten Franken trug sein Begleiter wie einen Mehlsack auf der Schulter und ab und zu gab er ihm einen Puff in die Seite, wenn er zu unruhig wurde.

In der Nähe der Wallburg wurden sie schon von weitem mit einem Pfeilregen empfangen.
„Haltet ein Freunde, wir sind Rebellen!", schrie Siegbert und die Schützen traten vorsichtig aus der Deckung. Als sie ihren Anführer erkannten, war die Freude groß. Siegbert ging weiter zur Burg und fand vor dem Tor den Leichnam von Volker. Die Franken hatten ihm die Kehle durchgeschnitten, da sie dachten, dass er ein Verräter sei und sie in eine Falle gelockt hatte.
„So hat er seine gerechte Strafe bekommen. Ein Verräter war er und da ist es gleich, auf welcher Seite man steht. Es folgt immer die Strafe", rief Siegbert seinen Männern zu.

Das Tor wurde von innen geöffnet und Ulf kam mit dem Schwert in der Hand Siegbert entgegen.
„Die Nacht hätten wir bestimmt nicht überlebt. Wie habt ihr die Feinde vertrieben?"
„Das erzählen wir dir, wenn du uns zu einem guten Bier ein-

lädst", sagte Siegbert und alle Rebellen folgten den beiden Freunden in die Burg.

„Vergesst nicht das Tor zu schließen, vielleicht kehren die Feinde in der Nacht zurück!", sagte Ulf und konnte immer noch nicht fassen, dass der Spuck vorüber war. Siegbert entsandte noch ein paar Krieger in Richtung Plautar, da er nicht ausschließen konnte, dass die Franken am nächsten Tag zurückkehren würden.

Im Mannschaftsraum erzählte er dann, weshalb die Franken zurückgewichen waren. Auch der Begleiter musste immer wieder darüber berichten, wie sie die Wachposten überlistet hatten.

Siegbert nahm sich am Abend den gefangenen Frankenkrieger vor, um ihn zu befragen.

„Was wolltet ihr in unseren Bergen?", sprach er den verängstigten Mann an.

„Wir gehören zu einer Reiterstaffel aus Burgund und waren zufällig in Arnberg, als der Thüringer kam und dem Gutsverwalter von den Rebellenlagern berichtete. Da wir noch nicht zurück können, bot unser Anführer dem Gutsverwalter an, dem Rebellenwesen hier ein Ende setzen."

„Wieso könnt ihr nicht zurück?", wollte Siegbert wissen.

„Die Pferde sind noch nicht alle zusammengetrieben."

„Welche Pferde?"

„Die Pferde von den Königsgütern. Wir schaffen alle Pferde in den Süden unseres Reichs nach Burgund, wo wir uns gegen die Ostgoten wappnen."

„Es gibt doch gar nicht so viele Pferde auf den Gütern, dass eine halbe Hundertschaft sie wegtreiben müsste", meinte Siegbert.

„Unsere Krieger fangen auch alle Tiere in den Hainen ein. Das sind mehrere hundert Stück."

„Diese Pferde sind den Thüringern heilig."

„Was macht das schon? Wir bestimmen, was mit ihnen geschieht!"

„Wie wollt ihr denn die Tiere wegbringen?"

„Bei der Bertaburg werden die Pferde gesammelt und dann auf der Via Regia entlanggetrieben. Das ist nicht so schwierig. Sowas haben wir schon öfter getan."

„Dann seid ihr wohl gar keine Krieger, sondern nur Pferdetreiber", meinte lächelnd Siegbert.
„Wie du das sagst, klingt es wie eine Beleidigung. Wieso interessiert es dich? Du bist ein Rebell und die sind doch auf ganz andere Sachen aus."
„Das mag schon sein, aber die Pferde sind für uns Thüringer wichtiger, als du es dir denken kannst. Ich werde sie euch wegnehmen, bevor ihr Thüringen verlassen habt."
„Das wird dir niemals gelingen. Unser Anführer ist ein erfahrener Krieger und hat schon in vielen Schlachten mitgekämpft. Ihn kannst du kein zweites Mal überlisten."
„Wir werden es sehen, doch zuvor müssen wir an deine Sicherheit denken."
„Wie meinst du das?", erwiderte ängstlich der Franke.
„Alle meine Leute verstehen deine Sprache nicht und sie würden dich lieber jetzt, als später töten. Doch ich lass dich am Leben und in den Bärenkäfig sperren! Vielleicht findet sich ein Zotteltier, das dir Gesellschaft leistet."
Der Franke duckte sich, als würde im nächsten Moment ein Bär aus einer Ecke auftauchen.
„Dann töte mich lieber gleich, als dass du mich dem Bären zum Fraß vorwirfst!"
„Damit hat es noch Zeit. Solange du mir noch einige Einzelheiten von deinem Anführer und dem, was ihr vorhabt erzählst, lass ich dich noch nicht mit dem Bären zusammensperren!"
Fürs Erste hatte Siegbert genug erfahren. Er beschloss am nächsten Morgen ins Hauptlager zu reiten.
Den Gefangenen nahm Siegbert mit. Die Augen hatten sie ihm nicht verbunden. Das beunruhigte den Franken sehr. Es war gleichbedeutend mit einem Todesurteil.

Der Bärenkrieger war über den Ausgang der Befreiungsaktion sehr erfreut. Keiner seiner Männer war verwundet oder tot. Amüsiert hörte er den Ausführungen von Siegbert zu, der ihm den Grund für den plötzlichen Abzug der Franken schilderte.
„Einen Gefangenen hast du auch noch mitgebracht. Es wäre besser ihn gleich zu töten, als hier zu behalten."

„Der Franke wird mir noch einige Informationen über seine Leute liefern", entgegnete Siegbert.
„Was kann der schon wissen? Er ist ein einfacher Krieger."
„Der Gefangene hat mir schon erzählt, dass sie unsere weißen Pferde aus den Hainen in den Süden des Frankenreichs treiben wollen. Ihr König braucht sie für den Krieg gegen die Goten."
„Das dürfen wir nicht zulassen!", entgegnete entsetzt der Bärenkrieger.
„Das meine ich auch. Deshalb müssen wir überlegen, wie wir den Pferdetrieb verhindern können."
„Du sagst, dass die halbe Hundertschaft die Pferdeherde ins Frankenreich treiben soll?"
„So verriet es mir der Gefangene und ich denke, es dürfte stimmen, was er mir erzählte."
„Wenn das alles erfahrene Krieger sind, so werden sie sich die Tiere nicht einfach wegnehmen lassen und wir hätten mit großen Verlusten zu rechnen."
„Deshalb müssen wir uns etwas Besonderes einfallen lassen", entgegnete Siegbert und sah zu dem gefangenen Franken, der an einen Baum gefesselt war und von den Kindern bestaunt wurde. Viele von ihnen hatten noch nie einen Franken gesehen und ihre Vorstellungen von einem fränkischen Krieger deckten sich gar nicht mit dem, was sie hier erblickten. Vor ihnen lehnte gefesselt ein kleiner, schmächtiger Mann, der die Umstehenden ängstlich beäugte.
„Hast du noch die Bärenkäfige?", wollte Siegbert wissen.
„Die haben wir noch, doch wozu brauchst du die Käfige?"
„Wir stecken in einen Käfig den Franken und in den anderen einen kleinen Bären. Es kann auch ein zahmer sein. Beide stellen wir nebeneinander, so dass sich die beiden sehen können."
„Willst du dem Franken Angst machen?"
„Genau, das habe ich vor!"

Der Bärenkrieger ließ die Eisenkäfige an den Rand des Kampfplatzes aufstellen und in einen steckte er den Franken. Siegbert kam hinzu und sprach mit ihm fränkisch.

„Siehst du den zweiten Käfig? Dort hinein kommt ein Braunbär, der in der Nähe unseres Lagers in einer Höhle wohnt und sehr gefährlich ist."
„Was soll das?", rief entsetzt der Franke.
„Wir wollen deinen Leuten die Pferde entführen. Wenn uns das gelingt, so bleibst du allein in deinem Käfig. Wenn nicht, so wirst du mit dem Bären zusammengesperrt."
„Der Bär frisst mich doch auf!"
„Es ist anzunehmen, daher rate ich dir, uns behilflich zu sein."
„Ich kann doch nichts tun, wenn ich eingesperrt bin!"
„Du kannst uns sagen, wie wir am besten an die Pferde kommen können. Dein guter Rat ist so wertvoll, wie dein Leben!"
„Ich werde euch nichts mehr erzählen, eher sterbe ich!"
„Wenn du es dir anders überlegt hast, so sag mir Bescheid!"
Siegbert ging zurück zur Hütte des Bärenkriegers und sagte ihm, dass er einen Bären beschaffen und in den zweiten Käfig stecken sollte. Er hoffte, dass die Nachbarschaft zu der Bestie, den Franken gesprächig machen würde.

In einem der kleineren Lager hatten die Krieger einen zahmen Bären, den sie als Kleintier aufgezogen hatten. Er war an die Menschen gewöhnt und galt als ungefährlich, doch das wusste der Franke nicht. Den Bär sperrten sie in den zweiten Käfig, neben den des Franken. Schon nach einem Tag war der Gefangene bereit, bei dem Raub der Pferde dienliche Hinweise zu geben. Der Franke beschrieb genau den Platz, wo die Tiere zusammengetrieben wurden und wie der Pferdetrieb vor sich gehen soll.
Bei seinen Ausführungen starrte er fortwährend auf den Bär und sah nur flüchtig zu Siegbert, wenn der ihm eine neue Frage stellte. Siegbert hatte genug erfahren und besprach mit dem Bärenkrieger, wie sie den Pferdetrieb verhindern konnten. Die Thüringer mussten sich beeilen, denn es blieb ihnen nicht mehr viel Zeit.

In der Nähe der Bertaburg lag die Sammelstelle. In großen Koppeln waren die Pferde aus den umliegenden Königsgütern und den ausgedehnten Hainen zusammengepfercht. Es waren Hunderte von Tiere und von Tag zu Tag kamen weitere hinzu. Die Knechte und Sklaven hatten alle Mühe, die Pferde zu versorgen und ruhig zu halten.
Die in den Hainen und Königswäldern lebenden Tiere waren frei aufgewachsen und fühlten sich in der Enge der Koppeln unwohl. Manche versuchten auszubrechen, doch die Frankenkrieger kannten sich aus und konnten es verhindern. Der Tag des Pferdetriebs war gekommen. Die Gatter wurden geöffnet und die Pferde liefen in einer großen Herde geschlossen entlang des Königsweges. Der Anführer ritt mit zwei seiner Männer voran. Die anderen trieben sie von der Seite an und achteten darauf, dass alle Tiere beisammen blieben.
Gegen Abend erreichten die Franken das nächste Königsgut und machten Rast für die Nacht auf einer großen Weide. Dort hatte der Gutsverwalter für die Pferde Raufen mit Heu aufstellen lassen.
Der Anführer des Pferdezuges schien mit dem ersten Tag zufrieden. Seine Leute postierten sich um die Herde und hatten Feuer angezündet. Die Tiere waren ruhig. Sie grasten oder fraßen das gestapelte Heu. Die Frankenkrieger wurden von den Gutsleuten mit warmen Essen versorgt und waren guter Dinge.
Am nächsten Morgen ging es zeitig weiter. Drei Tage waren sie schon unterwegs und es gab keine Schwierigkeiten oder besondere Vorkommnisse. Eine solch große Herde hatte der Anführer noch nie gehabt und es war nicht leicht, sie zusammenzuhalten und vorwärtszukommen. Die meiste Zeit legten sie im Schritt oder Trab zurück. Daher kamen sie nicht so schnell voran und mussten bei jedem Königsgut übernachten.

Das Gelände wurde nun etwas bergiger. Es waren die Ausläufer der Thüringer Berge und die Herde zog sich in die Länge. Diesen Umstand nutzten die Rebellen.
Auf ein Zeichen von Siegbert stürmten mehrere Gruppen

gleichzeitig an verschiedenen Stellen auf die Herde zu. Die Frankenkrieger zogen ihre Schwerter und versuchten die Angreifer zurückzudrängen.
Jede Gruppe wurde von einigen Vindobonensern angeführt, die sich in einen Kampf mit den Franken einließen. Der Angriff führte zu einem vollkommenen Durcheinander.
Inzwischen trieben die Jungkrieger Gruppen von Pferden aus der Herde in südliche Richtung, in ein langgestrecktes Tal. Immer wenn es einer Rebellengruppe gelang, eine Gruppe abzuspalten und mit ihnen zu entkommen, folgten neue Rebellen. Die Frankenkrieger hatten ihr Tun, um den Rest der Tiere zusammenzuhalten.
Der Anführer hatte keine Möglichkeit die langgezogene Herde zu kontrollieren. Seine Männer waren auf sich gestellt und wehrten mutig die Rebellen ab.

Siegbert überblickte von einem Hügel das Geschehen und gab seine Befehle, wann ein erneuter Angriff erfolgen sollte. Nach drei Angriffswellen hatten sie mehr als zweihundert Pferde weggetrieben. Er ritt zum Ende des Tals, wo die Jungkrieger und der Bärenkrieger mit den geraubten Tieren warteten.
„Sortiert die besten Tiere aus! Sie müssen ein ebenmäßiges weißes Fell und einen guten Körperbau besitzen", befahl er.
„Was soll mit den anderen geschehen?", wollte einer seiner Männer wissen.
„Die treiben wir morgen in die Nähe der Franken. Sie werden versuchen, sie einzufangen und dabei holen wir uns die nächsten Tiere. Macht es so, wie heute und lasst euch nicht auf Zweikämpfe mit den Pferdetreibern ein! Es ist klüger auszuweichen und zu fliehen, als verwundet zu werden."
„Zwei von unseren Kriegern wurden verletzt", meinte einer der Vindobonenser.
„Ich habe gesehen, dass sie den Kampf mit den Franken gesucht haben. Das darf nicht sein! Uns geht es um die Tiere und nicht um die Frankenkrieger. Dies muss jedem bewusst sein."
„Wie oft wollen wir sie noch angreifen?"

„Morgen Früh, bei Sonnenaufgang, starten wir das zweite Mal. Sie werden nicht damit rechnen, dass wir zum Königsgut kommen und nach der Herde sehen. Wahrscheinlich nehmen sie an, dass wir nur ein paar Tiere für den eigenen Bedarf geraubt haben und rechnen nicht damit, dass wir nochmals zu ihnen stoßen. Der Bärenkrieger wird mit einigen seiner Männer das Tal bewachen, in das ihr die Pferdegruppen treiben werdet. Sollten euch Franken folgen, so hätten sie keine Freude mit ihm."
„Sortieren wir die Pferde dort auch wieder aus?"
„Ja, macht es genauso, wie heute! Den Rest der Tiere treibt ihr zurück in die Nähe des Königsgutes und die Zuchttiere hinauf zum Rynnestig. Der Bärenkrieger hat dort Koppeln errichten lassen, in die ihr sie hineintreibt."
„Warum bekommen die Franken die anderen Pferde zurück?"
„Die Hälfte der Tiere können wir ihnen wegnehmen. Das sind dann immer noch genug für sie. Wenn wir ihnen die gesamte Herde entreißen, so würden sie uns bis in die Berge verfolgen und viele unserer Männer fänden im Kampf den Tod."
„Odin würde sich freuen, wenn ihm die Walküren wieder ein paar Thüringer zuführten", meinte einer der älteren Vindobonenser.
„Da musst du dich noch etwas gedulden! Wenn die Zeit gekommen ist, dass wir die Franken aus unserem Reich verjagen, dann wird Odin noch genügend tapfere Krieger für Walhall erhalten. Jetzt müssen wir zuerst an die Ausbildung unserer Knaben und Jungkrieger denken, denn sie sind unsere Hoffnung und werden vielleicht einmal in einem freien Königreich leben können."

Der Bärenkrieger ließ die Zuchttiere zum Rynnestig wegbringen und den Rest hielten sie in der provisorischen Koppel am Ende des Tals. Er ging mit Siegbert zum Gatter und sie besahen sich die Tiere.
„Es ist echt schade, dass wir sie den Franken überlassen", meinte er zu Siegbert.
„Es ist das Beste. Wir könnten alle Tiere auch gar nicht er-

nähren. So bleiben uns die Zuchtstuten und Hengste, die wir auf den Bergwiesen des Rynnestigs frei lassen können. Dorthin trauen sich die Franken noch nicht hin und die Pferde sind vor ihnen sicher."

Am nächsten Morgen zogen die Rebellen zum Königsgut. Schon von weitem konnten sie die zahlreichen Feuer, im weiten Bogen um die Herde, erkennen. Überall standen Männer herum, die nicht wie Krieger aussahen. Es waren Knechte und Sklaven des Guts, die mit Gabeln und Dreschflegeln bewaffnet die Pferde bewachten. Die Tiere standen auf einer großen offenen Wiese. Es gab keine Möglichkeit, unbemerkt heranzukommen.

Siegbert änderte den Angriffsplan. Wie am Vortag, wollte er nun im offenen Gelände angreifen. So umgingen sie unbemerkt das Gut und ritten auf der Via Regia voraus. Als sie eine geeignete Stelle fanden, warteten sie im Schutz des Waldes auf die Franken.
Der Bärenkrieger sicherte mit einigen seiner Männer wieder das Tal, durch das die geraubten Pferde getrieben werden sollten und Siegbert verteilte die Vindobonenser mit den Jungkriegern auf die lange Wegstrecke, die die Herde vermutlich einnehmen würde.
Es dauerte nicht lange und eine Vorhut der Frankenkrieger erschien und sondierte den Weg. Sie konnten aber die Rebellen nicht entdecken und ritten weiter. Kurz darauf tauchte der Anführer mit zwei seiner Krieger auf und ihm folgten in einem geringen Abstand die ersten Pferde der Herde. Der Weg war schmal, so wie am Vortag und ließ sich nicht gut überblicken.
Aus Vorsicht ließ der Anführer der Franken von einigen seiner Männer das Gelände weitläufig erkunden. Dabei stießen sie auf kleine Gruppen weißer Pferde, die auf freien Flächen grasten. Sie meldeten es sofort ihrem Anführer und der befahl, die Tiere zur Herde zu treiben. Bevor jedoch die Pferde die Herde erreichten, stürmten die Rebellen aus ihren Verstecken hervor.
Die Franken waren überrascht. Da ein Teil ihrer Krieger mit

dem Zutreiben der verlorenen Tiere beschäftigt war, hatten die bei der Herde verbliebenen Männer alle Mühe, diese zusammenzuhalten.
Nun kam noch der Angriff der Rebellen dazu. In dem Durcheinander gelang es Siegbert und seinen Männern noch mehr Pferdegruppen aus der Herde herauszulösen, wie am Vortag. Sie trieben sie in das vorbestimmte Tal und sortierten gleich die Zuchttiere aus.
Alles verlief so gut, wie das letztemal und es gab diesmal keinen Verletzten in den eigenen Reihen. Der erste Angriff war so erfolgreich, dass sie keinen zweiten mehr starten mussten. Dennoch verfolgte Siegbert mit seinen Kriegern weiter den Pferdetrieb. Sie taten das in gehörigem Abstand, doch so, dass auch die Franken ihre Verfolger wahrnahmen. Dadurch mussten diese bei der Herde bleiben und konnten nicht die Jungkrieger mit den geraubten Tieren verfolgen.
Bevor die Thüringer in die Nähe des nächsten Königsgutes kamen, kehrten sie um und ritten zu dem vereinbarten Sammelplatz. Dort hatte der Bärenkrieger bereits die Zuchttiere aussortiert und zum Rynnestig bringen lassen.

Die Rebellen freuten sich über ihren Erfolg und bereiteten sich ein zünftiges Mahl vor. Seit zwei Tagen hatten sie kein warmes Essen gehabt. Sie sammelten Holz und kochten sich Suppen an kleinen offenen Feuerstellen.
Die Nacht wollten sie in dem provisorischen Lager verbringen und am nächsten Tag zum Hauptlager weiterreiten.
Bier und Met hatten sie nicht, doch das brauchten sie auch nicht, um fröhlich zu sein. Es wurde gesungen und spannende Geschichten erzählt.
Siegbert saß am Rand des Waldes und überlegte, was er mit den Pferden machen sollte, die sie aussortiert hatten und die nicht als Zuchttiere geeignet erschienen. Er könnte diese Tiere an die Bauern verteilen, doch die meisten hatten nicht genügend Futter, um sie über den Winter zu bringen. Pferde waren in den schlechten Zeiten nicht mehr gefragt und es wäre den fränkischen Steuereintreibern auch aufgefallen, wenn eine Sippe, die kaum ihre Leute ernähren konnte, ein oder mehrere Pferde besaß. Zum Rynnestig

konnte er sie auch nicht mitnehmen, denn für die Zuchttiere würde schon das Futter im Winter zu knapp werden.

Plötzlich hörte Siegbert ein Pferd, weit unten im Tal wiehern. Es war keines der eigenen Tiere und von seinen Männern war keiner aus dieser Richtung zu erwarten. Angestrengt sah er talabwärts. Der Mond leuchtete mit seinem fahlen Licht den Weg aus.
Nach einer Weile sah er geordnete Formationen von Kriegern auf Pferden. Das konnten nur die Franken sein.
Siegbert blies in sein Horn und warnte seine Männer. Die Feuer wurden gelöscht und alle griffen zu ihren Waffen. Der Bärenkrieger kam zu ihm geeilt.
„Was ist los?", rief er ihm von weitem zu.
„Die Franken sind uns auf der Spur. Wahrscheinlich wollen sie die geraubten Pferde zurückholen."
„Wir werden sie mit unseren blanken Waffen empfangen", rief der Bärenkrieger begeistert aus.
„Wir greifen nicht an. Blas zum Rückzug!"
„Wieso das, wir sind den Franken an Zahl gleich und würden viele von ihnen töten?"
„Das mag schon sein, aber auch auf unserer Seite hätten wir mit Sicherheit Gefallene zu beklagen. Lass uns in die Berge reiten, dorthin werden die Franken uns nicht folgen!"

Missmutig blies der Bärenkrieger zum Rückzug. Siegbert ritt zu der Koppel mit den aussortierten Tieren und trieb sie den Frankenkriegern entgegen. Alle Rebellen ritten geordnet auf dem Weg talaufwärts weiter, der zu den Höhen des Rynnestigs führte.
Wehmütig blickten die Jungkrieger zurück. Sie hätten gern ihren Mut an den Franken erprobt. Die Entscheidung von Siegbert verstanden sie nicht.

Für die Franken war es nicht leicht, den an ihnen vorbeigaloppierenden Pferden zu folgen. Ihr Anführer war noch bis zu dem provisorischen Lager der Rebellen geritten und fand dieses panikartig verlassen. Da er die Pferde wieder hatte, versuchte er nicht, die Rebellen weiter zu verfolgen.

Auch er hätte sich gern mit ihnen gemessen, doch sein Auftrag lautete, die Herde sicher nach Burgund zu bringen und nicht gegen Aufständischen in den Thüringer Bergen zu kämpfen. So ritt der Anführer der Franken mit seinen Männern und den zusammengetriebenen Tieren zum Gut, wo die übrige Herde stand.
Wie viel Tiere den Franken verblieben, konnte er bei der Dunkelheit nicht genau erkennen, doch schätzte er, dass mehr als die Hälfte der Tiere, die er bei der Bertaburg erhalten hatte, noch da waren. Er hoffte, dass die Rebellen an den kommenden Tagen ihre Angriffe unterlassen. Wenn nicht, dann wollte er sie bis in die Berge verfolgen und ihre Schlupflöcher ausräuchern. Wo diese ungefähr lagen, wusste er durch den Mann aus Plautar, den er als vermeintlichen Rebell umbringen ließ und der doch gar keiner war.
Am nächsten Morgen zählten die Franken die verbliebenen Pferde. Etwa ein Drittel fehlte. Die Herde war noch immer sehr groß und in dem unwegsamen bergigen Gelände nicht leicht zusammenzuhalten.

Siegbert hatte die besten Zuchttiere in die Koppeln auf den Rynnestig getrieben. Da er den Franken noch genügend Pferde überließ, rechnete er nicht mit deren Verfolgung. Die Tiere wurden auf die Bergweiden verteilt und von den Jungkriegern bewacht.
Über den Winter sollten alle Rebellen Waldstücke roden, um im Frühjahr größere Weideflächen auf den Höhen und in den Seitentälern zu erhalten. Der Schutz der weißen Pferde wurde ab nun zu einer weiteren Hauptaufgabe der Rebellen im Thing erklärt.
Der Winter stand vor der Tür und sie hatten nur Futter für die eigenen Reittiere. Siegbert musste daher weitere Beutezüge in die Königsgüter unternehmen, um Heu und Hafer für die Zuchttiere zu beschaffen. Das versöhnte die Jungkrieger, die noch immer nicht verstehen konnten, warum sie die Frankenkrieger an dem Abend nicht angegriffen haben.

14. Die Rebellenhochzeit

Die Tage wurden kürzer. Dies war ein deutliches Zeichen, dass die Wintersonnenwende bald gefeiert werden konnte. Einige der Rebellen hatten beim Bärenkrieger ihre Vermählung angemeldet. Sie wollten diese gemeinsam mit Siegbert und Brunhilde begehen. Es waren neun Paare, die seit vielen Monden in den Lagern zusammenlebten. Mehrere hatten bereits Nachwuchs und andere Frauen waren in guter Hoffnung.
Der Bärenkrieger, als Oberhaupt der Rebellen von den Thüringer Mittelbergen, wollte gemeinsam mit den Priestern die Hochzeitszeremonie vornehmen. Er hatte sich schon lange mit den Schamanen beraten, wie sie das tun könnten. Auf der einen Seite mussten die Traditionen gewahrt werden und zum anderen zwangen die Gegebenheiten des Rebellenlebens zu neuen Formen. Als sie sich geeinigt hatten, verkündeten sie es im Thing.

Für alle Paare sollte im Hauptlager das große Fest stattfinden. Die Frauen bereiteten die Speisen für das Festmahl vor und es schien nichts anderes mehr wichtig zu sein. Viele Krieger aus den Nebenlagern entlang des Rynnestigs würden kommen und mit ihnen gemeinsam feiern. Noch nie hatte es eine solch große Hochzeit gegeben, wie diese.
Sie lebten alle seit mehr als zwei Jahren zusammen, wie in einer Sippe. Die harten Winter in den Bergen hatten sie noch mehr verbunden und so, wie sie schwere Zeiten gemeinsam durchgestanden hatten, so wollten sie auch das schönste Fest, die Hochzeit, gemeinsam mit den Freunden feiern.
Siegbert war froh, dass sich der Bärenkrieger um alles kümmerte. So blieb ihm und Brunhilde mehr Zeit, die sie allein an ihren schönsten Plätzen und mit den Freunden zusammen in der Wallburg verbrachten.

Auch Harald kam zu Besuch und stimmte mit ihnen den Ablauf der Hochzeitszeremonie in Rodewin ab. Einen Tag vor der Wintersonnenwende würden Siegbert und Brunhil-

de dort heiraten. Der Bruder von Brunhilde sollte der Brautführer sein. Sie wollten den Tag so gestalten, wie sie das bei ihrem Bruder Hartwig getan hatten.
„Hoffentlich ergeht es mir dann nicht so, wie ihm", entgegnete Siegbert scherzend.
Brunhilde sah ihn fragend an.
„Was war mit ihm?", wollte sie wissen.
Harald erzählte, was damals passierte und dass Hartwig noch am Hochzeitstag als Geisel mit dem Prinzen Baldur ins Frankenreich abreisen musste.
„Das war traurig. Hoffentlich muss Siegbert nicht auch dorthin, sonst würde er die Hochzeitsnacht verpassen!", meinte sie und strich ihrem Bräutigam liebevoll über den Kopf.
„Wir können die Nacht doch einfach vorverlegen", sagte Siegbert und lächelte sie an.
„Das gibt es nicht. Meine Mutter hat mir immer gesagt, dass man erst dann zusammen schlafen darf, wenn man richtig verheiratet ist".
„Jetzt liegt ihr doch auch schon nachts zusammen", entgegnete spöttisch Harald.
„Das ist etwas anderes, das ist nur zum Probieren, ob man auch wirklich zusammengehört", entgegnete Brunhilde.
„Das liebe ich an den Frauen, dass sie immer eine passende Ausrede haben. Meine Heidrun hat auch jedes Mal das letzte Wort."
Harald und Siegbert prosteten sich zu.
„Werden wir schon in unserem neuen Haus wohnen können?", wollte Siegbert wissen.
Es ist seit einer Woche fertig. Ihr werdet überrascht sein, wie gut es gelungen ist."
„Haben auch alle Waisenkinder darinnen Platz?", fragte Brunhilde.
Du könntest noch mal so viele mitbringen und das Haus wäre noch nicht voll."
„Dann bleibt genügend Raum für eigene Kinder", entgegnete Siegbert scherzend und stieß Brunhilde von der Seite an.
Harald erkannte, dass die beiden gern allein sein wollten und verabschiedete sich von ihnen. Er hatte noch einen weiten Weg vor sich.

Nachdem sie ihn bis zum Tor der Wallburg begleitet und verabschiedet hatten, gingen sie zurück zu ihrem Wohnturm.
„Wollen wir nicht lieber zu den Freunden gehen?", bemerkte Brunhilde.
„Die können warten. Jetzt muss ich erst einmal herausfinden, ob wir wirklich zueinander passen."
„Du musst nicht alles so wörtlich nehmen, wie ich es sage", erwiderte Brunhilde.
Siegbert fasste sie an der Hand und rannte mit ihr den steilen Weg hinauf. Außer Atem kamen sie in ihrem Wohnturm an. Mit einem Tuch wischte er ihr die Schweißtropfen von der Stirn.
„Lass uns ein wenig ausruhen!", meinte er und setzte sich auf die Schlafliege. Brunhilde hatte keine Lust und Gedanken für ein Schäferstündchen.
Zu sehr war sie mit den Hochzeitsvorbereitungen beschäftigt. Sie musste noch ihr Kleid fertig nähen und hatte an so viele Dinge zu denken. Siegbert ließ nicht locker und er setzte seine ganzen Verführungskünste ein, um sie fügsam zu machen.
„Jetzt werde ich dir all das zeigen, was Braut und Bräutigam vor der Hochzeitsnacht nicht tun dürfen", flüsterte er ihr ins Ohr und sie war letztendlich damit einverstanden.

Zwei Tage vor der Wintersonnenwende ritten Siegbert, Brunhilde und ihr Bruder sowie die Freunde Ulf und Ratlind nach Rodewin. Sie wurden schon sehnlichst erwartet.
Jeder, der laufen konnte, stand im Hof der Siedlung und begrüßte begeistert das Brautpaar.
Harald führte sie zu dem neuen Haus und zeigte ihnen alle Innenräume.
„Ihr seht, dass nichts fehlt! Sogar ein Webstuhl steht hier und es sind mehr Tische und Stühle, als bei uns im Haupthaus."
„Es sieht prächtig aus", bestätigte Brunhilde. „Ich fühle mich vom ersten Augenblick hier wohl."
„So soll es auch sein und dein unruhiger Bräutigam wird eines Tages ein trautes Heim auch zu schätzen wissen."

Siegbert sagte nichts dazu. Er konnte sich nicht vorstellen, für immer in Rodewin zu leben. Darüber sprach er jedoch mit niemand, auch nicht mit seiner Braut.

Nach der Besichtigung gingen sie zum Haupthaus um gemeinsam das Abendessen einzunehmen. Es war bereits dunkel geworden und die Tiere in den Stallungen versorgt. Aus den Nachbarsiedlungen waren Freunde und gute Bekannte, mit denen Siegbert seine Kindheit und Jugend verbracht hatte, gekommen. Sie wollten mit den Brautleuten den Abend vor der Hochzeit, zu Ehren der Götter feiern.
Es kamen der Priester mit seinen beiden Gehilfen und die Kräuterfrau mit ihrer jüngsten Tochter Helga und Bygul. Als sie mit dem Essen fertig waren, entzündeten sie am Hof ein großes Feuer, das nicht viel kleiner, als das traditionelle Sonnenwendfeuer war. Die Kinder brachten das Reisig herbei, das sie an den Tagen zuvor im Wald gesammelt hatten. Es war trocken und brannte wie Zunder.

Der Priester begann mit seinen Beschwörungsformeln und fing mit der Kräuterfrau zu tanzen an. Bier und Met wurde herumgereicht. Nach einer kurzen Pause, war es auf einmal ganz still.
Bygul begann im Rhythmus die Trommel zu schlagen und Helga zeigte einen Tanz zu Ehren der Liebesgöttin Freya. Die jungen Leute begannen im Takt in die Hände zu klatschen und die Begeisterung schien keine Grenzen zu kennen. Nach mehrfachen Wiederholungen verließen Helga die Kräfte und sie sank zu Boden.
Siegbert sprang hinzu und trug sie aus dem Menschenkreis heraus in ihre Unterkunft im Haupthaus. Dort legte er sie auf ihre Liege und wollte wieder gehen. Doch Helga umfasste seinen Hals und zog ihn zu sich hinunter.
„Einen letzten Kuss", flüsterte sie und drückte ihre Lippen auf seinen Mund.
„Was soll das, Helga? Ich bin der Bräutigam. Wenn uns jemand sehen würde, gäbe es großen Ärger", meinte er.
„Hab keine Angst, es war nur ein flüchtiger Abschiedskuss! Wenn ich dich das nächste Mal küsse, dann ist es als Die-

nerin der Freya, doch das wird bestimmt nicht so bald sein. Leb wohl, mein Freund und lass mich noch ein wenig ausruhn!"
Helga ließ ihn los und Siegbert eilte nach draußen, zu den anderen.
Bygul schlug noch immer die Trommel und alle Unverheirateten tanzten um das Feuer herum. Das Bier schien schon bei einigen Tänzern Wirkung zu zeigen und sie verzogen sich in die Heuspeicher zum Schlafen.

Auch Siegbert und Brunhilde blieben nicht bis zuletzt. Schon bald schlichen sie sich davon, in ihr neues Haus. Es roch noch ganz neu nach dem Harz der Balken und dem frischen gestampften Lehm des Fußbodens und der Wände.
„Es ist die letzte Nacht, die wir noch ledig sind. Freust du dich schon darauf, mein Weib zu werden?", wollte Siegbert wissen.
„Natürlich tue ich das, nichts wünsche ich mir sehnlicher, seit der Zeit, als wir uns das erste Mal begegneten."
„Das ist schon sehr lange her und doch kommt es mir manchmal vor, als wäre es erst vor ein paar Tagen gewesen."
„Mir geht es ebenso", meinte Brunhilde.
„Dann werden wir gar nicht merken, dass wir älter werden."
„An unseren Kindern können wir die Jahre erkennen."
„Die müssen wir aber erst einmal haben. Wir sollten bald damit beginnen und keine Zeit verstreichen lassen."
„Du wirst jetzt bestimmt keine Lust mehr dazu haben, wo du doch die schöne Helga allein ins Haus gebracht hast."
„Da war gar nichts! Du hättest doch mitgehen können", meinte Siegbert vorwurfsvoll.
„Ich vertraue dir doch. Deswegen habe ich dich auch mit ihr allein gelassen. Hast du sie geküsst?"
Siegbert überlegte, ob er schwindeln sollte, doch er fühlte sich unschuldig.
„Helga hat mir einen Abschiedskuss gegeben. Es war sonst gar nichts."
„Einen Kuss nennst du gar nichts", entgegnete sie gespielt

eifersüchtig. Sie umschlang seinen Hals und küsste ihn.
„War es so? Oder anders?"
„Nicht so, viel flüchtiger."
Sie hängte sich an seine Lippen und ließ ihn keine Luft holen.
Während beide sich küssten, zogen sie sich gegenseitig aus und glitten unter die Decke ihrer Liege.
Brunhilde stieß ihn zurück.
„Liebste, was ist mit dir?
„Wir dürfen heute nicht zusammensein, erst morgen zur Hochzeitsnacht."
„Wer hat dir diesen Unsinn erzählt?"
„Meine Mutter!"
„Dann ist das natürlich kein Unsinn. Was sollen wir jetzt tun?"
„Brav nebeneinanderliegen und schnell einschlafen."
Unwillig legte sich Siegbert auf den Rücken. Brunhilde schien auch keine Ruhe zu finden und meinte zu Siegbert: „Mütter müssen nicht immer recht haben."

Zeitig in der Früh weckte sie der Hahn. Verschlafen stand Siegbert auf und sah nach draußen. Es war noch dunkel und merklich kühl.
„Seit die Franken in Thüringen sind, kann man sich auf die Hähne auch nicht mehr verlassen", sagte er verdrießlich zu Brunhilde, die sich unter ihrer Decke reckte und streckte.
„Willst du nicht aufstehn, Weib?", bemerkte er belanglos.
„Solange ich noch nicht dein Weib bin, darf ich liegenbleiben", gab sie schnippisch zurück.
Er legte sich wieder zu ihr und wärmte sich an ihrem Körper.
„Wenn jemand etwas von uns will, so werden sie schon zeitig nach uns rufen. Zum Aufstehen ist es noch zu früh und zum Schlafen zu spät. Also verbringen wir die Zeit mit etwas Besserem", meinte Siegbert.
„Nicht schon wieder", protestierte sie heftig, doch es half nichts.
Beide waren nochmals eingeschlafen, als Heidrun und ihre Sklavin Rosa vorsichtig ins Schlafgemach traten und sie

weckten. Brunhilde sprang gleich unter der Decke hervor, doch Siegbert ließ sich nur schwer bewegen, aufzustehen.
„Ich bin noch viel zu müde", bemerkte er schlaftrunken.
„Heute ist doch der schönste Tag in eurem Leben und diesen Tag darf man nicht verschlafen!"
Heidrun hatte Brunhilde eine Wolldecke über die Schulter gelegt und sie eilten durch die Dunkelheit in Haralds Haus. Dort warteten schon die Brautjungfern auf sie, um sie zu baden und anzukleiden.

Siegbert hatte sich nochmals hingelegt und die Decke über den Kopf gezogen. Rosa entfachte in der Küche das Herdfeuer und stellte mehrere Kessel mit Wasser auf Dreiböcken darüber. Dann stellte sie einen Bottich in die Mitte der Küche und legte ein großes Tuch zum Abtrocknen auf den Schemel. In einer Truhe suchte sie nach Siegberts Kleidungsstücken für den Festtag.
Nachdem Rosa alles gefunden und bereitgelegt hatte, fing das Wasser in den Kesseln zu kochen an. Sie schob mit einem Eisenrechen das Holzfeuer auf der Steinplatte unter der Esse nach hinten und goss die Kessel mit dem heißen Wasser in den Bottich. Danach gab sie kaltes Wasser hinzu.
„Raus mit dir, aus dem Lotterbett!", rief sie Siegbert energisch zu. Der rührte sich absichtlich nicht, denn er meinte, dass es noch zu früh zum Aufstehen wäre.
Rosa ging an sein Bett und zog blitzschnell die Decke weg.
„Was soll das, bist du nicht bei Sinnen!", protestierte er heftig.
„Ich bin so blöd, dass ich dir Feuer und ein heißes Bad gemacht habe. Wenn meine Herrin es mir nicht angeschafft hätte, dann würde ich dich mit kaltem Wasser abwaschen."
„Das würde zu dir passen. Ich hätte dich früher doch noch mehr ärgern müssen, heute ist es damit zu spät."
„Es hat ausgereicht, was du mit mir angestellt hast, aber alles habe ich mir von dir nicht gefallen lassen."
„So arg war ich nun auch nicht. Vielleicht ein wenig übermütig und wissensdurstig, aber mehr nicht", entgegnete Siegbert.

„Das hat ausgereicht und wenn es meine Herrin wüsste, was du mit mir angestellt hast, dann wäre sie dir noch heute gram."
„Ich kann mich an nichts mehr erinnern", meinte Siegbert schmunzelnd und stieg in den Bottich.
„Soll ich dein Gedächtnis auffrischen?"
„Vielleicht fällt es mir dann ein."
„Einmal bist du unter meine Decke gekrochen und sagtest, du würdest dich vor dem Gewitter fürchten."
„Das weiß ich noch und es war ein gewaltiges Donnerwetter draußen."
„Die Furcht hatte aber nicht lange bei dir angehalten und meine Gutmütigkeit wurde arg ausgenutzt."
„Ich dachte, es hat dir gefallen."
„Ein bisschen schon, aber du warst noch ein Knabe."
„Du bist doch auch nicht viel älter, als ich und hast dich damals mit meinem Bruder Hartwig abgegeben."
„Das stimmt nicht!", wehrte Rosa heftig ab.
„Ich habe euch manchmal am Schwemmteich beobachtet, wenn ihr gebadet habt."
„Ach, nachgelaufen bist du uns. Du warst schon ein Schlingel."
„Von mir wolltest du immer nichts wissen, weil ich zu jung und dünn war."
„Das ist eben so, dass sich ein Mädchen mehr für ältere Jungs interessiert, die erfahren in der Liebe sind."
„Den Eindruck hatte ich damals nicht, dass Hartwig erfahrener war, als ich."
„Wir sind gleichaltrig und er war halt noch nicht so weit."
„Es muss dich sehr frustriert haben, dass er nicht das machte, was du dir gewünscht hast", meinte Siegbert.
„Es war schon sehr enttäuschend, aber so ist es nun mal im Leben."
„Da war ich unter deiner Decke schon anders?", entgegnete er triumphierend.
„Das ist wahr. Du warst ein richtiger Draufgänger und hast schnell herausgefunden, was mir gefiel."
„Das freut mich im Nachhinein, dass es dir auch Spaß gemacht hat. Jetzt schrubbe mich gut ab, dass alles Schlechte von mir abgeht und ich ein braver Mann werde."

„Zu gründlich darf ich da nicht sein, denn sonst könnte mir Brunhilde bös sein. Sie ist eine wunderbare Frau und ihr passt so gut zusammen, wie ich nur selten zwei sah."
„Ich bin noch immer in sie verliebt, so wie am ersten Tag, als wir uns begegneten."
„Erzählst du mir, wie ihr euch kennengelernt habt?"
„Wenn du mir noch heißes Wasser nachgießt, verrate ich es dir."

Rosa hatte die Kessel bereits gefüllt gehabt und das Wasser köchelte vor sich hin. Sie goss einen davon vorsichtig in den Bottich.
„Das ist schön, so wie früher, als wir Kinder noch zusammen in den Bottich passten."
„Es ist schon lange her. Doch jetzt erzähl endlich von deiner Brunhilde!", erinnerte Rosa ihn.
„Wir haben uns das erste Mal im Rebellenlager gesehen, bevor ich mit der Königin nach Ravenna reisen musste. Es war Liebe auf den ersten Blick", sagte er verträumt und schien seinen Gedanken nachzugehen.
„Erzähl weiter, ich will alles wissen!", rief sie ungeduldig.
„Wir saßen am Abend zusammen auf einem Baumstamm und sie erzählte mir ihre ganze Lebensgeschichte. So richtig hatte ich ihr gar nicht zugehört. Ich habe sie nur angesehen und war wie verzaubert von ihr."
„Hast du sie geküsst?", wollte Rosa wissen.
„Ja, wir haben uns geküsst. Ich weiß nicht, wie es dazu kam. Es ist einfach so passiert."
„Wie ging es dann weiter?"
„Was meinst du damit?"
„Habt ihr euch danach weiter unterhalten?"
„Du bist ganz schön neugierig!"
„Ich will alles wissen. Dafür gieße ich dir noch einen Kübel heißes Wasser nach."
Siegbert dachte nach. Er musste lächeln.
„Als wir uns küssten, verloren wir auf dem Baumstamm das Übergewicht und fielen rücklings in das Gras. Es war so hoch, dass uns niemand sehen konnte und dann passierte es."
„Was?"

„Das wirst du dir schon denken können. Es war einfach wunderschön."
Rosa vergaß den Rücken von Siegbert weiter mit dem Bimsstein zu reiben. Sie saß wie abwesend an dem Bottichrand. Siegbert ließ Rosa träumen und er dachte mit Wehmut daran, dass sie dieses Liebesglück als Sklavin vermutlich niemals hatte.

Heidrun kam und sah nach dem Rechten.
„Es dämmert schon, beeilt euch!", rief sie aufgeregt.
„Ist denn die Braut fertig?", wollte Siegbert wissen.
„Sie ist noch beim Baden."
„Dann eilt es bei mir nicht!"
„Besser ist jedoch, wenn du schon bereit bist."
„Wieso? Ich stehe euch dann nur im Weg rum."
„Es sind schon Gäste eingetroffen."
„Wer ist da?", wollte Siegbert wissen.
„Der Bärenkrieger ist gekommen."
„Warum sagst du das nicht gleich? Schnell Rosa, trockne mich ab!"
Rosa beeilte sich und half ihm in die neuen Festtagskleider. Eilig lief er hinaus und rannte zum Wohnhaus seines Bruders Harald. Der saß mit dem Gast am Tisch und sie unterhielten sich.
„Warum verschwiegst du mir, dass du nach Rodewin kommst?"
„Ich dachte, dass es besser ist, dich heute Nachmittag gleich mit ins Rebellenlager zu begleiten."
„Die Überraschung ist dir gelungen. Hast du schon gefrühstückt?"
„Es war sehr früh, als ich wegritt und dann dachte ich, dass es hier etwas Gutes zu Essen gibt."
„Heidrun hat schon das Frühstück vorbereitet, ein wenig Geduld noch!", meinte Harald.
Ulf und seine Freundin kamen hinzu. Da das Essen noch nicht fertig war, ging Ratlind inzwischen zu Brunhilde und half ihr beim Ankleiden.
„Hübsch siehst du aus, wie eine Göttin", bemerkte sie voller Bewunderung.

„Ich danke dir", sagte Brunhilde und drückte ihre Freundin. In diesem Moment beneidete Ratlind die Braut und wünschte sich so sehr, bald selber mit ihrem Ulf verheiratet zu sein. Jetzt, wo Volker aus Plautar tot war, konnte sie wieder nach Hause zu ihrer Sippe zu Besuch kommen und hoffen, dass sie keine Einwände zu einer Hochzeit mit Ulf haben würden.
Ob jedoch ihre Mutter die Entführung ihrer Tochter Ulf verzeihen konnte, war ungewiss. Sie hatte aber eine gute Fürsprecherin, ihre Tante in Kettar. Die wollte sie im Winter mit Ulf noch einmal besuchen.

Zu den Männern gesellte sich der Bruder von Brunhilde. Harald besprach mit ihm nochmals den Ablauf der Hochzeitszeremonie.
Inzwischen waren auch die anderen Gäste, die im Haupthaus und den Heuspeichern übernachtet hatten, erschienen.
Das Wetter war gut. In der Nacht gab es Reif, doch die Morgensonne taute schnell die zarten Eiskristalle, die das Gras bedeckten, weg. Auf dem Hof waren viele Tische und Bänke aufgestellt und jeder suchte sich einen Platz, um zu frühstücken.

Harald begann mit der Hochzeitszeremonie. Er hatte vor den Pferdewagen zwei Rösser gespannt und umrundete damit die Siedlung. Siegbert folgte ihm auf seinem weißen Hengst. Danach fuhren sie auf den Hof zurück und hielten vor Haralds Haus, in dem Brunhilde angekleidet wurde. Brunhildes Bruder trat vor das Haus.
„Was willst du hier?", rief er Siegbert zu.
„Ich bin gekommen, um deine Schwester Brunhilde zum Eheweib zu nehmen."
„Wo sind deine Brautgeschenke?", fragte der Bruder.
„Siegbert führte eine weiße Stute am Halfter vor das Haus und die Zuschauer umringten ihn im großen Bogen, um alles genau beobachten zu können.
„Hier ist ein Pferd, so weiß wie der Schnee und ein Schwert, so wie es Brauch ist", antwortete Siegbert.

Brunhildes Bruder ging auf ihn zu und begutachtete die Geschenke. Danach umarmte er Siegbert und zeigte damit allen an, dass er mit den Geschenken einverstanden war. Beide gingen in Richtung Tür und dort erschien Brunhilde, in einem wunderschönen Kleid. Ihr Bruder küsste sie auf die Stirn und übergab sie Siegbert.
Der Priester trat hinzu und sprach ein paar Zauberformeln und danach küssten sich die Brautleute. Nun waren sie Mann und Frau.
Siegbert und Brunhilde stiegen in den Pferdewagen und umkreisten Rodewin in entgegengesetzter Richtung. Die Kinder folgten dem Gespann. Sie überholten es und stellten sich immer wieder an den Weg, um den Neuvermählten zuzuwinken. Siegbert hatte seine Mühe, die Pferde ruhig zu halten, denn diese waren solchen Trubel nicht gewöhnt.

Nach drei Runden fuhren sie wieder auf den Hof und Jaros, der Sklave, kümmerte sich um die Tiere. Harald ging auf das Paar zu.
„Seid herzlich willkommen in Rodewin und dich, liebe Braut, nehme ich in unserer Sippe auf! Es soll dir immer gut bei uns ergehen und an nichts mangeln", sagte er mit seiner sonorigen Stimme. Er küsste Brunhilde auf die Stirn. Damit war Brunhilde ein anerkanntes Mitglied seiner Sippe.
Siegbert wandte sich an die Umstehenden und sprach: „Seht her! Dies ist mein Weib, das ich heute Morgen geheiratet habe.
Ich freue mich, dass ihr zu unserer Hochzeit gekommen seid. Setzt euch an die Tische und feiert gemeinsam mit uns!"
Alle Anwesenden spendeten Beifall und suchten sich einen Platz an den im Hof aufgestellten Tischen. Bier und Essen wurde gereicht und Musikanten spielten Volksweisen.
Siegbert ging mit Brunhilde zu ihrem neuen Haus und trug seine stolze Braut über die Schwelle. Damit war der offizielle Teil beendet und sie hatten eine Weile Zeit für sich.
„Du siehst wunderschön in dem Kleid aus", sagte er zu ihr und lief um sie herum. Lächelnd nahm sie das Kompliment an und es schien sie ein wenig unsicher zu machen.

„Lass uns wieder zu den anderen gehen!", meinte Brunhilde verlegen.
„Es sieht so aus, als warten sie schon auf uns. Dann machen wir ihnen die Freude und eröffnen den Hochzeitstanz."
Brunhilde war damit einverstanden und sie liefen schnell zurück zu den Gästen.

„Spielt auf zum Tanz, Musikanten!", rief Siegbert ihnen zu und die drei Männer begannen zu musizieren. Die Brautleute eröffneten den Reigen und viele folgten ihnen.
Harald musste auf dieses Vergnügen verzichten, da er sich wegen seiner Beinverletzung nicht mehr so frei bewegen konnte.

Nach dem Reigen wurde zu einem der traditionellen Bauerntänze aufgerufen, bei dem sich die Tänzer paarweise auf der Rasenfläche vor der großen Linde bewegten. Jeder der jungen Männer wollte einmal mit der Braut tanzen und auch Siegbert konnte sich vor den Aufforderungen der ledigen Frauen kaum erwehren. Die Alten sahen vergnügt dem lustigen Treiben zu und dachten amüsiert an die Zeit, als sie noch jung und ausgelassen waren.

Am Rand des Hofes brieten ein paar Schweine über dem offenen Feuer und Sklaven drehten die Spieße. Der Duft des Bratenfleisches ließ manchem das Wasser im Munde zusammenlaufen. Einige der Kinder saßen beim Priester und baten ihn, von Walhall und dem Wildschweinbraten zu erzählen. Dieser ließ sich nicht zweimal bitten und fing an. Die um ihn herumsitzenden Jungen und Mädchen lauschten gespannt.

„Der Göttervater Odin war in großer Sorge, dass eines Tages die Riesen aufbegehren und die ganze Welt ins Chaos stürzen würden. Die Götter und Menschen reichten nicht aus, um einen Angriff abzuwehren. Odin hatte die Nornen befragt, doch die haben ihm nichts verraten.
So erschuf Odin Walhall, eine gewaltige Halle mit 540 Toren, in die er von den Walküren, die auf dem Schlachtfeld

gefallenen tapferen Krieger bringen ließ. Dieses Totenheer sollte ihn im Kampf gegen die Riesen unterstützen. Die Gefallenen, die man die Einherier nennt, ziehen jeden Morgen auf den Platz vor der Halle und kämpfen gegeneinander. Danach kommen sie zur Hauptmahlzeit zurück und setzen sich an den gedeckten Tisch.
Walküren bedienen die Einherier und reichen ihnen Trinkhörner mit Met. Jeden Tag gibt es Wildschweinbraten vom Eber ‚Sährimnir', der vom Koch am Morgen geschlachtet und sein Fleisch gekocht wird. Am Abend erneuert er sich und grunzt wieder vergnügt."

„Brauchen die Einherier niemals Hunger leiden?", wollte ein Mädchen wissen.
„Niemals, denn das Fleisch des Ebers reicht immer für alle und auch der Met, aus dem Euter der Ziege ‚Heidrun' genügt, um alle Krieger jeden Tag betrunken zu machen."
„Kommen nur gefallene Krieger nach Walhall?", wollte das Mädchen wissen.
„Nein, es kommen auch Frauen dorthin. Es sind dies tapfere Kriegerinnen, die in Schlachten umgekommen sind und als Walküren die Einherier bedienen."
„Ich werde auch eine Walküre", rief begeistert das Mädchen aus.
„Kannst du denn schon mit dem Schwert kämpfen", wollte der Priester wissen.
„Ich bin sogar besser, als mancher Junge und besiege die meisten."
„Dann kann es schon sein, dass du einmal nach Walhall kommst und dort deinen Großvater Herwald und die anderen tapferen Krieger aus unserem Gau triffst."

Die Schweine an den Spießen waren gar und Jaros schnitt kleine Fleischstücke ab und legte sie auf Holzbretter. Die Kinder warteten brav, bis ihnen Heidrun ein paar kleine Stücke zukommen ließ.
Zuerst bekamen die Gäste das Fleisch angeboten und die langten zum Leidwesen der Kinder kräftig zu. Geduld war angesagt, doch bei dem verführerischen Bratenduft war das

nur schwer einzuhalten. So gesellten sich manche Kinder zu den Erwachsenen und bekamen dann schneller einen Happen zugeschoben.

Ein Junge auf einem Pferd kam den Hügel zur Siedlung im Galopp heraufgeritten. Er war ganz aufgeregt und rannte gleich zu Harald.
„Drei Frankenkrieger kommen nach Rodewin geritten", meldete er ihm. Siegbert sprang von seinem Sitz auf.
„Hat uns jemand verraten?"
Harald ging zum Zaun und sah in die Richtung, aus der die Reiter kommen mussten.
„Wenn sie wüssten, dass Rebellen hier wären, kämen mehr Krieger. Versteckt euch im Haus! Ich werde sehen, was sie wollen."
Siegbert, der Bärenkrieger und Ulf eilten ins Haus und legten ihre Waffen griffbereit. Harald ließ sich von Heidrun seine Frankenmedaille bringen, die er einst von dem Gesandten erhielt. Sie hatte ihm schon manchesmal geholfen.
Der Gesandte war der oberste Verwalter für die gesamte thüringische Provinz und jeder seiner Beamten hatte große Achtung vor ihm. Harald, der eine Medaille mit seinem Wappen besaß, konnte sich damit auch als Thüringer Respekt verschaffen.
„Musikanten, spielt weiter und ihr anderen tanzt!", rief Harald in die Runde.
Die Reiter kamen auf den Hof geritten und ein Mann lief gleich auf Harald zu. Es war der Verwalter des Wiesenlandes und mit ihm kamen zwei Wachleute.
„Seid uns willkommen, Verwalter!", sprach Harald ihn an.
„Ich hoffe, wir stören nicht. Ich wusste nicht, dass ihr eine Feier habt."
„Mein Bruder hat heute Hochzeit und da sitzen wir gemütlich zusammen."
„Das ist ein bedeutender Grund. Darf ich den Brautleuten gratulieren?"
Harald führte den Verwalter zu dem Tisch des Brautpaars und stellte die Braut vor.
„Wo ist denn der Bräutigam?", wollte der Verwalter wissen.

„Der wird gleich zurückkommen. Er ist im Haus", meinte Brunhilde.
„Da will ich nicht weiter stören und komme ein anderes Mal wieder."
„Worum geht es denn?", wollte Harald wissen.
„Ich war gekommen, um ein paar Pferde zu kaufen. Wie ich sehe, ist heute ein schlechter Tag dafür. So werde ich in einer Woche nochmals hereiten."
„Wenn ihr schon da seid, so setzt euch an unseren Tisch und trinkt einen Schluck Met mit uns."
„Ich stoße gern mit euch auf das Glück des Brautpaares an", entgegnete der Verwalter und ließ sich einen Platz an der Tafel zuweisen.
Die beiden Wachleute standen bei ihren Pferden am Zaun.

Als Siegbert hörte, dass der Grund des Besuchs nicht ihm galt, kam er mit dem Bärenkrieger und Ulf wieder an den Hochzeitertisch zurück. Jetzt beglückwünschte der Verwalter auch ihn und sie stießen mit ihren Bechern an.
„Da ich nicht wusste, dass ihr eine Hochzeit in Rodewin feiert, so habe ich leider kein passendes Geschenk bei mir, es sei denn, das Brautpaar nimmt eine kleine Münze von mir an."
„Das ist doch nicht nötig", wehrte Siegbert ab.
„Es würde mich sehr freuen", erwiderte der Verwalter und reichte ihm eine kleine Goldmünze.

Viele der Gäste hatten noch niemals ein Goldstück gesehen und die Münze ging am Tisch gleich herum und wurde bestaunt. Der Verwalter saß neben Siegbert und war froh, dass dieser auch fränkisch verstand und er sich nicht mit der thüringischen Sprache abquälen musste.

„Harald hatte bisher noch nicht von dir gesprochen. Ich dachte, er hätte nur einen Bruder im Elbkniegau."
„Ich bin der Jüngste und meist im Wald."
„Deswegen hatte ich dich bei meinem letzten Besuch auch nicht angetroffen. Ich habe schon einmal von Harald ein paar Pferde gekauft und bin sehr zufrieden damit."

„Gibt es nicht genügend im Hain bei Arnberg?"
„Wir hatten dort eine große Herde und ich habe vor einem Jahr mit Haralds Tieren das Blut etwas aufgefrischt, doch jetzt sind sie alle weg."
„Sind die Pferde an einer Krankheit verendet?", fragte Siegbert interessiert.
„Nein, das nicht, doch ich musste sie an das Heer unseres Königs abgeben. Er hat alle Pferde von den Königsgütern angefordert, da er die Tiere für seine neuen Reiterkrieger benötigt."
„Das müssen sehr viele gewesen sein."
„Es waren mehrere hundert Tiere und die Krieger haben sie auf der Via Regia nach Westen getrieben."
„Das war bestimmt nicht leicht so viele Pferde zusammenzuhalten."
„Wenn es nur das wäre, doch die größere Schwierigkeit waren die Rebellen. Sie haben einen großen Teil der Herde geraubt und niemand weiß, was sie damit machen. Wahrscheinlich verspeisen die Rebellen die Pferde im Winter. Oder sie verkaufen sie an die Langobarden?"
„Das ist doch ungeheuerlich von den Rebellen. Ist man ihnen nicht gefolgt?"
„Einen Teil der Tiere konnten wir ihnen wieder abnehmen, doch leider nicht alle."
„Es ist schon nicht leicht mit den Rebellen. Man erzählt sich da ganz schlimme Geschichten."
„Es mag sein, dass die Geschichten stimmen, doch ich kann mich nicht beklagen. Mein Gut haben die Rebellen bis jetzt noch nicht überfallen, aber das muss nicht immer so bleiben."
„Vielleicht habt ihr zu viele Wachleute und sie trauen sich nicht dorthin."
„Das kann es nicht sein, denn ich habe nur die beiden, die am Zaun stehen. Mir ist es auch gleich, was der Grund ist, solange sie mich in Ruhe lassen. Es gab bisher nur einmal in meinem Verwaltungsgebiet Auseinandersetzungen mit ihnen, das war vor ein paar Wochen."
„Davon habe ich noch gar nichts gehört", entgegnete Siegbert erstaunt.

„So direkt hatte es mich auch wieder nicht betroffen. Der Anführer des Pferdetriebs war gerade bei mir, um meine Pferde zur Bertaburg abzuholen, als ein Mann zu mir kam, der meinte, die Rebellenlager zu kennen und der sich anbot unsere Krieger dorthin zu führen. Das eine Lager läge nicht weit weg, in Richtung Rynnestig. Dort sollte sich auch der Hauptmann der Rebellen aufhalten.
Der Anführer des Pferdetriebs bot sich an, das Nest auszuräuchern und mit dem Rebellenspuk endlich Schluss zu machen. Ich war einverstanden. Er ritt gleich mit seiner halben Hundertschaft dorthin."
„Hat er denn die Rebellen auch alle erwischt?"
„Die Reiter fanden einen kleinen Vorposten, doch die Rebellen hatten seinen Leuten einen Hinterhalt gelegt und er zog sich noch in der Nacht ins Königsgut zurück."
„Was geschah mit dem Mann, der ihm die Lager verraten hat?"
„Das war selber ein Rebell und er hat unsere Krieger nur in die Berge locken wollen. Der Anführer hat ihn gleich umbringen lassen."
Siegbert erfuhr noch vieles mehr von dem Verwalter, was für ihn von größter Wichtigkeit war.

Harald, dem die Unterhaltung zwischen den beiden nicht so sehr passte, bot dem Verwalter an, doch gleich nach den Pferden auf der Koppel zu sehen.
Sie verließen die Tafel und gingen zu dem Gehege hinter dem Speicher.
Die Stimmung flachte etwas ab, so lange die Franken anwesend waren. Viele hegten großen Groll gegen sie. In den meisten Sippen waren die Männer nicht mehr aus der großen Schlacht an der Unstrut zurückgekehrt. Die Frauen wussten nicht, ob ihre Ehemänner und Söhne tot oder versklavt waren.

Zu den Franken bestand kein Kontakt. Die Steuereintreiber zogen nicht nach der Ernte durch den Oberwipgau, da Harald sich mit dem Verwalter auf andere Art geeinigt hatte. Anstatt der Schweinesteuer gab er dem Verwalter jedes Jahr ein Pferd aus seiner Zucht ab. Das war im Wert höher, als die Schweine, die die Bauern in seinem Gau abliefern müssten. Beide Seiten waren damit bisher immer zufrieden.

Der Verkauf der Pferde hatte sich in den letzten Jahren erheblich verschlechtert. Ein Pferd konnten sich viele nicht mehr leisten und es gab keinen Bedarf, wie früher. Harald reduzierte deshalb die Anzahl der Tiere und begann verstärkt mit der Viehzucht. So standen jetzt mehr Kühe als Pferde auf den großen Weiden.

Nachdem der Verwalter sich vier Pferde ausgesucht und bezahlt hatte, ritt er wieder zurück nach Arnberg. Die gekauften Tiere mussten seine Wachleute als Handpferde mit sich führen. Im leichten Trab zogen sie davon.

Es wurde an den Tischen noch lange über den unerwarteten Besuch gesprochen und viele Geschichten über Begegnungen mit den Franken erzählt. So friedlich - wie im Wiesenland - schien es nicht überall zu sein. Besonders die verhassten Steuereintreiber trieben es manchmal sehr arg und keiner konnte sich dagegen wehren. Wer aufbegehrte, musste damit rechnen, gefangengenommen und ins Frankenreich verschleppt zu werden. Dort wurden die Gefangenen auf den Sklavenmärkten verkauft.

Es war Nachmittag geworden und der Bärenkrieger mahnte zum Aufbruch. Die Hochzeitsgesellschaft musste nun allein weiter feiern, denn das junge Paar zog ins Rebellenlager.

Spät abends kamen sie dort an. Da Vollmond war, hatten sie keine Schwierigkeiten, den Weg zu finden. Der Bärenkrieger ritt voran und die anderen folgten. An der Wallburg machten sie kurz Halt. Es schlossen sich noch einige der Vindobonenser ihnen an.

Im Hauptlager war große Hochzeitsvorfeier. Alle Paare, die am nächsten Tag getraut werden wollten, feierten mit ihren Freunden, jedoch Frauen und Männer getrennt. Die meisten Männer waren schon vom Bier angetrunken und lärmten im Lager.

Die Frauen saßen am Feuer zusammen und erzählten von ihren Sippen, die sie vor langer Zeit verlassen hatten. Es

waren meist sehr traurige Begebenheiten und eine fröhliche Stimmung konnte bei ihnen nicht aufkommen.
Der Bärenkrieger kontrollierte die Wachen und hörte Siegbert zu, der eine Göttergeschichte zum Besten gab. Auch viele Frauen und Kinder gesellten sich zu ihm und lauschten.

„Der Riese Hrungnir weilte als Gast in Asgard. Er war viel größer, als die Asen und sehr stark. Man ließ ihn aus Thors Becher trinken, da der Donnergott nicht da war. Der Riese trank ihn jedes Mal in einem Zuge aus und war bald betrunken. Er begann die Götter zu beschimpfen und warf ihnen vor, dass sie sich über alle hinwegsetzen würden. Er fing an zu prahlen, dass es ihm ein Leichtes wäre, Asgard niederzutrampeln und alle Götter zu erschlagen. Die Asinnen bekamen Angst und wagten sich nicht in seine Nähe. Nur Freya schenkte ihm weiter ein. Odin ließ ihn gewähren, denn er war sein Gast.

Da kam Thor in die Halle gebraust und wollte Hrungnir mit dem Hammer erschlagen. Der Riese sprach zu Thor: ‚Wenn du einen Waffenlosen tötest, so trüge dir das wenig Ehre ein. Lass uns im Zweikampf bei den Felsenhöfen gegenüberstehen und dann werden wir sehen, wer der Stärkere ist!'
Thor war damit einverstanden. Beide standen sich auf dem vereinbarten Platz gegenüber und Thor warf seinen Hammer. Der Riese schleuderte zur gleichen Zeit seinen gefürchteten Wetzstein dem Donnergott entgegen. Der Hammer traf den Stein im Fluge und zerschmetterte ihn. Ein Teil fiel zu Boden und es entstanden die Wetzsteinbrüche auf der Erde. Ein anderes Stück traf Thor in der Stirn und er fiel zu Boden. Sein Hammer flog weiter und traf den Kopf des Riesen, so dass dieser tot umfiel.
Der Splitter bereitete Thor immer Schmerzen, doch keiner konnte ihn aus seinem Schädel ziehen. Eine Seherin hörte davon und wollte ihn von dem Splitter befreien. Sie war die Frau eines mutigen Mannes, den die Riesen bei sich gefangen hielten.

Die Seherin beugte sich über den Kopf von Thor und sang Zauberlieder. Er merkte, wie die Schmerzen nachließen und erzählte der Seherin in seiner Freude, dass er ihren Mann befreit hatte und er zu ihr unterwegs sei. Da war die Seherin so froh und aufgeregt, dass sie ihren Gesang unterbrach und das Zauberlied vergaß. Niemand hat den Splitter bisher entfernen können."
„Der arme Thor", rief eine der Frauen und die anderen gaben ihr recht.
„Seit dieser Zeit soll man keinen Wetzstein über den Boden werfen, denn dann bewegt sich der Splitter in Thors Kopf und bereitet ihm Schmerzen."

Nach der Geschichte zogen sich alle in ihre Hütten zurück. Es war am Rynnestig schon sehr kalt in der Nacht geworden und da lockte die warme Wolldecke oder das wärmende Herdfeuer. Siegbert stieg mit Brunhilde zu ihrer Hütte hinauf und sie blickten zurück zu dem großen Lagerfeuer, um das sich noch immer ein paar Kinder tummelten.
„Wo würdest du am liebsten leben, in unserem Haus in Rodewin oder hier bei den Rebellen?", wollte Siegbert wissen.
„Dort, wo du bist und nirgendwo anders", entgegnete sie.
„So meinte ich es nicht. An welchem Ort fühlst du dich wohler?"
„In Rodewin ist es schon leichter den Winter zu überstehen, doch im Sommer möchte ich lieber hier in den Bergen sein."
„Ich habe heute gemerkt, dass ich nicht mehr in Rodewin bleiben könnte. Es ist mir dort alles zu eng geworden. Mein Zuhause ist der Wald und die Weite. Ich muss mich wie ein Vogel unbeschwert bewegen können."
„Wir müssen nicht in Rodewin leben, auch wenn wir Kinder haben, so können die hier im Lager mit aufwachsen", sagte Brunhilde.
„Ich freue mich, dass du das auch so siehst. Jetzt lass uns schlafen gehen! Morgen ist ein langer Tag."
Siegbert trug seine Angetraute über die Schwelle ihrer Hütte. Es war gemütlich warm darin.

„Unsere Nachbarin ist eine gute Frau. Sie hat an alles gedacht, was ein gemütliches Heim ausmacht. Sieh nur! Auch Essen hat sie auf den Tisch gestellt und über dem Feuer ist heißes Wasser im Kessel", rief Brunhilde begeistert aus.
„Ich werde uns noch einen Tee machen und dann gehen wir schlafen."

Siegbert setzte sich an den Tisch und sah Brunhilde zu, wie sie den Tee brühte. Er kostete von dem kalten Braten und dem Gemüse und schlürfte gemütlich seinen Tee.
Sie saßen gegenüber und keiner sprach ein Wort. Die Stille war sonderbar, auch von draußen war nichts mehr zu hören. Brunhilde legte einige Holzstücke ins Feuer, dass es hell aufleuchtete. Sie zog sich aus und wusch sich. Alles tat sie ganz langsam und bedacht.

Siegbert betrachtete Brunhilde und wurde immer unruhiger. Ohne Hemd kroch sie unter die warme Wolldecke. Siegbert wartete nicht lange. Er ließ den Tee stehen und kam zu ihr.
„Es ist unsere Hochzeitsnacht", flüsterte sie ihm zu und kuschelte sich an ihn.
„Hat dir die Feier in Rodewin gefallen?"
„Alles war schön, doch es hat etwas gefehlt."
„Was denn?", erwiderte er überrascht.
„Meine Eltern! Ich musste oft an sie denken. Sie wären bestimmt gern dabei gewesen. Ich weiß nicht, wie es ihnen geht und ob sie noch leben. Das macht mich traurig."
Brunhilde fing an zu weinen. Siegbert hielt sie fest in seinen Armen, um ihr das Gefühl der Geborgenheit zu geben.
„Es wird ihnen bestimmt gut gehen", sagte er tröstend.
„Ich habe seit ein paar Tagen ein ungutes Gefühl, als würden sie mich brauchen."
„Vielleicht sollten wir sie einmal besuchen", meinte Siegbert.
„Glaubst du, dass das möglich wäre?"
„Ich kann darüber nachdenken. Vor Jahren bin ich mit einem unserer Verwandten, der fahrender Händler ist, in das Frankenreich gereist. Der könnte dich oder mich mitnehmen. Wenn du willst, so frage ich ihn."

„Bitte tu das!", entgegnete sie schluchzend.
Siegbert hatte Brunhilde noch nie weinen gesehen. Die Ungewissheit über ihre Eltern schien seine Frau sehr zu berühren. Jetzt wäre eine gute Zeit zu verreisen, da die Rebellen ihre Beutezüge zu den Königsgütern im Winter einstellten. Zu leicht wären die Spuren zu den Lagern am Rynnstig im Schnee zu verfolgen und dieses Risiko durften sie nicht eingehen.
Aus der Hochzeitsnacht wurde nichts. Nachdem sich Brunhilde, wegen ihrer Eltern einigermaßen beruhigt hatte, schliefen sie gemeinsam ein.

Am nächsten Morgen wurden beide durch das Signalhorn des Bärenkriegers geweckt. Er blies zum Sammeln. Dieses Signal war ungewöhnlich im Lager und keiner konnte es deuten. Von seiner Hütte aus rief der Bärenkrieger allen zu, dass sie sich für die Hochzeitszeremonie fertig machen sollten.

Brunhilde machte Feuer und bereitete das Frühstück vor. Siegbert genoss diese Augenblicke und sah ihr dabei zu.
Als Brunhilde den Tee aufbrühte und es durch das Feuer gemütlich warm war, stieg er erst von der Liege auf und sie frühstückten gemeinsam. Heidrun hatte ihnen Bratenfleisch und andere Leckereien mitgegeben, die sie nun in Ruhe genossen.
„Wann wirst du mit dem Händler reden?", fing Brunhilde das Gespräch an.
„Ich werde übermorgen zu ihm reisen und hoffe, dass er zu Hause ist."
„Wenn er uns beide mitnimmt, so könnten wir schon bald zusammen abreisen."
„Du musst dich gedulden! Es ist ungewiss, ob er im Winter überhaupt fährt."
„Das wirst du schon hinbekommen. Bisher hast du alles geschafft, was du dir vorgenommen hast", sagte sie voller Hoffnung. Siegbert war da anderer Meinung, doch darüber wollte er mit ihr nicht sprechen.

Auf der großen Rasenfläche fanden sich alle ein. Der Bärenkrieger ließ die Paare zu sich kommen und stellte sie in einem Halbkreis auf.
Dahinter standen die Gäste und vor ihnen die Priester und Schamanen. Viele waren aus den anderen Lagern gekommen und wollten mit den Brautleuten die Hochzeit feiern und am Abend die Wintersonnenwende gemeinsam begehen.
Die Priester und Schamanen begannen mit Tänzen und vertrieben als Erstes die bösen Geister von dem Thingplatz. Danach wendeten sie sich an die Brautleute. Sie sprachen Zauberformeln, die Glück und Kinderreichtum versprachen. Opfertiere wurden dem Donnergott Thor und der Liebesgöttin Freya geweiht. Ihr Fleisch kam gleich in die Kessel und wurde gekocht.
Jedes Paar musste sich vor dem Altar der beiden Götter öffentlich zu seinem Partner bekennen und bekam dann von allen Applaus und wohlgemeinte Zurufe.
Der Bärenkrieger überreichte jeder Braut einen Anhänger an einer Schnur. Er stellte den Thorhammer dar und sollte dem neuen Paar Glück bringen. Dabei küsste er sie auf die Stirn und bestätigte ihre Zugehörigkeit zur großen Gemeinschaft der Thüringer Aufständischen, die ihre neue Sippe war.

Die Zeremonie zog sich bis mittags hin. Inzwischen war das Fleisch in den Kesseln gar und das Brot gebacken. Alle setzten sich auf die am Boden liegenden Baumstämme und begannen mit dem Festschmaus.
Einige der Rebellen musizierten und die Kinder tanzten dazu. Danach mussten die Brautleute mit dem Eröffnungstanz beginnen und alle anderen folgten nach. Ein solches Fest hatte es im Rebellenlager noch nie gegeben und der Bärenkrieger konnte sich vor den Lobpreisungen und Dankeswünschen kaum erwehren. Er hatte alles organisiert und war sehr froh, dass es so gut ablief.
Am späten Nachmittag zogen sie dann vom Bier berauscht zu dem freien Platz auf einem naheliegenden Berg, wo das Holz für das Sonnenwendfeuer aufgeschichtet war.

Es wurde von den Priestern angezündet, die danach ihre Beschwörungstänze für verschiedene Götter vorführten. Die Krieger hatten sich genügend Bier mitgebracht und konnten weiter ihren großen Durst löschen.
Brunhilde saß neben Siegbert auf einem Baumstamm und sie sahen in die aufsteigende Feuerlohe. Er hatte seinen Arm um sie gelegt und beide schienen ihren eigenen Gedanken nachzugehen.
„Morgen werde ich mit den Waisenkindern nach Rodewin umziehen. Kommst du mit?", fragte Brunhilde.
„Ich werde dabei sein, doch ich muss am Tag darauf nach Anstedt reiten."
„Was willst du dort?", fragte Brunhilde.
„Nach dem Vetter von Heidrun sehen. Vielleicht ist er schon da."
„Das freut mich, dass du es versuchst", sagte Brunhilde und gab ihm einen Kuss.
„Ich kann nun mal meiner Frau keinen Wunsch abschlagen", meinte Siegbert und küsste sie zurück.
Der Bärenkrieger kam zu ihnen und setzte sich neben Siegbert auf den Baumstamm.
„Darf ich euch Turteltauben stören?", fragte er.
„Du störst nie", entgegnete Siegbert. „Ich wollte ohnehin mit dir etwas besprechen."
„Das klingt, als hättest du wieder etwas vor."
„So ist es! Ich will ins Frankenreich reisen."
„Warum gerade in das Maul des Fenriswolfes?"
„Ich will nach meinen Schwiegereltern suchen und zum anderen herausfinden, was die Franken mit dem Reich der Thüringer vorhaben, vor allem wie lange sie hier bleiben wollen."
„Es wäre gut, das zu wissen. Doch dein Vorhaben im Reich der Franken ist nicht ungefährlich. Wie willst du dorthin gelangen?"
„Das weiß ich schon. Deshalb werde ich mit dem Vetter von Haralds Frau hinfahren. Er ist ein Händler und kennt sich gut im Frankenreich aus. Ich brauche dafür jedoch ein paar Beutel mit fränkischen Münzen. Kannst du sie mir geben?"
„Alles Geld in der Kiste gehört dir. Du kannst darüber frei

verfügen. Komme morgen Früh in meine Hütte und nimm dir, was du benötigst!"

Brunhilde freute sich, dass Siegbert sich auf die Suche nach ihren Eltern begeben wollte. Ihre Gedanken weilten immer öfter bei ihnen und sie glaubte, dass das ein schlechtes Omen war. Vielleicht lagen die Eltern krank darnieder und brauchten ihre Hilfe? Sie musste unbedingt Klarheit finden, sonst würde sie nicht mehr froh werden.

Die Männer besprachen noch, was im Winter zu tun war und was sie sich für das nächste Jahr vornehmen wollten.
Brunhilde interessierte das wenig. Sie musste morgen die Kinder wegbringen. Wie sie das tun konnte, war ihr noch nicht klar. Die Großen konnten laufen, doch für die Kleinen wäre ein Karren am besten.
Früher, als die anderen, zogen sie sich in ihre Hütte zurück.
„Ob wir heute unsere Hochzeitsnacht feiern können?", fragte Siegbert schmunzelnd.
„Ganz bestimmt! Ich bin froh, dass du ins Frankenreich fährst und meinen Eltern suchst. Jetzt bin ich wieder innerlich froh gestimmt und meine Gedanken sind frei."
Ulf und Ratlind waren am frühen Morgen ins Lager zu den Feierlichkeiten gekommen und hatten sich, wie zuvor, in Siegberts Hütte einquartiert.
„Was machen wir, wenn die beiden kommen?", fragte Brunhilde.
„Na, das was wir früher auch taten."
„Da waren wir noch nicht verheiratet", entgegnete Brunhilde entrüstet.
„Wir sind uns doch nicht fremd geworden. Im Gegenteil! Ich bin so froh, dass ihr beiden Frauen euch so gut versteht."
„Ratlind ist eine ganz Liebe und immer hilfsbereit. Ich würde mich freuen, wenn Ulf sie auch bald heiratet."
„Es liegt bestimmt nicht an Ulf. Er sagte mir, dass Ratlind zuvor Frieden mit ihrer Mutter machen will. Sie weiß jedoch nicht, wie sie das anstellen kann."
„Du kannst ihnen doch bestimmt ein wenig helfen und einmal mit ihrer Mutter sprechen."

„Wenn Ratlind das möchte, so kann ich von Anstedt aus bei ihr in Haslar vorbeireiten."
„Ich spreche gleich morgen Früh mit ihr", sagte Brunhilde und gab Wasser in den Kessel. Siegbert trank noch sein Bier und dachte über die bevorstehende Reise ins Frankenreich nach.

Brunhilde begann sich wie gestern Abend auszuziehen und zu waschen. Die Reise musste warten und seine Gedanken wechselten zu den bevorstehenden Freuden einer Hochzeitsnacht. Als Brunhilde fertig war, half sie ihm noch beim Waschen und dann krochen sie geschwind unter die Decke ihrer Liege. Die Flammen des Herdfeuers flackerten aufgeregt und strahlten eine angenehme Wärme aus. Siegbert zog die Decke weg und betrachtete Brunhilde.
„Was machst du da?", sagte sie unwirsch.
„Ich seh dich an, damit ich deinen schönen Anblick auf der langen Reise nicht vergesse, wenn dich der Vetter nicht mitnimmt."
„Du hast mich schon so oft angesehen."
„Nicht genug, um mir dein Bild fest einzuprägen", erwiderte er lächelnd.
„Wenn du deine Augen schließt, so darfst du mich berühren", sagte sie bestimmend.
„So tun es die Blinden, doch ich will dich sehen."
„Mit geschlossenen Augen sieht man manchmal besser. Probiere es!"
Siegbert schloss die Augen und betastete ihr Gesicht. Langsam glitten seine Hände tiefer.
Da traten Ulf und Ratlind in die Hütte. Sie waren früher gekommen, als erwartet.
„Lasst euch nicht stören!", meinte Ulf und tat so, als wäre er mit seiner Ratlind allein im Raum.
Brunhilde legte sich wieder neben Siegbert und zog die Decke bis zum Hals. Sie spürte auf einmal ein sonderbares Schamgefühl und die Lust war verflogen.
Siegbert spürte es und bedrängte sie nicht. Am liebsten hätte er Ulf und Ratlind weggeschickt, doch das konnte er nicht. So versuchte er einzuschlafen.

Es gelang ihm nicht. Er drehte sich so, dass er die beiden am Tisch sehen konnte, doch stellte er sich schlafend. Sie unterhielten sich noch leise über den schönen Tag und dann machte sich Ratlind zum Schlafen fertig. Sie zog sich aus, um sich zu waschen. Ulf musste sich zur anderen Richtung umdrehen, da er ihr nicht zusehen durfte. Sie war noch immer sehr verschämt. Da sie glaubte, dass Siegbert schon schlief, achtete sie nur auf Ulf.
Siegbert sah ihr vergnügt zu und fand, dass sie fast so hübsch, wie Brunhilde war, nur etwas dicker, doch das stand ihr ganz gut. Als sie sich abgetrocknet hatte, zog sie sich schnell das Hemd über und erlaubte Ulf, sich zu ihr umzudrehen.
Ulf hatte mit der Körperpflege nicht so viel im Sinn, zog sich aus und legte sich gleich zu ihr. Irgendetwas tuschelten die beiden noch, doch das konnte Siegbert nicht verstehen. Sie schienen sich miteinander zu vergnügen und Siegbert musste in der zweiten Hochzeitsnacht ihretwegen schmachten. Irgendwann überwältigte ihn dann doch der Schlaf.

Siegberts Laune schien am Morgen nicht die Beste zu sein. Er versuchte es sich nicht anmerken zu lassen, doch Brunhilde spürte es und fragte nach dem Grund.
„Ich mache mir sehr viel Gedanken wegen der Reise ins Frankenland", erwiderte er kurz. Brunhilde hatte dafür Verständnis und störte Siegbert nicht mehr.

15. Die Waisenkinder

Die meisten Kinder verließen die Rebellenlager. Diejenigen, welche noch Verwandte hatten, wurden zu ihren Sippen gebracht und die Waisenkinder nahm Brunhilde mit nach Rodewin. Siegbert, Ulf und Ratlind halfen ihr dabei. Für die Kleinen war der weite Weg eine große Strapaze, deshalb hatte Siegbert ein paar lammfromme Stuten von der Koppel geholt und die jüngeren Kinder daraufgesetzt. Die großen Kinder mussten die Pferde am Zügel führen.
Am späten Nachmittag erreichten die Kinder - samt ihren Begleitern - Rodewin. Es war dunkel und nicht viel zu sehen. Alle waren sehr müde und so wies ihnen Brunhilde nach dem Abendessen ihre Schlafplätze zu. Heidrun und Rosa halfen mit, die Kleinen ins Bett zu bringen.
Siegbert sprach noch am Abend mit Harald über seine Reise ins Frankenland. Er riet ihm zunächst ab, da es zu gefährlich sei, als Thüringer dort aufgegriffen und als Sklave verkauft zu werden.
„Für Brunhilde ist es sehr wichtig, deshalb muss ich hin und ihre Eltern suchen."
„Ich kann sie verstehen, doch du solltest ihr noch wichtiger sein. Soll ich mit ihr einmal darüber reden?"
„Besser nicht! Wenn sie nachgäbe, so würde sie umso mehr an sie denken und noch unruhiger werden. Vielleicht hat sie eine innere Ahnung und es ist wichtig, dass jemand zu ihnen kommt. Ihr Bruder beherrscht nicht die Sprache der Franken und würde nie hinfinden. So bleibe ich als Einziger übrig, der fahren kann", meinte Siegbert.
„Ich werde dir für den Notfall meine Medaille von dem Gesandten mitgeben. Sie kann dir vielleicht weiterhelfen", sagte Harald und kramte gleich in der Truhe nach ihr. Er fand sie nicht und fluchte, dass Heidrun die Medaille irgendwo hingelegt hatte, wo sie nicht hingehört.
„Du wirst sie schon noch finden. Morgen werde ich erst einmal zu dem Vetter fahren und hoffe, dass er mitkommt."
„So wie ich ihn kenne, lässt er sein neues Pferdegespann nicht allein. Er hatte sich im letzten Jahr von mir zwei Stuten ausgesucht, die von ruhiger Art und sehr kräftig sind."

Harald wollte seinem Bruder auch Geld geben, doch der lehnte ab.
„Ich habe genug von den fränkischen Silbermünzen und zur Not bleibt auch noch das Goldstück vom Verwalter. Wenn der gewusst hätte, wen er vor sich hat, so hätte er mir wohl kein so kostbares Geschenk gemacht."
„Mir war ganz anders dabei, als ich euch von dem Pferderaub reden hörte. Wenn der Verwalter wüsste, dass du dahinter steckst, so hätten wir in Rodewin nichts mehr zu lachen."
„Sei unbesorgt, er wird nichts erfahren!"
„Das ist nicht so sicher. Es gibt immer mehr Leute, die sich mit den Franken zusammentun, um ihre Vorteile daraus zu ziehen. Es ist nicht ausgeschlossen, dass dich einer verrät."
„Der wüsste jedoch, dass er seines Lebens nicht mehr sicher wäre. Das wird ihn davon abhalten", entgegnete Siegbert.

Heidrun kam in den Wohnraum.
„Die Kinder schlafen schon. Sie hatten einen gewaltigen Marsch bis zu uns", meinte sie.
„Wird es euch auch nicht zu viel werden? Sie sind manchmal außer Rand und Band", meinte Siegbert.
„Ich denke nicht. Wir haben es dir zugesagt, dass sie im Winter hier bleiben können und da werden wir es schon gemeinsam schaffen", entgegnete Heidrun.
„Es sind schon arme Waisenkinder. Jedes von ihnen hat ein besonderes Schicksal. Manche haben sogar mit zusehen müssen, wie ihre Eltern umkamen und einige wissen gar nicht, wo sie herkommen und wie sie heißen", sagte Siegbert.
„Wie seid ihr zu ihnen gekommen?", wollte Harald wissen.
„Die meisten wurden uns von Bauern gebracht, die sie irgendwo aufgelesen haben. Es sind aber auch einige dabei, die mit dem Vater zu uns kamen und der dann als Rebell im Kampf gegen die Franken gefallen ist."
„Arme Dinger", seufzte Heidrun und verschwand in der Küche.
Siegbert ging zurück in sein Haus. Dort war alles ruhig. Die

Kinder schliefen und er sah in die Räume, wo die Schlafkisten standen. Alles schien so friedlich und Siegbert war froh, dass die Kleinen unter einem dichten Schilfdach den Winter über bleiben konnten.
Brunhilde saß mit Ratlind und Ulf am Tisch und tranken Tee. Sie stellte Siegbert auch eine Schale mit dem heißen Getränk vor.
„Ihr seht so geschafft aus", meinte Siegbert.
„Der Marsch war anstrengend und wir werden uns gleich schlafen legen", sagte Ulf. Er verschwand mit Ratlind in ihren Schlafraum.
„Ob wir nun heute zu unserer Hochzeitsnacht kommen werden?", sagte Siegbert etwas spöttisch zu Brunhilde. Sie verstand den Wink.
„Es tut mir leid, dass es so gekommen ist, aber heute holen wir alles nach, das verspreche ich dir."

In der Küche stand ein Holzbottich, der groß genug war, sich bequem hineinzusetzen. Brunhilde goss zwei Eimer kaltes Wasser hinein und heißes aus dem Kessel dazu.
„Wenn du willst, so kannst du auch noch darin baden! Nach dem anstrengenden Tag ist ein Bad das Schönste, was man sich denken kann", bemerkte sie voller Vorfreude.
Siegbert sah ihr zu, wie sie sich auszog und vorsichtig in das warme Wasser stieg.
„Gieß mir etwas kaltes dazu, sonst verbrühe ich mich!", sagte sie. Siegbert stand behäbig auf und goss mit einer Kelle nach. Als sie sich niedersetzte, ließ er die letzte Kelle kaltes Wasser über ihren Rücken laufen. Erschreckt sprang sie auf.
„Scheusal", schrie sie ihn an.
Lächelnd ging er zu seinem Platz am Tisch zurück und schlürfte seinen Tee.
„Du kannst dich noch in meinem Wasser waschen", sagte sie und stieg grazil aus dem Bottich. Siegbert hätte gern darauf verzichtet, um schnell bei ihr zu sein, doch wusste er, dass es ihr gefiel, wenn er sauber war. Sie legte sich inzwischen hin. Es dauerte nicht lange und er vernahm ein leises Schnarchen von der Liege her.

„Das auch noch", fluchte Siegbert verhalten. Ihm war klar, dass auch in dieser Nacht nichts passieren würde.

Am nächsten Morgen stand Siegbert zeitig auf, um zu dem Vetter zu reiten. Er ließ Brunhilde schlafen.
Im Haupthaus war Rosa schon dabei, den Frühstücksbrei zu kochen.
„Ich bin gar nicht gewöhnt, dass du so zeitg aufstehst", erwiderte sie keck.
„Ich will noch zum Vetter reiten", sagte er mürrisch.
„Glücklich siehst du nicht gerade aus, eher wie ein frustrierter Ehemann", erwiderte Rosa herausfordernd.
„Woher willst du das wissen? Du hast doch gar keinen Mann."
„Ein bisschen kenne ich mich da auch aus. Hat denn die Liebste keine Lust mehr?"
„Sei still und reize mich nicht! Sonst vergesse ich, dass ich verheiratet bin und falle über dich her."
„Das sieht dir ähnlich, du Lustmolch. Da würdest du aber meinen Kochlöffel zu spüren bekommen."
„Gib mir lieber etwas zu Essen! Ich will gleich wegreiten", erwiderte er barsch.
Rosa brachte einen knusprigen Körnerfladen und einen Teller mit kaltem Fleisch.
„Ist es recht so, junger Herr?", erwiderte sie aufmüpfig, drehte sich vor ihm um und zeigte ihm das blanke Hinterteil.
„Verhöhnen kann ich mich auch selber, dafür brauchst du nicht noch sorgen. Ach, ihr Weibsbilder, ihr seid doch alle gleich. Das Quälen der Mannsbilder macht euch Spaß."

Auf dem Weg nach Anstedt wurde es langsam hell. Über den Wiesen hatte sich eine weiße Reifdecke gelegt und Nebelschwaden zogen durch die Bachniederung.
Der scharfe Ritt beruhigte ihn. Früher, als erwartet, kam er in Heidruns Elternhaus an. Der Vetter wohnte im Winter dort. Seine Pferde und den Reisewagen hatte er bei den Verwandten eingestellt.

Als er Siegbert sah, freute er sich und bat ihn ins Haus. Auch hier hatte sich nach der Schlacht an der Unstrut viel verändert. Der Sippenälteste Osmund und Olaf, sein zweiter Sohn, waren nicht wieder nach Hause gekommen und wahrscheinlich im Kampf gefallen. Der raunzige Bruder von Osmund meinte nun, alles am Hof bestimmen zu können und das ärgerte die Hausfrau. Sie war sehr froh, dass der Vetter mit im Haus war und dem bösartigen Schwager Paroli bieten konnte.
„Wo kommst du her?", wollte er von Siegbert wissen.
„Aus Rodewin."
„Warst du nicht mit der Königin nach Italien gereist?"
„Ja, doch jetzt bin ich wieder da und habe geheiratet."
„Das freut mich für dich, wenn ich auch mit Frauen nichts anfangen mag. Doch warum bist du hier?"
„Ich möchte mit dir ins Frankenreich reisen."
„Da kommst du zu spät oder zu früh. Im Winter fahre ich nicht durch das Land, da sind die Wege vom Schnee verweht und es ist zu gefährlich, unterwegs zu sein."
„Ich muss aber jetzt dringend dorthin."
„Wozu, um alles in der Welt, willst du jetzt reisen?"
„Ich möchte meine Schwiegereltern suchen. Die Franken haben sie umgesiedelt."
„Das kannst du auch im Frühjahr, wenn der Schnee geschmolzen ist."
„Da ist es zu spät. Meine Frau hatte schlimme Träume und glaubt, dass ihre Eltern unsere Hilfe benötigen."
„Was die Weiber alles träumen, das ist lauter Mumpitz. Kümmere dich einfach nicht darum!"
„Das kann ich nicht", sagte Siegbert und setzte ein enttäuschtes Gesicht auf.
„Du brauchst nicht gleich zu weinen, mein Freund. Wir haben doch schon so viel zusammen erlebt. Wenn du willst, so kann ich dir mein Gespann und den Wagen für den Winter überlassen. Vielleicht findest du noch einen anderen Gesellen, der dich begleitet."
„Das wäre bestimmt möglich. Kann ich das Fuhrwerk gleich mitnehmen?"
„Nicht so schnell", erwiderte der Vetter. „Erst müssen wir

über die Leihgebühr sprechen. Ich will sie im Voraus haben."
„Ich bin einverstanden. Was bekommst du dafür?"

Der Vetter fing umständlich an zu rechnen und nannte einen Betrag. Siegbert zog einen kleinen Lederbeutel aus dem Gürtel und schüttete den Inhalt der Silbermünzen auf den Tisch.
Gierig sah der Vetter nach dem Geld. Siegbert zählte die geforderte Summe vor und schob ihm die Münzen hin.
„Damit sind wir uns einig", meinte Siegbert und wollte die restlichen Silberstücke in den Beutel zurückschieben.
„Nicht so schnell, mein Freund", entgegnete heftig der Vetter. „Es fehlt mir noch die Sicherheit für den Wagen und die Pferde. Man könnte dich berauben oder sogar umbringen."
„Was willst du dafür haben?"
„Die Hälfte von den Münzen, die noch auf dem Tisch liegen, wäre angemessen", entgegnete der Vetter und sah Siegbert fragend an.
„Ich gebe dir alle Silberstücke und du gibst mir noch Waren mit, die ich gut dort verkaufen kann."
„Damit bin ich einverstanden", rief der Vetter erfreut aus.
„Du bekommst auch von mir die Handelserlaubnis."
„Was ist das?", fragte Siegbert erstaunt.
„Die Franken verlangen von jedem Händler eine Gebühr und dafür beschützen sie dich."
„Vor wem?"
„Das weiß ich auch nicht so genau. Vielleicht jagen sie die Räuber, wenn sie dir alles gestohlen haben."
„Dann ist es bestimmt zu spät."
„Das denke ich auch, doch du musst das Pergament immer bei dir haben und auf Verlangen vorzeigen. Es weist dich als fränkischen Händler aus und das ist schon was."
Freudig schob der Vetter das restliche Geld auf seine Tischseite und steckte es in den Geldbeutel.

Er versuchte jetzt Siegbert nicht mehr aufzuhalten. Womöglich überlegte der es sich noch und das gute Geschäft wäre geplatzt. Einige Tipps gab er ihm noch und Siegbert schirrte die Rösser an. Inzwischen lud der Vetter verschie-

dene Handelsgüter auf den Planwagen und überlegte jedes Mal, ob er das, was er gerade aufgeladen hatte, wieder in den Speicher zurückbringen sollte.
Es störte Siegbert nicht, dass er allein fahren musste, denn so war er ungebunden und hatte nicht das ängstliche Gehabe des Vetters zu ertragen.

Am Abend kam Siegbert mit dem Fuhrwerk in Rodewin an und wurde von allen bestaunt. Am meisten interessierten sich die Kinder für den Handelswagen und Siegbert musste sie zurechtweisen, als sie darauf herumkletterten.
„Morgen Früh werde ich abreisen. Es wäre gut, wenn du mit mir kommen würdest", sagte er zu seinem Freund Ulf. Der schien nicht abgeneigt von dieser Idee, doch Ratlind fing an zu weinen.
„Es wird ihm schon nichts passieren. Ich bin doch bei ihm", versuchte Siegbert sie zu trösten, doch sie beruhigte sich nicht. Brunhilde nahm sie in die Arme und strich ihr über das Haar.
„Es gibt noch eine bessere Möglichkeit. Ich fahre für Ulf mit", sagte sie.
„Würdest du das für mich tun?", erwiderte Ratlind schluchzend.
„Es sind doch meine Eltern, die gesucht werden und da ist es besser, ich bin dabei."
„Das ist viel zu beschwerlich für eine Frau", wehrte Siegbert ab.
„Wir waren doch schon einmal gemeinsam unterwegs und da ging es ganz gut."
„Das war aber nicht im Winter."
„Die Kälte macht mir überhaupt nichts aus, du wirst es sehen."
Nach längerem Bitten, gab Siegbert nach und Brunhilde verschwand mit Ratlind in der Küche.

„Wirst du mit den Kindern auch wirklich allein zurechtkommen?", wollte sie von ihrer Freundin wissen.
„Ganz gewiss! Es ist auch noch Heidrun da. Mir fällt ein Stein vom Herzen, dass Ulf hier bleibt."

„Da kann ich dich verstehen. Wir werden nicht länger bleiben, als notwendig. Wenn wir meine Eltern gefunden haben, kommen wir dann gleich wieder zurück."
Ratlind wischte sich die letzten Tränen von den Wangen und konnte wieder lächeln.

Am nächsten Morgen fuhren Siegbert und Brunhilde sehr zeitig mit dem Pferdewagen davon. Das Wetter zeigte sich immer noch von der freundlichen Seite und sie kamen gut voran. Siegbert kannte den Weg. Er führte die Via Regia entlang durch die Thüringer Berge zur Werra, die leicht zu durchfahren war. Unterwegs quartierten sie sich in den Königsgütern ein. Die Verwalter waren darauf eingestellt, Reisende aufzunehmen und zu verpflegen. Meist waren es Meldereiter, doch hin und wieder kam auch ein Handelsmann vorbei.
Siegbert fragte überall, wo sich die Gelegenheit bot, ob jemand wüsste, wo man die Thüringer Umsiedler hingebracht hatte. Leider konnte ihn niemand eine Auskunft geben.

Unangefochten erreichten beide den Rhein und überquerten ihn mit einem Fährboot. Je weiter sie nach Westen kamen, umso angenehmer war das Reisen. Die Quartiere und das Essen wurden besser und die Menschen schienen auch freundlicher zu den Handelsleuten zu sein. Sie fuhren in Richtung Reims und hofften dort, den Aufenthaltsort der Umsiedler zu erfahren.

Eines Abends trafen sie in der Herberge einen Meldereiter des Königs, der aufgeschlossen und gesprächig war.
„Ich war damals dabei, als wir die Thüringer Bauern in unser Reich brachten. Sie bekamen die Höfe geschenkt, die verlassen waren. Die meisten Bauern sind in den Norden, in das Grenzgebiet von den Sachsen gekommen."
„Wen kann man da fragen, der noch mehr weiß?"
„Wozu wollt ihr das alles wissen?", fragte der Meldereiter mißtrauisch zurück.
„Die Eltern meiner Frau waren unter ihnen und wir wollen sie besuchen."

„Das verstehe ich natürlich. Woher stammt denn deine Frau, mein unbekannter Freund?"
Siegbert beschrieb ihm den Ort und an welchem Fluss er lag. „Das ist aber ein Zufall. Ich kann mich daran erinnern. Ich war damals mit einigen Männern damit beauftragt, die Übersiedlung von mehreren Bauern aus dieser Gegend durchzuführen."
„Wohin habt ihr sie gebracht?"
„An den Rhein, nördlich von Coellen."
„Kannst du dich noch genau erinnern, wie man zu den Leuten kommt?"
„Als Meldereiter kennt man sich da aus", erwiderte er prahlerisch. „Wenn ihr Coellen erreicht habt, müsst ihr nur noch einen halben Tag nordwestlich weiterziehen. Dort fragt nach den Thüringern und jeder kann euch den Weg weisen."
„Für deine Auskunft hast du dir wirklich einen großen Krug Bier verdient", sagte Siegbert und klopfte ihm auf die Schulter.

Dankend nahm der Meldereiter die Einladung an und erzählte von der mühsamen Übersiedlung der Bauern. Keiner von ihnen wollte seinen Hof verlassen. Es ging nur mit Gewalt.
Brunhilde hörte still zu. Das meiste, was der Meldereiter sagte, verstand sie, doch er sprach in einem fränkischen Dialekt, den sie nicht kannte. Siegbert unterhielt sich mit ihm noch über verschiedene andere Dinge und er erfuhr, dass die Franken niemals daran dächten, das eroberte Thüringer Königreich wieder zu verlassen. Noch mehr Franken wurden im Austausch in den neuen Provinzen angesiedelt. So hoffte man die Thüringer besser in den Griff zu bekommen.
Sehr spät am Abend legten sie sich schlafen und Brunhilde war sehr aufgeregt, wo sie nun wusste, in welcher Gegend sie nach ihren Eltern suchen konnten. Sie wäre am liebsten gleich in der Nacht weitergefahren, doch das war nicht möglich.

Bis Coellen brauchten sie noch mehrere Tage. Siegbert war vor einigen Jahren mit dem Vetter auf dieser Route gereist und er konnte sich noch an verschiedene Wegstrecken erinnern.
Sie kamen gegen Mittag in Coellen an und Siegbert suchte die Herberge auf, wo er mit dem Vetter einst gewohnt hatte.
Es schien sich hier nichts verändert zu haben. Der Wirt konnte sich auch noch an ihn erinnern und sie bekamen den gleichen Raum zum Schlafen, wie damals.
„Wie geht es dem Handelsmann? Ist er krank, dass er nicht mitgekommen ist?", wollte der Wirt wissen.
„Er ist leider ein wenig unpässlich", entgegnete Siegbert mit bedauernder Miene.
„Er ist schon viele Jahre bei mir eingekehrt. So grüße ihn von mir und ich wünsche ihm gute Besserung!"
„Da wird er sich freuen, dass du ihm alles Gute wünschst."
„Wieso seid ihr im Winter unterwegs, da trifft man nur wenige Handelsleute an?"
„Wir haben größere Weinbestellungen für die Königsgüter. Die Verwalter können auf alles verzichten, nur nicht auf ihren Rotwein."
„Da kann ich dir sagen, wo du einen sehr guten zu einem günstigen Preis bekommst. Dort kaufe ich auch meinen Wein und bisher hat er jedem geschmeckt."
„Bevor wir den Wein aufladen, müssen wir erst noch unsere Waren loswerden. Es wurden doch hier in der Gegend Thüringer angesiedelt, die werden unsere Sachen aus der alten Heimat sicher gern kaufen."

„Die Thüringer leben nicht weit von hier. Man trifft sie auf dem Markt. Es ist ein fleißiges Völkchen. Ihre Waren sind gut und sie betrügen nicht. Deshalb kaufe ich gern bei ihnen. Morgen Früh kommt eine Frau zu mir, die mir einmal in der Woche frische Eier bringt. Sie ist auch eine von den Thüringern und kann euch bestimmt den Weg zeigen."
„So werden wir auf sie warten und wenn wir wieder zurückfahren, dann kommen wir bei dir vorbei und du fährst mit uns zu deinem Weinbauer."

Brunhilde hatte schon zeitig in der Früh gedrängt, dass sie schnell aufbrechen. Siegbert beruhigte sie, da er die Eierfrau befragen wollte. Die Zeit verstrich, doch die Frau kam nicht. Es war schon spät am Vormittag und Siegbert spannte die Rösser an den Wagen.
Ein Weib lief gebückt zu dem Wirtshaus. Sie trug einen geflochtenen Tragkorb. Als sie auf den Hof einbog, schrie Brunhilde auf einmal auf: „Mutter, bist du es?"
Die alte Frau drehte sich zu ihr um und hätte beinahe den Korb verloren, wenn Siegbert nicht schnell zugegriffen hätte.
„Meine Tochter! Du hier, dass ich das noch erlebe, ist das ein Glück!"
Die beiden Frauen fielen sich in die Arme und Siegbert stand sprachlos daneben und hielt den Tragkorb in der Hand.
Der Wirt kam hinzu und war von dem Wiedersehen von Mutter und Tochter so ergriffen, dass auch er seine Tränen nicht zurückhalten konnte. Es dauerte eine geraume Zeit bis sich alle wieder beruhigt hatten und die alte Frau nach ihrem Tragkorb sah. Sie war verwundert, dass der junge Mann ihn vor sich abgestellt hatte, als gehörte der Korb ihm. Brunhilde sah, dass sich ihr Gesicht verfinsterte.
„Mutter, das ist mein Ehemann. Wir haben erst vor wenigen Tagen geheiratet."
Die Mutter ging auf Siegbert zu und bedankte sich bei ihm, dass er ihre Tochter hierher gebracht hatte. Sie nahm dann den Korb und übergab ihm den Wirt.
„Hier sind deine Eier. Es sind so viele, wie das letzte Mal."
„Dann gebe ich dir das gleiche Geld dafür."
Die Frau nickte und der Wirt zählte ihr die kleinen Münzen auf den Tisch. Die Mutter steckte sie ein und ging zu ihrer Tochter.
„Ich kann es immer noch nicht fassen", sagte sie ergriffen.
„Wir sind gekommen, um dich und Vater zu besuchen. Ist er gesund?"
„Es geht ihm gut. Na, der wird Augen machen, wenn er dich sieht!"
„Wir können jetzt gleich losfahren, rief sie ihrer Mutter zu."
Siegbert half ihr hinauf auf den Bock. Unterwegs erzählte

die Mutter von ihrem Leben in der neuen Heimat und Brunhilde musste von der Hochzeit berichten.

Am frühen Nachmittag erreichten sie den Hof der Eltern. Er war sehr geräumig und die Hühner und Schweine, die frei herumliefen, suchten emsig nach Futter. Als sie auf den Hof fuhren, kam Brunhildes Vater aus dem Haus. Er hatte sich schon gewundert, dass ein Pferdefuhrwerk kam, doch als seine Tochter von dem Bock sprang und auf ihn zueilte, da war die Freude übergroß. Ihm gelang es kaum, die Tränen zu unterdrücken. Sie stellte Siegbert, als ihren Mann vor. Die Mutter bat alle sogleich ins Haus. Sie verschwand in der Küche, um das Essen zu kochen. Es sollte ein Festtagsessen sein. Dafür musste ein Huhn auf dem Hof sein Leben lassen.

Brunhilde erzählte ihrem Vater nochmals das gleiche, was sie schon auf der Herfahrt ihrer Mutter gesagt hatte. Siegbert sah sich inzwischen ein wenig um. Er fand, dass seine Schwiegereltern gut wohnten. Es war ein älteres, doch sehr gut erhaltenes Haus. In den Regalen standen verschiedene Dinge, die sie wahrscheinlich aus ihrer Heimat mitgebracht hatten und schon ein wenig verstaubt waren.

Siegbert ging in die Küche und unterhielt sich mit der Schwiegermutter. Sie sagte ihm, dass sie mit dem Leben hier zufrieden sind. Leider durften sie die Provinz nicht verlassen. Es waren jedoch noch verschiedene Nachbarn in der Nähe, mit denen sie sich regelmäßig trafen und von früheren Zeiten sprechen konnten. So wurde das Heimweh gelindert. Sie sagte auch, dass es ihnen in der neuen Heimat wirtschaftlich besser ging, da der Boden ertragreicher war. Seit sie hier lebten, musste niemand im Winter hungern.
Die fränkischen Nachbarn waren am Anfang etwas skeptisch, doch als sie sahen, dass die Thüringer fleißige Leute waren, hatten sie sich schnell mit ihnen angefreundet.
Inzwischen konnten sich fast alle fränkisch miteinander unterhalten. Gemüse und Obst brachten sie auf den Markt

nach Coellen und bekamen dafür Geld, für das sie sich andere Dinge kaufen konnten.
Die Nachbarn wurden über den überraschenden Besuch aus der Heimat informiert und für den nächsten Tag zu einem Wilkommensfest eingeladen.

Es fing jetzt zu schneien an und Siegbert machte sich Sorgen, wie sie den weiten Weg im Schnee wieder zurückkommen konnten. Sein Schwiegervater hatte eine gute Idee.
„Wir bauen Kufen unter deinen Wagen, dann habt ihr keine Schwierigkeiten, im Schnee voranzukommen."
Im Heuspeicher stand ein großer Schlitten, mit dem er das Heu aus den verstreuten Zwischenspeichern auf seinem Land im Winter auf den Hof brachte.
Siegbert half ihm, die Kufen von dem Schlitten unter die Wagenräder zu montieren.
„Wie willst du jetzt dein Heu nach Hause bringen?", wollte Siegbert von ihm wissen.
„Ich borge mir einen Schlitten von meinem Nachbarn aus und werde in den Wintertagen ein paar neue Kufen zimmern. Wann wollt ihr denn wieder zurückreisen?"
„Je früher, je lieber, denn die Schneestürme werden bald einsetzen."
„Ich verstehe dich, obwohl ich euch noch gern ein paar Tage da behalten würde."
„Am Tag nach dem Fest würde ich gern abreisen."
„Dann lass uns ausprobieren, wie dein Reisewagen mit den Kufen vorankommt!"
Siegbert spannte die Pferde ein und sie zogen den Reisewagen auf den Kufen leicht davon.
„Wie ich sehe, funktioniert es gut. Wenn kein Schnee mehr da ist, brauchst du nur die Kufen abnehmen und an der Seite des Wagens anbinden, so kannst du mit den Rädern weiterfahren."

Der Bauer fütterte das Vieh und Siegbert half ihm dabei.
„Das ist viel Arbeit. Hast du keinen Knecht oder Sklaven?"
„Zu tun hätte ich für ihn genug, doch den kann ich mir noch nicht leisten."

„Dürfen die Thüringer welche haben?"
„Wenn wir das Geld aufbrächten, so würde keiner etwas dagegen sagen. Wir haben die gleichen Rechte und Pflichten, wie die einheimischen Franken. Der einzige Unterschied besteht darin, dass wir Umsiedler unsere Provinz nicht ohne Erlaubnis verlassen dürfen."
„Gibt es auf dem Markt in Coellen Sklaven zu kaufen?"
„Ich habe schon welche gesehen, doch nicht im Winter."
„Woher kommen sie?"
„Welche sind aus Sachsen, manche aus dem Süden und Thüringer sind auch oft dabei."
„Wir haben einmal Gefangene, die ins Frankenland gebracht wurden, befreit. Die jungen Männer waren wegen Waffenbesitzes ins Gefängnis gekommen. Dabei hatten sie nur Messer bei sich, wie sie jeder Thüringer an seinem Gürtel trägt. Die Willkür der Verwalter und Beamten ist in manchen Gauen besonders hart und niemand, außer uns kann den Bedrängten helfen."
„Bist du auch ein Rebell, wie mein Sohn und meine Tochter?", wollte der Schwiegervater wissen.
„Ja und darauf bin ich stolz."
„Es ist schon recht so! Wenn ich jünger wär, würde ich vielleicht auch an eurer Seite kämpfen, aber in meinem Alter ist das nichts mehr."
„Du könntest aber auch hier im Frankenreich die Aufständischen unterstützen."
„Was sollte ich schon tun können, so fern der Heimat?"
„Du könntest junge Thüringer auf dem Sklavenmarkt aufkaufen und bei dir arbeiten lassen."
„Wovon soll ich die bezahlen?"
„Ich könnte dir das Geld dafür geben. Es ist Rebellengeld, das mit unserem Blut erbeutet wurde. Es kommt die Zeit, wo wir jeden kampffähigen Mann brauchen, ganz gleich, wo er sich aufhält."
„Es könnte den Nachbarn auffallen, dass ich auf einmal so reich bin", meinte der Schwiegervater zögernd.
„Da wird dir schon etwas einfallen, was du ihnen sagst. Vielleicht, dass du einen reichen Schwiegersohn bekommen hast, der dir das Geld geschenkt hat."

„Das ist gar nicht so schlecht, aber den Frauen erzählen wir noch nichts davon."
Die Männer gingen ins Haus zu den Frauen und tranken verdünnten Rotwein. Viel gab es zu erzählen, von Rodewin, ihrer Hochzeit und den Waisenkindern. Über das Rebellenleben hielten sich Siegbert und Brunhilde sehr bedeckt und die Eltern respektierten es.
Der Schwiegervater ging noch zu einigen Nachbarn, um sie für das morgige Willkommensfest einzuladen. Die wiederum informierten andere Nachbarn und so wusste bald die gesamte Umsiedlergemeinschaft, dass eine Feier angesagt war.

Gegen Mittag des nächsten Tages trafen die ersten Gäste ein. Keiner wollte das Fest verpassen und sie hofften Neuigkeiten von ihren Verwandten und Kindern, die sich der Umsiedlung durch Flucht in die Berge entzogen hatten, zu hören. Hierzu konnten Siegbert und Brunhilde leider nichts sagen. So sprachen die Thüringer über das Leben in den neuen Verwaltungsprovinzen.
Manche von ihnen gaben sich sehr patriotisch, doch als Siegbert sie fragte, ob sie wieder zurückgehen würden, wenn man es ihnen erlaubte, da wurden sie einsilbig.
Allen ging es hier wirtschaftlich besser, als im ehemaligen Thüringer Königreich und keiner wollte mehr dorthin zurück.
Siegbert gab das zu denken. Den meisten Bauern war es gleich, welchem Reich sie angehörten und wer die Herren waren, wenn es ihnen nur gut ging. Einen echten Patriotismus vermisste er bei Ihnen.
Siegbert erzählte von der Reise der Königin nach Ravenna und dem Aufenthalt der Thüringer in Vindobona. Am meisten interessierten sich die Männer für seine Erzählung von dem Beutezug der Langobarden nach Illyrien und die Beteiligung der Thüringer daran.
„Das wäre auch etwas für uns. Einen solchen Beutezug würde ich mir nicht entgehen lassen", prahlten einer aus der Runde.
„Wann hast du das letzte Mal ein Schwert in der Hand gehalten?", wollte Siegbert von ihm wissen.

„Das ist schon ein paar Jahre her. Es war noch vor der Schlacht an der Unstrut, als wir mit König Bertachar gegen die Franken gesiegt hatten."
„Dann kannst du den Beutezug vergessen, es sei denn, dass du dir frühzeitig einen Platz in Walhall sichern willst."
Die anderen lachten so sehr, dass ihnen die Tränen aus den Augen liefen. Sie schlugen sich vor Freude auf die Schenkel und der Prahler verstummte für eine Weile.
Ähnlich verliefen die meisten Gespräche. Viele hier glaubten die einzigen echten Thüringer Patrioten zu sein, doch, wenn es um Taten ging, wurden sie still. Auch wussten sie genau, wie sie die Franken aus den besetzten Gebieten vertreiben konnten, aber mittun wollte keiner.

Siegbert war enttäuscht von seinen Landsleuten und ihrem prahlerischen Gehabe. Darüber sprach er mit Brunhilde, die ihm ähnliche Ansichten auch von den Frauen erzählte. Keine von ihnen wollte mehr zurück.
Einmal zu Besuch nach Thüringen reisen, das wäre ihnen lieb, doch mehr auch nicht. Sie hatten sich voll in die Gesellschaft der Franken eingegliedert und das bereits nach so wenigen Jahren.
Als Siegbert mit Brunhilde allein war, sprach er mit ihr darüber.
„Wozu kämpfen wir und nehmen so viele Entbehrungen auf uns, wenn das, wofür wir eintreten, gar nicht gewünscht wird."
„Es denken nicht alle so", entgegnete Brunhilde.
„Keiner von den Männern will wieder zurück. Es ist ihnen völlig gleich, was aus der Heimat wird."
„Vielleicht lebt es sich unter den Franken besser?", entgegnete Brunhilde.
„Das Leben ist die eine Sache, doch es geht um mehr. Wir waren einst die Herren und jetzt sind wir die Knechte."
„Wenn es dem Knecht jetzt besser geht, als zuvor dem Herrn, dann ist die Entscheidung nicht so leicht zu treffen. Die Freiheit ist das eine, doch der Wohlstand bestimmt das Sein. Es ist der Bauch, der den meisten sagt, was sie tun sollen."

„Für mich ist das sehr enttäuschend und ich will es nicht wahrhaben."
„So ist es nun mal und wir beide können es nicht ändern. Sei nicht traurig und denke an etwas Schönes!"
„Das fällt mir nicht schwer, wenn ich dich so ansehe. Komm lass uns alles vergessen!"
Siegbert zog seine Frau auf die Liege und liebkoste sie. Sie fühlte sich glücklich und war beruhigt, dass es ihren Eltern gut ging. Das machte ihre Gedanken frei für die Sinnlichkeit und davon hatte sie Siegbert viel zu schenken.

Nach einigen Tagen reisten Siegbert und Brunhilde wieder ab. Es hatte inzwischen stark geschneit und Siegbert war froh, dass er Kufen unter den Rädern des Wagens hatte. Brunhildes Mutter packte ihrer Tochter so viel Essen ein, dass sie noch Wochen davon zehren konnten. Siegbert hatte seinem Schwiegervater zwei Lederbeutel mit fränkischen Silberstücken gegeben, die er für den Kauf von jungen Thüringern auf dem Sklavenmarkt verwenden sollte. Dieser versprach es und steckte das Geld in seine Gürteltasche.
Brunhilde schien gelöst und befreit. Zum Abschied gab es wohl ein paar Tränen, doch ging sie von ihren Eltern fort, in dem Bewusstsein, dass es ihnen gut ging und sie in der Gemeinschaft der Umsiedler eingebettet und im Notfall versorgt wären. Sie brauchte sich keine Sorgen um sie zu machen.
Auf der Heimreise kam dieses Glücksgefühl Siegbert zugute. Sie widmete sich nur ihm und er überlegte, ob er einen Umweg in Kauf nehmen sollte, um noch länger diesen Zustand genießen zu können.
Das Wetter hatte es gut mit ihnen gemeint. Es gab öfters Schneefälle, aber ein Schneesturm blieb aus. In Coellen hatten beide bei dem Wirt Wein zugeladen und kauften auf dem Markt auch noch verschiedene Sachen, die sie in Rodewin verschenken wollten.

Nach wenigen Tagen erreichten sie die Grenze zu Thüringen. Deutlich war hier der Unterschied zwischen den beiden Reichen zu erkennen.

Die Quartiere, die sie auf den Königsgütern zugewiesen bekamen, waren verkommen und unsauber. Das Essen war geschmacklos und trist. Der Unterschied war so groß, dass es auch Siegbert auffiel.
„Verstehst du jetzt unsere Landsleute am Rhein, dass sie nicht mehr zurückwollen?", sagte Brunhilde zu ihm.
„Dann sollen diese Leute wenigstens nicht so reden, als wären sie die tapfersten Patrioten!"
„Thüringen existiert nur in ihren Erinnerungen und die sind mit den Jahren verblasst. Das Schlechte ist vergessen und das Schöne lebt in den Gedanken weiter."
„Vielleicht hast du recht", sagte Siegbert und schob die schmutzige Wolldecke auf seiner Liege beiseite.
„Es ist zu kalt, ohne Zudecke zu schlafen. Ich hole dir unsere aus dem Wagen."
„Lass nur, ich kann auch gehen!", erwiderte er und zog sich wieder an.

Am Hof stand ihr Planwagen und er stieg hinauf. Ein Rascheln war zu vernehmen. Siegbert suchte nach der geräuschvollen Stelle und entdeckte unter einer Decke einen Knaben.
„Was willst du auf meinem Wagen?", fragte er ihn.
„Ich verstecke mich und will von hier weg."
„Hast du denn etwas Schlimmes angestellt, dass du dich verkriechen musst?"
„Ich bin ein Sklave des Verwalters und der prügelt mich jeden Tag."
„Dann bist du wohl faul oder aufsässig?", meinte Siegbert.
„Das würde ich mir nie trauen."
„So sag schon, was der Grund ist!"
„Darüber kann ich nicht sprechen."
„Nun gut, wenn es nichts Arges ist, so kannst du da liegenbleiben."
Siegbert nahm sich vier Decken und ging zurück zum Schlafraum. Er erzählte Brunhilde, dass sich ein Junge auf dem Handelswagen versteckt hatte. Sie war ganz aufgeregt, vor allem, weil es draußen sehr kalt war und der arme Bursche erfrieren könnte.

„Er hat dort genügend Decken, in die er sich einwickeln kann. Da wird schon nichts passieren", beruhigte Siegbert Brunhilde.
„Was mag wohl der Grund sein, dass er fliehen will?"
„Der Junge wollte es mir nicht sagen", entgegnete Siegbert und dachte noch lange darüber nach. In der Nacht wurde Brunhilde einige Male geweckt und sie glaubte Schreie zu hören. Siegbert beruhigte sie und meinte, dass sie nur geträumt hatte.

Zeitig am Morgen verließen sie das Königsgut und fuhren auf der Via Regia in Richtung Thüringer Berge. Als sie weit genug vom Gut weg waren, rief Siegbert nach dem Jungen im Wagen. Er hatte sich so gut versteckt, dass ihn auch die Wachen des Verwalters nicht gefunden hätten. Der Junge kam hervorgekrochen und kauerte sich hinter den Wagenbock.
„Sag mir schon, wer du bist! Es kann dir nichts mehr passieren."
„Ich bin ein Sklave des Gutsverwalters und stamme aus dem Sachsenland. Mein Herr hat mich vor zwei Jahren gekauft."
„Warum willst du ihn verlassen?", fragte ihn Brunhilde.
„Der Verwalter schlägt mich jede Nacht, wenn er Lust dazu hat."
„Dieser Unmensch", entrüstete sich Brunhilde.
„Wie alt bist du?", wollte Siegbert wissen.
„Das kann ich nicht sagen. Vielleicht so viele Jahre, wie ich Finger habe?"
„Also zehn oder ein paar mehr. Junge, frierst du auch nicht?"
„Ein wenig, aber das halte ich schon aus", sagte er mit zitternder Stimme.
Siegbert machte eine Pause und suchte nach ein paar Kleidungsstücken, die der Junge noch überziehen konnte.
„Wenn das nicht reicht, machen wir uns ein Feuer und dann kannst du dich aufwärmen."
„Das brauche ich nicht. Die Hauptsache ist, dass mich mein Herr nicht einfängt und zurückbringt."

„Hab keine Sorge! Wer sich bei mir versteckt, den findet kein anderer."
Brunhilde gab ihm etwas zu Essen.
Sie fuhren weiter. Der Weg führte streckenweise steil bergan und es war sehr gefährlich bei der Glätte. Brunhilde und der Junge mussten streckenweise hinter dem Wagen herlaufen, um bei einem Absturz in die Tiefe sicher zu sein.

Am Abend erreichten sie eine Herberge, die auch von den fränkischen Meldereitern genutzt wurde. Sie waren die einzigen Gäste und bekamen den größten Schlafraum im Haus.
„Bring uns einen großen Bottich und genügend Wasser! Ich will ein Bad nehmen", sagte er zu dem Wirt. Der eilte in die Küche und wies seine beiden Mägde an, alles herzurichten. Wer nach einem Bad fragt, der musste auch reich sein, das war sein Gedanke.
Inzwischen trug er die Speisen, die er schon am Mittag zubereitet hatte, auf. Der Brei war noch warm, weil er neben der Feuerstelle stand. Das Bier war trinkbar, aber es schmeckte schal und abgestanden.
„Hast du nichts Besseres zu Essen und Trinken?", rief ihm Siegbert zu.
„Das ist das Beste, was ich bieten kann, mein Herr", erwiderte der Wirt und beugte ehrerbietig den Kopf.

Nach einer Weile kamen die Mägde zurück und meldeten, dass sie den Bottich im Schlafraum mit heißem Wasser hergerichtet hatten. Siegbert stieg zum Dachboden hinauf und betrat seinen Raum. Er war überrascht, dass dort inzwischen aufgeräumt und saubergemacht wurde. Auch das Stroh auf der Liege sah frisch aus. Brunhilde und der Junge kamen nach.
„Du musst mächtigen Eindruck auf den Wirt gemacht haben", sagte sie zu Siegbert.
„Er wird annehmen, dass ich ein reicher fränkischer Kaufmann bin, der die Königsgüter beliefert."
Brunhilde breitete die eigenen Wolldecken über das Stroh und zog sich aus. Der Junge blickte verschämt in die entge-

gengesetzte Richtung. Siegbert unterhielt sich mit ihm.
„Was hast du bei dem Verwalter tun müssen?"
„Nicht viel, die Kleidung reinigen und sein Schreibzeug herrichten."
„Das ist doch gar nicht so schwer und warum hat er dich dann verprügelt?"
Der Junge schwieg und sah auf den Boden.
„Wenn du es mir nicht sagen willst, so behalte es für dich! Du musst nicht darüber sprechen."
Er ging zu Brunhilde und reichte ihr eines der frischen Tücher, die sie in dem Reisegepäck hatte. Unter dem Schlafraum musste die Küche sein, denn es war angenehm warm. Brunhilde forderte den Jungen auf, sich auszuziehen und in den Bottich zu steigen.
Er sträubte sich. Sie bestand darauf, denn sie dachte, dass er Flöhe oder anderes Ungeziefer an sich hatte. Widerwillig ließ er sich von ihr ausziehen.

Ein Aufschrei des Entsetzens kam über ihre Lippen. Der Junge hatte eitrige Striemen quer über den Rücken. Sie drehte den Knaben so, dass Siegbert es sehen konnte.
„War das dein Herr, der dich so geschlagen hat?", wollte er wissen. Der Junge nickte nur stumm.
„So eine Bestie", erwiderte Brunhilde und schob den Jungen an den Rand des Bottichs.
„Stell dich nur hinein! Ich werde dich waschen und nicht an die Wunden kommen", sagte sie und nahm einen kleinen Lappen zur Hand. Vorsichtig wusch sie ihn ab und schüttelte immer wieder mit dem Kopf, wenn sie den Rücken des Knaben betrachtete. Sie trocknete ihn ab und er sollte sich auf die zweite Liege in dem Raum legen.
Dann kramte sie aus dem Reisegepäck eine Holzdose hervor, in der sich eine gelbe Heilsalbe befand. Es sah aus, wie Pferdefett und roch auch ähnlich.
Vorsichtig bestrich sie damit die Wunden. Es musste schmerzen, doch der Junge gab keinen Ton von sich. Dann gab sie ihm ein kurzes Hemd von sich, das er überziehen konnte und riet ihm, dass er auf dem Bauch schlafen soll.
Artig tat er alles, was sie sagte.

Am nächsten Morgen fragte sie den Knaben, ob die Wunden noch schmerzen würden. Er verneinte. Brunhilde sah nach. Ein wenig schienen sie verheilt zu sein.
Nach dem Frühstück ging es gleich weiter. Sie erreichten gegen Mittag den höchsten Punkt auf dem Weg über den Rynnestig und nun wurde es schwierig mit der Abfahrt. Damit der Wagen nicht wegglitt, fällte Siegbert einen Baum und band ihn an die hintere Achse des Wagens. Er bremste so stark, dass die Pferde sogar bergab leicht ziehen mussten. Im Tal angelangt, lag die schwerste Strecke hinter ihnen und die Fahrt ging nun gemächlich weiter.

Als sie in die Nähe von Rodewin kamen, liefen ihnen schon Kinder entgegen. Auf dem Hof spannte Siegbert die Rösser aus und die großen Jungen versorgten sie. Alle wollten wissen, wie die Reise war und Brunhilde berichtete. Sie saß im Haupthaus am Tisch und dichtgedrängt die Kinder und Erwachsenen um sie herum.
Siegbert ging mit Harald in dessen Haus und sie tranken einen Becher Met zusammen.
„Wie war es, kleiner Bruder, erzähl schon?", sprach er ihn an.
„Alles ging gut und wir hatten Glück, einen Meldereiter zu treffen, der wusste, wo die Umsiedler lebten."
„Geht es den Leuten gut oder müssen sie darben?"
„Sie leben wie die Made im Speck und werden nicht mehr nach Thüringen zurückkehren", erwiderte Siegbert aufgebracht.
„Das dachte ich mir", entgegnete Harald. „Wenn es den Leuten bei uns auch so gut geht, wie denen, dann werden sie die fränkische Herrschaft ohne Murren erdulden und nicht mehr aufbegehren und für ihre Freiheit kämpfen wollen."
„Das ist doch entsetzlich! Wozu tun wir das alles?", erwiderte Siegbert.
„Das habe ich mich schon manchmal gefragt. Ich glaube, es ist eine Frage der Zeit, bis die meisten vergessen haben, dass sie Thüringer sind."
„Das kann und darf es nicht geben!", schrie Siegbert.
„Du wirst es nicht ändern können, so wie auch unsere Göt-

ter den Untergang ihrer Welt nicht verhindern werden."
„Das will ich einfach nicht glauben und alles in mir sträubt sich. Was können wir dagegen tun, Harald? Du hast doch immer einen Rat. Sag mir, was ist der richtige Weg?"
Harald starrte in seinen Weinbecher und sagte: „Es gibt keinen einzigen, richtigen Weg. Immer gehen mehrere von einem Punkt weg und welches der Richtige ist, zeigt sich erst am Ziel."
„Das hilft mir nicht weiter. Ich will wissen, was wir tun können, um die zu bleiben, die wir sind."
Harald überlegte lange.
„Alles auf der Welt verändert sich. Es ist ein ewiges Kommen und Gehen. Nur die Anpassungsfähigsten überleben. So wird es auch mit uns sein. Wenn wir überleben wollen, müssen wir uns den Franken beugen. Irgendwann sind wir wie sie und du kannst keinen mehr voneinander unterscheiden."
Siegbert antwortete nicht darauf. Er schien noch lange darüber nachzudenken.

Am nächsten Tag brachte Siegbert den Handelswagen und die Rösser zum Vetter zurück und richtete ihm die Grüße des Wirtes aus. Danach zog er mit Ulf und dem Rotwein aus Coellen weiter zur Wallburg. Seine Vindobonenser waren hocherfreut über den guten Tropfen, der ihnen schon an der Donau so gut mundete.

Die Männer arbeiteten schwer. Sie rodeten ganze Waldflächen, um Grasflächen zu schaffen. Die Baumstämme wurden gestapelt, um sie später als Bauholz verwenden zu können.
An den Abenden saßen sie zusammen und erzählten sich Geschichten. Das Verhältnis des Bärenkriegers und seiner Männer zu den Vindobonensern hatte sich in der Zwischenzeit gebessert. Einmal, weil deren Erzählungen viel interessanter waren und zum anderen, weil sie sehr gezielt und effektiv die Ausbildung der Jungkrieger in den Lagern vorantrieben. Siegbert saß oft mit ihnen zusammen und sie unterhielten sich über die schöne Zeit bei den Langobarden.

Viele von ihnen bereuten es, von dort weggegangen zu sein und sie sehnten sich nach Vindobona zurück.

In Rodewin war durch die Waisenkinder viel Trubel. Das war einigen der Alten zuviel und sie gingen in den Wald, um Bäume zu fällen und Reisig zu holen. So konnten sie dem ungewohnten Lärm auf dem Hof entgehen. Für Haralds Kinder waren die neuen Spielgefährten eine willkommene Abwechslung und es bildeten sich Freundschaften heraus. Heidrun und Brunhilde versorgten sie mit Essen und Harald sowie sein Schreiber lehrten ihnen die fränkische Sprache.

Zwei Wochen waren nach der Reise ins Frankenreich vergangen und der Eiswind blies über das Land und trieb die Schneeflocken vor sich her. Brunhilde war froh, dass sie nicht mehr mit dem Handelswagen unterwegs waren. Sie ging vor das Haus und schlug mit einem Stock gegen eine alte Bratpfanne, die vor der Eingangstür hing. Das war das Signal zum Abendessen. Aus allen Ecken strömten die Kinder zu dem neuen Langhaus, das im letzten Jahr für Siegbert gebaut wurde.
Der Hausherr war aus dem Rebellenlager zurückgekommen, um nach dem Rechten zu sehen. Brunhilde trug die großen Schüsseln mit Hirsebrei auf den Tisch und Ratlind half ihr dabei. Siegbert dankte den Göttern für die Mahlzeit und danach langten alle zu.
Nach dem Essen erzählte Siegbert noch eine Geschichte. Wer sich dafür interessierte, blieb am Tisch sitzen.
„Als ich gestern Abend zum Himmel sah, war er ganz rot", begann er.
Einige der Kinder bestätigten es.
„Es war nicht die Farbe der Abendsonne, sondern aus den Wolken schienen Flammen aufzusteigen. Ich habe dabei an die Beschreibung des letzten Kampfes der Götter gegen die Riesen denken müssen. Es ist jedoch eine gruselige Geschichte. Wollt ihr sie hören?"
„Ja", schrien die Kinder, wie aus einem Mund, denn den großen Jungen konnten sie nicht arg genug sein.
„Nun gut, dann will ich beginnen!

Alles fing schon sehr früh an. Nachdem Odin und seine Brüder die Welt erschaffen hatten, kamen ihm schon bald danach die ersten sorgenvollen Gedanken, ob das ewig so bleibt. Von einigen bösen Riesen schien immer wieder Gefahr auszugehen, dass sie die Menschen und Götter vernichten. Deshalb hatte er das Einherierheer geschaffen, damit sie ihn im Kampf gegen das Böse unterstützen."
„Wer sind die Einherier?", wollte eines der großen Mädchen wissen.
„Es sind die im Kampf gefallenen Helden, die nach Walhall kommen."
„Ist unser Großvater Herwald auch dort?", fragte Haralds großer Sohn.
„Ja, er ist auch dort. Die Walküren hatten ihn und die anderen tapferen Krieger auf ihren starken Pferden hingebracht. Die Einherier bereiten sich auf den letzten Kampf gegen das Riesenheer vor und Odin selbst wird sie dann in die Schlacht führen. Wir wissen jedoch nicht, wann es soweit sein wird. Die Priester sagen, dass sich der Himmel vorher stark verfärben würde. Gelb und rot sollen die Wolken dann leuchten, so wie die Flammen des Herdfeuers."
„Gestern Abend war der Himmel auch rot."
„Das waren bestimmt nur Unwetterwolken. Ihr braucht euch deshalb nicht zu fürchten! Den Kampf der Götter mit den Riesen werden wir wahrscheinlich nicht erleben."
„Wann wird das sein?"
„Das weiß ich nicht. Nur die Nornen kennen den Zeitpunkt des Untergangs und sie wissen auch, wie der Kampf ausgeht." „Die Götter werden doch gegen die bösen Riesen gewinnen?", wollte das Mädchen wissen.
„Am Ende siegt das Gute über das Böse. Es gibt da ein Lied, das von diesem Kampf berichtet. Ich werde euch die Handlung erzählen.

Wie ihr wisst, hatte der Riese Loki bei den Göttern in Asgard, der Götterburg, gewohnt. Da er am Tod Balders, einem Sohn Odins, schuld war, hatten ihn die Asen an einen Felsen gefesselt. Deshalb schwor er, die Asen zu vernichten. Auch viele andere Riesen waren seiner Meinung. Wenn es

einmal soweit sein wird, dann soll sich der Endkampf lange Zeit vorher ankündigen.
Viele Jahre werden die Kämpfe dauern. Im Sommer wird es schneien und die Menschen werden frieren und hungern. Die Sonne wird von den Wölfen Skalli und Hati verfolgt und von ihnen verschlungen. Dann fallen die Sterne vom Himmel und die Erde wird beben. Die Berge werden einstürzen und die Felsen zerbrechen. Dadurch kann sich der Fenriswolf von seinen Ketten befreien und spuckt Feuer."
„Wer ist der Fenriswolf?", fragte ein Junge.
„Der Fenriswolf ist eines der Kinder von Loki und einer Riesin. Die Götter hatten schon bald erkannt, dass von ihm eine große Gefahr ausgehen wird und haben ihn zur Götterburg nach Asgard gebracht, damit sie ihn beobachten konnten. Sie legten ihm Fesseln an, als er immer größer und gefährlicher wurde.
Ein anderes ebenso gefährliches Kind Lokis ist die Midgardschlange, die im Wasser lebt und dann ans Land kommen wird. Sie wird ihr Gift versprühen und Luft und Meer entzünden. Stürme toben und die Bäume entwurzeln. Das Meer und die Flüsse werden das Land überschwemmen. Es wird überall auf der Erde ein Chaos entstehen.
Die Menschen verstecken sich aus Furcht vor den Riesen in Höhlen und trauen sich nicht mehr auf ihre Felder. Große Hungersnöte brechen aus und viele sterben.
Der Feuerriese kommt dann mit seiner Schar heran und will die Regenbogenbrücke zu der Götterburg erklimmen. Dabei stürzt sie zusammen. Dann werden die Riesen sich auf einer weiten Ebene sammeln, die zur letzten Schlacht bestimmt ist."
„Kann ich da auch mitkämpfen?", wollte Haralds großer Sohn wissen.
„Dazu musst du erst einmal ein tapferer Krieger sein. Wenn du im Kampf fällst, dann wählen dich die Walküren als Held aus und bringen dich nach Walhall. Wer dort ist, wird an der Seite Odins mitkämpfen."
„Ich werde alle Riesen besiegen", rief er siegesbewusst, als befände er sich schon jetzt im Schlachtgetümmel.

„So einfach wird das nicht sein, mein Junge. Es wird weiter erzählt, dass Heimdall, der Hüter der Regenbogenbrücke, beim Herannahen des Feuerriesen und dessen Heer, in sein Signalhorn blasen wird. Alle Götter kommen dann zusammen und beraten, wie sie vorgehen wollen. Dann wappnen sie sich und ziehen mit den Einherieren zu dem Schlachtfeld. Odin wird sie anführen. Er reitet an der Spitze und hält den Speer fest in der Hand. Sein Goldhelm und Harnisch erstrahlen. Die Gegner stellen sich in Schlachtreihen auf.
Es kommt zum Kampf. Odin kämpft gegen den Fenriswolf und wird von ihm verschlungen. Sein Sohn Vidar rächt den Vater. Er zerreißt der Bestie das Maul und ersticht den Fenriswolf durch den Rachen.
Dem starken Thor wird es gelingen die Midgardschlange zu bezwingen, doch erliegt er an ihrem Gift. Viele der großen Riesen und Götter erschlagen sich gegenseitig. Zuletzt wird der Feuerriese noch einen Weltenbrand entfachen und alles auf der Erde wird in Flammen aufgehen."

Siegbert stoppte mit seiner Schilderung. Alle sahen ihn gespannt an.
Haralds Sohn unterbrach die Stille.
„Haben wir dann keine Götter mehr?"
„Ganz so schlimm wird es nicht kommen, aber die Götter, die wir jetzt verehren, gibt es dann nicht mehr. An ihre Stelle werden ihre Kinder treten und eine neue Welt aufbauen. Man spricht auch davon, dass Balder aus dem Totenreich zurückkehren wird und die Stelle seines Vaters Odin einnimmt, so wie du einmal die Stelle deines Vaters einnehmen wirst."
„Ich will aber nicht, dass mein Vater stirbt", widersprach der Junge energisch.
„Jeder von uns wird eines Tages tot sein, doch das ist nicht das Ende. Dein Vater wird in Walhall auf dich warten und dann kämpft ihr eines Tages gemeinsam gegen die Riesen."
Es begann eine heftige Diskussion und die Jungen würden am liebsten gleich gegen die Feinde der Götter antreten. Doch jetzt mussten sie sich erst einmal schlafen legen. Sie

sprachen noch lange über die Geschichte des Endkampfes der Götter gegen die Riesen. Sie baten Ratlind bei ihnen zu schlafen. Da sie allein in Rodewin war, tat sie ihnen den Gefallen.

Siegbert saß am großen Esstisch und trank einen Tee von getrockneten Waldbeeren. Er genoss die Ruhe in seinem Heim. Brunhilde hatte Ratlind dabei geholfen, die Kinder in ihre Schlafkisten zu bringen und setzte sich danach zu ihrem Mann. Sie legte die Hand auf seinen Arm.
„Woran denkst du? Hast du Sorgen?", fragte Brunhilde ihn.
„Ich habe überlegt, was ich tun würde, wenn die Welt sich verdunkelt. Auf den Feldern würde nichts mehr wachsen und Menschen und Tiere müssten hungern. Unruhen würden ausbrechen und jeder wäre des anderen Feind. Mord und Totschlag würden den Alltag bestimmen. Die Obrigkeit hätte keine Macht mehr, dem Einhalt zu gebieten. Das Chaos würde ausbrechen und es gäbe nirgendwo einen Platz, wo man sicher wäre."
„Denke nicht an so schlimme Dinge! Mögen wir solche Zeiten nie erleben!", erwiderte Brunhilde.
„Manchmal sind wir nicht weit davon entfernt. Ich habe schon viel Leid in der Welt gesehen und das nicht nur im Krieg. Die Betroffenen hatten oft keine Möglichkeit, dem zu entfliehen und auch die Täter waren in ihrem Tun befangen."
„Da wir unserem Schicksal nicht entgehen können, so brauchen wir auch gar nicht darüber nachdenken, was alles passieren könnte", meinte Brunhilde.
„Nein, wir müssen uns Gedanken machen, denn dadurch bestimmen wir unseren Weg und können das Schicksal günstig beeinflussen, so wie Odin es bei den Asen tut."

„Manches passiert von allein, so wie bei mir", erwiderte Brunhilde.
„Ich verstehe dich nicht. Was meinst du?", fragte Siegbert.
„Wir bekommen ein Kind."
„Wenn das kein Wink des Schicksals ist?", sagte er frohgelaunt und zog sie zu sich an den Tisch.

Brunhilde setzte sich auf seinen Schoß und er legte die Hand auf ihren Bauch.
„Ich spüre noch gar nichts", meinte er.
„Es ist auch noch viel zu klein."
Seine Lippen suchten ihren Mund. Siegbert küsste sie, dass ihr die Luft ausblieb.
„Du bringst mich noch um. Du bist so stürmisch wie ein junger Bursche."
„Ich bin doch noch nicht alt."
„Ein taufrischer Jüngling bist du aber auch nicht mehr. Ich kann schon die ersten grauen Haare auf deinem Kopf erkennen."
„Die grauen Haare habe ich bekommen, weil ich so lange von dir getrennt war."
„Jetzt übertreibst du gewaltig. Du hast bestimmt so manches Mädchen in der Fremde getröstet."
„Niemals! Meine Gedanken waren immer nur bei dir und da war kein Platz für eine andere."
Sie glaubte seinen Worten nicht, doch gefiel es ihr, wenn er so sprach.
Um noch mehr dieser Nettigkeiten zu hören, neckte sie ihn. Siegbert hob sie auf und setzte Brunhilde auf den Tisch, rückte sich den Schemel heran und legte sein Ohr an ihren Bauch.
„Ich höre es schon", flüsterte er.
„Das ist bestimmt nur das Gluckern in meinem Bauch."
„Nein, das sind andere Töne."
„Leider kann ich es nicht selber hören, deshalb muss ich dir glauben", entgegnete sie.
Sie drückte seinen Kopf mit den Händen fest an sich und fühlte sich glücklich.

Brunhilde genoß diesen Augenblick der Stille. Die Waisenkinder in dem großen Schlafraum waren eingeschlafen, zumindest hörte man nichts mehr von ihnen. Nur der Wind ließ das Schilf am Dach des Langhauses rauschen.

Es klang wie eine Melodie aus einer fernen Zeit. Das neue Jahr hatte begonnen und in ein paar Monden würde der

Frühling Einzug halten. Sie freute sich schon darauf und sehnte sich nach der wärmenden Sonne.
Wenn alles gut ging, müsste ihr Kind zur Erntezeit geboren werden. Das lag noch so weit weg und ihr Gefühl des Glücks vermischte sich mit dem Bangen um die Zukunft.
Was werden die Schicksalsgöttinnen für sie bestimmt haben. Eingebettet in Haralds Sippe, fühlte sie sich geborgen. Eine solche Gemeinschaft gab jedem, der zu ihr gehörte, Sicherheit in den Wirren der Zeit.
Brunhilde sah zu Siegbert. Er hatte die Augen geschlossen.
„Bist du eingeschlafen?", wollte sie wissen.
„Nein! Ich lausche noch."
„Wir sollten uns auch schlafen legen. Morgen Früh werden uns die Kinder wieder sehr zeitig wecken."
„Brunhilde, warte noch ein Weilchen! Es ist so schön, in dich hineinzuhören."
„Ich möchte mich jetzt aber langsam niederlegen!", erwiderte sie bestimmend.
Siegbert hob den Kopf und sah sie an.

Ein fürchterlicher Knall ließ sie beide zusammenschrecken.
„Was war das?", wollte Brunhilde wissen.
„Es hörte sich wie ein Donnerschlag an."
Siegbert ging zur Tür und öffnete sie vorsichtig. Der Wind blies ihm Schnee ins Gesicht. Draußen war nichts zu sehen. Es war eine rabenschwarze Nacht.
Plötzlich schlug irgendwo in der Nähe ein Blitz ein und ein gewaltiger Donnerschlag folgte. Brunhilde schrie vor Schreck auf. Siegbert verriegelte die Tür und ging zu ihr.
„Du brauchst dich nicht zu fürchten! Es ist nur ein Wintergewitter."
„Ich habe noch niemals im Winter ein Gewitter erlebt", meinte sie verängstigt.
„Ich auch noch nicht, doch mein Vater erzählte mir, dass es das geben soll."
Die Folge der Donnerschläge nahm zu. Aus dem Schlafraum der Kinder waren Stimmen zu hören. Brunhilde sah nach. Die meisten Kinder waren durch den Lärm wach ge-

worden und die Kleinen schmiegten sich an Ratlind und zitterten wie Espenlaub. Siegbert beruhigte sie.
„Ihr kennt doch die Gewitter! Es ist nichts Besonderes. Ihr braucht keine Angst zu haben!"
Es gelang ihm nicht, die Kinder zu beruhigen. Brunhilde und Siegbert legten sich zu ihnen auf die Liegen und er erzählte, wie Thor die Menschen vor den bösen Riesen beschützt. Irgendwann hörten die Donnerschläge auf und die Kinder versanken wieder in den Schlaf.
Es musste schon spät sein, als sie wach wurden und aufstanden. Die Pferde in den Boxen neben dem Schlafraum waren unruhig geworden und warteten ungeduldig auf ihr Futter. Siegbert ging zu ihnen und gab ein paar Gabeln frisches Heu in die Raufen.
Draußen war es noch immer dunkel und es schneite leicht. Die Temperatur war in der Nacht stark gefallen und die Kinder scharten sich um die Feuerstelle. Brunhilde bereitete den Frühstücksbrei vor und die größeren Mädchen halfen ihr dabei. Das Wasser in den Holzeimern war gefroren und die Jungen zerschlugen die Eisschicht. Sie zerkleinerten die Platten und gaben sie in den Kupferkessel neben dem Feuer.
Siegbert sah dem Treiben ruhig zu und überlegte, was er an diesem Tag zu tun hatte. Seinen Sattel wollte er reparieren. An einer Stelle war die Naht aufgegangen und diese musste erneuert werden. Er wollte damit warten, bis es draußen hell wurde.

Nach dem Frühstück kam wieder Leben ins Haus. Die Kinder versuchten sich gegenseitig mit ihren Stimmen zu überbieten. Siegbert überhörte den Lärm. Brunhilde und Ratlind schien das Stimmengewirr auch nicht zu stören.
Draussen war es immer noch dunkel.
„Es sieht aus, als hätten wir uns in der Tageszeit geirrt?", meinte er zu Brunhilde.
„Du kannst zu Harald gehen, vielleicht schläft er noch."
„Das werde ich tun."
Siegbert warf sich ein dickes Wolfsfell über die Schultern und ging hinaus. Alles war dunkel. Ein Öllicht hätte ihm

nicht helfen können, den Weg auszuleuchten, denn der Wind würde es ausblasen. Er ging zurück zum Herd und nahm dort ein brennendes Holzscheit. Mit ihm konnte er den Weg zu Haralds Langhaus finden. Dort traf er nur Rosa und den Schreiber an.
„Wo ist mein Bruder?", fragte er die Sklavin.
„Er wollte zu den Ställen gehen! Du musst ihn dort suchen!"
„Ist das heute ein arges Wetter, es wird gar nicht hell!"
„Es wird sich schon noch aufklären", meinte der Schreiber gelassen und kratzte mit dem Holzlöffel die letzten Breireste aus seiner Essschale.
„Du traust dich wohl heute auch nicht hinaus, da du nicht im Haupthaus frühstückst?", fragte ihn Siegbert.
„Bei dem Wetter geht man als alter Mann lieber nicht vor die Tür. Leicht könnte man ausrutschen und sich ein Bein brechen."
„Da hast du wohl recht, Schreiber. Ich werde es mir heute auch am Herd gemütlich machen", sagte Siegbert.
„Dich werden die Kinder nicht ruhen lassen, da geht es dir in den Bergen bestimmt besser!", spottete Rosa.
„Was weißt du schon, wie es im Rebellenlager aussieht? Ich kann dich einmal mitnehmen, wenn du willst."
„Darauf bin ich nicht neugierig! Bei so vielen wilden Männern würde ich mich nicht wohlfühlen."
„Ich dachte, dass du dem starken Geschlecht nicht abgeneigt bist. Oder täusche ich mich?"
„Fürchten täte ich mich nicht vor ihnen! Der Mann müsste noch geboren werden, vor dem ich Angst habe!"
„Du nimmst deinen Mund ganz schön voll, doch wenn es darauf ankommt, dann kneifst du."
„Wer von uns beiden kneift, brauche ich dir wohl nicht sagen", erwiderte Rosa gereizt.
„Seid friedlich Kinder und streitet euch nicht! Ich ziehe mich zurück und lege mich auf meine Liege. Unter dem Schaffell läßt sich die Kälte am besten ertragen."

Der Schreiber stand auf und tappelte langsam aus dem Raum.

„Er wird merklich älter. Viele Jahre wird unser Schreiber bestimmt nicht mehr haben", meinte Siegbert.
„Hoffen wir, dass er noch lange lebt! Er unterrichtet die Kinder und deine Frau in der fränkischen Sprache. Wer sollte das sonst tun? Du etwa?"
„Ich beherrsche auch die fränkische Sprache, doch weiß ich nicht, ob ich es jemand anderen beibringen könnte."
„Na, siehst du! Das meinte ich! Der alte Mann ist mehr wert, als mancher junge Bursche. Deshalb bekommt er von mir auch einen Brei gemacht und braucht so nicht zum Haupthaus durch den Schnee laufen."
„Du hast eine edle Seele in dir, das habe ich früher noch gar nicht bemerkt", neckte Siegbert die Sklavin.
„Du kennst mich eben nicht!", entgegnete Rosa schnippisch.
„Wen kennt man schon? Ich kenne mich doch selbst nicht!", meinte Siegbert.
„Jetzt hast du einmal etwas Vernünftiges gesagt. Ich dachte schon, dass du nur eingebildet und dumm bist."
„Du bist ganz schön frech zu mir, weißt du das? Ich werde mich bei Harald über dich beschweren und der wird dich mit der Rute züchtigen. Ich sehe dann zu."
„Das würde dir wohl gefallen? Wenn ich mich über den Tisch beugen muss und du meinen schönen prallen Hintern siehst. Mein Schreien und die Striemen auf der rosigen Haut würden dich erregen, du Scheusal", entgegnete sie heftig.
„Harald kann doch mit der flachen Hand zuschlagen, dann gäbe es keine Striemen."
Rosa stellte sich hinter Siegbert und gab ihm eine Kopfnuss.
„Au!", schrie der laut auf.
„Das ist für die Frechheiten gegen mich. Davon kannst du noch mehr bekommen, wenn du weiterhin so garstig bist. Ich glaube, du bist nur frustriert", sagte Rosa bestimmend.
„Wieso sollte ich das sein?"
„Deine Frau hat bestimmt mit den Kindern viel zu tun und keine Zeit mehr für dich. Nun läßt du deinen Frust an mir aus!" sagte Rosa wütend.

„Zwischen meiner Brunhilde und mir ist alles in bester Ordnung. Schon bald bekommt sie ein Kind!"
„Ach so, man kann aber noch nichts sehen. Woher willst du wissen, dass sie in anderen Umständen ist?"
„Brunhilde hat es mir gestern gesagt."
„Dann bin ich wohl die Erste, die es erfährt? Das ist zu viel der Ehre."
„Gönnst du ihr das Kind nicht? Bist du neidisch, dass du selber keine hast?"
„Du bist wirklich dumm und frech, dass du so etwas von mir denkst. Ich freue mich über jedes Kind, das in der Sippe geboren wird und liebe es, wie mein eigenes."
Beleidigt verließ Rosa den Raum und ging in die Küche.
Siegbert tat es leid, dass er so zu Rosa gesprochen hatte und folgte ihr, um sich zu entschuldigen.
In der Küche hatte Rosa das Herdfeuer entfacht und wollte den großen Wasserkessel auf den Dreibock über der Flamme stellen. Siegbert half ihr ungefragt dabei und sie bedankte sich kurz.
„Es tut mir leid, dass ich vorhin so frech zu dir war. Vergiss bitte, was ich gesagt habe!"
Rosa antwortete nicht.
Die Haustür ging auf und Harald kam herein. Er warf seinen Wollumhang über die Bank und bat Rosa, ihm einen Tee zu bringen. An dem kleinen Tisch in der Küche nahm er Platz und forderte seinen Bruder auf, sich neben ihn zu setzen.
„Hast du schon nach dem Himmel gesehen?", fragte er ihn.
„Als ich zu dir kam, war es noch dunkel."
„Dann sieh aus der Tür und sage mir, was du davon hältst!"
Siegbert sah hinaus. Es war immer noch dunkel, doch am Himmel zeigten sich rote und gelbe Streifen.
Kopfschüttelnd kam Siegbert zurück.
„So etwas habe ich noch nie gesehen. Was ist nur mit dem Himmelsgewölbe passiert?"
„Das kann ich dir auch nicht sagen. Es ist so ungewöhnlich, dass wir darüber mit unserem Priester in Wipa sprechen sollten! Wie Hagelwolken sehen die Muster am Himmel nicht aus."

Die Brüder schlürften noch eine Schale Tee und ritten langsam auf dem Weg nach Wipa. Immer wieder blieben sie stehen, um nach dem Himmel zu sehen. Die Farben, die sich dort zeigten, riefen Bewunderung und Sorgen gleichzeitig hervor.

Die Thingstätte vom Oberwipgau war hell erleuchtet. Lodernde Feuerkörbe standen kreisförmig um den heiligen Stein, der sich in der Mitte des Versammlungsplatzes befand. Der Priester stand obenauf und beschwor mit erhobenen Händen die Götter.
Er ließ sich von den beiden Reitern nicht stören. Als er seine Beschwörungen beendet hatte, traten Harald und Siegbert in den Feuerkreis.
„Ihr wollt sicher wissen, was sich am Himmel zeigt?", sprach der Priester die beiden an.
„Ich habe so etwas noch nie gesehen! Kannst du es uns erklären?"
„Noch nicht", meinte kurz der Priester und sah unentwegt gen Himmel. Dann nahm er seinen langen Eschestab und ging in Richtung seiner Hütte.
„Folgt mir!", forderte er die Rodewiner auf.
In der Hütte war es gemütlich warm. Seine beiden Schüler hatten Tee aufgebrüht und waren mit der Vorbereitung eines Mittagsmahls beschäftigt.
Der Priester setzte sich auf einen Schemel, der inmitten des Raumes stand. Mit seinem Stock kratzte er verschiedene Bilder in den sandigen Boden.
„Es ist schwer zu sagen, was es mit dem Himmelsbild auf sich hat. Wir müssen noch die nächsten Tage abwarten. Dann zeigt sich, ob meine Vermutung richtig ist."
„Was denkst du?", fragte Harald.
„Du weißt, dass ich erst dann spreche, wenn ich mir ganz sicher bin" antwortete der Priester.
„Ich möchte nur wissen, ob du auch das denkst, was ich vermute?"
„Sprich du und ich werde dir dann meine Meinung dazu sagen!"
Harald sah zu dem Herdfeuer. In seinen Augen spiegelten

sich die Flammen wieder und es schien, als suchte er in dem Feuer eine Antwort auf all seine Fragen.
„Zeigen die Zeichen am Himmel den geweissagten Untergang unserer Götter an, die ‚Ragnarök'?"
Der Priester strich sich durch den langen weißen Bart und setzte eine finstere Miene auf.
„Ich muss noch ein paar Monde abwarten, bis ich Gewissheit habe. Die ersten Anzeichen sprechen dafür, daß es der Beginn der Ragnarök ist. Die Weissagung spricht von drei Jahren schwerer Kämpfe zwischen den Göttern und Riesen und danach folgt eine Zeit der kalten Winter, wo es auch im Sommer schneien wird. Nichts wird dann mehr so sein, wie wir es kennen."
Der Priester sah die Männer mit einer Miene an, als trüge er das gesamte Leid dieser Erde auf seinen Schultern. Er kannte die alten Lieder, die den Weltuntergang beschrieben und diese Ereignisse würden auch das Ende des Lebens im Oberwipgau bedeuten.
Harald und Siegbert sahen den Priester betreten an.
„Wir werden den Menschen noch nichts sagen, denn dann würde das Chaos ausbrechen und Mord und Totschlag würden bestimmend sein. Wenn es den Untergang bedeutet, so wollen wir ehrenvoll in das Reich der Hel eingehen."
Harald und Siegbert waren damit einverstanden und nickten dazu.

Sie ritten auf dem gleichen Weg zurück nach Rodewin. Als sie zu Hause ankamen, begann es zu stürmen. Der Schnee wurde vom Boden weggetrieben und aufgewirbelt.
Siegbert führte seinen Hengst in den Stall. Er gab ihm etwas Stroh und rieb ihm das Fell trocken.

Fast alle Kinder waren im Haus geblieben, da sie sich draußen fürchteten. Da setzte ein gewaltiger Schneesturm ein. Blitz und Donner folgten mit ähnlicher Heftigkeit, wie in der Nacht. Der Wind schien stetig zuzunehmen und er drückte auf das Dach des Langhauses, als wollte er es umwerfen. Kurze, aber sehr heftige Böen folgten. Das Gebälk des Dachstuhls knarrte und schien zu zerbersten. Der Spuk

dauerte nur einen Moment, doch ließ er alle im Haus erzittern. Selbst Siegbert wurde sehr einsilbig.
Von draußen war das Krachen von geborstenen Balken zu hören und das Wiehern verängstigter Pferde. Siegbert wollte nachsehen, doch es war nicht möglich, durch die Tür ins Freie zu treten.
Siegbert hatte Mühe, die Tür wieder zu schließen, blieb im Haus und wartete ab. Die Kinder waren froh, dass er bei ihnen war. Sie fühlten sich in seiner Nähe beschützt.
Immer noch konnten alle das Wiehern der Pferde hören. Siegbert überlegte, warum sie das taten. Irgendetwas Ungewöhnliches musste passiert sein.
Sobald sich der Schneesturm gelegt hatte, sah er nach. Ihm bot sich ein Bild des Grauens. Ein Teil des Daches von Haralds Langhaus war zerstört.
Das Schilfdach über der Stallung war eingebrochen und hatte zwei Pferde erschlagen. Die anderen drängten sich verängstigt an die Seitenwände. Jaros, der Pferdesklave, war bei den Tieren. Durch Zurufen versuchte er sie zu beruhigen. Siegbert half ihm, die Pferde einzufangen und in einen anderen Stall zu bringen.
Es war nicht der einzige Schaden. Zwei Heuspeicher, die hinter den drei Langhäusern standen, waren vom Wind weggefegt worden.

Nachdem die Pferde versorgt waren, ging Siegbert zu Harald ins Haus. Er saß wie zerstört an seinem Platz und hielt beide Hände vors Gesicht. Siegbert setzte sich zu ihm.
„Ich habe gehört, wie das Dach eingebrochen ist, doch konnte ich nicht gleich kommen", sagte er zu seinem Bruder. Der rührte sich nicht. Heidrun und die anderen waren bei ihm und blickten wie versteinert zu Boden.
„Wir werden es zusammen wieder aufbauen. Sorgt euch nicht darum!", beruhigte sie Siegbert.
Niemand antwortete ihm. Ratlos sah er von einem zum anderen und ging dann aus dem Raum in die Küche. Heidrun folgte ihm.
In der Küche erzählte Heidrun von dem großen Unglück.
„Eines der getöteten Pferde war der Hengst von Harald,

den er immer geritten hatte. Er war ihm sehr ans Herz gewachsen. Als die Böen begannen, ging er zu den Tieren im Stall, um sie zu beruhigen. Da ist es passiert. Das Dach brach ein und ein Balken traf den Hengst. Harald musste mit ansehen, wie das Tier verendete und er ihm nicht helfen konnte."
„Harald hat doch noch andere Hengste, die er reiten kann!", bemerkte Siegbert.
„Das ist es nicht. Es war sein Lieblingshengst. Er hat ihn, wie einen Sohn geliebt."
„Wie kann ich ihm helfen?", wollte Siegbert von Heidrun wissen.
„Du kannst nichts für ihn tun. Harald muss selber damit fertig werden."
Siegbert sah in das verweinte Gesicht seiner Schwägerin und ging zurück zu seinem Bruder. Der saß noch immer stumm da. Nach einer Weile nahm Harald die Hände vom Gesicht und sah seinen Bruder an.
„Mein Pferd ist tot! Ich höre noch immer sein ängstliches Wiehern und konnte ihm nicht helfen. Es war grauenvoll. Warum haben die Götter mir das angetan?"
Siegbert legte die Hand auf Haralds Schulter. Er erkannte, dass keine Worte den Schmerz lindern konnten. Noch nie hatte er ihn so niedergeschlagen gesehen.

Der Schneefall und die Dunkelheit hielten etwa eine Woche ununterbrochen an. Danach wurde das Wetter besser und der Himmel war wieder zu sehen.
Die roten und gelben Streifen blieben, doch es zeigten sich auch ein paar helle Stellen, die Licht auf die Erde fallen ließen. Jetzt brauchte man keine Fackeln mehr, um tagsüber etwas zu erkennen.
Alle halfen mit, die gröbsten Schäden zu beseitigen. Siegbert wollte das Hauptlager der Rebellen aufsuchen und nach dem Rechten sehen. Er bat Harald mitzukommen. Auf dem Heimweg wollte er die Vindobonenser fragen, ob sie das Dach des Hauses von seinem Bruder reparieren könnten.
Heidrun drängte ihren Mann mitzugehen. Sie hoffte, dass

er dann sein Leid schneller überwinden konnte. Lustlos ritt Harald mit Siegbert durch den Wald in Richtung Rynnestig. In den Siedlungen am Weg machten die Brüder keinen Halt. Von weitem konnten sie schon erkennen, dass es auch hier Sturmschäden gegeben hatte. Bei manchem Speicher fehlte das Schilfdach und es ragte nur noch das Balkengerüst aus dem Schneefeld heraus.

Durch die starken Verwehungen kamen Siegbert und Harald nur langsam voran. Am späten Nachmittag erreichten sie die Wallburg am Roten Stein. Es schneite wieder mehr und so erkannten die Wachen am Burgtor nicht gleich ihren Anführer. Erst, als Siegbert nach Ulf rief, wurde das Tor geöffnet.
Die Vindobonenser berichteten von dem Unwetter der letzten Tage.
„Thor hat uns bei der Arbeit geholfen", meinte einer.
„Wieso das?", fragte Siegbert.
„Der Sturm hat viele Bäume entwurzelt und uns das Roden erleichtert. Große Flächen sind nun baumfrei und werden nach dem Winter gute Weideflächen für die Pferde abgeben."
„Hat der Sturm auch Schaden angerichtet?", wollte Siegbert wissen.
„Bei uns hat es keine Schäden gegeben, doch auf dem Warteberg hat der Sturm den Wachturm umgekippt. Wir wollen morgen damit beginnen, ihn wieder aufzubauen!"
„Vielleicht hat das noch etwas Zeit. Ich könnte eure Hilfe in Rodewin brauchen. Dort hat der Sturm das Dach vom Langhaus meines Bruders zerstört und es müsste wieder aufgebaut werden. Könntet ihr das erledigen?"
„Wann sollen wir damit beginnen?"
„So bald, wie möglich! Man weiß nicht, wie sich das Wetter entwickelt!"
„Männer, was meint ihr? Gehen wir morgen Früh nach Rodewin?", fragte einer der Vindobonenser in die Runde.
Alle waren damit einverstanden. Siegbert sagte ihnen, dass er mit Harald noch zum Hauptlager reiten müsste.
„Ihr braucht nicht dabei sein, wenn wir das Dach aufsetzen.

Die Balken und Stangen, die wir brauchen, nehmen wir von hier mit. Gibt es bei euch Schilf in der Nähe?"
„Am Eichelsee findet ihr das beste Schilf. Ihr müsst es euch selbst schneiden! Fragt aber zuerst die Kräuterfrau, wo ihr es nehmen könnt!"
„Ist die Kräuterfrau das Weib mit den beiden hübschen Töchtern?"
„Ja!", bestätigte schmunzelnd Siegbert.

Am nächsten Morgen zogen Siegbert und Harald weiter zum Hauptlager der Rebellen, das sich in der Nähe des Rynnestigs befand. Es schneite nicht mehr und der Wind hatte den Schnee von dem Saumpfad fast weggefegt. Sie kamen gut voran.
Nicht weit vom Hauptlager befand sich eine der neuen Koppeln mit den geraubten Pferden. Sie standen unter den Tannen und suchten Schutz vor dem einschneidenden kalten Wind.
„Es ist noch früh am Tag! Wir werden uns die Tiere einmal ansehen", sagte Siegbert zu Harald. Der nickte nur lustlos.
Sie banden ihre Pferde an einem Baumstamm fest und liefen langsam auf die Gruppe zu. Siegbert sah, dass es Junghengste waren, die unter den Bäumen standen und misstrauisch zu ihnen herüberblickten. Es schien, als wollten sie gleich davonrennen.
„Lass uns auf diesen Baumstamm setzen! Von hier aus können wir die Tiere gut sehen."
Siegbert gab Harald ein Stück Brot und Speck, das er als Wegzehrung bei sich hatte.

Es dauerte nicht lange und eines der Tiere kam langsam auf die beiden zu. Neugierig und immer bereit zu fliehen, setzte es einen Schritt vor den anderen. Siegbert vergaß zu kauen. Die Pferde waren scheu und nicht an Menschen gewöhnt, deshalb wunderte er sich über das Verhalten des Junghengstes. Er war ein prächtiges Tier, das konnte Siegbert nun gut erkennen. Vorsichtig näherte er sich Harald und leckte dessen dargebotene Handfäche. Harald gab ihm ein Stück von seinem Brot ab und strich dem Tier über die

Nüstern. Der Hengst ließ sich streicheln und zeigte keine Scheu.
„Er hat dich gefunden!", sagte Siegbert ergriffen. „Nicht wir suchen uns die Lieblingstiere aus, sondern sie uns!"
Harald schien zu erwachen. Sein Gesicht entspannte sich und ein Lächeln glitt über seine Wangen. Die Männer standen auf und der Hengst folgte ihnen.

Anlagen

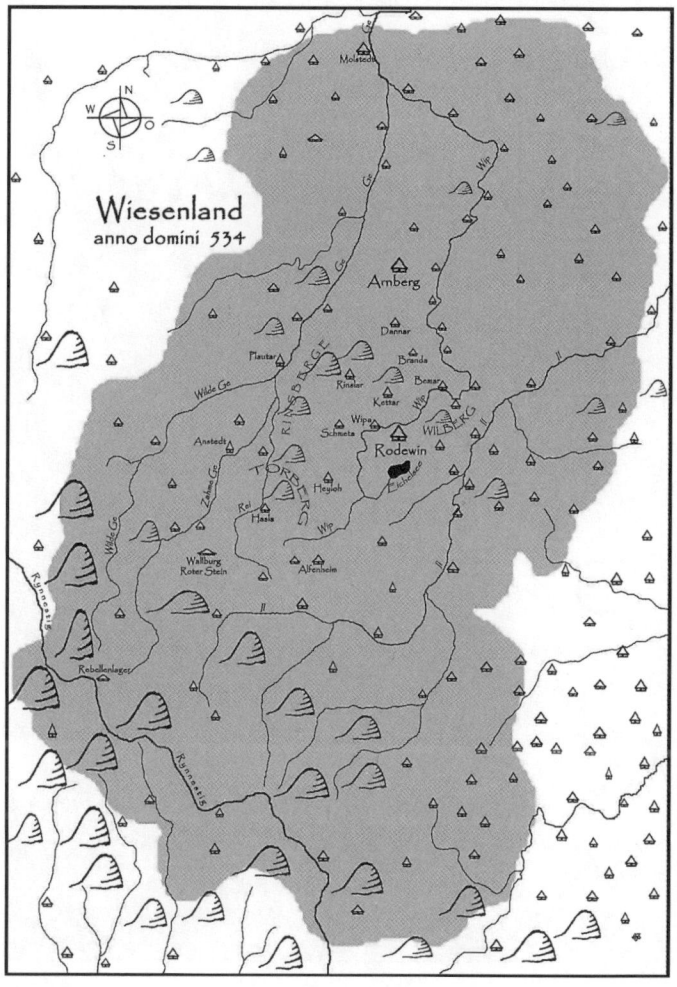

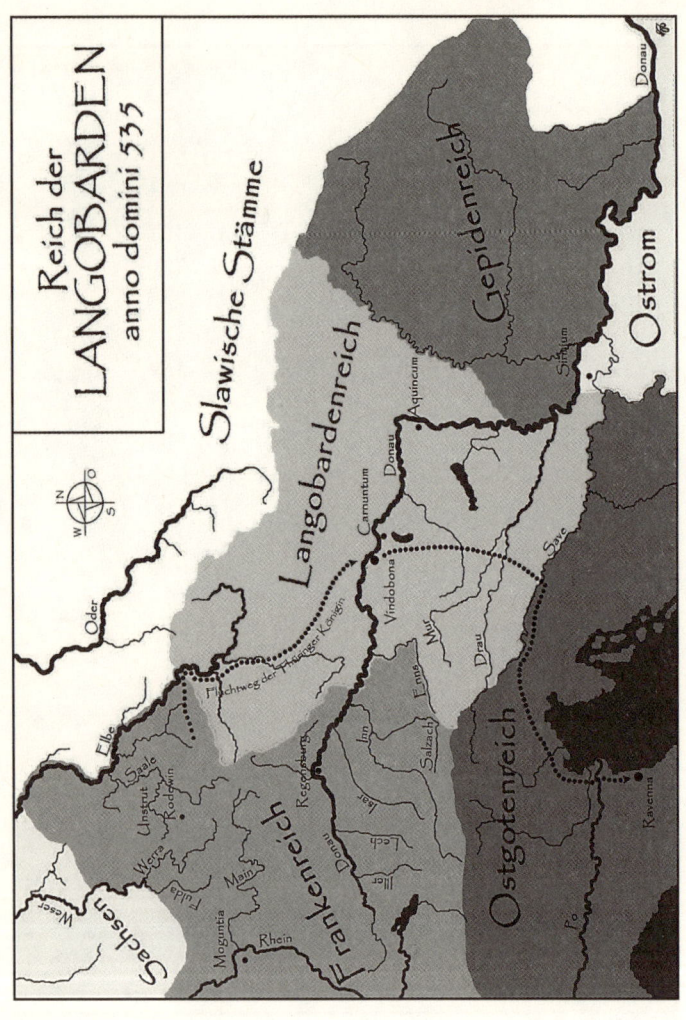

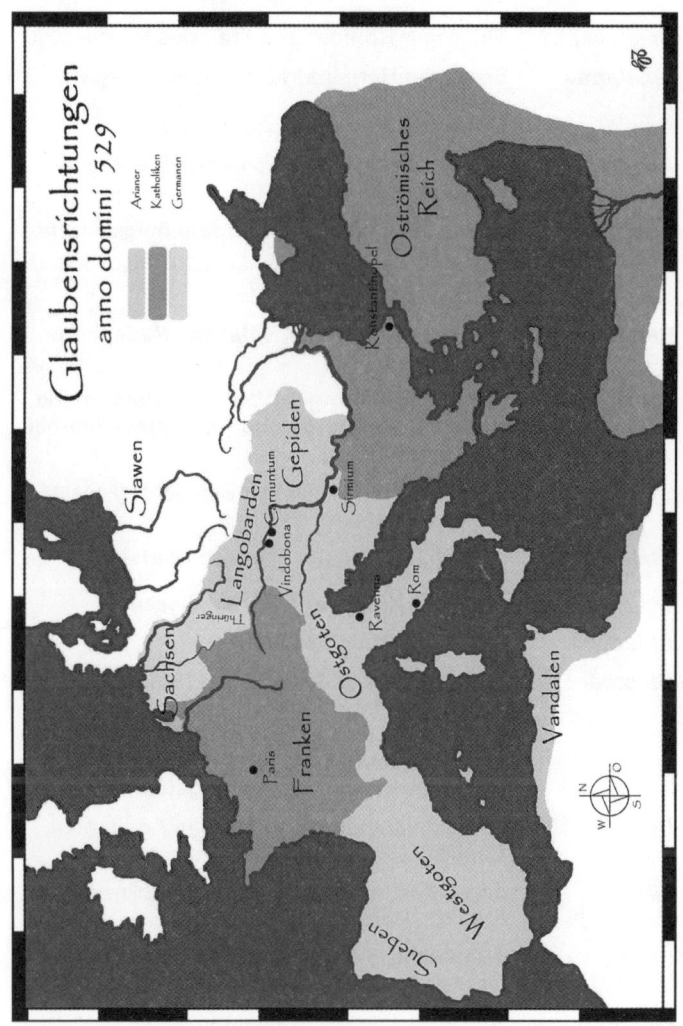

Personennamen
(Historische Personennamen sind **fett** geschrieben)

Amalaberga	**Thüringer Königin und Frau des Herminafrid**
Amalafred	**Sohn von Herminafrid und Amalaberga**
Amaler	**Gotisches Herrschergeschlecht**
Audoin	**Langobardenfürst, ab 546 König der Langobarden († um 560)**
Austrigusa	**zweite Frau des Langobardenkönigs Wacho**
Baldur	Sohn des Königs Bertachar und Bruder von Radegunde
Bertachar	**König der Thüringer, Vater der Radegunde (Heilige)**
Bisin	**König der Thüringer [Vater von Herminafrid, Baderich, Bertachar und Radegunde (verheiratet mit Wacho)]**
Bygul	erste Geisel am Thüringer Königshof (ältester Sohn Chlodomers)
Childebert	**(511-558) König der Franken (Paris)**
Chlodomer	(511-524) König der Franken (Orleans)
Chlodwig	**(482-511) König der Franken**
Chlothar	**(511-561) König der Franken (Soissons), 1. Ehe: 520 Ingund (Tochter einer Optimatenfamilie), 2. Ehe: 524 Guntheuca (Witwe seines Bruders Chlodomer), 3. Ehe: 540 Radegunde (Thüringer Königstochter)**
Deuteria	**Galloromanin aus Cabrieres in Aquitanien, Ehefrau von Theudebert**
Elke	drittes Kind von Weibel aus dem Elbkniegau, Frau von Hartwig
Emeric	ostgotischer Krieger, stammt aus einer Fürstenfamilie
Ferun	älteste Tochter der Kräuterfrau vom Eichelsee
Gislinde	jüngste Tochter des Ulrich von Alfenheim

Harald	Sippenältester aus Rodewin, Gaugraf des Oberwipgaus
Hartwig	Bruder von Harald aus Rodewin
Hedwig	jüngste Tochter vom Gaugraf Weibel
Heidrun	Ehefrau von Harald aus Rodewin
Helga	jüngste Tochter der Kräuterfrau vom Eichelsee
Herminafrid	**Thüringer König (Sohn Bisins)**
Herwald	Vater von Siegbert, Hartwig und Harald; gefallen 529 in der letzten siegreichen Schlacht gegen die Franken
Hildichis	**Enkel des ermordeten Langobardenkönigs Tato**
Ingolf	jüngerer Bruder des Herwald von Rodewin
Jaros	Sklave aus Rodewin, Pferdekenner
Justinian	**Kaiser von Ostrom (Byzanz), regierte von 527 bis 565.**
Libusa	Tochter eines Bauern am Moldaufluss
Menia	**Thüringer Königin und Frau des Bisin**
Radegunde (Heilige)	**Tochter von Bertachar, verheiratet mit dem Frankenkönig Chlodwig, Klostergründerin**
Ratlind	Freundin von Ulf
Rodalinde	**Tochter von König Herminafrid**
Rodulf	**Herulerkönig**
Rosa	Sklavin aus Rodewin
Siegbert	jüngster Bruder von Harald aus Rodewin
Sigu	riesenhafter Sklave aus Rodewin
Silinga	**dritte Ehefrau von König Wacho, Tochter des Herulerkönigs**
Theudebert	**(533-547) König der Franken, Sohn des Königs Theuderich**
Theuderich	**(511-533) König der Franken (Reims)**

Tregul	zweite Geisel am Thüringer Königshof (Sohn des Gesandten)
Ulf	Freund Siegberts aus Schmeta
Ursula	älteste Tochter des Ulrich von Alfenheim
Wacho	**(510-540) König der Langobarden (Ehemann von Radegunde, Tochter des Thüringer Königs Bisin)**
Waltraut	Frau des Herwald von Rodewin und Mutter von Siegbert, Hartwig und Harald
Weibel	Gaugraf des Elbkniegaus, Schwiegervater von Hartwig.
Wisigard	**Tochter des Langobardenkönigs Wacho.**

Zeittafel

531 Angriff und Sieg der Franken gegen die Thüringer unter Theuderich, dessen Sohn Theudebert (533-548) und Halbbruder Chlothar.
Thüringen musste jährlich 500 Schweine Tribut zahlen. Dieser Schweinezins wurde erst 1002 durch Heinrich II. wieder abgeschafft.
Radegunde und ihr Bruder werden von Chlothar ins Frankenreich verschleppt.

532 Niederwerfung des Aufstandes in Konstantinopel gegen Kaiser Justinian I. (Nika-Aufstand 18. Januar 532).
Verlobung zwischen Theudebert und Wisigard (Tochter des Frankenkönigs Wacho und dessen zweite Ehefrau Austrigusa).

533 Die bei der Unterwerfung Thüringens zwischen Elbe und Bode angesiedelten Sachsen müssen einen Jahrestribut von 500 Rindern an die Franken leisten.
Ende 533 verstarb Theuderich, König von Reims. Sein Sohn Theudebert folgt ihm als König.

534 Chlothars Heirat mit Arnegunde (3. Ehe), der Schwester der ersten Ehefrau Ingunde.
Byzantinische Truppen besiegen die nordafrikanischen Vandalen.
Kaiser Justinian I. gibt die überarbeitete Fassung des Codex Justinianus (Gestzessammlung) heraus.
Ermordung von König Herminafrid in Zülpich.
Flucht Amalabergas mit ihren Kindern ins Gotenreich nach Ravenna.
Ende der Herrschaft von Amalasuntha (Tochter des Ostgotenkönigs Theoderich), die als Vormund des 10-jährigen Nachfolgers Athalarich von 526 bis 534 regierte.
Theudebert (Sohn Theuderichs) berichtet in einem Brief an Kaiser Justinian I. von der Größe seines Reiches und der Besetzung Thüringens.
Theodahad (534-536) wird König der Ostgoten.

535 Beginn der Rückeroberung Italiens durch das oströmische Reich (Belisar landet in Sizilien).

536 Die Ostgoten rebellieren gegen Theodahad und erhoben Witigis zum König.

Kleines Wörter-Lexikon

Aha	Aachen, nordrhein-westfälische Stadt bei Köln
Arnberg	Arnstadt im Ilmkreis
Anstedt	Angelroda im Ilmkreis
Arianer	Anhänger einer christlich theologischen Lehre, die nach dem Gründer Arius (260-336) aus Alexandria benannt wurde
Asen	Göttergeschlecht in der nordischen Mythologie
Asgard	Wohnort der Asen
Blocksberg	Brocken im Harzgebirge
Branda	Branchewinda im Ilmkreis
Carnuntum	römisches Legionslager am Pannonischen Limes, Hauptstadt der römischen Provinz (Ober-) Pannonien, bei Petronell und Deutsch-Altenburg

Coellen	Köln, größte Stadt in Nordrhein-Westfalen
Dannar	Dannheim im Ilmkreis
Einherier	tapfere Krieger, die nach Walhall berufen wurden
Fenriswolf	wolfartiger Sohn Lokis mit der Riesin Angrboda
Franziska	Wurfaxt der Franken
Ge	Gera, Fluss mündet in die Unstrut
Gepiden	ostgermanischer Stamm im heutigen Rumänien
Hasla	Martinroda im Ilmkreis
Herminaburg	Burg des Thüringer Königs Herminafrid
Heyloh	Heyda im Ilmkreis
Hrungnir	Riese in der nordischen Mythologie
Illyrien	Region im Westen der Balkanhalbinsel
Kettar	Kettmannshausen im Ilmkreis
Kiepe	Tragevorrichtung, Tragkorb
lechzen	etwas dringend haben wollen
Loki	Riese, der bei den Asen lebt (Blutsbruder von Odin)
Mimir	Wesen der nordischen Mythologie, das eine der Urquellen hütet
Midgard	Welt der Menschen in der nordischen Mythologie
Moguntia	Mainz, größte Stadt von Rheinland-Pfalz
Nornen	Schicksalsgöttinnen in der nordischen Mythologie
Odin	Hauptgott in der nordischen Mythologie
Pannonien	römische Provinz (umfasst Westungarn, Burgenland, Oststeiermark und weitere Teile)
Plautar	Plaue im Ilmkreis
Principia	Verwaltungs- und religiöses Zentrum in einem befestigten römischen Lager
Rinsberge	Reinsberge bei Plaue im Ilmkreis
Rinslar	Reinsfeld im Ilmkreis

Rodewin	Neuroda im Ilmkreis
Rynnestig	Rennsteig (Kammweg, ca. 170 km) im Thüringer Wald
Sapie	Wendehaken zum Baumstämmerücken
Schmeta	Schmerfeld im Ilmkreis
Tyr	Kriegsgott in der nordischen Mythologie
Torberg	Veronikaberg bei Martinroda im Ilmkreis
Tretenburg	zentraler Versammlungsort und Thingstätte im Thüringer Königreich
Triclinum	römischer Speiseraum oder Speisesofa
Trollfrau	schadenbringende Geisterwesen in Zwergen- oder Riesengestalt der nordischen Mythologie
Vindobona	keltische Siedlung an der Donau, römisches Legionslager am Pannonischen Limes, Hauptstadt der Republik Österreich
Wanen	älteres der beiden Göttergeschlechter in der nordischen Mythologie
Wanaheim	Wohnort der Wanen
Welpen	junge Wölfe
Wiesenland	etwa das Gebiet des Ilmkreises
Wipa	Wipfra im Ilmkreis
Wip	Wipfra; Bach, der bei Unterpörlitz entspringt und in die Gera mündet
Wüstung	eine aufgegebene Siedlung, die noch in Urkunden erwähnt ist
Zuber	großes Holzgefäß (Bottich), das zum Baden geeignet ist.

Hinweis:
Literatur zur Geschichte des Thüringer Königreichs finden interessierte Leser unter www.heinrich-jung-verlag.de → Lehrer-Info → Literatur zur Geschichte des Thüringer Königreiches.

Rückblick: Im Tal der weißen Pferde

Die Familie des Gaugrafen Herwald, bekannt durch die Zucht weißer Pferde, steht im Mittelpunkt der Thüringen-Saga. Es ist der Alltag dieser Adelsfamilie im einst mächtigen Thüringer Königreich um das Jahr 528.
Dem Land droht Gefahr durch die Franken, die einen Kriegszug gegen ihre östlichen Nachbarn planen. Im Auftrag des Königs reist Harald, der älteste Sohn des Gaugrafen Herwald, durch das Land. Harald lernt Heidrun kennen und verliebt sich in sie. Leider kann er nicht bei ihr sein, da er die Jungkrieger auf den bevorstehenden Kampf vorbereiten muss.
Zu allem Unglück gibt es in den eigenen Reihen einen Verräter, der den Verteidigungsplan der Thüringer an den Feind übergeben hat. Die Franken können nun frohlocken.
Werden die Thüringer der Niederlage entgehen können?

Rückblick: Das Blut der weißen Pferde

Hartwig aus Rodewin, der zweite Sohn von Herwald, muss an seinem Hochzeitstag Prinz Baldur als Geisel in das Frankenland begleiten. Elke, seine Braut, ist traurig und schon jetzt krank vor Sehnsucht und Sorge um ihren Mann, denn es wird doch für die Liebenden sicher eine Trennung auf ungewisse Zeit.
Im Reich der Merowinger erfahren die Geiseln von einem Angriffsplan auf ihre Heimat. Mit Baldur, dem Bruder von Radegunde, die später die Heilige genannt und noch heute in Frankreich verehrt wird, flieht Hartwig aus Reims. Wird es gelingen, die Thüringer noch rechtzeitig zu warnen? Wird Hartwig seine Elke wiedersehen und das Glück ihnen hold sein?